À Judy, Annie et Gen,
avec toute mon affection

ainsi qu'à Archie A., à sa mémoire

Gardez-vous de faire l'aumône devant les hommes pour être vus d'eux, sinon vous ne recevrez pas de récompense de votre Père qui est aux cieux.

Quand donc tu fais l'aumône, ne l'annonce pas à grand renfort de trompettes, comme font les hypocrites dans les synagogues et dans les rues pour s'attirer la gloire des hommes. En vérité, je vous le dis, ils ont déjà leur récompense.

Pour toi, quand tu fais l'aumône, que ta main gauche ignore ce que fait ta main droite.

Matthieu, VI,1-3

PROLOGUE

Hors du temps

RAY — 10 JANVIER

Ray Mitchell, blanc, quarante-trois ans, et sa fille Ruby, treize ans, étaient perchés sur le dossier d'un banc d'une aire de jeux au cœur de la cité Hopewell, vingt-quatre tours de logements sociaux dans la ville de Dempsy, New Jersey.

Le soleil venait de se coucher : une nuit d'hiver claire, le ciel s'accrochant encore à une dernière nuance de bleu électrique. Juste au-dessus d'eux, des baskets et des sacs en plastique pendaient tels des fruits à des branches d'arbre nues ; au-dessus encore, les encerclant, un anneau de bâtiments de treize étages percé de centaines d'yeux encadrés d'aluminium, clignotant dans la lueur argent des postes de télévision ; et tout là-haut, les étoiles, légèrement haletantes comme des chiens au repos.

Ils étaient seuls mais cela ne préoccupait pas trop Ray : il avait grandi dans cette cité, dix-huit années débouchant sur l'université, et, naïf ou pas, il n'arrivait toujours pas à considérer Hopewell comme une terre hostile. De plus, il était tombé quarante centimètres de neige au cours des deux derniers jours et ce genre d'événement avait tendance à apaiser les choses.

Il ne faisait pas si froid, d'ailleurs ; ils se sentaient relativement bien, assis là dans la lumière jaune des lampes à sodium éclairant la croûte immaculée sous laquelle se trouvaient, à demi enfouis, une cage à poules géodésique, deux tonneaux en béton pour apprendre à ramper et trois phoques en ciment dont seuls le museau et les yeux apparaissaient au-dessus de la neige, comme s'ils étaient vraiment en mer.

Deux adolescentes hispaniques emmitouflées dans des manteaux boursouflés et parlant à travers leurs écharpes passèrent devant l'aire de jeux en discutant des cheveux de divers garçons. Ray tenta d'attirer l'attention de sa fille pour voir si elle avait entendu la conversation mais Ruby, embarrassée d'être là, de ne pas s'y sentir à sa place, fixait ses bottes.

Quand les filles furent hors de portée de voix, le silence neigeux revint, un silence phénoménal pour un lieu aussi vaste, troublé seulement par le bruissement intermittent des sacs en plastique accrochés de guingois au-dessus de leurs têtes, le bourdonnement sporadique des serrures de sûreté des portes d'entrée, derrière eux, et le crissement occasionnel des pas d'un locataire marchant sur la neige tassée des allées.

— Papa ? fit Ruby d'une petite voix aiguë. Quand tu étais enfant, Papy et Mamie aimaient vivre ici ?

— Quand j'étais enfant ? dit Ray, touché par le ton cérémonieux. Je crois, oui. Enfin, ici, c'était ici, tu comprends ? Les gens vivaient là où ils vivaient. En tout cas, c'était comme ça, dans le temps.

Au bout de la cité, le long de Rocker Drive, un métro aérien passa, à peine visible par une brèche entre les bâtiments.

— Raconte-m'en une autre, demanda Ruby, son haleine montant en spirales dans l'air.

— Une autre histoire ?

— Ouais.

— Sur Prince et Dub ?

— Dis-moi d'autres noms.

— D'autres noms ?

Il en avait déjà énuméré une douzaine.

— OK, attends… Il y avait Butchie, Big Chief, Hercule, Petit Psycho — aucun lien avec le vrai Psycho —, Cookie, Tweetie…

— Raconte-moi une histoire sur Tweetie.

— Sur Tweetie… D'accord. Une histoire sur Tweetie et Dub, ça t'irait ?

— Bien sûr.

— D'accord. Quand j'avais douze ans, Dub en avait treize, on jouait au stickball devant l'immeuble, on était huit garçons. Tu sais ce que c'est, le stickball ?

— Oui.

— Comment tu…

— Continue.

— OK. On jouait sur le trottoir. Dub est sur la base, il tient la batte…

Ray se laissa glisser du banc, prit la pose.

— La balle arrive…

Il décocha un coup de batte.

— Et derrière lui, il y a cette gamine, Tweetie, elle rêvasse ou je ne sais quoi, et le bâton, en partant en arrière, la coupe juste au-dessus de l'œil, zzzip… Il entaille la moitié du sourcil, la peau, la chair…

— Arrête, siffla Ruby, entrechoquant ses genoux.

— Dub, il ne s'en est même pas rendu compte. Mais elle est là derrière, et Tweetie, elle est noire, comme Dub, avec une peau très foncée, et tout à coup, au-dessus de son œil, il y a cette entaille rose vif, complètement sèche… « Oh ! Dub », elle dit d'une voix choquée, pas en colère, plutôt chavirée, ou effrayée. Je me rappelle, ce que je trouvais bizarre, c'était qu'au-dessus de la taille elle était calme, mais en dessous ! Ses jambes couraient sur place. Et dans la seconde qui a suivi, l'entaille rose et sèche s'est emplie de sang. Dub se rend compte de ce qu'il a fait, tout le monde le voit, et je me souviens qu'elle a répété « Oh ! Dub » de sa voix flûtée et puis le sang… il déborde, il coule sur le côté de son visage comme si quelqu'un avait ouvert un

robinet et tout le monde balise... On a quoi ? douze, treize ans, tous, Tweetie en a dix, mais quand on a vu tout ce sang... Tous les gars ont eu la trouille et ils se sont sauvés, tous sauf moi, je reste planté là. Et Dub. Dub a encore le bâton dans la main et une expression de colère sur le visage, non, il a plutôt l'air sonné, il sait qu'il a des ennuis, qu'il devrait faire quelque chose, s'excuser, expliquer pourquoi c'est pas de sa faute, mais il ne peut pas, il ne peut même pas bouger, tu comprends, tout ce sang, et maintenant, elle pleure, Tweetie, et moi, j'ai aussi peur que les autres mais je me retrouve en pilotage automatique. Je retire mon T-shirt plein de sueur, un T-shirt blanc, je le roule en boule et je le presse sur son sourcil, comme un pansement. Je le maintiens en place d'une main, je passe mon bras autour de ses épaules, c'était une gamine grassouillette, Tweetie, genre patapouf, et je la dirige vers le bord du trottoir et on s'assied, l'un contre l'autre. Je tiens mon T-shirt contre la blessure, j'ai mon bras autour d'elle et on reste là sans bouger. Je ne sais pas quoi faire, elle pleure, et Dub est toujours là avec la batte, l'air rageur, comme s'il voulait cogner quelqu'un, mais il est paralysé...

« On reste comme ça trois minutes environ, Tweetie et moi, je crois que le sang ne coulait plus. Dub joue toujours à la statue. Je le regarde et d'un seul coup, ses yeux, vlam, ils lui sortent de la tête. Quelqu'un se pointe d'un autre côté et Dub, il laisse tomber la batte et il se barre. Il savait courir, Dub, mais là, il filait comme un train de marchandises dans une descente, il aurait pu passer à travers un mur.

« Je me tourne pour voir ce qui l'a fait détaler. C'est Eddie Paris, son père. Eddie ne le poursuit pas ni rien. Il s'accroupit devant Tweetie et moi, au bord du trottoir, tu vois, en équilibre sur le bout de la plante des pieds. Il est calme, il a une cigarette qui pend à ses lèvres, les cheveux décrêpés, coiffés en arrière avec des ondulations et

moi, je me dis : Enfin un adulte, Dieu merci, mais aussitôt Tweetie se met à expliquer : "Mr Paris, c'est pas la faute à Dub, il m'a pas vue, c'est de ma faute", parce qu'elle sait, tout le monde sait qu'Eddie cogne ses gosses quand ils ont fait une connerie et c'était, je crois que c'était quelqu'un de gentil, Tweetie, une gentille petite, je ne la connaissais pas vraiment mais...

« Elle dit tout ça pour dédouaner Dub mais Eddie, il ne fait même pas attention à elle. Il pose sa main sur ma main qui tient le T-shirt, ce truc est comme une grosse éponge rouge, maintenant, il me dit de le lâcher et il essaie de l'écarter pour voir les dégâts. Mais il ne peut pas. Le coton est collé à la plaie, alors Eddie prend ma main, il la remet sur le T-shirt, il nous dit : "Bougez pas." Et c'est ce qu'on a fait.

— Où il était, le père de Tweetie ?

— Je ne crois pas qu'elle en avait un. Sa mère était une espèce de pocharde à la voix cassée qui déambulait en peignoir, toujours une clope au bec. Elle avait deux frères plus âgés, Tweetie, l'un était une sorte de drag queen du ghetto, Antoine, il se baladait en tongs, avec un filet sur les cheveux. Il avait une allure de dromadaire...

Ray se leva de nouveau et fit quelques pas en ondulant avec langueur, l'œil à la fois endormi et prédateur.

— À l'école, il traînait dans les toilettes des garçons, il te disait que tu étais trop près de l'urinoir, il te faisait reculer d'un pas pour voir ce que...

Ray s'interrompit dans un toussotement.

— Bref, il a donné un coup de couteau à quelqu'un, Antoine, on l'a mis dans un centre d'éducation surveillée, il en est sorti, il a poignardé quelqu'un d'autre, on l'a mis en prison. Tweetie avait un autre frère, Butchie, qui n'arrêtait pas d'entrer et de sortir de taule, un vrai dur : braquages, flingues, drogue, aucun sens de l'humour...

— Comment ça, « aucun sens de... » ?

— Je plaisantais.

Ruby le regarda, l'histoire s'éloignait d'elle.

— Bon, reprit Ray, cinq minutes après nous avoir quittés, Eddie Paris gare son break le long du trottoir, il nous fait monter à l'arrière, Tweetie et moi. On est comme des jumeaux siamois reliés par un T-shirt.

« Il nous conduit au centre hospitalier de Dempsy, je suis toujours sans T-shirt, avec un bleu de travail blanc.

— Un bleu de travail ?

— Un jean. On commençait à en vendre des blancs, cet été-là. Blanc, t'imagines comment il était avec tout ce sang… On entre aux urgences. Je suis torse nu, je reste une demi-heure sur un banc avec Tweetie avant qu'on l'appelle. Finalement le docteur me remplace pour tenir le T-shirt, on me donne une blouse d'hôpital à porter et on me laisse regarder pendant qu'il décolle le T-shirt de son sourcil en le mouillant, petit à petit, et puis il la recoud, on aurait dit qu'il laçait une botte. Eddie nous ramène à la cité sans décrocher une parole et la petite Tweetie, elle n'arrête pas de lui servir le même refrain, « Mr Paris, Dub ne m'a pas vue, c'est pas sa faute, c'est un accident », c'est plutôt étonnant qu'une gosse de dix ans ait été capable de penser comme ça aux autres, aux ennuis que Dub allait avoir, tu vois ce que je veux dire ?

— Oui. Continue.

— Eddie conduit sans prononcer un mot, il nous ramène à Hopewell et c'est tout.

— Elle a dit merci ?

— À qui ?

— À toi.

— Non.

— Pourquoi ?

— Je ne sais pas. C'était une gamine.

— Mais elle a parlé de Dub.

— Dub avait des ennuis, moi pas. Elle était en septième. « Merci », c'est de l'hébreu pour une élève de septième.

— Moi, je t'aurais remercié.

— Et j'aurais répondu « Y a pas de quoi », ou quelque chose de ce genre.

— Qu'est-ce qui est arrivé à Dub ?

— Quelqu'un a raconté qu'il avait passé la nuit sur le toit de notre tour et qu'il était rentré chez lui le lendemain après-midi quand son père est parti au travail. Mais je ne sais pas vraiment.

— Qu'est-ce qui est arrivé à Tweetie ?

— Je ne sais pas trop. Pas grand-chose de bon, je pense. Le dernier souvenir que j'ai d'elle, c'est trois, quatre ans plus tard, quand elle était adolescente. Elle s'est fait pincer en train de bomber « Garce de Blanche » sur la façade du bâtiment 11, les flics de la cité l'ont prise sur le fait, et je me souviens que, ce jour-là, j'étais sur le terrain de basket, d'un seul coup tout le monde s'est précipité vers le grillage, et Tweetie était entre deux flics, elle ne pleurait pas vraiment mais il y avait comme une fuite, tu vois, des traces de larmes sur son visage, et ils l'ont conduite au bureau de la direction, de l'autre côté de la cité, suivis par une bande de jeunes qui balançaient des vannes. Je regrette de devoir le dire, Ruby, mais les ados peuvent être vraiment dégueulasses.

— Tu as balancé des vannes, toi ?

— Je ne me souviens pas. J'espère que non.

— Dub en a balancé ?

— Je crois pas qu'il était là.

— Il a fini par présenter des excuses ?

— Pour le… À Tweetie ? Je pense que non.

— Moi, je me serais excusée.

— Je n'en doute pas.

Une autre rame passa le long de Rocker, la distance lui donnant l'échelle d'un jouet de Noël.

— Continue, réclama Ruby.

— Continue quoi ?

— Raconte-m'en une autre.

PREMIÈRE PARTIE

CONTRECOUP

1

RAY — 4 JANVIER

Pénétrant au lycée Paulus Hook pour la seconde fois seulement depuis l'obtention de son diplôme, vingt-cinq ans plus tôt, Ray se dirigea vers le bureau de sécurité, une table à jouer branlante installée sous une banderole bleu et or NOËL/KWAANZA/HANOUKKA qui pendait encore au plafond du hall sombre quatre jours après le Nouvel An.

La vigile qui se tenait derrière le registre d'entrée était une Noire aux allures de grand-mère : courtaude, portant des lunettes et un curieux uniforme maison composé d'un bonnet en tricot aux mailles lâches, d'un pantalon de toile grise, d'un sweat-shirt de commando et d'un pull kaki à côtes avec un renfort de cuir en forme de selle chevauchant l'épaule gauche.

— Vous avez un laissez-passer de visiteur ? demanda-t-elle quand il se pencha sur le registre.

— Moi ? Je suis ici pour faire un cours en tant qu'invité.

— On vous a donné une carte de professeur ?

— Une quoi ? Non…

Se redressant, il fut assailli par une bouffée humide de hot dogs réchauffés à l'eau bouillante et des relents de soupe aux pois qui le renvoyèrent directement en seconde.

— C'est mon premier jour.

Toutes les salles de classe étant occupées à cette heure-là, on avait offert à Ray la salle des professeurs pour tenir son atelier d'écriture bénévole mais, dans sa hâte à voir se réaliser ce projet, il était arrivé trop tôt et était tombé sur quatre vrais profs qui expédiaient un repas froid autour d'une longue table occupant le centre de la pièce.

Malgré le statut d'inconnu de Ray, aucun d'eux ne daigna même regarder dans sa direction et, après être resté un moment embarrassé sur le pas de la porte, il se glissa en silence derrière un gros bureau balafré casé dans un coin et attendit la sonnerie de l'interclasse.

Les professeurs, tous des hommes, passaient apparemment en revue une liste de cas du genre lourd.

— Rosario ?

— Viré.

— Jenkins ?

— Viré.

— Fanshaw ?

— Viré. J'ai parlé à sa mère et je pense qu'il est viré de chez lui aussi.

— Maldonado ?

— Viré. Je viens de le lui annoncer. Je vous jure, ce gosse joue « Stupéfaction » mieux que n'importe qui. « Mister Rosen, qu'est-ce que j'ai fait ? Exclu ? Pourquoi ? » Parce que tu vis sur ta propre planète, Edgardo…

— Et Templeton ?

— Je lui laisse une dernière chance.

— Ah, il t'a eu avec son sourire, hein ?

— Non, non, non, j'ai simplement dit : « Curtis, il y a un nouvel article dans le règlement : "Je ne fraye pas avec des crétins notoires." Je te vois avec Dukey, Ghost ou un autre de la bande, même si c'est à des kilomètres de l'enceinte du lycée : tu es vaporisé aussi sec. »

— Vaporisé ?

— Ne t'en fais pas, il m'a parfaitement compris.

Ils l'ignoraient ou le laissaient simplement tranquille tandis qu'il parcourait les murs du regard, contemplant les œuvres d'art des élèves, essentiellement des mosaïques grossières en feutre découpé représentant des tableaux idylliques du réalisme urbain : une famille noire prenant le repas du soir ensemble, des voisins de couleurs de peau différentes plantant un jardin communautaire, de grands gamins bruns faisant la lecture à de petits gamins bruns.

Quand la cloche finit par sonner, les professeurs assis à la table se levèrent en grognant, avec la même répugnance à retourner en classe que n'importe quel élève.

Les trois premiers sortirent de la salle l'un derrière l'autre sans même saluer Ray d'un signe de tête, mais le dernier s'arrêta devant le bureau et se pencha en avant, appuyé sur les jointures des doigts, pour lui offrir une confidence :

— Je classerais quatre-vingt-seize pour cent des jeunes de ce bahut de OK à super. Les quatre pour cent qui restent ne sont que des abrutis qui prennent de la place et on ne peut rien y faire.

Seul maintenant, Ray capta la bande-son désincarnée des élèves dans les couloirs, un brouhaha constant ponctué de braillements, de cris d'oiseaux et de meuglements.

Cinq minutes passèrent, le raffut étouffé mourut peu à peu de l'autre côté de la porte, mais la salle était toujours vide.

Pour se cacher à lui-même la gêne et le malaise qu'il commençait à éprouver, il se mit à tripoter son téléphone portable, à consulter ses messages, à se brancher sur la ligne des sports, sur la météo. Puis il joua avec son agenda, griffonna quelques notes préliminaires pour ses élèves fantômes et réussit finalement à être très occupé. Pourtant, quand le proviseur du lycée, Bill ou Bob Egan, frappa à la porte ouverte de la salle vide, Ray se leva quasiment d'un bond avec soulagement.

Malgré ses fonctions, le proviseur — dont Ray se souvenait vaguement comme d'un professeur d'anglais néophyte, à l'époque où lui-même était élève — lui fit l'impression d'une sorte de bateleur, visage noueux, cheveux argentés, costume bon marché et large cravate bleue constellée de casques de football des Giants de New York.

Egan fit tourner l'une des chaises de la grande table et s'assit face à Ray de l'autre côté du bureau.

— Je crois savoir que vous êtes de la cité Hopewell, à l'origine, dit-il, croisant les jambes, le soleil pâlichon de l'après-midi frappant son tibia dénudé, faisant luire comme du marbre la peau d'un blanc de poisson.

— À l'origine, confirma Ray, attendant la suite.

— Je viens moi-même de la cité Howard. Elle était à moitié irlandaise en ce temps-là. Ça n'a jamais été facile, mais rien à voir avec ce qu'elle est maintenant.

— Sans blague, fit Ray, continuant à attendre.

— Vous avez obtenu votre diplôme ici quand… Fin des années 70 ?

— En 78.

— 78. Formidable, formidable. Et combien de temps vous avez été scénariste pour cette émission… ?

— Trois ans, dit Ray, comprenant d'un coup que cette série de questions-réponses n'était qu'un préambule à des excuses.

— Trois ans, fit Egan, pensif. À L.A. ?

— Ouais.

— J'ai passé quelque temps à San Diego quand j'étais dans la Marine, mais je n'ai jamais mis les pieds à L.A. Vous avez quelque chose en chantier ?

— Pas vraiment, répondit Ray, pour qui la question pesait toujours une tonne. Je recharge simplement mes batteries.

Et, pour accélérer les choses :

— Rien à part donner ce cours.

Il eut un geste en direction de la longue table vide.

Egan regarda sa montre, fit la grimace.

— Vous savez, j'ai dit à mon équipe de profs d'anglais : « Envoyez vos élèves à cet atelier, c'est une occasion extraordinaire. Assurez-vous qu'ils y aillent… »

On essaie de déléguer les responsabilités, ici. On essaie…

Il haussa les épaules, poursuivit :

— La vérité, c'est que convaincre une douzaine de jeunes ici de s'engager à suivre jusqu'au bout un cours facultatif, c'est le rocher de Sisyphe. Mais je sais qu'ils en ont envie. Vous voulez revenir demain ? Même heure, même endroit. Et je veillerai personnellement à ce qu'ils viennent.

— D'accord, dit Ray, la journée ayant maintenant un goût de craie dans sa bouche.

Egan se leva, lui serra la main.

— Quand nous avons des gars de Wall Street qui viennent ici à sept heures, sept heures et demie du matin pour faire un cours, je téléphone aux élèves chez eux la veille. « Oui, m'sieur Egan, je serai là, je serai là. »

Nouveau haussement d'épaules.

— Le rocher de Sisyphe.

Il serra de nouveau la main de Ray.

— Je vous remercie de votre patience envers nous.

2

NERESE — 9 FÉVRIER

Pénétrant à Hook pour la première fois depuis l'obtention de son diplôme, vingt-deux ans plus tôt, l'inspectrice Nerese Ammons, les bras chargés de deux paniers de diapositives constituant un véritable catalogue du crime, armes confisquées, corps assassinés, diverses natures mortes liées à la drogue, se dirigea, titubante, vers le bureau de sécurité.

La vigile en uniforme qui se renversa en arrière sur sa chaise pliante en regardant Nerese approcher avait la taille d'une Tutsi, des traits aigus, l'expression des yeux et de la bouche délicieusement impitoyable. Huit anneaux d'argent pendaient en croissant le long du bord extérieur de son oreille droite.

— Vous avez un permis de visiteur ?

Plus un défi qu'une question.

— Un quoi ? répliqua Nerese, les nerfs éprouvés par l'hostilité impersonnelle de cette femme conjuguée au sentiment de désorientation qu'elle ressentait à se retrouver dans ce bâtiment.

La vigile se contenta de la regarder fixement.

— Je suis ici pour une conférence spéciale, énonça Nerese d'un ton plus mesuré.

— Est-ce que vous avez un permis de visiteur ? répéta la femme un peu plus fort, un peu plus lentement.

Nerese se demanda si, à un moment de sa carrière, elle n'avait pas bouclé un membre de la famille de cette garce.

— Laissez-moi vous poser une question ! cria presque Nerese, arpentant la scène de l'auditorium un micro à la main, telle une évangéliste, s'adressant à la poignée d'élèves « à risques », surexcités et cependant boudeurs, qui constituait son public. D'après vous — on parle de la police, ne l'oubliez pas —, d'après vous, qui est le plus dangereux de l'espèce ? Le mâle ? La femelle ?

— Le mâle !

Les garçons criaient, huaient, mais n'écoutaient pas vraiment.

— Le mâle, hein ? fit-elle en riant, la plaque d'inspectrice épinglée à la taille de sa jupe bleu marine projetant des reflets dorés dans la salle aux boiseries acajou. Le mâle. OK, le mâle…

Ayant renoncé aux diapos distrayantes et néanmoins inutiles après le premier panier, au discours « Soyez des leaders, pas des suiveurs », Nerese improvisait cet après-midi-là, procédant presque par associations libres.

Tirant le fil du micro, elle descendit de la scène pour se planter devant les élèves du premier rang.

— Toi…

Elle désigna un gros blaireau affalé si bas dans son fauteuil qu'il semblait être en train de fondre, un jeune au crâne rasé, avec de petites oreilles décollées.

— Approche…

Cela suffit à déclencher chez les autres un nouveau chahut tandis que le garçon se levait, à demi souriant, et se dirigeait vers l'inspectrice en faisant semblant de boiter.

Elle avait choisi un géant : deux mètres de haut, écrasant Nerese de sa masse, l'air mal à l'aise, marmonnant des « Vos gueules » à ses camarades de classe.

— Comment tu t'appelles ? demanda Nerese, qui devait renverser la tête en arrière pour établir le contact visuel.

— Jamiel.

— Shamiel ?

— Jamiel… Ah ! Vos gueules !

— Bon, fit Nerese, tenant le garçon par le coude et se tournant vers les autres, je fais ma ronde, je tombe sur Jamiel dans une ruelle, il mijote un sale coup. Mais y a que lui et moi… À votre avis, qui va ressortir de cette ruelle comme s'il ne s'était rien passé ? Qui… ?

Quelques élèves tombèrent dans un silence pensif, essayant de piger le truc, comme si c'était une question piège ; d'autres atteignirent de nouveaux sommets sonores, Nerese ignorait le vacarme.

— Qui ?

— Vous ? hasarda une fille prudemment.

Les autres approuvaient d'un air incertain, l'autre réponse paraissant trop évidente.

— Moi ? Tu le crois vraiment ? fit Nerese, recourbant une main sur sa poitrine. Sûrement pas ! Regarde ce lascar ! D'un coup de pied aux fesses, il pourrait m'expédier à l'autre bout du pâté de maisons !

Jamiel commença à se balancer, une main cachant son visage.

— Regardez-le ! Qu'est-ce que vous croyez ? Qu'on nous apprend des prises de karaté top secret ? J'ai l'air de Jackie Chan, pour vous ?

Les élèves entrèrent en éruption. Nerese sourit.

— Regardez-le, regardez-moi. Eh bien, je vais vous expliquer pourquoi je dis que la femelle est la plus dangereuse de l'espèce… Parce que les choses ne sont pas égales, et s'il n'y a que lui et moi dans cette ruelle, je vais tout faire pour survivre. Si j'ai le temps, je décroche mon talkie-walkie, j'appelle la troupe en renfort. Sinon, je sors Petite Bertha direct, dit Nerese en tapotant le Glock accroché à sa ceinture dans un étui. Un homme, il jouera plutôt les machos, il pensera : Ce jeunot, je vais me le faire à mains nues, et tout. Mais moi ? Non, non. Je peux pas le dégommer comme ça, sans rien. Et je survivrai… La femelle, les gars, les filles, c'est de loin la plus mortelle de l'espèce…

Les haut-parleurs fixés au balcon annoncèrent la fin du cours par un mugissement et les jeunes commencèrent à sortir de l'auditorium en file indienne, sans qu'un seul regarde Nerese par-dessus son épaule.

— De rien ! leur lança-t-elle d'une voix forte, mais pas vraiment fâchée, consciente qu'elle était de l'irresponsabilité de sa conférence déjantée, se prouvant une fois de plus qu'on pouvait dire n'importe quoi dans ce système scolaire, et dans cette ville, très probablement, parce que de toute façon personne n'écoutait réellement.

Elle ne s'était jamais considérée comme un individu aigri ou même pessimiste, et il était raisonnable de penser qu'au moment de la retraite, maintenant à portée de main, elle saurait se débrouiller, mais ces dernières missions la soûlaient vraiment.

Nerese descendait de la scène avec ses diapos regroupées dans un sac en plastique de chez Waldbaum quand elle avisa un type aux cheveux gris vêtu d'un costume brillant assis tout seul dans le fond de la salle. Lorsqu'elle remonta l'allée, il se leva pour aller à sa rencontre.

— Inspectrice Ammons ?

Il lui tendit la main et Nerese hésita en gommant le gris de la chevelure, en effaçant quelques rides du visage.

— Mr Egan ?

— Oui, dit-il, redressant la tête. Nous nous connaissons ?

— Mr Egan, fit Nerese avec un grand sourire. J'étais dans votre classe d'anglais il y a une vingtaine d'années. Nerese Ammons.

— Nerese ? dit-il d'un ton hésitant, ne se souvenant visiblement pas d'elle.

— J'adorais ce cours. Je n'oublierai jamais que vous nous avez lu des extraits de *Grendel* en vieil anglais.

— *Beowulf*, plutôt, non ? rectifia-t-il avec douceur.

— Qu'est-ce que j'ai dit ?

Nerese rougit, pria pour qu'il n'ait pas assisté à sa conférence de frappadingue.

— Alors, vous êtes inspectrice, reprit-il, rayonnant. Formidable, formidable.

— J'ai fait aussi deux années de fac, lâcha-t-elle étourdiment, ajoutant à sa propre confusion. Vous enseignez toujours l'anglais ?

— Eh bien, ces temps-ci, je suis le proviseur, en fait, dit-il, s'excusant presque.

— Ah ! Bien sûr.

Elle sourit mais n'avait qu'une envie : se tirer de là au plus vite.

— Écoutez, fit Egan, prenant la main de Nerese entre les siennes. Ces gosses… Je ne peux pas vous dire à quel point nous vous sommes reconnaissants d'être venue comme ça.

— Pas de problème.

Elle dégagea sa main en reprenant le chemin de la porte.

— Écoutez, Denise…

— Nerese, le corrigea-t-elle distraitement, comme par habitude.

— Nerese. Pardon.

Il se percha sur le bras d'un fauteuil.

— Je peux vous parler ?

L'inspectrice se laissa tomber sur un strapontin de l'autre côté de l'allée, elle et lui rapetissés par le vide océanique de la salle.

— Vous travaillez dans quel service ? demanda Egan.

— Le service du bout de la route.

— Pardon ?

— Je suis à dix semaines de la retraite. Quand il vous reste moins de six mois à tirer, on vous retire du terrain, on vous refile des trucs de ce genre, expliqua-t-elle en agitant une main en direction de la scène.

— Si je vous pose la question, Nerese, c'est parce que nous avons eu ici un professeur — bénévole, pas moins —, un gars du coin, un type merveilleux, scénariste à succès en Californie, il est revenu ici, il est venu nous voir, il a proposé de tenir un atelier d'écriture gratuitement, les élèves lui ont fait faux bond trois, quatre fois avant que je puisse faire démarrer la chose. Il a été patient, il ne s'est jamais plaint, il est venu jusqu'à ce que nous arrivions enfin à mettre l'affaire en route. Il a enseigné ici pendant un mois, je vous l'ai dit, un type formidable, une aubaine incroyable pour nous…

Egan prit sa respiration, croisa les jambes. Nerese risqua un coup d'œil à sa montre : deux heures quinze.

— Bref, il y a deux jours, il s'est fait agresser, on lui a défoncé la tête. Il est à l'hôpital de Dempsy. J'ai mené mon enquête, on ne sait pas ce qui est arrivé, qui l'a tabassé, mais le pauvre a bien failli y rester.

— Ça s'est passé au lycée ?

— Non, non, non. Dans son appartement. Je connais quelques inspecteurs, j'ai donné des coups de fil, mais ils sont à la retraite, ou en vacances, il y en a même un sous le coup d'une mise en examen, apparemment. Le problème, c'est que ceux qui ont fait ça sont toujours en liberté et que pour une raison ou une autre la police ne se donne pas beaucoup de mal pour les retrouver, et vous savez, j'aimerais vraiment que quelqu'un les pince, ces salauds.

— Je vous comprends, dit Nerese.

Tout en pensant : Pas moi.

— J'ai une dette envers cet homme à cause de ce qu'il a fait pour nos jeunes.

— Vous croyez que c'était l'un d'eux ?

— L'un de ses élèves ? Non. Enfin, allez savoir, de nos jours, mais non, je ne crois pas. Quoi qu'il en soit, si j'osais vous demander, vous voyez, de mettre un peu le nez dans l'affaire, d'allumer un feu sous les fesses de quelqu'un, parce que…

— Je verrai ça, répondit Nerese pour dire quelque chose, en se levant de son siège avec précaution.

— Formidable, formidable.

Egan lui tendit de nouveau la main et elle dut poser son sac en plastique pour la serrer.

— À propos, votre cerbère, dit-elle avec un mouvement de tête vers le hall, elle a un problème de comportement, non ?

— Elle assure la sécurité, répondit-il avec un haussement d'épaules.

— J'ai été contente de vous revoir, Mr Egan, déclara Nerese en repartant vers la porte.

— Nerese ?

Elle se retourna.

— Je vous donne le nom du gars ?

Elle se reprit juste avant de demander : « Quel gars ? »

— Ray Mitchell, dit-il.

— Ray Mitchell.

Elle hocha la tête, embarrassée : l'inaction avait tendance à se nourrir d'elle-même. Elle se dirigea de nouveau vers la sortie, s'arrêta net.

— Ray Mitchell ?

Il acquiesça.

— De Dempsy ?

— À l'origine.

— Il a quel âge ?

— Quel âge ? Je ne sais pas… La quarantaine ?

— La quarantaine ?

Elle posa le sac Waldbaum.

— Et vous dites qu'il a été victime d'une agression ?

Elle interpréta le silence gêné d'Egan comme une réponse positive et, pour la première fois depuis des mois, elle sentit en elle quelque chose qui ressemblait à de la joie.

3

HÔPITAL — 10 FÉVRIER

Contrecoup-contrecoup-contrecoup : mot plombé et insipide, mantra gris tressant son chemin dans les rêves yeux ouverts de Ray, ces rêves eux-mêmes s'étirant comme de la pâte à modeler et incluant toujours sa fille, Ruby : Ruby dans un ascenseur bondé, se faisant sermonner : « On ne reçoit pas de médaille pour avoir essayé, on ne reçoit pas de médaille pour avoir pleuré » ; Ruby construisant pour elle-même une maison en briques de glace, rejetant joyeusement les instances de Ray l'invitant à mettre un bonnet et à se faire des amis ; Ruby et sa grand-mère morte au lit, Ray disposant pour elles des postes de télévision, une douzaine, en un fer à cheval serré autour du matelas.

Ray revint dans le monde réel en grinçant des dents, avec un sursaut hypnagogique, puis resta étendu dans son lit d'hôpital, le cerveau boursouflé, s'efforçant de se souvenir de ce qui lui était arrivé. Il glissa de nouveau dans ses rêves, lutta encore et encore pour s'en extirper, refaisant chaque fois surface avec un autre détail, un autre pitoyable morceau du puzzle.

Tous les lits du service de soins sous monitorage étaient séparés l'un de l'autre par des cloisons latérales en Plexiglas et tournés du côté faisant face au poste des infirmières, de sorte que le seul moyen pour Ray d'avoir un peu d'intimité était de fermer les yeux, mais restait le problème des étincelles brillantes qui explosaient dans l'obscurité chaque fois qu'il baissait les paupières.

Captant son reflet dans le pichet en inox posé sur la table de chevet, il découvrit que le blanc de ses yeux avait viré au rouge cerise, que la peau qui les entourait, du front aux pommettes, était maintenant lisse et violette comme un oignon braisé. Avec un détachement de somnambule, il nota également la partie rasée, de la circonférence d'un verre à vin, sur la pente gauche de son crâne, hérissée de points de suture noircis par le sang.

Une infirmière entra et régla le goutte-à-goutte de son intraveineuse.

— Votre femme et votre fille sont là, vous voulez les voir ?

Il devina, au pli de sa bouche, qu'il mettait trop de temps à saisir la question.

— Non ! finit-il par éructer d'une voix d'ivrogne, les parois de sa tête minces comme du papier et palpitantes. Non, répéta-t-il plus calmement, s'efforçant de se contrôler mais parfaitement déterminé à ce que Ruby ne le voie pas dans cet état.

— Pas de problème, fit l'infirmière avec un haussement d'épaules.

Il remarqua que le petit doigt de sa main gauche était entouré d'un épais pansement qui se prolongeait à travers sa paume et se terminait par un nœud d'amarrage autour de son poignet.

— Contrecoup, dit-il.

— Pardon ?

— Contrecoup. C'est quoi, le contrecoup ?

— C'est la quatrième fois que vous me demandez ça aujourd'hui…

Ray attendit.

— C'est un déplacement de la masse cérébrale, expliqua-t-elle finalement avec aisance. Vous prenez une beigne suffisamment forte à cet endroit…

Elle suspendit le renflement de sa paume entre les yeux de Ray, à qui la seule idée d'un contact donnait la nausée.

— Le cerveau est projeté de l'autre côté de la cavité crânienne et rebondit au centre. C'est une sorte de choc en retour pour la matière grise. Contrecoup. Je devrais peut-être vous l'écrire.

Ray n'avait aucun moyen de juger si cette dernière remarque était sarcastique et il était incapable de rassembler suffisamment ses esprits pour demander si c'était ce qui lui était arrivé, encore qu'il ne vît pas d'autre raison pour que ce soit le mot nouveau d'aujourd'hui. Ou d'hier. Ou d'avant-hier…

Regardant à travers la paroi de verre séparant le service du couloir, il entrevit une tranche de son ex-femme et de sa fille assises sur une banquette devant les ascenseurs, Ruby les yeux humides, les lèvres serrées, son ex lui entourant les épaules, calme mais préparée au pire, le gardien de but au moment du penalty.

Avant qu'il pût organiser une réaction cohérente à cette vision, une Noire petite et lourde, portant un bonnet de laine et un blouson North Face, un sac à provisions dans chaque main, entra en trombe dans son compartiment de verre avec l'air de propriétaire d'une infirmière prenant son service.

— Salut, Ray ! Ça boume ? cria-t-elle presque, comme pour être entendue par-dessus une musique tonitruante, son blouson matelassé accentuant sa rondeur.

Elle posa ses sacs débordant de cassettes vidéo et Ray pensa qu'elle devait être une bénévole quelconque affectée à la distraction des malades.

— Tu sais qui je suis ?

Elle se frotta vigoureusement les mains comme si elle était encore dehors, abaissa le zip du blouson pour révéler la plaque d'inspectrice accrochée à la poche de poitrine d'une chemise de bûcheron.

— Allez, Ray…

— Un flic ? répondit-il distraitement, s'efforçant désespérément de trouver une réponse à la présence de Ruby et de sa mère dans le hall.

— Ouais, mais qui ? fit-elle d'un ton enjoué, comme si c'était un jeu.

Elle s'approcha du bord du lit et Ray lut N. AMMONS sur la plaque.

— C'est dingue, vraiment, soupira-t-elle avec une exaspération théâtrale.

— N. Ammons, dit-il, un peu effrayé, maintenant, par cette familiarité pour le moins étrange. N. Ammons, N. Ammons…

— Ray, le coupa-t-elle. Là.

Elle toucha les restes de son sourcil gauche. Plus de la moitié était constituée d'un bourrelet blanchâtre de tissu cicatriciel, dont le marron foncé de sa peau accentuait la pâleur.

— Tweetie, lâcha-t-il.

Elle partit d'un rire d'homme grave et profond, défit son blouson et le laissa tomber sur la chaise des visiteurs.

— Tweetie… Personne ne m'appelle plus comme ça depuis le Déluge !

— Tweetie Ammons, dit Ray, les yeux faisant la navette entre le hall et cette femme qui n'était peut-être pas vraiment là. Et tu es flic…

— Depuis vingt ans. Alors tu te souviens de ça, hein ?

— La batte de stickball. Avec Dub.

— Avec Dub. Il est flic aussi, maintenant. Sergent à Jersey City.

— Tes frères, c'est Antoine et Butchie, et ta mère Olive.

— Exactement, dit-elle, un peu sur ses gardes, prenant la mesure de Ray, maintenant.

— Qu'est-ce qu'ils deviennent ? s'enquit-il.

Il faisait des efforts mais sa voix sonnait à ses propres oreilles comme l'enregistrement d'un robot cordial.

— Nan, nan, nan, m'entraîne pas là-dessus. Et ta famille à toi ? Comment ils vont, tes vieux ?

— Ma mère est morte, mon père est dans le Mississippi.

— Ah, je l'adorais, ta maman, Ray. Elle était comme une vedette de cinéma…

— Ouais, c'est ce qu'elle pensait, elle aussi.

Nerese se pencha vers lui, murmura d'un ton confidentiel :

— Je déteste cet hôpital. Tu veux savoir ce qui m'est arrivé ici un jour ?

L'ex-femme de Ray se leva de la banquette, appuya sur le bouton de l'ascenseur, et il se tortura de plus belle pour savoir comment s'y prendre avec elles.

— Ray, faut que je te raconte ça… Ray ?

Elle lui toucha la main pour attirer son attention.

— En décembre dernier, juste avant Noël, mon coéquipier, Willy Soto, et moi on s'est occupés d'une affaire là-bas dans les Heights, une vieille Irlandaise, son fils qui vivait chez elle lui avait pété le nez, tu vois. Alors, on l'amène ici mais impossible de trouver le fils. C'était un ex-flic d'une quarantaine d'années, un alcoolo. Bon, on obtient un mandat de protection pour elle, d'arrestation pour lui. Je retourne à l'immeuble, j'interroge les voisins, je découvre que le type, quand il est bourré, il cogne sa mère comme un punching-ball mais qu'elle se plaint jamais, qu'elle n'appelle pas la police, qu'elle ne lui demande pas de déménager, rien. Et quand j'entends ça, je comprends qu'elle protégera son petit garçon quoi qu'il arrive. Alors, de retour à l'hôpital, je vais voir la femme allongée dans le lit à côté, je lui donne ma carte et je lui demande de me prévenir si le fiston au nez rouge se pointe…

— Mmm, fit Ray.

Il essayait de s'intéresser à l'histoire mais prenait en même temps vaguement conscience d'un sentiment de honte montant en lui, enroulant ses volutes autour de son cœur.

— Le lendemain, coup de fil, l'aigle s'était posé, continua Nerese. Willy et moi, bing, on fonce ici, on chope le mec penché sur le lit d'hôpital de sa mère, lui beuglant à la figure, une histoire d'argent. Alors, on l'entraîne dans le couloir, on essaie de lui passer les menottes… D'un seul coup, les infirmières, les médecins, les visiteurs, tout le monde nous tombe dessus : « Hé ! qu'est-ce que vous lui faites ? On va prévenir le service de sécurité ! » Parce que Willy est noir, lui aussi, et tout ce qu'ils voyaient, c'était deux voyous tapant sur un Blanc, ils nous prenaient pour de la racaille trentenaire, des toxicos ou je sais pas quoi. Et là, le fiston se met à gueuler : « Retenez-la, cette grosse pute noire ! » Alors, je me dis : Merde pour les menottes, et je me mets à le castagner grave, parce que, Ray, je suis pas vraiment grosse. Bref, les vigiles arrivent, Willy et moi on a tellement de mal à essayer de maîtriser le type qu'on peut même pas montrer nos plaques, et vlan, les vigiles nous tombent dessus aussi ! Il leur a fallu un quart d'heure pour se mettre dans leurs crânes épais de racistes qu'on était flics ! Et ce fils de pute a failli nous glisser encore entre les doigts, tu te rends compte ?

— Oui.

— Bien sûr. Après, je suis revenue ici tous les jours rendre visite à cette brave dame et essayer de lui faire entrer dans la tête que son fils était un danger mortel pour elle. Mais tu sais quoi ? Dès qu'elle est retournée chez elle, elle l'a repris. Et devine ce qui est arrivé, six mois plus tard ?

— Il l'a tuée.

— Nan, elle va très bien, dit Nerese, écartant la suggestion d'un geste de la main. Lui, par contre, il s'est pris une belle branlée un soir et s'est fait écraser par le métro… Du beurre de cacahuète ! s'esclaffa-t-elle. Dieu est bon, hein ?

— Tweetie, dit Ray. Tu es flic.

— Ouais, mais ce qui est encore mieux…

Elle se pencha en avant, se frottant les mains.

— En ce moment, je suis ton flic. Alors, qu'est-ce qui s'est passé ?

Et juste à cet instant, elle le perdit, ses yeux rouges, en termes cliniques « stigmates de bataille », se détournèrent d'elle avec une expression rétive.

L'inspecteur chargé de l'affaire l'avait prévenue que Ray refusait de coopérer, ce qui, dans la ville sans cesse en mouvement de Dempsy, New Jersey, expédiait automatiquement le dossier dans le casier « Rien à foutre ».

— Qu'est-ce qui s'est passé, Ray ? répéta-t-elle, affrontant à la fois sa réticence délibérée et le temps de réaction typiquement ralenti d'une personne commotionnée. Tu t'en souviens ?

Ayant interrogé un nombre incalculable de victimes de traumatisme crânien au cours des vingt dernières années, Nerese avait une idée relativement bonne de ce à quoi elle avait affaire, le cuir chevelu lacéré cachant soit une commotion cérébrale jusqu'ici sans effusion de sang, soit une petite hémorragie interne ; si c'était plus grave, il faudrait percer le crâne au burin pour clipper la fuite et évacuer le trop-plein.

Et bien que le moniteur indiquât une pression artérielle de 110 et un rythme cardiaque se maintenant à 75, l'intraveineuse lui injectait du Decadron, un stéroïde puissant administré pour empêcher le gonflement du cerveau, ce qui voulait dire que le pauvre Ray n'avait sans doute pas vraiment dormi depuis qu'on l'avait admis à l'hôpital et immédiatement mis sous perfusion — personne ne dormait sous Decadron —, ce qui signifiait qu'en plus du sentiment de désorientation qu'il éprouvait, il aurait vraisemblablement droit à une bonne petite crise de psychose de troubles du sommeil, de psychose des stéroïdes, de psychose du service de réanimation, faites votre choix. Il risquait aussi de développer un hématome subdural : la séparation entre la membrane tapissant le crâne et le cerveau serait envahie par le sang rejeté par les tissus en cours de guérison, les médecins étant à ce stade contraints de forer pour alléger la pression. Tout cela signifiait qu'elle devait faire vite avant que Ray perde trop le contact avec la réalité ou sombre carrément dans le coma, l'une et l'autre éventualité pouvant survenir en un clin d'œil, l'état médical et psychologique des bastonnés du cerveau étant aussi traîtreusement instable que les conditions météorologiques au sommet de l'Everest.

Le problème, en matière de rapidité, c'était que Nerese était mondialement connue pour son allure de tortue, arrivant le plus souvent au but mais bien après le départ des derniers spectateurs ; comme Willy l'avait fait remarquer un jour : « La vitesse, c'est pas ton fort. »

— Ray, dit-elle, prenant une de ses mains dans les siennes. Il faut que tu me dises ce qui s'est passé.

— On sonne à la porte, finit-il par dire. Je vais ouvrir, et la seule chose dont je me souviens ensuite, c'est un infirmier qui me demande ma date de naissance.

— On sonne à la porte, répéta Nerese, tirant un carnet d'un des sacs. T'as un portier ?

— Un interphone, précisa-t-il en bougonnant.

Nerese prit son ton renfrogné pour un bon signe, du moins sur le plan biologique.

— Un interphone... Donc, tu dois appuyer sur un bouton pour laisser entrer les gens.

— Il a dû sonner chez quelqu'un d'autre pour se faire ouvrir la porte de l'immeuble.

— Il ?

— Je suppose...

— OK, dit-elle avec un haussement d'épaules. « Il » sonne à ta porte. Tu demandes qui c'est ? Ou tu ouvres direct ?

Ray mit longtemps à répondre et Nerese ne savait pas si c'était à cause de sa blessure à la tête ou s'il cherchait à gagner du temps.

— Je ne me rappelle pas. J'ai dû demander, je pense. Je ne me rappelle pas.

— Tu as regardé par l'œilleton ?

— Si je l'ai fait, je ne m'en souviens pas.

— Tu ne t'en souviens pas. Donc, tu ouvres. Et tu te réveilles dans une ambulance, en route pour l'hôpital.

Donc, ce type qui t'a frappé, tu ne l'as pas invité à entrer, sinon tu t'en souviendrais, d'accord ?

— D'accord.

— Ray… Quand t'es allé ouvrir, t'avais un grand vase à la main ?

— Un quoi ? Non.

— Y en a un chez toi ?

— Oui, je crois.

— Où, exactement ?

— Dans le séjour.

— Où, dans le séjour ?

— Sur la table d'angle, entre les canapés.

— Tu vois, Ray, je te demande ça parce que les ambulanciers m'ont dit que quand ils sont venus te prendre, ils t'ont trouvé étendu par terre, quelqu'un t'avait cassé un gros vase sur la tête, y avait du sang et du plâtre partout.

— Merde.

— Ils m'ont dit que tu avais une attaque, que tu gigotais comme un poisson sur le pont d'un bateau, que tu serrais dans ton poing un morceau de vase tranchant.

De son stylo, elle indiqua le petit doigt bandé, et Ray le regarda comme s'il n'avait jamais remarqué qu'il avait une main au bout de ce bras-là.

— Tu t'es presque sectionné un doigt, là.

Il ferma les yeux, fit une grimace comme si on l'avait piqué, les rouvrit.

— Alors, je te pose la question… Quand t'as ouvert la porte à ce type, est-ce qu'il portait un gros vase, par hasard ? Comme s'il t'attendait, tu vois, le genre « Surprise, surprise ».

Ray ne répondit pas.

— OK. Donc, t'as dû te faire estourbir par le vase posé sur la table entre les canapés, d'accord ?

Il se détourna, tendit faiblement le bras derrière lui pour fermer sa blouse d'hôpital, y renonça.

— Donc, ce type est forcément entré dans ton appartement, il a regardé autour de lui, il a repéré le vase, il est allé vers la table d'angle, il a pris le vase, il est revenu près de toi et…

Nerese fit semblant de soulever un vase imaginaire et de l'abattre sur la tête de Ray.

— Pourquoi tu me donnes l'impression que c'est moi le criminel ? dit-il sans animosité.

— Ray, tu as peur de ce type ?

— Quel type ?

— Ray, soupira-t-elle. Tu as invité le gars à entrer, ou il t'a bousculé, ou je sais pas, mais viens pas me dire que t'as aucun souvenir de ça.

L'air profondément abattu, il roula sur le côté pour lui échapper enfin, remonta lentement la mince couverture sur son corps.

— Ray, tu le connais, ce type, hein ?

Il se tourna de nouveau vers elle.

— Tu sais que tu commences toutes tes phrases en m'appelant par mon prénom ? C'est une technique de vendeur de voitures, ça.

— Ray, tu as peur de lui ?

— Non, répondit-il d'un ton calme, définitif, comme s'il n'avait pas l'énergie nécessaire pour toute cette histoire.

— Mais tu le connais, hein ?

Elle était sur le point de répéter la question quand il répondit :

— Je ne veux pas porter plainte.

Nerese hocha la tête en tentant de lire en lui, détecta non pas de la peur, mais plutôt de la gêne, de la honte, pensa : Peut-être une affaire sexuelle homme-homme et espéra dans la foulée que ce n'était pas homme-jeune garçon.

— Tu veux que je lui mette la pression ? Je peux, tu sais.

— Non.

— Par exemple, je peux faire comme si j'enquêtais sur d'autres types recherchés, le coincer comme ça. T'es pas obligé d'y être mêlé, suffit que tu me donnes un nom…

— Non. Non. Non.

Litanie lasse, déterminée.

— Ray, me force pas à aller dans le hall et à jouer au psy avec ta mignonne de fille : « Est-ce que tu as déjà vu ton papa se disputer avec quelqu'un ? Est-ce que ton papa était préoccupé par quelqu'un ? Est-ce que tu connais quelqu'un qui lui voudrait du mal… ? » Parce que je peux te dire une chose, Ray, ta femme, je sais pas mais…

— Ex. Mon ex-femme.

— Comme tu veux, mais j'ai qu'à regarder le petit visage triste de ta fille pour savoir qu'elle a quelque chose pour moi.

Les yeux de Ray se portèrent par réflexe à droite de Nerese pour tenter de voir l'ascenseur à travers la paroi de verre. La fille et la mère devaient être parties car ce fut d'une voix plus ferme qu'il demanda, montrant les sacs posés aux pieds de l'inspectrice :

— C'est quoi, toutes ces cassettes ?

— On a eu un meurtre dans un Burger King de JFK. Les enregistrements proviennent des caméras de surveillance. Vingt-quatre heures de gens qui se tuent en bouffant.

— Tweetie, dit-il de son ton neutre. La dernière fois que je t'ai vue, tu venais de te faire choper pour avoir bombé « Garce de Blanche » sur un mur du bâtiment 11. Comment tu es devenue flic ?

— Arrête, Ray, fit-elle avec douceur. J'avais treize ans.

— Comment tu es devenue flic ?

— Je garde ça pour la fin, répondit-elle tout net. Quand je te *re*-connaîtrai mieux. Parce que cette histoire-là, elle enterre toutes les autres. Mais je te propose un marché…

Du menton, il désigna la plaque.

— Le N, ça veut dire quoi ?

— Nerese.

— Nerese… Et Tweetie, ça vient d'où, alors ?

Elle sourit : ils s'éloignaient du sujet mais s'il avait besoin de faire la converse un moment, d'entendre une histoire ou deux avant de lui lâcher le morceau, c'était dans les choses possibles.

— Ma grand-mère avait le palais fendu ou quelque chose comme ça. C'était sa façon de prononcer Sweetie.

— Sweetie, répéta Ray, pour voir si le prénom lui allait. Agent Sweetie.

— Inspectrice Sweetie, en fait. Au moins pour les trois prochains mois. Ensuite, au revoir.

— Au revoir ?

— La retraite.

— La retraite… Tu as quel âge, quarante ? Quarante et un ?

— Dans ces eaux-là. Je peux prendre ma retraite après vingt ans de service, toucher une demi-paie pour le restant de mes jours, et crois-moi, je vais le faire. Ce boulot est devenu merdique sans appuis politiques, ce que je n'ai pas, alors, cet été, je m'installe en Floride, près de Jacksonville. C'est de là qu'est la famille de ma mère, à l'origine. Les parents du père de mon fils, aussi. T'as déjà été en Floride ?

— Tweetie, je suis juif, dit-il.

Au gros effort qu'il fit pour sourire, elle devina que c'était une plaisanterie.

— Ray, je te jure, chaque fois que je descends de l'avion là-bas, tout ralentit. L'air est doux… Et j'ai dit à mon fils Darren, il a presque dix-huit ans, je lui ai dit que s'il arrive pas à se faire admettre en fac avec une bourse à la clef, ou à trouver un vrai boulot d'ici juin, il aura plus qu'à s'engager dans l'armée parce que sa maman chérie aura déménagé. Il me croit pas, d'ailleurs. Il est exactement comme son père, un grand bébé, il pense que j'ai été mise sur terre pour nourrir Sa Majesté et nettoyer ses saletés. Mais c'est pas seulement lui. J'ai une tonne de gens sur le dos et je dois plus ou moins les caser quelque part avant de partir.

Elle prit sa respiration, jeta un coup d'œil à Ray pour s'assurer qu'elle ne l'avait pas perdu, son esprit estropié clopinant peut-être trop loin derrière ce qu'elle lui préparait. Il avait l'air profondément enfoncé en lui-même, mais il continuait à écouter.

— J'ai acheté une maison à Jersey City, y a de ça cinq ans, poursuivit-elle. J'ai donné l'étage à ma mère, elle est tellement conservée dans l'alcool que je parierais pas qu'elle finira par mourir un jour, elle a soixante-quinze ans maintenant, elle vit là-haut avec son frère, mon oncle, il en a soixante-dix-huit, et au rez-de-chaussée, c'est moi et mon fils. Hors de la maison, j'ai mon frère Antoine, tu te souviens d'Antoine ? À propos, il a changé légalement son prénom en « Toni » y a deux ans. Bref, Antoine, Toni, il a le sida, maintenant...

Ray émit un grognement de sympathie, tourna de nouveau son visage vers elle.

— Ouais, fit Nerese, hochant la tête. Des fois il est à l'hosto, des fois il est en taule, des fois il est sur mon canapé. J'essaie de le faire admettre aux Frères chrétiens de Bayonne mais il est pas encore assez malade... Et mon frangin Butchie, tu te souviens de lui aussi ? Il est au trou. Encore une fois. Mais il sortira bientôt. Encore une fois. Je lui ai dit de plus mettre les pieds chez moi, mais il le fera quand même. Il se glisse en douce par la porte de derrière en pleine nuit, ça lui plaît. Je le découvre en me levant le matin, endormi dans la cuisine, ça me fout une trouille bleue. Il a de la chance que je lui aie pas encore tiré dessus... Tu veux que je te dise autre chose ? Y a trois mois, je suis allée en Floride voir mes cousins, et par politesse j'ai rendu visite au grand-père paternel de mon fils, parce que j'avais appris qu'on l'avait placé dans une maison de retraite de l'État. Je vais là-bas, il me regarde, il se redresse dans son lit et il me fait : « Flossie ? » Il me prend toujours pour Flossie, sa fille morte. Bref, il me dit : « Flossie, si tu me laisses ici, je vais *mourir* ici. » Alors, bon, tant pis, je l'emmène avec moi dans le New Jersey, je le fais examiner par mon docteur, qui dit qu'il souffre de démence progressive, un des signes avertisseurs de la maladie d'Alzheimer. Mais, Ray...

Elle se pencha, lui toucha de nouveau le bras pour garder son attention.

— Il a quatre-vingt-dix-sept ans, le bonhomme. Quatre-vingt-dix-sept. Il lui reste plus assez de temps pour des signes avertisseurs de quoi que ce soit. Alors, bon. Je le colle au premier avec ma mère et mon oncle, et c'est comme dans *L'Enfer à Harlem*.

Ray poussa un soupir, une profonde expiration qui lui souleva la poitrine et finit en larmes.

— Tweetie, je suis au fond du trou, dit-il sans la regarder.

Elle glissa sa main dans celle de Ray et il la pressa.

— Tu veux me dire ce qui se passe ?

— Non. Mais continue à parler.

Elle attendit une seconde, pour voir s'il ajouterait quelque chose, et reprit :

— Tu vois, Ray, je crois qu'une des raisons pour lesquelles je suis entrée dans la police, à l'origine, c'est pour obliger ma famille à tenir ses distances. « Tu veux devenir un criminel, Antoine ? Toi aussi, Butchie ? Ben, faudra plus m'approcher. Je perdrai pas mon temps à vous expliquer que la dope, c'est mauvais. Restez à l'écart, je suis de la flicaille, maintenant. »

« Mais je vais te dire une chose, Ray. Dieu soit loué, j'ai découvert au fil des ans que je suis bénie. Vraiment bénie. Et maintenant, je suis comme l'homme de la famille, je porte tous les autres sur mon dos. Mais je suis pas sûre que je leur rends service. Ils pourraient probablement apprendre à se débrouiller seuls, la plupart d'entre eux, ce qui serait une bonne chose pour moi, parce que tu veux la vérité ? Je suis bénie, oui, mais je suis fatiguée. Je suis largement aussi fatiguée que bénie, voilà la vérité.

« Tu veux que je te raconte une journée type pour moi ? Y a quelques semaines, le vieux bonhomme que j'ai casé en haut, chez moi, celui qui n'a plus… qui souffre de démence machin, là… Ma mère explose : "Fais sortir cet homme de ma maison !" Sa maison, hein ? Mais bon, OK. Je donne quelques coups de fil, je me fais rembourser quelques services rendus et j'arrive à le placer à Beth Abraham, un hospice à cinq rues de la maison…

« Samedi dernier, je demande à Darren de préparer la valise de son grand-père, je l'emmène à l'hospice, je le fais admettre, je le conduis à sa nouvelle chambre et je vois que mon fils a fait un boulot de pro, comme d'hab'… Le vieux n'a ni pyjama, ni peignoir, ni brosse à dents, rien… Alors je le laisse là, je cours au Caldor's de Gannon, je lui achète des sous-vêtements, du dentifrice — je sais même pas s'il a encore des dents —, des chaussettes, une ceinture, des pantoufles. Dans le magasin, c'est la cohue du samedi, une queue d'un kilomètre à la caisse… Je retourne en vitesse à Beth Abraham, le vieux se redresse dans son lit, comme en Floride : "Flossie, il me dit, si tu me laisses ici, je vais mourir ici. T'es même plus une chrétienne."

« J'ai envie de lui balancer : "Ah ouais ? Et si tu gardais tes salades pour ton attardé de fils de quarante-six ans, le Rolling Stone déglingué déguisé en courant d'air, qui, tu l'auras remarqué, brille une fois de plus par son absence… Sûr que ça l'intéresserait… En fait, je l'ai pas vu dans le coin depuis que j'ai ramené de Floride, y a de ça trois mois, tes vieilles fesses avec qui j'ai aucune relation de parenté…"

« Bien sûr, je dis rien de tout ça. Il est vieux, il a peur. Dieu ne nous inflige pas plus que nous ne pouvons supporter et je suis vraiment, vraiment bénie. Voilà ce qu'est une journée ordinaire pour moi, Ray, alors dis-moi qui t'a cassé ce vase sur la tête, file-moi son nom que je puisse le boucler, rentrer chez moi, me mettre au lit et regarder *Urgences* comme tout un chacun. Qu'est-ce que t'en dis, hein ? conclut-elle en touchant son sourcil balafré. Allez, bonhomme…

4

SALLE DE CLASSE — 7 JANVIER

Un moment après que l'étrange bourdonnement électronique eut annoncé le début des cours, le proviseur Egan, après trois jours de faux départs, parqua enfin, enfin sept élèves dans la salle des professeurs, tous le visage fermé, les yeux détournés, pas un sourire dans le groupe. Il y avait là quatre filles : deux Noires, une Hispanique, une qui aurait pu être l'un ou l'autre, toutes les cheveux laqués en ondulations et mèches pétrifiées, toutes arborant d'immenses boucles d'oreilles en or, deux avec des croix sur la poitrine, l'air bien, ces filles. Et trois garçons : deux Noirs, chemise blanche à manches longues boutonnées au-dessus de poignets osseux, la cravate de travers, et un Latino rondouillard prépubère, avec une coupe de cheveux informe, lui aussi portant une croix sur la poitrine, ce que Ray trouva à la fois déconcertant et rassurant.

Ne pouvant les regarder dans les yeux tandis qu'ils tiraient leur chaise en arrière avant de s'installer à la longue table, il porta son attention sur le proviseur.

— Sept ? fit-il par-dessus leurs têtes comme s'ils étaient des réfrigérateurs ou des climatiseurs.

Egan haussa les épaules.

— Estimez-vous heureux qu'il y en ait autant.

— Non, non, sept, c'est bien, c'est très bien.

— Ce sont de bons petits, déclara Egan, se tournant vers eux. N'est-ce pas ?

Il sortit sans attendre la réponse.

Dans ce nouveau silence, Ray s'efforça de sourire mais n'afficha qu'un rictus et s'arrêta, plongea le nez dans ses notes, releva la tête.

— Comment ça va ? attaqua-t-il d'une voix façon gosse du Bowery.

Trop, même, mais avant qu'il pût se réinventer, une rafale de sono jaillit dans la pièce par le petit haut-parleur monté au-dessus du tableau noir :

« Mr Moffat est demandé en salle de documentation, Mr Moffat… »

Dit avec l'accent traînant de Dempsy.

— C'est quoi, ça, une urgence ?

Pas de réaction : deux des filles échangèrent un regard en jouant avec le col raide de leur chemisier, tous les autres semblaient fascinés par leurs ongles ou par le grain du bois de la table, dans une atmosphère imprégnée de méfiance.

— OK. Eh bien…

De nouveau il fut interrompu, cette fois par une femme corpulente en tailleur qui entra dans la pièce d'un air affairé, cheveux noirs, yeux noirs, tout en dossiers de papier kraft et chaînes de lunettes, les élèves s'affalant sur leur siège à sa vue.

— Bonjour ! lança-t-elle à Ray en raclant le sol avec les pieds d'une chaise. Je suis Mrs Bondo et j'assiste au cours…

Ray n'apprécia pas.

— Aujourd'hui ?

— Un certain temps. Tu ne pourrais pas te tenir droit, Rashaad ?

Ray finit par se lancer :

— Bon, je m'appelle Ray Mitchell, nous sommes en atelier d'écriture. Soyez présents chaque semaine, faites le travail demandé et je vous mettrai un A…

— Ils ne reçoivent pas de notes pour ce cours, c'est juste porté à leur crédit, intervint Mrs Bondo.

— OK. Soyez là, faites le boulot, je vous donnerai vingt dollars.

Deux des filles échangèrent un coup d'œil : « Dingue, ce mec ». Rashaad, le long garçon osseux, lança :

— Moi, je suis preneur.

Ray ne fut pas mécontent de cette réaction jusqu'à ce qu'il se tourne vers Mrs Bondo, souriante mais pas franchement amusée. Il laissa ses yeux glisser vers les élèves, les regardant vraiment pour la première fois, et s'étonna :

— Vous avez l'air un peu jeunes pour le lycée…

— Ce sont tous des élèves de troisième, précisa Mrs Bondo.

— De troisième ? répéta Ray.

Puis il comprit : aucun de ces gosses n'appartenait au groupe qui lui avait posé des lapins trois jours de suite. Egan avait probablement jeté par-dessus bord tout cet équipage et embarqué de force une équipe de bizuths plus malléables, ceux qui connaissaient moins les usages de Hook, qui ne savaient pas encore bien comment s'en dépatouiller. Ça ne le dérangeait pas.

— Troisième. Super. Bon, d'accord. Je vais vous expliquer qui je suis, ce que je fais ici ; ensuite, vous monterez à tour de rôle à la tribune, vous direz votre nom et tout ce que vous voudrez d'autre, OK ?

Silence.

— Primo… Tout le monde sait qu'il s'agit d'un atelier d'écriture, d'accord ?

Deux mains se levèrent.

— Oui, vous savez ou…

— Je pensais que c'était plutôt un club, dit le Latino.

Il portait des lunettes à monture dorée et la couverture de son classeur à trois anneaux s'ornait d'un dessin assez ressemblant d'un catcheur célèbre au stylo à bille.

— Un atelier, un club… D'accord, c'est un club. La semaine prochaine, je distribuerai des cartes de membre et je vous apprendrai la poignée de main secrète.

Les adolescents le regardèrent, se regardèrent, perdus, incapables de décrypter ce mitraillage de fêlé. Ralentis, ralentis, se dit Ray.

— En tout cas, je m'appelle Ray Mitchell. J'ai grandi de l'autre côté de la rue, à Hopewell, comme certains d'entre vous.

— Pour de vrai ? fit une des filles d'une voix traînante.

— Pour de vrai. Vous avez entendu parler de l'époque d'avant ? J'étais là avant l'époque d'avant. Les années 60, début 70. J'ai fait mes études ici, pas très brillantes, je suis allé en fac, j'ai enseigné un moment dans un lycée, j'ai abandonné (Ray ne précisa pas pourquoi) et je suis devenu chauffeur de taxi. J'ai conduit ce taxi pour des tas de raisons, en particulier parce que je voulais devenir écrivain et que je m'imaginais que c'était là qu'étaient les histoires, sur la banquette arrière des taxis. Malheureusement, ce n'est pas exactement comme ça que ça marche et j'ai bien dû faire un million de kilomètres dans ce bahut sans jamais vraiment écrire quoi que ce soit qui vaille la peine d'abattre un arbre…

Cette dernière remarque passant au-dessus de la tête de tout le monde, y compris de Mrs Bondo, le « Mrs » déjà imprimé dans l'esprit de Ray aussi profondément que s'il était lui-même élève de troisième.

— Ensuite je suis devenu… Quelqu'un sait ce qu'est un polygraphe ?

— De l'algèbre ? hasarda l'élève grassouillet.

— Non, non…

— Un détecteur de mensonge, répondit une des Noires, lunettes à la Janis Joplin, cheveux noirs aux ondulations laquées disposées en une succession d'arcs comme le toit de l'Opéra de Sydney.

— Exactement. Merci. J'ai travaillé pour une petite entreprise qui faisait passer au détecteur de mensonge des gens candidats à des boulots minables les mettant en contact avec de l'argent ou des marchandises.

Ray accorda à la fille un second regard, considéra la façon dont elle avait donné calmement la réponse, sans pousser des « Hou-hou », le doigt levé.

— Je peux vous dire que si vous aimez les trucs bizarres, attacher les gens à leur chaise avec des tuyaux en caoutchouc et les amener à se débiner eux-mêmes en leur flanquant la frousse, c'est exactement ce qu'il vous faut.

Mutisme désorienté autour de la table, Ray se demandant comment il avait réussi à faire ce boulot pendant cinq ans sans se faire virer, se rappelant alors qu'il avait plus ou moins…

— Après ça, je me suis remis au taxi, et puis à travers une série de circonstances diverses, pour la plupart embarrassantes, je suis devenu écrivain… mais pas comme je l'avais imaginé. En fait, j'ai décroché un boulot consistant à écrire, et j'ai écrit pour un feuilleton télévisé, autrement dit, après avoir roulé des kilomètres, j'ai écrit au kilomètre…

Nouveaux regards éberlués, Ray s'exhortant de nouveau : Du calme.

— Bref, je suis devenu l'un des scénaristes de *Brokedown High.*

— Le feuilleton de la télé ? fit l'Hispanique, la tablée s'animant un peu.

— Le feuilleton de la télé.

— Vous avez écrit l'histoire ?

— Moi et d'autres.

— Waouh.

— Oui, je dois dire que c'était assez chic de ma part.

Mrs Bondo lui adressa un autre sourire contenu qui lui donna envie de passer tout de suite à autre chose et de laisser totalement tomber son cinquième de nomination aux Emmy Awards.

— Quoi qu'il en soit…

Nouvel appel électronique :

« Mr Cromartie ? Mr Cromartie, vous êtes prié de passer au bureau de monsieur le proviseur, Mr Cromartie… »

Il retint une autre plaisanterie, tentant insensiblement mais au prix d'un gros effort d'en finir avec cette approche cabaret de l'enseignement, toute avancée dans sa vie, comme toute infime amélioration de son caractère, ayant été plus ou moins acquise dans la honte.

— Bon, à vous, maintenant. Qui êtes-vous ?

Il adressa un signe de tête au jeune replet qui avait dessiné un catcheur sur son classeur.

— Efram, marmonna celui-ci, coulant à pic dans son col de chemise.

— Efram… répéta Ray, qui attendit.

L'adolescent haussa les épaules, lâcha :

— Ils savent.

— Efram Ils Savent, dit Ray.

— Le nom de famille aussi, Efram, fit Mrs Bondo.

— Bello.

— Efram Bello, dit Ray. Alors si Mrs Bondo épousait Efram Bello, son nom deviendrait Mrs Bondo-Bello, hein ?

Mains plaquées sur des bouches tout autour de la table, ricanements et hoquets étouffés, yeux ronds, Ray trouvant maintenant curieux que ces gosses des cités, témoins toute leur vie de terribles extrémités en matière de comportement humain, soient si facilement choqués par la plus légère atteinte à l'étiquette professorale, mais il était trop lancé pour réfléchir au-delà de son observation initiale.

— OK, à toi, jeune homme…

— Rashaad, dit le garçon, ajoutant, après un coup d'œil à Mrs Bondo : Macbeth.

— Rashaad Macbeth ?

Son long visage étroit, son front haut, ses yeux légèrement exorbités et sa petite bouche effarouchée évoquaient à Ray un bébé girafe.

Ensuite les cinq autres, Dierdre, Felicia, Myra, Jamaal et Altagracia, chaque prénom énoncé calmement, pas de claquement de langue, pas de coup d'œil périphérique, pas d'épate pour les voisins. Jusqu'à présent, Ray s'était cuirassé pour rien. La sobriété des présentations pouvait être due à l'exiguïté de la table, à la présence de Mrs Bondo ou, plus étonnant pour Ray, au fait qu'il avait peut-être simplement affaire à de gentils gosses de quatorze ans.

— OK, laissez-moi vous demander… C'est un atelier d'écriture. Une activité facultative. Quelqu'un peut me dire pourquoi il est ici ?

— Parce que j'ai des histoires à raconter, répondit Rashaad, la main à demi levée.

— Oui, dit Ray, presque reconnaissant. Vous avez tous des histoires, que vous le sachiez ou pas. Et c'est ici que vous allez les délivrer.

Il plongea la main dans le sac posé à ses pieds, y prit sept des dix cahiers rouge et noir qu'il avait achetés pour eux à Chinatown et les distribua comme des cartes à jouer.

— « Mais docteur, je n'ai pas d'histoires à raconter… — Oh ! mais si, mon cher », poursuivit Ray, prenant des voix différentes, cherchant à les faire rire, quoique trop excité maintenant pour se soucier du résultat. Vous avez tous des histoires dingues. Si je fais le tour de la table et que je vous presse un peu, chacun d'entre vous peut me donner six histoires super. Six fois sept élèves égale quarante-deux plus quatorze avec moi et Mrs Bondo qui font cinquante-quatre.

— Cinquante-six, corrigea Efram.

— Cinquante-six — merci — histoires. Sur vos amis, vos voisins, votre famille, très certainement votre famille… Et elles sont très, très importantes pour vous. Des histoires avec lesquelles vous avez grandi. La fois où votre oncle s'est mis dans une telle colère que… Le jour où ma grand-mère a quitté sa maison en pensant que… Mes parents, le jour où ils se sont rencontrés, ils ont… Mon frère, simplement parce qu'un autre gosse l'avait mis au défi, il m'a sidéré en… Ma mère, je ne l'avais jamais vue comme ça quand elle…

« Toutes ces histoires, elles sont là, poursuivit-il, touchant sa tempe, touchant son cœur (un procédé éculé, mais efficace). Et nous les aimons parce qu'elles nous appartiennent. Parce que même si elles ne sont pas vraies — et croyez-moi, au moins la moitié ne le sont pas — elles ont élu domicile en nous, elles font partie de nous, elles sont nous…

« Oui, OK, OK, fit-il, s'adressant plus à lui-même qu'à eux, maintenant. C'est super, super. OK. Cette classe ? Oubliez-la. N'y pensez même pas comme à un atelier d'écriture. Il s'agit simplement d'histoires. Ce que vous devez écrire ? Des histoires, raconter des histoires… Quelqu'un pourrait réveiller ce garçon ?

L'une des filles donna un coup de poing à Jamaal, dont le front reposait sur la table. Ray se sentait tout heureux à présent, les histoires étaient son filet de sécurité depuis toujours, la corde le reliant à Ruby, à l'amour, à lui-même, les histoires étaient le ballast, la voiture de secours, l'oxygène.

— Et voilà, vous êtes quoi, des gosses de Hopewell ? Des gosses du quartier ? Personne d'autre ne sait ce que vous savez… Ce que vous considérez peut-être comme, comme banal, ennuyeux, c'est… Non. C'est… Moi, quand j'ai envie de lire quelque chose, un bouquin, une histoire, un article de journal, je pense : Je n'ai pas beaucoup de temps, pourquoi je devrais lire ça ? Qu'est-ce que cet individu a à me dire que je ne sais pas déjà ?

Il se reprit — il y avait quelque chose de mauvais dans le message.

— Non que ce que vous écrirez doive être époustouflant, genre le clou du spectacle… Tout ce que je veux dire, croyez-moi, c'est que vous êtes tous beaucoup plus intéressants, beaucoup plus particuliers que vous ne le pensez.

« Alors, chaque semaine, vous m'écrirez quelques pages, pas besoin qu'elles aient un début ou une fin, un simple instantané, une photo en mots, vous l'apportez et vous la lisez à la classe, ou je la lis pour vous et on en parle. Des questions ?

Jamaal, le dormeur, leva la main.

— Ça compte, l'orthographe ?

La fille aux lunettes démesurées, Myra, claqua la langue d'irritation.

— L'orthographe, c'est bien. C'est bien, de connaître l'orthographe, dit-elle.

La déception causée par la question avait été écrabouillée dans l'œuf par cette Myra, il y avait quelque chose, là.

— On peut écrire au crayon ?

— Crayon, stylo, sang, tant que j'arrive à déchiffrer…

— Il faut qu'elles soient vraies ?

— Menez-moi en bateau. OK, vous savez quoi ? Combien de temps il nous reste, vingt minutes ? Quelqu'un veut démarrer et raconter une histoire tout de suite ?

La réaction immédiate fut un silence unilatéral, sombre et tendu.

— Juste oralement. N'importe quelle histoire. N'importe quoi. Un rêve. Une blague…

Pas un seul d'entre eux pour ne serait-ce que croiser son regard. Ray en vint rapidement à comprendre qu'il n'arriverait pas à sortir un volontaire de cette bande, là, maintenant, même en fracturant des rotules.

— Allez, un courageux.

Pour la forme, il compta jusqu'à dix puis laissa ses mains retomber sur la table.

— Bon, d'accord, dit-il, la voix lourde de capitulation. Vous ne me laissez pas d'autre choix que d'en raconter une moi-même.

Décrochée de l'hameçon, la classe se détendit.

Et dans ce premier moment de détente et d'abandon, là, devant lui, Ray apprit quelque chose : Rashaad Macbeth était amoureux de Felicia Stevenson, une grande adolescente couleur caramel assise juste en face de lui, mais (et Ray en eut la certitude attristée) cet amour était à sens unique.

Depuis le début du cours, le garçon alternait examen attentif de la pointe de son stylo et coups d'œil furtifs à la fille, trente secondes pour le stylo, deux secondes pour Felicia, trente et deux, trente et deux, mais elle, elle n'avait pas même regardé une seule fois dans la direction de Rashaad.

— OK, commença Ray, c'est parti. Quand j'étais gosse, j'avais un cousin, Jacky, le fils de la sœur de ma grand-mère, d'une vingtaine d'années plus âgé que moi. Le père de Jacky — on l'appelait Stubby — était un gars vraiment tout petit[1], un mètre soixante, avec le teint sombre, des yeux sombres, parce qu'il était à moitié juif russe, à moitié indien guatémaltèque, ce qui est une tout autre histoire en soi. Le frère aîné de Jacky, Benny, était exactement comme Stubby — la peau et les yeux sombres, un mètre soixante. Le problème, c'est que Jacky avait des cheveux blond-jaune et qu'à onze ans il mesurait pas loin d'un mètre quatre-vingts, et même si la mère de Jacky avait la peau claire, Stubby avait décidé que le gosse n'était pas de lui, que sa femme s'était fait engrosser par un autre homme, et basta. Et sa façon de réagir, c'était d'exclure Jacky. Il ne lui parlait pas, il ne le touchait pas, il ne le regardait pas. Ce petit garçon n'existait tout simplement pas pour lui. Stubby, c'était un de ces bouts d'homme rageurs qui disputent les Golden Gloves, des nabots hargneux qui veulent cogner sur le monde entier parce qu'ils sont tout petits. Les pires des brutes…

« Pour être franc, Jacky n'était peut-être pas de lui. Sa mère, ma grand-tante, je ne sais pas, elle était là et pas là, elle avait effectivement des amants, elle a fini par quitter la maison, alors…

Ray jeta un coup d'œil à Mrs Bondo, qui semblait avoir du mal à se contenir.

— Quoi qu'il en soit, parvenu à votre âge, ou plus jeune, même, Jacky était un enfant gravement maltraité, vous voyez, sur le plan psychologique. Et ma grand-mère, la sœur de la mère de Jacky, elle s'appelait Ceil, elle m'a raconté que quand Jacky était petit, elle l'enten-

1. *Stubby* signifie « courtaud », « trapu ». (*N.d.T.*)

dait appeler de la rue, « Tante Ceil, Tante Ceil », tout seul là en bas, c'était dans Tonawanda Avenue, au début des années 50, toute ma famille, les tantes, les oncles, les grands-parents, ils vivaient tous dans divers immeubles sans ascenseur sur Tonawanda… Bref, ma grand-mère, elle m'avouerait plus tard : « Ray, j'ai honte de moi, j'aurai honte jusqu'au jour de ma mort, mais quand j'entendais Jacky m'appeler d'en bas, je n'allais jamais à la fenêtre, je ne le faisais jamais monter parce que j'avais peur de Stubby »…

— Un mec d'un mètre soixante ? fit Rashaad, se redressant avec dédain.

— Je sais, mais quelquefois, la rage peut vous faire prendre des centimètres.

— Un mètre soixante, répéta Rashaad, coulant un bref regard à Felicia.

— À treize ans, Jacky était devenu un chat de gouttière, un gosse des rues, et à quinze, il se piquait à l'héroïne.

Mrs Bondo remua sur sa chaise comme un volcan qui se réveille, rejeta bruyamment l'air par son nez et Ray se figea. Qu'est-ce qu'il fabriquait ? Pourquoi il racontait cette histoire ? Il présentait ses lettres de créance ? Il voulait se faire accepter comme petit dur honoraire du quartier ? Mais il était dedans jusqu'aux hanches et estimant que ce serait littéralement peine perdue d'arrêter maintenant il poursuivit :

— À dire vrai, je n'ai pas vraiment connu mon cousin Jacky, il y avait une trop grande différence d'âge entre nous, mais je crois me souvenir d'un type très doux, très amical, plutôt bavard, et costaud. Énorme. Un mètre quatre-vingt-dix, largement au-dessus des cent kilos, et faisant de la muscu, en plus. D'après ce qu'on m'a raconté, si vous ne saviez pas qu'il était drogué, vous ne l'auriez jamais deviné…

Ray s'interrompit de nouveau en se demandant comment expédier le reste, ne trouva pas de réponse et résolut de continuer à son rythme, foin des critiques ou des reproches.

— À vingt-cinq ans, Jacky luttait avec sa toxicomanie depuis près de dix ans. Sa mère était partie, alors, il n'y avait plus que lui, son frère Benny et Stubby à la maison. Et il traînait dans la rue avec les loups, arnaquant les gens, se défonçant, se faisant arrêter, allant en prison, arnaquant les gens, se défonçant, se faisant arrêter, allant en prison… Ce qui ressemblait le plus pour lui à un ange gardien, à un ami, à une figure paternelle, à l'époque, c'était un type qui vivait au bout de la rue, Jack Zullo, un inspecteur de la police de Dempsy couvert de médailles et de relations. À la différence de tous les membres de ma famille « j'ai-rien-vu-on-m'attend-chez-moi », Jack Zullo avait tout vu et entendu, tous les chagrins et toutes les misères du quartier. Il avait pitié de Jacky, il détestait Stubby et il faisait ce qu'il pouvait pour aider mon cousin, ce qui se réduisait à se débrouiller pour qu'il s'en tire une fois de temps en temps quand il passait devant un juge. Il faut vous rappeler que c'était au début des années 60 et qu'en ce temps-là la désintox, la thérapie, tous les traitements de la toxicomanie, c'était du domaine de la science-fiction dans cette ville. Fondamentalement, les drogués étaient considérés comme de sales criminels dégénérés, au mieux comme des rats d'égout…

— C'est ce qu'ils sont, affirma Rashaad avec autorité.

Quelques-uns des autres jeunes aspirèrent une goulée d'air, regardèrent Ray pour voir s'il prendrait ça comme un affront, mais il était trop occupé avec son histoire.

— Bref, ce flic a fait ce qu'il pouvait jusqu'à ce qu'il ait quelques ennuis lui-même, dit Ray, qui passa sous silence les neuf condamnations à perpétuité consécutives pour meurtre sur contrat pour le compte de diverses familles mafieuses du New Jersey.

— Pourtant, à l'âge de vingt-cinq ans, Jacky passait pour avoir décroché de la dope depuis plus d'une année, il était fiancé, il s'était même réconcilié avec Stubby. En fait, Stubby lui avait obtenu une carte d'apprenti au syndicat des électriciens, ce qui vous assurait à l'époque un bon salaire et la sécurité de l'emploi. Encore maintenant, d'ailleurs.

« Mais la veille du mariage de Jacky, le 23 avril 1965, il s'est produit une tragédie mystérieuse dont je peux affirmer aujourd'hui qu'elle ne sera jamais élucidée, poursuivit Ray, qui recommençait à s'amuser. Ce 23 avril-là, à trois heures du matin, Benny, le frère de Jacky, sonne à notre porte, nous habitions Hopewell, à ce moment-là, et réveille mes parents.

« Apparemment, Jacky avait eu une dispute avec Stubby dans la journée, il était parti en claquant la porte et avait disparu. Vers minuit, on avait envoyé Benny à la recherche de son frère, ce qui voulait dire faire tous les coins à dope, voir tous ses ex-prétendus copains, faire le tour des urgences. Pas de Jacky. Finalement, il avait appelé la morgue du comté, au centre médical de Dempsy, il avait décrit son frère au téléphone, blond, un mètre quatre-vingt-dix, cent dix kilos, et un employé avait répondu : "Ouais, on a quelqu'un comme ça, venez l'identifier."

« Et Benny était venu chez nous, je ne devais pas avoir plus de cinq, six ans, pour demander à mes parents, pour les supplier de l'accompagner à la morgue parce qu'il n'aurait pas supporté de voir… Finalement, ils y sont tous allés, et c'était bien Jacky, allongé sur la dalle. Une overdose. Alors, Benny s'est tourné vers mes parents : "Il faut que je rentre prévenir mon père. Vous pouvez venir avec moi, s'il vous plaît ?"

« Donc, à l'aube, ils vont tous chez Stubby lui apprendre la nouvelle. Ils entrent, et la première chose qu'ils découvrent, c'est que tous les miroirs du vestibule sont drapés. Et quand ils trouvent Stubby dans la salle de séjour, il est pieds nus, assis sur une caisse en bois, coiffé d'une kippa. Il est assis à la Shiva, comme s'asseyent les juifs quand ils pleurent la mort d'un membre de leur famille. Ils sont venus lui annoncer la nouvelle mais lui, il est déjà installé. Il les regarde et dit : “Il est mort, hein ?” Il savait.

« Stubby a vécu encore vingt ans, mais jusqu'au jour de sa mort il s'est refusé à révéler à qui que ce soit de quoi Jacky et lui avaient discuté et ce qui l'avait rendu certain que son fils allait sortir et se tuer juste avant son mariage.

La classe était parfaitement accrochée, seule une fille fixait ses ongles d'un air renfrogné.

Le visage de Mrs Bondo semblait tiraillé de partout, comme si elle éprouvait d'incroyables difficultés à se taire.

— Alors, moi, si j'étais un élève de cette classe, j'essaierais probablement d'imaginer la conversation qui avait eu lieu…

Là, Ray s'interrompit, sentant au creux de ses tripes à quel point cet « exemple » était inapproprié, l'ensemble de la saga trop complexe, trop horrible, trop mélodramatique.

— La conversation qui a eu lieu entre un petit salopard dégénéré…

La classe sourcilla devant son vocabulaire mais Ray était trop près de la fin de l'histoire maintenant pour s'en soucier. Il n'arrivait pas à croire que Bondo ne l'avait pas réduit au silence à la moitié de ce gâchis.

— La conversation entre ce tortionnaire psychologique qui, après avoir été agressif et haineux pendant des années envers ce pauvre gamin dégingandé grandissant sous son toit, essayait enfin, enfin de bien se conduire avec lui… Et le gosse lui-même, drogué, voleur, escroc, récidiviste, complètement paumé sur le plan émotionnel. Qu'est-ce qui est arrivé ? Qui a dit quoi pour que mon cousin s'enfuie et tombe comme ça de son cheval la veille de son mariage ?

— Il ne voulait peut-être pas se marier, suggéra Altagracia, la fille qui examinait ses ongles.

Myra, tranquille et futée, leva la main.

— Sur quoi on écrit si on n'a personne dans sa famille qui a un problème de drogue ? demanda-t-elle avec l'équilibre adéquat entre innocence et sécheresse pour toucher le point sensible.

— C'est mon arbre généalogique, expliqua Ray maladroitement. Une des branches les plus malades.

Mrs Bondo eut un sourire fugitif, presque secret, qui fit entrevoir à Ray les raisons de sa retenue décontenancée : elle avait pris la décision — difficile — de laisser les élèves s'occuper de lui et de son drame à tiroirs sur la drogue, espérant qu'au moins l'un d'eux se montrerait à la hauteur de la situation et le tirerait de ses errements.

Ray se sentit remis à sa place, et fasciné aussi : il ne pouvait s'imaginer en possession d'une telle réserve.

Il voulait cependant une deuxième chance pour redresser la barre. Il fallait qu'il redresse la barre.

— OK, qu'est-ce qu'il nous reste, dix minutes ? Oublions cette histoire. Elle est trop, trop tout. En vitesse, vraiment : un instantané de Hopewell dans le temps, un tout petit rapide, ni début ni fin… Quand j'étais enfant, il y avait un gars dans mon immeuble, un Noir nommé Eddie Paris. Eddie était conducteur de métro et il avait deux filles, j'ai oublié leurs prénoms, et deux fils, Winston et Terrance, que tout le monde appelait Dub et Prince, ne me demandez pas pourquoi. Prince, l'aîné, c'était vraiment quelqu'un d'exceptionnel. Il fréquentait Incarnation, le lycée catholique de Hurley Street, premier de la classe, tableau d'honneur, capitaine de l'équipe de course à pied, qui a fini deuxième du championnat de l'État, une année, capitaine de l'équipe d'escrime, vous voyez, et par-dessus le marché, il savait chanter. Je veux dire chanter, pas du hip-hop, du heavy metal ou du rock, non, chanter. Il donnait des concerts. Des récitals. Bon, un instantané, on a dit. 1976. J'ai seize ans, je suis en seconde ici même à Paulus Hook, Prince en terminale à Incarnation. Ce jour de printemps, je suis dans ma chambre en train de faire mes devoirs et j'entends une dispute dans la rue. Je regarde par la fenêtre, Prince et son père Eddie Paris sont en bas, ça braille, ça agite les mains, et Prince, ce jeune extraordinaire, est… il a des larmes qui coulent sur son visage.

« J'entends Eddie lui crier : "Si je pouvais, je le ferais, Terrance, mais j'ai quatre enfants, pas seulement toi, alors, je ne peux pas !" Là-dessus, Prince se prend la tête à deux mains, il se retourne et, toujours en larmes, il se met à courir comme un fou, il grimpe la colline de Hopewell, ce champion d'athlétisme fonce comme une fusée en beuglant à tue-tête. Et voilà. C'est tout, conclut-il pour les appâter.

Timides, sans curiosité, ou simplement encore estourbis par la première histoire, ils ne mordirent pas à l'hameçon. Ray en fut scié.

— OK. Plus que trois minutes. Votre premier devoir. Rentrez chez vous, trouvez une photo de quelqu'un de votre famille, Maman, Papa, Grand-mère, le chat, qui vous voulez. Sauf que cette photo doit avoir été prise avant votre naissance. Et je veux que vous m'écriviez quelque chose concernant cette personne, et ce que je veux savoir, c'est où elle est allée, ce qu'elle a fait juste après que le photographe lui a dit merci. Et ne le lui demandez pas. Imaginez. Servez-vous de ce que vous avez entendu sur elle dans le temps. OK ? Deux minutes. J'ai une bonne et une mauvaise nouvelle…

Il prit dans le sac une pile de livres de poche, les étala sur la table.

— Un par client, de vous à moi. Ça, c'est la bonne nouvelle. La mauvaise, c'est que vous devez les lire. Pas en faire un compte rendu, simplement les lire.

« Une précision : ces livres ont été écrits pour la plupart par des gens qui ont eu une enfance défavorisée, certains en ville, d'autres à la campagne. Si je les ai choisis pour vous, c'est parce que je pense que nous lisons pour apprendre des choses nouvelles, bien sûr, mais le plus souvent, ce que nous tirons vraiment des bons livres que nous lisons, c'est une meilleure connaissance de soi. Nous lisons et nous découvrons sur la vie des trucs que nous connaissions déjà, sauf que nous n'avions pas conscience de le savoir avant de le lire dans un livre particulier. Et cette connaissance de soi, cette découverte de nous-mêmes dans les œuvres d'un autre, elle peut être passionnante, elle peut nous faire nous sentir un peu moins isolés dans notre bulle et un peu plus liés au monde extérieur.

Les regards se couvrirent d'un voile terne uniforme et, sentant qu'il devenait gonflant, Ray accéléra l'allure :

— OK, alors, nous avons James Baldwin, *Les Élus du Seigneur.* Une adolescence pauvre, bigoterie et feu de l'enfer, à Harlem. Richard Wright, *Les Enfants de l'oncle Tom.* Le racisme des p'tits Blancs du Sud dans les années 20, 30. John Steinbeck, *Des souris et des hommes*. Grand roman, grand auteur, mais surtout là parce qu'il faut bien que nous soyons représentés, nous, les Blancs. Sandra Cisneros, *The House on Mango Street*. Une adolescence hispanique à Chicago. Des poètes. Lucille Clifton, Etheridge Knight. Afro-américains. *El Bronx Remembered.* Une adolescence hispanique dans un quartier périphérique de New York, je ne me rappelle plus lequel. Enfin, et non des moindres, *Le Grand Livre des histoires d'épouvante*, ajouté pour une raison quelconque, OK ? Quand je dirai trois, tout le monde prend un livre. Un, deux…

À trois, six élèves plongèrent sur *Le Grand Livre des histoires d'épouvante*.

— Waouh, fit Ray, qui le retira de la circulation. On recommence. Un, deux…

Six livres disparurent, les deux romans hispaniques accaparés par des élèves noirs, Altagracia tenant *Les Enfants de l'oncle Tom* par un coin et lançant à Ray un regard furieux comme si elle avait été injustement écartée au premier tour du jeu des chaises musicales.

Qu'est-ce qu'il était censé faire ? Avec un haussement d'épaules, il lui glissa le recueil d'histoires d'épouvante.

Myra, la fille aux grandes lunettes, était la seule à ne pas avoir choisi un livre.

— Tu n'en prends pas ?

— Non, merci, dit-elle d'une voix presque inaudible, exhibant une édition de poche de *The Spoon River Anthology*. Je lis déjà quelque chose.

— Bravo, la félicita Ray à mi-voix.

Une ado décidément intéressante.

Dehors, dans le couloir, Ray fit quelques pas avec Mrs Bondo, son sac à main pesant et sa brassée de dossiers en papier kraft.

— J'espère que vous n'avez pas mal pris la blague Bondo-Bello. J'essayais juste de détendre l'atmosphère.

— Pas de problème, assura-t-elle, regardant droit devant elle, naviguant dans une circulation pédestre survoltée à deux sens.

— Désolé pour l'histoire de mon cousin. Je me suis laissé entraîner…

— C'est la vie.

— Alors… Qu'est-ce que vous en pensez ? demanda Ray, allant à la pêche aux compliments.

— Qu'est-ce que je pense de quoi ? dit-elle, saisissant le dos de la chemise d'un gamin les doublant au pas de course. Doucement, Malik.

— Du cours. Ça allait ?

Mrs Bondo prit son temps avant de répondre :

— Pourquoi Prince s'est-il mis à courir sur la colline ?

— Seigneur, je pensais que personne ne poserait la question ! Terrance — Prince — venait d'être admis à Dartmouth mais on ne lui avait pas offert de bourse et son père lui expliquait qu'il n'avait pas les moyens de lui payer des études là-bas et que le pauvre devrait aller à Rutgers-Dempsy en prenant le métro tous les jours.

— C'est là que j'ai fait mes études, dit Mrs Bondo. À Rutgers-Dempsy.

— Ah ! oui ? fit Ray d'un ton enjoué, les joues brûlantes.

Mais elle ajouta :

— C'est sûrement une des histoires les plus tristes que j'aie entendues de la semaine.

— Alors, ça allait, le cours ? demanda-t-il de nouveau.

Et de nouveau elle prit tout son temps pour répondre.

— Eh bien, commença-t-elle, le regardant droit dans les yeux, cela vous aidera peut-être de savoir que ces jeunes ont bien plus peur de vous que vous n'avez peur d'eux.

5

SUR LE TERRAIN — 11 FÉVRIER

Modèle de parfaite éducation, Bobby Sugar, petit et trapu, sortit des toilettes en renouant le cordon de son pantalon de survêtement, un exemplaire roulé du *Newark Star-Ledger* entre le coude et les côtes.

— Bon, on s'y met, dit-il à Nerese, qui l'attendait assise à la table du coin repas de l'appartement bon marché mais de construction récente de Sugar. On y va.

Bien qu'elle continuât à penser que le meilleur moyen de découvrir ce qui était arrivé à Ray était de cuisiner sa fille, Nerese, avant de s'engager dans cette voie, devait s'assurer que le refus de coopérer de Ray ne dissimulait pas quelque chose qu'il aurait mieux valu laisser dans l'ombre, car elle n'avait aucune envie de se décarcasser pour un trafiquant de drogue, un pédophile ou tout autre amateur d'activités infamantes.

Et si Sugar et elle avaient eu leur part de bagarres par le passé, au cours des trois années écoulées depuis qu'il avait quitté la police de Dempsy pour prendre sa retraite, il fallait lui reconnaître une chose : il était devenu un baratineur de premier ordre, un des rares privés qui, en s'inventant une douzaine de fausses identités au téléphone, étaient capables de constituer sur n'importe quelle personne vivante ou morte un dossier aussi épais que la Bible, et ce sans jamais quitter leur appartement.

Pour divers services de police du pays, pour le fisc, pour des sociétés de recouvrement de dettes et d'innombrables banques, il était un agent du FBI enquêtant sur un suspect. Pour le Bureau central des assurances, il était un inspecteur de la compagnie d'assurances Blue Cross ayant besoin d'un dossier de demande d'indemnités pour déceler une fraude de taille. S'adressant au personnel des hôpitaux publics ou privés, de New York à la Californie, il était un médecin affilié compilant le dossier médical d'un nouveau patient. Pour les anciens employeurs, il était soit un chasseur de têtes sollicitant des informations officieuses sur une recrue potentielle, soit un directeur de campagne électorale se renseignant sur un nouveau bénévole.

Le secret du succès de Sugar, en particulier pour les coups de téléphone en soirée, à leur domicile, aux anciens patrons et quelquefois même aux voisins et parents, c'était qu'il savait, comme tout inspecteur ou journaliste qui se respecte, qu'une fois que les gens ont commencé à parler, le seul problème sera de les arrêter.

— Comment va le môme ? s'enquit-il en se glissant sur la chaise située en face de Nerese, un bol à punch en plastique rempli de tiges en sucre candi et une boîte ouverte de Dunkin' Donuts posés entre eux sur la table.

Nerese haussa les épaules, détacha la moitié d'un *doughnut*.

— Darren ? Darren, c'est Darren…

Regardant par la fenêtre par-dessus l'épaule de Bobby, elle vit le décor habituel, un restaurant chinois joue contre joue avec une entreprise de pompes funèbres, quatre files de circulation à double sens arrachant le bitume comme si le temps était vraiment de l'argent.

Bobby se pencha au-dessus de la table du coin repas, des poils de sa poitrine émergeant du col en V de son T-shirt.

— Neesy, tu sais ce qu'il faut se rappeler, avec les gosses ? C'est qu'ils ont tendance à devenir trop grands pour eux-mêmes.

Elle hocha la tête comme si elle était en profond accord avec lui, même si elle avait du mal à imaginer son fils devenant trop grand pour autre chose que ses vêtements. Pourtant, ces dernières années, chaque fois que Sugar avait une remarque à formuler sur les enfants, Nerese se faisait un devoir de la trouver fondée.

Cela n'avait pas toujours été le cas. En fait, à l'origine, quand ils travaillaient dans la même brigade d'inspecteurs au début des années 90, chaque fois que Sugar ouvrait la bouche sur quoi que ce soit, Nerese était le plus souvent encline à lui rentrer dans le lard.

En octobre 1995, quand le tribunal avait rendu son verdict sur O.J. Simpson, Sugar avait piqué une crise devant l'absence d'indignation de Nerese et elle avait riposté en qualifiant sa tirade sur l'état déplorable de la justice américaine de « racisme soft ». Mais quand O.J. s'était finalement fait épingler au civil, ils avaient failli en venir aux mains dans la salle des inspecteurs après qu'elle eut découvert, en arrivant au travail, qu'il avait placardé sur son bureau et la porte de son casier toutes les manchettes « Coupable ! » qu'il avait pu découper dans les journaux de la région New York-New Jersey.

Quand elle l'avait traité d'enfoiré de bouseux de raciste de merde, Sugar, gardant son calme, avait recoiffé ses cheveux de la main, rajusté son nœud de cravate desserré et répliqué : « Je ne suis pas raciste, je suis empiriste. »

Comme Nerese n'avait aucune idée de ce que ce terme signifiait, la repartie de Sugar avait contribué à la calmer momentanément, mais après avoir consulté le dictionnaire, ce soir-là, elle était revenue à la charge le lendemain en lui lançant : « Empiriste mon cul ! Y a des gens qui ne voient que ce qu'ils ont envie de voir. »

Après quoi ils avaient à peine échangé un regard jusqu'au jour où, un an et demi plus tard, Darren, son fils de douze ans, avait été emmené d'urgence à l'hôpital avec l'appendice rompu alors qu'elle était en mission d'extradition en Californie pour récupérer un violeur en fuite.

Lorsqu'elle était enfin arrivée au centre hospitalier de Dempsy, un jour et une nuit après l'opération, elle avait trouvé Bobby Sugar au chevet du garçon, regardant un match avec lui sur le poste de télévision fixé au plafond. Ledit Sugar, sachant que la mère de Nerese était elle-même à l'hôpital à ce moment-là et que ses frères n'étaient pas précisément le genre de gars à qui demander de l'aide, avait pris sur lui de remplacer les parents du gosse terrorisé et avait passé la majeure partie des dernières quarante-huit heures à lui tenir la main.

Et pour ça, il aurait pu sortir des chiottes avec une cagoule du Klan sur la tête en faisant claquer un fouet de bouvier qu'elle se serait contentée de le traiter d'abruti avant de repiquer dans l'assortiment de *doughnuts*.

— Prête ? demanda Sugar.

Il prit un classeur sur l'appui de fenêtre, Nerese ouvrit un carnet de reporter.

— Bon. Raymond Randolph Mitchell, né en 60, marié en 91, divorcé en 95, une fille, Ruby Draw-Mitchell, née en 90. Dernières adresses : 644 Broadway, à New York, de 88 à 94 — son ex et la gosse y habitent encore —, 10 Jones Street, à Greenwich Village, de 95 à 98, ensuite grande migration, 1330 La Cienega, West Hollywood, de 98 à l'automne 2001, puis retour à New York, Gramercy Park Hotel, de mi-septembre à mi-octobre de la même année, et de là à son domicile actuel de Little Venice, au 44 Othello Way, ici à Dempsy. Questions ? Commentaires ?

— Continue, répondit Nerese, le stylo immobile, suspendu au-dessus du carnet.

— Bon, sur le plan judiciaire, rien dans le Fichier des recherches criminelles, mais ça, tu le sais. J'ai vérifié avec le 1 Police Plaza, avec les services des procureurs du comté de Dempsy, de l'Hudson, d'Essex, de Bergen, ainsi qu'avec la police de Los Angeles, il n'y a rien, pas de plaintes, pas de charges retenues puis abandonnées. Pas non plus de litiges, de préjudices matériels, rien devant un tribunal civil et pas de créance privilégiée du fisc.

« Sur le plan médical, pas d'admission à l'hôpital, excepté, tu le sais, la situation actuelle, pas de clinique de désintox, pas de traitement à la méthadone, pas de séjour en HP, pas de thérapie HIV et pas de travaux de labo, analyses de sang, EEG, ECG, IRM, scanner. *Nada*. Il ne voit pas de psy et apparemment le gars n'a même pas de médecin traitant, ce qui n'est pas très malin quand on atteint la quarantaine. Des questions ?

Nerese prit un morceau de *doughnut*, le reposa, le reprit, le reposa.

— Continue.

— Bon. Boulot. Là, c'est un peu plus intéressant. De 87 à 90, il enseigne dans le public, l'anglais, au lycée Fannie Lou Hamer du Bronx. Puis, de 90 à 93, il conduit un taxi pour une société appelée Orion, et de 93 à 95, écoute ça, il fait passer des tests de détecteur de mensonge pour une société, également new-yorkaise, Vérité et Justice, qui s'occupe essentiellement de candidats à un emploi, et de 95 à 97 il redevient taxi pour deux compagnies, d'abord DMG puis Scorpio.

Nerese se mit à griffonner des courbes tourbillonnantes comme une tornade.

— Il est passé de prof à taxi ?

— Attends, reprit Sugar en tournant une page. Selon le service Investigations spéciales du Bureau du secteur scolaire de New York, il risquait de passer devant une sorte de conseil de discipline, alors c'était peut-être un de ces accords genre « vous-pouvez-pas-me-virer-je-démissionne ».

— Conseil de discipline pour quoi ?

— Il semblerait qu'en 90 il ait emmené toute une classe faire l'école buissonnière.

— Comment tu… Ils ne communiquent jamais ce genre de truc…

— Ouais, bon, j'appelais du bureau du président de l'université, alors, ça restait entre collègues, expliqua Sugar, qui se tapota la tête.

— Il s'est remis au taxi après le boulot avec le détecteur de mensonge ?

— Ouais, mais écoute ça. De 98 à 2001, il a travaillé à L.A. pour une compagnie appelée Satchmo Productions, comme scénariste pour ce feuilleton, *Brokedown High*. Le gars gagne quatre mille, tu entends, quatre mille dollars par semaine. Il quitte ce boulot, Dieu sait pourquoi, et à part ce cours bénévole à Hook, il est fondamentalement au chômage depuis. Étant donné sa situation financière, le terme « retraité » conviendrait mieux.

Nerese continuait à gribouiller.

— Je t'explique sa situation financière ?

— Bien sûr.

— Allons-y, dit Sugar en tournant une autre page. AmEx et MasterCharge combinées, il tire en moyenne de sept cents à quinze cents par mois, pas de tendances nettes dans les dépenses, surtout des restaurants, des librairies, par-ci par-là une télé ou un four à micro-ondes, des tickets Moviefone de temps en temps, quelques boutiques de vêtements, pas de bar favori, pas de dépenses travesties auprès de sociétés bidon pour se payer une pute, un massage, n'importe quelle forme de sexe ou de produits liés au sexe…

« Il a actuellement trois cent quatre mille dollars sur un fonds de placement monétaire, reste des trois cent soixante-dix-sept mille dont il disposait à l'ouverture, six mois plus tôt, pas d'autres dépôts, donc c'est très probablement ce qu'il a réussi à épargner avec ce boulot de scénariste très bien payé, et il vit dessus comme si c'était son propre fonds en fidéicommis. Pas d'actions, pas de bons du Trésor, aucun investissement, pas de parts dans une société ni dans une association… Le crédit pour Othello Way lui coûte mille quatre cent quatre-vingts par mois, auxquels il faut ajouter mille trois cents pour la pension de la gamine, il n'a jamais manqué un versement ni pour l'un ni pour l'autre. Bon…

Il tourna encore une page.

— Retraits, environ cinq mille par mois, déposés sur un compte bancaire à la First Dempsy pour, je suppose, tirer du liquide, l'argent de poche, et régler les petites dépenses, le câble, le gaz, etc., mais le mois dernier il a transféré seize mille, pas cinq, peut-être pour les dépenses de la période des fêtes, peut-être pour autre chose, c'est la seule information que je n'ai pas encore, les relevés de chèques du compte de la First Dempsy. Mon contact dans cette banque est en vacances, mais je devrais avoir ça dans quelques jours.

Sugar poussa le bol en Plexiglas vers Nerese.

— Du sucre candi ?

— Qu'est-ce que t'en penses ? demanda-t-elle.

Elle avait couvert la page de son carnet de tornades, de signes du dollar et de *Satchmo*.

Sugar tira ses coudes en arrière, un son creux émana de son sternum.

— Si j'étais toi, ce que j'aimerais savoir, c'est comment on passe d'un taxi à un boulot de scénariste d'un feuilleton télé à quatre plaques par semaine. Ensuite, j'aimerais savoir quelle personne sensée lâcherait cet os gorgé de moelle pour revenir dans cette putain de ville de Dempsy, New Jersey, les mains dans les poches en sifflant « Dixie »…

— Y a des gens là-bas qui ont une explication ?

— Difficile d'obtenir une réponse directe, dit Sugar en feuilletant son dossier. J'ai parlé à trois personnes, deux disent qu'il a juste démissionné, ça arrive tout le temps, gros taux d'usure à la tâche, Ray est un bon gars, tout le monde lui veut du bien. La troisième personne dit, enfin, pas directement, qu'il aurait pu y avoir un incident, peut-être, peut-être pas, de, écoute bien, de nature raciale, un malentendu ou une interprétation erronée ou… D'habitude, les gens parlent à m'en faire saigner les oreilles, mais là, je sais pas. J'ai les noms et les numéros de téléphone, si tu veux essayer, mais franchement je ne crois pas qu'il se soit passé là-bas quelque chose qui l'ait suivi jusque dans le New Jersey. À ta place, je chercherais dans le coin, j'interrogerais les voisins, je parlerais aux gosses de Hook, aux autres profs, ou encore mieux, je lui demanderais ce qui s'est passé et je répéterais la question jusqu'à ce qu'il réponde uniquement pour se débarrasser de moi. Voilà ce que je ferais.

Nerese baissa les yeux vers son carnet ouvert, où *Race* avait rejoint *Satchmo*, les gribouillages et les signes du dollar.

— Voilà… conclut Sugar.

Il fit glisser le classeur à travers la table, Nerese restant perdue dans ses pensées jusqu'à ce que le silence attire son attention. Elle se redressa, pêcha un chèque dans son sac à main : trois cents dollars, le tiers du tarif habituel de Sugar.

— Comment va Darren ? dit-il en prenant le chèque.

— Tu me l'as déjà demandé, répondit Nerese avec une pointe d'agacement.

Malgré le rabais massif, trois cents dollars pour quelque chose qui n'était pas une question de vie ou de mort, c'était dur à lâcher.

— Et ton gars ?

— Taylor ? dit Sugar dont le visage s'anima. Viens voir.

Elle quitta le coin repas, suivit Sugar dans le séjour où un ensemble canapé-fauteuils composé de six éléments en velours chocolat se camouflait sur une moquette chocolat si neuve qu'elle pouvait en sentir le poil.

— Regarde ça ! clama Sugar avec un geste vers une grosse coupe nichée entre des cassettes vidéo de films à succès, au-dessus du poste de télévision. Premier au tournoi de boxe thaïlandaise des moins de dix-huit ans du Club des jeunes de Jersey City.

— Ce gamin est un phénomène, déclara Nerese avec un sourire radieux.

Son regard s'égara vers une photo encadrée de Taylor Sugar et, comme toujours, elle s'étonna de redécouvrir que Sugar, jamais marié, resté plus ou moins un cul-terreux urbain, avait un fils adopté, d'origine asiatique ou hispanique, il ne le précisait jamais.

— C'est super, Bobby.

— Attends. Vise un peu ça.

Avant qu'elle ait eu le temps de l'arrêter, il se tourna de côté et abaissa son pantalon de survêtement jusqu'à mi-cuisse pour révéler un hématome marron et ambre qui, bien qu'estompé au bout de quelques jours, ressemblait encore à un pied humain parfaitement articulé.

— Taylor s'entraînait dans la cuisine. Moi, toujours la tête dans le cul, j'arrive et je tombe en plein sur lui. Regarde ça, dit-il, se palpant sous la hanche. On voit encore les cinq orteils…

Résidence de luxe construite sur des terres marécageuses asséchées contiguës à l'Hudson, Little Venice faisait administrativement partie de Dempsy mais, géographiquement, elle était à un long kilomètre et demi du quartier résidentiel ou commercial le plus proche.

Il y avait une guérite et une grille télécommandée à l'entrée de la résidance. Le gardien était obligé de téléphoner aux résidants avant de laisser les visiteurs passer en voiture. La présence du terrain vague vaste et poreux qui entourait ce dérisoire poste de contrôle rendait illusoire tout espoir d'identifier les types venus rendre visite à Ray le jour de l'agression, en particulier s'ils étaient décidés à lui jouer un sale tour.

Au moment où Nerese franchissait elle-même la grille, manœuvrée ce jour-là par un flic à la retraite qu'elle connaissait de vue mais pas de nom, l'air se chargea soudain d'une lourde odeur de fleuve et de terre retournée, et elle se retrouva sur un fragile ruban d'asphalte bordé par des monticules de terre binée, chacun d'eux signalé par une pancarte comme étant le futur site qui d'une piscine, qui de courts de tennis, qui d'un club de gymnastique et d'un centre récréatif, mais tous servant pour l'heure de halte-repos aux mouettes, et en l'occurrence couverts de coquilles de clams cassées, de débris de construction et de leur propre verdure poussant au hasard, mauvaises herbes, mousse et tout ce qui prend racine dans la plus grande liberté.

Les maisons elles-mêmes, qui commençaient à huit cents mètres du poste de contrôle, formaient une pittoresque grappe de constructions à trois étages, vaguement Tudor, qui fit surgir dans l'esprit de Nerese le village de décor de cinéma terrorisé par le monstre de Frankenstein, avec une touche de quai à la Popeye ajoutée pour prendre acte de la proximité du fleuve.

Devant la porte de l'appartement de Ray, au deuxième étage, la clef fournie par la gérance déjà dans la serrure, elle abandonna abruptement son intention d'examiner d'abord le lieu et décida de sonner plutôt chez le voisin le plus proche, une certaine Mrs Kuben, la personne qui avait découvert Ray dans son entrée, allongé par terre et en proie à une attaque, et avait aussitôt appelé le 911.

La femme qui vint ouvrir devait avoir dans les soixante-dix ans, grande mais inclinée à un angle de quinze degrés par l'ostéoporose, ses cheveux givrés et filigranés en un brillant orange rouille.

— Bonjour, dit Nerese avec un sourire réflexe et en reculant d'un pas, sa carte de police près du visage. Inspectrice Ammons de la police de Dempsy. Je peux vous parler de ce qui est arrivé au voisin ?

— Vous savez, on vous dit que l'endroit est sûr, expliquait Mrs Kuben, poussant une assiette couverte de cookies quelques centimètres plus près de Nerese, assise en face d'elle à la table de la salle à manger. Alors, vous vous y installez.

L'appartement donnait cette impression d'inhabité que Nerese remarquait quelquefois chez les vieux, les pièces d'une propreté impeccable mais imprégnées d'une odeur oppressante de camphre.

— D'après l'inspecteur qui a reçu l'appel, vous avez téléphoné au 911 à dix-sept heures quinze. Ça vous paraît exact ?

— S'il le dit, répondit Mrs Kuben avec un haussement d'épaules.

— Je peux vous demander… Comment ça se fait que vous l'ayez trouvé ?

— Je sortais la poubelle, j'ai vu sa porte à demi ouverte et, croyez-moi, je m'occupe de mes affaires, mais je me suis approchée et j'ai frappé parce qu'on vit dans ce monde que vous connaissez, j'en suis sûre, et il était là…

Mrs Kuben porta une main à sa bouche et secoua lentement la tête, revivant la scène horrible.

— Étendu dans son sang, tremblant comme une feuille…

Nerese eut un grognement de sympathie.

— Mmm. Une autre question… Avant ça, à un moment quelconque de l'après-midi, est-ce que vous auriez vu ou entendu quelque chose d'inhabituel, à travers les murs, dans le couloir, une dispute, des éclats de voix, une personne, des gens que vous n'aviez jamais vus ou…

Les infirmiers avaient déclaré que Ray gisait peut-être par terre depuis deux heures quand cette femme l'avait découvert.

— Je vous l'ai dit, je m'occupe de mes affaires, répéta Mrs Kuben.

— Oui, je comprends, je comprends, mais quelquefois, on ne le fait pas exprès. Un bruit fort, un visage inconnu…

— Non, dit Mrs Kuben, qui se redressa et croisa les bras sur sa poitrine.

— Et votre mari ?

— Mon mari ? dit-elle avec un sourire crispé. Pendant quarante-trois ans, cet homme a dirigé un empire. Maintenant, il a son nom, son adresse et son numéro de téléphone épinglés à sa chemise quand il sort de l'appartement.

— C'est dur, compatit Nerese en se penchant en avant. Dites-moi quelque chose que je devrais savoir.

— Quelque chose que vous devriez savoir ?

La vieille femme retint un sourire devant le défi lancé tandis que les yeux de Nerese obliquaient vers la galerie de photos couvrant les murs du coin repas : enfants, petits-enfants, ancêtres immigrants, passé, présent et avenir, toutes apportées chez le même encadreur et plastifiées comme un diplôme sur des plaques irrégulières de bois lourdement vernies.

— Je vais vous dire quelque chose qu'il faut que vous sachiez. Ses parents, il leur a acheté cet appartement il y a trois ans. Deux cent vingt-cinq mille dollars. Il réglait les charges mensuelles, le gaz et l'électricité, tout. En octobre, Jeannette, la mère… C'est arrivé si vite. Alors, il est venu de Californie, ou de New York, je ne sais pas, pour l'enterrer, vous comprenez, et être auprès de son père…

Nerese entendit un bruit de pas traînants dans la chambre de derrière, le frottement sec de pantoufles sur un plancher sans tapis.

— Sauf que son père, Artie, il ne pensait qu'à filer d'ici. Alors, le fils se retrouve avec l'appartement sur les bras, et au lieu de le mettre en vente, il décide de s'y installer, ce qui…

Elle fit tourner l'assiette d'un quart de tour pour inciter de nouveau Nerese à se servir.

— Ce qui, d'après moi, était une erreur. Ce n'est pas un endroit où s'installer pour un jeune.

— Artie, murmura Nerese.

Une image surgit de sa mémoire : le père de Ray du temps de Hopewell, lunettes et banane au-dessus du front, chauffeur de bus, chauffeur de taxi…

— Il est allé où ?

Elle mordit dans quelque chose, une prune ou une figue fourrant le gâteau, et faillit recracher la bouchée dans sa main.

— Où ? fit Mrs Kuben, serrant sa poitrine de ses bras comme si elle avait froid. À Olive Branch, Mississippi. Une villégiature d'hiver comme West Palm ou Del Ray, mais un peu moins chère, un peu plus jeune. Franchement, je ne le blâme pas. Sa femme n'était pas enterrée depuis deux minutes que les veuves du coin se sont mises à faire la queue devant sa porte. Elles essayaient de l'accrocher avec tout ce qu'elles avaient : relevés de compte en banque, billets d'avion, maisons de campagne. Il m'a raconté que l'une d'elles — il n'a pas voulu me dire qui mais j'ai deviné —, moins d'une semaine après les funérailles, elle l'a entraîné dans son appartement, elle l'a poussé dans la chambre, elle a ouvert un cagibi-placard pour lui montrer tous les vêtements laissés par le premier monsieur — costumes, vestes, chemises en soie, tenues de croisière — et elle lui a dit qu'elle pouvait tout faire mettre à sa taille, vous arrivez à le croire, vous ?

— En fait, ouais, marmonna Nerese, qui s'en tint là.

— Elles ne lui laissaient même pas le temps de la pleurer.

— Qu'est-ce que je devrais savoir d'autre ?

— D'autre ?

Le bruit de pas recommença dans la pièce du fond, succombant tout à coup sous les assauts sonores d'une publicité télévisée.

— Il lui arrivait de ramener quelqu'un à l'appartement ?

— Je ne sais pas si c'est à moi de le dire…

— C'est à vous de le dire, absolument, affirma Nerese, touchant le poignet de la vieille femme. À qui, sinon ?

Mrs Kuben donna un autre quart de tour à l'assiette de cookies avant de lâcher :

— Sa fille, bien sûr. Ruby. Un amour, mais donner à son enfant le prénom d'une femme de ménage, ça me dépasse.

— Qui d'autre ?

Elle hésita puis :

— Il amenait des gens. Certaines personnes.

— Certaines personnes ?

Elle avait l'air peinée, maintenant.

— Quel genre de personnes ?

— Des personnes différentes, à des moments différents.

Nerese attendit.

— Voyez-vous, dans cette résidence, nous sommes presque tous retraités, nous avons travaillé dur toute notre vie. Mon mari…

— Non, non, je comprends, je comprends, dit Nerese, supposant à présent qu'elle allait parler de gens de couleur.

— À ce moment de notre existence, nous devrions vraiment avoir droit à notre tranquillité, fit valoir Mrs Kuben, à la fois fâchée et implorante.

Nerese secoua la tête comme un cheval, approuva : « Absolument », puis attendit de nouveau, les deux femmes soudain engagées dans une lutte silencieuse. Ce fut Mrs Kuben qui céda :

— Pourquoi vous me faites dire ce que je n'ai pas envie de dire ? protesta-t-elle, si furieuse et embarrassée qu'elle repoussa sur le côté l'assiette de cookies.

Nerese se pencha en avant et, une main sur le cœur :

— Si j'habitais ici, je penserais exactement la même chose. Parlez-moi de ces gens.

— Je ne sais pas, murmura Mrs Kuben, vaincue, détournant les yeux. Deux jeunes, une fois.

— Des jeunes. Blancs, noirs ? dit Nerese pour l'aider tout en activant le mouvement.

— Le deuxième.

— Quelqu'un d'autre ?

— Un homme jeune. Pas un adolescent mais jeune.

— Noir ? Blanc ?

— Le premier.

— Vous l'avez vu plus d'une fois ?

— Plusieurs fois.

— Vous avez entendu son nom ?

— Non.

— Quelle impression il vous a faite ?

— À moi ? fit la vieille femme, haussant les épaules. Poli. Bien habillé, mais pour la rue.

— Comment ils étaient, ensemble ?

— Je ne comprends pas la question.

— Comment ils étaient… Comment Ray se comportait avec ce type ?

Nouveau haussement d'épaules.

— Content de le voir, je suppose. Amical.

— Amical, répéta Nerese. Amical comme quoi ? Un copain ? Plus qu'un copain ?

— Je n'en sais rien, répondit Mrs Kuben avec froideur.

— Personne d'autre ? fit Nerese, se réservant de revenir plus tard sur le sujet.

— En fait, si, répondit Mrs Kuben. C'est d'ailleurs la personne avec qui je l'ai vu le plus. Une femme…

Elle se tut, attendit la question blanc-noir de Nerese. Qui vint sans tarder :

— Noire ?

— Ou autre chose. Vous savez, la peau très claire. Attirante. Elle venait avec ses enfants, deux garçons. Quelquefois avec l'un d'eux. Quelquefois seule. C'est elle que j'ai vue le plus.

Nerese grogna en pensant : Avec ses gosses.

— Vous avez entendu son nom ?

— Non.

— Quand elle venait seule, c'était dans la journée ? Le soir ?

Là où il y a des gosses, il y a un père, raisonnait-elle, au moins un père biologique.

— Dans la journée. Peut-être aussi le soir, mais passé neuf heures, je dors comme une souche.

Nerese tendit la main au-dessus de la table pour prendre un cookie en forme d'étoile de mer, rose foncé, dont la moitié inférieure était recouverte de chocolat.

— Vous pensez qu'ils se voyaient ?

— Qu'ils sortaient ensemble, vous voulez dire ?

— Qu'ils sortaient ensemble, oui, confirma Nerese, regrettant de ne pas pouvoir simplement demander : « Il la sautait ? »

— Peut-être, répondit Mrs Kuben avec un haussement d'épaules.

— Quand ils étaient ensemble, ils vous faisaient quelle impression ? Ils avaient un comportement amical, boulot-boulot, affectueux ?

La vieille femme réfléchit un moment puis :

— Discret.

— Discret ?

— Ils se tenaient bien.

— Ils se tenaient bien…

Mrs Kuben finit par regarder sa visiteuse dans les yeux.

— Comme s'ils avaient quelque chose à cacher.

Contournant la tache de sang brunâtre dans le vestibule, les tessons de vase maculés de poudre à empreintes, les gants de caoutchouc abandonnés, les emballages de pansements déchirés et autres débris laissés par l'équipe des urgences qui s'était occupée de Ray avant de l'emmener, Nerese traversa le sol aux dalles noires et blanches de la salle de séjour inondée de soleil et s'avança sur le ciment et le gazon artificiel de la terrasse pour contempler, bouche bée, la statue de la Liberté, planant doucement au-dessus de sa base en forme d'étoile comme un vaisseau spatial sur le point de se poser.

Ragaillardie, elle resta là, les coudes sur la balustrade, à se demander s'il existait une personne au monde que la vue de l'eau en mouvement ne rendait pas heureuse ; elle s'imagina se réveillant dans cet appartement, ouvrant les yeux, et l'eau est là, balançant des diamants, se giflant stupidement elle-même et faisant de chaque journée le premier jour.

Retournant à l'intérieur, elle inspecta de nouveau le séjour : exception faite de l'odeur caustique de boules antimites et des minces arcs de poudre à empreintes encore accrochés à la porte d'entrée et aux murs voisins comme les traces mystérieuses d'une civilisation préhistorique, l'endroit donnait cette même impression d'inhabité vaguement gériatrique que l'appartement de Mrs Kuben, à côté, tout en couleurs coordonnées et d'une netteté frôlant l'aseptique, comme si la propreté en soi était un style d'intérieur.

Accordant à Ray le bénéfice du doute, elle imagina qu'il avait simplement tout laissé dans l'état où il l'avait trouvé en emménageant, trois mois plus tôt, deux objets seulement retenant l'attention de Nerese comme de probables apports personnels, un grand miroir déformant fixé sur un mur dans un lourd cadre en bois, le tain de sa surface bulbeuse s'écaillant et brunissant aux quatre coins, et un poste de télévision à écran plat de 54 pouces, pas plus épais qu'un livre cartonné, et d'acquisition si récente que de petites particules de mousse plastique d'emballage, chargées d'électricité statique, adhéraient encore au cadre gris acier.

Prenant son temps, cherchant elle ne savait quoi, elle se mit à déambuler lentement dans la pièce comme elle l'eût fait dans un musée, examinant d'abord ce qui était accroché aux murs. Trois tableaux : un, une scène de rue de Paris fabriquée, faite de parapluies inclinés, de cafés pittoresques et d'une tour Eiffel ; deux, le portrait d'un juif âgé, barbe grise, châle sur les épaules, livre de prières ouvert dans des mains noueuses ; enfin, un portrait stylisé d'un gosse des rues caressant tristement une fleur, un enfant au long cou avec des yeux et une tête tellement en amande qu'il ressemblait plus à un extraterrestre qu'à un orphelin.

La seule chose qui parlât de Ray sur ces murs, c'était un certificat de sa nomination aux Emmy Awards pour le scénario de *Brokedown High*. Nerese en savait suffisamment sur ce feuilleton, maintenant, quoique, à vrai dire, elle n'en ait vu que quelques minutes par-ci par-là en zappant, assez en tout cas pour se faire une idée.

Sous ce brin de prestige encadré, sur une table d'angle basse occupant le vide carré formé par deux canapés placés à angle droit l'un par rapport à l'autre, une accumulation modeste de vases de formes diverses composait une sorte de paysage de tours se découpant sur l'horizon, la position originelle de celui qu'on avait saisi pour en faire une arme étant indiquée par un cercle incongru et criard.

Le grand poste de télévision occupait le centre d'un ensemble d'étagères couvrant toute la longueur du séjour du sol au plafond et supportant des livres, quelques centaines de CD, une cinquantaine de films sur cassette, catégorie grand public : *Braveheart, West Side Story*, etc. Nerese en délogea quelques-uns de leur boîte pour vérifier si la cassette, à l'intérieur, correspondait bien à ce que l'emballage annonçait. Tout concordait, pas de planque à porno, et puis elle tomba sur deux photos encadrées posées sur une étagère, l'une de la fille de Ray — Ruby, avait dit Mrs Kuben — jouant au basket pour son collège, gracieuse silhouette efflanquée, prise ici en pleine extension, le dos cambré comme un arc, au moment de l'entre-deux, opposée à une fille noire de l'équipe adverse avec de fausses tresses volant dans l'air, qui faisait pendant à la symétrie arquée de Ruby, comme les plis jumeaux d'une tache d'encre, toutes deux les yeux écarquillés, la bouche grande ouverte, le ballon suspendu comme une lune granitée à une dizaine de centimètres au-dessus des extrémités de leurs doigts tendus.

La seconde photo était un portrait de l'ex-femme de Ray, une peau d'un blanc bleuté, de longs cheveux roux négligemment coiffés et des yeux clairs assurés, la bouche mince mais très légèrement relevée aux coins comme si elle écoutait poliment une blague interminable qu'elle avait déjà entendue. Nerese déduisit de la combinaison de la structure osseuse et de l'expression du visage que cette femme n'avait pas de fesses.

Il y avait deux possibilités concernant cette photo : ou Ray était encore accroché à son ex, ou il voulait simplement offrir à sa fille un élément de continuité visuelle quand elle jouait aux maisons-musicales. Nerese espérait que c'était la seconde.

Ouvrant un placard sous la télévision, elle dénicha la cave à liqueurs, essentiellement des saloperies pour jeunes ou pour proxos : Amaretto, liqueur de canneberge Boggs, Midori, retsina — qu'est-ce que ça pouvait bien être ? —, le seul breuvage sérieux étant une bouteille de Seagrams, mais elle était aux trois quarts pleine et poussiéreuse.

Dans le placard contigu, Nerese découvrit une pile de cassettes vidéo sans boîte, deux douzaines environ, chacune soigneusement étiquetée : *New York Police Blues, Law & Order, Oz, Les Soprano*, le titre suivi du numéro de la saison, du titre de l'épisode et de la date de diffusion.

Elle en passa une sur le magnétoscope — cette grande télé à écran plat faisait l'effet d'une morphine visuelle — et constata que *Law & Order* était effectivement *Law & Order,* en fut à la fois soulagée et un peu frustrée, tout ça ne lui apprenait que dalle.

Avant d'en venir à la partie arrière de l'appartement, elle s'accroupit au-dessus des débris du vase. Il ne restait que de minces éclats et tessons saupoudrés, les gros morceaux ayant été envoyés dans un labo de police scientifique, placés dans un terrarium de quarante litres avec une bonne louche de Colle Magique, des vapeurs projetées dessus pour faire apparaître des empreintes. L'opération n'avait rien apporté d'utile : juste les empreintes de Ray et celles de ses parents, mais le vase, du temps de sa splendeur, avait eu une base renflée et un long col, lequel, selon le labo, manquait dans les débris, probablement détaché du reste au moment de l'impact et emporté par l'agresseur.

Passant dans la cuisine, elle trouva des morceaux de poulet emballés sous film plastique et des légumes crus dans le réfrigérateur — Ray préparait lui-même ses repas —, des vitamines et une bouteille de Heineken à moitié pleine.

En éclusant pour lui le reste de la bière, elle remarqua cinq billets de vingt dollars dépassant de sous un mixeur sur le comptoir de la cuisine, bien en vue... L'hypothèse du cambriolage en prenait un coup, encore que les gens ont tendance à filer prématurément quand la situation leur échappe...

Salle de bains immaculée, pas de cheveux dans la baignoire ni dans le lavabo, Ray commençait à lui taper sérieusement sur les nerfs.

L'armoire à pharmacie contenait de l'Advil, du Mylanta, du Donnatol, un antispasmodique pour le ventre, probablement à sa mère, un inhalateur de Ventoline contre l'asthme. Il n'y avait pas de préservatifs — Nerese pensait à la copine à la peau claire — et, en accord avec les informations de Bobby Sugar, pas de médicaments pour le HIV ou pour toute autre MST, aucun indice d'un état de santé bouleversant une existence et incitant à des comportements extrêmes.

Au-dessus de la cuvette, alignées verticalement dans le même long cadre rectangulaire, trois licences de taxi : en haut Usher Mittnacht regardait Nerese, année 1935, au milieu Arthur Mitchell, 1958 — Artie... Nerese avait vu juste en se rappelant les lunettes et la banane —, et, comme soutenant les deux autres, Raymond Mitchell, 1990, Ray, l'air un peu perdu là-haut, les yeux vides et la bouche molle, mais qui n'aurait pas cette tête en posant pour une licence de taxi troisième génération ?

Cette photo offrait cependant à Nerese la première vision claire de Ray adulte, étant donné le traumatisme que ses tissus avaient subi avec l'agression. Son visage rappelait vaguement un masque africain, long et effilé, avec une petite bouche charnue, des yeux légèrement saillants aux paupières tombantes, ce que la mère de Nerese appelait des yeux de chambre à coucher. Pourtant, malgré leur aspect endormi, malgré les circonstances déprimantes entourant la prise de la photo, le regard donnait le sentiment d'une vivacité presque trop grande, d'une vigilance constante qui suggérait que Ray n'avait pas connu un seul moment d'insouciance dans sa vie.

Il avait de jolis cheveux, bruns, bouclés, reposant sur sa tête en épaisses mèches paresseuses comme des cordes négligemment enroulées.

Dans la chambre, il y avait d'autres cassettes étiquetées à la main empilées autour d'un autre poste, rien que *Buffy contre les vampires* et *Angel*, Nerese ne prit même pas la peine de les vérifier. Dans un tiroir de la table de nuit, elle trouva deux joints, l'un à moitié fumé, les deux desséchés par l'âge — elle marmonna à voix haute : « Finis-les, au moins, Ray » —, ainsi qu'un tube de vaseline, ce qui la fit penser une fois de plus à la copine de Ray, bien qu'il eût peut-être simplement la peau des coudes crevassée.

Dans le placard, tous les vêtements provenaient de magasins ordinaires — Gap, Levis, Banana Republic —, pas de fouets, pas de cuir, pas de porte-jarretelles ni de boas, mais dans l'un des coins était accrochée une housse protectrice multicintres, une sorte de tente à fermeture Éclair abritant une douzaine de tailleurs avec jupes et pantalons, coupés pour la plupart dans des tissus épais et rêches, du tissu à canapé, le style et les couleurs à la fois criards et tristes, le genre de vêtements que portent les femmes âgées respectables une fois le sexe rayé de leur programme. Nerese présuma qu'ils avaient appartenu à la mère de Ray. Et on a fait le tour, se déclara-t-elle.

Mais de retour dans la salle de séjour, que le soleil éclairait sous un angle légèrement différent maintenant, elle remarqua un autre échantillon de décoration murale qui lui avait échappé ainsi qu'aux techniciens saupoudreurs de l'unité du lieu de crime : deux empreintes de main graisseuses, à trois mètres environ sur la gauche de la porte d'entrée, à un mètre cinquante de hauteur, et espacées approximativement d'une quarantaine de centimètres.

Se plaçant face au mur, les mains à quelques centimètres des traces, Nerese constata que si elle reculait un peu, sans bouger la partie supérieure de son corps, elle était en position parfaite pour être fouillée, et totalement vulnérable à un coup à la tête porté de la gauche, de la droite, ou par-derrière.

Et si ce coup touchait en fait le côté gauche de sa tête, comme cela s'était passé pour Ray, la force et la direction de l'impact la projetteraient droit sur le tas de débris laissé dans l'entrée par les infirmiers et les enquêteurs.

Un peu effrayée par sa reconstitution et estimant qu'elle avait tiré tout ce qu'elle pouvait pour le moment de son inspection des lieux, Nerese eut droit à une dernière trouvaille lorsque, se dirigeant vers la porte, elle glissa sur une feuille de papier invisible sur l'une des grandes dalles blanches du sol.

Inondée d'adrénaline après avoir failli tomber, elle ramassa la feuille et découvrit au verso une caricature magistralement dessinée au stylo à bille d'un jeune de cité préadolescent, un gosse de ghetto, les vêtements comiquement trop grands, l'air mollasson d'un jeune chiot, excepté qu'il brandissait un énorme flingue, plus précisément un Glock-19 anatomiquement correct, braqué droit sur Nerese, avec cette légende en style déco sous ses pieds : CE QUI EST À MOI EST À MOI.

Empochant le dessin, elle quitta enfin l'appartement.

De nouveau dehors, elle inhala des relents de marée basse, puants mais évocateurs, provenant de la jonction du fleuve et de la baie. Et elle pensa à Ray, ancien taxi, ancien scénariste de feuilleton télé, là-bas dans son appartement, entouré de retraités, regardant des cassettes à la chaîne, se préparant son dîner et voyant sa fille, quoi ? un soir par semaine ? deux week-ends par mois ?

Et l'autre facette de Ray : prof bénévole dans un établissement public difficile, avec du fric à claquer, se branchant sur une fille d'une autre tribu, la ramenant chez lui, ramenant aussi ses gosses d'une autre tribu, des sauvages, comme les voisins à moitié affolés les appelaient, supposait Nerese, ramenant aussi au moins un jeune mâle rencontré dans la rue qui était peut-être l'artiste radical dont l'œuvre était dans sa poche, ramenant Dieu sait qui, et peut-être Dieu sait qui l'avait-il collé contre ce mur avec l'intention de l'expédier dans les terres obscures.

Plantée sous les cris dérivants des mouettes, Nerese observa par-dessus l'Hudson les tours de la partie sud de New York se découpant sur le ciel. Puis elle se retourna et vit les flèches gothiques du centre hospitalier de Dempsy. Little Venice était à peu près à égale distance des unes et des autres, mais, malgré les apparts chic, la vue, les paisibles cris d'oiseaux, l'eau marbrée de soleil, elle se sentit moins privilégiée qu'échouée.

6

HÔPITAL — 12 FÉVRIER

— Vous pouvez me dire où vous vous trouvez ? chantonnait le neurologue d'un ton impersonnel en braquant une lampe sur l'œil gauche de Ray pour voir si la pupille droite se dilaterait par sympathie, le réflexe consensuel, croyait savoir Nerese.

— Notre-Dame-de-la-Douleur-Perpétuelle, répliqua Ray sans réel humour dans la voix.

Le médecin éloigna la lampe pour vérifier l'ajustement à la distance.

— Vous pouvez m'épeler le mot « maison » à l'envers ?

— Ça vous ferait vraiment plaisir ? demanda Ray.

— Vous pouvez le faire, s'il vous plaît ? fit le médecin sur le même ton indifférent.

— N, O, S… N, O, S, I, A, M.

La lumière glissa de l'extrême gauche à l'extrême droite.

— Bien, vous pouvez me donner le nom du président ?

— Président de… ?

— Des États-Unis.

— Davy Crockett.

— Vous pouvez me donner le nom du président des États-Unis, s'il vous plaît ?

— Oh, foutez-moi la paix, putain ! brailla Ray, la voix craquelée d'exaspération, de déshydratation, et peut-être aussi par un petit quelque chose d'autre, qui n'était pas encore bien défini.

S'abstenant de signaler sa présence avant que le neurologue eût terminé son examen de chevet, Nerese fut troublée par le changement qui s'était opéré en Ray au cours des dernières vingt-quatre heures. La bonne nouvelle, c'était qu'il était plus alerte, la mauvaise, qu'il ne se maîtrisait quasiment plus tant il était agité.

Sa peau, simplement cireuse la veille, avait maintenant la couleur d'un fromage durci à l'air, et même à travers le masque empourpré d'ecchymoses qui lui donnait des yeux de raton laveur, elle distinguait nettement les poches d'ombre s'approfondissant sous les blancs noyés de sang, le manque de sommeil causé par le Decadron ou, là encore, par quelque chose qui ne s'était pas encore déclaré mais commençait à faire des ravages.

Elle était impatiente que le neurologue en finisse pour qu'elle puisse se mettre au travail.

— Vous avez des maux de tête, des douleurs quelconques ? murmura le médecin en relevant le bas de la couverture pour découvrir les pieds de Ray.

— À part vous ? grogna Ray.

Qui poussa un grand « Hé ! » à l'intention de Nerese quand il remarqua enfin sa présence silencieuse à l'écart.

— Salut, mon tout beau.

Elle lui adressa un signe de main discret en songeant une fois de plus que, du fait de la nature de ses blessures, elle aurait pu fixer son visage toute une journée sans avoir la moindre idée de la tête qu'il avait en temps normal.

— C'est fini, maintenant ? demanda-t-il avec une rage fringante.

— Presque, murmura le neurologue, passant un tube de métal en forme de crayon sur l'une des plantes de pied de Ray.

— C'est le test de Babinski ? s'enquit prudemment Nerese.

— Le réflexe de Babinski, confirma le médecin, touchant l'autre pied.

Ray réagit à peine à la pression. Si ses orteils s'étaient écartés et arqués, c'eût été mauvais signe, ce qu'on appelle un Babinski positif… ou négatif, elle ne se rappelait pas lequel des deux.

— Il a l'air bien, hein ? hasarda-t-elle.

— Jusqu'ici, dit l'homme sans se tourner vers elle. Tendez les mains devant vous et fermez les yeux, s'il vous plaît.

Ray étendit les bras, serra les poings.

— Fermez les yeux, s'il vous plaît.

Il lança à Nerese un regard exaspéré.

— Fermez les yeux, s'il vous plaît.

Il finit par faire ce qu'on lui demandait ; avec son visage couturé, cabossé et multicolore, ses paupières fermées et ses bras tendus, il avait l'air d'une caricature du monstre de Frankenstein.

— Maintenez les bras bien droits, s'il vous plaît.

Ray se raidit légèrement aux coudes pour garder la position tandis que le médecin, glissant le plat de la main entre les poings fermés, les frappait doucement comme pour élargir la brèche.

— Gardez les bras tendus, s'il vous plaît.

Fulminant visiblement, Ray obtempéra pendant que le neurologue continuait à lui souffleter les poings.

— Tendus…

Nerese savait qu'il cherchait à voir si l'un des bras n'allait pas s'écarter involontairement de l'autre et retomber, « dérive du pronateur », ça s'appelait, signe d'un début de parésie sur le côté du corps opposé au coup, le concurrent aveuglé ne se rendant même pas compte qu'il était recalé, mais Ray semblait s'en sortir très bien.

— Bon, fit le neurologue avant de commencer à s'éloigner sans plus de chichis.

Ray lui lança :

— J'ai même pas droit à une putain de sucette ?

Nerese attendit que le gros mot eût cessé de résonner dans la pièce avant de poser son sac, de défaire son manteau et de s'asseoir sur ce qu'elle considérait déjà comme sa chaise.

— T'injuries toujours les gens comme ça ?

— Comme quoi ?

— Comment tu te sens, aujourd'hui ?

— Moi ? J'ai la trouille et je m'emmerde. Je ne peux pas lire, je ne peux pas regarder la télé, j'essaie d'écouter des livres enregistrés sur cassette mais je n'y arrive pas, je n'y arrive pas… Je pars à la dérive, ou je reste collé sur une phrase, et puis je m'aperçois tout d'un coup que j'ai raté la moitié d'un chapitre…

Les mots sortaient précipitamment de sa bouche comme des cailloux dévalant un toboggan.

Nerese ne voyait trace ni de bouquins, ni de poste de télé ni de lecteur de cassettes. Elle ne pensait d'ailleurs pas que ces deux derniers articles soient admis dans ce genre de salle et en conclut que Ray avait fantasmé ou rêvé.

— T'as des visites ?

— Toi.

— Et ta fille ?

— Non. Je ne veux pas d'elle ici. Tu rigoles ? J'ai l'air de Linda Blair[1]. Enfin, regarde ça, s'énerva-t-il, tapotant la partie de son cuir chevelu rasée et suturée. C'est une plate-forme pour hélico, là-haut. Alors, non. Pas de Ruby. Elle flipperait complètement.

— C'est dommage, dit Nerese avec douceur.

— Je lui ai parlé au téléphone, mais, tu sais, ce n'est pas… Elle a treize ans, alors c'est du genre : « Comment ça va à l'école ? — Bien. — Comment va ta mère ? —

1. Actrice de films d'horreur. (*N.d.T.*)

Très bien. — Ça gaze ? — Ça gaze… » Je ne crois pas que les jeunes commencent à faire des phrases complètes avant d'entrer en fac et ils sont incapables de te demander comment s'est passée ta putain de journée à toi avant d'avoir trente-cinq ans. Ah, je sais, c'est… je sais qu'elle est très… Elle en souffre, c'est sûr, mais je ne vois pas en quoi venir ici…

Nerese se mit au travail :

— Qu'est-ce que tu veux dire, « elle en souffre » ?

— « Qu'est-ce que tu veux dire, elle en souffre ? », l'imita Ray, intonation pour intonation. À propos, puisqu'on parle d'enfants, dès que je serai présentable, je veux que tu m'amènes ton fils. Tu te souviens, tu m'as expliqué, ou il décroche une bourse ou c'est l'armée, hein ? Il se trouve que je suis expert en recommandations pour la fac, j'en ponds depuis que j'ai été prof de lycée, alors laisse-moi lui parler, que je sente un peu ce qu'il a dans le ventre, et je l'épaulerai.

— Super, fit Nerese à mi-voix en pensant : « C'est ça, fume ! »

— Je crois que c'est une véritable forme d'art, la recommandation pour la fac, avec en plus le cachet du feuilleton télé, tu vois, le scolaire et le séculier. Tout ce dont j'ai besoin, c'est d'un petit tête-à-tête pour l'inspiration, ensuite, aucun problème, n'importe quelle fac où il voudra aller : une lettre à la poste, je te dis !

— D'accord, dit Nerese, mettant toute cette autoglorification sur le compte du Decadron.

Même si Ray lui avait fait cette offre à jeun, Nerese ne l'aurait pas pris au mot. Butchie, Antoine, sa mère, son oncle et tout particulièrement elle-même, si nécessaire, faisaient partie de son arsenal pour charmer, désarmer, enjôler. Darren, en revanche, était territoire interdit. Utiliser son nom au cours d'une enquête lui donnait toujours la chair de poule, comme s'il allait arriver un malheur. Le peu qu'elle avait dit de lui pour se plaindre à demi pendant sa première visite à l'hôpital lui laissait un sentiment intangible d'effroi, et maintenant que Ray et elle avaient officiellement renoué, elle doutait fort de jamais ramener délibérément le nom de son fils dans la conversation.

— Faut que je te dise, Ray, reprit-elle, arquant le dos, portant ses doigts joints à ses lèvres et soufflant un baiser. Ton appart, il est mortel !

— Merci… répondit-il d'un ton hésitant, désarçonné.

Et puis tout à coup :

— Quoi ?

— Comment ça, quoi ? repartit Nerese, roulant ses manches.

— Qu'est-ce que tu faisais chez moi ?

— C'est mon lieu de crime.

— Oh non. Pas question.

— Je suis chargée de l'affaire.

— Tweetie, dit Ray, pour qui les choses allaient un peu trop vite, maintenant. Tu n'as rien de mieux à faire, bon Dieu ?

— En fait, non, déclara-t-elle en se penchant en avant. Dans le service, quand t'as plus que trois mois à tirer, que tu te prépares à remplir tes papiers, on te case automatiquement avec les fonctionnellement inaptes et on t'enlève du système de rotation. On se met à te filer des boulots à la con comme porter des échantillons de sang au labo de l'État à Sea Girt, ou réorganiser les fichiers de la brigade des jeux, parce qu'ils veulent pas envoyer sur le terrain quelqu'un de pas bien concerné, tu vois, un qui garde un œil sur la pendule ou qui traverse une crise d'identité de l'âge mûr. C'est pas bon. Ça peut même être dangereux. Moi, en ce moment, ils m'envoient surtout faire le tour des lycées, donner des conférences, le genre « les policiers sont tes amis, attention à l'influence des copains, sois pas un raté, la dope, c'est mauvais pour toi… », comme s'il restait un seul jeune sur la planète qui n'ait pas déjà entendu ces couillonnades un million de fois !

Elle le perdait : distrait par son inconfort, Ray passait sa langue sur ses lèvres sèches, ses yeux allaient de tout à gauche à tout à droite comme s'ils étaient branchés sur un métronome.

— Bref, ce que je veux dire, poursuivit-elle, par rapport au fait que tu sois allongé ici… Comme tu refuses de coopérer, tout le monde se fout un peu de ce qui t'est arrivé. En fait, si l'affaire est pas morte et enterrée, c'est uniquement parce que j'ai demandé personnellement à la suivre, et le service estime que c'est une activité sans danger pour une vieille bique comme moi, donc, la réponse est non, j'ai pas mieux à faire.

— Ils ne me donnent même pas un morceau de glace, se plaignit-il. J'ai la langue aussi sèche qu'un bourrelet sous les pattes d'un chien…

— En cas de traumatisme crânien, on ne donne généralement rien d'oral avant d'être sûr, dit Nerese. Je peux te poser une question ? Ta voisine, Mrs Kuben, ça sent toujours comme ça, chez elle ? C'est une boule antimites de cinq pièces, son appart !

— Oh, c'est rien, ça, dit-il. T'as remarqué sa manie des sacs congélation ? Tout ce qui est plus petit qu'un piano, il faut qu'elle le fourre dans un sac congélation. Elle fait ses courses au supermarché — des pâtes, des céréales, du sucre —, elle sort tout des paquets, elle les jette, elle met les trucs dans des sacs étiquetés. Mon père m'a raconté qu'il l'a vue assise à la table de sa salle à manger en train d'ouvrir de petits sachets de sucrettes, tu vois, il peut y avoir combien de sachets dans une boîte ? Ben, elle les ouvrait et les vidait tous dans un sac à sandwich transparent…

— Je peux te poser une question personnelle ? Pourquoi tu vis là-bas ?

— Je sais pas. Quand le Trade Center a dégringolé, je suis revenu de L.A.

— Revenu ?

— Je n'y tenais pas, mais je n'arrivais pas à convaincre Claire de laisser Ruby aller dans l'Ouest pour me voir, alors… Je n'étais pas là depuis deux semaines, vivant dans un hôtel de la ville, que, bam, ma mère est morte. Alors, j'ai traversé le fleuve, je me suis installé chez mon père, provisoirement, je pensais, pour qu'il ne se sente pas seul, pour qu'il aille bien… Deux semaines après l'enterrement, devine quoi ? Le lascar décampe. Il part pour le Sud, bordel de merde, et je reste planté au milieu du séjour comme un idiot. Enfin, j'étais content qu'il ait des projets pour lui, content de ne pas avoir à… Bref, j'étais planté là, et je me suis dit : Bon, il m'appartient, cet appartement, je l'ai payé, je n'ai pas d'autre adresse, je suis sans boulot, je ne sais pas ce qui va m'arriver, il faut bien poser la tête quelque part, alors…

Il laissa sa phrase en suspens.

— Ouais, fit Nerese. Cette Mrs Kuben, comment dire ? D'après elle, tu fais défiler chez toi une ribambelle de… appelons ça des gens de couleur. Une vraie station de métro, selon elle.

Ray la regarda fixement, traita l'information et :

— La sale conne. Ils n'embêtaient personne.

— Qui c'est, « ils » ?

— Vraiment, quelle sale conne ! Cette maniaque du sac congélation fourre son nez dans les affaires de tout le monde…

— En fait, celle qui m'intéresse, Ray, c'est la meuf.

— La quoi ? dit Ray, à qui il fallut de nouveau un peu de temps pour comprendre. Toi aussi, t'es une sale conne.

Nerese prit ça sans se formaliser mais laissa son visage s'assombrir comme si elle venait de perdre un ami. Ray cessa immédiatement de fulminer.

— Désolé, murmura-t-il, gêné, en détournant les yeux.

— Alors, qui c'est, Ray ?

— Non, dit-il, secouant la tête, baissant le rideau.

— Tu sais que je la trouverai, de toute façon.

— Pourquoi tu fais ça, Nerese…

Nerese, maintenant.

— C'est pas dur de me faire arrêter.

— Pourquoi ? répéta-t-il, criant presque.

— Pourquoi ?

Nerese se leva et s'écarta du lit. Elle n'avait pas cessé d'y penser depuis que Mr Egan lui avait parlé de l'agression de Ray trois jours plus tôt dans l'auditorium du lycée, et maintenant, elle voulait lui donner une réponse aussi claire que possible.

— Pourquoi, Ray ? Parce que je crois à la réciprocité comme je crois en Dieu. Je crois de tout mon cœur et de toute mon âme que je dois agir envers les autres comme ils agissent envers moi, en bien ou en mal, et je veille à ce que tout le monde autour de moi le sache, parce que je vais te dire une chose… J'ai découvert que quel que soit le genre de merde dont je dois m'occuper, quel que soit le genre de comportement bestial que je dois affronter, je reste quelqu'un de bien en respectant ce principe, les gens autour de moi restent des gens bien, et ces temps-ci, être quelqu'un de bien, simplement quelqu'un de bien, ça devient aussi rare que le beurre en broche. Alors, si tu veux, je peux rester ici toute la journée à t'écouter dire « Sale conne celle-ci », « Sale conne celle-là », « Sale conne Nerese », mais tu sais, que tu me compliques ou que tu me facilites la tâche, la réalité, comme je te l'ai dit la dernière fois, c'est que j'ai une dette envers toi. Désolée.

— Mais je ne veux pas que…

— Ray Ray Ray, psalmodia-t-elle, le noyant sous les mots. Tu ne sais pas ce que tu veux. Personne… Je suis entrée ici hier, on aurait dit qu'on t'avait passé la tête au mixeur. T'avais l'air à deux doigts de te couper les veines. Et aujourd'hui ? T'as l'air d'aller encore plus mal. Pardessus le marché, t'es tendu comme un ressort, tu parles sans arrêt, t'insultes les gens comme si t'étais speedé. Le mec qui t'a fait ça, c'est comme s'il avait expédié ton cerveau d'un coup de pied dans la quatrième dimension…

— Hors de question, lâcha-t-il, croisant les bras sur la poitrine comme un chef indien, comme un enfant.

— Ray, dit Nerese, baissant le ton d'un cran. Ce type est venu chez toi, il t'a collé devant le mur de ton propre séjour et il a essayé de te bousiller comme si ta tête était une saloperie de pastèque…

— Quoi ? fit-il, clignant des yeux.

— Comment tu peux laisser quelqu'un faire ça et s'en tirer ? Comment tu peux laisser quelqu'un t'agresser comme ça sans essayer de te venger ? Si tu ne réagis pas, cette histoire te bouffera vivant. Si tu ne réagis pas, elle te filera un cancer !

— Collé devant le mur ? dit-il d'une voix entrecoupée.

— En plus, Ray, il s'agit pas seulement de toi. Ces types-là, ils recommencent jusqu'à ce qu'ils se fassent choper, alors si tu le fais pas pour toi…

— Qu'est-ce que tu racontes, merde ? « Collé devant le mur » ?

— Ray, soupira Nerese en prenant la position, les mains plaquées sur la paroi de Plexiglas. Ça te rappelle quelque chose ?

Il parut d'abord dérouté, mais quand une lueur de compréhension s'alluma dans son regard elle crut qu'il allait vomir.

— Ray…

— Non, fit-il, détournant les yeux, la voix blanche de terreur.

Elle s'écarta de la cloison, décida de ne pas le bousculer davantage pour le moment.

— OK, OK, dit-elle avec douceur.

Près du pichet sur la table de chevet, elle remarqua une feuille de papier pliée en son milieu et posée comme un A majuscule. Tendant le bras par-dessus le corps de Ray, elle la prit et découvrit un autre gosse des rues armé et dangereux, avec la même légende sous les pieds, CE QUI EST À MOI EST À MOI.

— C'est à un jeune, dit Ray.

Elle fit apparaître le dessin trouvé dans l'appartement, le lui montra.

— Le même jeune ?

— Tu as le droit de prendre des choses, comme ça ?

Ray se ressaisissait lentement, agacé mais pas particulièrement inquiet, sembla-t-il à Nerese.

— Qui c'est ?

— Un ancien élève.

— Il est venu te voir ici ?

— Une fois.

— Je croyais que personne ne venait, à part moi.

— Il est venu une fois ! aboya Ray, remettant le turbo.

— Un ancien élève… dit Nerese d'un ton neutre, pour le relancer délicatement.

— D'il y a douze ans, quand j'enseignais dans le Bronx, on a gardé le contact, c'est un bon gosse, Salim El-Amin, il s'appelait Coley Rodgers, avant.

Les mots sortaient de lui en un flot précipité, il avait donné le nom sans sourciller ; Nerese, ne subodorant rien là qui méritât d'être approfondi dans l'immédiat, tenta de calmer Ray en opérant un repli dans l'histoire :

— Alors, t'as commencé comme prof ?

— Fallait bouffer.

— Pourquoi, ça te plaisait pas ?

Elle glissa le deuxième dessin dans sa poche avec le premier, le *Ce qui est à moi est à moi* la turlupinant un peu.

— Pas vraiment.

— T'as démissionné, si j'ai bien compris. T'as emmené des mômes en sortie de classe et vous avez disparu dans la nature, un truc dans ce goût-là…

Ray la regarda fixement et elle se prépara à une autre explosion.

— Laisse-moi te dire une bonne chose, grinça-t-il, les mâchoires à nouveau crispées et toutes de travers. Le truc pour lequel on m'a viré, c'est la seule fois où j'ai pris plaisir à être prof. J'ai emmené une classe d'anglais de seconde à Central Park voir *Comme il vous plaira*. Ils s'ennuyaient à mort. J'avais le pressentiment que ça les soûlerait, et comme je déteste l'idée qu'on oblige un auditoire à écouter, j'avais emporté un ballon de foot dans mon sac au cas où. Comme on pouvait s'y attendre, au milieu du deuxième acte, on s'est retrouvés dehors. Je les ai emmenés sur la pelouse de Sheep Meadow et on s'est fait un match, les filles contre les garçons, j'étais quarterback pour les garçons, et toute la classe était aux anges. Pour être franc, moi aussi, parce que tu aurais dû voir leurs têtes, tous ces petits durs riant comme des mômes. Et ils me regardaient d'une telle façon, tu vois. Comme s'ils n'arrivaient pas à croire que j'avais fait ça pour eux, que je leur avais offert un tel répit… Le lycée non plus n'arrivait pas à le croire. On m'a convoqué en conseil de discipline mais, à ce stade, j'avais déjà qu'une envie, c'était de tout laisser tomber.

« C'est pas que j'étais un mauvais prof, ou que je n'avais pas essayé, ou que je m'en fichais, ou que je rejetais la responsabilité sur mes élèves. Simplement, je… je ne sais pas. Pour moi, le lycée, ça sert à avoir son diplôme : on y entre, on en sort. Y retourner volontairement, se taper les chefs de département, les professeurs principaux, le proviseur, les inspections, les évaluations, ça ressemblait trop à être encore un élève qui s'inquiète pour son bulletin scolaire. C'était comme si tous les tyrans minables qui avaient gouverné ma vie de la maternelle à la terminale comme profs étaient devenus mes patrons. Non, merci. Alors…

— Je sais pas, Ray, fit Nerese d'un ton détaché, essayant de nouveau de le faire ralentir. Moi, si je devais recommencer, je serais prof, c'est sûr. J'aime travailler avec les gosses, tu sais, tant qu'ils me suivent pas jusque chez moi.

— Ouais, ben, moi, si c'était à refaire, je crois que je serais flic. Vous, vous avez accès aux coulisses du plus grand spectacle au monde.

— Tu dois parler d'une autre sorte de flic. Tu sais comment je suis devenue inspectrice ?

Se sentant au bord d'exploser elle-même, elle s'efforça de garder son calme mais c'était peine perdue : cette histoire la rendait folle à chaque fois.

— J'ai dû passer cinquante-quatre mois assise derrière un bureau à évaluer des candidats pour l'école de police, poursuivit-elle. Cinquante-quatre mois, c'est le marché qu'on m'a proposé pour avoir l'insigne doré… Je voulais être inspectrice aux stups, parce que ça ne prend que quatorze mois, et que là c'est du vrai, mais ils m'ont refusée à cause de mes frères. Ils m'ont dit : « Qu'est-ce que tu fais si tu descends sur une planque et qu'un de tes frères est en train de se shooter ? Qu'est-ce que tu fais si tu sais, trois heures avant, que ta brigade va faire une descente dans un appart et qu'il y a toutes les chances pour qu'un membre de ta famille y soit, en train de bosser ou de se ravitailler ? Tu ne le préviendras pas ? » Et moi : « Oh ! non, sûrement pas, celui qui vit par l'aiguille périra par l'aiguille, c'est son problème », mais ils n'ont pas voulu courir le risque, alors je suis restée bloquée derrière une saloperie de bureau pendant cinquante-quatre mois, en prenant en moyenne quatre kilos par an, j'ai obtenu ma plaque mais tout le monde savait comment, tout le monde savait ce que j'avais fait et ce que j'avais pas fait pour l'avoir. Encore maintenant, les autres inspecteurs me respectent peu ou pas du tout à cause de ça, malgré tout ce que j'ai fait depuis. Pour eux, je suis simplement une gratte-papier noire qu'on a nommée inspectrice pour donner une bonne impression du service, alors, me bassine pas avec cette histoire de plus grand spectacle au monde…

Elle avala une bouffée d'air et reprit :

— Je t'ai dit que je prends ma retraite dans quelques mois ?

— Ouais, mais quand même… Tu sais ce que je détestais vraiment dans le boulot de prof ? fit Ray, retournant à ses propres préoccupations. L'idée de vieillir chaque année alors que les élèves gardent le même âge, et aussi que, quand ils ont leur diplôme, ils sont comme des bateaux qui partent pour l'aventure et moi, je reste là à leur faire signe, planté sur le quai…

Quoique consciente qu'il n'était pas dans son état normal, Nerese se sentit étonnamment blessée par le manque d'intérêt de Ray pour l'histoire pathétique des cinquante-quatre mois, blessée au point qu'elle dut se rappeler ce qu'elle faisait là, qu'elle était en train de bosser.

— Un petit détail en plus, continua-t-il. Vers la fin de ma carrière d'enseignant, les deux dernières années, disons, j'étais un cocaïnomane plein de promesses. Pas tous les jours, pas tous les soirs, mais assez souvent, et de temps en temps j'allais en classe défoncé, avec un demi-gramme dans mon portefeuille, je parlais à trente gosses à toute vitesse, ou je slalome ou je me crashe, complètement parano, pourquoi ils me regardent tous comme ça ? Parce que t'es le prof, dugland... En même temps — et cela ne m'excuse pas, n'enlève rien à ce que j'ai fait —, j'avais terriblement honte de moi. Je ne me suis jamais fait prendre, mais je ne m'en suis jamais vraiment tiré non plus.

— Je comprends pas : si tu détestais tellement être prof, pourquoi t'es revenu faire cours bénévolement ?

— J'ai eu quatre années vraiment dures avec la coke : prof, taxi, opérateur de détecteur de mensonge... Si quelqu'un m'avait branché sur un de ces appareils, à l'époque, le putain de stylet serait allé se planter droit dans le mur. Je n'ai vraiment arrêté que le jour où j'ai obtenu ce boulot de scénariste pour la télé. Là, j'ai arrêté pour de bon. Et puis, il y a deux ans, j'ai eu une nomination pour un Emmy. Enfin, un cinquième d'Emmy, parce qu'il y avait quatre autres auteurs sur cet épisode. Une semaine plus tard, je reçois un coup de téléphone d'un de mes anciens profs de Hook, Mr Mufson, tu te souviens de lui ? Il me demande si j'accepterais de m'adresser aux élèves qui viennent d'obtenir leur diplôme, tu vois le genre, le gars du coin qui a réussi, qui revient au pays pour parler aux jeunes, salut au héros conquérant, et, Tweetie, je te le jure, j'étais vraiment nul, comme élève, dans ce lycée, alors... Comment dire non ?

Tweetie, de nouveau.

— Donc, je me pointe le jour de la remise des diplômes, tous les élèves ont la toge et le mortier, neuf sur dix se demandent : Qui c'est, ce clown ?, mais les profs savent, mes vieux salauds de profs, et je suis sur le podium, je regarde la salle, pas un visage blanc, tu connais Paulus Hook maintenant, et comme je ne vois que des jeunes de diverses minorités, comme je suis hanté par ma propre histoire de drogue, je laisse tomber mon discours et je me lance dans une longue confession sur la dope, comment elle a failli me détruire, ne la laissez pas vous détruire, vous avez la vie devant vous, etc., le monde vous appartient, etc. C'était un baratin plutôt bon, le seul problème étant que le lycée n'avait aucun problème de drogue. D'accord, il y a toujours des jeunes qui veulent palper, mais ils s'intéressent uniquement au côté bizness de la chose. Tu imagines un élève, en toge et mortier sur la tête, envisageant dans cet auditorium une carrière de toxicomane ? Ces gosses étaient là pour recevoir leur diplôme. La moitié étaient en route pour la fac. Tout mon discours était une insulte à l'action collective. Pourtant, les parents sont venus me serrer la main après, me demander si j'avais le texte écrit de mon intervention, tu vois le genre. Il y avait mes propres parents dans la salle, Ruby, mes anciens professeurs, et il y avait là-dedans quelque chose de, je sais pas, de grisant…

« Un an plus tard, les tours dégringolent, je suis de retour, sans boulot, l'argent ne pose pas de problème pour le moment mais j'ai besoin, j'ai vraiment besoin de faire quelque chose de ma peau. Et je me suis souvenu de cette bouffée de bonheur, le jour de la remise des diplômes, alors… En plus, il y a une partie de moi qui veut toujours laisser son empreinte sur les choses, avoir un impact. Mener le bon combat, tu vois, et j'ai pensé : Si je ne le fais pas maintenant, alors quand ? Donc, je suis allé là-bas et je me suis trouvé quelque chose. Et ce n'était pas la même chose que dans le Bronx parce qu'ils ne me payaient pas, tout ce qu'ils pouvaient me dire, c'était merci, merci beaucoup, merci infiniment…

— L'argent ne pose pas de problème, on dirait, murmura Nerese en forçant sur le ton envieux. Ce qui me rappelle : mon copain qui a rassemblé des informations sur toi, il se demande comment on peut passer de chauffeur de taxi à scénariste…

— On va garder ça pour une autre fois, répondit Ray sèchement.

— Comme tu veux. Il m'a aussi demandé de te demander comment on peut lâcher quatre plaques par semaine pour revenir dans ce bouge et y travailler pour rien.

Ray réfléchit un moment là-dessus : Nerese savait tout sur lui, à part sa pointure. Et le nom de son agresseur.

— Pour une autre fois aussi, dit-il, s'efforçant de garder une voix posée.

— Parce qu'il a entendu parler d'un incident, d'un malentendu… J'arrive pas à y croire moi-même, Ray, alors, si tu dis que c'est des conneries, c'est des conneries, mais y aurait eu quelque chose de racial, là-bas ?

Elle vit la vérité sur son visage, dans l'énormité de son absence de réaction.

— Une autre fois, réussit-il à articuler.

Nerese laissa une minute s'écouler puis commença à se préparer à partir, poussa de gros soupirs en se levant de sa chaise.

— Alors, pas moyen que tu me donnes un nom ?

Ray, comme perdu dans ses souvenirs, regardait à travers elle.

— Tu vas m'obliger à me décarcasser toute seule, vieille comme je suis…

Rien.

— Tu veux même pas me dire le nom de la nana qu'on t'a vu balader dans Little Venice ?

Se mettant précautionneusement sur le côté, il lui tourna le dos.

— Eh bien, c'est intrigant, Ray, je te l'accorde.

Puis, s'étant finalement reprise et organisée, elle se tourna pour partir.

— Bon…

— Hé, Tweetie, la rappela-t-il doucement.

Sentant un prélude à des révélations dans sa façon hésitante de l'appeler, elle se retourna, pleine d'espoir.

— Quand je t'ai dit que c'est la seule fois où j'ai pris plaisir à être prof, tu sais, le jour où j'ai emmené toute la classe à l'école buissonnière… Ce n'était pas tout à fait vrai.

Nerese attendit.

— J'ai fait le coup chaque fois qu'on avait une sortie de classe. Tous les ans, sans exception, et mes élèves comptaient sur moi pour ça.

Il toussa, lui adressa un demi-sourire et ajouta :

— C'est juste la seule fois où je me suis fait gauler.

7

SALLE DE CLASSE — 10 JANVIER

— « C'est moi et mes amis au parc d'attractions des Six Flags », lisait la nommée Dierdre à la classe dans son cahier tandis qu'un Polaroid faisait le tour de la table. « Elle a été prise l'année dernière. Nous sommes allés là-bas en bus et ça a pris si longtemps que j'étais une vieille dame avec six enfants et huit petits-enfants quand on est arrivés. Si vous voulez aller aux Six Flags, ne prenez jamais le bus. Sinon, je me suis bien amusée. »

— OK, fit Ray, souriant. Merci.

Que dire d'autre ? Elle n'avait pas fait ce qu'il avait demandé : trouver une photo de famille prise avant la naissance du narrateur et inventer une histoire sur les gens qui y figuraient. Mais il lui était reconnaissant pour la touche d'humour, pour avoir simplement écrit quelque chose.

Il adressa un signe de tête au grand adolescent au visage allongé qui soupirait pour une Felicia qui ne se rendait compte de rien.

— Rashaad, tu as quelque chose ?

— Ouais, j'ai écrit quelque chose, répondit-il, montrant ses paumes. Mais j'ai oublié le cahier à la maison.

— Non, dit Ray avec un haussement d'épaules. La classe ne peut pas fonctionner comme ça. Si vous n'apportez pas vos textes, nous n'avons rien à faire ensemble…

— Je peux vous le raconter, proposa Rashaad.

— Non, intervint Mrs Bondo.

Ray, sur le point de faire la même réponse, n'apprécia pas son intervention.

— Cette classe est un privilège, ajouta-t-elle, comme si elle parlait d'une faveur accordée en prison. Si vous en abusez, il vous sera enlevé.

— OK, dit Ray du ton le plus léger qu'il put. Victime suivante.

Jamaal leva un doigt hésitant puis fit passer la photo en couleur 20 x 25 d'un cadavre.

Là, les garçons mordirent, Efram lâchant l'inévitable :

— Il est mort ?

Le sujet était un Noir d'une trentaine d'années, étendu dans un cercueil capitonné, les yeux clos, la bouche entrouverte, un chapelet entortillé autour de ses mains jointes. Des lis montraient le bout du nez dans le coin supérieur droit.

Deux des filles se penchèrent inconsciemment l'une vers l'autre au-dessus de la photo posée entre elles.

Quand on la lui passa, Mrs Bondo parvint à exprimer à la fois une circonspection sceptique et une curiosité brute.

Une fois de plus, Ray fut inondé de gratitude.

— Vas-y, Jamaal.

— « C'est une photo de mon oncle avant qu'on l'enterre. Je ne l'ai pas vraiment connu parce qu'il vivait à Brooklyn, mais ma mère m'a raconté que quand il était au lycée il jouait dans l'équipe de basket et qu'ils ont gagné le championnat de la ville une année même s'il ne mesurait qu'un mètre soixante-dix. Ça me donne de l'espoir parce que même si je ne mesure qu'un mètre soixante-dix moi aussi, j'espère jouer pour Paulus Hook. Pour le moment, je suis chez les cadets et j'ai le plus haut pourcentage de lancers francs de tout le monde… »

Jamaal lisait d'une voix monotone et entrecoupée, comme si les mots étaient écrits verticalement ou l'écriture non familière.

— « Mon oncle était aussi le clown de la classe, ce que je suis aussi. Ça me rend triste qu'il soit mort parce que je pense qu'il aurait pu être un modèle pour moi et un ami. Mon oncle s'est fait tirer dessus mais ça ne se voit pas parce que c'était dans le dos. Il ne s'occupait pas des affaires des autres non plus. »

Là encore, pas ce qu'on avait demandé, mais apporter un cadavre comme ça…

— Il s'appelait comment, ton oncle ?

— Spoony[1].

Quelques élèves ricanèrent, mais cela ne parut pas déranger Jamaal.

— Moi je connais un gars qui s'est fait coincer dans la cage d'ascenseur, dit Rashaad, il a eu la tête écrabouillée contre le mur. À l'enterrement, le cercueil était fermé.

— Oh ! fit Altagracia. C'était Supreme, non ?

— Ouais, c'était lui.

— Attendez, attendez, intervint Ray. C'était très intéressant, Jamaal, mais la prochaine fois, tu pourrais peut-être imaginer une journée de la vie de ton oncle, tu vois ?

— Mon pasteur, à l'église… attaqua Rashaad, affalé sur la table. Y avait un gars, d'accord ? Il s'était fait tuer la veille, près du parking de l'église. Flingué. Le pasteur, il a dit : « Vous pensez que ce garçon s'est levé hier matin en se disant : C'est aujourd'hui que je meurs ? Il vaut mieux être en ordre avec Jésus parce qu'on ne sait jamais quand on se fera poinçonner son ticket. »

— Il a raison, approuva sobrement Efram.

Ray fut étonné que personne ne ricane ou ne lance une vanne.

1. En argot, « amoureux » ou « imbécile ». *(N.d.T.)*

— Rashaad, je ne te le répéterai plus, dit Mrs Bondo. Redresse-toi.

— Vous le répéterez plus ? Vous me l'avez pas encore dit.

— Il y a quelques années, commença Ray, je marchais le long d'un vieux cimetière, dans le sud de l'État, près de Trenton, et je suis passé devant une tombe qui devait dater du début du XIXe siècle, avec cette inscription : « À mon mari chéri et à mes chers enfants. Je ne suis pas morte mais simplement endormie. Ce que je suis aujourd'hui vous le serez bientôt. Préparez-vous à mourir et à me suivre. »

— Plutôt tordu, estima Altagracia.

Rashaad et Efram répétèrent à mi-voix l'épitaphe, comme pour la mémoriser.

— À qui ?

Trois des cinq élèves restants levèrent la main, Myra, celle qui lisait la *Spoon River Anthology*, l'atout en réserve de Ray, ne la levant que légèrement, comme si elle savait qu'elle avait quelque chose de bon et pouvait attendre son tour.

— Excuse-moi, tu t'appelles comment, déjà ? demanda Ray à une fille de grande taille à la peau couleur mûre noire.

— Mercedes. Je n'étais pas là la semaine dernière.

— Mais tu as fait le travail quand même, dit-il avec un sourire. Waouh. Merci. Je t'en prie, l'invita-t-il.

La photo était celle d'une femme de trente ans très corpulente, assise sur un banc de la cité Hopewell, une cigarette dans une main, une boîte de Coca dans l'autre. À sa droite Mercedes, deux fois plus jeune que maintenant, à sa gauche une autre petite fille, les têtes des deux gamines tranquillement posées sur les cuisses lourdes de la femme.

— « C'est ma tante Kim. Elle était serveuse dans un restaurant de Jersey City jusqu'à ce que ça devienne trop dur pour elle de rester debout tout le temps à cause de son diabète. L'autre fille, c'est Monique, ma meilleure amie et ma cousine. C'est la fille de Kim. Comme ma tante Kim a du diabète, tout le monde dans la famille fait attention qu'elle fasse ses piqûres et qu'elle fasse ce que le docteur lui dit en général. À part sa fille Monique, Kim est ma préférée dans ma famille, y compris ma mère, sa sœur. »

Ray émit un grognement pensif, manière de gagner du temps.

— Elle pèse combien, cette femme ? hasarda Efram le plus poliment qu'il put, ce qui provoqua une salve de claquements de langue réprobateurs de la part des filles.

— Et toi, combien tu pèses ? lui renvoya Altagracia.

— Je demande, c'est tout, murmura Efram, le dos voûté, un sourire mortifié sur son museau figé.

— OK, arrêtez, dit Ray d'un ton affable, qu'il espérait tel en tout cas.

— Je parlerai plus de rien, déclara Mercedes d'un ton calme mais ferme.

— T'as vu ce que t'as fait, pauvre idiot ? lança Altagracia à Efram.

— Arrêtez, ordonna Ray impulsivement.

Les élèves obtempérèrent, l'efficacité temporaire de son accès d'autorité spontané le ramenant, de façon pas très agréable, à sa période de professeur salarié.

— Mercedes, j'aimerais que tu en parles si tu es d'accord, plaida-t-il mais sans conviction, sans avoir vraiment quoi que ce soit en tête.

— Non, non, fit-elle.

Elle ne semblait pas trop contrariée et il décida de laisser tomber.

— Felicia ?

La grande Noire à la peau claire hocha imperceptiblement la tête, la timidité ou la peur réduisant sa bouche et ses yeux à des fentes tandis qu'elle faisait glisser vers lui une photo retournée, comme s'ils jouaient au poker.

Le cliché en noir et blanc représentait un Noir bien bâti en costume croisé, le visage austère devant la cage aux lions du zoo de Dempsy, fermé depuis longtemps.

— Hé, fais voir ce truc, dit Rashaad avec une brusquerie feinte en subtilisant la photo, faisant son numéro pour celle qui ne serait jamais sa petite copine.

— Rashaad, tu ne tiens pas à rester dans cette classe ? lui demanda Mrs Bondo.

— « C'est mon grand-père, Roy V. Smalley, commença Felicia à voix basse. Il a été le premier pompier afro-américain de Dempsy. Il a été pompier pendant un an et demi et puis il a démissionné à cause des préjugés et il est entré à la poste. Il a aussi été dans l'armée et il a eu quatre enfants, qui sont ma mère et mes oncles. C'est en 1948 et à Dempsy. »

La tête de Felicia sembla se rétracter dans le haut col blanc de son chemisier, encore une liseuse verticale, une bouffeuse de consigne, mais la photo, l'histoire... Ray étudia l'expression amère de l'homme et, par romantisme, crut y déceler de la rage, de la dignité, de l'entêtement, tout cela probablement en vain.

— Il vit encore, ton grand-père ?

Non, fit-elle de la tête.

— Le premier pompier noir... fit Ray, lançant la phrase dans les airs. Vous avez tellement de choses à écrire, dit-il avec ardeur, vous avez... Il était comment, ton grand-père ?

— Sévère, répondit Felicia en fixant la table.

— Tu l'as connu ?

— Non. Mais ma mère m'en a parlé.

— Sévère, répéta Ray avec avidité, faisant tourner le mot comme un prisme. Ça ne m'étonne pas.

— Je peux lire le mien, maintenant ? demanda Altagracia.

Elle agitait les bras comme un naufragé hélant un canot de sauvetage, puis elle lança sur la table une photo en couleur jaunie.

Le sujet était une frêle petite fille, les côtes en xylophone, vêtue en tout et pour tout d'une culotte et appuyée à un arbre dans lequel Ray crut reconnaître un banian. Elle avait de grands yeux sombres et fiévreux et une abondante chevelure noire tombant sur ses épaules comme une cape d'opéra.

— Un Gauguin, glissa Ray à Mrs Bondo, qui acquiesça vaguement de la tête.

Un Gauguin, se répéta-t-il intérieurement d'un ton affecté. Bon Dieu. Ressaisis-toi.

— Vas-y.

— « C'est mon père à Saint-Domingue, dit Altagracia. Il a failli mourir de maladie jusqu'au jour où ma grand-mère, sa mère, l'a emmené chez cet homme du village dont tout le monde disait qu'il était guérisseur et il a été guéri. Il a été guéri par la prière. C'est pour ça que j'aime Jésus. Mon père, sur cette photo, a sept ans et il s'appuie à l'arbre parce qu'il avait encore un peu la maladie dans ses jambes. »

— C'est un garçon ? s'étonna Efram.

— Pourquoi ses cheveux sont aussi longs ? demanda Ray.

— Ouais, OK. Ma grand-mère, quand elle a prié Jésus, elle Lui a dit : « Si Tu le laisses vivre, je ne lui couperai plus jamais les cheveux. »

— Pourquoi ? fit Myra.

Son premier mot de la journée.

— Parce que, comme ça, chaque fois que quelqu'un le verrait dans le village, il regarderait tous ces cheveux et il penserait que Jésus l'avait sauvé.

— Et voilà, dit Ray, tout heureux.

Jusqu'ici aucun élève n'avait fait ce qui était demandé, mais lui non plus n'avait pas rempli le contrat, de son côté : il n'avait émis aucun commentaire valable, il n'avait eu aucune réaction en retour, critique ou simple encouragement, il n'avait tiré de l'exercice aucun enseignement reconnaissable, mais peut-être que pour aujourd'hui c'était suffisant, cette séance photos-légendes. Il ferait mieux la prochaine fois.

— Efram.

— Ouais.

Le garçon rondouillard posa sur la table un Superman découpé dans une BD et collé sur une feuille de carton rouge. La classe se contint jusqu'à sa salve d'ouverture :

— « C'est un autoportrait de moi, je l'ai dessiné et j'ai posé pour en même temps. Je peux faire ça parce que je prends la pose puis je fonce au chevalet si vite que je peux me voir en train de prendre la pose. Mon sport favori, c'est le basket. Un jour, j'ai pris Allan Iverson en un contre un et je lui ai foutu une telle raclée qu'il s'est mis à pleurer et qu'il m'a supplié de ne plus jamais jouer pour qu'il puisse être le meilleur joueur du monde. J'ai eu pitié de lui, j'ai accepté. Maintenant, je mets toute ma super-énergie dans les femmes. »

La classe explosa, tout le monde braillant à qui mieux mieux. Imperturbable, insensible à la dérision et à l'hilarité générale qu'il avait provoquées — même Mrs Bondo riait aux éclats —, Efram se tourna vers Ray.

— Voilà.

— Qu'est-ce que je suis censé dire ? s'exclama Ray trop fort.

— Dites rien, rigolez un bon coup, c'est tout.

Le gamin semblait à deux ans encore d'avoir des poils et fascinait Ray par son assurance de mec cool, sa distance sereine.

Les autres élèves s'écroulaient les uns sur les autres en tentant de trouver l'ultime repartie mais ils étaient désarmés par cette façon que le petit gros avait eue d'attaquer, ils n'avaient pas cette vivacité d'esprit, et l'agitation autour de la table se réduisit peu à peu à un fond sonore de roucoulements et de bafouillages dans lequel Efram baignait tel un bouddha.

— Bon, du calme, du calme, fit Mrs Bondo avec douceur, encore souriante.

Les élèves avaient d'autant plus pris leur pied qu'Efram l'avait fait rire, elle aussi.

— Continuons, dit Ray qui se sentait maintenant dans la peau d'un animateur d'émission-débat avec une liste d'invités vedettes à qui donner la parole.

Il adressa un signe de tête à Myra.

La fille mit une minute à trouver sa photo, un autre Polaroid aux couleurs passées, daté celui-là de dix-sept ans plus tôt. Un jeune couple noir debout devant une église, la femme au visage neutre ayant une main posée sur le renflement de son ventre.

Parce qu'elle lisait d'une voix murmurante et que la classe bourdonnait encore du tabac fait par Superman-Efram, Myra en était à la moitié de sa récitation avant que quiconque remarque qu'elle avait commencé.

— Une seconde, une seconde, la coupa Ray, levant la main. Tu peux recommencer, s'il te plaît ? Un peu de silence, d'accord ?

— « Le bébé est dans son ventre, reprit Myra d'une toute petite voix monocorde, mais moi seule peux le voir sur cette photo. Le bébé a déjà un jeu complet de dents et il est en colère contre moi, même si je ne naîtrai que dans trois ans. Quand j'entre dans le ventre de ma mère, le bébé y a laissé des pièges à souris, trois ans plus tôt. Après sa naissance, le bébé reste toute la journée dans le berceau mais quand mes parents vont se coucher, le soir, il sort furtivement par la fenêtre pour aller chasser. Quelquefois il vient dans mon lit, met son visage contre le mien, me montre ses dents et j'ai si peur que je ne peux plus bouger. Le bébé ne grandit pas, il devient seulement plus gros et plus fort. Le bébé est mort. »

Silence, tous les regards fixés sur Myra remettant la photo dans son cahier.

— Qu'est-ce que tu veux dire, « le bébé est mort » ? demanda Efram. Il est… mort ?

Myra haussa les épaules, genre « c'est comme ça ».

— C'est comme dans ce vieux film, *Le monstre est vivant*, dit Rashaad, souriant d'une oreille à l'autre et ajoutant en voix off : « Y a quelque chose qui va pas avec le bébé Robinson… Il est viva-a-ant ! »

— Bon sang ! protesta Altagracia. Qu'est-ce qu'il faut faire pour que tu te taises ?

La classe se remit à regarder Myra qui tripotait son cahier d'un air gêné, cependant que Ray pensait : C'est elle.

En cinq saisons d'enseignement, il y avait eu cinq élèves — Sherman South, Esperanza Castro, Garcelle House, Caroline Yang et Hassan Pridgen —, chacun d'eux invariablement impassible mais touché, remué jusqu'au plus profond de l'être par ce que Ray offrait. C'étaient ceux qui, en cours de sciences de la terre, de gym, d'algèbre, ou dans la puanteur de la cafétéria, s'arrangeaient pour sortir d'eux une histoire de trente pages écrite à la main ou un recueil de poèmes, posaient le tout sur son bureau à la fin de l'heure et s'éclipsaient. Il y avait toujours quelque chose de furtif dans ses relations avec eux : pas de sourires, pas de bavardages ; ils lui parlaient rarement sans qu'il s'adresse d'abord à eux, ne venaient jamais le trouver après la classe, mais, une fois établie leur différence — et ces jeunes s'apercevaient très rapidement qu'il était des leurs —, l'air entre Ray et eux était toujours chargé d'attente. C'étaient des histoires d'amour, d'une certaine façon, Ray se plaisant à imaginer qu'ils pensaient à lui hors de l'école à peu près aussi souvent qu'il pensait à eux ; parfois, il se les représentait littéralement chez eux, à la table du dîner, ou dans la cuisine, parlant de lui, ou incapables de parler de lui…

Narcissique, s'autoglorifiant — ouais, oui, Votre Honneur, coupable des faits reprochés —, mais, à sa décharge, il aurait fait n'importe quoi pour eux, il le savait : payer leurs études en fac, régler le loyer de la famille, trouver du boulot aux frères et sœurs plus âgés, répondre à tous les appels au secours matériels ou spirituels qu'ils pourraient lui lancer, bien qu'aucun d'eux n'eût jamais réclamé quoi que ce soit de lui au-delà de sa présence en classe. Et aucun d'eux n'était jamais devenu écrivain, à sa connaissance, mais cela ne faisait rien non plus.

— Comment tu en es venue à lire la *Spoon River Anthology* ? demanda Ray à Myra pendant que les élèves rangeaient leurs cahiers.

— Mr Barkeley m'avait dit que ça me plairait, répondit-elle en fermant le zip de son sac.

— Et ça t'a plu ?

D'une voix toute petite :

— Ouais. J'aime les trucs d'autrefois.

— Comme quoi d'autre ?

— Charles Dickens.

— Qu'est-ce que tu as lu de lui ?

— Rien encore. Mais j'ai son livre à la maison. Je le lirai après.

— Qui est-ce, Mr Barkeley ?

— Il était conseiller d'orientation.

— Était ?

— Il est parti.

— Tu sais, ton histoire était excellente.

Myra se détourna, retint un sourire. Conforme à l'espèce, elle ne l'avait pas encore regardé dans les yeux.

— Si je l'avais lue dans un livre…

Ray s'interrompit, reprit :

— Je n'aurais jamais deviné qu'elle avait été écrite par une adolescente. Quel âge as-tu ?

— Quatorze ans.

— Quatorze ans… Qu'est-ce que tu veux faire dans la vie ?

— Je sais pas, chantonna-t-elle avec un haussement d'épaules.

— Si tu continues comme ça, tu seras un écrivain exceptionnel, un jour, déclara Ray, qui ne se maîtrisait plus du tout. Et je pourrai dire que je t'ai connue, dans le temps.

Myra ravala un autre sourire. Ray pouvait voir sur son visage la lutte physique qu'elle livrait tandis qu'il la noyait de bavardage en se suppliant d'arrêter.

Quand il se détourna enfin d'elle, il constata que tous les autres, à l'exception de Rashaad, étaient encore dans la classe bien que la cloche eût sonné une minute plus tôt. Les élèves traînaient, tendaient l'oreille avec une expression avide, troublée, alerte.

Traversant d'un pas lourd le hall du lycée, Ray vit que l'autre vigile était de service, maintenant, la jeune maigre qui se prenait pour une gardienne de prison, et il hésita avant de prendre la queue pour signer, derrière une femme mûre boulotte penchée au-dessus du registre des visiteurs, un petit garçon de cinq ans à côté d'elle.

L'une des portes principales donnant sur la rue s'ouvrit et une grande fille forte aux pieds plats s'avança dans le hall. Ignorant le bureau de sécurité, elle tourna nonchalamment vers l'escalier.

La voix de la vigile claqua comme un fouet :

— Où tu vas… ?

Mâchant son chewing-gum, la fille tourna un regard morne vers la garce au visage de faucon.

— Aux toilettes.

— Tu viens de dehors ?

— Ouais, j'étais dehors.

Ray remarqua que le gosse de cinq ans était hypnotisé par la gardienne étique et sévère assise derrière le bureau. Il regarda de nouveau la femme mûre qui tenait la main de l'enfant et restait sans bouger, bouche ouverte, aussi fascinée par l'affrontement que le petit garçon. Elle lui semblait vaguement familière, un visage situé juste à la lisière de son champ de mémoire.

— Alors, j'peux y aller ? demanda la fille.

— Non, tu peux pas.

Ray était captivé lui aussi par la scène et pensait : Elle plaisante. Mais la femme ne plaisantait pas. Il sentait que l'adolescente avait envie de rétorquer par une insolence, d'avoir un mot ou un geste pour sauver la face, mais, trop intimidée, elle ressortit du bâtiment sans même un claquement de langue irrité.

Ray examina de nouveau la femme mûre, convaincu qu'il la connaissait mais... Ou plutôt, il reconnaissait l'essence de cette femme, le pli de sa bouche ou quelque chose comme ça, le reste n'étant qu'un enrobage de papier mâché, l'épaississement dû aux années.

Elle le surprit à la regarder au moment même où il se disait : Ça ne peut pas être... Il s'aperçut qu'elle était prise du même bégaiement visuel à son sujet.

— Ray ?...

— Oh, merde. Carla...

Il la voyait pleinement, maintenant, la ramenait à ses dix-sept ans en gommant les années.

— Mon Dieu, fit Carla.

Ils s'embrassèrent à l'épicentre de l'école, moment dont le caractère insolite n'échappa pas à Ray, qui avait à peine le courage de la regarder quand ils étaient tous deux élèves à Hook.

— Mon Dieu...

La voix de Carla grinçait comme des bottes sur du gravier, il ne restait vraiment d'elle que les yeux, les sourcils.

— Ouais, ça alors...

Il recula d'un pas pour mieux la voir et détourna vivement les yeux de peur que sa consternation devant le délabrement physique de Carla ne se lise sur son visage.

— T'as pas changé, t'as pas changé, assura-t-elle, et il remarqua que ses dents du bas étaient jaunes et tordues.

— Bon Dieu...

Il ne savait pas où poser les yeux. La dernière fois qu'il l'avait vue, c'était trente ans plus tôt, Carla Powell sortant de leur bâtiment de Hopewell attachée sur une civière, du sang séchant sur sa jupe et ses deux avant-bras, les poignets entourés de pansements. Son visage, comme toujours, même ce jour-là, précisé par le maquillage, les sourcils épilés en une fine ligne noire, les yeux, quoique vitreux de tranquillisants, parvenant encore à exprimer une sexualité ardente et rageuse. Des rumeurs avaient circulé sur elle et son père.

— Comment tu vas ? demanda-t-il avec un sourire machinal.

Il avait vraiment envie de le savoir.

— Bah, je… Ils ont un programme préscolaire, ici, répondit-elle en tirant sur le bras du garçonnet. J'essaie de le caser.

Le gamin, toujours fasciné par la gardienne, continuait à la fixer avec de grands yeux.

— C'est ton fils ?

— Mon petit-fils, répondit Carla, Ray se perdant aussitôt dans les calculs.

— Alors, comment tu vas ? répéta-t-il.

Cette fois Carla parut prendre la question au sérieux, son visage se déformant du front au menton.

— Pas trop bien, dit-elle d'une voix rauque.

Elle lâcha la main de son petit-fils, pêcha une cigarette dans son sac et l'alluma.

— Qu'est-ce qui ne va pas ?

— Interdit de fumer, m'dame ! beugla la gardienne comme s'ils étaient à l'autre bout du hall.

Carla cligna des yeux, marmonna « Pardon », écrasa distraitement la cigarette à peine allumée au creux de sa main. Ray se sentit glacé en voyant ça.

— Non, pas trop bien, répéta-t-elle en remisant dans sa poche la cigarette cassée.

— Comment ça ?

— Et toi, ça va ? dit-elle, ignorant la question. T'es marié ? T'es heureux ? demanda-t-elle, comme si l'une des propositions excluait l'autre.

— J'habite Little Venice en ce moment, répondit-il sans plus de précisions.

— Tu sais, Ray, je te jure… commença Carla, la voix réduite à un marmonnement éraillé. J'arrive pas à croire que je suis de retour dans ce foutu bâtiment. Je le détestais, ce bahut.

— Alors, vous devriez peut-être partir, dit la gardienne d'un ton froid.

— Pardon ? fit Carla, inclinant la tête d'étonnement.

Ray était surpris lui aussi, presque excité, non pas tant par le commentaire lui-même que par le fait que la gardienne l'avait émis rien que pour voir ce qui se passerait, il en était sûr.

— Gardez ce genre de truc pour la racaille du coin, rétorqua Carla, penchée en avant, crachant le feu (malgré les mots, sa voix était plus éperdue que pugnace et ses mains tremblaient). Je suis une grand-mère…

Ray se sentit vide de frayeur : cette histoire abracadabrante de retour à la maison qu'il avait concoctée pour lui-même ne tenait pas debout. Se réfugier comme ça dans le passé était une autre façon d'avancer vers sa tombe.

Il inscrivit rapidement son nom dans le registre et gagna à reculons les portes principales.

— Carla ! lui lança-t-il quand il devint une silhouette dans le soleil aveuglant de l'après-midi. Porte-toi bien, Carla !

8

HÔPITAL — 13 FÉVRIER

Déjà en larmes, Nerese se gara devant la maison de planches à clins de sa belle-sœur, où son neveu Eric l'attendait sur le perron, un automatique Raven calibre 25 posé sur ses genoux dans un sac en plastique transparent.

Elle avait eu l'intention de se rendre à New York ce jour-là pour interroger la fille de Ray sur l'agression, mais c'était avant le coup de téléphone hystérique de l'ancienne femme de Butchie qui avait fait démarrer sa matinée avant l'aube. Assise dans sa Chevrolet gargouillante, elle pensait à une des phrases favorites de sa mère : « Si tu veux faire rigoler Dieu, parle-Lui de tes projets. »

Inspectant la rue déserte dans les deux sens avant de se lever, Eric s'approcha lentement de la portière côté passager, se glissa sur le siège avant et tendit le Raven à sa tante.

— C'est quoi, ça ? fit-elle à travers ses larmes.

— Quoi ? grogna-t-il, plus boudeur qu'autre chose.

— Je t'avais dit de le mettre dans un sac !

— Ben, c'est un sac.

— Pas un sac transparent, Eric. T'as un cerveau ou pas ?

L'adolescent haussa les épaules, détourna les yeux, ses rotules s'agitant comme des marteaux-piqueurs.

Nerese fourra l'automatique dans son sac à main, rangea le tout sous son siège.

Ils restèrent un moment sans parler dans le silence de la rue délabrée, Nerese reniflant et effaçant régulièrement de la paume l'humidité de ses joues.

— Qu'est-ce que j'aurais dû faire ? finit par lâcher son neveu d'une voix plaintive. Il a frappé mon frère derrière la tête avec une batte…

— Quand ? repartit Nerese.

— Quoi ?

— Quand est-ce qu'il a frappé ton frère derrière la tête avec une batte ? Quel jour ?

— Dimanche.

— Dimanche, hein ? Et tu lui tires dessus le mardi. C'est un meurtre avec préméditation, ça, Eric.

— J'avais peur, dit-il, détournant de nouveau les yeux. Il m'a fallu du temps pour trouver le courage…

— Préméditation, répéta Nerese.

Elle regarda ses mains, le monde était une tache floue.

— Dire que je te promenais dans ta poussette…

— Tante Neesy, si tu m'amènes là-bas en chialant comme ça, j'aurai l'air coupable.

Elle lui décocha une taloche sur la tempe la plus proche, si vite qu'elle crut sentir la main lui piquer avant d'avoir esquissé le geste.

— Mais t'es coupable, crétin !

Eric regardait droit devant lui, une plaque rouge vif gâtant son profil.

Nerese avala une goulée d'air, porta une main à son front, se ressaisit.

— Où est ta mère ?

— Elle est partie travailler.

— Quoi ?! s'exclama-t-elle, sidérée (pas si sidérée que ça, finalement). Seigneur.

— Faut que je retourne dans la maison, dit Eric, regardant toujours droit devant lui.

— Sûrement pas.

Pas question qu'elle le quitte des yeux un seul instant, maintenant.

— Je dois changer de fringues avant qu'on y aille.

— Pourquoi ?

— Elles sont toutes neuves, expliqua-t-il, tirant sur son jean baggy et son sweat-shirt Enyce. Il va falloir que je les donne, là-bas, et je sais pas ce qu'ils vont en faire.

— Seigneur… fit Nerese, la voix aiguë et frêle d'étonnement. T'as une idée du nombre de jours de prison…

Elle s'interrompit, elle ne tenait pas vraiment à ce qu'il pense à ça maintenant.

Ils demeurèrent de nouveau silencieux et Nerese décida qu'il pouvait aller se changer si ça lui permettait de se sentir mieux, elle ne le suivrait même pas dans la maison, mais Eric, qui semblait maintenant avoir mal au ventre, ne fit pas mine de quitter la voiture.

— Bon, je vais te conduire au district sud. On va là-bas parce que mon ancien coéquipier est à la brigade des inspecteurs du district sud, maintenant. Il sait qu'on vient, il s'arrangera pour que tout se passe bien, pas de conneries, pas de petits jeux, OK ?

— Tu m'as trouvé un avocat ? demanda-t-il, les yeux sur la chaussée.

Elle le regarda. Cet égocentrisme, ce manque de gratitude la sciaient quand même un peu.

— Bon, écoute-moi. J'ai téléphoné à l'avocate qui supervise les commis d'office. Elle m'a promis qu'au moment de la mise en accusation un bon avocat prendra ton dossier dans le panier…

— Tante Neesy, je peux pas aller là-bas avec un commis d'office ! geignit Eric, la regardant finalement, les yeux luisants de panique. Il me faut un avocat payant !

— Eric. Un avocat payant, faut le payer. J'ai pas l'argent et je sais que ta mère ne l'a pas non plus. La femme à qui j'ai parlé, elle a toujours tenu sa parole. Je te promets que l'avocat que tu auras sera solide comme un roc et tout ce qu'il y a de gratuit…

— D'accord, capitula Eric, soudain docile.

Ils gardèrent un moment le silence, Nerese s'efforçant de trouver le courage de faire démarrer la voiture.

— Et Darren, comment il va ? s'enquit le jeune homme avec une politesse forcée, la voix prête à se briser.

— Je ne veux même pas entendre son nom dans ta bouche aujourd'hui, répliqua Nerese, qui ajouta à contre-cœur aussitôt : Darren va bien.

Dans le silence qui se fit de nouveau, elle entendit le tic-tac de sa montre.

— Tu veux manger quelque chose avant qu'on y aille ?

Eric haussa les épaules, se palpa le ventre.

— Un McDo ? proposa-t-elle.

— D'accord.

Prenant une destination qui n'était pas celle de la prison, elle démarra enfin.

À deux rues du McDonald's situé en retrait de la Route 440, dans Jersey City, Eric se tourna vers elle.

— On pourrait pas plutôt aller au Burger King ? J'aime pas le McDo.

Le Burger King le plus proche était à dix minutes en voiture, dans une partie à l'abandon du boulevard John F. Kennedy, la voiture de Nerese passant devant une succession de boutiques fermées et condamnées par des planches, d'enseignes de boutiques bricolées, de grappes de vendeurs de dope de l'âge d'Eric traînant à tous les coins de rue, quelques-uns d'entre eux parfaitement à même de l'identifier comme un flic malgré ses vêtements civils, son sexe et sa voiture personnelle.

Le Burger King était condamné par des planches.

— Y en a un au métro de Gannon, dit Eric. Près de la cité Armstrong.

Nerese repartit obligeamment… pour se retrouver dans un embouteillage sur le chemin du péage du New Jersey : un semi-remorque s'était mis en travers de la route, barrant toutes les voies sauf une. Après avoir avancé vingt minutes pare-chocs contre pare-chocs, elle ne supporta soudain plus l'absurdité de ce qu'ils étaient en train de faire et elle roula sur la bande d'arrêt d'urgence jusqu'à la première sortie, prit un virage à la corde et s'arrêta devant un Wendy.

Ils commandèrent au guichet du drive-in, Nerese laissant Eric choisir son dernier repas civil, puis se garèrent sur le parking, ni l'un ni l'autre ne faisant un geste pour ouvrir les sacs humides et graisseux qui leur réchauffaient le giron.

— T'as eu dix-huit ans quand, Eric ?

Nerese avait recommencé à pleurer.

— J'en ai dix-neuf.

Elle se moucha.

— Merde. Tu travailles toujours au Caldor, quand même ?

— J'ai laissé tomber.

Nerese jeta son sac de nourriture par la fenêtre.

— Faut que j'aille aux toilettes, annonça Eric.

— Une seconde.

Elle tendit la main pour l'arrêter, craignant qu'il ne décampe, là, tout de suite, même si une bonne partie d'elle-même souhaitait qu'il le fasse. Mais s'il filait, il encourrait les risques d'une arrestation armée, et même s'il s'en tirait indemne, le fait d'être amené au tribunal en qualité de fugitif ferait grimper sa caution en flèche.

— Bon, vas-y.

Nerese l'accompagna dans le Wendy, puis dans les toilettes des hommes, tandis qu'il couinait : « Mais enfin, Tante Neesy… », mais ce ne fut qu'après s'être assurée qu'il n'y avait aucune autre issue que la porte par laquelle ils étaient entrés qu'elle le laissa à ses petites affaires et sortit l'attendre dehors, à côté de la voiture.

Le plat de la main légèrement appuyé au creux des reins de son neveu, Nerese le poussa dans le hall du district sud, l'automatique toujours dans son sac transparent, glissé maintenant dans la poche latérale à fermeture Éclair de sa parka North Face.

Eric hésita une seule fois, entre les deux jeux de doubles portes qui l'amèneraient directement à l'intérieur du poste de police, mais Nerese continua à le faire avancer.

Trois uniformes se tenaient derrière le bureau surélevé de la réception, pas un des flics ne réagissant à la présence d'Eric malgré le caractère récent du meurtre et le fait qu'il se présentait de lui-même.

— Ammons, ça gaze comme tu veux ? s'enquit l'un d'eux d'une voix traînante, sans la regarder.

Nerese ignora le trou du cul et s'adressa au plus âgé des trois :

— Willy Soto est là ? demanda-t-elle, tendant le menton vers la salle des inspecteurs.

— Je suis pas sûr, attends…

Le flic disparut dans un couloir étroit et court.

La main toujours légèrement pressée contre le dos d'Eric, elle le sentait trembler à travers son blouson tandis qu'il fixait les dizaines d'avis de recherche fixés aux carreaux vitrifiés des cloisons.

— Pourquoi t'as attendu mardi, bordel ? dit-elle à son oreille d'une voix sifflante qui le fit sursauter.

Il respirait par la bouche, maintenant, à deux doigts d'une vraie crise de panique.

L'agent en uniforme revint à la réception suivi d'un inspecteur noir au cou de taureau que Nerese ne pouvait pas sentir, Aaron Kirkland, un vieux routier qui ne voulait pas de femmes dans la police et qui avait acquis la réputation, du temps où il conduisait une bagnole de ronde, d'être un dingue de la voiture-couchette, un flic qui, s'il avait le choix, préférait toujours ramener ses suspects inconscients.

— Soto a eu une urgence familiale, annonça Kirkland d'une voix profonde et lente en les gratifiant tous deux d'un coup d'œil évaluateur commençant aux pieds et s'arrêtant juste en dessous des yeux.

Bien qu'Eric se fût installé dans la vie de Nerese dès le jour de sa naissance et qu'il fût aussi proche d'elle par le sang que n'importe quel autre membre de sa famille, Nerese supporta très mal le passage aux rayons X de Kirkland, comme si pour lui son neveu et elle étaient de la même engeance.

Pendant un moment d'aveuglement, elle envisagea de repartir avec Eric et de revoir la stratégie de sa reddition mais Kirkland daigna alors les regarder dans les yeux, Eric d'abord, elle ensuite.

— Je peux faire quelque chose pour vous ? dit ce connard du haut de ses vingt-six ans de service, sachant exactement qui était Eric et ce qu'ils étaient venus faire.

Pendant l'heure et demie qui suivit, Nerese traîna devant la cellule du poste et tint compagnie à Eric jusqu'à ce que deux inspecteurs de la Criminelle du comté de Dempsy viennent le prendre pour le conduire à leur propre brigade, à l'autre bout de la ville, au sous-sol du bâtiment municipal.

En passant les menottes à son neveu, ils lui firent savoir, aussi respectueusement que possible mais sans laisser planer la moindre ambiguïté, qu'il était temps maintenant pour elle de s'éclipser et promirent que le gosse bénéficierait de toute la courtoisie et de toute la considération qu'ils pourraient lui témoigner dans l'exercice de leur boulot.

Assise dans sa voiture sur le petit parking au bitume crevassé du district sud dominant un marécage embrumé et un fleuve urbain si pollué qu'on aurait pu y mettre le feu, elle tenta de joindre la mère d'Eric à son travail. On lui répondit qu'elle était partie déjeuner, et Nerese, se rappelant le coup de téléphone désespéré du petit matin qui avait tout mis en branle, en fut réduite à ruminer le fait qu'après vingt ans passés à s'occuper de toutes sortes de conduites extrêmes elle n'avait rencontré personne dans la ville de Dempsy dont la mentalité et le système de logique la laissaient plus abasourdie et exaspérée que les membres de sa propre famille, tragiquement fantasques.

Le cœur lourd, physiquement épuisée, elle s'assoupit sur son siège, dormit près d'une heure et se réveilla en sursaut aux vibrations du portable bondissant sur son ventre.

— Nikki ? grogna-t-elle en tâchant de reprendre ses esprits pour la mère d'Eric.

— Essaie encore, fit la voix de Bobby Sugar. Bon, j'ai réussi à avoir le compte de la First Dempsy…

— Le quoi ? bredouilla Nerese, qui ne savait même pas qui l'appelait.

— La First Dempsy. Le compte bancaire.

— Bobby ?

— Oui. C'est Bobby.

— De quoi tu parles ? marmonna Nerese en fouillant son sac à la recherche de pastilles de menthe pour l'haleine et tombant sur le sac transparent d'Eric à présent vide.

— Ton gars, Mitchell. Je t'ai dit qu'il me manquait le relevé de son compte à la First Dempsy. Je l'ai, maintenant.

— Ouais, alors ? fit-elle, les yeux gonflés et comme pleins de sable.

— Il y a deux chèques sur lesquels tu pourrais avoir envie de lui poser des questions.

Après avoir noté les informations de Sugar, Nerese regarda de nouveau au-delà du fleuve. Quelque part dans la gadoue et le brouillard se trouvait le pénitencier du comté de Dempsy, roue de wagon en ciment couchée sur le côté, massive, le nouveau foyer d'Eric pour un certain temps. Une fois qu'il y aurait élu domicile, elle ne pourrait aller le voir qu'avec une autorisation écrite du directeur de la police, les visites en prison étant interdites aux flics, même pour des membres de leur famille.

C'est avec cette pensée en tête que Nerese, quoique poliment avertie de rester en dehors de l'affaire, traversa la ville pour se rendre au bureau de la Criminelle, résolue à voir son neveu une dernière fois avant qu'on l'emmène au centre d'admission. Mais ça roulait mal et elle arriva là-bas trop tard : Eric et les deux inspecteurs qui l'avaient amené étaient déjà partis.

Seule dans la vaste salle sans fenêtres, Nerese entendait bourdonner au-dessus de sa tête les tubes fluorescents.

L'endroit était désert, mis à part la réceptionniste, hors de vue dans le hall, qui, écouteurs sur la tête, s'affairait à transcrire des aveux enregistrés. Comme il n'y avait personne à proximité pour la surprendre, Nerese se glissa sur une impulsion dans le local aux scellés de la Crim, pour l'essentiel un cagibi aménagé rempli de sacs en plastique fermés par des agrafes et contenant des vêtements tachés de sang portés-au-moment-des-faits, avec dans un coin un portemanteau auquel étaient accrochés des vêtements d'extérieur étiquetés, et, là, après dix minutes de tergiversations, elle prit son courage à deux mains en même temps qu'une magnifique veste cuir et laine Fubu, objectif d'un vol avec homicide vieux d'un an déjà passé en jugement, quasiment un manteau de vison, accroché là, ne tenant chaud à personne par ce temps de merde de février.

Une heure plus tard environ, dans un effort pour éviter de rester seule avec ses idées noires, Nerese sortit de l'ascenseur démesuré et d'une lenteur géologique au sixième étage et remonta un couloir sur toute la longueur du bâtiment pour rendre visite à Ray dans la salle de soins sous monitorage.

À mi-chemin, elle avisa devant l'entrée un groupe de jeunes de treize, quatorze ans, leur regard collectif fixé sur quelque chose ou quelqu'un à l'intérieur. Même à distance, elle fut frappée par leur comportement : jamais elle n'avait vu une bande d'adolescents observant un silence aussi craintif.

Quand elle parvint à leur hauteur, elle comprit qu'ils étaient en train d'entrer un par un dans la salle et se dirigeaient vers le lit où Ray, maintenu en position assise, les recevait tel un monarque étourdi et blessé, leur serrait la main en s'efforçant de détourner son visage tapageur, chaque jeune donnant l'impression d'être quelque part entre mal de mer et peur, battant en retraite vers la sécurité du couloir dès qu'il avait pressé la chair de Ray.

Nerese se tint près d'eux et observa la procession nauséeuse supervisée par une femme trapue qui faisait office de maître de saut, touchant l'épaule du suivant puis lui donnant une légère poussée dès que le jeune le précédant était revenu de sa mission.

Quant à Ray, toute trace de son agitation de moulin à paroles de la veille semblait avoir disparu, remplacée par une gêne rigide, comme si, à la fois poli et chamboulé, il cherchait à cacher qu'il ne parvenait pas tout à fait à reconnaître ces enfants.

— Ça va ? murmura Nerese en effleurant le coude de la prof. Je suis Nerese Ammons, de la police de Dempsy.

— Evelyn Bondo, répondit la femme, la poignée de main ferme.

— C'est les élèves de Ray ? demanda Nerese en s'éloignant du groupe.

— Son atelier d'écriture, dit Bondo en suivant l'inspectrice jusqu'à un endroit d'où elle pouvait encore pousser les jeunes de la main.

— De gentils gamins, dit Nerese, histoire de parler. Vous avez une idée de ce qui lui est arrivé ?

— Pas vraiment, non.

Nerese observa les élèves un moment. Une fille noire, cheveux laqués et immenses lunettes, posa un cahier rouge et noir sur la table de chevet de Ray sans rien dire. Ray fit aller son regard du cahier à la fille, une lumière éclairant brièvement ses yeux.

— Ils sont tous là ?

— Ils sont tous là.

— Une petite classe, hein ?

Bondo acquiesça de la tête, poussa un garçon.

— Rashaad. À toi.

— Il avait des problèmes avec eux ? Des engueulades ?

— Non… dit Bondo, un poil trop longue à répondre.

Nerese l'incita à poursuivre :

— Non, mais… ?

— Non, répéta la prof plus nettement.

Nerese réinterpréta l'hésitation antérieure comme une désapprobation personnelle de Ray plutôt que comme un soupçon quelconque.

— Et avec d'autres élèves du lycée, n'appartenant pas à sa classe ?

— Je ne peux pas vous l'affirmer mais j'en doute. Il n'est là que deux heures par semaine.

— C'est un bon prof, Ray ? Je vous demande ça parce que je sais que les gamins ont horreur de l'hôpital, et venir ici…

— Ils l'aiment bien, répondit Bondo, qui s'en tint là.

— Hé, beau gosse, comment tu te sens, aujourd'hui ? dit Nerese, prenant sa place habituelle, la veste Fubu soigneusement pliée sur les genoux.

— Pourquoi ils ne me donnent rien à manger ? Un glaçon. Ils pourraient au moins me donner un glaçon.

— On ne donne rien à manger aux traumatisés crâniens avant d'être sûr, expliqua Nerese pour la seconde fois en deux jours.

Ray regardait dans le vide.

— J'ai tout le temps sommeil mais je ne dors pas. Je fais des rêves et pourtant je suis éveillé, dit-il, les mots étouffés, sans émotion, comme s'il parlait à travers une pile de manteaux.

— Qui est-ce qui t'a fait ça, Ray ? demanda Nerese, tentant de profiter de sa confusion pour décrocher le gros lot.

— Ça…

— Qui t'a frappé ?

Il ne dit mot et elle fut incapable de savoir si c'était là la marque d'un mutisme volontaire ou simplement le sous-produit du regard vitreux d'aujourd'hui, l'état du pauvre gars étant susceptible de nettement s'aggraver dans les heures à venir.

Elle tendit la main vers le cahier laissé par la fille aux cheveux laqués et aux lunettes démesurées.

Les pages étaient couvertes d'une écriture ronde d'adolescente : des poèmes, de la prose et une vieille photo floue fixée par du ruban adhésif au-dessus d'un texte intitulé « Bébé ». Autres titres : « Mort vivant », « Notre ennemi commun », « Mort vivant II », « Noire Dempsy » et « Anthologie de la Dempsy River — Un mort qui parle ».

Nerese reposa le cahier sur la table de chevet et regarda son client.

Allongé sur le flanc, la joue droite de son masque de frayeur empourpré pressée contre l'oreiller, Ray regardait à travers elle, fixant le vide, les yeux injectés de sang sous la peau suggérant un second visage caché encore plus terrible.

— Ray, je peux te demander quelque chose au sujet de deux chèques que t'as faits ? dit-elle, presque embarrassée par l'absurdité de la question étant donné son état. L'un de trois mille deux cents dollars à payer en liquide et endossé par l'entreprise de pompes funèbres McCloskey Brothers. C'était pour ta mère ?

— Ma mère ?

— Ouais.

— Ma mère est morte.

— Ouais, je sais, j'en suis désolée. Pourquoi tu l'as fait enterrer par McCloskey Brothers ?

Ray demeura sans réaction et Nerese choisit de laisser tomber pour le moment.

— L'autre de sept mille trois cents dollars, quelques jours plus tard, à régler en liquide aussi, endossé par… Ray Mitchell. C'est-à-dire toi.

— Je sais pas.

— Sept mille trois cents en liquide… Ça fait beaucoup d'argent de poche. T'as eu une grosse dépense en dessous-de-table à régler, ces temps-ci ? Quelque chose que tu pouvais pas payer par chèque ?

— Tu sais, je suis allongé là, dit-il d'une voix pâteuse, ignorant ses questions. Et il me vient des souvenirs… Des choses dont je ne savais même pas que je les avais gardées en mémoire…

Il perdit conscience quelques secondes puis reprit le fil :

— Par exemple, maintenant, en ce moment même, je peux te raconter la première fois que je l'ai vue, ce que j'ai ressenti exactement.

— Que tu as vu…

— Ruby.

— D'accord, fit Nerese d'un ton hésitant, désireuse de le ramener aux sept mille trois cents dollars mais également curieuse de voir où il irait de lui-même si elle lui lâchait la bride.

— Chambre 311, centre médical de l'université de New York, 15 décembre 1990, cinq heures et demie du matin. Je suis assis sur une chaise en plastique rose. Il n'y a pas de lit dans la pièce, ils l'ont fait rouler dans le couloir pour emmener Claire en salle d'accouchement, il n'y a que moi sur cette chaise, un espace vide à l'endroit du lit, et des rideaux… Je faisais le taxi à l'époque, fini l'enseignement, un putain de camé en manque assis là, en train de s'effondrer, et l'anesthésiste, tout à coup l'anesthésiste entre avec un bébé enveloppé dans une couverture, il me le tend en disant « Voilà… », et moi, tout ce que j'ai envie de faire, c'est remonter dans mon taxi, m'en sniffer une bonne et rouler… Alors je fais « Pardon ? », comme s'il m'avait dit « Hé, vous, tenez ça pour moi »… J'arrive à peine à me forcer à baisser les yeux vers elle. Je pense : Pourquoi il m'a donné ce bébé ? Et où il est parti ? Et quand je finis par… par regarder, il y a cette petite chose dans mes bras, le visage rouge, les yeux bleus, les cheveux noirs, l'extrémité des doigts transparente…

La voix de Ray se mit à trembler.

— Trois heures plus tard, je suis dehors, claqué, déglingué, prenant des clients, en principe pour nourrir ma femme et ma gosse, mais le moindre sou que je gagne me finit dans les naseaux…

Ray s'échappa de nouveau et Nerese était sur le point de le toucher quand il revint de lui-même :

— Pendant les quatre années qui suivent, Claire reste à la maison avec Ruby, elle se met à écrire ses livres pour enfants, elle *est* avec Ruby… Mais moi… Pendant quatre ans, coke coke coke… Si je veux me torturer, je me demande : Où tu étais, sale con ? Tu as une idée de ce que tu as manqué ? De ce que tu ne pourras jamais ravoir ? Et pour quoi ? Pour quoi ? dit-il, sa voix s'élevant brièvement en un cancanement furieux.

Nerese se retint de le réconforter, le laissa dérouler son fil.

— Je me souviens, oh… Je me souviens de la fois où Ruby, elle ne pouvait pas avoir plus de trois ans, une petite fille tranquille, toujours… Elle est assise sur une marche, les jambes jointes, les mains à plat sur les genoux, l'air très collet monté, et de chaque côté d'elle, elle a mis ses poupées Batman et Robin, elles font à peu près trente centimètres, elle leur a plié les bras et les jambes pour qu'elles soient assises exactement dans la même position qu'elle, et elle fait aller son regard de l'une à l'autre, elle leur parle, je n'entends pas vraiment ce qu'elle dit et il y a quelque chose de si doux en elle, de si enfantin… J'ai eu envie de la rejoindre mais je savais que je gâcherais l'histoire qu'elle avait imaginée, alors, tout ce que j'ai fait, tout ce que je pouvais faire, c'était l'observer à distance, mais je ne me rappelle pas grand-chose d'autre d'elle quand elle était enfant, gamine, bébé.

Il se tut un instant et Nerese le regarda respirer, la bouche et les yeux ouverts.

— Chaque fois que j'essayais de l'embrasser ou de la prendre dans mes bras, en ce temps-là, elle disait : « J'aime pas embrasser. » Elle faisait la même chose à Claire, elle était dans son monde à elle, mais ça me bouleversait, ça me… mais je disais : Bon, si c'est ce que tu veux… et je repartais dans mon taxi, comme un pauvre idiot…

— D'accord, mais c'était en ce temps-là, ne put s'empêcher d'arguer Nerese. Elle n'était encore qu'une gamine…

— Quand elle a eu cinq ans, Claire m'a foutu dehors… Ça me pendait au nez depuis longtemps. Je ne crois même pas que Ruby s'en est aperçue. Enfin, si, bien sûr, mais…

Nouvelle pause hypnotique, Nerese commençait à s'acclimater au flux et au reflux de Ray.

— Ce qui s'est passé, c'est que… Dès le moment où je suis parti, j'ai arrêté. Tout seul. Pas de groupe d'entraide, pas de médicaments. Je me suis arrêté d'un coup.

— C'est bien, le complimenta Nerese, cherchant un biais pour revenir aux chèques, maintenant. Bravo, et…

— J'ai arrêté la drogue, j'ai arrêté le taxi, je suis retourné à l'école. Étudier le détecteur de mensonge. Un an et demi tout seul, à faire le ménage, pour retrouver Claire et Ruby.

Nerese grogna, sentit arriver quelque chose de moche.

— Un an et demi. J'étais prêt… J'appelle Claire : « J'ai besoin de te parler », et elle : « Tant mieux, moi aussi. » On se voit, on s'assied, elle m'annonce : « Je veux divorcer, j'ai rencontré quelqu'un, je suis amoureuse. »

— Non…

— Alors, j'ai accepté. Qu'est-ce que je pouvais faire d'autre ?

— Je comprends, dit Nerese, repliant nerveusement la veste posée sur ses genoux.

— J'avais, j'avais complètement oublié les autres, les gens nouveaux. Un an et demi, c'est long…

— Pour certains… dit Nerese, cherchant toujours un biais.

— Deux jours plus tard, je suis de nouveau au volant d'un taxi, je conduis cinquante, soixante heures par semaine, j'ai replongé dans la coke, comme si je n'avais jamais arrêté… Et Ruby le savait. Elle savait. Pas en tant que tel, sous le nom de cocaïne, ni même de drogue, je ne crois pas, mais on ne peut pas tromper un enfant…

— Non, on ne peut pas, acquiesça Nerese, sa pensée dérivant vers son neveu, son taré de neveu et son incompréhensible mère, vers l'idée que certaines personnes devraient passer un examen avant d'être autorisées à avoir des enfants.

— Mais est-ce que j'arrête pour autant ? reprit Ray, sa voix prenant une cadence fébrile. Non. « Cette semaine, je ne peux pas, ma chérie. » Et elle, au début : « Papa, tu avais promis. » Mais au bout d'un moment, c'est : « D'accord, comme tu voudras. »

Ray se mit alors à pleurer. La tête défoncée, privé de sommeil, ivre de ses propres remords, il se mit à sangloter en silence, comme un poivrot solitaire à un angle de comptoir.

— « D'accord, comme tu voudras », se flagella-t-il. Je n'arrive pas, je n'arrive pas à croire que j'ai été incapable d'arrêter pour elle…

— Mais Ray, c'était il y a longtemps. T'es réconcilié avec elle, maintenant, non ?

Nerese ignorait en fait s'il l'était ou non, elle ignorait même si ses problèmes de drogue étaient du passé mais présumait qu'ils l'étaient : il n'avait jamais manqué un versement mensuel — crédit de la maison, pension pour l'enfant — et, preuve plus convaincante encore, il avait toujours plus de trois cent mille dollars de côté, reste de son boulot pour la télévision. Nerese avait appris à ses dépens par le père de son fils que la cocaïne pouvait ravager un compte en banque comme le feu une pile de bois sec.

— Tu veux savoir comment j'ai arrêté, finalement ?

— En fait, je voudrais que tu me parles des sept mille trois cents dollars en liquide dont t'as eu be…

— J'étais redevenu taxi. Retombé dans la coke. Et grave. Pire qu'avant parce que je n'avais plus personne à qui rendre des comptes.

Nerese dépliait et repliait nerveusement la veste Fubu en se demandant s'il répondait à la question qu'elle lui avait posée ou à ses propres questions.

— Je suis à LaGuardia, je prends un client, un Noir de vingt-cinq ans environ, costume magnifique, qui veut aller au Four Seasons. Je conduis et chaque fois que je regarde dans le rétroviseur, je vois qu'il m'observe, qu'il m'étudie. Je plane un peu mais pas trop, je ne suis pas encore trop déchiré, et je commence à avoir la trouille : pourquoi il me regarde comme ça ? À mi-chemin de la ville, je ne le supporte plus. Je jette un coup d'œil dans le rétro, le type est encore en train de me lorgner. Je lui dis : « On se connaît ? » et lui il me dit : « Mr Mitchell ? » d'un ton hésitant, mais mon nom est sur ma licence, devant lui, sur la cloison, alors je ne... « Vous ne vous souvenez pas de moi, Mr Mitchell ? John Shaker. » Et là j'ai failli mourir. C'était un de mes anciens élèves du Bronx.

— De cette classe que tu avais emmenée voir une pièce de Shakespeare et avec qui tu t'étais fait la belle ? demanda Nerese, résignée à entendre l'histoire jusqu'au bout.

— Non, répondit Ray, qui glissa dans une nouvelle mini-fugue et en revint avec un fragment de sourire. Cette année-là, la sortie de classe, c'était deux heures dans une galerie de jeux vidéo de Times Square, à mes frais, après un quart d'heure à la bibliothèque Morgan à examiner des manuscrits de romans du XIXe siècle.

— Tu sais quoi ? dit-elle avec douceur. Je t'aurais viré, moi aussi.

— J'étais un bon prof. Ce n'était pas de tout repos, pour eux.

— Ouais, d'accord.

— Je n'arrivais pas à croire que c'était ce gosse, Shaker. On parle, il se trouve qu'il est devenu une sorte de ponte de la télé, producteur-scénariste. Il me dit que j'étais son prof préféré, que je l'ai orienté vers l'écriture, que c'est grâce à moi qu'il a pris cette voie dans la vie. Un millionnaire sur ma banquette arrière et il n'aurait pas pu être plus gentil. Je me sens partagé : heureux mais complètement paumé, embarrassé de l'avoir dans mon taxi, il n'arrive même pas à m'appeler par mon prénom. Et puis il me demande : « Et vous, Mr Mitchell ? Vous écrivez quelque chose en ce moment ? » J'ai obliqué vers le bas-côté, je me suis arrêté, je, je... je ne pouvais plus conduire... Lui, formidable, il ne regarde pas sa montre, il ne me lance pas « Allez, grand flan mou, faut y aller, faut y aller », non, il est... il est formidable.

« Finalement, je me reprends, il me demande si je connais un peu la télé, écrire pour la télé, des feuilletons d'une heure. Moi : "Pas vraiment." Il me dit : "J'ai une série en chantier, *Brokedown High*, ça se passe dans un lycée du centre de New York. Je cherche des scénaristes, vous voulez essayer ? Ce serait un honneur pour moi de vous engager." Je lui dis que je n'ai jamais fait ça, que je ne saurais pas. Il me répond : "Qu'est-ce qu'il y a à savoir ? Ça parle de notre vieux bahut. Je sais que vous en êtes capable. Vous apprendrez sur le tas. Faites-moi confiance." Et moi : "Bon sang, ouais."

« On arrive au Four Seasons, je refuse de prendre son argent. Il descend du taxi, se penche à l'intérieur au dernier moment et dit : "Une dernière chose... Je ne veux pas vous manquer de respect mais je ne tolère pas la drogue dans ma société et je crois qu'il faut que vous le sachiez."

Ray prit sa respiration puis :

— Et tu vois, c'est pour ça que j'espère encore que je quitterai ce monde comme une personne honorable, Tweetie. Parce que je réagis si fort à la honte. Je n'ai pas retouché à la dope, depuis. Ça n'empêche pas que je n'ai pas réussi à arrêter pour ma fille.

— Arrêter, c'est arrêter, dit Nerese tout en pensant : Et pas arrêter, c'est pas arrêter. Parle-moi des sept mille trois cents dollars.

— Je ne sais pas, répondit Ray d'un ton abattu.

— Mais si, tu sais, répliqua-t-elle.

Vas-y, pensa-t-elle, la drogue, le chantage, une combine quelconque, une sale histoire…

— Un truc… commença-t-il avec un haussement d'épaules infinitésimal.

— Un truc ?

Nouveau long silence.

— Ce n'est rien. Laisse tomber.

— Écoute, j'aurai aucun mal à trouver moi-même.

— Alors, fais-le, dit-il d'une voix sans vie.

Une fois de plus, Nerese décida de garder le sujet au chaud sur le brûleur du fond.

— Si j'ai bien compris, t'as toujours pas vu Ruby ?

— Non.

— Tu sais, ma prochaine étape, c'est lui parler.

— À qui ?

— À Ruby.

Le visage de Ray se décomposa.

— Oh non. Non.

— Fais en sorte que je sois pas obligée, alors.

— Je te le jure, elle ne sait rien.

— Tu serais étonné de ce que savent les gens qui ne savent rien.

Soudain préoccupée par le temps, Nerese recommença à s'agiter, pliant et dépliant sa veste. L'œil attiré par le mouvement, Ray rejeta brusquement la tête en arrière, le visage raide de peur.

Elle se pencha en avant.

— Qu'est-ce…

— J'ai cru… bredouilla-t-il, montrant le vêtement. J'ai cru…

Il poussa un soupir de soulagement.

— T'as cru quoi ?

— Rien, dit-il, embarrassé.

— C'est une veste.

— Je sais, fit-il, les yeux écarquillés, comme apeuré par la façon dont il s'était lui-même fait peur.

— Une veste, tu vois ?

Elle la tint ouverte par les épaules, poitrine de cuir noir, manches de laine orange, puis la retourna pour qu'il puisse voir le grand chamois FUBU barrant le dos.

— J'ai dit « Je sais ».

À bout de nerfs, épuisé, Ray caquetait comme un perroquet.

— Comment vous vous sentez, aujourd'hui ?

Le neurologue était apparu à son chevet.

— Comme une merde, répondit Ray.

Nerese se leva de sa chaise, se prépara à partir.

— Ray ?

— Comme si j'étais sous l'eau, ajouta-t-il.

Le médecin se mit au travail, vérifiant de nouveau le réflexe des pupilles.

— Ray, je sais que t'es crevé mais si tu pouvais juste… Tu dis que t'as fait enterrer ta mère par McCloskey Brothers ?

Le neurologue faisait ses passes habituelles avec sa lampe.

— Ta famille est juive. Pourquoi tu t'es adressé à eux ?

Ray marqua une de ses interminables pauses et :

— Mort c'est mort.

— Vous pouvez me dire où vous êtes ? demanda le neurologue dans un murmure soucieux.

— Malheureusement, repartit Ray, plus chagrin qu'agressif.

— Vous pouvez m'épeler le mot « monde » à l'envers ?

— Non… Pas maintenant, fit-il sur un ton d'excuse.

— Tu sais, Ray… commença Nerese, incapable de partir.

— Vous pouvez me dire qui est le président des États-Unis ?

— Reagan.

— Reagan ?

— Non. Bush. Bush.

Contrairement à la veille, Ray donnait l'impression de vouloir bien faire et Nerese se demanda vaguement s'il ne jouait pas avec elle, d'une façon ou d'une autre.

— Tu sais, Ray, répéta-t-elle en s'approchant plus près du lit, je suis pas la jument la plus rapide de la course mais le plus souvent, je finis placée.

— Lequel des deux ? demanda le neurologue, passant au creux du coude droit de Ray, celui opposé au côté de la blessure, le tapotant pour vérifier le réflexe du tendon.

Le bras de Ray tressauta violemment en réaction. Nerese ne savait pas si c'était bon ou mauvais.

— Lequel quoi ?

— Lequel des Bush est président ?

Ray hésita puis :

— Je ne comprends pas la question.

— Hé, arrêtez, intervint Nerese, il m'a raconté plein de souvenirs, tout à l'heure, je peux vous garantir que sa mémoire fonctionne !

— Quelquefois, avec un traumatisme crânien de ce genre, répondit doucement le neurologue en procédant à un Babinski – les orteils du patient s'écartèrent un peu plus que la veille –, l'esprit se souvient de ce qu'il veut et balance le reste.

— Vraiment ? fit Nerese.

Très pratique, pensa-t-elle.

— Hé, Tweetie, dit Ray, prononçant le nom presque timidement, je peux revoir la veste ?

Refoulant une bouffée d'irritation, Nerese la tint de nouveau par les épaules, lui mit le chamois cambré sous le nez.

— Ouais, c'est bien ce que je pensais, dit-il, l'air presque soulagé. Il y a deux trous dedans, poursuivit-il en désignant d'un geste faible, dans le bas du dos, une petite perforation aux bords déchiquetés. Retourne-la. Tu vois ?

Il montra le trou correspondant devant, sur le plexus solaire.

— Tu l'as achetée comme ça ?

— Je la ferai raccommoder, répliqua Nerese, examinant Ray du même air attentif.

— Tu l'as trouvée où ?

— À la brocante du local aux scellés.

— Le local aux scellés… Alors, c'est… c'est des trous faits par une balle ?

— Je sais pas, répondit-elle, soudain sur la défensive. Ce que je sais, c'est que c'est une veste à trois cent cinquante dollars, au bas mot.

— Pour ton fils ?

Nerese prit une longue inspiration.

— Je sais pas.

— Tu donnerais à ton fils une veste dans laquelle un autre jeune s'est fait tirer dessus ? demanda Ray sans y mettre de reproche.

Nerese haussa le ton :

— Je sais pas, j'ai dit.

— Bon Dieu, Tweetie, murmura Ray de son nouveau ton sans émotion. Tu es presque aussi moche que moi.

9

RUBY ET RAY — 10 JANVIER

Assis dans sa salle de séjour, Ray feignait de regarder la cassette de *Buffy contre les vampires* qu'il avait enregistrée la veille mais observait en fait sa fille, lovée comme un chat devant la télé, volute gracieuse de ses jambes repliées sous elle à la longue courbe de son échine, de l'arc de son cou de cygne à la pente de son profil et à ses traits fins, les yeux à la fois tristes et attentifs.

Il était assis là, feignant de partager *Buffy* avec elle mais bouillonnant de frustration, incapable d'établir le contact, désespérant de l'établir.

— Angel est toujours un mauvais vampire ?

— Non, il est redevenu bon, dit-elle.

— Un bon vampire…

Le souvenir sensoriel qu'il gardait des premières années de Ruby, avant le divorce, était une tache floue pleine d'affection. Salut, au revoir, et vite prendre la porte pour aller au ravitaillement — argent ou cocaïne. Ruby était toujours calme et présente quand il revenait finalement à la maison, mais, maintenant qu'ils se voyaient seulement un soir par semaine, les minutes étaient comme des diamants et le sentiment de perte insurmontable.

— Tu sais que j'ai rencontré David Boreanaz deux ans avant que le feuilleton ait démarré…

— Je sais, tu me l'as déjà dit.

— Tu as faim, ma biche ?

— Non, merci.

Se grattant délicatement le nez, les yeux ne quittant jamais l'écran, même maintenant, pendant la publicité.

Lorsqu'il avait repris la maison de ses parents, il n'avait pas installé de chambre pour elle de peur qu'après son retour chez sa mère la pièce ne ressemble à un sanctuaire. Elle dormait donc sur le canapé du séjour… et c'était tout l'appartement qui ressemblait à un sanctuaire.

— J'ai reçu une autre lettre de mon ancien élève qui est en prison. Tu veux la voir ?

— Maman trouve que c'est vraiment dangereux de lui écrire, fit-elle, se tournant enfin vers lui, le visage plissé. Et s'il sort de prison ?

— Eh bien, tu diras à ta mère…

— Il viendra ici quand il sortira de prison ?

— Je ne sais pas, répondit-il, heureux de sa sollicitude. Ce n'est pas un mauvais gamin.

— Alors, pourquoi il est en prison ?

— Il a fait une bêtise, dit Ray, peu désireux d'entrer dans les subtilités distinguant le meurtre de l'assassinat.

— Il viendra ici ?

— Il a une maison. Ne t'inquiète pas, ma douce.

Buffy réapparut et il perdit de nouveau Ruby au bénéfice de l'écran.

— Tu sais, si je restais assis les jambes repliées sous moi comme ça, elles se détacheraient probablement aux genoux.

— Pardon, dit-elle, dépliant les jambes.

— Non, non, je ne voulais pas… Tu te sers de l'appareil photo que je t'ai offert ?

— Quoi ?

— Tu te sers…

— Un peu.

Un peu. Ray parcourut la pièce des yeux en quête d'une arme d'amour, d'une espèce de feu d'artifice.

Cela le rendait dingue de désespoir d'être incapable, seul avec elle, de traiter sa fille autrement qu'à un premier rendez-vous embarrassé, cette gêne ne faisant qu'empirer à mesure qu'elle avançait en âge.

Il endura les dix dernières minutes de la série, d'autres publicités — il se souvint trop tard que c'était un enregistrement et qu'il aurait pu couper cette foutue pub en appuyant sur le bouton ad hoc —, des extraits de l'épisode de la semaine suivante, puis il prit un gros livre sur l'étagère du bas de la bibliothèque.

— Chérie, je peux te montrer mon photographe préféré ?

— Bien sûr.

Et il ouvrit les yeux de sa fille au *Monde de Weegee*.

— J'aime les photos de presse, le journalisme photographique, parce que chaque photo est comme une histoire, récita-t-il d'une voix inepte en accord avec la profondeur de son commentaire.

Le livre en équilibre sur les cuisses, Ruby se mit à le feuilleter, faisant défiler, image après image, des femmes hébétées, les yeux grands comme des soucoupes, des nains ivres en couche-culotte, et même un mort : allongé sur le trottoir, le visage contre l'asphalte, le feutre flottant dans le sang, sous le regard des voisins, les chevilles croisées, une jambe de pantalon remontée, une chaussure dans le caniveau ; Ruby absorbait tout lentement, solennellement, sans rien trahir.

— C'est quoi, ce truc blanc ?

Elle montra une fleurette de matière grise s'épanouissant au dos de la tête d'un autre mort, un bookmaker gisant dans le vestibule carrelé d'un immeuble sans ascenseur de la Cuisine de l'enfer[1].

— Aucune idée, répondit Ray d'un ton léger avant de refermer le livre d'un geste détaché.

1. Hell's Kitchen, quartier autrefois mal famé de New York. (*N.d.T.*)

Inapproprié ou pas, il aimait Weegee, et ces photos. Donne-lui quelque chose, à ta fille, montre-lui quelque chose.

— Comment ça va à l'école ? demanda-t-il en se rappelant vaguement que quelqu'un lui avait conseillé de ne jamais poser cette question.

Du bout des lèvres :

— Bien.

— Tu t'entends bien avec tes amies ?

— Tu veux dire les chiennes de l'enfer ? repartit-elle, une trace de larmes dans la pointe acérée de sa voix.

— Une en particulier ?

— Ça change. Aujourd'hui, une est gentille, une autre est méchante. Demain, celle-là sera gentille, et l'autre sera une vraie garce…

— Tu sais, elles ne sont qu'en cinquième. Elles manquent de maturité.

— Nooon, commença-t-elle dans un chantonnement rageur, elles sont méchantes !

— Ruby, j'aimerais pouvoir t'aider…

Il ne regrettait pas d'avoir posé la question mais savait qu'en insistant, maintenant, il ne ferait que la rendre plus malheureuse.

— Tu sais, ce nouveau cours que je donne à Dempsy, enchaîna-t-il, les élèves viennent des pires quartiers de la ville. Je crois que ça te plairait.

Qu'est-ce que cela voulait dire ? Donne-lui quelque chose, montre-lui quelque chose, ce besoin haletait en lui comme un train, sa fille, assise à côté de lui, silencieuse, lui accordant à présent toute son attention comme si elle attendait qu'il sorte de sa manche l'as requis.

— Papa, comment tu as rencontré David Boreanaz, déjà ? demanda-t-elle, désolée pour lui, cherchant à l'aider.

— Ça n'a rien d'extraordinaire, marmonna-t-il.

Le téléphone sonna comme un gong de fin de reprise. Il se jeta presque dessus.

— Ouais ?

— Ray ? fit une voix, dure et cependant hésitante. C'est Carla.

— Carla…

— Carla Powell, lâcha-t-elle, presque à contrecœur.

— Hé, salut !

— J'espère que t'es pas fâché que j'appelle chez toi…

— Je t'en prie.

— Tu m'as dit que t'habitais Little Venice, alors j'ai eu ton numéro par les renseignements, dit Carla, les mots sortant d'elle en rafale sur un ton d'excuse. Ray, tu m'as demandé comment j'allais, cet après-midi, tu te souviens ?

— Bien sûr, fit Ray, grand ouvert, sentant quelque chose arriver.

— Mon fils est mort.

— Oh non.

— Ouais, la semaine dernière.

— Non…

— Ce qui se passe, c'est que… Ils gardent son corps.

— La police ? dit-il sans réfléchir.

— Les pompes funèbres, répondit-elle après une pause douloureuse. On peut pas l'enterrer, on n'a pas d'argent, continua-t-elle, accélérant son débit, et je sais bien que je viens de te revoir pour la première fois depuis des lustres mais…

— Je t'en prie.

Ruby rouvrit le livre de Weegee.

— Ray, surtout, te vexe pas, on appelle tous ceux qu'on connaît. Si tu pouvais nous prêter cinquante, cent dollars, tu nous dépannes de ce que tu peux, je te signe une reconnaissance de dette, ce que tu veux, et tu récupéreras ton argent, sans faute. On appelle tous ceux qu'on connaît, ce que tu pourras…

— Carla, je t'en prie, fit-il d'une voix voilée. Tu dois réunir quelle somme ?

— Trois mille deux cents dollars… Ray, ça me gêne terriblement de te téléphoner comme ça. Ce que tu pourras donner…

— Ne quitte pas…

Il pressa le téléphone contre sa poitrine, regarda sa fille méditant d'elle-même sur *Le Monde de Weegee*, se demanda : Ça suffit peut-être, maintenant ?, se répondit : Non.

— Carla, donne-moi ton numéro. Je te rappelle dans une minute.

Il se rassit, l'appareil mort dans la main, et contempla sa fille, se méfiant du sentiment d'exultation qui montait en lui, tâchant de tenir la bride à ses impulsions, mais c'était sans espoir. Il rappela :

— Carla ?

— Ouais, Ray, dit-elle, quelque chose de vaincu et de vif, cependant, dans la voix.

— Tu habites où, maintenant ?

— À Hopewell.

— Toujours ? fit-il, tressaillant sous ce nouveau coup inattendu.

— Toujours.

— Dans l'appartement de ta mère ?

— C'est le mien, maintenant.

— Je peux passer ?

Quelque chose de possessif dans la question, quelque chose dans le genre pas-tout-à-fait-bien.

— Bien sûr, acquiesça-t-elle après une hésitation. Tu te souviens de nos fenêtres ? D'où on est ?

— Ouais, naturellement.

— Tu seras là dans combien de temps ?

— Une demi-heure…

— Cherche-moi à la fenêtre.

Ray raccrocha, dérouté par cette histoire de fenêtre, et regarda de nouveau sa fille silencieuse.

— Ma biche, ça te dirait qu'on aille voir où j'ai grandi ?

La rue commerçante située sous les voies du métro aérien passant près de la cité Hopewell n'était pas aussi désolée qu'il l'avait imaginé, plus décatie qu'avant, bien sûr, mais plus vivante, les boutiques italiennes et juives remplacées par les vélums rouge et jaune omniprésents de *bodegas* et de marchands de légumes antillais, de vendeurs de poulet et de pâté jamaïcains. Le magasin de gnôle du coin abritait maintenant le standard d'une compagnie de taxis, le cinéma une *iglesia* pentecôtiste, le fleuriste l'Église des chérubins et des séraphins. L'épicerie Food Land était devenue l'institut de beauté Cendrillon, et le terrain vague de son enfance s'était transformé en annexe préfabriquée du centre des impôts, à présent abandonnée. La boutique de glaces artisanales allemandes était une ruine noircie par les flammes qui resterait probablement dans cet état au moins un an encore, et le bowling avait cédé la place à un magasin de tapis discount qui venait visiblement tout juste de mettre la clef sous la porte et avait dû être précédé, présuma Ray, par une demi-douzaine d'autres petites entreprises qui avaient fait long feu elles aussi.

Il conduisait en louchant sous l'ombre treillissée des voies, remarquant tout, encaissant des souvenirs de droite et de gauche, trop absorbé pour alimenter une conversation avec sa fille, qui avait le nez dans ses devoirs, de toute façon.

Les tours de Hopewell s'étendaient sur une colline, l'ancien appartement de Ray situé deux étages au-dessous de celui de Carla dans l'un des bâtiments du bas, tout au bout, en face des voies aériennes du métro, 1949 Rocker Drive, soit le bâtiment 6.

En descendant de voiture, Ray fut frappé par la façon dont les encadrements en aluminium relativement neufs qui bordaient uniformément toutes les fenêtres de tous les bâtiments de Rocker reprenaient la couleur de la neige saupoudrée de suie, de la gadoue remuée par les pneus, pareille à une soupe, du gris bitumineux éteint du ciel. Le monochrome de son enfance.

Carla se penchait à la fenêtre du quatrième étage, comme promis.

— Reste là ! cria-t-elle, sans cependant s'éloigner de la fenêtre.

Une rame passa en grondant au-dessus de Ray, le lent gémissement d'orgue à vapeur de l'acier sur l'acier lui paraissant d'une pureté musicale de comptine quand les voitures virèrent près des fenêtres.

— C'est ma fille, dit-il à Carla comme une offrande.

— Bonjour, murmura Ruby avec une amorce de mouvement d'essuie-glace.

— Salut, mignonne.

Carla sourit, laissa tomber un mégot dans les broussailles, en bas, se retourna pour lancer à quelqu'un dans l'appartement :

— Ils sont en bas. Vas-y.

— C'est la dame qui vient de perdre son fils, expliqua Ray à voix basse.

— D'accord, dit Ruby, rajustant son sac à dos.

— On va voir si on peut l'aider.

Il n'y avait personne sur le banc couronné de neige, devant le bâtiment, personne nulle part.

Un taxi clandestin passa comme en glissant, disparut dans l'obscurité sous les voies.

— Carla, on monte ou quoi ?

— Attendez, répondit-elle.

À cet instant, une jeune femme en pull, serrant sa poitrine de ses bras pour se protéger du froid, sortit de l'immeuble et s'avança prudemment vers eux sur la pointe des pieds dans la neige. La peau claire comme celle de Carla, elle était lourdement bâtie mais avec douceur, avec quelque chose d'une complétude satisfaisante dans la rondeur de son visage, des yeux verts qui ne nuisaient pas précisément à l'ensemble, des cheveux de la même couleur cannelle que sa peau.

— Je suis Danielle, dit-elle en lui souriant. La fille de Carla…

Ray n'avait jamais su si Carla était noire, à moitié noire, hispanique ou italienne, mais les traits de sa fille étaient assurément noirs. Peut-être.

— Mon Dieu, tu es si belle, roucoula-t-elle soudain à l'intention de Ruby.

Elle lui toucha la joue et Ruby réagit comme Ray ne l'avait jamais vue faire, même avec sa mère : elle se pencha instinctivement vers cette inconnue comme si elle s'attendait à ce qu'elle la prenne dans ses bras, et c'est exactement ce que fit Danielle, et Ray, en équilibre sur un fil, comme d'habitude, refoula un sanglot.

— C'est ma fille, annonça fièrement Carla, quatre étages au-dessus.

Comme prévu, le hall de l'ancien bâtiment de Ray lui parut plus petit mais l'odeur le prit par surprise : une puanteur claustrophobique d'urine, de vieille graisse de bacon. La moitié des boîtes aux lettres étaient cabossées, couronnées de traces de feu.

— Vous n'auriez pas dû descendre pour nous, dit-il à Danielle.

— Dans ce bâtiment, on ne sait jamais.

— Je suis désolé pour votre frère…

Elle haussa les épaules, son visage se ferma.

Elle avait un idéogramme chinois tatoué sur le côté droit du cou.

— Tu te rends compte que j'ai vécu ici dix-huit ans ! dit-il à Ruby.

Il se tut aussitôt, la remarque ne visant absolument pas à dénigrer l'endroit, mais Danielle, perdue dans une colère intime, appuyait distraitement sur le bouton de l'ascenseur et Ruby semblait fascinée par une affiche apposée sur l'un des murs graisseux de l'entrée, la photo en gros plan d'une femme noire à l'expression tendue qui regardait fixement le monde comme si elle venait de devenir aveugle. NOS ENFANTS SONT CE QUE NOUS AVONS DE PLUS CHER. SI VOUS N'EN POUVEZ PLUS, APPELEZ-NOUS, et en caractères plus petits, sous cette imploration, le numéro d'une ligne ouverte pour parents en détresse.

Comme ils s'entassaient tous les trois dans l'ascenseur, Ray fut de nouveau frappé par une impression de miniaturisation atténuée par un demi-changement dans l'odeur, la pestilence alcaloïde omniprésente de l'urine mêlée maintenant à des bouffées humides de nourriture chinoise à emporter.

L'ascension jusqu'au quatrième étage fut atrocement lente, la cabine émettant un claquement grave tous les trois mètres de câble.

— Dix-huit ans j'ai pris cet ascenseur, commenta Ray, dont les remarques commençaient à l'ennuyer lui-même.

Ruby fixait ses chaussures, les yeux exorbités, sa façon de mimer « Tais-toi, s'il te plaît, tais-toi ».

— Les parents… dit Danielle en lui souriant. On est les pires, hein ?

— Vous faites vos études ? lui demanda-t-il, le regard s'égarant de nouveau sur le tatouage.

— Moi ? J'ai trente ans.

— Nooon… fit Ray, forçant un peu mais sincèrement surpris.

— Eh bien si. Mais en fait, oui, je fais des études, ajouta-t-elle avant de se tourner vers Ruby : Tu as quel âge, chérie ?

— Dou… non, treize, répondit l'adolescente, qui sourit de son erreur, les yeux clos sur un agréable embarras. Treize ans.

Carla les attendait dans l'encadrement de sa porte, au bout du couloir. Elle avait une cigarette dans une main, un cendrier dans l'autre. Elle ficha la cigarette entre ses lèvres et tapota affectueusement le visage de Ruby.

Ils s'avancèrent dans le séjour-salle à manger en L où le petit-fils de Carla, cinq ans environ, rebondissait sur le canapé gainé de plastique ; dès qu'il vit Ruby, il se figea au milieu d'un saut et retomba, jambes écartées, sur la housse protectrice craquetante et la fixa avec une fascination sauvage.

La disposition de l'appartement était la copie conforme de celui de l'enfance de Ray et, dans son excitation, il remit ça :

— Ruby, tu te rends compte que…

— S'il te plaît, murmura-t-elle, presque désespérément, lui clouant le bec.

Près du canapé, il y avait deux fauteuils protégés par du plastique, une table basse en Formica et un poste de télévision. Les murs lugubres, couleur fumée, étaient couverts de photos de remises de diplôme encadrées.

— Vous avez faim ? demanda Carla avec un geste en direction du coin salle à manger où la table était mise avec une cafetière, une grande bouteille de Coca et un gâteau de supermarché sorti de sa boîte. C'est tout ce que j'ai eu le temps de…

— Je t'en prie, la coupa Ray.

Elle semblait avoir des difficultés à respirer, comme si elle savait ce qui allait se passer.

— Chérie ? dit-elle à Ruby en montrant la table.

Ruby murmura son habituel « Non, merci ».

— Elle va simplement s'installer dans un coin et faire ses devoirs, c'est possible ? fit Ray.

— Absolument, approuva Carla avec trop d'emphase, sa poitrine se soulevant et retombant à chaque respiration.

— Je te fais de la place, dit Danielle.

Elle s'approcha de la table, en débarrassa une partie, et Ruby s'abîma aussitôt dans ses livres, trahissant sa conscience aiguë de ce qui l'entourait par la profondeur instantanée de sa concentration.

Le petit garçon sauta du canapé, alla se planter près du coude de Ruby et leva les yeux vers elle.

— Tu veux du gâteau ? lui demanda-t-elle dans un murmure embarrassé.

— David, laisse-la tranquille, intervint sèchement Danielle.

L'enfant repartit aussitôt vers le canapé.

Une autre rame passa en rugissant, à cinquante mètres du bâtiment, au niveau des fenêtres de Carla.

Une chasse d'eau se vida dans l'appartement du dessus.

— Alors, Ray… fit Carla d'une voix sifflante.

Assise sur le canapé comme un pacha, son petit-fils bondissant de nouveau à côté d'elle, elle essayait d'allumer une cigarette, l'allumette tremblante tressautait au rythme des sauts de l'enfant.

Ray se percha nerveusement sur le bras d'un fauteuil.

— Installez-vous à votre aise, l'invita Danielle.

Elle lui montra le siège puis alla s'asseoir en face de lui sur le canapé, à côté du gamin bondissant.

— Je suis bien, je suis bien, assura Ray, notant les difficultés respiratoires de Carla.

Il avala sa salive et reprit, comme s'il déchiffrait un scénario à demi lisible :

— Carla... Je ne crois pas que pour quelque chose de cette nature tu devrais téléphoner un peu partout pour demander de l'argent au compte-gouttes. Pas pour quelque chose comme ça. Alors, je t'en prie...

Et comme il s'était vu le faire encore et encore dans l'heure précédente, il tira le chèque de trois mille deux cents dollars de la poche de sa chemise et, après un regard fugace, presque inconscient à Ruby pour s'assurer qu'elle était témoin, il se propulsa du bras du fauteuil en tendant le chèque à Carla d'un mouvement brusque, ramassé.

Il vit aussitôt que Carla avait remarqué son coup d'œil réflexe à l'adolescente assise dans le coin salle à manger et que cela l'avait déroutée, arrêtée suffisamment pour manquer l'échange. Le chèque tomba et voleta entre leurs mains tendues avant de descendre en piqué pour venir se poser sous la table basse.

Fixant Ruby d'un air abasourdi, Carla ne fit rien pour le récupérer, et Ray, déjà partagé entre nier ou reconnaître qu'il venait de se trahir si rapidement, si ingénument, si désespérément, se mit à quatre pattes et le lui tendit à genoux.

Carla et Danielle, tempe contre tempe, en lurent le montant ensemble. La jeune femme grogna doucement comme si un poids rembourré lui était tombé sur la poitrine. Carla, droite et raide, lisait et relisait la somme.

— Tu ne...

— Carla, je t'en prie, l'interrompit Ray, le visage écarlate.

Le petit garçon se remit à sauter sur le canapé, heurtant Carla à la montée, à la descente.

— Tout ce que je te demandais…

— S'il te plaît, Carla…

— Maman… commença Danielle, le gamin bondissant, bondissant, jusqu'à ce que Carla se cabre brusquement et le taloche durement sur le bras.

— Arrête !

Il la regarda, stupéfait, d'une façon qui révéla à Ray qu'elle n'avait jamais posé la main sur lui auparavant, son silence sidéré aspirant momentanément l'air de la pièce jusqu'à ce qu'enfin il se mette à pleurer et se jette contre la poitrine de Danielle.

Mais elle a besoin de cet argent, se disait Ray, elle a un fils à enterrer.

— Merci beaucoup, dit Danielle. Vous n'avez pas idée…

Il coula un bref regard à sa fille, son public, farouchement concentrée sur son travail, et il se répéta : Elle a un fils à enterrer…

— Comment tu veux qu'on te rembourse ? demanda Carla, presque avec colère.

— Écoute, règle ton problème, tu te soucieras de ça plus tard. Ça m'est égal…

— Vous n'avez pas idée… répéta Danielle.

— Prenez un peu de gâteau, suggéra Carla d'une voix blanche. Danielle, donne-leur du gâteau.

— Non, sincèrement… commença-t-il, passant de l'un à l'autre des portraits encadrés de remises de diplôme, chaque tête grave inclinée selon le même angle.

— Chérie ? lança Danielle à Ruby, assise à la table. Chérie, ça va ?

Ray se retourna pour voir sa fille fixer son classeur sans le voir, les yeux brillants comme de l'acier mouillé, le menton tremblant dans un effort pour ne pas pleurer.

— Oh… fit Danielle dans un soupir de compassion, la voix douce comme un oreiller.

Ray se garda bien de demander à Ruby ce qui n'allait pas, mais du coup il ne savait quelle contenance adopter.

Le chèque était sur la table basse, à l'endroit.

— Il faut qu'on y aille, vous savez, dit-il en se levant.

— Descends avec eux, s'empressa de suggérer Carla à Danielle. Raccompagne-les à leur voiture.

— Carla, ce n'est pas la peine…

— Tu connais pas le coin, argua-t-elle, là encore presque avec colère.

— Arrête, j'y ai vécu dix-huit ans…

— Tu n'y vis plus, maintenant.

Devant la porte, il fut sur le point de lui demander, avec autant de tact que possible, de quoi son fils était mort, ou au moins comment il s'appelait, mais il s'imposa silence, conscient qu'il n'y avait absolument aucune information qu'il pourrait solliciter qui ne la ferait pas se sentir encore plus humiliée et manipulée.

— J'espère que votre mère ne se vexera pas, dit-il à Danielle une fois qu'ils furent de retour dans la rue.

— Elle est un peu sonnée, je pense, répondit-elle avec un haussement d'épaules.

— J'ai simplement voulu l'aider, plaida-t-il, saisi du besoin de réviser ce qui s'était passé là-haut. J'ai simplement voulu arranger les choses…

— Arranger les choses ? fit-elle, les dents luisantes dans le crépuscule qui gagnait du terrain. Vous êtes un don du ciel, voilà.

Ray sentit son visage rougeoyer.

— Je peux vous demander de quoi votre frère…

— De quoi il est mort ? acheva-t-elle pour lui avec une véhémence guillerette. Reggie, Reggie, il est mort de ne pas avoir voulu se prendre en charge.

Il ne savait pas ce que cela signifiait. Une overdose, un suicide ?

— Pour ma part, poursuivit-elle en se touchant la poitrine, je l'ai enterré il y a longtemps. Ma mère, elle est sous le choc mais elle s'y attendait.

Une overdose.

Une voiture monta la colline à vive allure. Danielle tourna brièvement la tête pour suivre sa progression, et le regard de Ray fut de nouveau attiré par les épais traits bleus de son tatouage.

— Ruby, regarde, dit-il en tendant la main vers le cou de la jeune femme.

Quelque chose dans la façon dont elle le fixa, sans reculer devant la main qui la touchait presque, le fit tapoter ses poches et regarder autour de lui comme s'il venait de perdre ses clefs.

— Cool, murmura Ruby.

— Dès que j'aurai le dos tourné, Ruby va s'en faire recouvrir comme une BD, fit-il, conscient de jacasser à tort et à travers.

— Arrête, murmura de nouveau Ruby, retenant cette fois un sourire.

— Tu sais ce que ça veut dire, chérie ? demanda Danielle en abaissant le col de son pull pour que Ruby puisse bien voir. Cela veut dire « le Chasseur ». La plupart des gens, quand ils se font tatouer un symbole chinois, ils choisissent l'Amour, l'Éternité, l'Espoir, mais moi, j'ai pris le Chasseur parce qu'une fois que vous avez un enfant il y a quelqu'un qui compte sur vous, quelqu'un qui n'a pas demandé à être là, et vous devez être un chasseur. Vous devez maîtriser la situation. Nourriture, maison, éducation, spiritualité. Demande à ton papa…

Ray eut envie de poser des questions sur le père, le mari, mais ne le fit pas et, levant les yeux vers la fenêtre du quatrième étage, vit la silhouette agitée de Carla.

— Bien, dit-il.

— Vous vivez où, Ray ? À New York ?

— Non, je vis ici à Dempsy, à Little Venice. Ruby est la plupart du temps à New York, avec sa mère.

Danielle émit un autre « Oh » plein de douceur.

— C'est bon, on a réglé le problème, dit-il absurdement.

— Viens là, toi…

Elle prit Ruby dans ses bras.

Ce fut ensuite le tour de Ray. Elle lui jeta au nez un spray corporel au parfum de vanille si fort qu'il en fut étourdi.

— Je ne suis jamais allée à Little Venice, dit-elle en le regardant dans les yeux.

Puis elle dit au revoir à Ruby d'un geste de la main et retourna dans l'immeuble de sa mère, Ray la suivant des yeux jusqu'à ce qu'elle disparaisse.

Un long moment après le départ de Danielle, ils restèrent tous les deux sans bouger dans le crépuscule rapide de l'hiver. Ray inspectait les épais tas de neige qui recouvraient les buissons entourés de chaînes plantés contre le bâtiment, une bonne moitié garnis de mégots parachutés.

— Ruby, qu'est-ce qui te contrariait, là-haut ?

— Je ne sais pas, répondit-elle, la voix montant et retombant légèrement.

— Allez, dis-moi.

Les mots sortirent d'elle en cascade :

— J'avais peur que tout le monde te trouve vaniteux…

— Me trouve quoi ? fit Ray, comprenant, ne comprenant pas. Ruby, je viens d'épargner à cette femme une centaine de coups de téléphone, déclara-t-il, déterminé maintenant à convaincre sa fille, et lui-même dans la foulée.

Elle haussa les épaules.

— Je sais.

— Toi, tu me trouves vaniteux ?

— Non.

— Tu m'aimes ? demanda-t-il sans vergogne.

La question la fit reculer.

— Bien sûr.

Il y avait autre chose.

— Quoi ? dit-il, se préparant.

Elle le gratifia d'un autre haussement d'épaules.

— Ruby, je me les gèle. Quoi ?

— Je sais pas, répondit-elle, de nouveau les larmes aux yeux. Je ne connaissais pas cette partie de ta vie et ça me fait peur parce que j'ai l'impression de ne pas te connaître.

Un long discours, pour elle.

— Mais, ma biche…

Ray cherchait les mots justes, son ancien immeuble semblant les écraser de sa masse, s'accroupir et se pencher en avant en faisant cligner les lueurs de ses postes de télé.

— Chérie, je n'ai pas remis les pieds dans cette cité depuis ta naissance. C'est amusant de la revoir. En fait, ce qui est amusant, c'est de la voir avec toi.

— Tu voudrais vivre encore ici ? l'interrogea-t-elle, la voix chargée d'inquiétude.

— T'es quoi ? Cinglée ? Je ne vivrais pas ici même si on m'appuyait un revolver sur la tempe. Allez, sois pas idiote.

La bouche de Ruby se contracta, Ray vit l'ouverture, plongea :

— Sois pas conne.

La contraction devint petit sourire narquois : pour une raison ou pour une autre, la grossièreté marchait toujours avec elle. Du moins temporairement.

Un autre métro passa au-dessus d'eux, dans un vacarme qui le fit cligner des yeux.

— Ce métro, chaque jour, chaque nuit, il passait devant ma fenêtre. Quand je suis parti pour la fac, la première année, je n'arrivais pas à dormir.

— Parce que c'était trop silencieux ?

Qu'elle lui sorte la chute comme ça le rendit ridiculement heureux.

— Lorsque j'étais gosse, il y avait un type dans ce bâtiment, Eddie Paris, un Noir, conducteur de métro, tu vois. Sa famille vivait au dernier étage et chaque fois que sa rame passait devant notre immeuble, il faisait siffler sa sirène deux fois, pour saluer sa femme et ses enfants.

— Cool, dit Ruby qui l'écoutait, maintenant, le visage ouvert.

— Ouais, acquiesça-t-il. Ruby, tu sais quoi ? Je n'ai pas envie… Tu veux qu'on se promène un peu ?

Il prit le sac de sa fille et ils commencèrent à gravir la colline, les lieux toujours aussi étrangement déserts, parvinrent à la crête et pénétrèrent au cœur de la cité. Ray conduisit Ruby vers une aire de jeux enfouie sous une neige qu'aucun pied n'avait foulée. Le petit terrain de jeux, comme on l'appelait à l'époque : cage à poules, tonneaux dans lesquels ramper, phoques en ciment.

Quatre adolescents noirs se serraient les uns contre les autres à une extrémité de l'unique long banc. Ray hésita une seconde avant de s'installer à l'autre bout avec Ruby.

— Tu veux que je te raconte autre chose sur Eddie Paris et sa famille ?

— Bien sûr.

— Eddie avait deux fils, Winston et Terrance. Terrance était surnommé Prince et Winston Dub, ne me demande pas pourquoi.

— Dub ?

— Dub. Bref, Prince était vraiment intelligent et il avait une voix magnifique, une voix de chanteur, tu vois, mais Dub menait la vie dure à ses parents. Il n'était pas idiot ni méchant, mais c'était un coriace et il se battait souvent. Son père aussi. En fait, Eddie Paris était à l'époque le seul parent que je connaissais qui se bagarrait à coups de poing. Un bel homme, avec les cheveux décrêpés à l'ancienne, une moustache… Bref, Eddie était vraiment sévère avec ses gosses, il n'admettait aucune bêtise, et Dub n'arrêtait pas d'avoir des problèmes avec son père.

— Mais son père se battait, lui aussi, fit valoir Ruby.

— Tu as absolument raison. Tu devrais…

Il s'interrompit avant de dire « être psychologue », soucieux de ne pas gâcher l'instant.

— Bref, un jour, après le collège, Dub monte au dernier étage et rentre à la maison avec une douzaine de magazines neufs. Eddie est là et il sait que quelque chose cloche. Dub ne peut pas, il n'a pas l'argent pour acheter autant de magazines… Il regarde Dub, qui est comme ça… (Ray écarquilla les yeux), il lui balance : « Où tu les as volés ? », et il se met à lui courir après dans tout l'appartement.

Il marqua une pause, sentant que les gosses, à l'autre bout du banc, écoutaient peut-être, s'avoua qu'il avait délibérément parlé plus fort que nécessaire et fait son numéro à la Danny Kaye pour eux. Et puis merde. Il aimait les gosses. Cet atelier d'écriture était la meilleure idée, l'idée la plus honorable qu'il ait eue depuis qu'il avait quitté la télé.

— Bref, deux minutes après, Eddie sort de l'immeuble avec les magazines dans une main, l'oreille de Dub dans l'autre…

Ray se leva en grimaçant, la tête fortement inclinée, et fit quelques pas réticents.

— Papa… murmura Ruby en coulant un regard furtif au groupe de jeunes.

— OK, dit Ray, qui se rassit. Donc Dub se fait tirer dehors par l'oreille et il pleure. D'humiliation, je pense. Mes copains et moi, on est assis sur le banc devant l'immeuble, et on sait que si l'un de nous établit le contact visuel avec lui maintenant, il reviendra et il nous tuera. En définitive, Dub avait volé les trucs sur le présentoir d'une petite épicerie, à deux rues d'ici, qui s'appelait Food Land. Eddie le ramène là-bas, il le force à entrer, il va trouver le patron, un type qu'on appelait le Gros Sally, un grand Italien balèze avec une moustache blanche comme neige, il lui montre les magazines, il lui dit que son fils les a volés et il s'excuse. Dub est en larmes, tu te souviens ?

— Il avait quel âge ?

— Je sais pas, quatorze, quinze ans, peut-être, répondit Ray, vieillissant Dub par rapport à sa fille.

— Papa, tu sais qui vole des trucs dans ma classe ?

— Ruby, je suis lancé, là…

— Continue, dit-elle, à l'aise, souriante.

Les quatre adolescents s'étaient levés du banc et quittèrent l'aire de jeux en file indienne. Ray dut faire face à une brève bouffée de déception.

— OK, donc Dub entre à Food Land, Eddie est sur le pas de la porte, les bras croisés sur la poitrine… Dub pleure toujours, il est furieux, terriblement gêné, il marmonne ce que son père lui a ordonné de dire, rend les magazines et s'en va.

— Qu'est-ce que fait Sally ?

— Le Gros Sal ? Rien. Il ne dit rien, il ne crie pas, rien. Dub ressort, son père et lui rentrent chez eux. Et c'est là qu'Eddie, d'après moi, fait une chose étonnante, remarquable. Ils remontent à l'appartement, Dub et lui. Eddie sort un dollar de sa poche et dit à Dub : « J'ai envie de petits gâteaux Hostess, retourne à Food Land m'en chercher. »

— Pourquoi ?

— Exactement. « Quoi !? » proteste Dub. Et Eddie : « Fais ce que je te dis. Et va pas les acheter au supermarché. Si tu fais ça, je le saurai, et tu auras une belle danse… »

— Une danse ?

— Une raclée. Dub redescend, mes copains et moi, sur le banc, on fixe nos chaussures, tu vois. Dub retourne à Food Land, il entre, le Gros Sally est tout seul, Dub bredouille quelque chose où il est question de petits gâteaux Hostess, Sally encaisse la vente, Dub sort du magasin, Sally le rappelle : « Hé, petit… » Dub se retourne. « J'ai besoin de quelqu'un pour les livraisons, dit le Gros. Tu as envie de te faire un peu d'argent après l'école ? »

Ruby sourit, Ray sentit sa gorge se serrer.

— Et écoute ça, poursuivit-il. À partir de ce jour, Dub travaille cinq après-midi par semaine et huit heures tous les samedis. Pendant tout le lycée. Quatre ans. Il tient la caisse, il paie le grossiste, il devient le bras droit du Gros Sally.

— Oh, c'est cool ! s'extasia Ruby.

— Mais écoute encore ça. Dub obtient son diplôme, Sally veut prendre sa retraite en Floride. Tu sais à qui il vend le magasin ?

— À Dub, répondit Ruby comme si c'était un vieil ami à elle.

— Exactement. Et devine où Dub a trouvé l'argent pour acheter Food Land ?

Elle le regarda, elle ne savait pas.

— Son père le lui a donné.

— C'est cool, répéta-t-elle.

Ray déglutit, détourna les yeux.

— Son… Son… Eddie. Cadeau pour son diplôme.

— Papa, tu pleures ? fit Ruby, très disponible à présent, toute à lui.

— Bien sûr que non.

Ils restèrent un moment silencieux ; Ray n'oubliait pas ce qui l'entourait, il n'était pas idiot, mais il savait que, ce soir, ils ne risquaient rien dans cet endroit, il le sentait dans ses os.

— Papa ? Comment tu as su ce qui s'était passé dans l'appartement, entre Dub et son père ? Et avec Sally, à Food Land, si tu étais assis sur un banc devant ton immeuble ?

— Comment je le sais ? Je le sais parce que je le sais, déclara Ray, indestructible.

Cette nuit était une joie. C'était bien, ce qu'il venait de faire pour Carla et sa famille, c'était grand. Béat, il avait l'impression d'être à la fois le bienfaiteur et le bénéficiaire.

Il pensa à l'expression de Carla, comme si elle avait été prise au piège, à sa violence soudaine envers son petit-fils ; puis il songea à Danielle, à son tatouage chinois, le Chasseur, à son « Oh » doux comme un oreiller.

— Papa, comment il s'appelait, le frère de Dub ?

— Terrance. Mais tout le monde l'appelait Prince.

— Ils avaient tous un surnom ?

— La plupart.

— Le tien, c'était quoi ?

— Le mien ? Ray.

— Dis-moi les autres.

— Il y avait un millier de gosses, répondit Ray, heureux comme s'ils étaient encore tous là, entassés sur l'aire de jeux. Combien tu en veux ?

Elle le regarda, circonspecte et vorace.

— Je les veux tous.

10

RUBY — 14 FÉVRIER

L'ex-femme et la fille de Ray vivaient dans un loft à l'intersection de Bond Street et de Broadway, trois étages au-dessus d'un magasin de skateboards dans un quartier semblable à un souk envahi de colporteurs vaguement hippies, de jeux de bonneteau et de trop nombreux magasins de chaussures de sport. Sur les trottoirs, du moins en ce samedi au temps doux, c'était une remontée incessante de saumons, pour la plupart des jeunes en âge d'aller au lycée venus des quartiers extérieurs, de Long Island, de Westchester et du New Jersey.

Nerese adorait le centre de New York mais perdait invariablement la tête devant l'abondance affichée et, quand la porte de l'immeuble de Bond Street s'ouvrit pour elle avec un bourdonnement, elle portait deux sacs en plastique, l'un contenant des vidéos pirates et des boucles d'oreilles artisanales pour elle, l'autre deux sweat-shirts Triple 5 Soul, probablement des contrefaçons, pour son fils.

L'ex de Ray, une femme mince et pâle aux yeux clairs, vêtue avec indifférence, aux longs cheveux en transit entre roux et gris, vint lui ouvrir.

— Bonjour, je suis Claire, se présenta-t-elle en lui tendant la main.

— Salut, Claire, je suis Nerese.

Nerese dut poser ses emplettes pour lui serrer la main, et le regard de l'autre femme sur les sacs la fit se sentir comme si elle était venue à dos de mule par le Holland Tunnel.

Claire la précéda dans un étroit couloir sombre qui déboucha soudain sur un vaste espace bordé d'un mur entier de fenêtres, dans une explosion de lumière du jour si exaltante et aérienne que Nerese posa de nouveau ses sacs comme un bagage trop lourd et dériva involontairement dans un rêve plein de nouveaux départs.

— Vous voulez boire quelque chose ? proposa Claire de l'autre bout du loft, la partie cuisine.

— De l'eau, ça ira.

Si elle avait un appartement comme ça, un espace comme ça, elle ne penserait même pas à la Floride. Mais ensuite, presque avec reconnaissance, elle remarqua le plafond gondolé par l'humidité au-dessus de la partie cuisine, les chevrons en plâtre s'effritant entre les fenêtres, elle entendit la vie de la rue, trop fort, trop clair, trois étages plus bas, non pas qu'elle n'eût pas chez elle six sortes de dégâts des eaux et un charivari à tout casser sous la fenêtre de son propre salon, mais bon…

Attirée par le ronron d'un poste de télévision, Nerese jeta un œil par une porte entrouverte : la fille de Ray, assise sur un lit, entourée de cahiers et de livres.

L'ex de Ray apporta le verre d'eau demandé et, comme réagissant instinctivement à un danger, passa entre l'inspectrice et la chambre dont elle ferma la porte d'un geste parfaitement dépourvu d'ambiguïté. Puis, tenant toujours le verre, elle conduisit la visiteuse à une longue table en pin dans la pièce principale.

Protectrice, voulant tout maîtriser, probablement un peu en rogne et/ou effrayée : Nerese connaissait le genre, elle savait que si elle voulait approcher de la gosse elle ne devait froisser ou défier cette femme en aucune façon.

— Vous savez, Claire, fit Nerese, caressant les planches de pin brut, je rêve d'un endroit comme ça…

— Ouais, eh bien, méfiez-vous des rêves.

— Oui, je vous suis, je vous suis parfaitement.

Au centre de la table se trouvait un haut vase cylindrique en verre contenant une demi-douzaine de branches austères de douce-amère. Nerese n'avait jamais vraiment pensé à ça, des branches à la place de fleurs, et elle trouvait l'idée originale et juste, comme tout le reste du loft.

— Je peux vous demander ce que vous faites dans la vie ?

— J'écris des livres pour enfants.

— Des livres dont je pourrais avoir entendu parler ?

— Je ne sais pas. Vous lisez des livres pour enfants ? demanda Claire un peu trop innocemment, les yeux brillants, le visage indéchiffrable.

— J'en ai lu dans le temps, répondit Nerese sur le même ton. Mon fils a dix-huit ans, maintenant.

— Ils grandissent vite, n'est-ce pas ?

— Beaucoup trop vite, soupira Nerese en pensant : Pas assez vite.

— Ils sont sur le mur, dit Claire, qui montra une affiche encadrée.

Nerese se leva, lut à haute voix :

— *Ça me fait rire quand...*, de Claire Draw, *Ça me met en colère quand... Ça me rend triste quand... Ça me fait plaisir quand...* Waouh ! J'écrivais un peu de poésie, en fac, maintenant j'écris surtout des chèques.

Claire ne dit rien, attendant.

— Bon, voilà, reprit Nerese en se rasseyant. Je ne veux pas envahir votre vie privée, mais le fait est que le type qui a tabassé le père de Ruby, il est toujours dans la nature.

Elle marqua une pause pour essayer de découvrir ce que Claire éprouvait pour son ex, mais la femme persistait dans son attitude, continuant à attendre le plat de résistance.

— Laissez-moi vous poser la question directement : est-ce que vous voyez quelqu'un ou quelque chose...

— Non, pas vraiment, répondit Claire, un peu trop vite au goût de Nerese, qui laissa les mots flotter un moment dans l'air pour voir comment elle comblerait le vide.

Une demi-minute s'écoula en silence, Nerese s'efforçait de garder un air aimable tout en regardant Claire dans les yeux.

— Vous ne me croyez pas ? finit par lâcher l'ex de Ray.

— À quel sujet ?

— Écoutez, vous pouvez perdre plusieurs jours à vérifier ce que vous jugerez bon de vérifier ou me croire sur parole, le résultat sera le même : je n'ai rien à voir là-dedans.

Son sourire éblouissant illuminait son visage et ajoutait cinq kilos à sa silhouette.

— Hé, non, se défendit Nerese, je ne voulais pas insinuer…

Elle leva une main apaisante en pensant : Une femme aurait fait ça ? Ça expliquerait aussi le refus de Ray de coopérer.

— Merde, dit Claire, secouant la tête comme pour se remettre les idées en place, cette accusation non formulée réussissant finalement à briser la glace.

— Alors, vous vous entendez bien ?

— Ray et moi ? Nous partageons des responsabilités parentales.

— Vous êtes séparés ?

— Divorcés.

— Vous savez s'il a quelqu'un dans sa vie, ces temps-ci ?

— À part Ruby ? Aucune idée.

— Ruby et son père ont de bons rapports ?

— Je crois.

— Quoi ?

— Non, rien.

Une fois de plus, Nerese recourut au silence.

— C'est peut-être seulement mon impression, mais Ray en fait trop, comme père, dit enfin Claire. Il pense trop, il réagit trop, il se tourmente trop. Vous voyez le genre ?

— Pour être franche, j'ai jamais rencontré le genre « trop », personnellement. Les mecs que je connais iraient plutôt d'insuffisant à inexistant.

La femme ne rit pas mais son visage demeura ouvert.

— Claire, pourquoi il ne veut pas me parler de ce qui s'est passé ?

— Je n'en ai aucune idée.

— C'est une question désagréable, mais quand la victime refuse de coopérer…

— Il n'est ni dealer, ni toxico, ni flambeur. Et il n'a pas de comportement sexuel qui… Il n'y a rien chez lui qui pose problème.

— Dieu merci, commenta Nerese avec un sourire.

Claire eut un haussement d'épaules.

— Claire, vous savez que Ray et moi on a plus ou moins grandi dans le même quartier ?

— Vous voulez dire dans ces logements sociaux de Dempsy ?

— Ouais, acquiesça Nerese en pensant : Ces logements sociaux…

— Pourquoi « plus ou moins », à cause des rapports Blancs-Noirs ?

Nerese réfléchit.

— Blancs-Noirs ? Ouais, je suppose, entre autres. Claire, écoutez…

Elle se pencha en avant, toucha le genou de l'ex, la regarda de nouveau dans les yeux et poursuivit :

— Comme Ruby a ses propres relations avec son père, indépendamment de vous, il faut que je lui parle. Bon, je serai aussi brève que possible, aussi délicate que possible, mais si vous pouviez accepter, il vaudrait mieux que je lui parle seule…

— Il n'en est pas question, repartit Claire, presque enjouée.

Nerese se tenait dans la petite chambre de Ruby, l'adolescente qui n'avait que treize ans mais la dépassait déjà de sept ou huit centimètres efflanqués, qui lui faisait faire la visite tandis que Claire, appuyée au chambranle de la porte ouverte, gardait les bras croisés sur la poitrine, comme un flic. Ou un maton.

La chambre se composait d'un lit étroit, d'un bureau et d'une télé fixée au mur. Il y avait six étagères, les trois du bas couvertes d'une centaine de dieux, déesses, etc., en plâtre, en bois, en étain, les trois du dessus supportant un nombre égal de petits verres souvenirs.

Les portes du placard étaient tapissées de photos de magazine des acteurs de *Buffy contre les vampires* et d'*Angel*, entre lesquelles s'intercalaient quelques portraits aux grands yeux ingénus de divers comédiens blonds androgynes que Nerese ne reconnaissait pas et de stars noires du hip-hop torse nu, tout en abdomens bosselés et regards de taulards.

— Regardez ça, s'émerveilla Nerese, piquant droit sur les étagères à dieux. Ça, je sais que c'est Bouddha, ça un Viking, ça une sirène, mais tous les autres ?

— Durga, Laksmi, Rama, Krishna, Hanuman, Ganesh… là, c'est juste un dragon, et là le moine pleureur.

— Le moine pleureur… Dis donc, tu couvres tes paris, toi, hein ?

— Quoi ? fit Ruby, qui n'avait pas compris.

Elle faisait de gros efforts pour ne pas regarder le sourcil balafré de l'inspectrice.

— Et cette coupe, là, c'est pour quoi ?

La môme avait une profusion de cheveux châtain clair mousseux qui tombaient sur ses épaules en boucles paresseuses.

— Basket. Tout le monde dans le championnat en a eu une. Ça ne veut pas dire qu'on a gagné.

— Ton équipe a terminé combien ?

— Deuxième.

— Sur… ?
— Huit.
— Moi, je trouve ça plutôt bien, grogna Nerese. Ruby. T'as entendu parler de Ruby Dee ?
— Ruby Dee, Ruby Tuesday, Ruby Baby, récita l'adolescente d'un ton las.
— Qui c'est, Ruby Baby ?
— Une chanson qui plaisait à mon père quand il était ado.
— Ton père, hein ?
Les yeux de Ruby s'égarèrent de nouveau sur la cicatrice.
— Tu regardes ça ? dit Nerese, un sourire dans la voix.
— Non, non, non, nia Ruby, mortifiée. Pardon.
— Y a pas de mal, trésor.
Nerese adorait cette gentille petite mais fut sciée par ce qu'elle ajouta :
— C'est Dub qui vous a fait ça, n'est-ce pas ?
— Viens là…
Elle tendit les bras et Ruby, obéissante, se prêta à son étreinte, touchant de son menton le front de l'inspectrice trapue, des mèches de sa chevelure abondante couvrant comme un voile le visage de Nerese.
— Alors, tu sais que ton père et moi ça remonte à loin, hein ?
Elle tint Ruby à bout de bras et vit le visage de l'adolescente se décomposer.
— Qu'est-ce qu'il y a, trésor ?
— Je ne sais rien du tout, dit-elle, des sanglots dans la voix.
— Tu ne sais rien sur quoi ? fit Nerese, décidée à se lancer.
À cet instant, elle entendit la mère bouger sur le pas de la porte, derrière elle.
— Chérie, je peux te poser quelques questions quand même ? Parce que tu en sais peut-être plus que tu ne crois.

— D'accord, murmura Ruby en frottant ses yeux gonflés.

Normalement, Nerese n'aimait pas prendre les gosses de front comme ça, mais elle sentait que la mère, sur la pointe des pieds, était à l'affût de tout ce qui ressemblerait à une ruse de flic.

— Tu vois souvent ton papa ?

— Je dors chez lui une nuit par semaine.

— Ah ouais ? Qu'est-ce que vous faites, ensemble ?

— On regarde la télé, je fais mes devoirs…

— Vous faites des trucs avec d'autres personnes ?

Ruby hésita, jeta un regard inquiet en direction de sa mère. Nerese se prit à souhaiter que Maman aille faire un tour ailleurs.

— Tu peux, Ruby, dit Claire d'une voix égale.

— Danielle ? hasarda l'adolescente.

— Danielle, répéta Nerese.

Elle se tourna vers Claire, qui haussa les épaules : première nouvelle.

— Danielle, répéta à nouveau Nerese, opinant du chef. Tu connais son nom de famille ?

Non, fit Ruby de la tête.

— Tu l'as rencontrée ?

Oui, fit-elle de la tête.

— Tu l'aimes bien ? Sur une échelle de un à dix, tu lui donnes combien ?

— Huit.

Coup d'œil à la mère.

— Quatre.

— Disons six. Parle-moi d'elle.

— Elle a un tatouage.

— Un tatouage… marmonna Claire.

— Ah ouais ? Quel genre de tatouage ?

— Un symbole chinois. Là…

Ruby toucha le côté droit de sa gorge.

— Elle dit que ça signifie le Chasseur.

— Le Chasseur, hein ? Bon, ce que je vais te demander maintenant est très, très important. Tu as un tatouage, toi ?

Ruby esquissa un sourire.

— Tu veux savoir qui d'autre avait un tatouage ? Ma grand-mère. Du côté de mon père. Elle était danseuse de boîte de nuit, là-bas à New York, dit Nerese, oubliant qu'elle se trouvait à New York. À Harlem. Elle faisait partie d'un numéro appelé les Blackbird Follies et elle avait un oiseau tatoué à l'intérieur de la cuisse, tu te rends compte ?

— Mmm.

— Elle avait de longues jambes, ma grand-mère. Comme tu peux le voir, je tiens de l'autre côté de la famille… Alors, cette Danielle, ton père et elle s'entendent bien ?

— Je crois que oui. Il a donné de l'argent à sa mère pour un enterrement.

— À la mère de Danielle ? Il a donné de l'argent à la mère de Danielle pour un enterrement ?

D'où les McCloskey Brothers. Nerese avait enfin réussi à calmer cette démangeaison.

— Oui.

— Pour l'amour du ciel, soupira Claire.

— Comment tu le sais, chérie ? demanda Nerese, souhaitant à présent que la mère disparaisse, bordel.

— J'étais là. Mon père m'avait emmenée.

— Emmenée…

— À son appartement.

— L'appartement de la mère de Danielle ?

— Ouais.

— Seigneur, soupira de nouveau Claire.

Ruby avait l'air inquiète, accablée.

— Tu te souviens du nom de la mère de Danielle ?

— Désolée…

— Pas de problème. Tu sais où se trouve l'appartement ? Dans quel genre d'immeuble ?

— Oui, c'est là que mon père a grandi.

— À Hopewell ? La cité Hopewell ?

— Je ne connais pas le nom.

— Mais c'est une cité de logements sociaux ?

— Ouais. Près des voies aériennes.

— Près des voies aériennes. Le bâtiment lui-même est près des voies ? demanda Nerese, envisageant quatre lieux possibles.

— C'était l'ancien bâtiment de mon père, le métro passait juste devant ses fenêtres. Il m'a raconté que le père de Dub faisait siffler sa sirène quand sa rame passait…

— Mon Dieu, je n'avais pas repensé à ça depuis trente ans, murmura Nerese. Ouais, le père de Dub, c'était quelque chose.

Le 1949 Rocker Drive, Danielle, un tatouage chinois.

— Il vous a emmenée à l'hôpital avec mon père, n'est-ce pas ? dit Ruby, regardant de nouveau la cicatrice. Papa pressait son T-shirt contre votre visage pour empêcher le sang de couler…

Elle parlait d'un ton un peu révérencieux, comme si elle récitait un conte qu'elle aimait.

— Oui, confirma Nerese, touchée que la gosse connaisse cette histoire, que Ray lui en ait parlé. Oui, il a fait ça. Pourquoi ton père a donné l'argent de l'enterrement à la mère de Danielle ?

— Parce qu'elle est pauvre.

— L'enterrement de qui ? Tu le sais ?

— De son fils.

— Le fils de Danielle ?

— Non, celui de Carla… Carla ! La mère de Danielle s'appelle Carla !

— Tu vois ? Je t'avais dit que t'en savais plus que tu ne le croyais, fit Nerese avec un sourire épanoui.

Carla… Carla Powell ? C'était possible qu'elle vive encore là-bas, après tout, les générations ont tendance à s'entasser les unes sur les autres dans les cités, maintenant.

Carla — Nerese s'en souvenait vaguement — avait eu un gosse quand elle était ado, peut-être cette Danielle. Et Carla Powell était noire, donc Danielle pouvait être la femme sur qui la voisine de Ray avait jacassé.

— Ruby ? Tu peux me dire de quelle race est Danielle ?

— Quelle race ?

— Blanche, noire, hispanique…

— Je n'ai pas… Je ne suis pas sûre. Elle a la peau basanée.

Black ou latino, car il n'y avait plus de Blancs en âge de faire l'amour à Hopewell, juste quelques vieux en rade. Et « Carla », « Danielle », ces prénoms pouvaient appartenir à l'un ou l'autre groupe.

— Tu as rencontré quelqu'un d'autre de la famille de Danielle ?

Ruby haussa les épaules, se renfrogna.

— Ah, fit Nerese, espérant contre tout espoir. Qui ça ?

Ruby détourna les yeux.

— Personne.

— Personne ?

— Juste des enfants, tout petits.

— C'est tout ? Pas d'autres adultes ?

— Non.

Nerese était presque sûre que l'adolescente cachait quelque chose, quelqu'un.

— Non ? Chérie, faut que je te parle sérieusement, dit-elle en prenant les mains de Ruby, s'en voulant de faire ça mais sachant qu'il n'y a rien de tel que la peur pour recentrer l'esprit d'un enfant. Ceux qui ont fait ça à ton père, je les aurai. Et quand je les aurai, je leur clouerai les fesses à un arbre et pour aller jusqu'à la prison ils devront emporter l'arbre. Mais en ce moment, ils sont encore libres et je ne veux pas qu'ils reviennent faire du mal à ton père.

Nerese sentait la mère s'agiter derrière elle. Elle vit des larmes apparaître aux coins des yeux de Ruby comme des perles de verre.

— Alors, il faut que je te pose franchement la question, reprit-elle. Est-ce que quelqu'un en voulait à ton père ?

— Oui, répondit Ruby après un long silence. Moi.

— Toi ?

Ruby secoua la tête, libéra ses mains.

— Pourquoi ?

— Je ne sais pas, murmura-t-elle avec de nouveau des sanglots dans la voix.

— Ça suffit, décida Claire qui entra finalement dans la pièce. L'interrogatoire est terminé.

Nerese prit Ruby par les coudes, chercha ses yeux, mais l'adolescente refusait de la regarder.

— Tu es un amour, tu le sais, ça ?

— Merci, fit-elle à voix basse.

Elle hocha brièvement la tête, pressant les paumes de ses mains contre ses yeux.

Nerese se tenait dans le couloir du troisième étage, les deux sacs à ses pieds.

— Vous n'étiez pas au courant pour Danielle, je suppose.

Claire haussa les épaules.

— C'est compréhensible, vous savez. La loyauté envers sa maman, tout ça…

— Pas de problème.

Claire semblait impatiente que l'ascenseur arrive. Les mains enfoncées dans les poches de son jean, elle dansait nerveusement sur place comme si elles étaient à l'intérieur d'une chambre frigorifique.

En fait, Nerese n'avait pas vraiment appelé l'ascenseur, elle avait fait semblant d'appuyer sur le bouton pour retarder le moment de se faire virer comme une malpropre.

— Vous avez réagi quand votre fille a dit qu'il avait donné de l'argent à la mère…

— C'est Ray. Il dit toujours : « Je veux simplement laisser une marque, faire impression. » En fait, ce qu'il veut, c'est faire sensation. Il y a une grosse différence. Payer un enterrement…

— Moi, je trouve que c'est drôlement bien de sa part, estima Nerese, offensée de l'indifférence affichée par cette femme.

L'ascenseur entama de son propre chef sa montée cliquetante depuis le rez-de-chaussée.

— Ray aime sauver les gens, vous voyez, les sidérer par sa générosité. C'est un plaisir bon marché si vous avez l'argent, mais au fond des choses, c'est surtout de lui qu'il s'agit.

— Ce défaut aura sûrement échappé à la famille qu'il a aidée, rétorqua Nerese.

Claire croisa les bras sur sa poitrine, gratifia l'inspectrice de ce sourire esquissé qu'elle avait sur la photo.

— Vous êtes sûre que ça vous fait rien qu'il fréquente cette Danielle ? dit Nerese, uniquement pour l'énerver.

La porte de l'ascenseur s'ouvrit en gémissant, un homme d'une cinquantaine d'années, grand, les épaules voûtées, eut un sursaut de surprise en découvrant Nerese puis sourit à Claire, un trousseau de clefs dans la main.

— Je suis désolée, dit Claire, clignant des yeux. C'était quoi, la question ?

11

HÔPITAL — 15 FÉVRIER

Nerese investit le service de soins sous monitorage la tête pleine de plaisanteries calculées, mais un coup d'œil à son auditoire suffit à lui faire oublier son texte. Ray était assis droit et raide, comme si on l'avait attaché à la tête du lit, ses yeux troubles hantés et vides, le masque violet qui les entourait se brisant maintenant en ambres et marrons marbrés, façon fruit tropical trop mûr. Mais ce numéro de la peau était à la fois typique et pas si grave qu'il y paraissait. Ce qui l'arrêta net, ce fut l'impression que cette immobilité était délibérée et absolue, comme s'il avait un serpent corail endormi dans les cheveux, comme si un mouvement soudain ou imprudent aurait réduit à coup sûr en miettes son crâne farci de douleur.

— Alors, quoi, Ray, fit-elle, le regardant du pied du lit.

Il mit un moment à la trouver du regard, leva lentement la main gauche en guise de salut, tel un pape à bout de forces.

— C'est partout, murmura-t-il.

— Partout. Qu'est-ce qui est partout ?

Il continua à lever la main jusqu'à ce qu'elle soit au-dessus de sa tête puis traça un halo autour.

— Dis-leur que c'est partout.

Nerese se rendit au poste des infirmières.

— Vous pouvez me dire ce qu'il a ? demanda-t-elle en montrant du pouce le lit de Ray.

— Le neurologue arrive.

— Mais vous avez vu dans quel état il est ? Qu'est-ce qui se passe, aujourd'hui ?

— Le neurologue arrive.

Grinçant des dents, Nerese repartit vers le compartiment de verre, se retrouva face au visage multicolore.

— Ray, qu'est-ce qui se passe ?

Les yeux de Ray se portèrent au-delà de la présence envahissante de Nerese et suivirent la progression de quelque chose le long des plinthes, poussière, elfes, souris… Peut-être qu'il me fait marcher, pensa-t-elle de nouveau.

— Ray !

Elle cria presque puis s'interrompit, un sentiment de panique perturbant momentanément sa concentration.

— Ray, j'ai vu Ruby. J'ai parlé à Ruby.

— Non, murmura-t-il. Pourquoi ?

— Elle a peur pour toi. Elle est terrifiée à l'idée que ce salaud revienne finir ce qu'il a commencé.

Ray secoua la tête presque imperceptiblement.

— Il ne le fera pas. Dis-le-lui.

— Comment je pourrais lui dire ça ? répliqua Nerese qui s'approcha de lui à l'embrasser puis recula, l'haleine de Ray étant imprégnée de sa détérioration. Je peux pas le lui garantir.

— Ton fils vient me voir quand ? bredouilla-t-il d'un ton rêveur.

— Quoi ?

— Je le ferai entrer en fac… commença-t-il. Oh…

Il porta une main sur le côté de sa tête en un mouvement accéléré.

L'idée, curieusement détachée, traversa Nerese que si Ray venait à mourir avant qu'elle ait procédé à une arrestation l'affaire lui serait automatiquement enlevée et serait expédiée à la Criminelle du comté, de l'autre côté de la ville, dont les inspecteurs, elle le savait par expérience, ne tiendraient probablement même pas à lire ses notes, et encore moins à l'intégrer dans leur équipe.

— Tu sais, Ray, j'ai plus besoin de revenir ici pour faire ce que j'ai à faire, dit-elle, élevant de nouveau la voix. Mais j'espère encore qu'il va te pousser une paire de couilles ou que tu vas enfin devenir raisonnable et me dire qui t'a mis dans cet état, nom de Dieu !...

— Absurde, marmonna Ray en détournant les yeux.

— Excuse-moi ? repartit Nerese.

Elle attendit puis :

— Par exemple, je pourrais aller voir Carla Powell, à Hopewell, et de là sa fille Danielle. Ou alors, je pourrais aller tout droit voir Danielle puisque c'est elle que tu tringles, ou que tu tringlais, arrête-moi si je me trompe... Tu vois, je dois progresser de l'extérieur vers le centre. C'est comme ça que j'ai appris à bosser, c'est comme ça que j'aime bosser parce que à chaque confrontation je deviens plus forte, et quand je passe derrière une porte fermée en mettant dans le mille, après, pour m'arrêter...

Ray semblait se perdre dans la douleur, portait délicatement les doigts à ses tempes, tournait les yeux de côté, ses paupières clignant faiblement comme sous l'effet d'un message venu de l'au-delà.

— En ce moment je vois bien un petit ami ou un mari furax qui n'aurait pas apprécié que t'emmènes sa chérie comme ça à Little Venice. Ou alors une sorte de coup monté, d'extorsion débile, quelqu'un qui voit avec quelle facilité t'as lâché trois mille deux cents dollars et qui vient quelques jours plus tard t'en piquer sept mille de plus en liquide, on est toujours dans la famille proche, et maintenant t'es trop gêné pour dire la vérité parce que t'as laissé ta bite te mettre dans ce merdier...

Nerese attendit pendant que Ray continuait à recevoir des instructions de la part des morts.

— Je connais pas vraiment la famille Powell, j'ai juste un vague souvenir du temps où on était mômes, mais le

Reggie, je le connais, le fils que t'as enterré. Il a fait une overdose, alors ça présage rien de bon en matière d'environnement familial, mais dans un cas comme dans l'autre, je cherche une personne liée aux Powell parce que sinon la liste des coupables possibles est aussi longue que l'annuaire téléphonique.

Ray fixait le vide sans réagir.

— T'as vraiment donné trois mille deux cents dollars à Carla Powell pour enterrer son fils ?

Il grogna, eut un petit sourire.

— Merde, si tu fais ça pour un étranger, où tu l'enterres, ta mère, dans une pyramide ?

— L'argent, fit-il entre ses dents.

— Quoi, l'argent ?

— Il pèse sur toi.

— Comment allons-nous ?

Un médecin que Nerese n'avait jamais vu entra dans le box, l'air dégagé, et, tout comme le précédent, alla droit aux yeux du blessé.

— Le président, c'est George W. Bush, dit Ray, dont la voix pâteuse flanquait la frousse à Nerese.

— Bien. Et le premier président ?

— Des États-Unis ?

— D'où vous voudrez, dit le médecin, reculant d'un pas pour mieux cerner le problème.

— Washington, fit Ray. Allez-y, posez-m'en une autre.

— Ça ira pour l'instant, dit le médecin en souriant.

Il releva le bas de la couverture et procéda à un Babinski. Les orteils de Ray s'arquèrent spasmodiquement.

— Comment il va ? demanda Nerese.

— Comme ci comme ça. Il doit passer un scanner plus tard dans la journée. Et les maux de tête ? demanda-t-il à Ray.

— Sévères.

— Partout ou par endroits ?

— Partout, répondirent ensemble Nerese et Ray.

— Vous êtes l'inspectrice chargée de l'affaire ?

— Oui.

— Vous pouvez tendre les bras au-dessus de la tête ?

Elle fut brièvement déroutée par la requête puis comprit en voyant Ray obtempérer de manière apathique, les deux bras vacillant sur midi pile.

— Fermez les yeux, s'il vous plaît.

Le médecin recula d'un pas encore, regarda les bras du blessé osciller légèrement, comme ballottés par le vent.

— Je vais vous dire, murmura-t-il à Nerese sans détacher les yeux de son patient, dont le bras droit, membre directement affecté par la blessure au côté gauche de la tête, se mettait à descendre vers midi vingt, sans que Ray semble se rendre compte du mouvement. Si j'étais chargé de l'affaire et si j'avais encore des informations à obtenir de la victime, fit-il en se tournant enfin vers l'inspectrice, je ferais fissa.

Dans le hall de l'hôpital, Nerese tomba sur Ruby et sa mère qui se dirigeaient vers les ascenseurs.

— Salut ! s'exclama-t-elle.

Elle adressa à l'adolescente un vrai sourire, prit possession d'une de ses mains aux doigts effilés.

— T'es venue voir ton papa ?

Ruby acquiesça, le visage tremblant comme une goutte de pluie sur une feuille.

— Tu sais, reprit Nerese, glissant une grimace dans sa voix et s'adressant cette fois à la mère à travers la fille, je viens d'essayer de le voir. Il est à moitié endormi, ce qui est très important, d'après ce que m'ont dit les docteurs. Ce n'est pas à moi de décider, je m'en rends compte, mais aujourd'hui n'est pas le bon jour pour une visite…

Elle jeta un coup d'œil explicite à Claire : Épargnez à votre fille un spectacle effrayant. L'ex de Ray respira profondément mais garda son calme.

— C'est probablement un bon conseil, dit-elle avec un enjouement tendu.

Ruby dégagea sa main, s'essuya rapidement les yeux.

— Tu sais que ton papa va guérir, hein ? dit Nerese.

Bien que plus petite que Ruby, elle dut baisser la tête pour regarder l'adolescente dans les yeux.

— Tu le sais, hein ?

Ruby hocha la tête mais demeura silencieuse, comme si parler lui aurait fait perdre sa maîtrise de soi.

— Nous reviendrons le voir demain, suggéra Claire d'un ton léger. Ruby, tu veux peut-être laisser ça à Nerese, elle le posera sur la table de chevet pour quand il se réveillera, qu'est-ce que tu en penses ?

Sans la regarder, Ruby tendit à l'inspectrice le moine pleureur presque sphérique provenant de sa collection de dieux et de déesses.

— J'y retourne tout de suite, dit Nerese.

Elle fit tourner le bois sculpté gros comme une balle de base-ball et découvrit que Ruby avait écrit minutieusement à l'encre ST. SIMON'S HAWKS sur le dos courbé du moine, transformant sa tunique de prière en maillot d'équipe scolaire.

— Nous reviendrons demain, répéta Claire.

Se rapprochant de Nerese, elle ajouta d'une voix rauque et tremblante :

— C'est un type bien, vous savez. Prenez soin de lui, d'accord ?

Nerese regarda la mère et la fille naviguer dans le flot de circulation du hall et se dissoudre dans la lumière du jour, puis elle remonta au sixième.

Lorsqu'elle entra de nouveau dans le compartiment de verre, Ray avait les yeux ouverts mais vitreux et comme privés de vue. Avec précaution, elle posa le moine sur le coin de sa table de chevet et se retourna pour ressortir.

— Tu sais ce que je viens de me rappeler ? fit-il d'une voix lente et monocorde, s'adressant à elle comme si elle n'avait pas quitté la salle.

— Quoi ? demanda Nerese, debout devant le lit.

— Le jour où tu t'es fait prendre à bomber par les flics de la cité, et que tous les gosses du grand terrain de jeux se sont mis à te suivre et à se foutre de toi…

Il s'interrompit pour reprendre sa respiration et poursuivit :

— Ton frère Antoine était avec eux. Il avançait avec la meute comme si vous n'aviez aucun lien de parenté. Il ne criait pas comme les autres, mais il ne leur disait pas non plus de la fermer… Et puis, à mi-chemin du bureau de l'Office, il s'est désintéressé de l'affaire et il est retourné au terrain de basket.

— De quoi d'autre tu te souviens ? demanda Nerese en s'asseyant au bord du lit.

— Je me rappelle que tu portais un short moutarde, pelucheux… Et des sandales en plastique bleu ciel.

— Pelucheux…

— Comment je peux me souvenir de tels détails ? C'est à cause de ça ? fit-il avec un faible geste vers le haut.

— Je suppose que toi aussi tu faisais partie de la meute, dit Nerese sans animosité.

— Ouais. Mais je n'ai pas crié ton nom, je ne me suis pas moqué de toi ni rien. Tu étais dans la merde, je voulais voir ce qui allait t'arriver.

Nouvelle pause puis :

— J'étais plutôt fasciné.

— De quoi d'autre tu te rappelles ?

Les lèvres crevassées de Ray remuèrent.

— Je me rappelle… Je me rappelle l'un des deux flics, il n'arrêtait pas d'essayer de nous chasser, disant que nous devrions avoir honte de nous moquer de toi comme ça. Quand il nous criait dessus, nous nous dispersions un peu, mais dès qu'il se retournait nous nous regroupions et nous recommencions à vous suivre. Il n'y pouvait pas grand-chose.

— Quel flic c'était ?

— Quoi ?

— Quel flic c'était, celui qui essayait de vous faire partir ? Le Blanc ou le Noir ? demanda Nerese, tentant de l'influencer par télépathie : le Blanc, le Blanc, le Blanc…

— Le Blanc, répondit-il. Le Blanc.

— Sans blague ? fit-elle, contente de cette confirmation, de ce cadeau. Tu te rappelles son nom ?

Elle retint sa respiration. Ray mit un temps fou à répondre puis :

— Non.

— Ça fait rien.

Sans réfléchir, elle lui caressa les cheveux, le regarda avec une tendresse croissante.

— Ray. S'il te plaît, laisse-moi te venger.

Il réagit en se fermant instantanément de nouveau, elle le sentit dans l'extrémité de ses doigts.

— Mon instinct me dit que c'est un petit ami ou un mari furieux que t'aies ramené cette meuf à Little Venice pour la sauter, hein ?

De la salive perdue, mais aucune importance. Elle se sentait doublement en dette envers lui, maintenant, elle collait à lui comme de la glu.

12

DANIELLE — 15 JANVIER

Danielle pénétra dans l'appartement de Little Venice, deux jeunes garçons dans son sillage : Nelson, douze ans, et Dante, un gamin de huit ans qui se mit aussitôt à courir d'une pièce à l'autre comme s'il avait le feu aux fesses.

Vêtue d'un jean nettoyé à sec et d'un T-shirt blanc sous une veste boléro rouge, elle avançait avec précaution, effleurant les objets, son parfum, musc vanillé, laissant une trace lourde et douceâtre partout où elle allait.

À la différence de Dante, Nelson, le garçon plus âgé, restait près d'elle depuis qu'ils avaient franchi la porte. Il avait une grosse tête, ce gosse, des cernes sous ses yeux circonspects, intelligents, et une coupe de cheveux au bol qui lui laissait un nid d'oiseau de cheveux ondulés sur le sommet du crâne.

— Oh, Ray, cet endroit… fit Danielle, la voix enrouée de convoitise.

Lorsqu'il était allé les prendre à la cité Hopewell, il mourait d'envie de faire étalage de l'appartement qu'il habitait, mais maintenant, embarrassé par cette envie, par la facilité grossière avec laquelle il les impressionnait, il mourait d'envie qu'ils s'en aillent.

De plus, au moment même où il s'efforçait de voir l'endroit avec les yeux de Danielle, il ne pouvait s'empêcher de le détester. L'appartement de ses parents lui avait toujours paru mort, enseveli sous la coordination militante de ses couleurs, prune et gris, qui faisait davantage penser à une salle d'attente d'aéroport de première classe qu'à une maison.

— Nelson, tu te rends compte ? fit-elle, lâchant la bride à son fantasme.

Le garçon haussa les épaules et effectua un demi-tour, clairement gêné qu'elle ait prononcé son nom à voix haute comme ça.

L'oreille gauche percée de trois clous de verre taillé, il portait un maillot des Jets trop grand et un jean baggy de taille clownesque, mais Ray sentait que le cœur de Nelson n'était pas dans son look.

Il n'était pas attiré par Dante, le gamin de huit ans survolté, trop semblable à un ballon de baudruche dénoué, alors que Nelson avait cette aura attentive, affamée de sentiments, à laquelle Ray était toujours sensible, qui lui donnait envie d'établir le contact, de faire savoir à cet enfant qu'il n'était pas seul.

Et Nelson le faisait aussi se languir de Ruby. Souvent, quand il était en compagnie d'enfants qui n'étaient pas à lui, il éprouvait de vives flambées de sentiments de tout ordre mêlés à une peur panique de « la perdre », quoi que cela pût vouloir dire, et il avait tendance à se concentrer plus sur les gosses que sur les adultes présents.

— Ray, je me damnerais pour cet appartement, déclara Danielle en lui adressant son regard direct, si troublant.

Ses cheveux étaient tirés en un chignon si serré qu'il relevait les coins extérieurs de ses yeux.

D'un autre côté, tout cet intérêt larmoyant pour le gamin n'était peut-être qu'un rideau de fumée autogénéré pour masquer le fait qu'il n'avait pas été seul avec une femme, sur un plan pas seulement sexuel mais également social, depuis plus d'un an.

Danielle fit coulisser la baie vitrée et s'avança sur la terrasse en ciment donnant sur la statue de la Liberté et l'eau blanchie par la lune.

— Regarde, dirent-ils simultanément, elle et lui, à Nelson, Danielle montrant la vue, Ray indiquant le miroir de fête foraine qu'il avait rapporté de Los Angeles.

Nelson fit signe à sa mère d'attendre et alla se camper devant la surface ondulante au tain écaillé, se transformant aussitôt en nain au front d'un mètre cinquante. Réprimant un sourire, l'enfant donnait l'impression d'avoir la bouche bourrée de raisins.

— Tu me rappelles ma fille, dit Ray.

Nelson se pétrifia.

— En masculin, bien sûr, corrigea Ray avec confusion. Tu as ce côté prudent, tu es le genre de gars qui aime prendre son temps, qui examine tous les choix possibles avant de se décider, poursuivit-il, baratinant d'une manière qui aurait donné à Ruby l'envie de rentrer sous terre, et concluant, plus sobrement : C'est un compliment, Nelson.

— C'est un compliment, Nelson, l'imita Dante en prenant une voix grave et morne.

L'enfant venait d'apparaître près d'eux, tenant dans la main gauche un maillet à escalope trouvé dans la cuisine.

— Waouh !

Il fit un saut en arrière devant son image dans le miroir déformant puis sortit prestement son sexe, le tain lui renvoyant un bonbon au caramel long de trente centimètres.

Nelson sortit du séjour en courant, une main plaquée sur la bouche. Ray l'entendit hurler à l'autre bout de l'appartement un instant plus tard et eut une vague réaction de rejet devant le besoin de fuir du gamin.

Resté seul avec Danielle sur la terrasse, Ray posa ses avant-bras sur la balustrade.

— C'est le Trade Center ? demanda-t-elle, montrant le halo de lumière hémisphérique formé par les projecteurs de l'autre côté de l'eau.

— Ouais. Pas grand-chose à voir, dit-il à voix basse.

Ils restèrent un moment silencieux, observant la silhouette d'une grue titanesque se mouvant de manière saccadée derrière les quais comme un fourrageur préhistorique.

— Tu sais, dit-elle enfin, grattant délicatement de l'ongle rouge du petit doigt un coin de sa bouche maquillée, si cet endroit était à moi, je serais ici toute la journée. J'installerais un bureau et je ferais mes exercices là où nous sommes.

— Tes exercices ?

Le vent projeta des mèches parfumées de la chevelure de Danielle sur le visage de Ray.

— Ouais. Je vais à la fac de Dempsy ; ils ont un cours de deux ans de politique des pouvoirs publics. L'Office dit que si j'obtiens le diplôme on me donnera un bureau à Hopewell, que j'assurerai la liaison avec les locataires.

— C'est super, dit Ray, écoutant à demi, absorbant surtout le fait d'être à côté d'elle.

— Ouais, à Hopewell, ils en ont marre que les locataires râlent pour ci, pour ça, pour autre chose, et ils ont décidé d'associer plusieurs d'entre nous à la gestion. Pour voir si ça nous plaît.

— Vous voulez neutraliser une menace ? Donnez-lui un boulot.

— Ça n'a pas marché avec mon mari.

— Ah ouais ? fit Ray, tout ouïe.

— L'ennui, c'est que j'ai jamais décroché mon diplôme d'études générales. Ils vous admettent quand même en fac, mais je ne peux pas avoir mon diplôme de politique des pouvoirs publics avant d'obtenir mon DEG, alors je prépare les deux en même temps.

— Deux lièvres à la fois, dit Ray, resté bloqué sur « mon mari ».

— Trois, plutôt. J'ai aussi un boulot de quarante heures.

— Le tatouage ne ment pas, alors, commenta Ray, qui eut envie de le toucher, de la toucher. Où est ton autre fils, ce soir ? Avec Carla ?

— Quel autre fils... ?

— Le petit qui sautait sur le canapé, chez ta mère.

— David ? Il est à mon frère. Dante aussi, Dieu merci. Ma mère n'arrête pas de ramasser les gosses qui tombent du camion…

— Vraiment ? dit Ray, pensant : Je peux aider.

— Vraiment.

— Mais Nelson, il est à toi ?

— Tout à moi.

— Est-ce que son… commença-t-il.

Il s'interrompit. Comment formuler ça ?

— Est-ce que son père vit avec lui aussi ?

Danielle eut un sourire narquois.

— OK, ce que tu veux savoir, en fait…

Elle se tut, pressa brièvement son bras contre celui de Ray, juste par jeu, mais cela lui fit tourner la tête.

— Il empile les croix.

— Il empile les croix ?

Danielle soupira.

— C'est la loi des « trois croix » : ça permet d'infliger une peine de prison importante à un gars qui en est à son troisième délit. Tout ce que tu as à savoir, c'est qu'il y a deux établissements dans cette ville dont le nom se termine par « comté de Dempsy ». Je fréquente l'un, il vit dans l'autre.

— Il est là-bas pour quoi ?

— Devine.

— Il a pris combien ? demanda Ray, présumant qu'elle parlait de drogue.

— Un an et un jour. Comme toujours.

Un an et un jour, se répéta intérieurement Ray.

De retour dans le séjour, Dante, torse nu à présent pour une raison quelconque, se dirigea vers lui avec une pierre de la grosseur d'une balle de base-ball qu'il avait prise dans la chambre et la lui présenta sur ses paumes jumelées.

— C'est quoi ?

— Un coprolithe.

— Quoi ?

— De la merde de dinosaure pétrifiée.

— Hé ! t'es malade, mec !

Dante laissa tomber la pierre qui arracha un éclat au parquet dans un nuage de poussière.

— Dante ! fit sèchement Danielle.

Nelson jeta un regard inquiet à Ray, adressa un claquement de langue réprobateur à son cousin et se pencha pour ramasser la pierre.

Au moment où ils quittaient l'appartement pour aller au restaurant, Ray prit conscience que le parfum de Danielle flotterait encore dans l'air, souvenir d'un désir inassouvi, quand il rentrerait, quelques heures plus tard, et qu'il n'y pouvait absolument rien.

L'Oriente était un grand restaurant rouge sino-cubain de Hoboken, clinquant et bruyant.

Ray l'avait choisi non pour sa cuisine, qui était correcte, sans plus, mais pour la main de cinq mètres en papier mâché suspendue au plafond. Un Chinois grandeur nature avec toute la panoplie, chapeau conique et tresse, essayait de se libérer des deux baguettes qui dépassaient des doigts géants aux ongles verts.

— Alors, Nelson, tu fais quoi, ces temps-ci ? s'enquit Ray par-dessus un plat de bananes plantains et de porc *mu shu*.

— « Alors, Nelson, tu fais quoi, ces temps-ci ? » le singea Dante, épinglant de nouveau ses tentatives embarrassées de désinvolture.

— Il bouquine, répondit Danielle à sa place. Son père a eu un diplôme en fac, même si c'est difficile à croire.

— Ah, oui, fit Ray, se forçant à sourire. Tu veux devenir quoi, plus tard ?

— Vice-président des États-Unis, il m'a dit.

Nelson lança un regard furieux à sa mère.

— Vice ?

Danielle répondit de nouveau à la place de son fils :

— Il dit qu'être président c'est trop de pression.

Ray se rendit compte que Nelson n'avait pas prononcé un mot depuis qu'il était allé les chercher à Hopewell, deux heures plus tôt.

— Quel genre de boulot tu fais ? demanda-t-il à Danielle.

— Moi ? Un boulot de merde. Je suis réceptionniste à New York. Tu connais ce gars du cinéma ? Harold Krauss ? Le producteur ?

— Celui qui fait des téléfilms ?

— Lui-même. Je suis réceptionniste dans sa société.

— Vraiment ?

— « Vraiment ? »

Dante, de nouveau.

— J'ai bossé trois ans pour la télé, dit Ray prudemment.

— Pour *Brokedown High*, hein ?

— Comment tu le sais ?

— Je l'ai regardé une fois, avec ma mère. Elle a vu ton nom au générique, elle s'est mise à piailler : « Je le connais ! Je le connais ! Il vivait dans cet immeuble ! », dit Danielle, citant sa mère dans un murmure sifflant et aigu.

Quand il travaillait sur la série, Ray avait souvent imaginé que des gens qui l'avaient connu dans son enfance allumaient leur poste de télévision et réagissaient en découvrant son nom, mais les rares fois où ce fantasme était devenu une rencontre en chair et en os, il s'était senti plus embarrassé et futile que flatté.

— Et toi, tu n'as pas envie de t'impliquer davantage dans la télé ?

— Comme quoi ? Comme réceptionniste chevronnée ? repartit Danielle avec une moue. En fait, ce que je fais est plus intéressant qu'il n'y paraît. Par exemple, trois jours après que j'ai été embauchée, mon patron, Krauss, m'appelle par l'interphone, il me demande de venir dans son bureau, d'apporter un bloc-notes. J'entre, il est en train d'auditionner un acteur pour un film, une histoire de maladie, de virus, quelque chose de ce genre. J'entre, il m'indique un fauteuil et me dit : « Prenez des notes. » Moi, je me demande : Sur quoi ? Le type récite son texte avec une actrice, l'audition dure environ dix minutes, Krauss se lève et déclare : « C'était formidable. On vous appellera. » Le gars sort, l'actrice sort, il ne reste plus que moi, Krauss et l'autre producteur. Krauss me regarde et il me fait : « Alors, qu'est-ce que vous en pensez ? » Et moi : « Qu'est-ce que je pense de quoi ? — Vous le baiseriez ? », il me demande, baissant la voix sur le gros mot. En moi-même, j'explose : Qu'est-ce qui te permet… ? Je tremble tellement je me sens insultée, mais j'ai peur aussi, parce que j'ai besoin de ce boulot, et je dis simplement : « Je ne sais pas. Et vous ? » D'abord, je lis sur sa tête : Pour qui vous vous prenez ? Mais l'autre éclate de rire : « Hé, elle est bonne, celle-là, Hal ! », et je crois que ça a détendu l'atmosphère. Krauss ne s'est jamais vraiment excusé, mais depuis, il est, je sais pas, il a plus de tact…

— De tact ?

— Il continue à me faire venir chaque fois qu'il fait passer une audition : « Prenez des notes », mais après le départ de l'acteur, tout ce qu'il me demande, c'est : « Qu'est-ce que vous en pensez ? », et tout ce que je donne en réponse, c'est un pouce vers le haut ou un pouce vers le bas. Mais j'ai appris une chose sur le cinéma. Ça se résume à « Vous le baiseriez ? Vous la baiseriez ? », tout découle de ça.

— Si j'ai bien compris ce que tu viens de dire, fit Ray, malade de désir, c'est un salaire à six chiffres que tu mérites.

— Krauss a une femme. Deux semaines après mon engagement, elle vient au bureau, elle me glisse un billet de cent dollars et le numéro de son portable, elle me dit : « Si une nana entre dans ce bureau et que la porte reste fermée plus de quinze minutes, vous m'appelez. » J'ai pris l'argent mais pas question de faire la police des chattes pour cette garce, et pourtant je sais que Krauss amortit sa moquette avec deux des filles du bureau plus une sur trois ou une sur quatre, environ, des actrices qui se présentent pour un rôle, mais elle n'apprendra rien par moi. Enfin, ce culot de me demander ça !

— Il a essayé avec toi ?

— Avec moi ? Je ne sais pas, plus ou moins. Dès le départ, j'ai senti qu'il prenait mes mensurations avec les yeux, qu'il regardait le tatouage, en pensant : Tout est bon à prendre… Le deuxième jour, il sort de son bureau, il s'assied sur ma table, il me dit : « Bonne nouvelle, je viens d'acheter les droits cinématographiques de cinq des dix commandements et j'ai une option de deux ans sur les autres. » C'était une plaisanterie mais je suis passée à côté et je crois que ça l'a déçu.

Il perçut du regret dans sa voix, comme si elle avait été partante au cas où les choses auraient tourné autrement.

— Non non non, fit-elle, décryptant son regard, je me sentais surtout stupide de ne pas avoir compris la blague.

Sur ce, Ray décida qu'il était amoureux.

— Alors, Nelson, dit-il, adressant un grand sourire au garçon qui poignardait mollement la même crevette avec une baguette depuis dix minutes. C'est quoi, ta matière préférée ?

— Il est bon en tout sauf en gym, répondit Danielle.

— Tout le contraire de moi, sauf que je n'étais même pas bon en gym.

— Tu entends ça ? dit Danielle.

Ray refoula une montée d'irritation : le gosse n'avait pas besoin de traducteur.

— T'as combien d'argent ? voulut savoir Dante.

Ray en avait sa claque de ce gamin.

— Sur moi ?

— Tu m'achètes quelque chose ?

— Je te paie une bière ?

— Je la boirai.

— Dante, tais-toi ! lui lança Danielle.

— Je t'ai parlé, à toi ? rétorqua-t-il d'une voix aiguë.

— De la graine de démon, celui-là, soupira-t-elle en se frappant le front.

— Et toi, t'es de la graine de melon, grosse pétasse !

Nelson se couvrit de nouveau la bouche, ravala un autre hurlement tandis que Danielle arrachait Dante de son siège et l'entraînait vers les toilettes avant que Ray puisse réagir.

Resté seul avec Nelson, qui faisait tapisserie, Ray sentait les vibrations du gosse lui parvenir par-dessus la table.

— Nelson, je vais te dire, quand j'étais au bahut, le seul bon côté de la cinquième, c'est que j'en avais fini avec la sixième, et le seul bon côté de la quatrième, c'est que j'en avais fini avec la cinquième. Tu es en quelle classe ? dit-il, tentant de lui faire prononcer au moins un mot.

Nelson montra sa main grande ouverte, les doigts écartés, et Ray se demanda s'il n'avait pas un défaut d'élocution.

— Moi quand j'étais en cinquième, dans beaucoup de classes, on regroupait les tables par carrés de quatre, tu vois, quatre bureaux formant un bloc, les élèves tous face à face. Ça se fait encore ?

L'enfant acquiesça de la tête.

— Bref, en cours de maths, j'étais tellement pénible, tellement perturbateur, que la prof avait retiré mon bureau du carré pour me mettre tout seul sous le tableau, tu vois, face à toute la classe, pour pouvoir me tenir à l'œil, m'empêcher de contaminer les autres par ma conduite. Tu te rends compte ?

— C'est comme… commença Nelson.

Il se tut aussitôt et Ray fut étonné par l'émotion qu'il éprouvait d'avoir réussi à lui faire dire ces mots.

Ils retombèrent dans le silence, Nelson fixant son assiette à laquelle il n'avait pas touché, Ray se demandant pourquoi il avait toujours recours à des histoires tristes de son enfance pour établir le contact avec les gosses.

Danielle et Dante revinrent à la table, Dante se jetant sur sa chaise, l'air renfrogné, les lèvres serrées, une étincelle résiduelle de larmes dans les cils.

— Je te jure, fit Danielle, j'ai dit à ma belle-sœur quand elle était enceinte de celui-là : « Rends service aux flics, au moins, avale une paire de menottes tout de suite. »

Le serveur posa l'addition sur la table, repartit avant que Ray ait pu la lui rendre avec une carte de crédit. Il tira son AmEx or de son portefeuille et la laissa sur la soucoupe. Nelson jeta un coup d'œil à la carte, la regarda plus attentivement, se pencha soudain en avant et la fixa, la bouche grande ouverte comme un poisson.

— Ma !

Un hoquet, plus qu'un mot.

Saisissant la carte, il enfouit les lèvres dans les cheveux de sa mère, une main en coupe protégeant de la tablée les mots qu'il murmurait. Ray était interdit, désarçonné.

Danielle hocha la tête, prit la carte des mains de Nelson et la reposa soigneusement sur l'addition.

— Tu sais ce qu'il vient de me dire ? fit-elle en tapotant le profil ovale du centurion de l'AmEx. « Ma, c'est un des types qui ont tué Jésus. »

Vers dix heures, il se gara devant le bâtiment de Carla, Danielle sur le siège du passager, Nelson et Dante à l'arrière. Au-dessus d'eux, le métro déchira la nuit. Ray demeurait silencieux, l'esprit engourdi, adolescent, voulant au moins embrasser Danielle, mais la présence des gosses rendait la chose irréalisable.

Il y eut quand même un moment étiré d'inaction et d'attente pendant lequel ils évitèrent de se regarder.

Dante ouvrit sa portière et sauta dehors, suivi par son cousin, ni l'un ni l'autre n'adressant un mot ni même un regard à Ray.

Danielle resta dans la voiture, examinant ses ongles, le front plissé, réfléchissant à quelque chose. Ray se pencha par-dessus le levier de changement de vitesse.

— Tu ne montes pas, dit-elle.

C'était une constatation, pas une question.

— Non, je ne crois pas.

Il glissa sur son siège et tordit le cou pour voir si Carla était à l'affût à la fenêtre du quatrième étage mais ne put se baisser suffisamment.

N'ayant rien à perdre, il essaya de nouveau d'embrasser Danielle, se retrouva le nez dans sa chevelure vanillée. Elle ouvrit la portière.

— Attends-moi ici. Je reviens dans cinq minutes.

Elle disparut à l'intérieur de l'immeuble sans un regard en arrière.

« Attends-moi ici. » Ray restait sur son siège, hébété de surprise, s'efforçant de réfléchir. Fille de Carla mais mère elle-même, âgée de trente ans. De retour dans cinq minutes. Il se levait généralement deux, trois fois par nuit, faisait le tour de l'appartement, allait pisser, notait parfois un rêve. Il ne pouvait pas s'endormir sans avoir lu. « Attends-moi ici. » La voiture sentait son odeur, et aussi la panique. Elle avait plissé le front en regardant ses ongles, préoccupée par autre chose, quelque chose qui n'avait rien à voir avec lui. Il jouirait beaucoup trop vite, c'était couru. Ce serait fini avant d'avoir commencé. Ray réfléchissait déjà à ce qu'il dirait après, à ce qu'il pourrait faire pour rattraper le coup.

Il était de nouveau à moitié penché au-dessus du levier de vitesse, perdu dans son parfum, quand elle le fit sursauter en ouvrant brusquement la portière.

— Hé, dit-elle avant de lâcher une longue expiration, libérée des gosses, de Carla aussi, peut-être. J'aime ta terrasse, déclara-t-elle, regardant devant elle.

— Ouais, non. Moi aussi.

Elle avait remis du rouge à lèvres et sa bouche brillait.

Ils retournèrent à Little Venice dans un silence tendu, comme si le coffre était bourré de nitroglycérine, fixant tous deux la route, Ray n'ayant pas la moindre idée de ce qui se passait dans la tête de Danielle et n'étant pas certain de vouloir le savoir.

La première fois de la soirée où il prit véritablement conscience qu'elle était noire, en tout cas pas blanche, ou

Dieu sait quoi, ce fut pendant ce long moment où il n'arriva pas à trouver ses clefs, sa vieille chouette de voisine, Mrs Kuben, toujours incroyablement synchro, entrouvrant sa propre porte comme si un fantôme avait pressé sa sonnette et, apparemment sidérée par la présence de Danielle, restant figée, perdue dans sa stupeur, avant de refermer finalement sa porte sans même adresser un signe de tête à son voisin.

Il n'y avait pas eu de regards mauvais, ni hostilité ni désapprobation flagrantes, rien qu'une désorientation totale. Danielle n'avait fait aucun commentaire, elle avait simplement plissé les lèvres et fermé brièvement les yeux comme si elle était épuisée.

En pénétrant de nouveau dans l'appartement, elle le chamboula instantanément par sa présence libérée des enfants, la caresse de ses doigts, de son regard, emplissant les objets les plus anodins de vie et de menace en même temps.

Tournant le dos à Ray au milieu du salon, elle se glissa hors de sa veste boléro rouge et, avec la détermination languissante d'un toréador, tendit un bras pour la laisser tomber sur un fauteuil. Ray commença à comprendre à ce moment précis que, quoi qu'il puisse se passer, ce serait elle qui mènerait la danse.

— Tu veux boire un verre ? proposa-t-il pour dire quelque chose.

— Non, merci.

Elle fit coulisser le panneau de verre, s'avança sur la terrasse comme si elle entrait dans une cabine de douche. Ray se coula derrière elle.

Pour la deuxième fois de la soirée, ils se tinrent l'un à côté de l'autre, penchés en avant contre la balustrade, fixèrent cette fois la statue de la Liberté, brillant d'un blanc de ventre de grenouille, encerclée de vagues ponctuées d'écume.

En amont, dans la direction opposée, les projecteurs installés derrière les tours du quartier de la finance avaient été éteints pour la nuit.

Il faisait froid, le vent de la ville était humide et âcre, encore chargé d'inconnu après tout ce temps, mais le silence qui croissait entre eux était suffisamment fascinant pour garder Ray immobile sur la terrasse jusqu'à ce que le soleil se lève.

Il fit lentement glisser son bras sur la balustrade jusqu'à la toucher. Elle ne s'écarta pas.

Il prit conscience d'un faible tremblement dans sa mâchoire.

Elle expira bruyamment par le nez.

— Tu crois que si on regarde cette statue avec assez de concentration on la fera léviter ?

Il s'était répété la phrase quatre fois avant de la dire à voix haute.

— Quoi ?

Elle se tourna enfin vers lui, un léger sourire d'incompréhension flottant sur son visage.

— Tu crois que… ? Merde, je suis nul à ça.

— Nul à quoi ? fit-elle, jouant avec lui.

— Le… le numéro du play-boy international.

Danielle se tourna pour s'adosser à la balustrade.

— International, hein ?

Elle prit la main gauche de Ray et la posa sur son ventre, plein, rond et ferme. Puis elle défit le bouton du haut de son jean pour lui tout en glissant son autre main entre ses jambes, cherchant le contour surchauffé dans les plis et les creux du tissu.

Hébété de sensations, Ray imagina qu'il pouvait sentir la couleur de sa peau au bout de ses doigts. Il plongea la main dans ses boucles et elle se projeta en avant à la rencontre de sa caresse, os dur gainé d'un rembourrage de chair.

Elle frotta vivement du plat de la main le renflement entre les jambes de Ray, et ils se tinrent hanche contre hanche, mais tournés dans des directions différentes, tels des danseurs de tango attendant la musique, chacun prodiguant à l'autre d'infimes caresses circulaires.

Danielle continua à se presser contre ses doigts jusqu'à ce que, grognant faiblement, elle vacille soudain en avant comme une ivrogne, saisissant son épaule de sa main libre pour se rattraper.

Ray, les genoux tremblants, ne savait pas s'il devait se concentrer sur la main de Danielle ou sur la sienne.

Une fois de plus, il eut peur de baiser — il partirait en un clin d'œil — et pensant : Toi d'abord, il s'agenouilla, la bouche plaquée contre son ventre, s'efforçant des deux mains de faire glisser doucement le jean ajusté sous ses hanches.

D'abord, encore pâmée, elle ne sut pas au juste ce qu'il voulait, ce qui se passait, mais elle comprit assez vite et dit « Non », le releva, tira sur sa ceinture comme pour le couper en deux et, avant qu'il ait pu entamer des négociations, elle le prit dans sa bouche, accroupie, le creux d'un bras entre ses jambes comme pour le retenir, le plat de la main contre le bas de son dos le poussant en avant pour lui faire prendre son rythme.

Il avait l'impression que lui toucher les cheveux ou les épaules pendant qu'elle s'affairait sur lui aurait été un sacrilège, une mauvaise action. Il laissa sa tête aller en arrière et contempla les étoiles jusqu'à ce que la main pressant ses reins glisse entre ses jambes, s'empare de ses couilles, un doigt s'insinuant à l'arrière, et il éjacula, s'accrochant à la balustrade de la terrasse pour soulager ses jambes flageolantes.

Toujours accroupie, Danielle s'essuya la bouche du pouce et dit comme à une troisième personne :

— Il sait le faire aux autres, voyons voir s'il sait aussi encaisser.

— Moi ? fit Ray, détendu, maintenant, obligeant.

— Quoi ?

— Moi ?

— Non.

— Qui, alors ?

Une demi-heure plus tard, il la ramena chez elle, retourna ensuite sur la terrasse où l'odeur plus que lourde de Danielle flottait dans l'air, aussi palpable qu'un panache d'haleine.

13

NERESE — SUR LE TERRAIN — 16 FÉVRIER

Nerese était assise dans l'entrée du bureau de la direction de la cité Hopewell, sur ce même banc de chêne lourdement verni fourni par la municipalité où vingt-neuf ans plus tôt, le jour de son arrestation, elle avait attendu, attendu que sa mère vienne la chercher. Sur ce même foutu banc, entre inconfort et ennui, elle redécouvrait la pièce ; elle examina le long dessin d'architecte encadré, à présent vieux d'un demi-siècle, de la cité sur le point d'être construite, le paysage hypothétique où évoluaient des locataires blancs bien gentils bien propres, les arbres qui ne seraient jamais plantés, puis elle étudia les décorations murales qui parlaient de la Hopewell d'aujourd'hui : la circulaire interdisant les pit-bulls, la joyeuse photo de groupe de gosses hispaniques autour d'une cage à poules avec dessous cette légende : J'AI DE L'ASTHME MAIS L'ASTHME NE M'AURA PAS, et un très jeune joueur de foot, l'air sonné — son fils tout craché —, tenant un bébé au creux de son bras au-dessus de cet avertissement : QUATRE KILOS DE PLUS PEUVENT T'EMPÊCHER DE RESTER DANS L'ÉQUIPE.

Une rame passa en rugissant, Nerese la suivit des yeux à travers les grilles en fer des fenêtres recouvertes d'une peinture épaisse. Au-dessus du bureau, des toilettes se vidaient et de l'eau gargouillait dans divers appartements. Elle détestait cet endroit, elle l'avait toujours détesté.

Mr Rodriguez, l'actuel gérant de la cité, sortit de son bureau pour l'accueillir, petit homme corpulent arborant moustache, lunettes à monture métallique, chemise au col à pointes boutonnées sous laquelle le contour du maillot était visible, cravate ornée du logo de l'Office du logement du comté de Dempsy.

Le plus grand atout de Nerese comme inspectrice, c'était sa capacité à faire croire à n'importe qui qu'elle était sacrément contente de faire enfin sa connaissance : victime, coupable, témoin. Cela transparaissait dans son regard, son rire, son langage corporel et surtout dans son sourire, mais ce Rodriguez avait son sourire à lui, celui d'un évasif de naissance, serré comme un cul d'hétéro mâle, et Nerese savait économiser son énergie : tout ce qu'elle récolterait ici aujourd'hui, c'était un mal de crâne.

— Powell…

Rodriguez plissait le front en tapant le nom sur son ordinateur, comme s'il n'avait jamais entendu parler de ces gens, locataires de Hopewell depuis cinquante ans.

— Tout ce que vous pourriez me dire, sollicita Nerese.

— Quel appartement, déjà ?

— Le 4C, bâtiment 6, répondit-elle d'une voix égale.

La gérance se composait de murs en parpaings peints en bleu ciel brillant, de quatre bureaux et d'un grand tableau noir qui servait de planning de travaux. Outre Rodriguez et Nerese, la seule autre personne présente était une Noire à la charpente lourde portant un tailleur pantalon rouille et un foulard africain de couleur vive ; debout devant un bureau au fond de la pièce, elle remplissait des cartes de pointage. Nerese présuma que c'était une locataire qui échangeait des heures de travail contre un crédit de loyer.

— Vous savez que j'ai grandi ici, annonça-t-elle au gérant.

— Ah ouais, murmura Rodriguez. Powell, Carla, lut-il sur l'écran. Loyer régulièrement réglé. Pas de plaintes, pas de… Vous cherchez quoi, au juste ?

Du coin de l'œil, Nerese vit la locataire-employée secouer la tête mais ne sut pas comment interpréter ce geste.

— Vous pouvez me dire exactement qui vit dans cet appartement ?

— Powell Carla… Powell Reginald…

Nerese savait que Reginald était le fils qui venait de mourir.

La femme leva les yeux au plafond, ce que Nerese interpréta cette fois comme une envie difficilement contenue de manger le morceau.

— Deux mineurs, Powell David et Powell Dante.

— Elle a une fille qui vit là ?

Rodriguez étudia longuement l'écran avant de lâcher « Nan », au moment même où, derrière lui, la femme faisait « Oui » de la tête. Nerese lui adressa un clin d'œil et remercia le gérant pour le dérangement.

Devant le bureau de la direction, Nerese regardait distraitement les jeunes qui couraient sur les terrains de basket sans filets à l'autre bout du grand terrain de jeux. Beaucoup de ces garçons avaient l'âge de son fils, mais Darren était plutôt fan de foot, un sport qui la plongeait immédiatement dans la terreur pure.

Inspectant les bâtiments qui l'entouraient, elle avisa un crucifix floral accroché au-dessus de l'entrée du 8, le brunissement des pétales indiquant que quelqu'un s'était fait tuer à cet endroit trois ou quatre jours plus tôt. Nerese fouilla sa mémoire pour se rappeler le nom lu dans les rapports, Aretha, non, Aurora Howard, voilà, tuée cinq jours plus tôt à coups de couteau par son ex, ce qui démontrait une fois de plus qu'une ordonnance de protection était moins efficace qu'une tresse d'ail.

Elle vit la locataire-employée sortir de la gérance et s'approcher lentement d'elle. La femme alluma une cigarette et ne regarda l'inspectrice que lorsqu'elle fut assez près pour faire la conversation.

— Elle a des ennuis, Carla ?

Nerese haussa les épaules.

— Pas avec moi, non.

— C'est au sujet de Reggie ?

— Qui ça ?

— Son fils, il est mort le mois dernier.

— Vous me l'apprenez.

La femme ôta une bribe de tabac de la pointe de sa langue.

— Il est mort d'overdose.

— Ah ?

— Ce garçon brisait le cœur de sa mère depuis qu'il était tout petit, et maintenant, il est en deux, ce cœur, mais il aurait fallu être sourd et aveugle pour ne pas le voir venir, gros comme une maison.

— Et l'autre gosse ?

— Lequel ?

— J'en connais qu'une. Y en a d'autres ?

— Ben, elle a un autre fils qui tient une pharmacie dans le Maryland. Elle a bien réussi, avec çui-là, même s'il a épousé une Blanche, je crois.

— Et une fille, c'est ça ?

— Ouais, Danielle.

— Danielle, répéta Nerese, hochant la tête.

— Danielle se débrouille bien, elle aussi. Elle a un travail, elle fait des études. Elle a qu'un enfant, un garçon, Nelson, parce que les docteurs ont bousillé l'accouchement, elle a eu quatre opérations après, et une hystérectomie à dix-neuf ans, Seigneur Dieu, elle a finalement touché cent vingt-cinq mille dollars d'indemnités y a six ans, il en reste plus rien, d'ailleurs…

— Mmm, grogna Nerese en pensant : Les trucs que les gens savent…

— Carla, c'est du deux sur trois pour ses gosses, c'est mieux que la plupart des gens, ces temps-ci, à part moi.

Moi, c'est du trois sur trois, deux garçons dans l'armée de l'air et une fille à la fac de Dempsy qui entrera à Rutgers-Newark en septembre avec une bourse complète, je dis bien complète.

La femme tira une bouffée satisfaite de sa cigarette tandis que Nerese la félicitait, « Bravo », et la gratifiait d'un sourire admiratif en pensant : Darren aura de la chance s'il est accepté à l'université Pizza Hut, pensant ensuite : L'armée de l'air…

— Alors, Danielle, elle vit ou elle vit pas avec sa mère ? J'ai pas pu le savoir, à la gérance…

— Vous avez pas pu le savoir parce que Rodriguez veut pas être au courant. À côté de lui, les autruches sont de sacrées curieuses. Ouais, elle vivait avec Carla depuis six mois environ, elle est partie y a dix, douze jours, mais elle reviendra.

— Elle est partie pour…

— Pour retourner avec son mari, maintenant qu'il est sorti.

Sorti.

— Comment il s'appelle, déjà ?

— Freddy.

— Ouais, Freddy. Freddy… fit Nerese, claquant des doigts.

— Martinez. Vous savez, vous auriez pu me dire : « C'est quoi le nom du type à qui Danielle est mariée, je le connais pas ? »

Nerese s'esclaffa, elle avait toujours apprécié le naturel chez les gens.

— Il était au trou pour quoi ?

— Comme d'habitude. Il a un diplôme universitaire, vous savez. C'est un gars gentil et tout, un gentleman. Il laisse les dames monter en premier dans l'ascenseur, il vous tient la porte, il dit toujours bonjour, bonsoir, bonne nuit. Vous savez ce que c'est, son problème ? Il a de l'éducation mais pas d'énergie. Et il râle parce que le monde fait pas la queue à sa porte pour lui offrir du travail. Il sort faire son bizness dans la rue, et il râle à cause de ce qu'il gagne en faisant ça, lui, un diplômé, quelle ironie !

La femme roula des yeux. Nerese se sentait près du but, l'histoire se déroulait devant elle comme une autoroute.

— Bref, reprit la femme, bâillant derrière son poing, Freddy est sorti y a deux semaines, Danielle s'est remise avec lui un jour ou deux après. Ils vivent au-dessus de chez sa mère à lui, elle a une maison en brique pour deux familles dans Taylor Street, mais la plupart du temps elle est chez sa sœur, maintenant, à Atlantic City, alors, elle loue le premier à son fils et à sa famille. Je dois dire que je suis plutôt surprise que Danielle se soit remise si vite avec lui ce coup-ci parce que normalement, quand Freddy sort de prison, ça prend en moyenne trois, quatre jours avant même qu'elle recommence à lui parler. Faut d'abord qu'il aille là-bas, qu'il laisse toutes sortes de messages sur le répondeur de Carla, qu'il fasse toutes sortes de promesses, qu'il se dégote un costume, qu'il entoure quelques offres d'emploi dans les journaux, qu'il se pointe au travail de Danielle, là-bas à New York, ou à l'appartement de Carla, qu'il la laisse lui gueuler dessus jusqu'à ce qu'elle ait plus de voix, qu'il encaisse en disant : « Tu as raison, tu as absolument raison, donne-moi une dernière chance, ma poupée d'amour », et cetera et cetera, mais vous savez, vivre avec Carla, c'est pas tout rose non plus, elles sont toujours sur le dos l'une de l'autre, ces deux-là, alors, finalement, une fois qu'il est sorti, elle le rejette généralement une semaine, dix jours si elle est vraiment en pétard, deux semaines une fois, mais elle finit toujours par céder et rentrer à la maison, vous voyez, retour à la case départ, rendez-vous à Hopewell dans neuf mois.

Nerese émit un grognement reconnaissant. Elle avait trouvé : Ray s'était mis avec la femme d'un taulard quelques semaines avant sa libération. Si l'amour c'est la guerre, Ray apparaissait comme une de ces malheureuses recrues qui se tuent accidentellement avec leur propre fusil alors qu'elles font encore leurs classes.

— De quoi il s'agit, alors ? voulut finalement savoir la femme.

— Désolée, fit Nerese, secouant la tête comme si elle avait l'esprit embrouillé. Comment vous vous appelez ?

— Brenda. Brenda Walker.

— Ravie, Brenda. Moi, c'est Nerese Ammons.

Elle tendit une carte que la femme examina un moment avant de répéter :

— De quoi il s'agit ?

— Rien, en fait. Un incident dont un membre de la famille pourrait avoir été témoin.

— Témoin ? fit Brenda Walker d'une voix traînante, avant de poursuivre, pas du tout vexée par la réponse évasive : Danielle, vous savez ce que c'est, son problème ? Elle est pas idiote, mais elle traîne avec Freddy depuis qu'elle a quinze ans, la moitié de sa vie, et ils ont eu un enfant ensemble… Elle sait pas vivre autrement qu'avec lui.

Nerese hocha la tête en pensant : Pas exactement.

— Brenda, à part d'être un râleur, il est comment, Freddy ?

— Qu'est-ce que vous voulez dire ?

— Je sais pas. Il est coléreux ?

— C'est plutôt elle qui est coléreuse. Je crois qu'il a un peu peur d'elle, si vous voulez mon avis.

— Il est du genre à cogner ?

— Sur qui ? Sur elle ? s'esclaffa la femme. Je voudrais voir ça !

— Sur quelqu'un d'autre, alors ?

— Freddy ? Je suppose que si on le pousse vraiment à bout il sait se défendre, il a été assez de fois à la prison du comté, en fait, il a eu une histoire, là-bas, mais autant que je puisse en juger, il lui faut longtemps pour péter les plombs.

— Quelle histoire il a eue, là-bas ?

— Oh. Vous êtes pas au courant… Y a deux ans de ça, un autre détenu s'est approché de lui dans les douches avec un couteau, un machin fabriqué en taule, mais c'est Freddy qu'est ressorti sur ses deux pieds.

— Sans blague ? Et l'autre ?

— Mort, répondit platement Brenda Walker, avant d'ôter de sa langue un autre bout de tabac.

— Sans blague, répéta Nerese.

Elle résolut de ne pas insister pour avoir des détails, elle les trouverait ailleurs, de toute façon.

— Et leur fils… Comment, déjà ? Non, là, j'ai vraiment oublié.

— Nelson. Douze, treize ans, intelligent, tranquille, fait ce qu'on lui dit.

— Vous dites que ça prend d'habitude une semaine ou deux pour que Danielle retourne avec lui, c'est ça ?

La femme acquiesça.

— Vous savez pourquoi elle est retournée si vite, cette fois-ci ?

Brenda Walker jeta sa cigarette dans les buissons.

— Je pourrais pas vous dire. En fait, je la connais pas tant que ça, cette famille.

Au lieu de regagner sa voiture, Nerese décida de faire le tour du périmètre extérieur du grand terrain de jeux jusqu'au bâtiment 11, où elle se retrouva en train d'examiner pensivement l'endroit approximatif de la façade où elle avait bombé « Garce de Blanche », des dizaines d'années plus tôt, cherchant maintenant une faible trace du crime, mais les briques étaient tellement usées et barbouillées qu'il était impossible d'y voir quoi que ce soit.

La « Garce de Blanche » en question, c'était Miss MacGowan, son professeur principal en cinquième. La classe, un groupe dont on attendait peu et qu'on avait déjà orienté vers une formation professionnelle, était composée presque exclusivement d'élèves noirs et hispaniques, une bande turbulente déjà vaincue, mais Nerese, placée là essentiellement à cause de ses frères légendaires, était la préférée de la prof : méticuleuse, sérieuse et attentive — tout ce que les autres n'étaient pas —, et Miss MacGowan avait plus d'une fois failli la faire tuer en citant sa conduite en exemple pour que les autres gosses aient encore plus honte d'eux-mêmes que d'habitude.

Sans cesse provoquée et raillée dans la cour du collège et à la cafétéria, Nerese s'était fermement abstenue de mordre à l'hameçon jusqu'au jour où, perdant son calme, elle avait fait saigner le nez d'un garçon et avait quasiment déchiré sa chemise en deux.

Retournant en classe après une heure d'attente dans le bureau administratif, suivie d'une engueulade disproportionnée d'un des adjoints du proviseur, Nerese s'était instinctivement approchée du bureau de Miss MacGowan en quête d'un vague signe de soutien ou de compassion, mais cette garce acerbe l'avait fait tomber sur le cul avec un sourire amer, un mouvement sec de la tête en direction du reste de la ménagerie et ces mots : « Et je croyais en avoir une qui était différente ! »

Cinq jours plus tard, à six rues du collège et à trois villes du domicile de Miss MacGowan, l'acte de vandalisme impulsif avait eu lieu, Nerese ayant au mieux tout juste conscience alors non seulement des raisons de cet acte mais aussi de l'identité même de la « Garce de Blanche ».

Tournant le dos au bâtiment 11, elle fit face à la clôture de grillage haute de six mètres qui bordait l'extrémité nord du grand terrain de jeux, drapée ce jour-là, dans son souvenir, d'une brassée de jeunes de Hopewell aux yeux écarquillés. Nerese tenta de revoir en esprit, comme Ray l'avait fait grâce à son traumatisme au cerveau, avec quelle rapidité ils s'étaient transformés en une joyeuse bande de petits salauds, quittant comme un flot soudé les terrains de basket et de hand pour la conspuer et la suivre pas à pas une fois qu'il était clairement apparu que les poulets allaient l'embarquer.

Avant de prendre pleinement conscience de ce qu'elle faisait, Nerese retraça son chemin de croix du bâtiment 11 à la gérance, remonta l'allée bordée de buissons et d'étançons reliés par des arcs de chaîne basse, passa devant les bâtiments 9, 7, 5, 3, mais au lieu d'éprouver la même honte, elle fut envahie par un sentiment secret de fierté envers elle-même : elle était un officier de police, une inspectrice qui, pendant près de deux décennies, avait sauvé des vies, rétabli et/ou maintenu l'ordre, mis à l'ombre toutes sortes de criminels, du meurtrier psychopathe au peloteur d'autobus, et contribué, au moins en partie, à prodiguer à d'innombrables personnes au fil des ans des degrés divers de justice, de réconfort et de vengeance. Elle était aussi un parent isolé, maître d'œuvre d'un fils plus ou moins indemne au seuil de sa majorité. Elle était la propriétaire d'une maison non hypothéquée et, pour le meilleur ou pour le pire, le seul soutien financier d'une demi-douzaine de personnes. Vraiment, comme elle l'avait déclaré à Ray à sa première visite à l'hôpital, elle était bénie, vraiment, vraiment bénie.

Et dans cette bouffée d'orgueil qui la submergeait tandis qu'elle refaisait le chemin du calvaire de son enfance, il lui vint une image exaltante, au-delà de son credo de réciprocité et sur un plan plus égoïste : si elle bouclait l'affaire de l'agression de Ray, si elle en faisait un « dossier clos après arrestation » — Freddy Martinez étant à coup sûr le coupable —, cela apporterait la touche finale parfaite aux vingt années qui finissaient de s'écouler. Ray, la famille Powell, la cité Hopewell, Tweetie : si elle réglait cette affaire, cela fermerait la boucle d'une carrière pas facile, cela lui offrirait une sortie présentant un degré de symétrie et de grâce qu'elle n'aurait jamais cru possible.

— Oui ! dit-elle à voix haute, transportée par la justesse de la chose : là où tout avait commencé pour elle, tout finirait.

Lorsque la gérance, terminus de sa promenade, apparut devant elle, Nerese vit que la locataire-employée qui l'avait rencardée sur la famille Powell était encore là, comme si elle attendait son retour, tirant de longues bouffées pensives de sa cigarette et fixant le vide à mi-distance.

— Je peux vous demander quelque chose ?

Brenda Walker inclina la tête quand Nerese s'approcha et, de la carte qu'elle tenait entre les doigts, désigna la croix de fleurs pourrissant au-dessus de l'entrée du bâtiment 8.

— Ça a quelque chose à voir avec ça ?

— Non, non, absolument pas.

— Ben, je vous le dis pour que vous soyez au courant. Cette femme qui s'est fait tuer, elle avait emménagé trois mois plus tôt seulement et je crois qu'elle avait apporté ses ennuis avec elle parce que, tout compte fait, cette cité est un endroit où il fait plutôt bon vivre.

Nerese prit la direction de la brigade criminelle, sise au sous-sol de l'un des petits tribunaux de Dempsy. C'était un lieu souterrain verdâtre composé de deux salles : un entrepôt vaste et poussiéreux tapissé d'antiques classeurs en chêne contenant des milliers de dossiers en attente d'être intégrés aux bases de données du comté ; et une autre salle, beaucoup plus petite, d'une exiguïté quasi claustrophobique, équipée pour traiter le butin de la journée : un poste de prise d'empreintes, un appareil photo fixe et une toile de fond pour les clichés anthropométriques, une vieille balance et une petite table en acier pour les négociations de dernière minute. Il y avait aussi une cellule minuscule, pas plus grande qu'une cabine d'ascenseur, mais qui, au siècle dernier, avait temporairement accueilli deux saboteurs allemands travaillant sur les quais de Dempsy pendant la Première Guerre mondiale, Longy Zwillman, un des fondateurs du crime organisé, Dutch Schultz, Carmine Galante, Henry Hill et Abbie Hoffman.

Assise au bord du petit bureau métallique, Nerese étudiait le casier de Freddy Martinez. Oui, une inculpation pour meurtre l'avait conduit devant un grand jury à la moitié de sa deuxième peine à la prison du comté, mais il n'y avait pas eu de mise en accusation, ce qui signifiait qu'il avait agi en état de légitime défense, comme Brenda Walker le soutenait, et devant témoins, les gardiens eux-mêmes, probablement, comme c'était requis pour un jugement de cette sorte. Pour le moment, Nerese garda l'incident de côté afin d'avoir une vue plus claire de l'ensemble : apparemment, le parcours classique des petits délits liés à la drogue, mais, pour ceux qui savaient lire entre les inculpations et les abandons de charges, la trajectoire était un peu plus complexe. Il y avait quatre arrestations sur une période de douze ans. Pour la première, détention de drogue avec intention de vendre, Freddy avait été condamné par le tribunal du comté à une peine de trois à cinq ans mais n'avait tiré que neuf mois, un écart qui n'était pas inhabituel pour une première condamnation. Mais, sur les trois arrestations suivantes — toutes initialement pour le même motif —, deux des affaires avaient été ramenées à simple détention et une à inconduite, puis renvoyées devant le tribunal municipal où la peine maximale était d'un an et un jour, ce à quoi il n'avait d'ailleurs pas été condamné : pour la première, deux mois seulement, pendant lesquels il avait tué l'autre prisonnier ; pour la seconde, l'obligation de se présenter à un bureau, et pour la plus récente, six semaines.

Si tout avait été fait dans les règles, chaque arrestation aurait dû être suivie d'une peine plus lourde et le fait que le tribunal du comté ait réduit les charges et ensuite botté en touche vers le tribunal municipal révélait à Nerese qu'après avoir épinglé Freddy, la première fois, la brigade des stups du comté en avait fait un indicateur, lui évitant ainsi la prison, mis à part le temps minimal pour sauvegarder sa réputation dans la rue. En outre, comme ces arrangements fonctionnaient essentiellement sur la base « pas vu pas pris », ses manipulateurs fermaient probablement les yeux sur la poursuite de sa carrière de dealer. L'ampleur de son trafic était difficile à estimer d'après les papiers qu'elle avait entre les mains, sauf qu'il y avait toujours apparemment un poisson plus gros pour justifier la politique constante « ferrez et remettez à l'eau » que le comté appliquait à la plupart de ceux qu'il tenait au bout de sa ligne à un moment donné.

Nerese était assise de l'autre côté du bureau de Kenny Howell, un lieutenant de la brigade des stupéfiants du comté de Dempsy ayant dix ans de service de moins qu'elle.

Il était de notoriété publique que Kenny devait son ascension rapide à la perspicacité qu'il avait montrée en soutenant, dans la course au fauteuil de maire, un outsider qui avait remporté une victoire écrasante aux dernières élections. L'insigne de lieutenant l'avait récompensé d'avoir milité trente heures par semaine pendant la campagne et d'avoir versé trois mille dollars au trésor de guerre de sa propre poche. Au concours, Howell s'était classé quatorzième sur cent quarante candidats, soit bien en dessous de la barre habituelle pour une nouvelle nomination, mais le maire avait contourné la difficulté en déclarant que la police de Dempsy avait besoin de quinze lieutenants de plus, le gars immédiatement classé derrière Howell étant pris lui aussi pour rendre la manœuvre un poil moins flagrante. Non que quelqu'un se fût plaint : c'était comme ça que ça se passait à Dempsy, Nerese le savait, la presse le savait, le gouverneur de l'État le savait, ça se passait comme ça, point barre.

Pour un flic comme Nerese, cependant, l'inconvénient de cette realpolitik, c'était que même si elle savait exactement ce qu'elle devait faire pour avoir de l'avancement, il lui manquait fondamentalement le jus, le dynamisme, le désir de participer nécessaires ; elle n'avait pas envie de réussir en misant sur les bourrins politiques, en assistant aux bons banquets, en adhérant aux bonnes associations, ou en investissant deux ou trois paies dans les fonds de campagne de celui-ci ou de celui-là. Et cela n'avait rien à voir avec la race. Il y avait autant de chevaux noirs et latinos que de blancs sur lesquels parier, mais ça ne lui disait rien, tout simplement. Résultat, chaque fois qu'elle se retrouvait en face de carriéristes de haut vol comme le lieutenant Howell, elle avait toujours le sentiment d'être une intruse dans son propre service, une personne quasiment insignifiante, et si elle ne s'en était pas foutue aussi complètement, elle aurait sans doute été salement furax.

— Freddy Martinez... commença Kenny.

Il mordit dans son sandwich, leva un doigt pour faire signe à Nerese d'attendre pendant qu'il mâchait et avalait. Il reposa le sandwich sur son bureau, se passa une main sur la bouche.

— Il fait venir sa merde de Washington Heights, la vend à des gars qui la vendent à des gars qui la vendent dans la rue. Pas précisément Pablo Escobar, mais pas Trouduc non plus. Et il est malin. On n'arrive jamais à le choper avec une quantité importante. En gros, il se retrouve au mauvais endroit au mauvais moment.

— OK, fit Nerese, hochant la tête.

— D'un autre côté, je dois être franc, on l'aime bien, ce lascar. Il nous cause jamais d'emmerdes, il vient toujours sans faire d'histoires, il nous jette un petit truc utile de temps en temps, tu vois le genre...

— Sûr, acquiesça Nerese, s'étranglant presque sur le boniment de Howell.

— Ouais, un *hombre* intéressant, le Freddy. Tu sais qu'on a fait nos études ensemble, à Montclair State ? Moi, j'ai laissé tomber au bout de deux ans mais Freddy, lui, il a avalé tous les obstacles et il a décroché son diplôme.

— Un diplôme de quoi ? dit Nerese, juste pour demander.

— Un aspirant dealer, ça s'oriente vers quelle branche ?

— Qu'est-ce que j'en sais ? La chimie ?

— Arrête, la chimie, c'est pour les sous-fifres. Le marketing, baby, le marketing.

— OK, fit Nerese, pensant : Si tu le dis…

— On a dû l'agrafer, quoi ? quatre, cinq fois en une dizaine d'années, mais à la naissance de mon fils, en juillet dernier, Freddy est passé au bureau et a laissé un tout petit maillot des Yankees pour lui. Quand j'ai dit à ma femme d'où venait le cadeau et comment je connaissais ce type, elle l'a refilé à Goodwill[1]. N'empêche, l'intention y était.

— Moi je le verrais bien pour une histoire de voies de fait.

— Qui, Freddy ?

Howell joignit les mains sur sa bedaine, fit une grimace.

— Moi pas.

— Comment ça ? Il a bien été inculpé de meurtre…

— Sans condamnation, souligna Howell, levant à nouveau l'index.

— Mais il a tué le mec, non ?

— Attends, attends. Tu veux savoir comment ça s'est passé ? Je vais te le dire.

— D'accord.

Elle haussa les épaules, refoulant son dégoût des flics qui s'empressent de protéger la réputation de leurs relations de rue.

— Bon, attaqua Kenny en se frottant les mains. Chaque bloc de la prison du comté a sa propre mini-salle de gym, d'accord ? Une sorte de cage d'entraînement de sept mètres sur sept. Freddy est en train de travailler au sac de vitesse quand un abruti tatoué de cent cinquante kilos se pointe, il s'est mis dans la tête que Freddy lui a fait une crasse, dans la taule ou dehors, va savoir, il se dirige vers lui avec une brosse à dents aiguisée. Comme je l'ai dit, la salle est une cage de sept mètres sur sept, avec un gardien à l'extérieur, mais il n'a pas le droit d'entrer sans renforts. Alors, l'affreux essaie de se faire Freddy, Freddy esquive du mieux qu'il peut, il gueule pour appeler le gardien, qui

1. Association caritative. (*N.d.T.*)

finit par retirer le pouce qu'il a dans le cul et appuie sur le bouton d'alarme, ce qui, je le répète, est tout ce qu'il peut faire. Pendant ce temps, le gros tas finit par coincer Freddy, il lui balance une mandale et lui ouvre le front comme une boîte de conserve, là-dessus Freddy devient hystéro et quand les renforts rappliquent, quatre-vingt-dix secondes plus tard, le gros baquet de merde est étendu par terre, la brosse à dents dans le cœur et Freddy s'est remis à taper sur le sac comme s'il s'était rien passé, sauf qu'on voit plus son visage à cause du sang qui dégouline et qu'il est en hyperventilation. Quand les gardiens veulent le saisir, il se remet à flipper et, aveugle comme une chauve-souris, il se jette la tête la première contre une barre d'haltères, il se pète le nez, il s'assomme tout seul et il passe les trois jours suivants à l'unité psychiatrique. Au total, pas précisément un tueur au sang froid, si tu vois ce que je veux dire.

— J'ai pas demandé s'il avait le sang froid, repartit Nerese, s'efforçant de chasser l'image de Freddy en fou furieux. Simplement, je le vois bien pour une agression et je voulais savoir si tu penses…

— Que c'est dans sa nature ? dit Kenny avec un haussement d'épaules désobligeant. Je crois que cette histoire, en taule, est un événement qui n'arrive qu'une fois. Bon, on peut jamais être sûr mais…

Il lança à Nerese un autre regard peu inspiré, se pencha légèrement en avant au-dessus de son bureau.

— À toi de voir, poursuivit-il, mais si tu veux me donner les détails de l'affaire, je pourrai peut-être…

— Non, ça va, c'est bon.

Nerese sentait que non seulement Howell ne lui dirait rien qui pourrait mettre l'une de ses principales balances en danger mais qu'il pourrait même aller jusqu'à prévenir ledit Freddy.

— Simple curiosité, dit Nerese, s'apprêtant ostensiblement à partir, tu sais quelque chose sur sa situation conjugale ?

— Sa vie de famille ? fit Howell, avec un autre haussement d'épaules. Je sais seulement ce que j'ai besoin de savoir pour faire mon boulot, tu sais.

— Bon, d'accord, fit Nerese.

Elle était sur le point de se lever, d'aller respirer un peu d'air frais, quand son attention fut attirée par un autre lieutenant des stups, Billy Herman, poitrine gonflée aux stéroïdes, queue-de-cheval poivre et sel, une vraie tête de con, qui poussait dans le bureau un jeune des cités à l'air pitoyable, menottes aux poignets, et l'assit sur une chaise en face de Nerese et de Powell.

— Kenny, écoute ça, fit-il, ignorant Nerese et se tournant vers sa prise. Dis-lui ton nom.

— Ah, arrête, mec, grommela le jeune.

Billy s'approcha de lui, les mains sur les hanches, le dominant de toute sa hauteur.

— Hé !

— Mi… chael Jackson, bredouilla l'adolescent.

— Michael Jackson ! s'extasia Billy.

Howell émit un petit rire pour marquer son amusement, sans vraiment tomber — à mettre à son crédit, ça, pensa Nerese — dans l'humour flicard habituel « nos-amis-nègres-sont-les-clowns-de-Dieu ».

— Répète.

— Michael Jackson, fit le jeune.

Il détourna les yeux et ajouta :

— On m'a pas demandé mon avis quand je suis né, on m'a collé ce nom-là, c'est tout.

— Michael Jackson, s'émerveilla Billy. En direct, avec les menottes.

Nerese, qui s'était déjà accrochée avec ce connard de Herman, se leva de nouveau pour partir.

— Salut, lui dit-il, tout sourire, je t'avais pas vue. Je te présente Michael Jackson.

— Elle est venue se rencarder sur Freddy Martinez, expliqua Howell d'un ton mielleux à la limite de l'insulte.

Billy la regarda longuement.

— Ah ! ouais ? Et ton frangin Butchie, comment il va ? J'ai entendu dire qu'il avait chopé le sida.

— T'auras mal entendu. Salut à vous.

Nerese s'efforçait de se contrôler, elle ne voulait pas faire une scène devant le jeune.

— Alors, ça doit être d'Antoine que j'ai entendu parler. C'est Antoine ?

Incapable de mentir, elle lui lança un regard mauvais. De la fumée montait en volutes paresseuses d'une tasse de café chaud posée au bord du bureau de Howell.

— Il tient le coup ? insista Billy.

— Pas trop, non, répondit-elle d'une voix blanche.

— Désolé. C'était pas un mauvais gars.

— Il est toujours vivant.

Nerese continuait à le regarder droit dans les yeux mais Billy, immunisé contre le mauvais œil, passait un vrai bon moment.

— Tu lui diras que je pense bien à lui, hein ? lança-t-il avant de lui tourner le dos.

Livide, elle se leva. Elle ne se rendit compte qu'elle serrait dans sa main la tasse de café de Kenny Howell que lorsqu'elle en sentit la chaleur. Avec précaution, elle la reposa sur le rond de condensation laissé sur le bureau.

— Merci de votre collaboration, les gars, dit-elle d'un ton sec avant de se diriger vers la porte.

— Nerese, la rappela Howell, prêt à mordre de nouveau dans son sandwich. Freddy, comme je te disais, c'est un malin. T'auras peut-être quelque chose pour nous.

Tom le Blanc attendait Nerese sur le perron de son immeuble, un bâtiment de quatre étages sans ascenseur coincé entre le débit de tabac Dodi-Diana et la garderie du Vaisseau de Sion, sur Tonawanda Avenue.

Appuyé sur sa canne, les jambes branlantes, Tom Potenza avait le visage dissimulé derrière de grandes lunettes noires impénétrables et une moustache en balai-brosse.

Comme il était né le même jour qu'elle et dans la même cité, Nerese connaissait Tom le Blanc depuis toujours, elle le connaissait d'avant le grand exode blanc de Hopewell, quand il ne s'appelait encore que Tom.

Quand elle s'approcha, il prononça la formule par laquelle il l'accueillait toujours, « Officier de police Nerese, maintien de l'ordre public », puis ouvrit cérémonieusement les bras, la canne brandie comme un bâton.

Embrasser Tom donnait toujours à Nerese la chair de poule : sa poitrine semblait à la fois gonflée et sans substance, c'était comme serrer dans ses bras un grand sac-poubelle rempli de feuilles mortes.

— Monte.

Il opéra un demi-tour chancelant et pénétra dans le hall dallé. Nerese le suivit quand il entama d'un pas vif, une marche à la fois, l'ascension des trois étages de marbre fendillé.

Bien qu'une partie d'elle-même mourût d'envie de tomber sur le râble de Freddy, aujourd'hui, là, tout de suite, elle s'imposait de bien faire les choses, ce qui voulait dire lentement, patiemment, en continuant à travailler de l'extérieur vers le centre, et il n'y avait personne à Dempsy — aucun être humain, aucun fichier, aucune banque de données — qui détenait autant d'informations sur autant d'individus louches que Tom Potenza.

Désintoxiqué depuis plus de dix ans, il était devenu au fil des années une sorte de phénomène local, un grand pêcheur d'hommes qui, malgré de multiples problèmes de santé, tenait ses propres réunions d'Alcooliques et de Toxicomanes Anonymes, travaillait pour un ancien flic dirigeant une chaîne de cliniques de désintox subventionnée par des fonds fédéraux ; il parcourait inlassablement les lieux qu'il avait autrefois fréquentés, s'efforçant, par la ruse ou les cajoleries, de convaincre ses anciens potes de défonce survivants et la jeune génération d'âmes perdues de venir passer le test de dépistage du VIH, de bénéficier d'une assistance gratuite et d'un programme de soutien de trois semaines à la méthadone.

Il était lui-même séronégatif, depuis des années les tests lui confirmaient ce résultat deux fois par an, mais, en une négation perverse de lui-même, il s'obstinait à croire et à affirmer que ses jours étaient comptés.

— Alors, qu'est-ce qu'il y a au menu, aujourd'hui ? s'enquit-il.

Il ouvrit d'un coup d'épaule la porte de son appartement, la referma avec sa canne une fois que Nerese fut à l'intérieur.

— Tu fermes jamais à clef ?

— Pour quoi faire ? Celui qui se risquerait à entrer se retrouverait face à Arletta, répondit-il. Chérie, je suis là ! cria-t-il en direction d'un faible bruit au fond de l'appartement aux pièces en enfilade.

Le sol était incliné, pas de manière scandaleuse, suffisamment, toutefois, pour qu'un objet rond placé côté nord d'une pièce aille rouler à tout coup sur le linoléum jusqu'au mur sud.

Tom conduisit Nerese dans le petit séjour à la peinture écaillée, lui indiqua le canapé protégé par une housse en plastique situé juste en dessous d'une série de taches d'infiltration couleur tabac, à peu près concentriques, au plafond. Malgré sa hanche nécrosée, Tom le Blanc resta debout, le bonhomme souffrant d'une nervosité et d'une tension chroniques si fortes qu'il ne pouvait rester assis, même chez lui.

La décoration murale se composait d'une méditation plastifiée sur les mains sanglantes du Christ, d'une grande photo de mariage de Tom le Blanc et de sa femme noire Arletta dans un cadre tarabiscoté, de deux portraits plus petits de leurs jumeaux de trois ans, Eric Sosa et Maceo McGwire Potenza, et d'une croix en roseau toute simple fixée au mur par une punaise au-dessus du poste de télé, les fibres effilochées et sans ornement donnant à l'objet une puissance brute qui émouvait Nerese chaque fois qu'elle le voyait.

— De qui on parle, aujourd'hui, petite ?

— Freddy Martinez.

— Freddy Martinez. Il est à la prison du comté, hein ?

— Il vient de sortir.

— Il vient de sortir…

Tom le Blanc ôta ses lunettes noires pour frotter brièvement des yeux pâles, porcins et vitreux : des yeux d'aveugle, enfoncés dans des orbites profondes comme des tasses à thé.

Cette épave, ce boiteux, avait été le seul jeune assez coriace, assez athlétique, pour botter le cul de son frère Antoine à l'époque où toute la famille de Nerese vivait à Hopewell, de lui botter le cul grave et de faire ensuite un geste en direction des frères qui faisaient le cercle ce jour-là sur le terrain de hand, les gourmandant d'un léger mouvement des doigts, « À qui le tour ? », tout un chacun s'empressant de décliner l'invitation.

Elle garda les yeux détournés jusqu'à ce que les lunettes soient de nouveau en place.

— Qu'est-ce que tu veux savoir sur Freddy Martinez ?

— Son histoire…

— Freddy ? Un dealer intermédiaire. Il vend à des types qui vendent à des types. Il balance probablement un Colombien de temps en temps pour éviter une condamnation trop lourde. Comme tous les malfrats du coin.

— Quoi d'autre ?

— Quoi d'autre ?

Elle attendit.

— Quoi d'autre côté activités criminelles ou côté intérêt humain ?

— Comme tu voudras.

— Personnellement, je l'aime bien, déclara Tom le Blanc. Il est intelligent, il parle bien, il touche jamais au truc. Il dit : « Ce n'est pas comme si je vendais des Marlboro ou du whisky. Ça, ce sont des trucs qui tuent vraiment. » Tu vois le genre, hein ?

— Ouais.

— Mais tu sais quoi ? Quand les jumeaux sont nés, il est passé et il a laissé deux petits maillots des Minnesota Twins, avec leurs prénoms déjà cousus dans le dos, un geste délicat. Et bien trouvé, aussi. Les Twins et les jumeaux[1]…

— Kenny Howell, des stups, quand son gosse à lui est né, il a eu un maillot des Yankees, le taquina Nerese.

Tom écarta la remarque de la main.

— Tu peux te les mettre au cul, tes Yankees. Je vis à Dempsy, yo, la ville des perdants.

— Bon, tu soutiens Freddy, alors.

— Non, attends, ce que je veux dire… Merde. Finalement, au bout de la journée, c'est quand même un des méchants. Les « bons Allemands », ils portaient quand même la tête de mort, hein ?

— Oui, acquiesça Nerese en fixant la croix nue, irréfutable.

— Tu veux boire quelque chose ? proposa Tom, tournant d'un côté à l'autre. Moi, je veux boire quelque chose.

Nerese se leva et le suivit dans la cuisine.

Il ouvrit le réfrigérateur, révélant un assortiment de sodas de marque à prix réduit, orange, raisin, citron.

Malgré dix ans de sevrage, Tom le Blanc avait gardé un bon nombre de ses penchants de camé : un goût pour les barres chocolatées, les *doughnuts* recouverts de sucre glace, les sodas, le café très sucré, des litres et des litres. Il ne pouvait pas passer devant une cabine téléphonique sans appuyer sur le bouton de retour des pièces, il s'arrêtait toujours net quand il repérait des débris récupérables, caoutchouc, cuivre, fer, aluminium, le tout aussitôt converti en liquidités chez le ferrailleur. Il reconstituait le journal du jour à l'aide de pages laissées dans les *diners* ou les cafétérias et se trimballait toujours avec son nécessaire à piquouse, mais c'était maintenant pour s'injecter de l'insuline, pas de l'héro.

1. *Twins* : « jumeaux », en anglais. (*N.d.T.*)

Précédée par un frottement de savates sur le lino, Arletta, la femme de Tom, entra dans la cuisine vêtue d'une robe d'intérieur du genre poncho, une lourde croix d'or nichée dans un creux osseux à la base de sa gorge.

— Lettie, tu te souviens de Nerese, hein ?

Arletta hocha la tête sans changer d'expression, prit un des sodas et battit en retraite dans le couloir.

Nerese ne l'avait jamais eue à la bonne, cette femme. Ex-junkie comme son mari, elle travaillait maintenant au Club des devoirs de la cité Armstrong, autrement dit au centre pour jeunes, c'était une figure respectée de la vie de la cité, connue pour y avoir lancé un programme combattant le nihilisme juvénile par les bonnes manières. Elle croyait au salut par la courtoisie mutuelle, par la considération ritualisée des autres. Nerese était pour tout ce qui avait un caractère positif, mais cette femme-là était une emmerdeuse dénuée d'humour. Elle avait le visage rébarbatif et l'œil brûlant de ceux qui font du prosélytisme pour les Alcooliques et les Toxicomanes Anonymes. De plus, il était difficile d'oublier l'Arletta que Nerese avait brièvement connue lorsqu'elle travaillait aux Mœurs et que la future femme de Tom passait la nuit devant la partie abandonnée du centre hospitalier de Dempsy, vêtue en tout et pour tout d'une sorte de pyjama ultra-court, de chaussures à semelles compensées et d'une perruque couleur cuivre, dont la raie tournait lentement heure après heure comme sur un cadran solaire nocturne tandis qu'elle montait à l'arrière des voitures et en ressortait.

À cette époque, Arletta pesait une cinquantaine de kilos, elle en faisait amplement le double maintenant et était plus menacée par une crise cardiaque que par une maladie sexuellement transmissible.

Nerese savait qu'elle était sévère envers une personne qui avait réussi à s'arracher à la dégradation et à l'oubli pour retrouver une vie ayant un sens, mais elle n'aimait pas cette garce, point final.

Tom le Blanc et Arletta : ivoire et ébène. La dope, Nerese l'avait constaté, était la grande niveleuse, la seule chose qui rapprochait vraiment les gens par-dessus la frontière de la couleur de peau. Et elle était loin d'être la seule à le penser.

Elle savait par exemple que les flics de l'administration portuaire postés côté Jersey du tunnel Lincoln, quand ils s'ennuyaient ou avaient désespérément besoin d'égaliser la marque, stoppaient toujours une voiture venant de New York si les occupants étaient des hommes de races différentes parce qu'ils présumaient que l'unique raison pour laquelle un Blanc et un Noir passaient ensemble la frontière d'un État, c'était pour se ravitailler en dope. C'était généralement une prise à deux balles, des usagers, pas des dealers, mais ils tombaient juste suffisamment souvent pour continuer à pratiquer de la sorte.

Ivoire et ébène : même Tom le Blanc et son frère Antoine étaient devenus copains comme cochons grâce à la drogue six mois après la bagarre.

— Pourquoi tu veux te rencarder sur Freddy ? demanda Tom.

Puis, avant même qu'elle puisse formuler une réponse évasive, il ajouta :

— Oh, tu connais Reggie, son beau-frère ? Reggie Powell ? Il a fait une overdose y a quelques semaines, à ce qu'on dit. Moi je pense qu'on lui a plutôt filé de la came pourrie, mais il paraît que sa famille avait du mal à rassembler la somme pour l'enterrer et qu'un mec qui habitait Hopewell à la belle époque a donné à la mère un chèque de trois mille cinq cents jetons pour le mettre en terre. Comment il s'appelle, déjà ? Roy. Roy. Ray. Non, ouais. Ray. Ray.

— Ray Mitchell, dit Nerese, qui le regretta aussitôt.

— Ray Mitchell ? Je me souviens pas de lui.

— Il avait quelques années de plus que nous.

— C'était une bonne action, de toute façon, hein ? Mais attends la suite. J'ai appris que le type s'est fait déchirer. Il est dans le coma ou quelque chose comme ça.

— Ce n'est pas si grave.

Tom la regarda.

— Oh, je vois.

— Je ne fais que fureter un peu partout.

— Mais pourquoi Freddy…

— Un peu partout.

— À moins qu'il se soit farci la femme de Freddy…

Prise au dépourvu, Nerese hésita un instant.

— Arrête, fit Tom. Tu déconnes, là ?

Elle se dit : Au point où on en est…

— Tu la connais ?

— La femme de Freddy ? Elle doit être clean parce que je connais même pas son nom. Désolé.

— Tu crois qu'il est du genre à tabasser quelqu'un comme ça ?

— Freddy ? fit Tom le Blanc, arrondissant les épaules. Va savoir.

— Et le type à qui il a filé un coup de couteau à la prison du comté ?

— C'était tuer ou être tué.

— Le type s'est jeté sur Freddy comme ça, d'un coup ?

— « Comme ça, d'un coup ? » fit Tom d'un air entendu. D'où tu tiens ça ?

— De Kenny Howell, dit Nerese, se sentant déjà comme une andouille. Tu sais quelque chose que je devrais savoir aussi ?

— Restons-en à tuer ou être tué. C'est en partie vrai, de toute façon.

— Allez, qu'est-ce que…

Tom le Blanc détourna les yeux, et Nerese savait par expérience qu'une fois qu'il avait décidé de fermer une piste il ne servait à rien d'insister. Elle essaya l'autre angle :

— Par qui t'as appris l'histoire de l'argent ?

— Par qui ? Tu rigoles ? Dans ce quartier ? Il aurait aussi bien pu le lui donner en direct devant les caméras de la télé… Il se pourrait que ce Ray ait eu ce beau geste avant que Freddy ait eu le temps de faire la même chose. Comme c'était même pas sa famille, question de fierté pour Freddy… Non, raye ça, raye ça. Je préfère l'histoire de la femme.

Nerese hocha la tête sans se mouiller et fit mine de se lever.

— Bon, dit-elle.

— C'est étonnant quand même qu'il ait fait un truc pareil, non ? murmura Tom, plus pour lui-même que pour Nerese. C'est un type bien. Ray Mitchell… Attends.

Il s'ébroua.

— Il vivait dans le bâtiment 6, il jouait tout le temps au handball, il avait une mère très jolie. Je me souviens de sa mère. Ouais, c'est ça, un joueur de hand. Ray. Il est plus âgé que nous, hein ?

— Je te l'ai dit, répondit Nerese, ne sachant pas si elle devait redéfaire sa valise ou pas.

— Maintenant il est acteur, non ? Quelque chose comme ça ?

— Écrivain.

— Écrivain. J'aurais dû être écrivain, moi, j'en aurais des histoires à raconter. Alors tu le connais ?

— Un peu.

Tom fit porter son poids sur l'autre jambe pour soulager sa hanche morte.

— Écoute, j'ai quelque chose en route, je peux pas entrer dans les détails mais… J'aimerais beaucoup rencontrer ce type et lui parler.

Nerese le regarda.

— Neesy, les gens comme lui, ça leur fait du bien d'aider des gens comme moi. Tu y penses, hein ?

14

HÔPITAL — 17 FÉVRIER

Munie de la photo anthropométrique de Freddy Martinez, Nerese pénétra une fois de plus dans la salle de soins sous monitorage. Ray gisait sur son lit comme s'il attendait les embaumeurs, la tête enveloppée de coton d'un blanc immaculé, les yeux clos, la bouche bée, un tubage nasogastrique fin comme un spaghetti disparaissant dans une narine refermée par du sparadrap.

— Nous avons dû forer, expliqua le neurologue en se glissant près d'elle, les bras croisés sur la poitrine. L'hémorragie commençait à remplir la cavité crânienne, à exercer une pression sur le cerveau, donc il a fallu ouvrir, clipper le site, évacuer le liquide accumulé, mais quand nous avons regardé à l'intérieur, il ne restait rien à faire. Le site s'était refermé de lui-même et le liquide s'était vidé dans la voûte crânienne. Bon, il vaut mieux être prudent mais, finalement, il avait besoin de cette intervention comme d'un trou dans la tête.

— Quand est-ce qu'il pourra parler ?

— Parler ? Vraiment parler ? Ça, je ne sais pas. Reprendre connaissance, je dirais ce soir. Ou demain.

— Et il va s'en tirer ?

— Il devrait. J'ignore à quels dommages résiduels nous serons confrontés.

— Dommages ?

— Physiques, verbaux. Il s'agit du cerveau. C'est comme le marché à terme, ça monte, ça descend, vous êtes fauché, vous êtes riche, vous êtes de nouveau fauché et il n'est même pas encore midi.

Il inclina la tête et examina la photo de Freddy Martinez en plissant les yeux.

— C'est le gars qui lui a fait ça ?

— Peut-être. Vous savez si quelqu'un est venu le voir ces deux derniers jours ?

— Le coupable qui revient admirer son travail ?

— N'importe qui.

— Vous devriez demander aux infirmières. Moi je suis comme l'oiseau coureur du dessin animé, ici. Vous savez, le copain de Vil Coyote... Bip Bip.

— OK.

Postée au pied du lit, Nerese regarda Ray respirer, les lèvres sèches et pelées, la poitrine se soulevant et retombant presque imperceptiblement sous la blouse.

Il y avait de fortes chances pour qu'on lui ait laissé le crâne ouvert afin d'avoir un accès plus facile en cas de nouvelle accumulation de liquide. Nerese se demanda brièvement où les médecins gardaient le disque d'os prélevé en attendant de reboucher le trou.

Elle n'avait plus rien à faire là ; prochain arrêt de la tournée, une conversation avec Carla Powell, la mère de Danielle, la belle-mère de Freddy. Après Carla, Danielle, après Danielle, le héros de la fête en personne, Freddy Martinez, cette conversation-là devant déboucher sur un remboursement de dette et un aller simple pour la Floride. Mais voir Ray dans cet état la clouait sur place, la vidait de toute confiance en elle, de tout objectif, et, soudainement saisie par l'idée que si elle le laissait sortir de son champ de vision, si elle quittait son chevet, il ne reprendrait jamais conscience, il ne vivrait pas suffisamment pour la voir régler le problème pour lui, elle finit par s'asseoir et, après quelques interminables minutes d'un silence emprunté, elle se mit à lui parler.

— Tu sais, murmura-t-elle, gênée, en se penchant vers lui, je me suis demandé pourquoi je me fous en pétard contre tout le monde, ces temps-ci, pourquoi je râle contre ci ou ça, et j'en suis arrivée à la conclusion que c'est symptomatique de l'approche de la retraite, parce que si j'y réfléchis je ne me souviens pas d'un seul flic, même s'il adorait le boulot, qui ne soit pas parti amer, en rogne contre le service, exactement comme moi.

Nerese se surprit à attendre une réponse.

— Pourtant, j'aime être flic, reprit-elle. Même avec toutes les merdes, la politique, les mesquineries, le racisme — au bout de vingt ans, j'ai le cuir assez tanné pour faire dix paires de godasses —, vrai, j'adore ça, et j'ai pas envie de prendre ma retraite. Qu'est-ce que je pourrais faire d'autre qui serait à moitié aussi jouissif que ce boulot, dis-moi ? Le plus grand spectacle sur terre, tu l'as dit toi-même. Courir vers les problèmes au lieu d'essayer de les fuir. Rien de pareil au monde.

Une infirmière vint vérifier l'intraveineuse de Ray. Nerese se renversa en arrière, le visage à demi tourné sur le côté jusqu'à ce qu'elle ait terminé, puis se pencha de nouveau en avant, les coudes sur les genoux, dirigeant maintenant sa voix vers l'espace situé entre ses pieds.

— Cela dit, je suis tombée sur ce trou du cul, hier, aux stups du comté. Quelle hypocrisie qu'un type qui avale des stéroïdes anabolisants par poignées puisse agrafer un jeune con des cités qui a pour trente dollars d'herbe dans sa chaussette ! Où est la justice, là-dedans ? On a tous nos démons, on fait tous des conneries, on commet tous des abus ou des erreurs de jugement, mais ce mec, là, ce Billy Herman… J'ai eu une engueulade avec lui il y a trois ans, ou plutôt, le problème, c'est que j'ai pas eu d'engueulade avec lui, que j'aurais dû en avoir une y a trois ans. L'effet que ça m'a fait de le revoir…

Nerese se renversa de nouveau en arrière, couvrit sa bouche de sa main en coupe — qu'est-ce qu'elle foutait ? —, haussa les épaules et pensa : Merde. Elle n'avait jamais réussi à la sortir, celle-là.

— Y a trois ans, on m'a prêtée aux stups du comté, la ville et le comté ont tendance à nous déplacer comme des pions sur un damier. D'abord, ils ont vérifié si Butchie et Antoine étaient au trou, c'était le cas, et j'ai été transférée temporairement au comté pour une série de descentes pendant l'été. Bon, ça se passe bien, jusqu'au soir en question. C'est le mois d'août, il fait une chaleur à crever, on fait une descente dans un appartement d'Armstrong censé abriter une véritable usine de crack.

Elle s'inclina vers l'avant, s'adressa de nouveau au carrelage :

— On est tous en gilet pare-balles, l'arme à la main, le cœur cognant comme un marteau-piqueur, on franchit la porte, boum... Qu'est-ce qu'on voit ? Six junkies défoncés, des pipes, des seringues, des balances à triple fléau, toutes sortes de matos mais pas de drogue... une poignée de balles mais pas de flingue. Il fait quarante degrés, là-dedans, on porte tous ces épais gilets en Kevlar, y a pas de climatisation, pas de ventilateur. Et comme l'appartement est au rez-de-chaussée, on est obligés de garder les fenêtres fermées pour que personne tente de s'échapper. Bon, on passe près d'une heure à fouiller ce palais à cafards puant et graisseux de quatre pièces, on a fait asseoir les six squelettes sur le canapé, menottés les uns aux autres, mais ils se retrouveront dans la rue avant même qu'on ait fini la saloperie de paperasse...

« Et comme l'appart est au rez-de-chaussée, des locataires commencent à se rassembler de l'autre côté des fenêtres. On baisse les stores mais on les entend se foutre de nous... Bon, ça arrive, on peut pas gagner tout le temps. On est en rogne, on en a marre, on se sent gênés... Ça fait partie du boulot, comme je t'ai dit. Bref, on peut pas rester là indéfiniment et on sait que quand on sortira on devra traverser la foule pour regagner le fourgon.

C'est ce qu'on fait. Et il se passe ce qui se passe d'habitude. La mer s'écarte, les petits blaireaux de la dernière rangée te huent, tu serres les dents et tu dégages.

« Sauf que, sauf que Billy, Billy Herman, je marchais à côté de lui quand on est sortis du bâtiment et qu'on a commencé à fendre la foule, je vois Billy, furieux comme le reste de l'équipe, je vois Billy regarder une jeune Noire de seize, dix-sept ans environ, enceinte jusqu'aux yeux… Au moment où il passe devant elle, il la regarde dans les yeux puis il regarde son gros ventre et il secoue simplement la tête en sifflant entre ses dents, tu vois, comme quand t'es écœuré. Il regarde l'enfant à naître et il secoue sa putain de tête comme pour dire : "Super, en voilà un de plus…"

« En fait, il lui a rien dit, à la fille, il l'a juste regardée, mais quand il a secoué la tête, elle a réagi comme s'il lui avait donné un coup de pied dans le ventre. Elle a vacillé en arrière comme s'il l'avait frappée. Tu te représentes la scène ? Il venait de condamner cet enfant pas encore né. Juge et jury, il l'avait condamné en une fraction de seconde mais à proprement parler, il n'avait pas prononcé un mot. Qu'est-ce que cette fille pouvait dire : "Ce flic a jeté un regard mauvais à mon ventre" ?

« Mais tu peux me croire, Ray, dans ce monde de merde, c'est l'une des pires choses que j'aie jamais vues, l'expression de cette gosse enceinte… Encore aujourd'hui, je suis furieuse contre moi-même de ne pas être intervenue, mais pareil pour moi, qu'est-ce que j'aurais pu dire à Billy ? "Pourquoi t'as jeté un regard mauvais au ventre de cette gosse ?" Il m'aurait regardée comme si j'étais folle. Je me demande même s'il s'est rendu compte de ce qu'il faisait, tu vois ? Qu'est-ce que j'aurais pu dire ?

Pour masquer son embarras, Nerese se mit à farfouiller dans son sac, mais après une minute de cet affairement sans but, lorsque Ray brisa soudain le vide en croassant « Plus », elle se leva d'un bond, des mouchoirs en papier et des tubes dégringolant de son giron.

Le mot était monté des profondeurs et Ray le fit suivre d'un baragouin de rêve, d'un chapelet d'inepties, avant de retomber dans le silence.

Abasourdie, terriblement gênée, Nerese se vit soudain, comme de l'autre bout de la salle, en train de déverser ses malheurs sur une présence inanimée à la tête percée d'un trou de cinq centimètres de diamètre, et elle aurait voulu rentrer sous terre.

Si satisfaite de soi qu'elle ait pu l'être la veille, concernant l'état de sa vie — ses réussites, ses responsabilités, sa carrière —, si euphorique qu'elle ait été en imaginant la beauté qu'il y aurait à partir sur une dernière affaire résolue enracinée dans son histoire personnelle, dans le remboursement d'une dette d'enfance, assise maintenant au chevet de Ray, son monologue ridiculement furtif résonnant encore à ses oreilles, elle se mit soudain à tout voir sous un jour radicalement opposé : les gens qu'elle était si fière de soutenir n'étaient qu'un assortiment sinistre de malades, de dérangés, de toxicomanes et de délinquants, la maison libre d'hypothèque un trou à rats humide qu'elle avait hâte de fuir, son fils un être immature aussi pleurnichard qu'un nouveau-né, et sa carrière... vingt années blessantes pendant lesquelles ses collègues lui avaient témoigné peu ou pas du tout de respect, pendant lesquelles elle avait été considérée comme une intruse, une petite joueuse de banc de touche doublée d'une emmerdeuse... Pathétique, la carrière, dérisoire. Inutile.

Vingt années blessantes...

Et là, soudain, au plus fort de sa désespérance, en une ultime pirouette mentale, alors qu'elle aurait dû ramasser ses petites affaires et disparaître, elle sut, en regardant le visage marbré par les coups, qu'elle irait au bout de cette dernière affaire, qu'elle en retirerait grâce et bien-être en récompense.

En fait, assise dans cette salle, refoulant l'envie de secouer Ray pour le réveiller, pour remettre ce qu'il lui restait de cerveau dans un état de conscience malléable, elle en vint à se rendre compte que si, pour une raison quelconque, cette dernière satisfaction professionnelle lui était refusée, alors qu'elle venait juste de mesurer ce qu'elle promettait d'apaisant pour l'âme, sa retraite imminente passerait de normalement pénible à parfaitement insoutenable.

Maintenant pressée de s'y remettre, Nerese prit la photo anthropométrique de Freddy Martinez et la coinça sous le socle du moine qui pleure de Ruby, au bord de la table de nuit de Ray. Puis, se retournant vers la sortie, elle faillit télescoper un jeune Noir tout maigre qui venait d'apparaître au pied du lit. Sa réaction instinctive à la vue de Nerese fut de reculer en direction du poste des infirmières.

— Yo, pardon.

— Hé là, hé là ! s'écria-t-elle, passant automatiquement en mode flic, pointant un doigt vers lui.

Le jeune, autant par expérience que par instinct, montra ses mains et s'immobilisa aussi sec.

— Par ici, lui ordonna-t-elle en désignant le lit.

— Comment il va, aujourd'hui ?

Il souriait avec aisance tout en demeurant figé comme une statue.

— Ce qui est à moi est à moi, repartit Nerese sans réfléchir.

— Quoi ? fit-il, clignant des yeux. Ouais.

Le sourire s'élargit.

— Comment vous savez ça ? Ray vous a montré mon truc ?

Il s'efforça de sortir de son immobilité, le visage toujours sans nuages.

— Je m'appelle Salim, se présenta-t-il en tendant une main délicate, une aile d'oiseau. Comment il va ? répéta-t-il, le sourire rivé aux lèvres.

— Il a connu des jours meilleurs, répondit-elle prudemment en continuant à le jauger.

Il était grand mais mince comme un fil, l'impression de fragilité physique encore renforcée par des pommettes hautes, des orbites profondes et une moustache en trait de crayon soigneusement taillée.

Coquet, aussi : maillot des Mets impeccable, jean baggy et boots Timberland vert menthe.

— Je peux le voir ?

— Il est parti, dit Nerese, bloquant l'accès au lit.

— Parti ? Comment ça ?

— Dans les vapes, répondit-elle en le regardant dans les yeux. Ils ont dû lui percer un trou dans le crâne pour drainer le sang accumulé qui faisait pression sur son cerveau.

— Oh merde.

Salim recula, eut une grimace de dégoût.

— Comment tu le connais, déjà ?

— C'est mon prof, lâcha-t-il.

Et comme si elle n'existait plus, il se glissa jusqu'à la tête du lit, Nerese fulminant d'être ainsi ignorée.

— Oh merde, murmura-t-il, penché au-dessus du pansement de Ray. On voit à l'intérieur…

— Éloigne-toi, maintenant, l'enjoignit-elle en pensant : *Tu crois que t'en as fini avec moi ?*

15

SALIM — 18 JANVIER

— « Je ne faisais rien, je traînais juste avec mes garçons quand les coups de feu sont partis. Quelqu'un a crié : "Tu saignes !", je ne le sentais même pas, et maintenant je suis là en bas, je n'ai personne à qui parler, pas de télé, pas de téléphone, pas de Z100, et c'est comme ça pour toujours... Je n'avais pas mérité ça. »

— Bien, dit Ray avec un hochement de tête en direction de Jamaal. Des commentaires ?

Le défi consistait à créer des voix pour l'« Anthologie de la Dempsy River » : les morts de la ville revoyant leur vie passée/mal passée, de la solitude du tombeau.

L'idée était venue à Ray parce que Myra avait mentionné quelques semaines plus tôt qu'elle lisait *The Spoon River Anthology*, mais il s'était bien gardé de le préciser quand il avait donné l'exercice à faire, même si Myra avait certainement deviné ce qu'il en était.

— Des commentaires ?

— Z100 ? fit Rashaad, se penchant en arrière. C'est de la musique pour jeune Blanc, ça...

Toute la classe pivota pour voir la réaction de Ray. Bondo, malade, était absente.

— Je crois bien que ma fille écoute Hot 97, du hip-hop pur jus et du R'n'B.

Les élèves sourirent, étonnés qu'il connaisse l'existence même de la station de radio.

— Ouais, approuva Rashaad. C'est ce que moi j'écouterais, là-dessous.

Altagracia se mit à agiter les bras comme pour attirer l'attention des sauveteurs.

— Vas-y, lui dit Ray.

Elle s'éclaircit la voix.

— Bon, OK. Et personne ne dit rien avant que j'aie fini.

— Vas-y.

— OK. « Je savais que je n'aurais pas dû me mettre sur ce coup. Il avait l'air foireux dès le début mais il y avait un tel paquet de fric. Ma mère essayait toujours de me remettre dans le droit chemin mais je n'écoutais personne, pas même elle, et maintenant, je suis dans ce trou, sans rien d'autre à faire que penser à quel point j'ai été bête. » Voilà, c'est tout, dit-elle, relevant la tête.

Les quatre histoires lues jusqu'à présent, si on pouvait appeler histoires ces épitaphes, plaçaient le signe égal entre être mort et s'ennuyer, entre enterré et envoyé dans sa chambre, avec le désagrément supplémentaire d'une panne de courant éternelle : pas de télé, pas de téléphone, pas de chaîne stéréo, rien que toi et quatre murs jusqu'à la Saint-Glinglin.

— Des commentaires ?

— Et pas des commentaires idiots, précisa Altagracia.

Ray avait à peu près renoncé à l'idée que la classe puisse parvenir à une forme de véritable esprit critique ; c'était déjà bien qu'ils écrivent.

— Alors, pas de commentaires ?

— Ça m'a plu, lâcha Felicia, tentant, comme d'habitude, de rentrer la tête sous son col amidonné.

— Bon… commença Ray.

La porte s'ouvrit sur un jeune Noir d'âge indéterminé qui se coula silencieusement dans la salle des professeurs. Glissant le long d'un des murs, il s'assit derrière le gros bureau balafré placé en diagonale sous les fenêtres.

Ray ignorait qui il était, un élève, probablement, mais peut-être un peu plus âgé. Il décida de le laisser tranquille.

— Efram.

— Ouais.

Le jeune Latino joufflu fit un numéro de dandy m'as-tu-vu, tendit les bras, tourna les poignets : la classe, quoi. Les autres élèves, souriant déjà, attendaient la suite.

— « Même comme cadavre, j'en jette. Juste un petit trou là où la balle est entrée. Il y a une fille vraiment mignonne rangée 6, parcelle 9… »

Les hurlements commencèrent et Efram leva la tête.

— Comment ça se fait que personne me laisse jamais finir ? fit-il, content de lui.

— Bon, calmez-vous…

— Oui, s'il vous plaît, minauda Efram en tirant sur ses manchettes. Contrôlez-vous.

Le nouveau venu prit un petit cahier et se mit à dessiner, son regard passant de son œuvre à la table des élèves.

Efram se racla la gorge.

— Je disais donc… « Il y a une fille vraiment mignonne rangée 6, parcelle 9. Elle m'a déjà envoyé une douzaine de SMS — signaux de morte sexy —, mais j'évalue encore mes options parce que j'ai entendu dire qu'une fille encore plus mignonne sera enterrée demain rangée 8, parcelle 4, et comme c'est à cause de mes infidélités à mes femmes que je me retrouve ici, pour commencer je ferais mieux de m'en tenir à un cadavre à la fois. » Voilà, c'est tout.

Ray laissa les élèves se déchaîner. Après trois cours seulement, il avait déjà établi un ordre naturel : d'abord les six autres jeunes, ensuite Efram pour la libération comique, puis Myra pour le finale grandiose.

La classe fonctionnait d'une manière qui n'avait rien à voir avec le lycée en tant que tel : c'était plus une sorte de mêlée générale de bonne volonté, les lectures ressemblant à de brefs toasts à la fin d'un banquet.

— OK, OK, dit Ray.

Il avait l'intention de faire signe à Myra de sortir la grosse artillerie, mais il se surprit à pivoter sur sa chaise pour regarder de nouveau le visiteur. Le jeune homme continuait à dessiner en silence.

Il leva la tête, soutint le regard de Ray avec un petit sourire amusé, étrangement intime.

— Myra ? fit Ray distraitement, encore tourné vers lui. Myra, à toi...

— Oh oh, nous y voilà, bouffonna Rashaad, tout le monde le faisant taire illico.

Modeste dans son pouvoir, Myra garda les yeux baissés, tripota son cahier puis, pour la troisième semaine d'affilée, commença à lire d'une voix à peine audible.

— Recommence, sollicita Ray avec douceur.

— Cela s'appelle « Un mort qui parle », annonça-t-elle avant de tousser dans son poing. « Acteur célèbre, je faisais naître le désir et la passion partout où je passais. Personne cependant ne savait combien j'étais malheureux et seul, en réalité. Tout le monde autour de moi voulait quelque chose mais avait peu ou rien à offrir en échange. Un jour je me promenais dans le quartier de mon enfance et je me rappelais comme j'avais été heureux d'y vivre avant de devenir une célébrité. Je décidai sur-le-champ d'échapper un moment à ma vie actuelle, de monter à mon ancien appartement, où ma mère habitait encore, et d'y vivre jusqu'à ce que je me sente mieux. Ma mère fut folle de joie et je retournai dans mon ancienne chambre. Il n'y avait qu'un problème. Quand je regardai par la fenêtre, je ne vis pas le monde d'aujourd'hui mais celui d'il y a vingt ans. Tous mes amis d'enfance étaient en bas, assis sur notre vieux banc, alors que je savais qu'en réalité la plupart d'entre eux étaient morts à cause de la drogue ou de la violence des bandes. Ils levaient les yeux vers moi en souriant, me faisaient silencieusement signe de descendre et de les rejoindre, comme quand nous étions gosses. L'instant d'après, je me retrouvai sur le sol de ma chambre, inconscient. Ma mère appela le docteur, qui déclara que j'avais le cœur malade. Pendant sept jours, je vécus dans mon ancienne chambre, me cachant d'un monde froid et indifférent. Chaque jour je regardais par la fenêtre et je ne voyais que mes amis d'enfance sur le banc, qui me faisaient signe de les rejoindre. Et chaque fois, je me retrouvais inconscient sur le sol de ma chambre. Le huitième jour, quand je regardai par la fenêtre pour voir leurs signes, je décidai que cela suffisait et je leur criai que je descendais tout de suite… On a dit que j'étais mort d'une crise cardiaque ce jour-là et on m'enterra en grande pompe. Mais ce n'est que ma coquille que vous trouverez, six pieds sous terre. Car le reste de mon être, regardez par la fenêtre, et si vous avez de la chance, les copains et moi nous vous convierons à nous rejoindre sur le vieux banc de notre jeunesse insouciante. Fin. »

Myra ferma son cahier, toussa de nouveau dans son poing.

— C'est une histoire pour de vrai, ça, commenta sobrement Efram.

— Comment ça t'est venu ? demanda Altagracia avec une grimace.

Myra haussa les épaules, réprima un sourire, répondit de sa toute petite voix :

— C'est juste là, dans mon esprit.

Ray était ému, impressionné par la manière dont l'adolescente avait bouclé son histoire, mais mis à part un laconique « Très bon », comme s'il parlait d'un scotch pur malt, il garda sa maîtrise de soi.

Le bourdonnement de la sonnerie de l'interclasse résonna dans les haut-parleurs, tout le monde se leva, excepté Ray, résolu à ne pas gonfler davantage la tête de Myra, et il n'eut pas même un geste de salut en direction de la porte.

Il se tourna pour regarder le visiteur silencieux qui se dépliait derrière le gros bureau, son dessin maintenant coincé entre coude et côtes. Même de l'autre bout de la salle, Ray pouvait voir que c'était un dessin extraordinaire, très détaillé et, malgré l'usage du stylo à bille, subtilement ombré.

Comme le jeune homme contournait le bureau et se dirigeait vers la longue table, Ray se leva vivement pour maintenir un semblant d'équilibre entre eux.

Le jeune homme était grand mais avait une ossature d'oiseau, une silhouette délicate soulignée par une fine moustache soigneusement entretenue. Parvenu devant Ray, il le fixa avec la même expression taquine et attendit.

— Je peux faire quelque chose pour toi ? demanda Ray avec gaucherie. Tu… tu ne fais pas partie de la classe, n'est-ce pas ?

— Pas vraiment, répondit-il d'une voix traînante, les yeux brillants, comme si quelque chose le ravissait.

Ray examina plus attentivement l'œuvre d'art, un bout de chandelle crachotant autour duquel tournait un papillon de nuit au minuscule visage humain, dangereusement près de la flamme.

Quelque chose dans le dessin évoquait pour Ray la prison et, pris au dépourvu, fasciné, il laissa les mots s'échapper de sa bouche avant de pouvoir se contrôler :

— Tu as fait de la taule ?

— De la taule ? fit le jeune d'un ton doucement moqueur, inclinant la tête pour établir un meilleur contact visuel.

— Je ne voulais pas te vexer. J'ai seulement…

— Mr Mitchell, vous ne vous souvenez pas de moi ?

Ray le regarda, le regarda vraiment pour la première fois.

— Coley ?

— C'est ça, dit le jeune homme, les yeux dansants.

— Bon Dieu, Coley…

Il ne se rappelait pas son nom de famille, Coley, un des élèves de cette fameuse classe d'anglais qui avait séché la représentation de Shakespeare près de dix ans plus tôt.

— Sauf que c'est Salim, maintenant.

— Salim.

Le jeune homme devait friser la trentaine.

— Et, oui, j'ai fait de la prison, confirma-t-il. Ça fait juste cent jours que je suis dehors.

— OK, fit Ray, hochant la tête, ne sachant quoi dire. Alors, comment ça va ?

— J'essaie de m'en sortir. De garder la tête au-dessus de toute cette négativité. Et vous, Mr Mitchell, comment vous allez ?

La question, posée gentiment, mit cependant Ray mal à l'aise. Il préférait toujours être l'interrogateur.

— J'ai une fille, répondit-il machinalement, Ruby lui servant souvent d'atout en réserve, de joker, ces temps-ci.

— Ah ouais ? dit Salim/Coley en tirant de son portefeuille la photo d'un bambin aux yeux gris cendré. C'est mon fils. Omar. Il a deux ans et demi.

Ray se sentit mollir, plein de bonnes intentions.

— Je n'ai pas de photo de ma fille…

— Ça ne fait rien, répondit Salim, radieux. Je la vois dans vos yeux.

— Vraiment ?

Ray grimaça puis remarqua que Salim avait un livre de poche à la main, un bouquin intitulé *Où est Dieu quand…*, et il se mit automatiquement à dresser une liste de lectures pour lui.

— Tu passais dans le coin ?

— Ouais, enfin, non. Felicia Stevenson, elle est dans votre classe, c'est la nièce de mon beau-père, et elle disait du bien de vous hier à la maison, comme vous êtes positif sur ce qu'elle écrit, et du coup je me suis souvenu que vous avez… Vous vous rappelez le jour où vous m'avez emmené à cette école d'art, à New York ?

— L'École des arts visuels. Bien sûr, dit Ray d'un ton prudent.

— Ouais. Vous avez cru en moi, à l'époque, et c'était important, alors, je… j'ai eu envie de passer vous voir.

Au cours de sa dernière année d'enseignement, quand Coley faisait encore en principe partie de la classe mais avait quasiment laissé tomber, ne venant au lycée qu'une fois par semaine, et encore, Ray avait pris sur lui de contacter un copain de fac devenu directeur artistique chez Young & Rubicam pour que l'adolescent puisse visiter l'agence et voir des dessinateurs payés.

L'ami de Ray avait jeté un coup d'œil aux dessins de Coley, fait un long discours pour expliquer que le talent sans formation ne mène nulle part, fourré pour quelques centaines de dollars de crayons, de marqueurs et de manuels dans un grand sac, griffonné une lettre de recommandation à l'un des doyens de l'École des arts visuels, sise une vingtaine de rues plus loin, et arrangé un entretien d'admission par téléphone avant même que Coley et Ray soient de retour devant les ascenseurs.

Dans la rue, ils s'étaient séparés, Ray remontant vers le nord, Coley, muni de sa lettre et de son sac au trésor, censé être en route vers une nouvelle vie, mais il n'y était jamais parvenu. Il prétendit le soir même à Ray, au téléphone, que le sac était si lourd qu'il avait pris le métro à Grand Central et qu'il était retourné dans le Bronx.

Ray avait été furieux contre lui pendant plusieurs mois. En fait, ce ne fut que des années plus tard, à l'époque où, farci à la coke, il conduisait un taxi, qu'il comprit avec une lucidité tardive que le problème, ce n'était pas que Coley avait été un petit con ingrat et manquant de vision à long terme, ce jour-là. Simplement, ça avait été trop d'un coup pour lui, trop de choses, trop tôt, et le gosse, sans même en avoir conscience, avait eu la trouille.

— Tu vis toujours dans le Bronx ?

— Non. Pas depuis un bout de temps. Juste après que j'ai quitté le lycée, ma mère s'est remariée avec un type qui habite par ici, alors on a déménagé.

Ray désigna d'un mouvement de tête la chandelle et le papillon de nuit.

— Tu dessines toujours ?

Salim haussa les épaules.

— Ouais, mais juste comme ça.

— Tu travailles ?

— Ouais, enfin, non. Pas comme un vrai employé. Mais je travaille sur quelque chose. J'ai eu l'idée d'une organisation non lucrative pour aider les détenus à se réintégrer dans la société. Je veux mettre sur pied tout un programme de réinsertion, vous voyez, alphabétisation, maîtrise de l'ordinateur, comment rédiger un CV, comment communiquer, comment être ponctuel, avoir de l'inspiration, établir le contact visuel. Pour le moment, j'en suis au stade des recherches, je dois apprendre à remplir une demande d'exemption d'impôts, à trouver des sponsors, à…

— À part ça ? l'interrompit Ray, incapable d'écouter plus longtemps ce boniment.

— À part ça ? Ben, j'ai cette affaire de T-shirts, je les achète en gros, je dessine mon propre logo, je suis en cheville avec un imprimeur qui accepte de les sérigraphier avec paiement différé, mais je garde ça au chaud pour le moment en attendant de régler les problèmes financiers. J'ai aussi travaillé sur une BD que je voulais publier, *Les Chiens de guerre*, ça se passe dans le futur quand l'Amérique fait la guerre à la République de Nubie, ça met en scène un peloton de gars des cités, comment ils se forment, là-bas, comment ils en viennent à comprendre qu'ils… qu'ils sont du mauvais côté, vous voyez ce que je…

— Tu veux manger un morceau ? le coupa de nouveau Ray, offrant le repas à la fois par curiosité et pour le faire taire.

Le lycée était entouré de fast-foods et de *diners*, mais il emmena Salim à Jersey City dans un petit café installé dans une ancienne blanchisserie chinoise, au milieu d'une rue de *brownstones* rénovées.

— Ouais, c'est cool, dit Salim, les yeux luisants de plaisir.

La salle était petite et sombre, avec un plafond à moulures peint couleur chocolat, des affiches encadrées de

La Belle et la Bête de Cocteau et du *Jeanne d'Arc* de Victor Fleming, avec Ingrid Bergman. Une vitrine réfrigérée proposait trois petits gâteaux et un assortiment de tartelettes. Ils étaient les seuls clients.

Quand l'unique serveuse s'approcha de leur table, Salim lui adressa un sourire resplendissant.

— Comment ça va ? Vous passez une bonne journée ?

— Jusqu'à présent.

— Ouais. Moi aussi. Je prendrai le, qu'est-ce que… Il y a de la viande dans la salade asiatique ?

— Du poulet.

— Ouais, non, je mange pas de viande. Je peux l'avoir sans poulet ?

— Je peux vous donner une salade du jardin.

— Ouais, d'accord. Et est-ce qu'il y a de la caféine dans le thé à la framboise ?

— Non.

— Bon, j'en prends un, alors.

Ray examina Salim. Il avait l'air maigre mais en bonne santé, tout juste effleuré par les années.

— La même chose, dit-il, trop concentré sur son ancien élève pour accorder une pensée à la nourriture.

La serveuse repartait avec la commande quand Salim alluma une Newport. Elle fit demi-tour à contrecœur, commença :

— Désolée…

Ray s'attendait à une explosion.

— Non, dit Salim, c'est moi qui suis désolé.

Il se leva d'un bond et jeta sa cigarette dans le caniveau par la porte d'entrée.

— Tu revois des gars de la classe, ces temps-ci ? demanda Ray.

— Non, pas vraiment. Je fréquente d'autres milieux, maintenant. Et vous, Mr Mitchell, vous avez gardé le contact ?

— Pas vraiment non plus. Enfin, si, mais juste… Tu te rappelles John Shaker ? Il devait avoir un an de moins que toi. Des lunettes sans monture, le crâne rasé ?

— Ouais, Shaker. Je traînais souvent avec son frère, Doobie.

— Il est producteur de télé, maintenant, et j'ai même fini par travailler pour lui à Los Angeles pendant quelques années, tu vois, comme scénariste.

— Non. Ouais. Non. John. Je me souviens de lui. Un gars toujours positif. Jamais mêlé aux combines de la rue, jamais pris par cette mentalité de panier de crabes. C'est bien qu'il ait réussi.

Ray n'avait mentionné son ancien patron/ancien élève que pour alimenter la conversation mais se traitait maintenant de pauvre con sans cervelle.

Quand les salades arrivèrent, Salim exécuta ce que Ray supposa être une petite prière à Allah : les yeux clos, il rendit grâce, les mains ouvertes devant lui, paumes tournées vers le haut en signe de supplique, puis glissant l'une sur l'autre comme s'il les lavait et remontant ensuite devant son visage comme un voile, le tout avec une délicatesse exquise.

— C'était quoi, ça ?

— J'ai adressé mes remerciements aux animaux qui ont sacrifié leur vie, aux travailleurs qui ont préparé ce repas, et à Allah, la force de vie, la cause sans cause derrière tout être.

— Vraiment ? fit Ray, sincèrement ému, comme toujours, par un engagement inébranlable, quel qu'il soit.

— Oh ! aucun doute, affirma Salim. Mais vous voyez, l'islam, pour moi ? Je suis pas dedans pour le militantisme, ou le séparatisme ou je ne sais quoi. Surtout après, vous savez…

Il pointa le menton vers ce que Ray supposa être New York.

— Simplement… Ça m'empêche de céder aux ténèbres, vous comprenez ? Comme en prison. Ils peuvent faire et ils font tout ce qu'ils arrivent à imaginer pour te briser, pas seulement les gardiens, mais les… tes compagnons de détention. C'est comme une mer de négativité et de mépris, là-dedans, et tu dois garder tes aspirations en vue sinon tu dégringoles si vite et si profond que tu revois plus jamais la lumière.

— C'est ce qui t'a fait tenir le coup ? dit Ray avec une admiration contenue.

— Ouais. Ça et ceux que je choisissais de fréquenter. Le plus souvent, j'étais tout seul ou avec des vieux. Je lisais, je jouais aux échecs. Les anciens, ils me disaient même : « Salim, t'es pas comme les autres. T'as quelque chose dans la tête. »

— Pourquoi t'es allé en prison ?

— Pour rien. Violation des règles de liberté conditionnelle. Bon, j'étais dans un taxi, d'accord ? J'avais mon ordinateur portable sur les genoux et tout parce que je me rendais à un rendez-vous avec un comptable que mon cousin connaissait. Il devait m'aider à obtenir mon numéro d'identité fiscale pour l'association non lucrative que j'allais créer.

« Le chauffeur, un Pakistanais ou je ne sais quoi, incapable de conduire même pour sauver sa peau, fait une remarque désobligeante au conducteur d'une voiture bourrée de négros. Quatre mecs en descendent, tout le monde a un flingue. La police déboule, tout ce qu'elle voit, c'est cinq négros et un paquet de flingues, alors... Ils sont en train de braquer le taxi, c'est un braquage. "Je suis pas avec eux, je dis en agitant le portable. Qu'est-ce que je peux voler avec ça ?" Mais ils tapent mon nom sur leur ordinateur à eux, ils découvrent que je suis en conditionnelle. Et je tombe pour violation...

— Nom de Dieu, fit Ray, le croyant à demi. Mais tu étais en conditionnelle pour quoi ?

— Vous voulez dire pourquoi j'étais allé en taule avant ?

— Ouais.

— Même chose. Violation des règles de conditionnelle. Bon, je vendais des T-shirts dans une boîte. Le patron kiffait mes dessins, d'accord ? Il m'a permis de sérigraphier environ deux cents pièces d'après mon modèle. J'en ai vendu soixante-quinze à vingt dollars chaque, moins le pourcentage du patron, ça faisait beaucoup de thune à trimballer sur soi dans ce genre d'environnement, vous voyez ce que je veux dire ? Vers cinq heures du matin, je sors de la boîte pour rentrer chez moi, un nègre s'avance, me colle un flingue sous le nez. Je le lui pique, voyez, juste pour qu'il me tue pas, je voulais pas le tuer. Ça s'appelle « détention temporairement innocente », mais le truc part tout seul, personne n'est blessé mais tout le monde se met à courir partout, les flics se ramènent, et moi, en les voyant, je prends peur et par réflexe je me mets à courir aussi, et il faut jamais faire ça, courir devant les flics, sauf si on arrive à s'échapper, mais moi, je me suis fait prendre, menotter, jeter à l'arrière de la voiture de ronde. À un feu rouge, j'ai fait glisser les menottes par-dessus mes jambes, je me suis sauvé de la voiture. Ils m'ont repris. Ça la foutait mal, mais j'ai même pas été inculpé, parce que des témoins ont confirmé mes déclarations. Tout ce qu'on avait sur moi, c'était violation de conditionnelle. Pas censé être dehors à cette heure-là sans permission, pas censé être dans le voisinage d'un endroit comme la boîte de nuit, alors ils m'ont recollé en zonzon. Mon contrôleur judiciaire a même dit : « Salim, j'arrive pas à croire que c'est toi, tu te débrouillais si bien… »

— OK. D'accord. Mais avant cette arrestation-là, il y a eu…

Ray s'interrompit, trop fatigué, décida de laisser tomber :

— Parle-moi de ton gosse.

— Ouais, mon fils, dit Salim, dont le visage s'éclaira. C'est l'autre raison pour laquelle j'essaie de plus déconner, parce qu'il a pas demandé à naître, vous comprenez ? Alors j'ai le devoir envers lui de faire de moi quelque chose de bien.

— Il vit avec toi ?

— Avec moi et ma fiancée.

— Sa mère ?

— Ouais, acquiesça Salim, ravalant un rot bien qu'il n'eût pas touché à son plat. C'est pas… Voilà une relation qui vous trempe un homme, c'est sûr.

Ray avait à moitié fini sa salade, et l'assiette à laquelle Salim n'avait pas touché commençait à le rendre nerveux.

— J'essaie de mettre quelque chose en route, vous voyez, et comme individu je me sens fort, mais je ne peux pas encore participer financièrement à l'éducation de mon fils. Ça fait cent jours que je suis sorti et j'ai plein d'idées mais j'ai besoin de capitaux, j'ai besoin de temps et elle me reproche sans arrêt de ne pas apporter ma part, elle me file vingt dollars par semaine pour moi comme si j'étais un gamin mais elle ne me soutient pas. Elle est totalement négative et… Vous savez, dans la rue, je pourrais me faire en une nuit ce qu'elle gagne en un mois mais j'essaie de plus déconner, j'essaie…

Salim éructa de nouveau, comme s'il tentait d'avaler une bulle.

— Pardon, s'excusa-t-il, une main sur la planche non alimentée de son estomac.

En regardant la salade à laquelle Salim n'avait pas touché, le thé à présent froid, Ray le sentit à deux doigts d'exploser, d'envoyer voler en éclats tout son micmac, ses phrases soigneusement construites, ses prières délicates. Un point net de salive blanche marquait le coin de sa bouche.

Il prit à nouveau une cigarette.

La serveuse, assise seule à une table et lisant le *Dempsy Dispatch*, le remarqua et s'apprêta à se lever pour jouer à nouveau malgré elle le flic sanitaire.

Ray tendit le bras vers le briquet de son ancien élève, mais Salim arrêta lui-même son geste.

— Quelque chose qui va pas dans la salade ? demanda la serveuse avec une sollicitude sincère.

— Non, non, merci. Je suis sûr qu'elle est délicieuse, assura Salim en lui adressant un autre sourire.

— Vous voulez que je vous apporte autre chose ?

— Ça va, merci.

— Vous êtes sûr ? Parce que…

— Oui, oui, merci de votre considération.

La serveuse retourna à son journal.

— J'aime bien cet endroit, dit Salim en se penchant au-dessus de la table. Les gens vous traitent avec respect. C'est une denrée rare dans mon quartier.

Ray le sentit s'animer en lui, ce désir un tantinet suspect de donner, d'agir, et tenta de le contrôler, de le convertir en simples conseils :

— Pour être franc, Coley… pardon, Salim.

— Y a pas de mal.

— Pour être franc, je pense que tu obtiendrais des résultats plus rapidement en trouvant simplement un emploi chez un patron. Ramener une paie à la maison chaque semaine, tu vois.

— C'est sûr, approuva Salim, qui ne l'écoutait pas vraiment.

— Cette idée de monter un truc toi-même, non lucratif… C'est plutôt risqué, pour se faire un salaire. Il faut commencer par payer les couches, sinon tu vas péter un joint de culasse.

— Je comprends, dit Salim machinalement, touchant le bord de son assiette comme si elle était brûlante.

Ray considéra les restes de son propre repas tandis qu'un grondement le parcourait et montait en lui, irrésistible.

— Laisse-moi te poser une question. Est-ce que mille dollars te permettraient de tenir quelques semaines ? De ramener la paix à la maison entre toi et ta fiancée ?

Coley/Salim s'immobilisa, l'expression de son visage se figeant en un masque à la bouche démesurément ouverte cependant qu'il s'efforçait furieusement d'intégrer l'offre de Ray.

— Je cherche seulement à t'offrir un petit sursis sur le front familial. Je pense que tu en as besoin.

— Rien qu'un prêt, alors ? fit Salim, luttant contre lui-même, l'extrémité de ses dix doigts sur le bord de la table.

— Un ce que tu voudras. Uniquement pour alléger la pression. On mettra ça au clair plus tard.

— Je vous rembourserai, vous savez, dit Salim, dont le visage devenait plus fluide. Parce que moi, je crois que si on donne un poisson à un homme, il aura de quoi manger pour un jour, mais si on lui apprend à pêcher, il mangera tous les jours…

— Hé, c'est juste de quoi t'acheter une canne à pêche et un seau d'appâts.

— Je vous rembourserai, pas de problème, promit Salim, tout à fait heureux, maintenant.

Le regard brillant, il contempla les affiches de collection, la palette attrayante de tartelettes sous la lumière froide de la vitrine.

— Ouais, j'aime cet endroit.

— Bien, murmura Ray en se caressant le ventre comme un chat. Content d'entendre ça.

16

CARLA — 18 FÉVRIER

À nouveau perchée sur un coin du petit bureau métallique dans la salle de traitement de la brigade criminelle de Dempsy, Nerese étudiait un autre casier judiciaire, appartenant celui-là à Salim El-Amin, autrefois connu comme Coley Rodgers. Simple vérification. Avant sa craniectomie, Ray avait très facilement donné le nom du jeune en parlant des dessins, et le jeune lui-même n'avait pas paru particulièrement stressé quand il était tombé sur Nerese à l'hôpital. Et si Salim avait effectivement un casier, il était plus pitoyable que sinistre : première arrestation pour « détention avec intention de vendre », huit ans plus tôt, et le gosse avait été jugé à l'époque suffisamment récupérable pour bénéficier d'une peine de substitution de deux ans au village de la Nouvelle Aube, un centre psychothérapique en externat du comté de l'Hudson, où les travaux forcés se partageaient, Nerese le savait, entre se faire crier dessus en séance de thérapie de groupe quatre heures par jour et suivre des cours d'anglais et de maths en vue d'obtenir une équivalence du diplôme d'études générales.

Mais, un an après être sorti de la Nouvelle Aube, Salim s'était fait de nouveau choper, même motif mais punition différente, et avait finalement tiré deux ans à la prison du comté de Dempsy. Et puis, six mois seulement après sa libération, il était retourné en taule, cette fois pour violation de conditionnelle, une inculpation de résistance à la force publique réduite à inconduite, ce qui signifiait généralement que les flics étaient dans leur tort, mais il avait quand même été renvoyé devant son contrôleur judiciaire : deux ans de plus. Et quatre mois après cette condamnation, même connerie : une inculpation de voies de fait sur un officier de police ramenée à inconduite, le CJ abattant de nouveau son marteau. Tout cela révélait à Nerese que Salim avait au fond un seul vrai problème : quel que soit le prix qu'il devrait personnellement payer, dans la chaleur du moment, il refusait à chaque fois de se plier à ce que les flics attendaient de lui, ce qui dans la plupart des cas se limitait à se laisser fouiller et à se calmer pendant qu'ils tapaient son nom sur l'ordinateur monté sur le tableau de bord. L'histoire de Coley/Salim était plutôt celle d'un crétin susceptible que d'un criminel endurci, cet abruti s'arrangeant pour se faire boucler à chaque fois pour quasiment rien, comme si c'était en prison qu'il fallait être.

Malheureusement, Nerese connaissait le genre. Son neveu Eric était comme ça, enfin, il avait été comme ça, jusqu'à ce qu'il tue quelqu'un, la semaine précédente. Mais même ce meurtre s'insérait parfaitement dans son parcours de taré, puisqu'il avait attendu quarante-huit heures après l'incident motivant son geste pour passer à l'acte, comme s'il avait délibérément choisi de laisser s'écouler un délai suffisant pour se priver de lui-même de toute défense classique style acte commis dans l'impulsion du moment et non-préméditation. Mais l'essentiel pour Nerese, tandis que, assise sur le bureau, elle ruminait le casier posé sur ses cuisses, c'était toujours le ton de Ray et de Salim quand ils avaient parlé l'un de l'autre, un ton ouvert et dépourvu de toute nervosité.

Se laissant glisser du bord du meuble, elle rendit le dossier de Salim El-Amin à l'employé de la brigade qui le lui avait apporté et entama une ascension de trois étages pour retrouver la rue.

Elle voyait toujours bien Freddy Martinez pour ce truc.

Nerese était assise à la table du petit coin repas de l'appartement de Carla Powell à la cité Hopewell, ladite Carla, en face d'elle, regardant par la fenêtre, le front plissé comme si elle avait le soleil dans les yeux. Tout ce qu'elle avait offert à la visiteuse indésirable, c'était le verre d'eau du robinet posé devant elle.

— Je pense pas que tu te souviennes de moi. Tweetie Ammons ? La famille Ammons, bâtiment 4 ?

— Non, je me souviens pas, dit Carla trop vite en remontant ses lunettes sur l'arête de son nez.

— Mais tu te souviens sûrement de mes frères, toujours sur les bancs. Antoine ? Butchie ?

Autre réponse précipitée :

— Non, pas du tout.

Carla tapota le bout de sa cigarette au-dessus de sa paume, Nerese jeta un coup d'œil au cendrier inutilisé posé sur la table.

On jouait aux charades depuis le début, les deux femmes sachant exactement où Nerese voulait en venir avec sa conversation anodine. Elle but une gorgée d'eau calcaire au goût métallique.

— Allez, tu te souviens pas d'Antoine ? la taquina-t-elle d'un ton enjoué.

Au milieu des années 60, début des années 70, son sex-symbol de frère était quasiment inoubliable. Carla haussa les épaules avec une indifférence feinte.

— Ben, moi, je me souviens de toi, je dois dire, poursuivit Nerese en faisant à Carla un de ses sourires de classe internationale. Je te voyais partir pour le bahut le matin. Putain, tu sortais de ce bâtiment avec des jupes collantes, du mascara, les cheveux remontés à coups de peigne. La classe. J'aurais donné n'importe quoi pour…

— J'ai rendez-vous chez le docteur, la coupa Carla.

— Bon, alors, je vais essayer de faire vite, répondit Nerese, abandonnant le sentier des souvenirs. Comme je disais, toutes mes condoléances.

Carla hocha la tête, fit tomber un autre tronçon de cendres dans sa paume.

— T'as appris ce qui est arrivé à Ray Mitchell, je suppose ?

— Ouais, je l'ai appris, répondit Carla, contemplant le monde de l'autre côté de la fenêtre.

Nerese avait grandi dans un immeuble situé à trente mètres à peine de celui-ci, et cependant le léger changement d'angle de vue suffisait à la désorienter.

— J'ai entendu dire que Ray t'a aidée pour les funérailles de ton fils. C'est vrai ?

— Pas la peine de poser la question si tu connais déjà la réponse.

Une rame passa au niveau de leurs yeux dans un bruit de ferraille, cyclone d'acier, et Nerese attendit que le silence revienne.

— Je peux te demander quelle somme ?

— Tu viens de le faire, répliqua Carla. Trois mille deux cents dollars, et je sais qu'il ne s'attend pas à être remboursé mais il le sera, jusqu'au dernier sou.

Nerese opina du chef sans s'engager : elle avait perdu le compte des affaires de meurtre sur lesquelles elle avait travaillé qui avaient à leur source la fierté des pauvres.

— Je peux te... Ray, il t'a proposé ou donné quelque chose d'autre en dehors de l'argent pour l'enterrement ? Une aide d'urgence, peut-être...

— Il n'a rien proposé, il n'a rien donné, et je n'ai certainement rien demandé.

— D'accord. Pour... pour l'enterrement, quelqu'un d'autre était au courant ?

— Je suis pas du genre bavarde, mais on ne sait jamais.

— Des membres de la famille...

— Quoi, des membres de la famille ?

— Est-ce que certains d'entre eux savaient ?

Carla se pencha en avant, regarda Nerese dans les yeux.

— Les enfants qu'il me reste travaillent pour gagner leur vie. Le fils installé au Maryland a son diplôme de pharmacien et il possède deux pharmacies, ma fille a un boulot de bureau à New York et fait des études en fac, alors j'apprécie pas tes insinuations. Dans cette cité de merde, toutes les familles ne sont pas aussi pourries que la tienne.

Carla se redressa immédiatement en entendant ses propres mots, un léger tremblement gagna la main tenant la cigarette.

— Donc, ça y est, ça t'est revenu, finalement tu te souviens de nous, fit observer Nerese d'une voix neutre en éprouvant une étrange sensation, pas désagréable, quelque part entre confirmation et justification.

— Je suis désolée, fit Carla d'un ton mal assuré.

Elle se remit à regarder par la fenêtre l'endroit où les voies aériennes traçaient une bande brutale, coupant en deux la vue du monde extérieur pour cette famille. Profitant de son trouble momentané, Nerese lui demanda avec douceur :

— Ça t'a fait quoi que Danielle sorte avec Ray ?

— Elle est majeure, répondit Carla, ne cédant pas d'un pouce.

— Mais qu'est-ce que ça t'a fait ?

— Ça m'a pas plu.

Elle continuait à fixer la fenêtre, et Nerese eut l'intuition que, furieuse, embarrassée, Carla ne reprendrait probablement plus le contact visuel.

— Et pourquoi ça t'a pas plu ?

Un garçon de douze, treize ans entra dans la salle de séjour d'un pas traînant, en sous-vêtements, les yeux englués de sommeil, les cheveux emmêlés.

— Salut, mon gars, sourit Nerese.

— Pas la peine d'avoir cette conversation devant lui, murmura Carla en se tournant vers lui : Nelson, va mettre ton pantalon.

Le garçon disparut.

— Ton petit-fils ?

— Ouais.

— Il est à Danielle ?

Carla acquiesça de la tête.

— Et ça te plaisait pas qu'elle voie Ray.

— Exact.

— Pourquoi ?

Carla haussa les épaules. Nerese compta jusqu'à vingt, puis :

— Parce qu'il est blanc ?

— Non, je m'en fiche, de ça. Je suis moi-même un quart blanche, répondit Carla en suivant des yeux une autre rame rouge terne approchant de sa fenêtre dans une inclinaison agressive.

— Parce qu'elle est mariée ?

Le regard de Carla demeura sur la voiture de tête jusqu'à ce qu'elle passe devant la fenêtre de la cuisine.

Nerese posa une main légère sur le bras de Carla, sentit l'agitation bouillonnant encore sous la peau.

— Écoute, Carla, le pauvre gars a failli mourir. Que t'aies une histoire à régler avec lui ou pas, il t'a rendu un sacré service. Et je comprends pas pourquoi tu lui renvoies pas l'ascenseur…

— Parce que je ne sais rien ! rétorqua la mère de Danielle en se dégageant.

— Hé, je cherche pas à vous faire du mal, à toi ou à ta famille, mais, crois-moi, je trouverai qui a fait ça.

— Je l'espère, dit Carla avec un nouveau haussement d'épaules.

— D'habitude, Danielle sort avec d'autres hommes quand Freddy est en prison ?

— Je viens de te dire que je sais pas qui lui a fait ça. Mais si t'en éprouves le besoin, tu peux essayer de cinquante façons différentes, je te répondrai cinquante fois la même chose, ou tu peux te contenter de m'entendre le dire une seule fois, ça reviendra au même : je-sais-pas.

— D'accord, d'accord, fit Nerese d'un ton aimable.

Elle était très fière de l'épaisseur de son cuir, le boulot se réduisant souvent à rester calmement à attendre que la personne interrogée ait épuisé son stock d'insultes et de dénégations outragées.

— Il est comment, Freddy, avec ta fille ?

— C'est son mari, répondit Carla, résolument butée.

— Il est du genre émotif ? Physique ?

N'aimant pas non plus cette question, Carla se réfugia en elle-même tel un oiseau sur un fil.

Nerese but une autre gorgée d'eau.

— Ce que je comprends pas, c'est que Danielle, tu viens de le dire, a un emploi régulier, qu'elle suit des cours à la fac de Dempsy, qu'elle élève un fils, et ce Freddy, il est allé au trou, combien ? Ça fait quatre fois, maintenant, je crois. Alors ma question est la suivante : pourquoi elle est encore avec lui ?

— T'es mariée, toi ? repartit Carla, qui surprit Nerese en la regardant en face.

— Plus maintenant, répondit celle-ci, méfiante.

Carla jeta sa cigarette par la fenêtre.

— Moi non plus. Combien de tes copines vivent encore sous le même toit que le père de leurs enfants ?

C'était plus une constatation qu'une question et Nerese ne jugea pas nécessaire de répondre.

— Exactement, reprit Carla. Même chose pour mes copines. T'as quel âge ?

— Quarante et un.

— Quarante et un, répéta Carla, qui alluma une autre cigarette. Ça te plaît d'être seule ?

— J'ai une famille, répondit-elle avec réticence.

Carla balaya l'argument de la main.

— Ça te plaît d'être seule ?

— Dis-moi que ce n'est pas Freddy, lui renvoya Nerese avec plus d'agressivité qu'elle ne l'aurait souhaité.

— Si c'est lui, tu peux le remettre en prison à coups de pied dans le cul, je verserai pas une larme. Mais je te l'ai dit, j'en sais rien, alors au lieu de me faire perdre mon temps, pourquoi tu vas pas plutôt lui demander ?

17

HÔPITAL — 19 FÉVRIER

En sortant de l'ascenseur au sixième étage, Nerese s'arrêta à l'entrée de la salle de soins sous monitorage, submergée par le pressentiment qu'elle allait découvrir que son délai avait expiré, qu'en son absence Ray avait entamé son voyage sans retour vers l'autre rive, mais lorsqu'elle franchit enfin le seuil et s'approcha du compartiment en Plexiglas, elle vit à son grand soulagement qu'il était encore en ville, même s'il semblait bien près de la bretelle de sortie, le pauvre gars, gisant sur son lit la tête bandée, immobile, mais les yeux ouverts, la suivant d'un regard sans expression depuis la prison de son corps.

— Comment tu vas, mon tout beau ? lui lança-t-elle, musclant l'entrain de sa voix mais inquiète, sentant qu'elle devrait vraiment se surpasser aujourd'hui pour établir une communication significative.

Ray déglutit, exercice lent et douloureux qui le fit grimacer.

Le regard de Nerese se porta sur la table de nuit où elle découvrit Freddy Martinez encore coincé sous le moine qui pleure, personne n'y avait touché depuis qu'elle l'y avait glissé la veille.

Elle délogea la photo, la tint devant le visage de Ray, la fit danser.

— Hé, regarde qui est là ?

Il la contempla, impassible, et elle se demanda si Martinez avait gardé le bouc qu'il s'était laissé pousser deux ans plus tôt, mais Ray devait avoir établi le rapport, avec ou sans bouc, car il ferma les yeux de nouveau et tenta de tourner la tête sur le côté.

— Alors ?

Il rouvrit les yeux, fixa la table de nuit.

Nerese lui bloqua de nouveau la vue avec Freddy.

— C'est lui, hein ?

Ray ferma les yeux.

— Oui ! claironna-t-elle, à tort.

Les yeux toujours clos, Ray secoua très légèrement la tête, dénégation ou accablement.

— Non ? fit Nerese, quasiment dans son oreille. Ta tronche dit le contraire.

Ray contempla le moine en respirant profondément.

— Regarde encore, insista Nerese, appuyant la photo contre la rainure du bois. Suffit que tu hoches la tête et c'est bon.

L'ombre d'un murmure :

— Non.

— Non ? explosa Nerese. Non quoi ? Non, tu veux pas t'aider ? Non, t'as trop peur ? Non, le mec t'a tellement amoché que tu te souviens plus ? Non quoi ?

Ray avala un autre rasoir, le visage déformé par l'effort.

— Il t'a fait un trou dans le crâne, Ray. Hoche la tête, pour l'amour de Dieu.

Un autre murmure, façon film muet, qui aurait mérité un sous-titre :

— Non.

Nerese se laissa tomber sur le bord du lit en luttant contre un coup de fatigue causé par la vague de dépression qui avançait sur elle au galop.

— Je sais pas, Ray, toute cette histoire, je comprends, je me rends compte que t'as voulu faire une bonne action, mais ça impliquait d'aller là-bas et de poser un gros chèque devant une femme vivant dans un endroit où quatre-vingts pour cent des locataires sont assistés d'une manière ou d'une autre ; dans un endroit qui n'a pas de murs, ton histoire est dans la rue avant même que t'y sois, toi, et comme si ça suffisait pas, le Blanc friqué se met à niquer la fille, ça aussi, c'est dans la rue, ça arrive aux oreilles du mari taulard plus vite qu'une balle, alors ce qui m'étonne, c'est pas que tu te sois fait castagner pour ta peine mais que tu te sois fait castagner qu'une fois. Ce type, je le vois gros comme une maison, et à moins que tu me donnes un autre nom, je vais trouver son contrôleur judiciaire et je le fais boucler pour violation de conditionnelle…

— Tu peux pas, murmura-t-il.

— Je peux pas ? fit-elle, se redressant avec une surprise affectée.

— Pas sans une plainte, dit Ray, le visage cramoisi par l'effort.

Elle se pencha vers lui.

— Alors, porte plainte.

— Non.

— Non ? Bon. Tu sais quoi ? Va te faire foutre. Je laisserai ce connard meurtrier te retomber dessus pour finir ce qu'il a commencé, pauvre fils de garce au cerveau déglingué. Et crois-moi, j'ai déjà vu ça, un taré baraqué qui s'acharne sur la même victime, qui revient encore et encore comme si c'était un distributeur de sodas. Tu crois que ça va l'amuser, ta fille, de donner à manger à son père comme à un bébé, de le promener dans un fauteuil à roulettes ?… Qu'est-ce qui va pas, chez toi ?

— Tweetie… commença Ray d'une voix rauque.

Il perdit le fil, la partie inférieure de son visage s'écartant de ses dents du haut comme la mâchoire articulée d'une marionnette.

— Tweetie, répéta-t-il, la cherchant des yeux quand il remonta à la surface. Peut-être que je l'ai pas volé…

La phrase flotta comme une bulle atonale.

Nerese scruta le masque de frayeur implorant, essaya de le lier à la photo de la licence de taxi de l'appartement de Little Venice, n'y parvint pas.

— Personne ne mérite ça, murmura Nerese pour elle-même.

Deux garçons de salle et une infirmière entrèrent dans le box, entreprirent de débrancher la perfusion de Ray et son moniteur de signes vitaux avec des gestes rapides et efficaces. L'un des garçons de salle s'accroupit pour défaire un loquet et rendre le lit mobile.

— Où il va ? demanda Nerese.

— Il est temps de recoller les morceaux, répondit l'infirmière qui se tenait derrière la tête du lit comme si c'était un traîneau à chiens et qui donna aux deux garçons de salle le signal du départ.

— Qu'est-ce qui t'a pris de fricoter avec elle, pour commencer ? demanda Nerese désespérément tandis que Ray, tel un prince sur sa barque royale, passait majestueusement devant elle en direction du couloir. C'est juste une histoire de cul ! lui lança-t-elle. T'es pas censé mourir pour ça.

18

DANIELLE — 20 JANVIER

— Je sais pas comment te demander ça autrement, dit Ray, contemplant le torse luisant et compact de Danielle, mais tu es quoi ?

L'odeur de vanille était partout : sur sa nuque, dans sa chevelure couleur cuivre, sur sa bouche, entre ses jambes, sur les doigts et sur le ventre de Ray, montant des draps comme une brume.

— Comment ça, je suis quoi ?

Elle était étendue sur le côté, la tête appuyée sur une main en coupe. Depuis qu'ils avaient fini de faire l'amour, elle n'avait pas regardé une seule fois le corps de Ray.

— Je veux dire, sur le plan ethnique.

Il voulait dire « sur le plan racial », mais il trouvait le mot « ethnique » plus doux.

Les jambes de Danielle se frottèrent l'une contre l'autre avec un crissement sec.

— Question intéressante. J'ai un grand-père qui était dominicain, une grand-mère noire, elle vit encore, et une autre grand-mère qui était juive russe, j'en suis à peu près sûre.

— Et l'autre grand-père ?

— L'autre grand-père ? Il était marin.

— Vraiment ? fit Ray, abruti de désir.

Il avait envie de toucher la crête de la hanche, là où la forme de Danielle entamait un piqué puis remontait vers la base de la cage thoracique, comme sur les montagnes russes, mais la baise était finie pour le moment et il ne savait pas trop où il en était.

Danielle avait un corps plutôt lourd mais solide, une taille épaisse, des orteils carrés, de petits seins hauts presque perdus dans l'ampleur du torse, des épaules de nageuse. Et elle était forte, plus forte que lui. Jamais il n'avait couché avec une femme aussi puissante physiquement, et elle s'était servie de cette puissance pour le faire jouir, le chevauchant nonchalamment, presque distraitement, avec une tension musculaire contrôlée qui l'avait fait renoncer à tenter de faire durer les choses.

Mais en fait le sexe, du moins en esprit, était terminé bien avant qu'elle l'enjambe et commence sa chevauchée trop courte.

Lorsqu'il l'avait amenée à l'appartement, quelques heures plus tôt, pour, espérait-il, une lente et interminable baise, il avait été secoué en découvrant que la reconnaissance qu'elle manifestait lors de leurs deux premières rencontres, et qui l'avait rendu raide dingue, s'était totalement évaporée.

Et une fois au lit, Ray, qui savait reconnaître une cause perdue quand il était suffisamment concerné, en avait eu confirmation aussitôt terminé son voyage de la gorge tatouée jusqu'à l'entrejambe de Danielle. Lui jetant un coup d'œil au bout de quelques minutes languissantes sous le renflement de son ventre, il avait constaté qu'elle avait quasiment évacué les lieux, l'expression absente, les yeux ouverts et fixant le vide, comme si elle tentait de se rappeler quelque chose, le reste d'une liste de choses à faire, peut-être.

Il n'y avait rien de cruel ni de délibéré dans cette distance sexuelle, juste un mur de préoccupation dont il sut instantanément qu'il était infranchissable mais qui le rendait malade de désir. Le plus terrible, c'était que toute absente qu'elle fût, aussi détachée que si elle attendait le bus, il était sûr qu'elle serait de nouveau partante s'il le voulait, maintenant, plus tard dans la journée, demain, probablement n'importe quand jusqu'à quelques jours avant la libération de son mari — Ray, même au plus fort de ses illusions, ne croyait pas à son histoire des « trois croix » —, mais ce serait pour respecter sa part de l'accord, et son inaccessibilité définitive le rendrait fou, le rendrait aussi malheureux, aussi solitaire que s'il se trouvait dans une des tombes de la *Spoon River Anthology*.

— Tu sais qu'en huit ans de mariage je n'ai pas baisé une autre femme, pas même une fois ? annonça-t-il dans un effort confus pour amener Danielle à reparler de son mari. Pourtant, nous n'avions pas une vie sexuelle intense, ce n'était pas la passion immortelle. Quand on a dormi assez longtemps avec quelqu'un, on connaît le moindre centimètre carré de son corps. Au bout d'un moment, c'est comme prendre son pied en se regardant dans un miroir.

— Ça, je ne sais pas, répondit-elle à mi-voix, le déconcertant.

— Non, nous avions de bons rapports sexuels. Simplement, pour moi, quand tu commences à tromper l'autre, soit tu mens, soit tu déballes tout franchement et tu t'aperçois que vous êtes deux à le faire, vous avez cette entente, entre guillemets, c'est encore pire qu'être bons amis, alors j'ai décidé ça dès le début, autant faire les choses jusqu'au bout.

— Jusqu'au bout, l'imita-t-elle, le déroutant de nouveau.

Elle barra l'accès de son corps avec un oreiller et enchaîna :

— Laisse-moi te poser une question. Pourquoi tu as fait ça pour ma famille ?

— Fait quoi ?

Elle attendit.

— Parce que je pouvais me le permettre.

— Connerie. Pourquoi ?

Ray se demanda jusqu'à quel point il pouvait être franc, décida de ne pas lui dire qu'il avait réglé les frais d'enterrement du frère au moins en partie pour impressionner sa fille, ça ne la regardait pas.

— Parce que l'argent n'est que de l'argent et que c'était une bonne façon de revenir chez moi.

— Chez toi. Tu considères encore Hopewell comme chez toi ? fit-elle, les yeux plissés de scepticisme.

— On peut vivre sous de nombreux toits dans sa vie, mais on est toujours d'un seul endroit, décréta-t-il, le croyant à demi.

— Elle te remboursera, tu sais, dit Danielle en le jaugeant du regard.

— Si elle se sent mieux comme ça, très bien. Mais ça m'est égal. Je ne prêterais jamais d'argent à quelqu'un, s'il finissait par m'arnaquer ça me rendrait cinglé. Pour moi, c'est : Salut la thune, au revoir, on se reverra quand on se reverra.

— Tu crois vraiment que tu peux faire des choses pour les gens, les aider et puis t'en aller comme si rien ne pouvait coller à ton plumage ? Sans vouloir t'offenser, je pense que c'est incroyablement naïf de ta part.

— Quand même, dit-il, s'efforçant d'ignorer l'argument même si tout ce qui sortait de la bouche de Danielle lui faisait le même effet qu'un manche à balai jeté dans les jambes d'un coureur. Rends-moi un service, assure-toi qu'elle le sache, d'accord ?

— Ouais, d'accord, répondit-elle sans y croire, sans le croire.

Le pied de Danielle effleura la jambe de Ray, par hasard, et il lâcha tout à trac :

— J'ai besoin que tu me parles de ton mari.

— Tu veux que je te parle de Freddy ?

La façon tranquille dont elle avait dit ces mots, précédés d'une pause infime, lui révéla qu'elle avait parfaitement conscience de la situation, que ce qui se passait était probablement une sorte de routine consacrée par le temps, un rituel entre mari et femme incluant crime, châtiment, expiation et pardon, qu'il n'était qu'un pion, un instrument jetable, indispensable à un dénouement où il n'avait pas sa place.

— Explique-moi ce qui se passe, réclama-t-il. Et ne me…

Un bip se déclencha sous le désordre des vêtements de Danielle, entassés par terre ; elle tendit le bras par-dessus le ventre de Ray pour tirer l'appareil de son jean, la pression impersonnelle de la chair sur la chair transformant les pensées de Ray en bruit de fond.

Elle plissa les yeux vers le numéro en train d'apparaître sur le bip.

— Tu me passes le téléphone, s'il te plaît ?

Assise en tailleur, elle examina ses ongles en attendant qu'on lui réponde.

— L'infirmerie ?… Oui, bonjour, c'est Danielle Martinez, la mère de Nelson Martinez. Vous venez de me biper… Il est là ? Je peux lui parler ?

Elle passa une main aux ongles longs dans sa crinière courte teinte au henné puis :

— Qu'est-ce qui se passe, Nelson ?… T'as eu un huit ? Un huit quoi ?… Tu es à l'infirmerie parce que tu as raté un contrôle ?… Non. Non. T'as eu la grippe le mois dernier. T'avais révisé ton… Nelson, si tu n'avais pas compris ce que tu apprenais, pourquoi tu ne l'as pas dit ?… À moi, à ton prof. C'est quel prof ?… Qui ? Cette femme devrait enseigner comme moi je devrais être au cirque. Je lui parlerai. Je… Si tu ne veux pas que j'intervienne, pourquoi tu m'appelles ?… Comment ça, « juste pour me le dire » ? Tu n'aurais pas pu me le dire ce soir en rentrant ?

Ray tressaillit en entendant ça : la détresse de Nelson était flagrante.

— T'es en train de rater un cours, là ?… Bon, je veux que tu raccroches, que tu dises à l'infirmière que tu vas mieux et que tu retournes en classe… Non. Tout de suite,

Nelson. Tout de suite… Moi aussi je t'aime. Vas-y, maintenant.

Danielle raccrocha, tendit de nouveau le bras par-dessus Ray pour reposer le téléphone sur la table de nuit.

— Le petit chéri à sa maman ! « J'ai eu un huit, j'ai eu un huit », gémit-elle, imitant son fils. Pourquoi il m'appelle ?

— Je ne sais pas. Il se sent probablement mal et comme tu es sa mère… dit Ray, le plus délicatement qu'il put, craignant que le caractère évident de tout cela ne lui revienne d'une façon ou d'une autre à la figure.

— Non, désolée. Je suis prête à me battre jusqu'à la mort pour mon fils quand c'est nécessaire mais il devient un peu trop âgé pour ne pas commencer à devenir sérieux quand il a des emmerdes. Tu vois, c'est ce que je supporte pas chez son père…

— Freddy ? se hâta de dire Ray, toute pensée de Nelson envolée dans l'instant.

— Ouais, répondit Danielle, Nelson s'estompant aussi un peu pour elle. Au sujet de Freddy, qu'est-ce que tu veux savoir ?

— Mets-toi dans ma peau. Qu'est-ce que je veux savoir ?

— Tu dois être plus précis, dit-elle, s'intéressant enfin à la discussion.

— Allez, lâche-toi…

— Merde, je te raconte tout, fit-elle avec un haussement d'épaules. Je lui dois rien, à ce salaud… Tu parlais de mariage, de fidélité, de sexe, tout ça ? Tu sais que j'ai passé exactement la moitié de ma vie avec mon mari ? Depuis la seconde, la classe de seconde. Non que j'aie pas connu autre chose. On a rompu, on s'est remis ensemble une douzaine de fois en quinze ans. La plupart du temps, c'est de sa faute. Il disparaît de temps en temps, il se trouve une petite pour un petit bout de temps, ou il dit qu'il a besoin de faire le point, traduction, il boude, ou il se fait de nouveau expédier en prison, et ça, pour moi, c'est le pire, je trouve ça impardonnable, même si je pardonne toujours. Une ou deux fois, ça a été moi. Il faut que je parte, je peux pas respirer avec tout ce boniment dans l'air. Mais tu vois, on s'est réconciliés si souvent que ça ne ressemble même plus à une réconciliation. C'est plutôt comme si on rentrait en même temps de vacances prises chacun de son côté. « Salut, comment tu vas ? » On ne se fait même plus de promesses, tu sais, « Je ne recommencerai plus, trésor », ou « C'est la dernière fois, mon cœur, j'ai vraiment compris la leçon » ou je ne sais quoi.

« Mais la fois la plus terrible où il est parti, c'était juste après la naissance de Nelson. Il a disparu pendant quatre mois, sous prétexte qu'il avait besoin d'être seul pour se préparer à être père, tu te rends compte ? Encore aujourd'hui, je ne sais pas ce qu'il a fait ni où il est allé cette fois-là, mais quand il est revenu, il n'était certainement pas plus prêt à être père. Il ne l'est toujours pas, d'ailleurs.

« Tu sais, il n'est pas comme toi avec Ruby. Tu l'aimes, ta fille, ça saute aux yeux, ton visage devient… alerte quand elle est là. Tu veilles sur elle. Même avec Nelson, je sens cette attention en toi, comme maintenant, après le coup de téléphone, quand tu m'expliques qu'il doit se sentir mal. C'est même pas ton fils mais j'ai aucun doute là-dessus : tu ferais un meilleur père pour lui que le sien. Tu n'as pas peur des enfants, tu n'as pas peur de… de les accueillir. Freddy ? Malgré toutes les merdes dans sa vie — la prison, les flics, son bizness —, il est pas comme toi. C'est un froussard, sur le plan des sentiments.

Il ne trouvait pas de mots pour exprimer combien il était ému et flatté par la sûreté de ses observations.

— Tu sais qui est l'autre vrai parent de Nelson ? poursuivit-elle. Ma mère. Et c'est triste parce que maintenant, quand les gens la regardent, ils voient une femme brisée, un tas de graisse asexué, elle a quoi, trois, quatre ans de plus que toi ? On dirait qu'elle en a vingt de plus. Mais elle a eu une vie... Tu ne sais pas ce qu'elle a dû surmonter, dans le temps. Je suis sûre que tu te souviens d'elle à la fin des années 60, hyper sexy et maquillée, tout le monde le dit et elle déteste entendre ça, mais là-haut à l'appartement ? Tu ne peux pas imaginer ce qu'elle a dû subir à l'époque. Les violences...

— Sexuelles ? fit Ray, se rappelant les rumeurs.

— Non, les coups. Mon grand-père la battait, il battait mes oncles et ma grand-mère, aussi. Je ne me souviens pas vraiment de lui mais on m'a raconté qu'il conduisait un camion pour Pepsi de cinq heures du matin à trois heures de l'après-midi, il rentrait chez lui à la même heure que les gosses revenant de l'école, il rentrait soûl, il ne disait jamais un mot à personne, il vidait son portefeuille sur la table de la salle à manger pour le... pour le nécessaire, puis il s'effondrait dans son fauteuil devant la télé sans même allumer le poste. Il restait assis là les yeux ouverts, peut-être endormi, peut-être pas. Et ma mère m'a raconté que si quelqu'un dans la maison faisait un bruit quelconque dans l'heure qui suivait, ou même si le téléphone sonnait, il partait comme une fusée, il se mettait à hurler. Ma mère n'arrêtait pas d'entrer et de sortir de l'hôpital avec des bleus, des coquards, des points de suture, ou même parce qu'elle avait essayé de se tuer, et mon grand-père n'a jamais été arrêté pour ça parce que ma grand-mère avait peur de porter plainte.

— Nom de Dieu... murmura Ray.

— Dieu n'avait rien à voir là-dedans. Alors, comment elle fait pour sortir de cette baraque ? Y avait pas trente-six moyens... Elle épouse le premier idiot qui la demande. Dix-sept ans, elle laisse tomber l'école six mois avant le diplôme, elle se marie, elle tombe enceinte, et devine... Ce fils de garce était exactement comme son père, surprise, surprise, sauf qu'en plus des coups elle touche la prime : il n'était pas chauffeur chez Pepsi, mon père, il vendait de la dope.

Comme ton mari, pensa Ray. Surprise, surprise.

— On vivait à Jersey City et la police faisait régulièrement des descentes à la maison, à ce qu'on m'a dit, mais il était plutôt malin, mon père, les flics ne trouvaient jamais rien, jusqu'au jour où ils ont trouvé. Il s'est retrouvé en prison ; mes frères et moi, j'étais toute petite, on a été placés dans une famille d'accueil. Je n'en ai aucun souvenir, j'avais trois, quatre ans… Mais ma mère, elle ne méritait pas ce genre de punition parce qu'elle n'avait rien fait si ce n'est mettre toute son énergie et tout son temps à nous protéger, tu vois, à essayer de nous garder intacts.

— Pourquoi elle n'est pas tout simplement partie en emmenant ses gosses ? demanda Ray, regrettant la question au moment où elle sortait de sa bouche.

— Pour aller où ? rétorqua Danielle avec une sécheresse justifiée. Elle n'avait pas d'argent. Trois gosses et pas d'argent. Où elle était censée aller ? Chez son salaud de père ? La vie, ce n'est pas « Pourquoi elle n'a pas simplement fait ci ou ça ? », les gens ne font pas « simplement » les choses, il n'y a pas de « simplement », là-bas. Il n'y a que des complications, et de mauvaises habitudes, et la peur, et le désir d'être aimé. Je lis tous ces bouquins, tu vois, urbanisme, sociologie, politique des pouvoirs publics… Au bout de dix pages de ces merdes, j'ai envie d'étrangler l'auteur. Et comprends-moi bien, la moitié du temps, j'ai aussi envie d'étrangler ma mère. Avoir eu une vie dure n'en fait pas une sainte. Elle a déversé un tombereau de malheurs sur moi, mais c'est quand même ma mère et elle m'est venue en aide plus souvent qu'on n'était en droit de l'attendre…

Danielle prit sa respiration. Ray était fasciné par ce qu'elle racontait et désirait tellement qu'elle continue qu'il en avait presque physiquement mal. Ce n'était pas seulement l'histoire secrète de Carla Powell qu'elle révélait, ni même celle du clan Powell, c'était l'histoire secrète du 1949 Rocker Drive, ses couloirs, ses ascenseurs, ses appartements, ses odeurs, c'était l'histoire secrète du monde de l'enfance de Ray, les bouches, les yeux, les corps et les odeurs d'autres personnes, des gens qu'il avait frôlés chaque jour de sa jeune vie, et donc son histoire secrète à lui, au moins en partie.

Le fait que Danielle fût non seulement la gardienne de cette histoire intime mais son rejeton vivant, non seulement la narratrice mais l'histoire elle-même devenue chair, pour Ray — un individu qui considérait les histoires, les anecdotes personnelles et sa capacité à communiquer à travers elles comme la main tendue au reste du monde, à l'amour —, pour quelqu'un comme Ray, être physiquement en présence de la mémoire incarnée, du sentiment incarné, aiguisait et compliquait sa faim pour elle bien au-delà du désir — qui était suffisamment pénible —, jusqu'à en faire quelque chose d'épouvantablement sublime.

— Ce qu'il y a, reprit Danielle, regardant au-delà de Ray, inconsciente du chaos qu'elle provoquait en lui, ce qu'il y a, je le sais, c'est que ma mère se reproche en ce moment même la mort de mon frère, et sa vie. Elle l'a élevé dans une maison où on vendait de la drogue puis elle l'a perdu pendant deux ans, quand il était placé dans une famille. Je te l'ai dit, j'en ai aucun souvenir, et Reggie était encore plus jeune que moi ; si quelqu'un de nous était assez âgé pour en garder des cicatrices, c'est mon frère aîné Harmon, qui est pharmacien, il possède deux pharmacies dans le Maryland, et moi, je m'en suis à peu près tirée, alors Reggie… Ça ne tient pas debout. Mais chaque fois que j'essaie de lui dire qu'elle n'a rien à se reprocher, elle n'écoute pas.

Ray fut tenté de répondre que le tatouage chinois était sur sa gorge pour la vie, qu'elle se souvienne ou non de sa visite chez le tatoueur, mais il lui restait suffisamment d'empire sur lui-même pour garder le silence.

— Quand mon père s'est retrouvé en prison, dans les deux années qu'il a fallu à ma mère pour nous récupérer, elle a obtenu son DEG et elle a fait un semestre à la fac de Dempsy mais ça n'a débouché sur rien parce que dès l'instant où nous lui avons été rendus, elle a dû faire appel à l'aide publique, elle n'a pas pu continuer ses études ni chercher un boulot parce qu'elle ne pouvait pas se payer une baby-sitter et qu'elle ne voulait pas nous laisser chez les grands-parents à cause de son père.

« Quelques années plus tard, aussitôt après la mort de ce salaud, on est retournés chez ma grand-mère pour que ma mère puisse enfin chercher du travail, mais en définitive, elle n'accrochait pas vraiment, elle a fait quelque chose comme trois boulots différents en six mois, elle s'est retrouvée sous médicaments contre la dépression, elle se bat encore contre ça depuis, pas étonnant, étant donné la vie qu'elle a eue, elle se bat aussi contre le diabète, un cadeau d'adieu de mon grand-père.

« Quand on est revenus à Hopewell vivre chez ma grand-mère, Nana, elle était comme mon second parent. Après la mort de Nana, ma mère a repris l'appartement, et quand Reggie et moi on a eu des gosses… Ma mère est le second parent de Nelson… Pour Dante et David, ceux de Reggie, elle est même le seul parent. Elle accueille tous les enfants, elle ne se plaint jamais, elle n'est jamais débordée. Elle dit que c'est sa deuxième chance de bien faire les choses.

« Moi, je lui réponds : “M'man, tu nous as élevés du mieux que tu pouvais étant donné les circonstances” mais elle n'écoute pas. Elle répète tout le temps : “J'ai déconné avec vous.” Et elle pleure. “J'ai déconné avec vous.” Pas moyen de lui faire entendre autre chose. Une autre chose qu'elle a faite pour moi, c'est me laisser voir sa vie pour que je puisse me dire : Je n'aurai pas une vie comme ça. Je serai indépendante, je suivrai ma voie, je ne présenterai d'excuses à personne.

— Mmm, fit Ray.

Elle était mariée à un dealer, elle n'arrêtait pas de revenir dans le même appartement : il ne comprenait pas qu'elle ne s'en rende pas compte, mais il avait peur de le lui faire remarquer, il avait peur de perdre cette femme étendue sur le lit avec lui. Rendu diplomate par le désir, il parvint seulement à dire, pour alléger le poids de ce qu'il percevait :

— Ton mari, il ne… il n'a jamais levé la main sur toi, n'est-ce pas ?

— S'il l'avait fait, c'est moi qui serais à la prison du comté, pas lui. Et je vais te dire autre chose. Ma mère, quand elle était ado, avant de quitter la maison et de se marier, c'était une vraie dingue, elle se piquait à tous les trucs. Mais une fois qu'elle est tombée enceinte et qu'elle a su ce que c'était que vivre avec un dealer, voir des camés tout le temps, subir leur toxicomanie, recevoir leurs… leurs pulsions autodestructrices en guise de remerciements pour avoir mis à manger sur la table, elle a arrêté tout net. Encore aujourd'hui, elle ne touche pas à la drogue, elle ne boit même pas une canette de bière. Mais elle fume comme un pompier, elle prend des médicaments contre la dépression, le diabète, l'hypertension, l'insomnie, l'asthme… C'est une pharmacie ambulante. Elle n'arrive pas à dormir ou à sortir du lit sans une poignée de pilules, et là encore, malheureusement, à travers un exemple négatif, je la vois et je me dis : Non, pas question. Je ne bois pas, je ne fume pas, je ne prends même pas d'aspirine. Même chose pour Nelson. Je ne connais pas trop la *christian science*, si Nelson avait besoin d'une opération ou d'antibiotiques pour lui sauver la vie, ouais, bien sûr, mais sinon, notre corps est un temple et nous le gardons pur.

Ray approuva de la tête en pensant : Tu vis avec un dealer.

La lumière passant par la fenêtre de la chambre changea soudain, une flottille de nuages dérivait dans l'après-midi et, profitant, sur une impulsion, du couvert de la pénombre, Ray tendit la main vers la courbe nette descendant sous la hanche de Danielle, mais, sans remarquer sa manœuvre un peu trop tardive, elle glissa au même moment au bout du lit, se leva et alla à la fenêtre. Ray était malade de désir et de regret, de désir pour la moindre partie de son corps, les tendons fléchis derrière le genou, le doux triangle de chair inversé à la base de son échine, le lobe de son oreille, sa gorge, sa bouche, et quand elle renfila son jean il éprouva un sentiment de perte qui le déchira.

Ce n'était pas de l'amour en tant que tel, il ne voulait pas avoir un enfant ni vieillir avec elle, mais, tandis que le mélange de désir et de sentiment s'installait en lui, l'après-midi faisait finalement naître une sensation qu'il pouvait reconnaître, quelque chose comme une souffrance perdue depuis longtemps, surgie de l'époque de sa vie où les filles le tourmentaient encore, où elles avaient le pouvoir de l'expédier dans sa chambre au milieu de la journée, les stores baissés, afin de pouvoir être seul avec son cœur groggy de coups. En gros, elle le faisait se sentir comme autrefois à Hopewell : seize ans, malheureux, à la maison.

Elle se tourna vers lui en passant son T-shirt.

— Ce qu'il y a, avec Freddy… Mon père et mon grand-père, ils faisaient ce qu'ils faisaient parce que c'était comme ça. Ils ne… ils n'étaient pas ce qu'on appelle des types réfléchis. C'étaient plutôt… Tu vois, aucun animal sur terre ne réfléchit à ses actes ou ne les analyse. C'était ça qu'ils étaient, des animaux. Mais Freddy… Chaque fois que Freddy fait du Freddy, il se sent mal, après, il a des remords, il en parle… pour ce que ça vaut, c'est-à-dire pas grand-chose, j'ai l'impression… Mais il a trente-trois ans, il approche du point de non-retour. Il est temps qu'il se mette à faire sérieusement son examen de conscience, sinon il sera à jamais ce qu'il est, pour le reste de sa vie.

Écoutant à demi, opinant du chef comme une poupée à la tête articulée en réponse à ce qu'elle était en train de dire, quoi que ce puisse être, Ray se redressa lentement et chercha son pantalon du regard dans la pièce.

Ce qu'il fallait faire, il le savait, c'était arrêter. Tout de suite. Coucher avec cette femme en ce moment, c'était comme se planter délibérément sur la voie ferrée, le train encore hors de vue mais les rails, sous ses pieds, commençant à vibrer follement.

D'un autre côté, pensait Ray, personne — chez les garçons, du moins — ne traverse la vie sans se faire entailler la peau de temps en temps, et il avait eu une chance extraordinaire sur ce point jusqu'ici. Mais puisque la chose était inévitable, le mieux qu'il pût espérer était sans doute d'avoir au moins la possibilité de choisir le moment et les circonstances.

— Qu'est-ce qu'il y a ? demanda-t-elle, inclinant la tête de côté.

— Quoi ? fit-il, surpris et vaguement embarrassé. Rien.

— On dirait que tu viens de perdre ton meilleur ami, répondit-elle avec une pointe d'amusement bienveillant, le déchiffrant aussi aisément qu'une enseigne tandis qu'elle défaisait de nouveau le bouton du haut de son jean.

SECONDE PARTIE

NOIRE DEMPSY

19

À LA MAISON — 23 FÉVRIER

Quatre jours après sa dernière intervention chirurgicale, Ray, coiffé d'une casquette de base-ball de la police de Dempsy fournie par Nerese pour couvrir son crâne rasé et suturé, émergea en titubant de la voiture de ladite Nerese et, les doigts gourds et hésitants, fouilla ses poches à la recherche de ses clefs.

Il avait échappé à toute séquelle grave mais continuait à présenter une fébrilité mineure et intermittente du côté droit — sa main avait tendance à se replier jusqu'à ce que le bout de ses doigts vienne toucher l'intérieur du poignet, son pied à se poser tourné vers l'intérieur, le talon ne touchant pas tout à fait le sol — et Nerese s'était garée juste en face de l'appartement pour réduire au minimum la distance qu'il aurait à parcourir.

Elle ne pouvait que croire que les médecins ne l'auraient pas laissé sortir s'ils avaient estimé qu'il courait encore un risque médical quelconque. Mais elle savait que les blessures au crâne comme celle de Ray avaient tendance à refaire de petites visites : s'il commençait à avoir des maux de tête ou à se sentir faible, cela pouvait être signe d'une nouvelle hémorragie, d'une accumulation de liquide. Si les extrémités de son côté droit devenaient plus flottantes, cela signifierait que le sang comprimait le tissu nerveux ; s'il perdait connaissance, s'il avait de la fièvre, si ceci, si cela... Autant de symptômes qu'il fallait interpréter au sein du contexte omniprésent des tremblements, des douleurs et des genoux flageolants caractéristique de tout opéré ambulatoire tentant de se familiariser de nouveau avec le monde extérieur.

Une fois qu'il fut sorti de la voiture, Nerese se pencha de nouveau à travers le véhicule pour bien fermer la portière après la faible poussée de son passager et parcourut une centaine de mètres jusqu'au parking de Little Venice le plus proche puis revint à pied, pas du tout étonnée de voir que Ray l'attendait devant l'immeuble, la clef simplement glissée dans la serrure : rares sont les victimes d'agression impatientes de revenir sur les lieux du crime pour la première fois sans compagnie.

Elle le suivit dans l'appartement et lui marcha sur les talons quand il se pétrifia à la vue des saletés laissées par l'équipe médicale d'urgence sur les dalles du salon les plus proches de la porte.

— Merde, grommela-t-elle.

Elle se faufila dans le séjour en passant devant Ray qui, planté dans l'entrée, fixait les gants en caoutchouc, les emballages de pansements déchirés et les éclats de vase pointus comme des aiguilles.

— C'est ce que je déteste chez les ambulanciers, dit-elle en regardant l'océan. Ils viennent vous sauver la vie et ils ne nettoient jamais derrière eux.

Elle avait laissé les débris épars et ensanglantés comme elle les avait trouvés, deux semaines plus tôt, parce qu'elle tenait à ce que ce soit la première chose qu'il voie en franchissant le seuil.

Sans un mot, Ray alla dans le fond de l'appartement, revint en traînant les pieds avec une petite poubelle, une balayette en plastique aux poils hérissés, un rouleau de papier-toilette et un spray pour les vitres.

Résolue à lui mettre le nez dedans, elle ne fit pas un geste pour l'aider et resta contre l'appui de fenêtre tandis qu'il se baissait et se mettait au travail.

Les lèvres plissées, il avait l'air furieux. Nerese eut l'intuition que, pour Ray, se mettre à genoux et nettoyer son propre sang séché était un geste symbolique pour marquer sa détermination à en finir une fois pour toutes avec cette histoire. Mais elle avait été témoin de tels moments trop souvent pour pouvoir les compter, et tout en le regardant tenter d'effacer les preuves de sa vulnérabilité, elle commença à se demander quand la terreur d'être de retour s'abattrait réellement sur lui.

Son impatience et son angoisse ne lui permettant d'accomplir au mieux qu'un travail salopé sur le dallage, Ray se releva péniblement, la main droite agrippant son flanc, et se consacra à la poudre à empreintes noire qui pointillait sa porte d'entrée.

— Oublie pas ça, fit Nerese, brisant le silence implosif et montrant les empreintes de main graisseuses laissées sur le mur à environ trois mètres de l'endroit où l'équipe du labo s'était arrêtée.

— Ça quoi ?

Ray pivota, plissa les yeux, chercha puis finit par repérer les traces, huileuses et lumineuses au soleil.

— Qu'est-ce… ? commença-t-il, puis : Oh…

Livide sous l'effet du souvenir, oubliant la porte tachée, il se mit à l'ouvrage sur les empreintes de main avec une détermination hallucinée.

S'efforçant de pénétrer dans la tête de Ray, Nerese l'imagina revivant le moment où il s'était tenu devant ce mur comme pour se faire fouiller, en alerte et cependant impuissant, attendant plus ou moins le coup…

— Des secondes qui paraissent des heures, hein ?

— Quoi ? fit-il, penché sur son travail, écoutant à moitié.

— Ce mec t'a collé devant ce mur comme pour le massacre de la Saint-Valentin… Il t'a fait d'abord un petit discours sur le fait de baiser les femmes des autres ? Ou il t'a filé le coup de batte sans dire un mot ?

Il se tourna vers elle.

— Tu ne sais absolument pas ce que tu dis.

— Non ?

— Non, dit-il. Non.

Nerese se laissa glisser du radiateur sur lequel elle était perchée, s'approcha du mur, repéra les restes des empreintes et se mit en position, tourna la tête pour regarder Ray par-dessus son épaule.

— Ça a pas dû être un des meilleurs moments de ta vie.

D'abord, il ne parvint pas à détacher ses yeux de Nerese, contemplant la reconstitution en plein désarroi, la bouche bée, puis il s'éloigna, simplement. Peu après, elle entendit de l'eau couler derrière la porte de la salle de bains et se représenta Ray agrippé aux bords du lavabo, occupé à essayer de s'asperger d'eau le visage.

Quand il finit par revenir dans le séjour, quelques minutes plus tard, elle était prête à le recevoir, assise sur le canapé en face de la télé, la trombine de Freddy Martinez et la photo encadrée de Ruby jouant au basket posées devant elle sur la table basse.

— Oh ! pour l'amour de Dieu… se lamenta Ray, vacillant sur ses talons.

— Non, non, j'abandonnerai jamais, sur ce coup-là. T'as pas encore compris ? fit-elle, tapotant le verre de la table d'un long ongle artificiel.

— Tweetie, dit-il, immobile. Tweetie…

Il renonça, se laissa tomber sur le canapé à côté d'elle, pinça la chair située au coin intérieur de ses yeux.

— Tu sais qu'il a tué quelqu'un, hein ? reprit-elle, indiquant la photo de Freddy.

Il se redressa un peu.

— Quoi ? Quand ça ?

— Y a deux ans. À la prison du comté. Il a poignardé un détenu en plein cœur avec une brosse à dents aiguisée. Le grand jury n'a pas donné suite, il a estimé que c'était de la légitime défense, mais j'ai entendu des rumeurs comme quoi ce serait lié au bizness. Un mec de cent cinquante kilos, en plus.

— Merde, siffla Ray, la main gauche en étoile de mer sur sa poitrine.

— Tu sais que c'est vachement dur de transpercer le cœur d'un balèze avec une arme comme ça. Faut vraiment le vouloir.

— Arrête.

— Quoi ? fit-elle d'un ton affable.

— Arrête de…

Il ventila l'air entre eux comme s'il effaçait des mots sur un tableau noir.

— À l'hôpital, tu m'as dit : « Peut-être que je l'ai pas volé… »

— Je ne me rappelle pas avoir dit ça.

— Tu peux me faire confiance, j'étais là.

— Hé, j'ai eu un trou dans la tête, argua Ray avec un haussement d'épaules.

Il s'efforçait de paraître désinvolte mais elle voyait bien qu'elle l'avait fait flipper.

— Tu lui as parlé ? demanda-t-il avec un détachement forcé.

— À qui, à Freddy ? Non. Je n'en suis encore qu'à Carla. Prochaine étape, Danielle.

— Danielle, répéta-t-il.

— Elle évite mes coups de fil depuis quatre jours mais, t'en fais pas, j'arriverai à la voir.

Ray ouvrit la bouche pour faire une remarque, se ravisa, détourna les yeux.

Nerese prit la photo de Ruby et de la fille noire lévitant côte à côte sur le parquet du terrain de basket pendant l'entre-deux.

— Ruby, tu l'as vue ?

— Je l'ai appelée hier soir de l'hôpital, je lui ai dit de me laisser une semaine. Je serai en meilleure forme dans une semaine. La pauvre gosse ressent les choses profond comme l'océan, je ne veux pas la bouleverser inutilement.

— Elle a peur pour toi, tu sais.

— Ouais, grâce à toi.

Ils restèrent un moment silencieux, Nerese pensant : Laisse-le mariner au sujet de Freddy puis fais mine de partir, de l'abandonner à ses secrets, pour voir comment il réagit.

Elle se leva et alla à la fenêtre.

— On devait voir le World Trade Center, d'ici, je suppose.

— Pas vraiment, répondit Ray, la voix rendue plus fluide par le changement de sujet. C'est trop au nord. La nuit, on voit la lumière des projecteurs qui éclairent les grues, et quelquefois on sent une forte odeur de cendres mouillées si le vent souffle dans la bonne direction, mais c'est tout.

Du coin de l'œil, elle observait Ray qui tentait furtivement de forcer sa main droite à ne plus rester recroquevillée sur elle-même.

— C'était comment, être flic dans le coin au moment de l'attentat ? demanda-t-il, le visage un peu crispé par ses efforts.

— Je te propose un marché, dit Nerese, qui reprit sa place à côté de lui sur le canapé. Tu me dis pourquoi t'as eu besoin de retirer sept mille trois cents dollars en liquide il y a quelques semaines et je te dis comment c'était dans le coin quand tout a pété.

— Je me fous pas de toi, Tweetie, il n'y a rien pour toi là-dedans. Laisse tomber.

— Si c'est rien, pourquoi tu me le dis pas, juste pour te débarrasser de moi ?

— Pourquoi ? Parce que c'est ma vie.

— D'accord, grogna-t-elle, laissant filer.

— Tu sais, dans mon enfance, il y avait un gosse d'un ou deux ans de plus que moi, Franklyn Brown, dit Ray, renonçant à aplatir sa main. Il avait eu une paralysie cérébrale, un cas léger, je suppose, qui n'avait affecté qu'un côté de son corps, mais il marchait la main tordue. La main gauche, je crois, et tendres comme on était à l'époque, moi et tous mes copains, on l'appelait capitaine Crochet.

Il baissa les yeux pour se regarder.

— Ça suffirait presque à te faire croire au karma.

Nerese chercha un autre angle d'attaque :

— Qu'est-ce que tu vas faire, maintenant, Ray ?

— Moi ? fit-il, une main sur la poitrine. J'ai peut-êre envie de retourner à L.A. et de prendre un nouveau départ, mais pas maintenant, pas encore. J'en ai marre de me défiler tout le temps.

— Qu'est-ce que tu veux dire ?

— J'ai besoin de mener les choses à leur terme. On ne peut pas ne pas mener les choses à leur terme, murmura-t-il, plus pour lui-même que pour Nerese.

— Quelles choses ? demanda-t-elle, scrutant son visage.

— Je ne sais pas. Certaines relations, cette classe à Hook, par exemple. J'ai envie de retourner là-bas finir ce que j'ai commencé avec ces gosses. C'était une bonne chose pour moi.

— Quelles relations ?

— Ruby. Et d'autres.

Il ramassa les trois pièces de l'expo photo de Nerese, les retourna sur la table.

— D'autres comme qui ? Danielle ? fit Nerese, se demandant s'il pouvait être bête à ce point.

— Non. Sûrement pas.

— Qui, alors ? Salim ? Le jeune Salim ?

Ray haussa les épaules.

— Je pensais surtout à la classe.

— C'était jamais que deux heures par semaine…

— J'essaierai peut-être d'avoir quelques classes de plus dans d'autres lycées. Je veux pouvoir laisser une trace pendant que j'en ai la possibilité. Et je le peux, tant que j'ai assez de blé pour ne rien faire pour de l'argent. Quand il n'y en aura plus…

Il montra de sa main gauche le certificat encadré de nomination aux Emmy Awards accroché au mur et poursuivit :

— Je pourrai toujours reprendre ça. Une série idiote ou une autre. Nous, les scénaristes de télé, on est comme les entraîneurs des grandes équipes de base-ball : deux minutes après avoir été virés par une équipe, on est engagés par une autre parce qu'on est en nombre limité sur le circuit.

Nerese restait accrochée à son « certaines relations » mais sentait qu'insister maintenant ne ferait qu'inciter Ray à se refermer davantage sur lui-même.

— Alors, t'as gagné un Emmy ?

— J'ai juste eu une nomination. Ou, comme je dis, un cinquième de nomination. Tu la regardes, cette série ?

— Pas vraiment.

— Félicitations.

Ray tira une fiole de la poche de sa chemise, l'ouvrit et avala deux pilules sans eau.

— C'était quoi, ça ?

— De la Vicodine.

— Contre les maux de tête ?

— Ouais.

— T'as mal à la tête ?

— Ouais.

— T'es pas censé avoir mal à la tête.

— Ben j'ai mal.

— Alors, faut que tu retournes à l'hosto.

— C'est pas ce que tu penses. Ils m'ont fait un trou dans la tête. Ça fait mal.

— Pourquoi ils te donnent des analgésiques pour ça ? Ça pourrait masquer des symptômes…

— Elle est aussi médecin, soupira Ray.

— En plus, y a accoutumance, avec ces machins.

— Et elle bosse aux stups…

— De la Vicodine, dit Nerese à voix haute pour elle-même. Ray, tu vois pas ce qui arrive à…

Elle s'interrompit : elle l'avait suffisamment asticoté. Elle se demanda si elle allait partir maintenant, décida que non.

— Parle-moi de cette série.

— De *Brokedown* ?

— Ça se passe dans un lycée du centre-ville, dit-elle avec un geste circulaire de la main pour le faire démarrer.

— Doucement, doucement…

Il se leva, se dirigea vers la fenêtre, s'arrêta à mi-chemin et se tourna vers Nerese, se cambrant comme pour une récitation.

— Ouais. C'est ça. Un lycée du centre ville, épreuves et tribulations, du genre : « Rashaad, tu as toutes les chances d'obtenir cette bourse, pourquoi tu portes les couleurs d'une bande ? » « Chlorine, tu as quinze ans. Tu es trop jeune pour avoir ce bébé… » « Je sais pas comment ce flingue est arrivé dans mon casier, Mr Johnson ! Il est pas à moi, je le jure ! » « Chamique, tu ne t'es pas fait cet œil au beurre noir en te cognant contre une porte, je passerai chez toi ce soir et je découvrirai ce qui se passe… — Je vous en supplie, Miss Rosenberg, ne faites pas ça ! Je suis maladroit, c'est tout, maladroit ! » Ce genre-là.

« Ça passe sur une chaîne pour ados, la fiction de vingt heures après quatre comédies noires d'une demi-heure, et chaque épisode a sa petite leçon pleine d'à-propos sur la tolérance, la dureté de la vie, etc. Je suis au mieux un scénariste moyen, mais écrire pour la télé c'est plutôt comme apprendre une danse particulière. On peut introduire une petite variante ici ou là, un pas un peu original de temps en temps, mais fondamentalement, c'est un, deux, cha-cha-cha, et on recommence. Ça, je sais le faire, conclut-il en haussant les épaules. Il y a probablement quelques dauphins bien dressés qui en sont capables aussi.

Il ferma les yeux, rejeta un plein chargement d'air et Nerese sentit approcher un numéro de diversion destiné à la retenir tout en la tenant à distance.

— Bref… dit-il en ouvrant les yeux. Par exemple, l'épisode sur lequel j'ai travaillé qui a obtenu cette nomination, c'est une histoire ahurissante. Non pas l'histoire en tant que telle, mais… L'intrigue repose sur un as du basket, le type même du jeune du ghetto, joueur en équipe première, les rabatteurs des universités défilent chez lui, tout va pour le mieux, sauf que, cinq jours avant la remise des diplômes, son prof d'anglais s'aperçoit qu'il n'a pas rendu le devoir sur *Gatsby le Magnifique* qu'il devait remettre un mois plus tôt.

« Ce professeur, Mr Montone, est censé être une sorte de dinosaure impitoyable datant de l'époque où la grande majorité des élèves étaient blancs. Et si beaucoup de ses collègues ont, dans le cas de ce jeune, fermé les yeux sur le travail exigé normalement d'un élève, ce vieux saligaud qui déteste le sport refuse de lui mettre une note pour l'année s'il ne crache pas sa copie. Non seulement ça, mais il calcule que pour obtenir son diplôme, il doit pondre quelque chose qui mérite au moins un B.

— Tu sais quoi ? J'ai l'impression de l'avoir vu, celui-là, dit Nerese en pensant que c'était peut-être bien le cas, après tout.

— Crois-moi, même si tu ne l'as pas vu, tu l'as vu quand même. Bon, l'acteur qui joue Mr Montone a disparu dans la nature, tu vois ? dit Ray, mimant le geste de boire au goulot. Impossible de mettre la main dessus. Mon ancien élève, le producteur, me regarde et me fait : « Le personnage n'est apparu que deux fois, personne ne se souviendra de lui. Tu es Mr Montone, va te chercher un nœud pap. — Moi ? » je réponds, et Shaker me dit la même chose que pour écrire des scénarios : « Tu apprendras sur le tas. » Cinq minutes plus tard, je suis maquillé et quelqu'un me met dans la main une carte du syndicat des acteurs.

— Tu rigoles ? fit Nerese, l'encourageant, lui laissant un peu plus de fil.

— L'épisode tourne autour de deux grandes scènes. Un, je confronte le jeune avec cette histoire de devoir. Il est imbu de lui-même : « Yo, j'ai fait le tour des universités, j'ai joué dans le tournoi McDonald's, j'ai pas eu le temps d'écrire ce machin… » Et moi : « Vous feriez bien de le prendre,

Mr Jefferson — j'appelle toujours mes élèves Mister et Miss —, parce que sinon vous n'aurez pas votre diplôme. » Il me répond : « Écoutez, ce bouquin, *Gatsby*, il a rien à voir avec ce qui se passe ici. Pourquoi vous me stressez ? Pourquoi vous voulez m'empêcher de faire des études ? » Et moi, ce ne sont pas les mots exacts mais je lui dis…

Ray se redressa de nouveau, poursuivant son numéro de claquettes comme si sa vie en dépendait.

— Je lui dis : « Mr Jefferson, je me fiche totalement du basket. Je ne suis pas impressionné par les sportifs. Je ne suis pas impressionné par les célébrités. Je suis impressionné par les gens sur qui on peut compter, par l'intégrité et l'initiative personnelle, qualités que vous ne me montrez pas en ce moment. Quant à vous empêcher de faire des études… À la différence d'un bon nombre de professeurs de cet établissement, je refuse de fermer les yeux sur vos obligations dans ma classe. Et laissez-moi vous dire une chose : ces collègues qui cherchent si ardemment à vous plaire, ils se moquent totalement de vos études. Pour eux, vous n'êtes qu'un sportif, une source de revenus et de prestige, et notez bien ce que je vous dis, Mr Jefferson »… Je crois que j'ai utilisé cette tournure, « notez bien ». Bref : « Notez bien ce que je vous dis, Mr Jefferson, une fois que vous aurez quitté cet établissement, je doute fort qu'on vous demande un quelconque effort intellectuel, hormis pour constituer un press-book sur vos matchs, ce qui à votre âge est, selon moi, à la limite du criminel et une véritable honte. Croyez-moi, si vous laissez ce chouchoutage se poursuivre, vous en pâtirez. Alors, remettez-moi ce devoir, Mr Jefferson, et si vous choisissez ensuite de rester en roue libre pendant les quatre ans qui suivront, il n'y aura rien ni personne pour vous en empêcher. En tout cas, certainement pas moi. »

— Putain, Ray, t'es bon, dit Nerese qui, bien que consciente du sujet sous-jacent, commençait à apprécier la performance pour elle-même.

— Oh, merci, dit Ray, droit comme un oscar plaqué or. Bref, le jeune sort en trombe et je le rappelle :

« Mr Jefferson, qu'est-ce que vous envisagez de faire du reste de votre vie, dans quelques années, quand votre carrière sportive aura pris fin ? À quoi serez-vous préparé ? » Il hésite un peu, comme si je lui avais donné matière à réfléchir, puis il sort pour de bon…

« En réalité, il pourrait faire un million de choses après quatre ans de basket universitaire, devenir entraîneur, travailler dans le bâtiment, être flic, qu'est-ce que le crétin de base est préparé à faire au bout de quatre ans de fac ? Au moins, celui-là, il aurait du glamour, un certain prestige attaché à son nom. Il pourrait obtenir un boulot dans l'association des anciens élèves, ou autre chose… Bref, le bruit se répand que Mr Montone a l'intention de recaler Hamurabbi Jefferson : haro sur le prof. Tout le monde réclame sa tête, il est raciste, il est ci, il est ça.

« Deuxième scène majeure, la réunion générale demandée par l'association des parents d'élèves et la moitié des enseignants. Qu'est-ce que ce dinosaure fait encore dans ce lycée ? Il ne s'y plaît pas, il méprise nos enfants, il ne comprend pas la réalité quotidienne de la vie ici, il ne sait pas ce que cela représente pour l'un de nos gosses de décrocher une bourse de quatre ans. Qu'on lui coupe la tête, qu'on lui coupe la tête…

« Je suis là sur l'estrade de l'auditorium devant la meute, je ne dis rien. J'encaisse, le visage impassible, on ne me fera pas bouger d'un pouce, au diable la politique raciale. Vous voulez ma démission ? Vous l'avez, mais cet élève est recalé en anglais. Tout cela sans prononcer un mot, tu vois, rien que par l'expression, Dieu merci, parce que je suis acteur comme tu es ballerine.

Ray porta une main à sa bouche immédiatement après sa comparaison, mais Nerese écarta la bourde d'un haussement d'épaules, pensant : Dis-moi quelque chose que je ne sais pas.

— Bref, tout le monde me tombe dessus et au moment où l'indignation atteint des sommets, je regarde par-dessus les têtes de mes détracteurs, mes yeux et la caméra se portent sur le fond de la salle, lentement, tout le monde se tourne pour voir ce que je vois, et Hamurabbi Jefferson est là, et quand le silence se fait, il descend l'allée centrale en direction de l'estrade et, oh, merde, il a une feuille de papier dans la main, il s'approche de moi, il dit : « Tenez », et il me tend son devoir du trimestre sur *Gatsby le Magnifique*. Je suis sidéré, la foule est baba, elle se tourne dans tous les sens, elle murmure, et l'élève me dit, et cet acteur, Tariq Howard, il était bien meilleur qu'il n'était nécessaire, il dit : « Yo, j'ai réfléchi à ce que vous avez dit, Mr Montone, et je me suis rendu compte que vous me demandiez un truc que j'aurais dû me demander à moi-même depuis le début. Vous me demandiez d'être responsable, de me respecter et de me fixer des normes. Je glande dans ce bahut depuis le premier jour mais c'est fini. L'année prochaine, en fac, où que ce soit, quels que soient les passe-droits qu'on sera prêt à m'accorder, j'essaierai de faire les meilleures études possible. Je vous le dis, dans les quatre ans qui viennent, je vais vous rendre fier de moi », puis il se tourne face aux parents d'élèves, à ses parents, aux autres profs, et il leur dit : « Je vous rendrai tous fiers de moi et je parle pas de basket. » Il me fait de nouveau face et il me dit : « Mr Montone, la note que vous mettrez à mon devoir, ça m'est égal. Pour moi, vous êtes le meilleur prof de cette boîte. »

« Là, je suis censé avoir un simple hochement de tête de, je sais pas, de communion, de justification, mais au lieu de ça, j'éclate en sanglots sur le plateau. Je ne pouvais pas me retenir. J'étais tellement… ce jeune acteur, la scène, ça m'avait remué et je me suis mis à chialer, putain, et tout le monde était stupéfait, les figurants, les comédiens jouant les parents d'élèves, le metteur en scène, le cadreur, la scripte qui feuillette le scénario comme une dingue, mais ils continuent à filmer parce que mes larmes sont à tordre les tripes, je suppose, putain, je ruisselais. J'ai même entendu quelqu'un dire

“Génial”. Ça donnait l’impression que ce dur à cuire de Montone, qui affronte les vents sociaux depuis des années sans céder, est au bord de l’effondrement et qu’il est enfin reconnu pour ce qu’il est en cette heure de solitude la plus noire, ou je ne sais quoi, je ne peux pas m’empêcher de pleurer. Finalement, le jeune, l’acteur qui joue le jeune, il improvise, il prend sur lui de monter sur l’estrade et il me serre dans ses bras et l’épisode se conclut sur cette image.

« Tweetie, je balisais, tu peux pas savoir. J’avais tellement honte d’avoir perdu les pédales comme ça… Et si je te raconte tout ça au lieu de te le montrer sur une cassette, c’est parce que je ne l’ai jamais regardé. Je n’ai jamais voulu. Je n’ai pas la cassette, je n’ai pas regardé l’épisode quand il est passé, rien. On m’a proposé des rôles, après ça. Pas question. Plutôt me mettre au saut à l’élastique.

« Et… Oh, tu veux savoir quelque chose sur les acteurs ? Une fois le tournage terminé, j’étais encore bouleversé et j’avais envie d’établir le contact avec le jeune qui jouait Hamurabbi Jefferson, de maintenir la communion, tu vois, mais dans la vie réelle, pour savoir ce qu’il pensait lui de ce qui s’était passé entre nous. Alors, je m’approche et je lui dis : “Tariq, je suis désolé d’avoir perdu le contrôle comme ça. C’était si fort. Qu’est-ce que tu crois que…” Il me regarde, grand sourire, il me dit : “Ouais, merci, je pensais bien que j’avais été bon”, il se retourne et il part avec une de ses chéries… Encore maintenant, je ne sais pas ce qui m’a pris, je le jure devant Dieu…

Nerese, elle, comprenait, elle commençait à comprendre. Ray s’était effondré parce que la scène parlait de gratitude ; il avait concocté une situation qui le touchait au plus profond puis il l’avait jouée personnellement, physiquement, comme si c’était la réalité.

Offrir des jeux vidéo et du football au lieu de bibliothèques et de Shakespeare, débarquer de nulle part pour payer l'enterrement de Reggie Powell, enseigner comme bénévole dans ce lycée de merde, jouer le mentor-muse-protecteur des arts avec Salim El-Amin… et au final s'enticher de la femme d'un taulard… Ce casting constamment en noir et blanc la rendait mal à l'aise, non, la rendait furieuse, mais sa colère était tempérée par l'intuition que la pulsion qui était en lui ne concernait pas vraiment la race, qu'en fait l'élément racial, le choc des couleurs, la pauvreté noire, celle des Latinos, tout ça n'était que la toile de fond, le décor, une commodité, les lycées et les cités de Dempsy et d'autres lieux lui offrant une sorte de mare poissonneuse où il pouvait vivre son altruisme — quel autre nom donner à ce besoin si parfaitement égoïste ? —, encore et encore chaque fois que l'occasion se présentait, et qu'il était tellement submergé, emporté par ce besoin qu'il était prêt à risquer sa vie étourdiment, désespérément, à la voir mise en jeu chaque fois, jusqu'à ce qu'il finisse par tirer l'as de pique, et qu'il obtienne la notice nécrologique qui le justifierait, qui lui ferait monter les larmes aux yeux, si seulement il trouvait un moyen de revenir d'entre les morts.

Agité tout à la fois par sa seconde incarnation du personnage et par ses efforts pour repousser la terreur croissante d'être de retour à l'appartement, Ray arpentait la pièce comme un aveugle. Sur le canapé, Nerese captait ses petits gestes fébriles, le langage de ses doigts voletant, de sa bouche se plissant, de son œil tressautant, et elle dut se rappeler pourquoi elle était là, pourquoi elle se donnait tant de mal pour cet homme, et alors, pour la première fois de sa vie, le souvenir d'enfance de Ray venant à son aide avec ce T-shirt imprégné de sang et de sueur la fit se sentir vide et furieuse. C'était donc ça ? Il lui avait servi sa merde à elle aussi ?

Mais ensuite, à son grand soulagement, elle fit resurgir, elle se força à faire resurgir l'expression apeurée, désorientée, du visage de Ray tandis qu'ils étaient assis côte à côte sur le trottoir sale, le soupir de délivrance qu'il avait poussé quand Eddie Paris, le père de Dub, s'était montré et avait pris les choses en main.

C'était le problème qu'elle avait quand elle portait un jugement sur Ray : fondamentalement, c'était un type bien, une « personne honorable », pour reprendre ses termes, en tout cas il essayait d'en être une…

Elle ne doutait pas que cela l'émouvait sincèrement, pour une raison quelconque, de venir en aide aux gens, même si ce n'était qu'à court terme, ce qui était bien, enfin, sauf si, dans l'euphorie du moment, il avait l'habitude de faire des promesses à long terme qu'il n'avait pas l'intention de tenir, sauf s'il confondait de manière chronique, comme l'avait dit son ex, faire impression et faire sensation.

D'un autre côté, un problème de fric, c'était un problème de fric, les pauvres devaient aussi enterrer leurs morts, les élèves de Paulus Hook avaient désespérément besoin de profs et de mentors passionnés, quelles que soient leurs véritables motivations. Et qui dans cette vie ne trimballait pas une valise d'objectifs cachés, de mobiles inavoués ?

La photo anthropométrique de Freddy Martinez était toujours là, retournée, sur la table basse. Nerese songea que si le fumier appelait Ray ce soir et lui demandait, peut-être pas un prêt, mais une recommandation pour un travail, ou des conseils afin d'être un meilleur mari pour Danielle, Ray, le cœur gonflé comme une baudruche, lui viendrait en aide dans la minute, et ce sans la moindre hésitation.

Tricotant une échelle de bouts de doigt, il se pencha en tremblant vers l'appui de fenêtre.

— Alors, Tweetie, comment tu es devenue flic ? Tu devais me le raconter…

— Non, faut que j'y aille, lâcha-t-elle, laconique, donnant enfin un coup sec à la ligne.

— Allez, sois pas comme ça.

— La prochaine fois, dit-elle en se levant, consciente de lui faire payer par son rejet le malaise suscité par sa confession.

— Allez, pars pas tout de suite, insista-t-il, fourrant un peu d'entrain dans sa panique. C'est lugubre, ici.

— Ce que t'essaies de faire en ce moment, répliqua-t-elle, une main sur la poignée de la porte, c'est trouver un moyen de me faire rester sans me donner ce que je veux. Tu sais quoi ? Tu n'y arriveras pas.

— Je te raconterai comment j'ai quitté *Brokedown*...

— Une autre fois.

— Je pensais que tu aimerais que je te parle de mon... incident racial, lâcha-t-il alors, faisant miroiter la possibilité comme un bracelet dans la lumière.

— OK. À propos, je ne sais absolument pas pourquoi cet épisode-là a obtenu une nomination pour son scénario. Nous avons utilisé à peu près tous les clichés du manuel mais je suppose que... Je n'en ai aucune idée... aucune idée.

Ray se tenait de nouveau devant elle, comme sur une scène, Nerese, toujours sur le canapé, lui accordait son attention de mauvaise grâce en se disant que quelques minutes de plus ne changeraient rien, dans un sens ou dans un autre.

— Bref, deux semaines environ après avoir chialé comme un veau devant les caméras, je suis invité à une fête pour l'anniversaire d'un des acteurs... Celui qui joue le prof de dessin noir et homo, je te laisse imaginer les répliques sur la tolérance chaque fois qu'il est au centre de la scène...

« Il s'appelle Tony Raymond, il a commencé dans les films de la Blaxploitation, *Cleopatra Jones and the Casino of Gold, Blacula, The Mack*, tout le monde l'adorait, un gars formidable, un de ces acteurs qui passent des vaches grasses aux vaches maigres, pas de boulot pendant quinze ans, et maintenant, il travaille de nouveau, il est tout simplement heureux d'être en vie et d'exercer son art, à la grande joie de tout le monde. Et pour son anniversaire, il y a une soirée costumée, avec pour thème les années 70, tout le monde en chemises flashy, pantalons disco, tuniques africaines, pattes d'eph', perruques afro, médaillons, chaussures à semelles compensées, rouflaquettes, minijupes… La classe.

« Mais moi, je ne veux pas du gilet et du pantalon assortis genre *Fièvre du samedi soir*. Moi, il faut que j'aie une idée géniale. Moi, je me déguise en Curtis Mayfield, tu vois, *Superfly, Pusherman, Freddy's Dead*… Moi, Ray Mitchell, blanc, en Curtis Mayfield, OK ? Pas assez choquant ? Écoute ça. Mayfield est mort, depuis, mais à l'époque il était tétraplégique. Alors en plus d'une perruque de chauve coiffé afro, d'un faux collier de barbe et d'immenses lunettes aux verres roses, je suis dans un putain de fauteuil roulant…

« Comme on tournait en extérieurs à New York, la soirée se déroule au B. Smith's, la bouffe, la musique, les costumes, une sacrée fête. Ils avaient même fait venir Pop Staples, des Staple Singers. À quatre-vingts balais, le type rendait tout le monde dingue sur la piste de danse. Sauf moi, bien sûr, à cause de mon personnage.

« Bref, peu après le début des festivités, l'un des comédiens, le gars qui joue le proviseur noir du bahut, s'approche de moi et me demande : "Ray, pourquoi tu es dans ce fauteuil à roulettes ? Ça va ?" Je lui réponds : "Je suis Curtis. — Curtis ? Quel Curtis ? — Mayfield. — Tu es… Je ne saisis pas…" Alors, j'explique : "Un support de projecteur lui est tombé dessus pendant un concert, il y a quelques années de ça… Il, il est tétr… Il est paralysé, je crois. — Il est dans un fauteuil roulant ?" Et moi : "Ouais, c'est ça."

« Je n'étais pas inconscient des réactions négatives possibles à ce que je faisais, Tweetie, mais tu te laisses prendre au jeu, au, au tabac que tu peux faire si tu vas jusqu'au bout. Et le type me dit : "Tu viens ici, à cette soirée, et tu es Curtis Mayfield dans son fauteuil roulant…" Je vois dans ses yeux qu'il est en train d'assimiler les données. Et surtout, je vois le coup de batte de base-ball mental que je viens de lui assener et je suis… j'ai envie de mourir, tu sais. Je n'arrive même pas à le regarder en face tellement je me fais horreur. Je marmonne : "Non, non, j'aime beaucoup Curtis Mayfield. C'est comme un héros pour moi", ou une connerie de ce genre, mais le type n'est même plus là, il s'est perdu dans la foule et je suis assis dans mon fauteuil, je sais que la nouvelle se répand dans la salle comme le virus Ebola, j'ai honte, j'ai mal au cœur, j'ai peur. Je sais qu'il faudrait que je me lève tout de suite de ce foutu fauteuil à roulettes mais je ne peux pas. Je ne peux tout simplement pas. Alors, je reste assis. Tous les atomes de mon corps bouillonnent d'horreur. Personne ne s'approche de moi. Personne ne me salue, tous ceux avec qui j'ai travaillé pendant plus de deux ans et… je n'arrive pas à me lever. Finalement, je fais rouler mon fauteuil dans un coin de la pièce, j'arrache la barbe afro, la perruque, j'enlève les lunettes, j'essaie de recoiffer mes cheveux en une sorte de banane foireuse et je suis prêt à dire que je suis George Wallace[1] — ce qui n'est peut-être pas beaucoup mieux —, mais bien sûr personne ne me pose la question parce que tout le monde sait que je suis ce putain de Curtis Mayfield tétraplégique.

Ray faisait les cent pas devant Nerese comme une sentinelle névrosée, s'adressant à un mur puis à l'autre, les mots sortant de lui comme s'il avait raconté cette histoire tous les jours de sa vie, mais, s'il l'avait fait, Nerese était sûre que c'était essentiellement à lui-même.

Pour l'heure, l'anecdote ne provoquait en elle aucune réaction instinctive, aucune inclination à rendre un verdict

1. Gouverneur de l'Alabama dans les années 60 ayant mené une politique de ségrégation raciale. (*N.d.T.*)

dans un sens ou dans un autre, l'autoflagellation cadencée de Ray neutralisant en elle tout véritable sentiment d'indignation.

— Donc je reste assis dans un coin quinze, vingt minutes, je ne sais pas si je dois filer en douce, essayer de m'excuser… Finalement, au moment où je me lance vers la porte, l'acteur, le proviseur noir, surgit de la foule, me coince dans mon fauteuil roulant. Je crois d'abord qu'il va m'en coller une mais il me dit : « Ça t'aurait plu si j'étais venu ici ce soir en pyjama rayé avec un numéro tatoué sur le bras, hein ? », et le petit malin en moi a envie de répondre : « Mais c'est bien une soirée sur les années 70 ? » Je ne le fais pas, bien sûr.

« Je devine qu'il a mis du temps et pas mal d'efforts à formuler ce qu'il vient de dire, et je me sens encore plus mal, mais ça me facilite aussi les choses parce que ça me donne l'occasion de bredouiller : "Je suis désolé", ce que je fais, et je m'en vais. Sauf que cette nuit-là je perds la trace de ce qui me flanque la trouille et je passe de l'envie d'écrire un mot d'excuse à ce type à la pensée : Qu'est-ce qui lui prend de comparer l'Holocauste à un chanteur qui a eu un accident pendant un concert ? Tu vois, je déchire le mot, je vire sioniste à fond, je fais marche arrière, je me remets à écrire…

« Finalement, j'entre dans la caravane du producteur le lendemain, tu sais, Shaker, mon ancien élève, et dès qu'il me voit il s'exclame : "Oh, mon Dieu, c'est Curtis Mayfield ! Et non seulement il marche de nouveau, les gars, mais il est devenu blanc ! Gloire à Dieu !" Le lendemain, je prends l'avion pour L.A. avec tous les autres, mais une semaine plus tard je ne bossais plus pour la série.

— On t'a sacqué ?

— J'ai démissionné.

— Ton patron, il était noir ?

— Ouais.

— Et il t'a pas lourdé ?

— Il pensait que ce que j'avais fait était de mauvais goût mais que les gens s'en remettraient.

— Mais t'as démissionné.

— Ouais.

— À cause de ça.

— Ouais. Qu'est-ce que tu aurais fait, toi ?

— À ta place ?

— À la place de Shaker. Mon boss.

— J'y connais rien à la télé, je la regarde, c'est tout.

— Tweetie, tu sais bien ce que je veux dire.

Elle rejeta de nouveau le rôle offert :

— Je te le répète, j'y connais rien, à part la regarder, marmonna-t-elle.

Puis, pour changer de sujet, n'importe quoi pour changer de sujet, elle ajouta :

— Alors, c'était fini, la télé et toi ?

— À peu près. Excepté un dernier voyage, une dernière tentative.

Il passa de l'autre côté des portes en verre coulissantes et contempla le fleuve, attendant le feu vert.

Nerese jeta un coup d'œil au soleil couchant et se demanda si, en restant pour la suite du spectacle, elle permettrait à Ray de se rassasier d'anecdotes et de parvenir à un état de paix qui dénouerait sa peur. Mais, en le voyant gigoter et tressaillir devant elle, encore maintenant, en ce moment passager de calme, de vacuité, elle se dit que pour des gens comme Ray l'état de paix, de satiété émotive, était le mirage de toute une vie, perpétuellement promis mais jamais éprouvé.

— Vas-y, grommela-t-elle avec une lourdeur flagrante.

— Ouais, donc, après avoir démissionné, reprit Ray, revenant vers elle comme si quelqu'un avait appuyé sur son interrupteur, peu de temps après, je suis retourné dans l'Est et, une fois que la folie qui régnait ici fut un peu retombée, j'ai élaboré une sorte de stratégie en trois points. Un, je me trouve un chez-moi à New York. Deux, j'essaie d'écrire quelque chose d'important…

Trois, j'avais ce fantasme d'établir le contact avec Ruby, pour la première fois, un vrai contact.

Il s'interrompit, prit sa respiration pour changer de ton.

— Mais au bout de quelques semaines, un, je me retrouve ici, sur la Riviera gériatrique, deux, tout ce que j'écris d'important, c'est des chèques, et trois, avec Ruby, c'est : « Salut, Ruby, c'est ton papa en semi-retraite qui revient à New York rien que pour être avec toi ! » La pression est énorme. Quoi qu'il en soit…

Il s'adressa un au revoir de la main.

— Tout me revient dans la figure, je me sens comme un apatride, alors, voilà ce que j'ai fait. Je ne voulais pas reprendre *Brokedown*, mais j'ai joint John Shaker pour lui soumettre une idée que j'avais pour une nouvelle série. Sur les chauffeurs de taxi, pas comme le film *Taxi*, mais une série dramatique, vu qu'à New York on peut toujours savoir quelle est la dernière vague d'immigrants, de quels pays ils arrivent en force parce qu'ils deviennent tous taxis, c'est le boulot le plus facile à obtenir quand on débarque. Et si tu veux vraiment savoir quel groupe est arrivé en dernier, il suffit de lire le numéro d'immatriculation sur la licence de taxi affichée sur la cloison de séparation. S'il commence par un zéro, c'est un vieux juif avec des poils qui lui sortent des oreilles, il conduit son bahut depuis la série record de Joe DiMaggio. Mais si le numéro commence par un cinq ou un six, tu as affaire à la vague la plus récente. Par exemple, l'hiver dernier, c'étaient tous des Chinois du Fujian, au printemps des sikhs du Pendjab, en été des hindous du Gujerat, en automne des musulmans albanais ou je ne sais quoi. Et je voulais faire une série qui aurait plusieurs personnages principaux, qui montrerait leurs débuts dans cette ville, tu vois, entassés dans des sous-sols exigus, envoyant de l'argent au pays, la solitude, le choc des cultures… Je force sur le côté misérable, bien que ma première idée de titre ait été *On refuse les misérables*…

— Ce qui veut dire ?

Il la regarda un moment sans répondre puis repartit de plus belle :

— Je coince Shaker quand il est de passage à New York et il aime l'idée. Enfin, tout le monde aime tout, dans ce bizness, du moins devant toi. Shaker m'annonce que son contrat avec la chaîne pour ados se termine et qu'il ne le renouvellera sans doute pas, il est en pourparlers avec diverses sociétés, il cherche à obtenir les meilleures conditions, et pour le moment il penche plutôt pour une chaîne particulière, on pourrait rencontrer des gars de chez eux, leur exposer le projet, voir comment ils réagissent. On est à New York, d'accord ? Nous allons les voir, je fais mon numéro, et tout le monde : « Waouh, j'aime, j'aime, j'aime. »

« Shaker et moi, on fait le V de la victoire, c'est dans la poche, il ne reste plus qu'à rencontrer le numéro un, à Burbank, obtenir son accord, et roule ma poule. Je ne tiens plus en place. Je suis d'autant plus excité que si on décroche le contrat ce sera une production basée à New York, ce qui signifie que je peux avoir mon gâteau et le manger en même temps, tu vois, côté pression sur Ruby. En plus, ce sera beaucoup plus détendu entre nous parce que je n'aurai pas tout ce temps libre pour traîner… En tout cas, la prochaine étape, c'est prendre l'avion pour L.A., discuter avec Shaker et le directeur de la programmation, obtenir l'accord final.

« Et je demande à Ruby de m'accompagner. Cette semaine-là, elle est censée ne pas aller au collège pour "enrichir ses capacités personnelles", comme ils disent, je te jure, plus tu paies cher, moins ils ont de vrais cours. Mais elle n'est jamais allée en Californie et ça semblait être la meilleure idée du monde, l'emmener avec moi. Regarder Papa réussir, tu vois.

« Alors, on part, la chaîne nous loge dans un hôtel en bord de mer à Santa Monica, Ruby regarde toutes les cassettes vidéo, tous les films qu'on peut demander sur la télé, elle ne jette même pas un coup d'œil par la fenêtre. Et moi, je suis pas un parent du genre “Quelle belle journée, va donc jouer dehors”, alors… Pour être tout à fait honnête, elle a quand même jeté un œil à l'océan Pacifique en allant inspecter le minibar, mais bon.

« OK. La réunion est prévue pour le lendemain matin, d'accord ? Vers neuf heures du soir, Shaker appelle la chambre, il m'annonce qu'il n'assistera pas à la réunion : il n'est plus sûr, il a des doutes, il ne se voit pas y aller et déclarer qu'il veut faire cette série. Alors, moi : “Merde, on vient de prendre l'avion !” Il me dit : “C'est toujours une idée super, Ray, mais peut-être pas exactement pour moi.” Ce qui veut dire qu'il ne le fera pas, c'est certain. “Mais, hé, tu connais la musique, c'est ton bébé, tu n'as pas besoin de moi, les chaînes ont des producteurs à ne plus savoir où les mettre, te fais pas de souci. Décroche ce qui te revient, mon frère !” Bla-bla-bla. Je raccroche, je le connais assez pour ne pas prendre la chose personnellement, et je me mets à penser : Il a raison. Voyons un peu ce que je suis capable de faire tout seul. C'est mon idée, je n'ai pas vraiment besoin que Shaker me serve de parrain partout où je vais.

« Le lendemain matin, le studio nous envoie une voiture avec chauffeur, une voiture de ville, pas la limousine que j'espérais, tu vois, pour Ruby, mais au moins le chauffeur est en livrée, et en route pour Burbank ! Et je suis aux anges. Là-bas, les couloirs sont couverts d'immenses photos des vedettes de la chaîne, Ruby en prend plein les yeux ; je vais à la réunion, je la laisse à la réception, une des secrétaires l'adopte pour les vingt, trente minutes qui suivent. J'entre dans la pièce, il y a le type, il y a l'eau minérale, il se proclame grand fan de *Brokedown High* — ce qui dans mon esprit fait de lui un débile ou un menteur —, je commence à lui exposer le projet taxi et je le fais bien. J'aime mieux parler qu'écrire et il m'écoute, il hoche la tête en émettant de petits bruits approbateurs. Ça me prend un quart d'heure environ et quand j'ai terminé, il me dit : “J'aime beaucoup. C'est exactement ce que nous cherchons. C'est vrai, ça a du cran, ça a du cœur. À côté de toutes les conneries qu'on tourne… Je suis un ancien gars de Brooklyn, lycée de Midwood, classe 66. Super. Vraiment super." Je dis "Super", moi aussi. Il continue : "Super. Bon, je parle à John Shaker, je le fais monter à bord et nous vous mettons au travail…" Et moi : "Euh, Shaker ne monte pas à bord, je ne crois pas… Vous ne… Je présumais que tout le monde… Euh…"

« Le gars ne s'est pas démonté. Il n'a pas arrêté de sourire, il ne m'a pas sorti : "Écoutez, si John Shaker, avec qui nous voulons désespérément travailler, n'est pas dans le coup, pourquoi vous me faites perdre mon temps ?" Il a simplement dit : "Bon, donnez-moi quelques jours pour me faire à cette idée, laisser décanter", comme si sa tête était une carafe, et j'ai su que c'était mort et ça m'a fait mal. Je me sentais comme un minable et merde, Ruby m'attendait dehors, qu'est-ce que…

« Nous nous serrons la main, je retourne à la réception, j'essaye d'avoir l'air cool, heureux, Ruby me jette un coup d'œil et dit : "Papa, tu t'es fait renvoyer ?", dans un murmure, et moi : "Non, chérie, pas du tout", ce qui est vrai, dans l'absolu, puisqu'il faut avoir un boulot pour être viré, mais elle le devine, comme tout enfant sensible, elle le sent sur moi.

« Nous retournons à la voiture, je dis au chauffeur que je le paierai s'il reste avec nous jusqu'au soir. Je vais offrir à Ruby une super journée. En fait, après cette réunion, c'est pour moi une question de vie ou de mort d'offrir à Ruby une super journée. Je demande donc au chauffeur de nous conduire au Beverly Center, un centre commercial de six étages. Tout ce que Ruby a vu de la Californie jusqu'ici, c'était en intérieur, mais je connais mon enfant, je sais ce qui l'amuse, alors, re-merde pour le Pacifique et en route. Malheureusement, mon enfant me connaît aussi et elle a l'air très préoccupée.

« Quand on entre dans le centre commercial, je lui dis : "Ruby, on achète plein de trucs, on s'en fout, tout ce que tu voudras…" Elle répond : "Non, ça va, je regarde simplement. — Ruby, allez, je viens de signer un gros contrat, les dollars, c'est comme des cents, aujourd'hui." Et je la force à acheter de petites étoiles pour ses oreilles mais je n'arrive pas à lui faire acheter des vêtements, je n'arrive pas à lui faire acheter des trucs en cuir, elle me laisse à contrecœur lui payer un magazine pour ados. Je sais une chose sur Ruby : elle est très mal à l'aise quand on lui achète plein de choses. Elle n'aime pas obtenir tout ce qu'elle demande. C'est trop facile, ça la gêne. Elle se sent coupable, et pour moi c'est terrible parce que tout ce que je veux, c'est la couvrir de cadeaux. Je ne reconnaîtrais pas la modération si elle me sautait dessus et me mordait aux couilles, surtout ce jour-là où je tiens tellement à lui offrir du bon temps, à lui acheter du bon temps, et ça devient très tendu entre nous, c'est comme une bataille que nous nous livrons dans ce centre commercial. À un moment, elle s'arrête devant un stand où l'on vend des anneaux pour le nombril, elle a fait percer le sien il y a quelques semaines, et je la vois lorgner l'un de ces trucs, une sorte de corde en argent enroulée avec un dé à une extrémité, et aussitôt, je lui souffle dans le cou : "Tu veux ça ? Tu veux ça ?", ce qui bien sûr la fait s'enfuir. "Je regarde seulement", me dit-elle, et elle s'éloigne. Je suis tellement paniqué que dès qu'elle a le dos tourné j'achète l'anneau plus deux autres, puis je la suis sans me presser et je lui lance : "Mademoiselle, c'est vous qui avez laissé tomber ça ?" Je lui montre les trois anneaux à nombril dans ma main et elle, elle pique une crise. Elle éclate en sanglots, elle me crie : "Arrête de m'acheter des choses ! Arrête de m'acheter des choses ! Je t'en prie, Papa ! Je t'en prie ! Je ne veux rien !"

Ray s'étrangla, dut s'interrompre un instant. Puis :

— Elle est dans un état, tout le monde s'arrête autour de nous, ses larmes ruissellent, elle est quasiment pliée en deux. « Papa ! Je t'en prie ! » Et elle balance les étoiles que j'ai achetées pour ses oreilles, elle jette le magazine pour ados et les gens nous regardent, et ses yeux sont… elle arrive à peine à les ouvrir… Je… je la saisis. Je ne sais pas quoi faire d'autre. Jamais je n'ai été aussi malheureux. Je la tiens jusqu'à ce qu'elle cesse de pleurer et les gens disent : « Qu'est-ce qu'il lui fait, il faut appeler un vigile, prévenir la police », et moi je fais « Chh chh chh » en la berçant, je pleure, elle pleure, je la tiens contre moi jusqu'à ce qu'elle commence à se calmer et je dis : « Ruby, je suis désolé », elle : « Je ne veux rien, Papa, s'il te plaît, s'il te plaît. » Et finalement, elle reprend pied, elle s'écarte un peu, embarrassée devant tous ces gens. « Et merde, je dis, on laisse tous ces trucs où tu les as jetés », et je me débarrasse ostensiblement des anneaux et je propose : « Tu veux aller au cinéma ? Il y a un multiplexe au dernier étage. Qu'est-ce que tu en dis ? » Elle répond : « Ouais, d'accord. » Ses yeux sont gonflés d'avoir tant pleuré et aussi à cause du décalage horaire — je n'avais même pas pensé à ça —, mais, bon, merde pour le décalage horaire. Nous nous dirigeons vers les escaliers mécaniques et maintenant qu'elle s'est vidée, qu'elle a évacué sa souffrance, ma première réaction instinctive, pour la remonter, c'est de lui acheter quelque chose… Ce que je ne fais pas mais quand nous passons devant un des anneaux restés par terre, je la vois le regarder du coin de l'œil et je cours le risque, je le ramasse, je le glisse dans ma poche et nous allons au cinéma.

« Le reste de la journée, on s'est payé du bon temps. On a vu le film, on est retournés à l'hôtel, on a commandé à manger par le service en chambre, on a regardé la télé, et quand il a fait noir on est descendus à pied jusqu'à la jetée de Santa Monica où il y a ce parc d'attractions à moitié nase.

« Nous y avons passé un moment puis nous sommes retournés par la plage, le seul moment où elle aime la plage c'est la nuit. Nous sommes remontés à la chambre, nous avons regardé une autre sélection de cassettes vidéo pendant laquelle Ruby s'est endormie. C'était une journée épouvantable, mais je pense que, d'une certaine façon, elle s'était révélée plutôt bonne, finalement : Ruby avait dû sortir des choses d'elle-même ; moi, j'avais peut-être appris quelque chose sur moi mais nous avions tous deux tenu le choc et nous nous étions couchés raisonnablement heureux. Je ne me rappelais même plus la séance du matin qui avait tout déclenché. Cette réunion de Burbank me semblait vieille d'un an tant la journée avait été intense. Et juste avant de me mettre au pieu, j'ai glissé l'anneau à nombril dans le compartiment secret du sac de Ruby et puis je me suis éteint comme une bougie, fin de la journée, OK ? À trois heures du matin, je me réveille, Ruby a un cauchemar, elle hurle, assise dans son lit, je la réveille, "Ruby, Ruby, Ruby", elle se calme… Tu sais ce que c'était, son cauchemar ? Elle avait rêvé que nous marchions dans Hopewell, elle et moi, et je lui montrais tous les endroits secrets où les bijoux étaient cachés, sauf qu'à chaque fois que j'ouvrais la bouche pour lui parler du sang en jaillissait. Pas des mots, du sang, et elle tentait désespérément de me faire taire pour que ça s'arrête, pour que je ne meure pas vidé de mon sang, mais moi je continuais à remuer les lèvres, à marcher en crachant du sang. Sympa, non ?

« Nous sommes rentrés à New York. Le projet de série télé ne s'est jamais réalisé, bien sûr, et j'ai cessé d'écrire. Mais comme je suis de retour à la case départ, je me mets à penser à la cocaïne, je fais des rêves de coke incroyablement réalistes. Je ne prends pas vraiment de cocaïne dans mes rêves, j'en cherche, ou bien je me demande où me planquer pour en sniffer. Et je n'arrive jamais à mes fins. Et je sais que je ne le ferai jamais non plus dans la vie réelle. Jamais.

« Tu sais, depuis, je fais de gros efforts avec Ruby, j'essaie de ne plus être mal à l'aise, ne serait-ce qu'une seconde. J'aimerais penser que je fais des progrès dans ce domaine ces temps-ci, mais ce n'est probablement pas le cas. Et je te l'ai dit, je donne des cours bénévolement à Paulus Hook parce qu'il faut que je fasse quelque chose, tout le monde doit faire quelque chose, alors autant que ce soit une bonne chose. Comme mener le bon combat… La moitié du temps, quand j'enseigne là-bas, je ne sais pas ce que je fais ni pourquoi je le fais, mais je passe de bons moments, j'accroche avec certains des élèves, je les vois s'ouvrir un peu, tenter des choses pour lesquelles ils n'auraient normalement aucune inclination, et ça me soutient. Comme je te l'ai dit, je peux retourner à L.A. quand je veux, me remettre en selle avec une série idiote ou une autre, mais…

Il laissa son esprit dériver, revint à Nerese :

— Tweetie, tu sais ce que je fais vraiment, ces temps-ci ? J'attends… Certains jours, je sens cette, cette chose, cette grande chose en moi, je ne… Je sens qu'elle m'emplit. Comment je pourrais… OK. Un exemple… dans le centre commercial, à L.A., après le cinéma, Ruby et moi nous sommes allés dans le patio restauration, nous avons trouvé une table. Ruby avait un devoir d'anglais à faire. Elle devait s'asseoir simplement quelque part et décrire la vie autour d'elle, les gens ou le cadre.

« Donc, on est là, elle va à peu près bien, elle a encore la mine brouillée d'avoir pleuré mais elle se met au travail et je l'observe, sa posture, son calme. Elle a de longs bras, le menton au creux de la main, le coude sur la table, elle est très élégante, tout est long en elle, les bras, les doigts, le cou, je la vois prendre son rythme, noter une phrase dans son cahier, s'arrêter, regarder autour d'elle, se concentrer sur telle chose ou telle personne, les tenir du regard, en quelque sorte, puis baisser de nouveau les yeux sur la page, noter, lever la tête, observer… J'ai l'impression de voir son esprit travailler, noter, regarder, et d'un seul coup je suis envahi par ce sentiment, je n'arrive jamais à le saisir, à l'identifier, mais c'est en rapport avec quelque chose que je suis sur le point de devenir ou de faire, je ne sais pas lequel des deux, mais c'est gigantesque, et en même temps très, très fragile, et quand il s'abat sur moi, je finis toujours par avoir envie de pleurer parce que, parce qu'il y a de la bonté dans cette chose, c'est comme une transmission à d'autres, de moi à eux, je suis à la fois la source et le réceptacle de quelque chose… Mais je ne peux pas, je n'arrive pas à le décrire, à le formuler…

Il laissa finalement sa voix mourir.

— C'est peut-être simplement que tu te sens bien avec ta fille, dit Nerese avec circonspection. Tu sais, un agréable moment ensemble, bien tranquilles. C'est peut-être seulement ça.

— Ouais, il y a ça, bien sûr, répondit Ray, écartant la remarque d'un rire forcé. Bon, à toi, maintenant. Allez. Comment tu es devenue flic…

Maintenant qu'il était arrivé au bout de son chapelet d'histoires, elle voyait la peur revenir dans ses yeux, elle l'entendait dans sa voix.

— Non, pas maintenant, Ray.

Dehors, le monde avait sombré dans la toute fin du crépuscule et Nerese, revenant à son projet, finit par se lever péniblement.

— Nom de Dieu, fit Ray, qui s'était remis à faire les cent pas. Tu pars comme ça ?

— Hé, tu me donnes ce que je veux et je campe sur ton canapé toute la nuit, proposa-t-elle, et j'entends par là autre chose qu'un échange d'autobiographies.

Quelque chose d'indéfinissable dans la texture de l'histoire de Ray — ce n'était pas le côté racial — l'incitait à garder les détails de sa propre transformation d'adolescente rebelle en officier de police pour la prochaine conversation ou la suivante, voire indéfiniment.

— À la une, marmonna-t-elle en ramassant ses affaires. À la deux…

— Non. OK. Tu ne vas pas… commença Ray, puis : Bon, très bien.

Et elle le perdit de nouveau, la peur de lâcher enfin la vérité et de prononcer le nom de Freddy étant apparemment plus forte que la peur de rester seul avec l'odeur de son propre sang flottant dans la pièce.

Si la peur était bien l'élément clef.

— Prends soin de toi, dit-elle en pensant : J'ai essayé.

— Hé, avant que tu partes… Comment il va, ton gars ? s'enquit Ray, s'accrochant à un fétu de paille.

— Mon gars ? J'ai pas de gars.

— Je veux dire ton fils.

— Darren ? Il va bien, répondit-elle rapidement, pour en finir.

— Il devrait passer me voir, ou me téléphoner, à propos de la fac…

Elle se figea dans une posture d'étonnement.

— Il t'a pas encore appelé ? Ça fait une bonne semaine que je le tanne pour qu'il le fasse, déclara-t-elle.

Un mensonge, pur et simple.

En plus de l'interdiction habituelle qu'elle s'imposait de ne pas parler de Darren dans ses conversations professionnelles, elle avait découvert que ce même instinct qui la faisait rechigner à raconter à Ray sa propre histoire la poussait aussi à maintenir son fils hors de son orbite.

— Bon, laisse-moi rentrer et lui parler entre quat'z'yeux, dit Nerese, se tournant de nouveau vers la porte.

Ray se tenait au milieu de la pièce, la main droite recourbée sur elle-même, un sabot de cerf.

— Tweetie… Non. OK. Non. Si tu dois partir, tu dois partir.

Elle s'approcha de la porte et hésita malgré tout, elle n'avait pas le cœur de le quitter comme ça, sans lui donner un petit quelque chose.

— Tu te souviens d'un gars de Hopewell, Tommy Potenza ?

— Potenza. Je ne… Non.

— Ben, lui se souvient de toi et il m'a dit de te demander si t'étais partant pour renouer avec lui. J'ai pris la liberté de répondre oui.

Ray haussa les épaules et, presque timidement :

— Pourquoi pas ? Bien sûr.

— Bon. Je m'en occupe, dit Nerese, tendant le bras vers la porte mais se sentant toujours coupable. En fait, tu sais quoi ? Donne-moi ton téléphone, je l'appelle tout de suite.

Ray s'approcha du sans-fil posé sur l'autre table basse, entre les vases épargnés, mais ne trouva que la base. Il inspecta un moment la pièce à la recherche du combiné puis appuya sur le bouton de localisation. Des *bips* aigus sortirent de dessous la table de la salle à manger, à près de six mètres de lui, et il dut se mettre à quatre pattes pour le récupérer.

— La batterie est vide, annonça-t-il à genoux.

— Qu'est-ce qu'il fait sous la table ?

Il haussa de nouveau les épaules, détourna les yeux.

— Aucune idée.

— Si la batterie est vide, il a dû rester là depuis…

— J'en sais rien, la coupa-t-il, soudain aussi désireux qu'elle parte qu'il l'avait été qu'elle reste.

Le temps de se retrouver dans la rue, Nerese avait déjà chargé en pensée Bobby Sugar de se procurer les relevés téléphoniques de Ray pour le mois écoulé, jusqu'au jour de l'agression inclus.

Bien qu'il ne fût que sept heures du soir, Nerese, marchant vers le parking, se sentit enveloppée par le calme du lieu. Le bruit de ses pas lui paraissait plus fort qu'il n'aurait dû, jusqu'à ce qu'une silhouette solitaire surgie de l'obscurité pénètre dans le cône de lumière d'un réverbère et se dirige vers elle. Instinctivement, la main droite de Nerese se baissa pour effleurer son arme.

— Hé, comment ça va ?

Salim El-Amin, fumant une cigarette et portant un sac à dos, leva nonchalamment la main pour la saluer puis passa devant elle et continua à marcher vers l'immeuble.

— Attends, le rappela-t-elle.

Il se retourna pour lui faire face.

— Tu vas voir Ray ?

Il écrasa son mégot du pied.

— Ouais.

— D'où tu viens ?

— De là-bas, répondit-il en montrant l'obscurité sans faille, les lumières du centre de Dempsy et les flèches gothiques de l'hôpital.

— Là-bas où ? Comment t'as fait pour arriver jusqu'ici ? lui demanda-t-elle.

— J'ai pris le bus jusqu'à la porte de la résidence et j'ai marché, dit Salim, l'air nerveux, maintenant.

— Le gardien t'a laissé entrer ?

— J'ai pas vu de gardien.

Il tira une Newport de sa veste et l'alluma comme pour se préparer à un long interrogatoire.

— Ray t'attend ?

— Moi ? fit-il, touchant sa poitrine. Attendre, c'est pas vraiment le mot. J'ai essayé de téléphoner, mais comme personne ne répondait, je me suis dit que je pouvais…

— Quoi ?

— Passer voir comment il va.

— Personne ne répond au téléphone, c'est signe qu'il est chez lui, pour toi ?

— Je sais pas, dit Salim en se massant les tempes. J'ai pensé que le téléphone était peut-être nase.

— À quelle heure t'as essayé d'appeler ?

Il détourna les yeux.

— Y a une heure.

— J'étais là-haut, y a une heure. Le téléphone n'a pas sonné.

— Ouais, c'est ce que je disais, il est peut-être nase, argua-t-il en remuant les pieds.

Peut-être, peut-être pas. Nerese ne savait pas si le sans-fil vide sous la table affectait le fonctionnement des autres postes de l'appartement, mais elle ne dit rien et laissa le silence s'installer entre eux, le demi-sourire embarrassé de Salim constituant son seul signe de résistance à l'autorité écrasante de Nerese, cette fois-là comme dans leurs futures rencontres, présuma-t-elle.

— Ray dort, maintenant, finit-elle par lâcher.

— D'accord, dit Salim, qui ne la regardait toujours pas.

— Je peux t'aider, moi ?

— Non, pas vraiment.

— Où t'habites ?

— Tonawanda. Enfin, j'y habite pas vraiment, c'est chez ma mère mais j'y vis pour le moment, en principe avec ma fiancée, jusqu'à ce que je sois totalement remis à flot.

— Je te raccompagne.

— Non, pas la peine. Je prendrai le bus.

Salim se mit enfin en mouvement, recula en direction de l'entrée de la résidence, distante de huit cents mètres.

— Je te dépose à l'arrêt de bus, alors, proposa Nerese, en mouvement elle aussi, maintenant.

— Non. J'aime bien marcher dans le coin. C'est tranquille, vous voyez ce que je veux dire ? lui lança-t-il quand, mince comme une lame, il passa de nouveau dans le cône solitaire de lumière. Mais merci de votre sollicitude.

20

SALIM — 26 JANVIER

Au milieu d'un après-midi d'hiver éclairé par un pâle soleil, Salim entra dans l'appartement de Ray, tenant un grand carton à dessin d'une main et poussant doucement de l'autre son fils devant lui. Le gamin, âgé d'environ trois ans, avait des yeux gris lumineux et les cheveux coiffés en minces bandes tressées rabattues sur son crâne comme des cornes de bélier.

— Comment ça va, Ray ? s'exclama Salim, l'air tout joyeux. Voilà mon fils, Omar.

— Il est... Regardez-moi ce petit bonhomme, fit Ray avec un entrain forcé, se sentant gêné, observant l'enfant comme si on l'observait lui-même.

Omar était vêtu de jean des pieds à la tête : pantalon, blouson, sac à dos, chapeau.

— Tu dis bonjour, Bou Bou ?

Salim parlait fort et lentement, comme si l'enfant était en état de choc.

— Bon-jour, chantonna Omar d'une voix étonnamment grave.

Et aussi sec il fonça droit sur la télé, colla son corps, bras et jambes écartés, au bas du grand écran, comme un serre-livres Garfield.

— Pas de télé, Bou Bou.

— Bon-jour, répéta l'enfant.

Il haussa les épaules, fit aller sa tête d'un côté à l'autre comme pour s'assouplir la nuque et sortit de la pièce d'un pas énergique.

— Il est tordant, dit Ray.

— Ouais. Son prénom, c'est Omar, mais je l'appelle Bou Bou.

Pouvoir présenter son fils de cette façon, le montrer dans toute sa gloire naturelle d'enfant de trois ans, semblait mettre Salim dans un état de quasi-euphorie. Et Ray l'aima pour ça.

— Bou Bou ! cria Salim. Viens ici, Bou Bou !

Le bambin revint dans la pièce.

— Compte jusqu'à quinze, Bou Bou.

Omar se contenta de fixer son père avec ses yeux de chat.

— Allez, Bou Bou, un…

— Un… répéta l'enfant.

— Deux…

— Deux…

— Trois…

— Trois… dit-il, fixant toujours son père, attendant.

— D'habitude, il le fait tout seul. Il est peut-être intimidé, aujourd'hui.

— Non, il est formidable.

Malgré sa fierté hypertrophiée, Salim ne paraissait pas trop inquiet de la performance de son fils, qui impressionnait de toute façon terriblement Ray.

— Je peux lui donner quelque chose ?

— Bou Bou, tu veux un jus de fruit ? demanda Salim, criant presque de nouveau.

Le gosse rejeta l'offre d'un geste brouillant les contours de sa main.

— Et toi, tu veux quelque chose ? proposa Ray.

— Non, ça va, répondit Salim en se touchant le ventre.

Il dénoua les cordons du carton, fit apparaître une douzaine de dessins, promena les doigts sur leurs bords jusqu'à ce qu'il eût trouvé celui qu'il cherchait.

— Ouais, voilà, dit-il, le tendant à Ray. C'est pour votre fille.

C'était une odalisque stylisée, une femme noire quasiment nue étendue sur le flanc en bikini-string léopard. Elle avait une haute coiffure afro et des yeux aux paupières lourdes, presque asiatiques, comme une pin-up de calendrier de distributeur de whisky.

Ray savait qu'on lui massait les épaules pour le préparer à quelque chose, mais il n'en était pas moins touché.

— Magnifique, commenta-t-il en s'efforçant de prendre un ton admiratif.

— Ouais, dit Salim. Sur l'argent que vous m'avez filé, j'ai donné cinq cents à ma fiancée, comme contribution aux futurs frais du ménage. J'ai mis trois cent cinquante sur un compte bancaire, et avec le reste je suis allé acheter du matériel de dessin à New York. Regardez...

Il s'accroupit près du carton et entreprit d'exposer ses œuvres sur le sol dallé blanc. La moitié représentaient des raggamuffins aux yeux de Bambi brandissant des armes automatiques, en un mariage saisissant entre Disney et mangas, le reste montrait des Noirs de la rue dont les silhouettes anguleuses confinaient à la pure géométrie, tous à genoux et enchaînés, ou les bras ouverts comme des crucifiés.

— Magnifique, répéta Ray.

— Ouais, ronronna Salim. Vous m'avez vraiment relancé dans mon art. Vous m'avez sauvé la vie, l'autre jour.

— Pourquoi ils sont tous armés, ces jeunes ? demanda Ray pour endiguer la flatterie.

— Ouais, bon... Pourquoi ils ont tous des flingues ? C'est pas pour voler ou faire mal à quelqu'un. C'est une protection, vous voyez, c'est pour protéger ce qui leur appartient, parce que la vie est comme ça.

Omar marcha sur l'un des dessins de son père.

— Fais attention, Bou Bou, lui dit Salim avec douceur en le poussant en arrière. Mais celui que je veux vraiment vous montrer, le voilà…

Salim sélectionna un autre gosse du ghetto, armé d'un Glock-19. Portant des fripes ridiculement trop grandes et une casquette de base-ball de travers, il braquait son canon sur l'observateur, un œil fermé pour viser, la pointe de la langue dépassant des lèvres sous l'effet de la concentration. CE QUI EST À MOI EST À MOI courait en grosses lettres sous ses pieds chaussés de baskets.

— C'est fort, estima Ray.

— Ouais. C'est ce que je pense aussi. Ce sera mon nouveau logo.

— Un logo pour quoi ?

— Bon, c'est de ça que je veux vous parler.

— OK, dit Ray, tentant de se préparer au mieux.

— J'ai une affaire à vous proposer. L'autre jour, comme j'ai dit, vous m'avez vraiment fait réfléchir à mon avenir et…

Salim tira de sa poche un mince catalogue de vêtements de sport en gros, une succession, page après page, de codes d'articles et de formulaires de commande.

— Bon, ce truc, reprit le jeune Noir en touchant son nouveau logo, ça me coûtera soixante-quinze dollars pour en faire un écran de sérigraphie, d'accord ? Je peux le prendre sur mes économies. Mais ça…

Il fit courir un doigt sur l'une des listes du catalogue.

— Je peux avoir une douzaine de T-shirts blancs ou noirs pour vingt-cinq dollars environ, d'accord ? J'en commande, disons, cinquante douzaines. Cinquante fois vingt-cinq, ça fait douze cent cinquante dollars, ou alors une centaine, ça ferait…

Il extirpa de la poche de son jean un morceau de papier tandis que Ray annonçait :

— Deux mille cinq.

— Ouais, c'est ça. Bon. Les cent douzaines que je viens d'acheter, je les porte à un imprimeur avec mon écran, il faut compter quatre dollars par T-shirt pour faire imprimer le logo, d'accord ? Quatre fois douze cents, ça fait quatre mille huit, plus les deux mille cinq pour les T-shirts, on arrive à un investissement de sept mille trois cents dollars, ce qui donne un prix de revient d'un peu plus de six dollars pièce, sauf que ces T-shirts, je les vends quinze dollars, ce qui fait neuf dollars de bénéfice par article, dix mille sept cents sur le tout, moins cinq cents pour une licence de marchand ambulant, il reste quand même plus de dix mille jetons net, pas de frais généraux, pas de loyer de boutique à payer, rien que moi et une table pliante dans la rue, hé, j'ai même pas besoin de table pliante, je les vends comme ça en les sortant de mon sac à dos, parce que j'aime marcher et j'ai jamais peur d'accrocher les gens. Je vous le dis, Ray, Mr Mitchell, je vous rembourse en trois semaines, je réinvestis le reste dans d'autres T-shirts et je suis sur les rails…

— Bon Dieu, Salim, sept mille trois cents…

— OK, OK, fit Salim, souriant, préparé à ça. Vous m'avez parlé de John Shaker, comment il est devenu une personnalité de la télé, et c'est super parce qu'il n'a jamais quitté le but des yeux et il a ce qui lui revient, maintenant… Mais moi, ça m'encourage parce que je sais l'effort que ça demandait de se concentrer, dans ce bahut, comment c'était dur, à l'époque. Dans *The Souls of Black Folk*, W.E.B. Dubois parle d'effet panier de crabes : si l'un des crabes essaie de s'en sortir, les autres, par réflexe, le tirent vers le bas, mais Shaker s'en est sorti quand même et tant mieux pour lui, mais moi, je suis toujours dans le même panier de crabes, et à l'époque j'en savais même pas assez pour essayer d'en sortir. À l'époque, y avait que la rue qui comptait pour moi, j'étais tout le temps dehors et on sait tous où ça mène, hein ? Et le jour où vous m'avez amené à cette agence de pub, où j'étais censé aller direct à cette école d'arts graphiques et où je l'ai pas fait ? Vous cherchiez à me tirer du panier mais j'étais trop naïf pour m'en rendre compte, j'avais une vision trop limitée pour le voir, et j'ai foiré. Je vous ai déçu, je me suis déçu moi-même… Mais malgré tout ce qu'on m'a fait depuis… On m'a tiré dessus, entre autres (et là, il montra une cicatrice en étoile sur son épaule), on m'a filé des coups de couteau (il releva son T-shirt pour révéler une boursouflure blanchâtre sur sa cage thoracique), j'ai été incarcéré trois fois, deux uniquement pour m'être trouvé au mauvais endroit au mauvais moment, j'ai passé six ans en prison au total mais je suis là, vous comprenez ce que je veux dire ? Je suis toujours là, je ne mange pas de viande, je ne bois pas, je ne jure pas, je lis tout ce qui me tombe sous la main, je respecte les principes de ma religion, je me lève à cinq heures tous les matins pour dire mes prières. J'ai mon fils, ma bonne santé, et maintenant, maintenant seulement, je commence enfin à ramper hors de ce panier de crabes et, ouais, sept mille trois, c'est beaucoup de blé, et il y a peut-être quelques autres personnes à qui je pourrais les demander, comme ma mère, qui, franchement, me méprise depuis le jour de ma naissance, ou un ou deux autres avec qui, pour mon propre bien sur le plan spirituel et judiciaire, je ne veux même pas avoir de contacts, encore moins des dettes, mais je vous le demande à vous parce que depuis que j'ai foiré le coup avec l'école d'arts graphiques, j'ai besoin que vous soyez fier de moi. J'ai besoin de vous prouver que votre confiance en moi était justifiée.

Salim avait débité son boniment toujours accroupi, entouré par ses œuvres d'art étalées au centre de la pièce.

— Il s'agirait de cinquante ou de cent douzaines ? demanda Ray, s'agenouillant pour rétablir l'équilibre. Parce que au début tu parlais de cinquante…

— Je vous laisse juge.

— Parce que cinquante douzaines, ça fait la moitié.

— Oui, je vous suis.

Omar avait trouvé un crayon et, accroupi lui aussi, les pieds bien à plat, il se mit à griffonner sur l'un des dessins de son père de longs Z aplatis reliés entre eux, comme le tracé fait par un gros bobard au détecteur de mensonge.

— Attention, chéri, intervint Ray, puis il répéta : Chéri…

Mais Salim retourna simplement le dessin, tapota le verso vierge et dit de sa voix trop forte :

— Fais un dessin pour Ray, Bou Bou. Un dessin.

— Menton, dit l'enfant, recommençant à tracer ses lignes d'un côté à l'autre.

— Dessine une tête, Bou Bou.

Tandis que Ray, accroupi, se torturait en ruminant le speech de Salim, Omar dessina deux ronds tremblés au milieu d'un cercle plus grand, deux œufs dans une poêle à frire.

— Tout ce dont je viens de vous parler, reprit Salim, sautillant pour soulager ses genoux, c'est pour moi, bien sûr, mais c'est surtout pour mon fils, vous comprenez ? Je serai pas un de ces pères absents. Je suis fermement décidé, là-dessus.

— Je te suis, dit Ray d'une voix éteinte.

Marchant en canard, Salim s'approcha de lui et le prit dans ses bras, le serra doucement. Ray regarda Omar par-dessus l'épaule de son père, l'enfant, imperturbable, fermant un œil dans un bâillement félin voluptueux. Cinquante douzaines et basta, décida Ray.

Les deux hommes se relevèrent, Ray époussetant gauchement de la main les genoux de son jean.

— Mr Mitchell, fit Salim avec un embarras soudain, je peux vous demander un conseil ?

Cette vague requête et quelque chose dans le ton de Salim, son hésitation sincère, firent fondre complètement Ray, qui se retrouva soudain à l'entière disposition du jeune Noir.

— J'ai presque trente ans, d'accord ? Vous trouverez pas beaucoup d'Afro-Américains qui l'admettent, mais je comprends rien aux femmes, vraiment rien…

— Moi-même, je suis divorcé, annonça Ray avec aisance, cet effacement désinvolte masquant le désir d'attraper habilement la balle que Salim s'apprêtait à lui lancer.

— Ma fiancée, Michelle, elle travaille à Jersey City, elle est réceptionniste dans une société de courtage d'Exchanger Place. Elle a commencé comme intérimaire après la naissance d'Omar, ils l'ont tellement appréciée qu'ils l'ont embauchée définitivement. Elle ramène trois cent quatre-vingt-douze dollars à la maison chaque fin de semaine et je vous ai expliqué qu'elle me nourrit avec cet argent, qu'elle me reproche sans arrêt de ne pas contribuer à l'éducation d'Omar, à l'entretien de la maison et tout le reste, d'accord ? Bon. L'autre jour, je rentre avec les cinq cents dollars pris sur l'argent que vous m'avez donné pour me permettre d'apporter enfin ma part…

Ray savait très exactement ce qui allait suivre, il s'y préparait presque physiquement, fléchissant les jambes comme un gardien de but.

— Donc, je lui donne le fric, et elle : « Pourquoi ce type t'a donné cet argent ? Qu'est-ce qu'il veut que tu fasses en échange ? Dans quoi tu t'es mis, encore ? » Elle m'engueule, en fait. Et moi : « Enfin, Chelle, tu te plains toujours que j'apporte pas ma part à la maison, que je fais que passer, ce type est mon ancien prof d'anglais, il s'efforce de me faire croire en moi depuis le temps des dinosaures, c'est quoi ton problème ? » Pourtant, vous savez, Ray…

Salim tendit le bras, lui toucha le dos de la main, reprit :

— Quand j'étais en prison, elle venait chaque semaine à la visite. Elle avait toujours le sourire, elle amenait toujours le bébé, de la nourriture, des cigarettes, des livres. Tout ce que je lui demandais, et elle ne ratait jamais un jour de visite. Et vous savez, c'est pas parce que je rapportais pas d'argent que je faisais pas ma part à la maison. Quand j'ai connu Michelle, elle buvait. Dix-neuf ans, alcoolique. Des bouteilles de Hennessy dans le panier à linge, sous le lit, derrière le canapé, et je l'ai aidée à s'en sortir. J'étais rempli d'ondes positives. J'allais aux réunions avec elle et tout. J'ai pas réussi à la convertir à ma religion, elle est toujours chrétienne, mais elle n'a pas touché à l'alcool depuis cinq ans. C'est moi qui ai fait ça. Moi. Mais maintenant… je suis libre. Sur le point de faire bouger les choses pour moi, pour nous, j'ai jamais été en meilleure forme sur le plan physique, mental, spirituel, pour la première fois depuis des années, je rentre et je pose de l'argent sur la table…

Il toucha de nouveau la main de Ray.

— Mr Mitchell. Elle refuse de me parler. De se mettre au lit avec moi. De me regarder dans les yeux… Qu'est-ce que ça veut dire ?

Quasi incandescent de bonne volonté, de gratitude, Ray répondit :

— Eh bien, je vais te dire, Salim. D'après mon expérience, il y a des gens qui râlent et qui gémissent parce qu'ils doivent te porter à bout de bras, parce qu'ils ont toujours tout sur le dos, bla-bla-bla. Mais en échange, ils exercent un contrôle total sur toi. Ta fiancée, je ne sais pas, mais pour beaucoup de gens, avoir le dessus comme ça, ça vaut largement les frais de port, si tu vois ce que je veux dire.

— Ouais, ouais, je vous suis. La domination par la prise de pouvoir financière. Mais moi, je suis pas comme la plupart des hommes que vous connaissez, qu'ils soient afro-américains, blancs, juifs. Je ressens pas le besoin de dominer. Je veux juste être sur un pied d'égalité avec elle. Assurer ma part, vous voyez ?

La voix de Salim commençait à lui échapper, à devenir ténue et rauque.

— Et j'y arriverai, continua-t-il. Ça ne fait aucun doute. J'ai survécu à six ans de vie pénitentiaire et il n'y a rien ici, je dis bien rien, qui soit comparable à ça. Au bout du chemin…

Il s'interrompit, s'efforça de reformuler son discours, reprit :

— Au bout du chemin, mon fils…

Il essuya prestement ses pommettes du renflement de ses paumes, geste gracieux remontant vers les oreilles.

— Au bout du chemin, répéta-t-il encore, les mots sortant en rafale comme pour prendre les larmes de vitesse, mon fils regardera en arrière et il sera fier de son père.

Détournant la tête, il ajouta :

— Excusez-moi.

— Pas de problème, dit Ray, s'efforçant désespérément de s'accrocher à l'idée que ce jeune était peut-être en train de le manipuler, puis, perdant définitivement toute maîtrise de soi : Oh allez, tant pis, Coley. Va pour les cent douzaines.

21

DANIELLE — 24 FÉVRIER

Nerese attendait Danielle Martinez sous la marquise du RKO Rajah, dans le centre de Dempsy, tandis que le crépuscule empiétait sur le jour.

La première fois qu'elle était venue là, c'était dans son enfance, pour voir *Opération Dragon* avec sa grand-mère, au début des années 70 ; la dernière fois, c'était en qualité de flic, pour déloger plus de deux cents SDF qui avaient établi une résidence semi-permanente dans la longue salle obscure, au début des années 90.

Au cours de ses soixante-dix-sept ans d'existence, le Rajah était passé de magnifique salle de music-hall à cinéma, multiplexe, squat de drogués et enfin locaux universitaires, dans son avatar le plus récent : la ville, quelques années plus tôt, s'était finalement débarrassée de cet édifice coûteux et inutile en le louant un dollar par an au Community College[1] du comté de Dempsy, lequel, procédant à des transformations minimales, avait converti les huit petites salles en autant d'amphithéâtres.

Un moment après avoir entendu une longue sonnerie grinçante à l'intérieur du bâtiment, Nerese fut prise dans le flot des étudiants sortant des cours — des adultes

1. Établissement universitaire à cycle court. (*N.d.T.*)

ayant un emploi, pour la plupart —, s'écartant puis se refermant derrière elle comme un torrent autour d'un rocher, tout le monde se ruant apparemment dans la rue par ces portes — tout le monde à part Danielle Martinez.

Elle était là, pourtant, essayant très probablement de décourager Nerese en la faisant attendre, mais Nerese, qui adorait jouer avec ses témoins, resta patiemment plantée dans l'obscurité de flanelle grise tandis que la frénésie de l'heure de pointe commençait à monter, une interminable caravane de voitures, de taxis clandestins noir et orange, d'autobus rouge et jaune s'arrêtant et repartant, se frayant un chemin dans la neige écrasée presque noire, les conducteurs faisant brailler leur klaxon comme s'ils n'avaient jamais vu de feux de circulation.

Et, dans son inactivité résolue, Nerese se surprit à repenser à sa dernière visite dans ce lieu, une dizaine d'années plus tôt, et en particulier à un vieux schnock qu'il avait fallu quasiment porter dehors, crado, les yeux vitreux, qui, bien que Nerese fût en train de le foutre littéralement à la rue, s'était mis à lui raconter sur un rythme de rap, malgré sa peur, d'une voix étonnamment enjouée, les jours de gloire du Rajah pendant la Seconde Guerre mondiale, quand, en une série de samedis soir, lui et sa femme avaient vu Charles Laughton, Ray Milland et Walter Brennan prononcer des discours patriotiques sur la scène avant que les lumières s'éteignent. Nerese avait répondu poliment par des « Oh » et des « Ah » jusqu'à ce que le pauvre se retrouve dans le froid avec tout ce qu'il possédait, une de ces journées où elle n'avait pas été fière de faire son boulot.

Après avoir fait poireauter Nerese trente minutes après l'heure convenue, Danielle sortit enfin à contrecœur du bâtiment, l'inspectrice l'identifiant facilement à la colère dans ses yeux clairs de chat.

— Vous vous imaginez que ma vie est un jeu ? fulmina-t-elle.

— Pardon ? fit Nerese, clignant des yeux, pensant : Tu veux la jouer comme ça ?

— Deux mille messages. Mon patron, la fac, tout le monde me tanne : « Pourquoi la police vous cherche ? Pourquoi la police vous cherche ? »

Nerese haussa les épaules, jeta un coup d'œil à la circulation.

— Ben, à ma connaissance, vous n'aviez reçu aucun de mes messages, vu que vous n'aviez répondu à aucun.

— Je les ai eus. Seulement, je n'avais pas envie de vous parler. Vous êtes inspectrice, vous pouviez pas comprendre ça ?

Nerese la regarda quinze bonnes secondes sans réagir et Danielle, quoique toujours furieuse, finit par détourner les yeux.

— Vous répondez pas à mes messages : non seulement ça me fout les boules mais, en plus, je me dis que je tiens quelque chose…

Danielle paraissant sur le point de cracher le feu, Nerese la calma aussi sec :

— Réfléchissez avant de parler. Rappelez-vous ce que je représente.

Face à une artillerie plus puissante, Danielle plia, porta son regard sur le boulevard qui s'assombrissait.

— On va faire ça gentiment, poursuivit Nerese, d'un ton apaisant maintenant qu'elle avait gagné l'affrontement initial. Venez, je vous invite à dîner.

Elle dirigea Danielle vers un box de coin du Red Robin Diner — pas de vue par les fenêtres —, la fit asseoir sur une banquette qui la plaçait le dos à la salle pour qu'elle n'ait à regarder que Nerese ou le portrait de clown en vente au-dessus de sa tête.

D'un geste las et insouciant, Danielle laissa son sac à dos tomber sur la table ; quelques livres s'en échappèrent et glissèrent sur le Formica humide. Nerese déchiffra des titres : *Problèmes de comportement organisationnel, Des règles pour les pauvres, La Cage verticale, Statistiques élémentaires.*

Elle commanda de la main deux cafés.

— C'est quoi, votre matière principale ?

— Politique des pouvoirs publics, répondit Danielle, qui se mit à casser des cure-dents en agitant nerveusement la jambe gauche.

— Politique des pouvoirs publics ? Je peux voir un de vos cahiers ? Simple curiosité.

— Lequel ?

— Celui que vous voulez.

Danielle tira de son sac un cahier à spirale, le fit glisser vers l'inspectrice.

Le papier était vert pâle, les notes prises au stylo à bille bronze d'une netteté exquise.

— Vous avez une belle écriture, fit Nerese, tournant quelques pages. Magnifique...

Elle avait le sentiment que Danielle notait le moindre mot sorti de la bouche du prof.

— Regardez ça, poursuivit-elle, effleurant des doigts le dos d'une feuille, sentant les minuscules impressions en relief. Moi, mes cahiers, c'était plutôt le genre notes prises à la va-vite, on aurait dit des bouts de papier échappés des poches d'un bookmaker en cavale...

Danielle tendit la main pour renouveler sa provision de cure-dents.

— Vous me rappelez la série... *Columbo*...

— Moi ? Je préfère *Law & Order*. Mais ça, alors... ! s'extasia de nouveau Nerese, donnant une dernière caresse à la calligraphie de Danielle. C'est décidé, je retourne en fac !

La serveuse vint coller ses cuisses contre la table.

— Comment ça va, ma belle ? demanda-t-elle à Nerese. Cheeseburger à la dinde ?

— Ouais, avec des frites à l'ancienne.

Elle se tourna vers Danielle.

— Juste un café, répondit Danielle, suant l'adrénaline.

Nerese regarda la serveuse s'éloigner d'un pas traînant et se retourna vers Danielle.

— Dans six mois, je pars pour la Floride. Y a trois universités différentes à moins de cinquante kilomètres de ma maison et je me verrais bien passer une licence...

— Une licence de quoi ? demanda Danielle sans le moindre intérêt.

— De quoi ? J'en sais rien, conseils en toxicomanie, management de la réinsertion, services sociaux, services pour la jeunesse, pour la famille... Vous savez, les matières principales que prennent en général les flics à la retraite. C'est quoi, « politique des pouvoirs publics » ?

— Deux années de conneries suivies d'un boulot au service logement de la ville si vous avez du piston.

Nerese désigna le sac de livres.

— Ça m'a pas l'air de conneries, à moi.

Danielle ne répondit pas, se mit à mordiller l'ongle de son pouce, attendit.

Au comptoir, Nerese repéra deux hommes qu'elle avait personnellement arrêtés au cours des dix-huit derniers mois et trois autres dont elle savait qu'ils avaient été bouclés pendant cette même période : le Red Robin Diner se trouvant à proximité de la prison du comté, il offrait souvent une première escale aux détenus qui avaient fini leur temps ou à ceux qui avaient eu la chance d'obtenir une libération sous caution.

— Vous savez, je suis de Hopewell, moi aussi, révéla Nerese au moment où le cheeseburger à la dinde arrivait sur leur table avec une rapidité suspecte, la serveuse remplissant de nouveau leurs tasses de café.

— Ammons, bâtiment 4, lâcha Danielle. Ma mère me l'a dit.

— Vous êtes sûrement trop jeune pour vous souvenir de nous.

— Vous aviez un frère, Antoine, il était homo, hein ?

— Ouais. Sauf que la terminologie exacte, à l'époque, c'était plutôt pédé.

— D'après ma mère, il a cassé la gueule à mon frère Harmon un jour sur le grand terrain de jeux.

— Toni a cassé la gueule à tout le monde. Pédé, ça veut pas dire femmelette.

Danielle finit sa deuxième tasse de café.

— Quelles matières vous voulez étudier, déjà ?

Nerese haussa les épaules.

— En fait, on est juste deux filles de Hopewell en train de bavarder.

— C'est ça.

Danielle tourna la tête de côté, retint un sourire narquois.

— Allez, racontez-moi, dit Nerese, se penchant en avant, appuyée sur les coudes.

— Que je raconte quoi ?

— Devinez.

— C'est vous qui m'avez téléphoné.

Nerese eut un long soupir puis :

— Comment Freddy a pris le fait que vous couchiez avec Ray pendant qu'il était en taule ?

— Quoi ? s'exclama Danielle, le sang au visage.

— Je vais trop vite ? fit Nerese, maintenant la pression de son regard.

— Non, répondit Danielle après s'être ressaisie. Il ne l'avait pas volé.

— Ray ?

— Freddy, rectifia Danielle, qui parut se détendre pour la première fois de la soirée.

— Ça lui était déjà arrivé de réagir comme ça avec vos autres petits copains ?

— Règle numéro deux : quand vous interrogez un suspect potentiel ou un témoin, cherchez toujours à faire croire que vous en savez plus que vous n'en savez en réalité.

— Bien vu ! s'esclaffa Nerese, refusant de la main une troisième tasse de café.

— Écoutez, je suis désolée de ce qui est arrivé à Ray, c'était un gars très gentil, dit Danielle, presque bavarde de soulagement maintenant qu'on avait abordé l'essentiel. Mais vous perdez votre temps à vous intéresser à Freddy pour ça.

Nerese eut un haussement d'épaules.

— Vous avez peut-être raison. J'ai regardé son casier, il n'a pas vraiment d'antécédents violents, mais il y a ce cadavre, qu'il ait été condamné ou pas. Et maintenant, on a cette situation, vous trois…

— Hé, la coupa Danielle. Ray a rompu avec moi.

— D'accord… Freddy était au courant pour vous et Ray ?

— Probablement.

— Probablement ?

— Il se fait mettre au trou, il connaît la suite du programme.

— Le programme, répéta Nerese en s'efforçant de ne pas donner l'impression de porter de jugement.

— Écoutez, je connais mon mari, je ne mettrais jamais un autre être humain en danger comme ça.

Nerese la fixa tandis que le claquement intermittent d'assiettes sales jetées dans une bassine en caoutchouc ponctuait le silence.

— Faut faire mieux que ça, dit-elle finalement. Faut me convaincre.

Danielle regarda un moment sa tasse en plissant le front puis releva la tête, les yeux brillants.

— Dites-moi quand c'est arrivé puis demandez-moi où était Freddy à ce moment-là.

— D'accord. Mardi, il y a deux semaines, où était Freddy…

— Mardi il y a deux semaines ? À la maison, avec moi.

— Bon, alors, c'est réglé, fit Nerese en riant.

— Oui, mais maintenant, demandez-moi si quelqu'un d'autre nous a vus.

— Ouais, OK, dit-elle, faisant signe à Danielle de continuer.

— Mon fils. Il était malade. Il est rentré malade de l'école.

— Il a quel âge ?

— Douze ans. Presque treize. Nelson.

Nerese se rappela le jeune garçon entrevu lors de sa visite à l'appartement de Carla, elle se rappela le prénom mentionné pendant sa conversation avec Brenda Walker.

— Je pourrais lui parler, au besoin ?

— Pas en dehors de ma présence.

— Votre présence est obligatoire, de toute façon. C'est la loi.

— Alors, ouais, pas de problème.

— Racontez-moi ce qui s'est passé ce mardi-là. Ce que vous avez fait. Où vous êtes allée. Débarrassez-vous de moi.

Danielle la considéra un moment avec méfiance puis :

— Je ne suis pas rentrée avant sept heures, j'avais cours jusqu'à six heures et demie.

Nerese posa un bloc-notes de reporter sur la table, se mit à écrire.

— Rentrée… à… sept heures.

Danielle l'observait en fronçant les sourcils. Nerese expliqua le bloc-notes avec un geste de la main.

— J'ai la tête comme une passoire.

— Si vous le dites, Columbo.

— Donc vous êtes rentrée à sept heures. Freddy était là ?

— Ouais.

— Il était comment ? Côté humeur ?

— Vous n'avez pas besoin de savoir ça.

— Pourquoi ? demanda Nerese, qui posa ostensiblement son stylo, comme si cette partie de leur conversation devait rester entre elles.

— Rien d'illégal. Il était juste de mauvaise humeur.

— À cause de quoi ?

— Il n'a pas besoin de raison.

— Quand même…

— Il essaie de se mettre aux opérations journalières, en Bourse, il reste assis devant son ordinateur portable en passant par toutes les humeurs de la gamme… Faut lui reconnaître ça, il essaie.

— Bon, donc, vous rentrez, Freddy est là, de mauvaise humeur…

— Dark Vador sans son casque. Je lui demande où est Nelson, il me répond qu'il est au lit. Je lui demande pourquoi, il me répond : « Il est malade. »

— Il est malade… répéta Nerese, qui avait repris son stylo.

— Je vais dans la chambre de Nelson, il est endormi. Je le réveille parce que je ne veux pas qu'il dorme à sept heures, ça va dérégler son horloge biologique. Vous voyez ce que je veux dire ? Il se réveille à deux heures du matin, il n'arrive plus à dormir…

— D'accord, dit Nerese en griffonnant.

— Je lui touche le front, il est un peu chaud mais je lui dis : « Viens dans le séjour, allonge-toi sur le canapé, tu pourras regarder la télé. » Normalement, il n'a droit qu'à une demi-heure de télévision le soir, mais je préfère qu'il garde les yeux ouverts jusqu'à l'heure pour lui d'aller se coucher. S'il est malade, je ferai un mot à ses professeurs pour expliquer qu'il n'a pas fait ses devoirs mais…

— Vous vous rappelez ce qu'il a regardé ?

— À votre avis ? MTV, bien sûr.

— Même chose chez moi. Ça me rend dingue. Donc, vous vous mettez à table pour dîner…

— Freddy et moi. J'apporte un plateau-télé à Nelson sur le canapé. On mange, Freddy retourne sur le Net et je fais mes devoirs, je couche Nelson vers onze heures, je me couche moi-même vers minuit et demi, une heure…

— Où est Freddy ?

— Au pieu. Toujours avec son ordinateur. C'est sa nouvelle copine.

— Vous avez parlé de quelque chose pendant le repas ?

— Je suppose. Je sais plus. Oh, si, attendez. Vous savez ce qu'il m'a dit ? Il m'a dit : « Je suis désolé. » Pas pendant le dîner mais plus tard, quand je me préparais à me mettre au lit. Il m'a dit : « Je suis désolé. »

— De quoi ? s'enquit Nerese d'un ton détaché.

— C'est ce que je lui ai demandé. « De tout », il a répondu.

— D'accord, fit Nerese, attendant la suite.

— J'ai fait : « Où est-ce que j'ai déjà entendu ça ? »

— Je vous suis, dit Nerese sur un ton d'amie à amie. Mais vous pensez pas qu'il se référait à quelque chose de précis ?

— Comme « désolé d'avoir envoyé Ray à l'hôpital » ?

— Ou autre chose.

— Autre chose, hein ? repartit Danielle sèchement. J'essaie de vous donner une idée de Freddy. Il veut tout le temps être mieux que ce qu'il est. Il essaie. Et c'est pour ça que je suis encore avec lui. Dès l'instant où je sentirai qu'il a renoncé, je m'en irai. Mais je ne laisserai pas tomber quelqu'un qui lutte pour s'en sortir, même si cette lutte se termine mal la plupart du temps. C'est ce que je voulais dire en vous racontant ça.

— D'accord.

Nerese sourit, redressa le dos et réclama l'addition de la main.

— C'est tout ? s'étonna Danielle.

— Pour le moment.

— Ça valait la peine de flanquer la pagaille dans ma vie avec deux millions de coups de fil ?

— Ouaip.

Nerese avait maintenant un pied dans l'encadrement de la porte, une conversation à venir avec le gamin plus une relation orale des événements qui serait inévitablement contredite à la fois par Nelson et par Freddy — il y avait rarement correspondance entre diverses versions —, et chaque contradiction lui donnerait un prétexte pour ouvrir plus grand la porte.

Elle songea à demander à Danielle si elle pouvait parler à Nelson ce soir, tout de suite, avant que la maman revienne sur sa proposition de lui livrer son fils.

— Comment va Ray ? dit Danielle en remettant de l'ordre dans le contenu de son sac à dos.

— Vous êtes allée le voir à l'hôpital ?

— Pas vraiment.

— Vous lui avez téléphoné ?

— Hé, vous êtes quoi, ma mère ? rétorqua Danielle, Nerese devinant sa gêne.

— Pourquoi pas ?

— Pourquoi pas ? dit Danielle en se figeant. Vous rigolez ?

— Vous pensez que je pourrais parler à votre fils ce soir ?

Elle jaugea l'inspectrice du regard.

— Nelson ? Non, ce soir, c'est pas possible.

Nerese, doucement :

— Pourquoi ?

— Parce qu'il est de nouveau malade.

— Ah ouais ? Il a quoi ?

— Pas une pneumonie, mais il couve quelque chose. Ça traîne depuis un moment.

La serveuse posa l'addition et deux bonbons à la menthe enveloppés de Cellophane sur la table.

— Plus tôt je lui parlerai, mieux ça vaudra...

— Donnez-lui un jour ou deux pour se remettre. Vous avez une carte ou quelque chose ?

Danielle tendit la main, Nerese se demanda s'il y avait une dérobade dans tout ça, estima que non. En outre, à ce stade, si elle sentait Freddy ou quelqu'un d'autre de la famille se défiler, elle inciterait son contrôleur judiciaire à le menacer de révoquer sa liberté conditionnelle, les CJ ayant souvent le marteau plus lourd que n'importe quel flic.

— J'aimerais réellement parler à votre fils demain soir, insista Nerese en tendant sa carte.

— J'ai cours jusqu'à huit heures, demain.

— Alors, vers neuf heures ?

Danielle tergiversa puis :

— D'accord.

Nerese mit huit dollars cinquante dans la soucoupe pour une addition à sept soixante-quinze, hésita et ajouta cinquante cents.

— Alors, comment va Ray ? demanda de nouveau Danielle.

Elle passa la bretelle de son sac à son épaule mais attendit une réponse avant de se lever.

— Il est sonné. Il va mieux.

Nerese avait choisi de minimiser ce que Ray avait subi pour ne pas effrayer Danielle avec la gravité de ses blessures, la gravité de ce qu'on lui avait fait.

— C'est l'un des types les plus gentils que je connaisse, déclara Danielle. Très généreux. J'allais chez lui avec mon fils, et souvent je devais travailler pour la fac, et il y a une terrasse, là-bas, c'est comme le paradis pour moi, il ne se plaignait jamais, il restait avec Nelson, il jouait au base-ball avec lui, il lui racontait des histoires, quelquefois j'amenais même mon neveu. Ray ne protestait jamais.

— Vous ameniez votre fils avec vous ? s'exclama Nerese.

Ce n'était pas une révélation. Nerese le savait quasiment depuis le début. Pourtant, en l'entendant de la bouche même de la mère, elle eut du mal à garder un ton neutre.

— On ne faisait rien, rétorqua Danielle, s'assombrissant. Merde, vous me prenez pour qui ?

22

NELSON — 27 JANVIER

Le temps avait cette douceur hors de saison — seize degrés à l'ombre — qui amène les gens à s'inquiéter de l'effet de serre, et Ray, en T-shirt, attendait sur sa terrasse depuis près d'une heure quand Danielle finit par arriver dans sa Vega crottée. Elle sortit de la voiture et le poids de son sac à livres la fit chanceler quand elle passa la bretelle à son épaule.

Son fils Nelson émergea précautionneusement du côté droit avec la démarche heurtée, embarrassée, d'un adolescent qui traverse le parquet d'une salle de gym vide pour inviter une fille à danser.

Elle avait dit qu'elle l'amènerait et Ray pensait être préparé, et il l'était, à l'abstinence, mais il fut étonné d'être étrangement excité aussi par la présence de l'enfant, d'une manière qui n'était pas claire pour lui mais qui le faisait se sentir vaguement gêné.

À la porte, Danielle et Ray évitèrent tout contact physique pour se saluer. Ray n'était pas sûr qu'il en aurait été autrement en l'absence de Nelson, mais après tout, quelle importance ?

— Viens voir.

Il lui fit traverser le salon en direction de la terrasse, où il avait installé un bureau : blocs-notes, stylos, crayons, effaceurs.

— Oh, mon Dieu, c'est si gentil de ta part ! s'exclama-t-elle avec ce ton de gratitude qui l'avait tout de suite attiré pendant sa visite chez Carla.

— Vas-y, défonce-toi, dit-il, avant de se tourner vers Nelson : Tu as des devoirs, toi aussi ?

— Non, intervint sèchement Danielle, pas en réaction à la question de Ray mais pour empêcher Nelson d'approcher de la télé. Tu lis ton livre.

— Je l'ai laissé dans la voiture, murmura-t-il.

— C'est pas vrai, maugréa-t-elle, tirant de son sac un mince ordinateur portable couleur mandarine qui renvoya les petites attentions papetières de Ray à leur charmante obsolescence.

— Qu'est-ce que tu lis ? demanda-t-il à Nelson.

— *Roll of thunder, hear my cry*, répondirent en même temps la mère et le fils.

— C'est sur une famille noire du Sud, non ? Ruby est en train de le lire.

— Je ne descends pas le chercher, prévint Danielle.

— J'y vais, proposa Ray.

— Non, laisse-le y aller.

Elle tira de son sac un gros livre de poche universitaire, *Table ronde sur la violence collective*.

— Tout lui tombe rôti dans le bec, à ce gosse.

Ray avait déjà eu cette vague impression avant et elle venait de la confirmer : Danielle était l'une de ces personnes pour qui un ton chronique de léger reproche, une fermeté verbale constante, équivalait à être un parent responsable. D'un autre côté, elle savait ce que son fils lisait, ce qui, selon Ray, n'était pas rien.

— Allez, descends chercher ton livre, Nelson.

— Tu sais quoi ? intervint Ray. Je crois que j'ai l'exemplaire de Ruby dans la chambre. Viens, dit-il en faisant signe à l'enfant de le suivre.

Danielle retourna sur la terrasse.

Ray referma la porte de la chambre derrière eux.

Il n'avait aucunement l'intention de donner à Nelson le *Roll of thunder, hear my cry* de Ruby.

Avec Danielle travaillant pour la fac et ce gosse le nez dans un livre, qu'est-ce qu'il serait censé faire, lui ? Ray inspecta la pièce en quête d'un sujet de leçon de choses, quelque chose pour ravir et divertir. Les cartes. Il n'avait jamais eu l'occasion de montrer à qui que ce soit ces fichues cartes.

— Nelson, tu aimes le base-ball ?

Le garçon haussa les épaules.

— Moi non plus, dit Ray.

Il ouvrit le tiroir du bas de sa commode et y prit deux gros classeurs à anneaux.

— Mais là, il ne s'agit pas de base-ball. Il s'agit de cartes de base-ball.

S'asseyant au bout de son lit, les classeurs sur les genoux, il tapota le matelas en signe d'invite et ouvrit le plus épais des albums pour révéler sa collection de Topps des années 50, huit pochettes horizontales par page.

— Superbe, hein ?

Il passa une main légère sur une feuille des Tigers 55, où toutes les photos se détachaient sur un fond rougeâtre, d'un rose poussiéreux au bas de la carte à un coucher de soleil sanglant dans la partie supérieure, les joueurs de Detroit levant tous les yeux vers le ciel et ce qu'ils regardaient leur faisant écarter les lèvres d'étonnement.

— Ce type, Ferris Fain, tu sais comment on le surnommait ? Tête de nègre.

Ray avait rassemblé ces cartes dans les mois qui avaient immédiatement suivi sa rupture avec la coke. Les poches pleines du fric de la télé, cherchant désespérément une obsession relativement inoffensive pour remplacer la drogue, il avait choisi de retrouver des fragments matériels de son enfance — en fait, pour une raison quelconque, des objets populaires des années qui avaient précédé son enfance —, d'abord les cartes puis quelques années de numéros du magazine *Mad* et de

Playboy, puis des produits dérivés de feuilletons télévisés du début des années 60 — boîtes à déjeuner, jeux de plateau, figurines —, des microsillons de mambo et de cha-cha-cha, les albums osés de Belle Barth et Rusty Warren, deux cents premières éditions de BD *Classics Illustrated* et un millier de serviettes en papier sur lesquelles étaient imprimées une série de blagues plus ou moins cochonnes.

Il trouvait ce bric-à-brac assez embarrassant, l'avait gardé en grande partie caché et avait fini par tout vendre — tout, excepté les cartes.

Il n'avait jamais été fan de base-ball mais les cartes, c'était une autre histoire. Enfant, il avait été un collectionneur acharné et, trente-cinq ans plus tard, la simple vue de ces cartes, même celles qui avaient été imprimées avant sa naissance, le remuait encore : le sourire idiot de Warren Spahn, les sourcils broussailleux de Wally Moon, la tête en forme de poire de Hoyt Wilhelm, les cernes à la Boris Karloff entourant les yeux de Don Mossi, les surnoms, les coupes en brosse, les oreilles à angle droit, la façon dont Bobby Richardson regardait sur le côté et Junior Gilliam en l'air — regardait quoi ? —, le tout sur des fonds de couleur vive : jaune urgences, rose torride, bleu roi, vert Irlande, orange Halloween, rouge sang artériel, tout ça, encore maintenant, alors qu'il était assis près d'un étranger de douze ans, les albums ouverts sur ses genoux, chaque carte le tourmentait aussi viscéralement qu'un rêve en train de s'évanouir.

— Il faut être un débile de première classe pour collectionner ces trucs à mon âge, tu crois pas ?

Nelson haussa les épaules, ses mains se tordirent entre ses genoux pour dessiner un huit.

— Merci d'épargner mes sentiments. Tu n'imagines pas les surnoms que certains de ces mecs avaient, dit Ray, commençant à feuilleter les pages, à jongler avec les albums. La Côtelette pour Cot Deal, Hank l'Amer pour Hank Bauer, le Fumé, Tchou-Tchou, l'Écolier, la

Nouille, la Valise, Vinaigre, et celui-là, mon préféré, conclut Ray en ouvrant la partie 1953 à la page des Detroit Tigers, Dizzy la Truite. Un homme parmi les poissons.

— Mmm, réussit à émettre Nelson, les sourcils arqués vers le bas, les doigts toujours entrelacés entre ses genoux.

— Quel âge tu as, déjà ?

— Douze ans.

Ray passa à Joe Nuxhall, des Reds de 52, le visage un peu flou sur un fond jaune beurre frais brillant.

— Tu vois ce gars ? Il a joué son premier match en ligue un à l'âge de quinze ans. Il a fait les deux tiers d'un tour de batte, il n'a plus rejoué pendant huit ans, alors reste au collège, OK ? Je veux pas savoir combien de millions on te propose. Promets-moi que tu le feras.

— D'accord, dit Nelson en retenant un sourire.

Un rayon de soleil pénétra par la fenêtre, blanchit les meubles et se refléta sur les feuilles plastifiées comme un feu froid. Nelson avait les bras emmêlés entre ses jambes jusqu'aux biceps, des veines bleues saillant dans les crochets inversés de ses coudes.

— Assez de préliminaires, déclara Ray qui se leva et tapa légèrement la jambe du garçon. Faut y aller, mon gars.

Nelson utilisait le gant de Ruby, un gant de gaucher, et Ray crut d'abord que si ses lancers étaient mous, ses prises de balle maladroites, c'était parce que le garçon devait tout faire à l'envers, mais une fois que Nelson eut changé pour un gant de droitier, sa coordination main-œil fut encore plus mauvaise et Ray fut étonné de se retrouver en compagnie d'un garçon de douze ans qui ne savait ni attraper ni lancer une balle.

Ils se tenaient sur l'herbe morte couleur blé mûr en contrebas de la terrasse, à une quinzaine de mètres de l'endroit où l'Hudson giflait ses berges.

L'air avait une odeur de mer et de terre retournée, la seule chose que Ray aimait dans le fait de vivre à Little

Venice, une odeur brute et enivrante qui le faisait penser à de nouveaux départs, à une seconde, une troisième chance de réparer.

Lancer une balle de base-ball avait toujours été une bouée de sauvetage pour lui, un mode de communication non verbal avec sa fille sur lequel ils en étaient venus tous deux à compter dans les moments de gêne, et il avait eu un peu l'impression de lui faire une infidélité en amenant Nelson sur le gazon. Mais, comparée à Nelson, son enfant laconique était un moulin à paroles et il ne savait absolument pas comment établir le contact.

— Viens ici, dit Ray d'un ton un peu vif, le gamin s'avançant aussitôt. Donne-moi la balle. Bon… Attends, une seconde…

Ray interrompit sa démonstration : lancer une balle était devenu si naturel pour lui qu'il dut faire le mouvement lui-même pour voir comment on procédait.

— Attends… OK. Tu es droitier ou gaucher, en fait ?

— Droitier.

— Bon. D'accord.

Ray se mit en position, découvrit qu'il fallait se tenir légèrement de côté, le pied opposé à la main qui lançait un peu en avant.

— Fais comme moi…

Nelson prit la posture, jeta un coup d'œil à sa mère, sur la terrasse, mais Danielle avait le nez dans ses devoirs. Ray leva les yeux lui aussi et se surprit à refouler une bouffée de frustration : elle aurait pu au moins faire semblant de s'intéresser à eux…

— OK, on va… OK, dit-il, collant la balle dans la main droite de Nelson. Place ta main derrière ton oreille, la balle derrière ton oreille.

Nelson avait l'air de tenir un poste de radio.

— Non… Baisse ta… Plie le coude. Lève-le, la balle derrière l'oreille, d'accord ?

Ray recula en sautillant d'une quinzaine de mètres pour donner une cible à Nelson.

— OK. Quand je te le dirai, tu la lances d'un coup sec. Tu rabats ton poignet et tu fouettes cette vilaine vers moi, d'accord ? Comme ça…

Il mima le geste et Nelson le regarda, figé dans la posture que Ray avait sculptée pour lui.

— Prêt ? Vas-y. Décolle-moi la tête. Vas-y.

Une fois de plus, le lancer de Nelson ressembla à un haut-le-cœur, mais il y avait du mieux. Ray lui renvoya la balle.

— Recommence.

Ils s'exercèrent pendant près d'une heure, Nelson faisant des progrès réguliers, pas encore prêt pour la ligue un, mais déjà moins certain d'être la cible des lazzis pendant la récré.

Et pendant tout ce temps, ils regardaient périodiquement l'un et l'autre en direction de la terrasse, avec le même désir d'attirer l'attention de Danielle, Ray se disant qu'à défaut de sa passion il se contenterait de son admiration.

— Nelson, tu veux entendre une histoire vraiment triste ?

Ray fourra le gant sous son bras, s'assit dans l'herbe fantôme et invita le gamin à faire de même.

— J'étais en cinquième. Dans mon collège, les garçons disputaient un championnat de softball interclasses, chaque classe avait son équipe. Moi, mon gant, il ressemblait à tout sauf à un gant, dit Ray, écartant les doigts. Comme si un éléphant tombé d'un gratte-ciel avait atterri dessus, tu vois. Mais la veille du premier match, ma grand-mère m'emmène dans un magasin de sport et dépense trente dollars pour m'en offrir un neuf. Trente dollars, c'était un paquet, à l'époque, tu peux me croire… Et ce gant, Nelson, c'était une merveille. Un mort aurait attrapé la balle avec. Tu me suis, jusqu'ici ?

Nelson inclina la tête, déglutit.

— OK. Le lendemain matin, tout excité, je prends le métro pour aller au collège, deux arrêts avec un million d'autres gosses, je descends sur le quai, le métro repart et… j'ai oublié ce foutu gant dans la rame.

Nelson, immobile, fixait ses baskets.

— J'avais envie de mourir. Je n'avais jamais rien oublié dans le métro, ce n'était pas mon genre. En plus, j'avais passé tout le trajet à le montrer, tout fier, à mes copains et… je suppose que les gosses de douze ans sont encore comme ça, mes copains, rien ne les rendait plus heureux qu'une catastrophe arrivant à l'un de nous. Quand j'ai commencé à faire une crise, sur le quai, ils hurlaient de rire comme des hyènes. Ils prenaient leur pied. Au fait, ils sont aussi comme ça, les gars de ta classe ? Quelqu'un déchire son blouson neuf, ils se tapent tous dans la main ?

Nelson haussa les épaules.

— Je prends ça pour un oui. Bref, le match avait lieu après les cours, dans la salle de gym. J'étais premier gardien de base, c'était toujours mon poste. Et j'avais dû emprunter un gant à l'autre équipe. On m'en avait prêté un comme mon ancien, il ressemblait plus à une main de lépreux qu'à un gant. Bref, on joue, ce gant est pourri mais je me débrouille. Neuvième tour de batte, mon équipe mène quatre à trois. C'est au tour des autres, derniers coups. Le gars expédie la balle droit sur le lanceur. Notre lanceur, Eric Abruzzi, était un gosse très très gros et très très cool. Il avait pour règle de ne jamais se baisser pour une balle, ne jamais s'abaisser à un acte physique qui le ferait paraître gauche ou idiot. Mais là, c'était le match qui était en jeu. Alors, il se baisse pour prendre la balle, il me la lance par en dessous, un lancer si doux, si parfait qu'on aurait pu croire que c'était un nouveau-né qu'il me lançait. Mais au moment où ce caviar, ce cadeau m'arrive, je me dis : Je vais la manquer. Moi, Raymond Randolph Mitchell, je n'attraperai pas cette balle, et devine quoi…

— Quoi ? dit enfin Nelson.

— Je l'ai laissée tomber, putain, ils ont marqué deux points et on a perdu, cinq à quatre. Merde, tu te rends compte…

Nelson avait l'air étonné par les gros mots de Ray, moitié souriant, moitié dérouté.

— Après le match, quand on est rentrés, tout ce que j'ai entendu de la part de mes copains, de, de mes coéquipiers, c'est : « T'es à chier, Mitchell, à chier à chier à chier. »

Les yeux exorbités, Nelson réprima un sourire, refoula le désordre qui montait dans son gosier et enflait comme un ballon de baudruche. Ray se pencha vers lui et murmura :

— T'es à chier, Nelson, à chier à chier à chier…

— Arrête ! cria Danielle au-dessus d'eux.

Ils se levèrent, les yeux tournés vers la terrasse.

— Tu n'as rien à dire là-dessus ! beuglait-elle à quelqu'un au téléphone. Tu n'as pas… Tu n'as… Tu respectes ce que je décide… Non… Non… C'est ma vie. C'est… Très bien. Je rentre faire mes valises. Je rentre immédiatement et je fais mes valises !

Ray supposa qu'elle se disputait avec Carla, à son sujet, au sujet de Freddy Martinez, des ennuis à venir.

Nelson se remit à contempler ses baskets.

— Tu t'es bien débrouillé, aujourd'hui, lui assura Ray en mettant de la désinvolture dans sa voix. Nous devrons encore travailler ta prise de balle mais tu t'es bien débrouillé… Il t'arrive de faire ça avec quelqu'un d'autre ?

La question, il le savait, était sordide, et cette façon habile d'éviter toute référence directe à Freddy la rendait plus sordide encore.

Nelson ne répondit pas.

— Y a quelqu'un qui t'a appris des trucs rigolos ? L'escrime, la menuiserie, la navigation céleste, l'obstétrique…

— Mon père, une fois, marmonna Nelson avec un haussement d'épaules.

— Ton père une fois quoi ? insista Ray, incapable de se retenir.

Le garçon haussa de nouveau les épaules, détourna les yeux.

— Raconte, petit.

— Il a essayé de m'apprendre à boxer.

— Ah ouais ? fit Ray d'un ton détaché, malgré la voix qui, clairement, lui disait : Arrête. Et comment ça s'est passé ?

— Il s'est mis en colère.

— Comment ça, il s'est mis en colère ?

Nouveau haussement d'épaules.

— Qu'est-ce qu'il a fait ?

— Il est parti.

Ils se remirent à jouer dans le soir qui tombait, Nelson devant courir après toutes les balles, sursautant à chaque fois comme si Ray lui lançait des grenades.

Le jeu prit fin quand il expédia une fusée lunaire qui passa au-dessus de la tête de Ray. La balle alla rouler sur l'herbe de la berge avant de tomber dans l'eau et d'être aussitôt entraînée par le courant.

Nelson devint blême d'appréhension, et Ray, peiné de voir la peur monter si rapidement chez l'enfant, se demanda brièvement d'où elle provenait puis n'y pensa plus.

— Hé, ce n'est qu'une balle, Nelson, dit-il d'un ton enjoué. C'est pour ça que Dieu nous en a donné deux.

Remonté à l'appartement, Ray considéra Danielle d'un œil dépassionné.

— Tu étais au téléphone ?

— Ouais, répondit-elle en rangeant ses livres dans son sac. Je te paierai la communication.

— Ne sois pas bête.

Il haussa les épaules, la proposition ne faisant que le rebuter plus encore. Pourtant, il ne put s'empêcher de demander :

— Tout va bien ?

Danielle se redressa, cambra le dos.

— C’est ma mère. Elle me rend cinglée.

— À propos de nous ?

— Entre autres choses, dit-elle en recommençant à ranger ses affaires.

— Quelles autres choses ?

— T’en fais pas.

— OK, dit Ray, en pensant : Je ne m’en fais pas, je la vois pour la dernière fois, même chose pour Nelson.

Sauf que dans l’entrée, alors que son fils marchait déjà vers l’ascenseur, Danielle se retourna brusquement et, presque violemment, passa son bras libre autour du cou de Ray, l’attira à elle et lui murmura à l’oreille d’une voix sifflante :

— Je reviens dans une heure.

23

TOM LE BLANC — 25 FÉVRIER

Cette fois-là, l'hôpital sentait la terreur, une odeur âpre, pénétrante, qui s'était logée entre les yeux de Ray et faisait trembler l'*Entertainment Weekly* vieux de deux mois maintenu entre ses poings comme s'il était agité par une brise légère. Ray lisait et relisait le même paragraphe sur Ben Affleck et sa nouvelle copine de quarante kilos comme si sa vie en dépendait.

Pour cette première visite au centre hospitalier depuis sa sortie, il était en train de se liquéfier dans la salle d'attente de l'aile « thérapie physique » des patients en consultation externe, entouré par les paralysés et les invalides, les léthargiques et les abandonnés, poignets recourbés, bouches réduites à un trait, déambulateurs, cannes, fauteuils roulants, le seul autre signe de vie fluide étant Nerese, son escorte pot de colle, ces temps-ci, assise à côté de lui sur le banc et parlant doucement dans son portable à un ami d'enfance de Ray dont il n'avait aucun souvenir, ni du visage ni du nom.

— Il est là, il est là. Tiens, murmura-t-elle, s'adressant à la fois à Ray et à la personne qu'elle avait au bout du fil, mettant le téléphone dans la main de Ray.

— Allô ?

— C'est une sacrée *mitzvah*[1] que t'as faite là pour Carla, enfoiré.

— Merci, merci beaucoup.

Ray regardait Nerese qui l'encouragea d'un hochement de tête tout en réquisitionnant son magazine.

— Je suis là dans dix minutes. Bouge pas, putain.

Ray rendit le portable.

— Tommy Potenza. Tom le Blanc. Comment tu peux ne pas te souvenir de lui ?

— Parce que, comme je te l'ai dit, je ne l'ai pas connu.

— Ben, lui, il te connaît.

— Quelle connerie ! s'énerva Ray, se balançant maintenant. Je dois attendre ici une demi-journée pour qu'ils passent une demi-heure à me faire presser une balle en caoutchouc et lever la jambe ? Non. Je ne crois pas que…

— Je t'ai dit que j'ai parlé à Danielle Martinez, hier soir ? demanda Nerese, les yeux sur le magazine.

— Ouais, et alors ?

Ray sentit approcher un de ses maux de tête postopératoires, tâta ses poches à la recherche d'un comprimé de Vicodine.

— Elle m'a même pas priée de te dire bonjour, grogna Nerese. Mon Dieu ! s'écria-t-elle tout à coup, la voix aiguë de stupéfaction. Regarde la touche de Leonardo DiCaprio ! Il a pris au moins cent kilos !

Vingt minutes plus tard, Tom Potenza entra dans la salle d'attente, aussi vite que sa démarche assistée d'une canne le lui permettait. Il avait à peu près l'âge de Ray, portait un béret, des lunettes noires, un pull à col roulé anthracite, un trois-quarts de cuir noir et une moustache large comme un balai-brosse.

1. Bonne action, en yiddish. (*N.d.T.*)

— Toi, je te parlerai plus tard, assena-t-il à Nerese sur un ton faussement menaçant.

Il s'assit à côté de Ray, le prit dans ses bras à angle droit, l'épaule de Ray contre sa poitrine, l'embrassa sur la joue et murmura :

— T'es un homme très, très bon.

Puis, le tenant par le biceps, il se pencha devant lui pour s'adresser à Nerese :

— Tu croiras jamais le rêve que j'ai fait. Putain de rêve…

Ray n'avait toujours aucune idée de qui était ce type, mais les mots « très, très bon » s'attardaient dans son oreille comme un baiser de papillon.

— Je suis au cinéma avec mon fils, tu vois, il a trois ans, commença à raconter Tom le Blanc d'une voix qui était un murmure un peu haussé. À côté de lui, y a un balèze, avec une coiffure afro jusque-là, et je vois qu'il a poussé le bras de mon fils de l'accoudoir, carrément poussé, et mon fils, c'est un amour, il se plaint jamais, mais le mec avait poussé si grossièrement, si violemment, que Maceo avait renversé son soda. Alors je dis : « Mace, échange ta place avec Papa », et maintenant je suis à côté du jeune à la coiffure afro et je lui fais : « Tu veux essayer avec moi ? » Et je pousse son putain de bras de l'accoudoir.

« Alors, le moricaud, il sort un putain de flingue, il me le colle sous le nez et je dis : "Qu'est-ce que tu vas faire ? Tirer devant un enfant ? Mais t'es une vraie bête !" Et parce que c'est un rêve, et seulement parce que c'est un rêve, Neesy, le mec calcule ce que j'ai dit et il rengaine son canon. Je lui dis : "Excuse-moi. Je suis un papa poule. J'étais contrarié." Alors, le mec recommence à regarder le film, je suis assis entre lui et mon fils, les yeux sur l'écran, mais maintenant que le négro est calmé, je pense plus qu'à la façon de me le faire… Comme ça ?

Là, Tom fit mine de diviser en deux du plat de la main la pomme d'Adam de Ray, qui se sentit comme un con.

— Ou comme ça ? ajouta-t-il, appuyant un pouce au coin de l'œil de Ray.

« Je suis le meurtre incarné, tu vois. Et alors, je me réveille. Et j'ai tellement honte de moi. Je suis encore dans la violence. Mon petit garçon est là avec moi et je peux même pas… Je suis encore dans la violence.

Nerese eut un geste de la main pour minimiser l'affaire.

— Bon Dieu, c'était qu'un rêve, Tommy.

— C'est un problème général, alors, fais pas chier, dit-il sans animosité. Je veux pas être comme ça. Plus jamais. Comme aujourd'hui, poursuivit-il, s'adressant de nouveau à Ray. Un mec me fait une queue de poisson sur JFK. On s'arrête côte à côte au feu, je le regarde même pas. C'est une grande première pour moi, mais tu sais pourquoi ? Parce que je refuse de céder aux ténèbres, maintenant. Qu'est-ce qui peut en sortir de bien ? Tu peux me le dire, hein ? Hé, regarde-toi, t'as encore l'air d'un môme…

Crevant d'envie de s'éclipser, Ray essaya de capter le regard de Nerese, mais elle semblait apprécier le spectacle.

— Je me souviens de toi en train de faire le petit train, teuf teuf…

— Je n'ai jamais fait le petit train, repartit Ray, tentant de se mettre dans l'esprit de la scène.

— Ah ouais ? Ben, t'as dû oublier.

Tommy l'embrassa de nouveau sur la joue, le distrayant au moins de sa peur amorphe et de l'interminable attente.

Puis il tira de la poche de son trois-quarts une serviette en papier marron, modèle toilettes publiques, ôta ses lunettes et s'essuya le visage. Speed, crack, coke, pensa Ray. Il se tourna vers Nerese pour demander une explication, mais elle se contenta de sourire.

— Écoute-moi, reprit Tom le Blanc, posant sur le bras de Ray une main moite et tremblante. J'ai enterré trop de potes. J'ai vu tellement d'amis disparaître que j'ai le complexe de culpabilité du survivant. Tu te rappelles Hector

Santos ? Hector la Baraque ? Un mètre quatre-vingt-dix, bâti comme un cuirassé. Putain d'Hector, il pouvait écraser une patate crue dans son poing, il explosait les ballons de basket à mains nues. Hector, mon frère, mort à trente-deux ans, une aiguille dans le bras, assis sur une chaise en bois, pas d'autre meuble dans la piaule, rien qu'une pile de bouquins par terre et une photo de ses neveux accrochée au mur. Ses neveux, t'entends ? Alors, merde aux ténèbres, OK ? Dieu m'a donné plein de secondes chances dans cette vie mais je sais qu'à un moment, tôt ou tard, plus tôt que tard, je finirai par lui faire perdre patience, et les voiles tomberont sur les miroirs et ma mère sera assise les pieds nus sur une caisse en bois. Alors, non. Je marche plus dans la combine.

— Le fils de Carla, il a fait une OD, hein ? rappela Ray pour dire quelque chose.

— Qui, Reggie ? fit Tom le Blanc en épongeant de nouveau son front. Non, il a été assassiné.

Il se pencha devant la poitrine de Ray pour répéter au visage de Nerese :

— As-sas-si-né.

Elle écarta la déclaration d'un geste.

— Overdose, a dit le coroner.

— Connerie. Ce gamin volait Pierre pour payer Paul depuis qu'il courait en couche-culotte. Quelqu'un lui a filé de la came pure.

Nerese retint un bâillement du dos de la main.

— Overdose, a dit le coroner.

— Tu sais comment tu lui fais bouger son cul, à celle-là ? Tu poses le beignet à l'autre bout de la table.

— Les blagues à la con sur les beignets… marmonna Nerese.

— Qu'est-ce que tu fais quand tu joues pas les anges gardiens ? demanda Tom, les yeux faisant l'essuie-glace derrière ses lunettes noires.

— Jusqu'à ces derniers temps, j'enseignais, répondit Ray avec raideur.

— T'enseignais où ?

— À Paulus Hook, dit-il, ne pouvant s'empêcher d'ajouter : Gratis.

— Gratis, c'est qui, ça ? le frère de Sonny ? repartit Tom, trop tendu pour sourire de sa plaisanterie.

— Pour rien, quoi. Comme bénévole.

— T'enseignais à l'œil ?

Tom parut soudain ralentir, se concentrer.

— Ouais, répondit Ray, encouragé. Je vais essayer de reprendre la semaine prochaine.

— À l'œil. Enfoiré. T'es quelqu'un, toi, hein ?

— Je sais pas, dit Ray, retenant un sourire.

— T'es marié ? T'as des gosses ?

— Je suis divorcé.

— On l'emmerde, cette conne.

— J'ai une fille, Ruby, elle vient d'avoir treize ans.

Ray se mettait généralement à rayonner quand Ruby venait dans la conversation mais, pour une raison quelconque, son prénom le tira cette fois vers le fond comme le plomb d'une ligne.

— Quoi ? fit Tom le Blanc, aussitôt en alerte.

— Rien.

— Qu'est-ce qui va pas ? La gamine ?

— Non.

— Si, c'est la gamine. Raconte-moi.

Nerese écoutait en silence, le menton dans la main, un sourire hésitant sur les lèvres. Sans prévenir, la Vicodine fit effet et Ray, coincé comme entre deux serre-livres par Nerese et Tom, par leurs regards chargés d'attente, fut incapable d'empêcher sa voix de s'enrouer.

— Je sais pas, elle traverse une passe difficile, en ce moment, ou alors, c'est moi, mais… Je ne sais pas comment être avec elle, tu vois, comment être son ami.

— Son ami ? répéta Tom le Blanc d'une façon qui fit sursauter Ray, qui lui donna envie de ravaler le mot. Excuse-moi de me mêler de tes affaires, Ray, mais laisse-moi te rappeler que t'es pas son ami. T'es son père.

— Non, non, je le sais, je le sais. Je voulais seulement dire…

Tom lui pressa doucement le poignet.

— Écoute-moi. Quand ils seront adultes, on aura tout le temps de devenir leur ami, mais pas maintenant. En ce moment, elle a besoin de règles à suivre. Elle a besoin de oui et non. Ta frustration doit lui servir à quelque chose, sinon, c'est foutu.

La seule chose qui empêchait Ray de mettre fin au sermon, c'était sa perception de l'effort extraordinaire que ce type, Tommy, faisait pour ralentir son métabolisme emballé et choisir soigneusement ses mots.

Une infirmière entra dans la salle d'attente, appela enfin son nom. Ray se tourna vers Nerese, secoua la tête : « Laisse tomber. » Nerese ouvrit la bouche et la referma.

— Je veux simplement qu'elle continue à me parler, se justifia Ray.

Avec une grimace, Tom le Blanc étendit lentement une jambe jusqu'à faire disparaître le contour du genou.

— Écoute, à son âge, elle fera ce qu'elle fera, ils sont tous comme ça, mais elle a besoin de savoir que cette connerie, tu l'approuves pas. Elle a besoin de savoir que c'est pas parce que tout le monde le fait que c'est autorisé sous ton toit, il faut que tu sois tout à fait clair là-dessus. Pas de baratin, pas de politicaillerie, pas d'inquiétude pour ton indice de popularité. Je ne le tolère pas, je ne l'accepte pas et je ne l'approuve pas. Alors, ne le fais pas.

— Ne fais pas quoi ? demanda Ray, se ressaisissant un peu.

— La drogue, le sexe, l'alcool, ce que tu veux. Encore une fois, excuse-moi de me mêler de tes affaires mais si tu veux vraiment être un ami pour elle, sois pas son ami. Sois son père.

Ray hocha la tête comme s'il réfléchissait profondément, s'abstint de répéter qu'il avait simplement voulu dire ce qu'il avait dit, qu'il savait de moins en moins comment se comporter avec elle ces derniers temps et qu'il craignait que cet embarras ne s'aggrave de lui-même et ne creuse entre lui et Ruby un fossé sans cesse plus large qu'il se sentait incapable de combler.

À leur première rencontre après sa sortie de l'hôpital, il s'inquiétait tellement de l'effrayer par son aspect, il projetait vers elle une angoisse si forte que les premiers mots qui étaient sortis de la bouche de Ruby une fois qu'elle avait examiné le visage de son père avaient été : « Papa, c'est toi qui as été blessé. Arrête de me regarder comme ça. »

Il s'abstint de répéter tout cela à cet homme parce qu'il sentait que, vu la détresse physique de Tom le Blanc, le problème, le seul problème à ses yeux, dans sa vie, c'était l'autodestruction, et Ray ne voulait pas que Tom — ni lui-même, d'ailleurs — se sente ridicule.

S'aidant de sa canne, Tom le Blanc se mit debout comme un homme qui s'efforce péniblement de sortir d'une piscine, le front transpirant d'effort, puis il se tourna et laissa tomber une main sur l'épaule de Ray.

— Faut que j'y aille, mais très bientôt, toi et moi, on va s'asseoir et rompre le pain comme des êtres humains parce que j'ai une proposition qui va vraiment te plaire.

— OK, fit Ray d'un ton neutre.

Tom resta un moment à le regarder derrière ses lunettes noires en souriant. Ray attendit.

— Écoute-moi. Je veux te donner quelque chose. T'as donné à Carla, maintenant, c'est moi qui te donne. Je vais t'apprendre un truc pour vaincre les ténèbres.

Ray entendit Nerese tousser dans son poing et devina qu'elle connaissait mot pour mot ce qui allait suivre.

— Penses-y, aux ténèbres, comme à une balle, toute petite, une balle de golf, une balle de ping-pong qui flotte dans l'air devant ton visage. Tu remportes la victoire sur cette putain de balle en gardant les yeux dessus, les yeux de ton esprit. Tant que tu fais ça, tu la contiens. Mais dès que tu détournes le regard, dès que tu tournes le dos, que tu te permets un petit quelque chose ? Quand tu la regardes de nouveau, la balle est plus grosse. C'est une balle de base-ball, maintenant, une balle de tennis. Détourne encore les yeux, permets-toi un autre petit quelque chose : maintenant, c'est une balle de softball. La prochaine fois, ce sera un ballon de basket. Baisse ta garde suffisamment de fois, elle devient un de ces gros ballons de plage de trois mètres de haut des camps de nudisme, avec toutes ces nanas accrochées dessus, ça te renverse comme une quille de bowling. Ne quitte jamais les ténèbres des yeux, Ray. T'as entendu parler de prendre le problème un jour à la fois ? Là, c'est une minute à la fois. Tu comprends ?

Ray hocha la tête, touché et incapable de parler.

— Bon, je suis parti, dit Tom, qui se pencha pour le prendre dans ses bras, se redressa. Ça va aller pour toi, mon frère. Je le sais. Ça va aller au petit poil.

Et il sortit.

Ray demeura un long moment silencieux près de Nerese en se demandant comment formuler sa question. Puis :

— Il carbure à quoi ?

— Qu'est-ce que tu veux dire ?

— Tu te fous de moi ?

— Tommy ? Il y touche pas.

Ray leva une main, la fit trembler.

— Il est toujours comme ça ?

— Non, répondit Nerese. C'est parce qu'il était ici.

— Ici. À l'hôpital ?

— Il a un passé chargé, alors, c'est dur, pour lui, des endroits comme ça.

— Pourquoi il est venu, alors ?

— Parce que c'est là que t'étais et qu'il voulait te voir.

— Pourquoi ?

— Parce qu'il t'aime, Ray, répondit Nerese en en rajoutant un peu. T'as pas saisi ?

24

SALIM — 25 FÉVRIER

Au moment où le crépuscule dégringolait sur l'Hudson, l'interphone de Ray bourdonna et lui fit quitter la terrasse où il cherchait des sujets de devoirs pour son retour en classe.

— Ouais ?

— Comment ça va, Mr Mitchell ? C'est Salim, fit la voix du jeune Noir par-dessus le grésillement, comme le signal d'un vieil émetteur radio. J'ai besoin de vous voir.

— Quand ? demanda stupidement Ray, se dérobant d'instinct à cette visite non annoncée.

— Maintenant.

— Maintenant, ce n'est pas…

— J'ai quelque chose pour vous. Ça ne prendra qu'une minute.

Quelques instants plus tard, Salim, sac à dos accroché à l'épaule, entrait à grands pas dans l'appartement comme s'il n'y avait personne à la porte pour l'accueillir.

— Mr Mitchell, comment vous allez, comment vous allez…

Fumant, marchant de long en large, le regard rebondissant sur la surface des meubles.

— Je suis passé l'autre soir mais votre téléphone ne marchait pas.

— Ah oui ?

— Ouais. Je suis passé aussi vous voir à l'hôpital, mais vous étiez inconscient. Comment vous vous sentez, maintenant ? Bien ?

Les mots sortaient de lui comme le boniment impersonnel d'un commissaire-priseur.

— Ça va, répondit Ray, distant, étudiant ce nouveau Salim. Qu'est-ce qu'il y a ?

— Ah ! merde… dit le jeune homme, qui s'immobilisa soudain au milieu de la pièce, les yeux clos, les bras écartés d'impuissance. Je peux pas… Bon, la semaine dernière, Michelle a perdu son boulot. La boîte a eu une réduction de budget, et comme elle était en intérim…

— Je croyais que tu m'avais dit qu'ils l'avaient embauchée définitivement, fit remarquer Ray avec circonspection.

— Non, non. C'est pas… Non, elle est virée, elle est virée. Et elle s'est remise à boire.

— Oh non.

Ray ne savait pas s'il devait s'asseoir ou rester là, debout, dans son propre appartement, et finit par se percher sur le radiateur.

— Ouais… Le lendemain du jour où ils l'ont sacquée, à dix heures du matin, elle était encore au lit, elle essayait même pas de cacher la bouteille. « Chelle, je lui dis, faut que tu rebondisses. Faut que tu te remettes debout. » Elle me répond de m'occuper de mes putains de fesses, passez-moi l'expression…

— Elle devait être déprimée…

— Non, c'est moi qui suis déprimé. Elle, elle est soûle.

— Elle ne peut pas trouver un autre travail ?

— Comme celui-là ?

Salim mit une main en coupe sous sa cigarette puis porta les cendres à une fenêtre ouverte.

— Non, elle essaie même pas. Ouais, je crois qu'elle est déprimée, comme vous dites. Ce boulot était important pour elle, vous savez, pour son amour-propre.

Ray se raidit, le cliché le mettant davantage encore sur ses gardes.

— Mais tout ça, c'est sur moi que ça retombe, continua Salim. Et… avant-hier soir, avant-hier soir, j'ai dû aller à la police. J'ai dû demander à la police de venir à la maison.

— Parce que… ? fit Ray, attendant le mot « argent » comme on attend le bus.

— Parce que ces derniers jours elle faisait venir ses cousins. Je ne… Ces types, bon Dieu. Destroy et Busy, je peux pas… C'est des braqueurs, ces nègres, et je lui ai dit, à Michelle, elle sait que je ne veux pas qu'ils franchissent le pas de ma porte, qu'ils soient sous le même toit que mon fils. Elle le sait et je pense qu'elle l'a fait uniquement pour se venger de moi, mais j'ai rien fait. Tout ce que j'ai essayé de faire, toute la semaine, c'est la remettre sur pied, mais quand ils sont partis, l'autre soir, elle et moi, on en a parlé, on s'est disputés, mais en paroles seulement, et je lui ai répété ce que vous m'aviez dit la dernière fois, qu'elle cherche à me contrôler par l'argent.

— Hou là… fit Ray en s'écartant du radiateur. Salim, c'était juste une hypothèse. Je ne la connais même pas.

— Mais c'est vrai, dit Salim, qui haussa les épaules et alluma une autre clope. Sans son boulot, elle n'a plus barre sur moi. Maintenant, c'est de nouveau moi qui nourris la famille, avec les T-shirts.

— Tu lui as dit que ça venait de moi ? demanda Ray en se palpant inconsciemment le cuir chevelu.

— Hé, ce qui est vrai est vrai, répondit Salim, à qui le sens de la question échappait totalement. Là-dessus, elle fonce sur moi avec un couteau à steak. Regardez…

Il releva puis laissa retomber le bord de son T-shirt, révélant un instant un éclair de ventre plat et une tache oblongue rosâtre sous les côtes, à gauche. Ray n'était pas sûr que c'était ça qu'il était censé voir.

— Je l'ai même pas frappée. « Chelle, pourquoi tu fais ça ? », j'ai dit. Tout ce que j'ai fait, c'est la désarmer avec une chaise. Elle s'est mise à brailler : « Je vais prévenir les flics, je vais leur dire que tu me bats, que tu vends de la drogue ! Je ferai sauter ta conditionnelle, tu retourneras en cabane… » Et elle peut le faire. Je suis déjà retourné deux fois en prison pour violation de conditionnelle. C'est comme une épée de Damoclès suspendue au-dessus de ma tête.

— Omar était là ? demanda Ray, voulant introduire le gosse dans l'histoire, façon guide parental.

— Oui ! Il pleurait, il avait peur. J'ai fait : « Chelle ! Omar est là ! » dit Salim, saisissant la perche, renvoyant à Ray ses propres mots. Et elle : « Ça n'a rien à voir avec lui. Aucun rapport. Je ferai sauter ta conditionnelle. » Alors je sors, je vais droit au poste de police, je porte plainte pour violences conjugales. Pour me couvrir, vous voyez ? Tenez…

Il tira de sa poche revolver une copie carbone de la plainte et l'ouvrit pour que Ray puisse la lire, et Ray se demanda pourquoi il estimait nécessaire de la lui montrer.

— Quand je reviens à la maison avec deux policiers, je leur fais voir la pagaille dans l'appartement, les bouteilles d'alcool, mes blessures…

— Michelle était là ?

Ray plongea deux doigts dans la poche de sa chemise pour y prendre un comprimé de Vicodine, changea d'avis.

— Non, elle était partie. Elle a pris Omar et elle est partie. Le lendemain, je suis allé au bureau des libertés conditionnelles une heure avant l'ouverture pour choper ma CJ à son arrivée, lui raconter ce qui s'est passé. Ensuite, je suis censé voir ce psychologue de l'État, parce qu'ils disent que même si j'ai jamais pris de drogue, dealer aussi crée une dépendance, alors je dois voir ce type qui ne fait absolument rien pour moi mais je vais le voir, je lui raconte aussi ce qui s'est passé… En gros, je frappe le premier partout, je me couvre contre toutes les fausses accusations, d'accord ?

« Mais pendant que je parlais à mes… à ceux qui s'occupent de moi… Je retourne à l'appartement vers onze heures, Michelle est passée pendant que j'étais parti, elle a bousillé toutes mes affaires. Elle a versé du soda dans le magnétoscope, dans le poste de télé, elle a déchiré le lit, le matelas. Elle a fourré mes livres et mes dessins dans l'évier de la cuisine, elle a ouvert le robinet, y a de l'eau partout, tout est trempé, les voisins du dessous cognent à la porte parce que ça coule chez eux et, Ray, cet appartement, il est même pas à moi, c'est celui de ma mère, elle est à l'hôpital en ce moment mais elle peut me mettre à la rue quand elle veut, vous comprenez ? Je suis là, de l'eau jusqu'aux chevilles, je me dispute avec les voisins, le téléphone sonne, c'est Michelle. Elle dit : "Tu reverras plus jamais Omar. Je vais demander à Destroy et à Busy de passer te botter le cul, et tu reverras plus jamais ton fils."

Salim reprit haleine et, appuyé contre le mur, fuma sa cigarette en regardant le fleuve.

Ray avait hésité à prendre de la Vicodine pour garder l'esprit aiguisé face aux boniments, mais il décida avec réticence de croire Salim, ou du moins de capituler devant l'émotion qui sous-tendait son histoire.

— J'appelle ma mère pour tout lui expliquer... Michelle est déjà passée à l'hôpital, elle lui a raconté des saloperies sur moi, ma mère veut même pas entendre ma version. Genre : « T'es exactement comme ton père, vous les négros, vous êtes tous les mêmes, vous êtes ci, vous êtes ça », mais je suis son fils, vous comprenez ?

Ray s'ébroua : il devait y avoir autre chose, il devait y avoir une raison à toute cette colère mauvaise s'abattant sur Salim.

— Tu peux me répéter pourquoi Michelle fait tout ça, déjà ?

— Pourquoi ? Parce qu'elle boit. Elle a perdu son boulot, elle s'est remise à boire et voilà ce qui arrive, dit Salim, dont le regard se porta de nouveau sur le fleuve. Mais, Ray, vous savez quoi ? J'ai perdu ma fiancée, mes, mes possessions matérielles, je risque de perdre mon appartement, mon fils...

Il essuya une pommette sèche : les larmes étaient plutôt dans sa voix.

— Maintenant, je dois penser à moi. Je dois prendre soin de moi, je dois survivre et continuer parce que… C'est comme une épreuve. Et je sais même pas si je reverrai mon fils. Je… Elle peut pas…

Il regarda Ray puis de nouveau le fleuve.

— Je dois rester fort parce que si j'arrive pas à garder le contrôle de la situation, si j'arrive pas à surnager, je peux rien faire pour Omar. Je peux pas…

Salim tomba dans le silence, secoua lentement la tête d'incrédulité stupéfaite devant sa propre histoire, Ray naviguant maintenant quelque part entre ennui et extrême vigilance.

— Vous voulez que je vous dise autre chose ? demanda Salim, plus calmement. Elle a changé de nom.

— Vous n'étiez pas mariés.

— De prénom.

— Michelle.

— Maintenant, c'est Fire. Elle veut que tout le monde l'appelle Fire.

— Fire… répéta Ray à voix basse en pensant : Il ne peut pas avoir inventé ça. Tu te fais du souci à cause des deux gars, Destroy et Busy ?

Salim balaya les cousins d'un geste de la main.

— La seule chose dont je me soucie, c'est de rester positif.

— Mais les T-shirts, ça marche, hein ?

— Ouais, bon, voilà, commença Salim (et là, Ray ne put s'en prendre qu'à lui-même). Cette semaine, la semaine dernière, poursuivit-il, comptant sur ses doigts, j'étais dehors huit, neuf heures par jour. Je commençais en général par m'installer sur le trottoir de Journal Square, à Jersey City, près du métro, jusqu'à ce que la police me vire parce que j'ai pas encore de licence de marchand ambulant. Le reste de la journée, je marchais, ici, là, partout. Je vendais les T-shirts directement sortis du sac.

« Mais l'autre matin, quand elle a saccagé l'appartement, vous savez pas ce qu'elle a fait d'autre ? Elle a rempli la baignoire d'eau, elle a pris mes T-shirts, tout le stock, elle a tout mis dans la baignoire, elle a pris un bidon d'eau de Javel…

Salim fit le geste de verser, son poignet plié vers le bas décrivant un arc de cercle lent et déterminé, encore et encore.

— Pu-putain, bredouilla Ray, quasiment pris de panique en essayant désespérément de faire le point sur sa personne, en se demandant s'il avait en lui, pour une fois dans sa vie, la force de dire simplement « Non », de supporter une réaction déçue, un possible rejet. Combien de T-shirts…

— Neuf cents. Foutus. Maintenant, je dois tout recommencer.

— Tout recommencer, répéta Ray, abasourdi. Je t'ai donné sept mille trois cents dollars…

— Je sais ! s'écria Salim. Je le sais bien !

— S'il t'en restait neuf cents, ça veut dire que tu en avais vendu quoi, trois cents ?

— Ouais, peut-être pas autant.

— Avec un bénéfice de, combien ?, neuf dollars pièce, c'est ça ? J'essaie de me rappeler… Tu devrais avoir quelque chose comme deux mille sept en poche, maintenant.

— Ouais, c'est-à-dire, vous savez, comme j'ai dit, je pense pas en avoir vendu autant.

— Tu en as vendu combien ?

— Plutôt quatre-vingt-dix.

— Quatre-vingt-dix ?

— Ouais, j'ai pas pu faire imprimer les douze cents comme je l'avais prévu au départ parce que, quand vous m'avez donné cet argent, je l'ai déposé sur le compte de ma mère, pour plus de sûreté, moi-même, j'ai pas de compte, mais dès que je l'ai fait, elle a retiré quinze cents dollars pour elle, elle a dit que je les lui devais.

— Elle a dit… Mais pourquoi ? fit Ray, soudain épuisé, sa main gauche se repliant sur elle-même sans qu'il y puisse quoi que ce soit.

— Pour… je sais pas. Le loyer en retard, la bouffe… Elle a juste dit que je les lui devais.

— Que tu les lui devais, répéta Ray, comme perdu dans ses pensées, sachant à cet instant, sachant avec une certitude absolue que le reste de la vie de Salim, quelle que soit la voie qu'il emprunterait, ne serait qu'une succession ininterrompue d'excuses compliquées et d'arnaques autodestructrices, et que continuer à le financer serait encore plus débile que de jeter des billets de cent dollars dans les toilettes après les avoir découpés en tout petits morceaux.

Salim soupira, alluma une autre cigarette, fixa le fleuve.

— J'aurais dû me douter que ma mère ferait une chose pareille parce qu'elle a toujours eu une mentalité de survivante, vous voyez ce que je veux dire ? Comme un couguar qui mange ses propres petits… Mais moi, je continue à croire que le sang est plus épais que l'eau, alors…

— Qu'est-ce que tu as fait de l'argent des T-shirts que tu as vendus ?

— Ce qui est pas parti dans les dépenses au jour le jour est là…

Salim s'écarta du mur et tira une carte de crédit de la poche revolver où il avait conservé la copie carbone de sa plainte pour violences conjugales. Il tendit la carte à Ray, qui lut, en relief dans le coin inférieur gauche : SALIM EL-AMIN.

— Je la regarde dix fois par jour, dit Salim, qui s'approcha de Ray et se pencha par-dessus son épaule comme s'ils admiraient des photos de bébé. J'arrive pas à croire que j'en ai enfin une. Jamais j'aurais pensé…

— Je ne te financerai pas de nouveau pour neuf cents T-shirts, prévint Ray, regrettant aussitôt d'avoir précisé une quantité, comme si un nombre inférieur serait acceptable.

— Hé, je suis pas venu ici pour ça ! J'avais juste besoin de parler à quelqu'un et je savais pas à qui d'autre m'adresser.

— En fait, je pense que dès qu'il n'y aura plus de question d'argent entre nous, nous verrons plus clair dans nos relations.

— Michelle, est-ce qu'elle peut… Elle peut pas me prendre mon fils comme ça, hein ? fit Salim, ignorant la dernière remarque de Ray.

— Je ne sais pas, répondit Ray d'un ton abattu. Elle a peut-être simplement besoin de se calmer, de dessoûler ou je ne sais quoi.

— Parce que j'ai déjà un enfant que je vois jamais, mais là, c'était pour son bien.

— OK, marmonna Ray, refusant de suivre cette piste. Tu sais où elle est, en ce moment, Michelle ?

— Probablement chez sa mère mais j'ai entendu dire qu'elle va à Atlanta la semaine prochaine, elle retourne vivre avec son premier copain, ou sa tante, ou je sais pas qui. Moi, avec ma conditionnelle, je peux pas quitter l'État, je peux même pas prendre le tunnel pour New York, alors, si elle emmène Omar…

Salim soupira de nouveau, sa poitrine se souleva et s'affaissa dans un silence certainement momentané. De fait :

— Vous savez, Ray, la moitié du temps, elle aime même pas Omar, ce gosse est comme un obstacle pour elle. La seule chose qu'elle aime faire avec lui, c'est le coiffer, c'est tout. Moi, je sais pas faire ça.

— Et si elle te le laissait ?

— Je sauterais sur l'occasion tout de suite, mais elle le sait et jamais elle, jamais… Ray, je le jure, vous avez jamais vu quelqu'un changer si vite. Jamais…

Les larmes finirent par emplir ses yeux et déborder.

— Et votre fille ? parvint-il à bredouiller en passant le dos de ses mains sous ses yeux. Comment elle va, Ruby ?

— Je ne marche pas pour neuf cents.

— Non, je sais. Excusez-moi, dit Salim, s'essuyant le visage.

— À six dollars le T-shirt, ça fait cinq mille quatre cents, Salim. Je ne marche pas.

— Tout ce que je veux… commença-t-il, serrant les mâchoires pour endiguer le flot. Tout ce que je veux, c'est ne pas perdre votre confiance.

— D'accord, d'accord, d'accord, débita Ray à voix basse pour le faire taire. Allez, calme-toi.

— Parce que, Michelle… ma mère… poursuivit Salim, les lèvres prises d'un tremblement incontrôlable.

— Allez, tu as connu pire, tu l'as dit toi-même.

Ray avait envie de quitter l'appartement, de le quitter dans l'instant, même en y laissant Salim.

Le jeune Noir tendit sa main droite, la paume tournée vers le bas, le dessus du poignet formant dôme comme le corps d'une méduse, les doigts pendant comme des tentacules, le bras gauche grand ouvert pour une embrassade à laquelle Ray se prêta maladroitement, lui tapotant le dos, une odeur douceâtre s'élevant du sweat-shirt de Salim.

— Je survivrai, déclara-t-il d'une voix entrecoupée. Je ne succomberai pas.

— Dans l'interphone, tu as dit que tu avais quelque chose pour moi, rappela Ray pour tenter de changer de vitesse, retarder ou peut-être même éviter d'avoir à prononcer le « Non » définitif.

— Ah, ouais. Ouais.

Salim se pencha vers son sac à dos posé droit en équilibre sur le parquet, et d'une pile épaisse il sortit deux T-shirts, noirs et curieusement immenses, quatre fois trop grands pour qui que ce soit, de vrais draps-housses.

Il les déplia et Ray vit la légende CE QUI EST À MOI EST À MOI imprimée en travers de la poitrine, la caricature du bad boy brandissant son pétard reproduite au niveau du ventre.

Les deux T-shirts présentaient des taches décolorées rosâtres, l'un le long du bras et du col, l'autre sur le dos.

—Évidemment, j'espérais vous les montrer dans un état plus agréable à l'œil, dit Salim sur un ton de regret qui parut à Ray soigneusement répété. Enfin, celui-là est pour vous et l'autre pour votre fille.

— Attends, attends une seconde…

Dans un accès de méfiance incontrôlable, Ray plongea lui-même la main dans le sac et en tira un T-shirt au hasard, celui-là marqué de taches plus grotesques encore, si possible, que ceux que Salim lui avait offerts. Il en sortit un second de la pile, même chose, puis un troisième, Salim restant à l'écart, presque respectueusement, comme si Ray était un inspecteur des douanes.

— Et dire que j'ai dû courir partout pour les faire imprimer ! Ça me rend malade rien que de les regarder.

Ray en extirpa un autre, un autre encore, et il lui apparut bientôt que Salim, loin d'avoir cherché à l'arnaquer avec les T-shirts offerts, avait en fait choisi les moins abîmés pour lui en faire cadeau.

— J'essaierai quand même de les vendre. J'ai pas le choix, mais…

— OK, écoute, je marche pour la moitié, dit Ray à voix basse.

— Je crois pas que je pourrai en tirer quinze dollars chaque, maintenant.

— Je marche pour quatre cent cinquante, déclara Ray en détournant la tête.

Salim cligna des yeux.

— Vous avez dit quoi ?

— Ce que j'ai dit, fit Ray, détournant toujours la tête, se bombardant de réprimandes. Tu m'as demandé…

Salim s'avança, ruisselant de gratitude.

— Oh ! Ray…

Avec un sourire tendu, Ray fit un pas en arrière pour échapper à une éventuelle nouvelle embrassade.

— Mais c'est la dernière fois, dit-il.

Et c'était plus une supplique qu'une affirmation.

25

INTERROGATOIRES — 25 FÉVRIER

Nerese avait deux heures à tuer avant son rendez-vous de neuf heures avec Danielle et son fils, et cette inactivité forcée exacerbait son désir de tomber tout de suite sur le dos de Freddy. Elle dut presque se réciter à voix haute les leçons de toute une vie : approcher lentement, interrogatoire après interrogatoire ; ne pas, surtout pas, brûler les étapes. Pour faire passer le temps plus vite, elle décida de rendre une nouvelle visite à Ray, leurs parties d'échecs quotidiennes ayant pour elle un côté finalement pas déplaisant, mais lorsqu'elle engagea sa voiture sur le parking, dans le silence d'un soir à Little Venice, elle aperçut Salim et son éternel sac à dos passant de nouveau dans le cône de lumière du réverbère, comme deux jours plus tôt, quand elle avait ramené Ray de l'hôpital. Le jeune homme se dirigeait vers l'entrée de la résidence d'un pas vif, le visage crispé d'agitation, le bout rougeoyant de sa cigarette traçant des Z de lumière dans l'obscurité.

— Hé ! appela-t-elle en se portant à son niveau.

Il eut un mouvement de recul en la découvrant, leva brièvement les mains et les laissa retomber avec exaspération avant de lâcher son refrain favori :

— Comment ça va ?

Cette fois prononcé d'une voix morne.

— Tu viens de chez Ray ?

— Ouais. Ouais, ouais.

Nerese se pencha, ouvrit la portière côté passager.

— Monte donc.

Salim recula encore, inspecta rapidement la nuit — pas d'aide de ce côté-là — puis fit ce qu'on lui demandait.

Après avoir roulé quelques minutes en silence, Nerese indiqua du menton le sac à dos posé sur les genoux de Salim.

— T'as quelque chose là-dedans que tu voudrais pas que je trouve ?

— Non.

Il regardait droit devant lui, la bouche plissée.

Elle s'arrêta devant la poubelle d'un coin de rue.

— T'es sûr ?

— Vérifiez vous-même, répliqua-t-il sans un regard vers elle.

Elle redémarra et le silence recommença à s'installer entre eux tandis qu'elle entrait dans le cœur de Dempsy.

Salim, très probablement conditionné à accepter ce genre de chose, ne lui avait même pas demandé où elle l'emmenait, il se laissait faire, le visage figé en un masque de patience. Une seule fois, à un feu rouge interminable, il se tourna vers elle, sans conviction, émit un « Ça va, ce soir ? Vous passez une bonne soirée ? », avant de reporter son regard sur la chaussée, n'attendant et ne recevant pas de réponse.

Nerese le fit entrer au poste de police du district nord, une main sur son coude, l'autre tenant le sac à dos loin de son propre corps, comme s'il était rempli d'abeilles.

La salle d'interrogatoire, pas beaucoup plus grande qu'un cagibi, contenait une table à jouer et deux sièges, le fauteuil à roulettes pour elle, la chaise pliante cabossée pour lui.

— Salim, attaqua-t-elle par-dessus la table, nous allons avoir une conversation, toi et moi, et si tu me mens à un moment ou à un autre, si tu me caches quelque chose et que je l'apprends — ce qui ne manquera pas d'arriver, et plus tôt que tu ne penses —, je te garantis personnellement que tu seras vieux la prochaine fois que tu respireras à l'air libre.

Il hocha la tête, bouche bée, choqué ou perplexe, elle n'aurait su dire pour le moment.

— Mais si tu joues le jeu, aussi facilement que je peux te baiser à mort, je peux t'arranger le coup en partie, tu comprends ce que je dis ?

— Je peux vous demander quelque chose ? dit-il, levant timidement la main comme s'il était à l'école. Comment ça se fait que les policiers, chaque fois qu'ils vous interrogent, ils commencent par un long baratin sur les emmerdes qu'ils vont vous faire si vous leur mentez ?

Pas réellement d'humeur pour ce genre de remarque, Nerese se contint :

— Je voudrais t'entendre me dire que tu comprends. C'est oui ou c'est non ?

Il répondit par un « Oui » solennel comme des vœux de mariage.

— Qu'est-ce qui se passe entre toi et Ray ? Pourquoi toutes ces visites ?

— C'est mon ami.

— Mais il te donne de l'argent, hein ?

Il hésita puis :

— Ouais, mais il me fait pas la charité. Il investit dans mon affaire.

— Dans ton affaire… dit-elle, laissant la phrase en suspens.

Salim posa son sac sur la table, que ce poids abrupt fit trembler sur ses pieds minces comme des allumettes. Il ouvrit la fermeture Éclair du principal compartiment, en tira deux poignées de T-shirts, noirs avec des taches roses çà et là — tie-and-dye, pensa Nerese —, chacun d'eux orné de son logo de voyou.

— Prix de revient six, prix de vente quinze. C'est du bizness, vous voyez.

— Pour sept mille trois cents dollars, j'espère que t'as autre chose à proposer que ça.

L'expression ébahie du jeune Noir confirma la somme.

Ce con de Ray, pensa Nerese, qui dut soudain combattre une envie de rire.

Elle fit signe à Salim de ranger sa marchandise, elle ne voulait rien sur la table entre eux.

— Bon, qu'est-ce que tu fabriques depuis deux jours ?

— C'est-à-dire ? fit-il, le visage tendu par l'incompréhension.

— Je t'ai vu deux fois entrer et sortir de l'appartement de Ray, les deux fois t'avais l'air sur le point de péter un câble.

Il la regarda en clignant des yeux, retrouva tout à coup sa concentration.

— Ah, vous avez pas besoin de savoir ça.

— Tiens ? Tu pourrais me redire ça encore une fois ?

— Non, je veux dire, j'ai un problème de couple, à la maison…

Il se redressa, pêcha dans sa poche revolver une copie rose de plainte.

— Ray me donne des conseils.

Nerese parcourut la copie : femme sur le sentier de la guerre.

— Quel genre de conseils ? demanda-t-elle sans cesser de regarder le document.

— Je sais pas, genre « Ne la laisse pas avoir le dessus, elle aime quand t'es au fond du trou », etc. Je m'en souviens pas exactement parce que j'ai la pression, en ce moment. C'est comme…

Il remua les lèvres sans prononcer un mot.

— Ces temps-ci, reprit-il, c'est comme si… Je le jure devant Dieu, tout est flou.

— Tout est flou, répéta-t-elle comme si elle ruminait la phrase. Laisse-moi te demander… T'as une idée de la personne qui a esquinté Ray y a de ça quelques semaines ?

Il secoua lentement la tête.

— Pas vraiment.

— Ce serait pas toi, des fois ? fit-elle de son ton le plus détaché.

— Pardon ?

Salim se figea, la tête penchée d'incrédulité.

Nerese ne dit rien, se contentant de soutenir son regard d'un œil impassible.

Il se renversa en arrière et inspecta les lieux comme pour la première fois, la pièce nue, la lumière impitoyable.

— Oh. Non, non. Pas question. C'est un coup monté, ça. Ray est mon patron. Mon prof. Mon ami. J'ai amené mon fils chez lui. Vous vous gourez de bonhomme, complètement.

Nerese continuait à le fixer.

— Hé, je dis pas qu'il y en a pas qui auraient pas hésité, mais vous pouvez pas me coller ça sur le dos…

— Qui auraient pas hésité ? Qui, par exemple ?

— Qu'est-ce que j'en sais ? s'emporta-t-il soudain. Je parle en général. Des gens. Vous êtes flic, j'ai pas besoin de vous apprendre ça.

— Est-ce que…

Elle s'interrompit, reformula sa phrase :

— À qui t'as parlé de lui ?

— De Ray ? À des tas de gens.

— Comme qui ? Donne-moi des noms. Donne-moi le nom.

— Je sais pas ! J'ai juste dit : « Mon ancien prof m'aide à refaire surface », c'est pas comme si j'avais dit : « Voilà son adresse, allez l'exploser »… Pourquoi j'aurais fait ça, hein ?

Il criait presque, maintenant, les coins de la bouche couverts de salive.

— Qu'est-ce que ça m'aurait rapporté ? poursuivit-il en se frappant la poitrine.

— Je vais te dire une chose, répondit-elle calmement. S'il se trouve que le coupable est quelqu'un à qui t'as parlé, ou à qui tu t'es vanté, ou quelque chose de ce genre, et si c'est un nom que t'aurais pu me donner maintenant mais que t'as gardé pour toi… Y a pas de notion de complicité dans cet État, et je ferai en sorte que tu tombes pour tentative de meurtre et voies de fait, tout comme le pourri qui a fait ça. Alors, je te pose la question une dernière fois…

Salim la coupa par une sorte de hoquet, Nerese pensa qu'il s'étranglait avant de se rendre compte qu'il s'efforçait de rire.

— La po-policc, meeeerde ! J'ai beau faire des efforts, me décarcasser et persévérer…

Il se pencha en arrière et se couvrit la bouche, le sang montant à son visage.

— Je sais même pas pourquoi je me bats… Vous voulez pas que je change. C'est comme si j'étais marqué au fer. J'ai amené mon fils…

Il cogna sur la table, se couvrit de nouveau la bouche.

Nerese jeta un coup d'œil à sa montre : vingt heures quinze.

— Vous savez quoi ? Vous pouvez tous gagner du temps en m'emballant tout de suite pour plus tard. Je suis déjà ici, vous voyez ce que je veux dire ? Alors, allez-y, qu'on en finisse !

Ses yeux devinrent humides et brillants. Petit rigolo, pensa Nerese.

— Parce que, je vais vous dire, je m'en fous chaque jour un peu plus, depuis un moment, alors…

Salim s'interrompit, eut un geste de la main comme pour congédier Nerese puis resta immobile, le visage détourné, la mâchoire crispée, gonflé d'indignation.

Elle hocha la tête comme si elle compatissait à son sort, avec la sensation soudaine d'être assise en face d'un tueur.

Quoique sachant parfaitement que ses menaces et son intransigeance exaspérante étaient à l'origine de la fureur bégayante de Salim, il y avait quelque chose dans la façon dont cette fureur s'exprimait — non pas tant le choix des mots mais la rapidité avec laquelle il s'était retrouvé au bord des larmes, la manière dont son visage, son corps et ses gestes étaient passés par des changements apparemment quasi incontrôlables — qui révélait que ce jeune était à la fois faible et dangereux, que sa maîtrise des tribulations quotidiennes de la vie, presque innombrables dans son monde — cet interrogatoire, par exemple — cédait bien trop facilement la place à un désespoir explosif. Et comme dans le monde de Salim il y avait beaucoup de tempéraments semblables au sien, il ne faisait aucun doute dans l'esprit de Nerese que ce gamin était une arme chargée qui finirait inéluctablement par cracher ses balles.

— Alors, qu'est-ce qui se passe, maintenant ? demanda-t-il, les bras croisés sur la poitrine.

Elle n'avait aucun motif pour le garder, il n'avait rien fait, à sa connaissance. Peut-être considérait-il vraiment Ray comme son ami, son mentor, peut-être même le vénérait-il, et Ray, dans son désir de bien faire, voyait très probablement dans cette relation une sorte de match d'amour compatissant, mais il n'en demeurait pas moins que toute rencontre future entre les deux hommes les conduirait de plus en plus près d'une issue fatale, au mieux lamentable.

— Je peux partir ?

— Une dernière question. Tu dis que Ray commandite ton bizness, fit-elle, indiquant du menton le stock de marchandises.

— Ouais, je viens de vous le dire.

— Combien il récupère sur son investissement ?

— Rien tant que vous me gardez ici, alors laissez-moi partir, que je puisse me remettre au boulot, et tout le monde sera content.

Nerese était garée en double file devant l'immeuble de Salim, sur Tonawanda Avenue. Elle regarda l'ancien élève de Ray aller de sa voiture à l'entrée du bâtiment puis faire volte-face au dernier moment pour se joindre à trois jeunes gens qui en sortaient — en ce qui la concernait, Salim avait maintenant trois amis de trop —, mais avant qu'elle puisse mettre son cerveau en marche là-dessus, son portable bourdonna.

— Y a intérêt à ce que ça en vaille la peine.

— Avec moi, c'est toujours le cas.

— Bobby ?

— Les relevés téléphoniques de ton gars se lisent comme un thriller, tu sais ?

— Ah ! ouais ? fit Nerese, qui perdit Salim de vue quand il tourna au coin de la rue avec ses copains.

— Le dernier coup de fil donné le jour de l'agression était adressé à la compagnie Garden State Taxi, à seize heures trente.

— Seize heures trente. C'est aux alentours de l'heure où c'est arrivé. Garden State Taxi ?

Elle tendit la main vers un bloc-notes.

— Pour appeler un taxi, je suppose, dit Sugar.

— Il a une voiture…

— Pour quelqu'un d'autre, peut-être. Ou peut-être que c'est quelqu'un d'autre qui a téléphoné, quelqu'un qui avait besoin de filer en vitesse.

— L'agresseur ? fit Nerese, qui ne croyait pas Freddy bête à ce point.

— Je ne sais pas. J'ai appelé la compagnie et j'ai demandé qu'ils consultent le registre du standardiste pour ce jour-là. Je te prends pas de supplément pour ça, à propos. Ils n'ont pas trace d'une voiture envoyée au 44 Othello, alors… Le type s'est peut-être rendu compte au dernier moment que ce serait de la crétinerie pure et simple d'appeler un taxi, alors il a raccroché, probable.

— Ouais, fit Nerese, visualisant le combiné déchargé expédié loin de sa base à l'autre bout de la pièce. Et le coup de fil précédent ?

— À un nommé Frederick Martinez, 3355 Taylor Street. Un quart d'heure plus tôt, environ.

— Un quart d'heure ?

Nerese ferma les yeux, imagina Freddy planté près du corps de Ray, appelant chez lui pour dire à Danielle où il était, ce qu'il venait de faire, et elle pensa : Au moins, il ne l'a pas laissé comme l'autre, une brosse à dents enfoncée dans le cœur.

— T'as quoi d'autre ?

— Quoi d'autre ? fit Sugar, qui semblait s'amuser. Dix-huit appels au même numéro en trois heures, quatre jours avant l'agression, ça t'irait ?

— Quel numéro ?

— Carla Powell, 1949 Rocker Drive.

— Dix-huit ?

— C'est ça. Mais les dix-sept premiers ont duré moins de dix secondes, le dernier plus d'une minute. Apparemment, dix-sept fois « personne-à-la-maison-à-part-le-répondeur-tant-pis-je-raccroche » et puis, la dix-huitième fois, il a finalement eu quelqu'un ou il s'est décidé à laisser un message…

Nerese réfléchit, imagina Ray cherchant désespérément à joindre Danielle. Un jour ou deux avant la libération de son mari.

— Quoi d'autre ? T'as bien quelque chose d'autre ?

Sugar s'éclaircit la voix.

— Ça, c'étaient les appels passés. C'est les appels reçus qui vont vraiment te plaire, Neesy.

Vingt minutes plus tard, Nerese garait sa voiture dans l'étroite allée de la maison de Freddy et Danielle, un bâtiment en brique pour deux familles au milieu d'une rangée de constructions toutes identiques, dans une rue monotone mais bien entretenue, élément d'un quartier plus vaste dévolu à des Dominicains, Portoricains et Philippins propriétaires de leur maison et fiers de l'être.

Bien qu'elle fût là en principe pour interroger le gamin, Nerese espérait aussi jeter un premier coup d'œil sur Freddy, jauger le bestiau, tâcher de voir à quoi elle se heurterait quand le moment serait venu de s'occuper de lui pour de bon.

La difficulté, ce soir, serait d'amener Nelson à contredire au moins quelques détails du compte rendu de sa mère sur le jour en question et de le faire en présence de Danielle sans qu'elle arrête l'interrogatoire en débranchant la prise. Autre gageure de taille, parvenir à ça sans que le gosse comprenne de quoi il s'agissait : l'infidélité de sa mère, la violence de son père, le retour possible — non, certain — dudit père en prison. Nerese savait se débrouiller avec la rage, les fanfaronnades et les tromperies. L'innocence, c'était plus délicat.

En montant à l'appartement du haut par l'escalier extérieur, elle remarqua que les fenêtres du salon n'étaient éclairées que par le jeu de lumière mouvant du poste de télévision. Elle prit ça pour un mauvais signe et eut l'intuition qu'elle allait se faire entuber d'une manière ou d'une autre.

Ce fut le garçon qui vint ouvrir à la troisième sonnerie, les pieds nus et le visage ouvert, encore plus enfant qu'adolescent. Il la regarda fixement sans avoir la présence d'esprit de lui dire bonjour ou de lui demander ce qu'elle voulait.

— Salut, tu dois être Nelson, sourit-elle.

Le gamin confirma l'identification d'un hochement de tête silencieux, hésitant toujours sur ce qu'il devait dire ou faire.

Derrière lui, à l'autre bout du salon, la lumière de la télé rebondissait nerveusement sur les housses protectrices en vinyle et faisait clignoter les meubles dans la pénombre.

— Je m'appelle Nerese, tes parents sont à la maison ?

— Non.

— Non ? fit-elle, souriant à travers son irritation. Tu sais où ils sont ?

— Ma mère, elle… je sais pas où elle est, répondit Nelson d'une petite voix étouffée comme s'il n'avait pas l'habitude de parler.

— Et ton papa ? Tu sais où est ton papa, en ce moment ?

Il haussa les épaules, tourna la tête pour regarder brièvement le poste, voir ce qu'il était en train de manquer.

Nerese tira de sa poche son insigne et sa carte d'identité, le fit se retourner.

— Nelson ? Je suis de la police.

La mâchoire inférieure de Nelson tomba comme si elle était montée sur charnière et Nerese dut mettre plus de chaleur dans son sourire pour l'empêcher de paniquer.

— Je devais retrouver ta maman ici. Elle t'a dit que je devais passer ? Nerese Ammons ? Inspectrice Ammons ?

— Non, répondit Nelson, le mot comme une arête dans sa gorge.

La colère de Nerese croissait avec l'intensité de son sourire : le gosse était là, facile à manœuvrer, mais elle ne pouvait pas l'interroger en l'absence de Danielle, tout ce qu'il dirait…

— Ça va, mon chéri ?

L'enfant était maintenant appuyé à l'encadrement de la porte-moustiquaire, la main étreignant la poignée intérieure.

— Nelson ?

— Quoi ?

Elle lui donna sa carte.

— Tu dis à ta mère de m'appeler dès qu'elle rentre, d'accord ? Dis-lui…

Elle s'interrompit. Dis-lui quoi ? Quel genre de menace voilée ou d'ultimatum pouvait-elle lui adresser par l'intermédiaire de son fils ?

D'un autre côté, plus besoin de ça. Armée de la liste des coups de fil reçus par Ray, elle se sentait enfin assez sûre d'elle, assez préparée pour appeler le CJ de Freddy et lui imposer une rencontre, avec ou sans Danielle ou ce gosse comme préliminaire.

— Nelson, ta maman a un téléphone portable ?

— Je sais pas. Je ne crois pas.

Elle haussa les épaules d'un air aimable.

— Bon, tu lui dis de m'appeler dès son retour, d'accord ?

Le garçon la fixa en silence. Nerese lui toucha la main, se tourna pour partir.

— Bon…

— Pourquoi vous voulez lui parler ? demanda-t-il d'une voix à peine audible alors qu'elle était déjà au milieu de l'escalier.

Nerese remonta pour pouvoir le regarder en face.

— Elle m'aide pour un travail que j'ai à faire…

Incapable de résister, elle ajouta :

— Ça doit être chouette que ton papa soit de nouveau à la maison, hein ?

La question parut distraire l'enfant de son angoisse. Il haussa les épaules d'un air bougon et baissa les yeux vers ses pieds, affichant son ressentiment.

— Vous avez fait des trucs ensemble ? insista-t-elle, marchant sur des œufs.

L'enfant haussa de nouveau les épaules, tourna la tête et à la lueur du réverbère Nerese scruta son visage, y décela quelque chose… Pas dans l'expression, dans le visage même. Finalement, elle zooma sur les lèvres : elles portaient les traces blanchâtres de points de suture récemment enlevés, elles étaient gonflées, boursouflées, comme si on l'avait frappé sur la bouche quelques semaines plus tôt.

— T'as eu un accident ?

— Quoi ?

— Qu'est-ce qui est arrivé à ta bouche ?

— Je sais pas, répondit-il, couvrant inconsciemment de la main le bas de son visage.

— Quelqu'un t'a frappé ?

Nelson inclina vivement son menton vers sa poitrine pour souligner avec dédain l'absurdité d'une telle hypothèse.

— Non.

Le téléphone sonna dans l'appartement, le garçon alla décrocher. Nerese tint la porte-moustiquaire ouverte mais demeura dans l'entrée.

De là, le poste de télévision se trouvait dans sa ligne de mire et elle vit sur l'écran un danseur de hip-hop blanc se traîner sur une scène comme un bossu lubrique en se pressant les couilles d'une main.

Nelson revint à la porte et annonça :

— Il faut que je finisse mes devoirs.

— C'est ta mère qui vient d'appeler ?

— Ouais.

— Tu lui as dit que j'étais là ?

— J'ai oublié.

26

RUBY ET NELSON — 1er FÉVRIER

Ray commençait à se dire que c'était peut-être une grosse erreur d'avoir amené sa fille à l'appartement alors que Danielle et Nelson y étaient déjà, mais, quand Ruby entra, son regard passa par-dessus Nelson — qui, recroquevillé dans un coin du canapé, regardait MTV sans le son — pour se porter sur Danielle, installée sur la terrasse, et Ray fut soulagé de voir un sourire sans défense sur le visage de sa fille.

Danielle leur tournait le dos, apparemment entraînée dans un autre match en quinze reprises avec sa mère.

— Respecte mes décisions. Respecte... Ce n'est pas ton problème. Ce n'est pas...

Elle mit fin à la communication en marmonnant, se tourna à demi pour les découvrir enfin dans la salle de séjour.

Elle était en train de fumer et Ray, se rappelant son « notre corps est un temple » du début de la semaine, en fut désarçonné.

Au moment où Danielle rentrait dans l'appartement, Ruby se pencha vers elle pour qu'elle la prenne dans ses bras, mais l'étreinte fut cette fois de pure forme, comme si Danielle était une hôtesse débordée accueillant des retardataires à une soirée déjà noire de monde.

— Comment tu vas, trésor ? Bien ? Tu es si jolie, dit-elle avant de se mettre à aller et venir en tirant sur sa cigarette, Ray et Ruby déçus qu'elle n'ait pas été plus démonstrative. Je fume seulement sur la terrasse, c'est bon ? reprit-elle, s'enquérant des règles de la maison, éloignant Ray encore un peu plus d'elle.

— Dehors, dedans, peu importe.

— Oh, Ruby, s'exclama Danielle en se tournant vers la fille de Ray, tu connais Nelson ?

En découvrant l'autre enfant, Ruby recula d'un pas, inclina la tête sur le côté comme un oiseau aux yeux brillants.

Nelson se leva d'un bond, pivota sur ses talons et improvisa une série de curieux coups de karaté.

— Ça va ? demanda Ray à Danielle.

— Ces profs, c'est comme si personne n'avait de vie en dehors de la fac. Comme si personne n'avait d'autres responsabilités…

Sans ajouter un mot, elle retourna sur la terrasse.

Nelson se laissa retomber sur le canapé et retourna à MTV sans le son tandis que Ruby rassemblait d'un air entendu toutes ses cassettes de *Buffy* et d'*Angel* traînant autour du poste et les emportait dans la chambre du fond.

Ainsi, après une minute ou deux de présentations, chacun était parti de son côté pour se livrer fébrilement à ses activités, laissant Ray aussi solitaire que la statue dans la baie.

Il suivit sa fille au fond de l'appartement, où elle rangeait et rerangeait ses cassettes autour du poste de télé au pied du lit. Avant d'ouvrir la bouche, il chercha dans la pièce une trace quelconque de ses rapports avec Danielle, ne remarqua qu'un tube de vaseline sur la table de nuit. Sans danger.

— Tu veux jouer à la balle ?

Elle haussa les épaules sans le regarder.

— Ouais ? insista-t-il.

— Ça m'est égal.

Ray alla prendre dans son placard les deux gants et une balle.

— Allez, fit-il en sortant de la chambre, déterminé à reconquérir Ruby.

À la porte d'entrée, il vit Nelson à demi enfoui dans trois coussins, et malgré son intention de réaffirmer à Ruby qu'elle était pour lui ce qu'il y avait de plus important au monde, Ray n'eut pas le cœur d'exclure le pauvre petit bonhomme.

Les deux enfants le suivirent sur la pelouse comme sous la contrainte d'une injonction du tribunal.

Danielle, assise presque juste au-dessus d'eux sur la terrasse du deuxième étage, leur adressa un petit salut puis replongea dans son travail, le sans-fil de Ray posé droit contre une pile de livres.

Prenant Nelson par le poignet, Ray le fit reculer jusqu'à un endroit situé devant l'immeuble — plus de balle dans le fleuve — et fourra son propre gant sous le bras du garçon.

— Ruby, éloigne-toi.

N'osant pas la toucher pour le moment, il lui fit signe de reculer jusqu'à ce qu'elle soit à une quinzaine de mètres de Nelson, lui lança l'autre gant et s'écarta lui aussi pour créer un triangle équilatéral.

— Ruby, je te lance la balle, tu la lances à l'amiral Nelson, là-bas, et Nelson me la lance.

Ray avait choisi cet ordre parce que, sans gant, il n'arriverait jamais à rattraper les balles fouettées de sa fille. Elle était faite pour ça, sa silhouette dégingandée et gracieuse se mettant en place sans effort pour chaque lancer de fusée.

Nelson, en revanche, plutôt lanceur de poids, était du genre à pousser la balle au lieu de la lancer.

— OK, on y va, doucement, d'accord ?

Son téléphone sonna sur la terrasse, Danielle le saisit mais au lieu de l'appeler, comme il s'y attendait, elle rentra à l'intérieur avec l'appareil, le coup de fil étant apparemment pour elle.

— Doucement, répéta-t-il, un peu distrait.

Il envoya une balle style lancer pour phases finales du championnat troisième âge arthritique à sa fille, qui la rattrapa nonchalamment en l'air, se tourna vers Nelson, lui délivrant pour sa part une chandelle pour prématuré de deux mois sorti la veille du ventre de sa maman, mais le garçon, comme s'il hésitait entre éviter la balle et l'attraper, tendit sa main gantée tout en courbant son corps le plus loin possible du lancer, la balle passant à côté de lui sans qu'il la touche.

Pendant qu'il courait après, Ray remarqua que sa fille le scrutait avec le même regard acéré d'oiseau que là-haut dans l'appartement.

Danielle revint sur la terrasse sans téléphone en se parlant à elle-même si fort que Ray pouvait presque distinguer les mots, et lorsqu'il reporta son attention sur les enfants, il vit que la balle se trouvait maintenant à ses pieds : le lancer de Nelson n'était pas arrivé tout à fait à destination.

Le téléphone sonna de nouveau dans le salon, Danielle s'exclama « Enculé ! » d'une voix forte et claire, referma brusquement son livre et retourna dans l'appartement.

— Doucement, dit Ray.

Il lança la balle à sa fille, qui une fois encore adressa une passe mollassonne à Nelson, qui une fois encore les gratifia de sa danse et de sa poursuite saccadées. Le second lancer de Nelson parvint cette fois jusqu'à Ray, et le garçon, contenant à grand-peine son excitation, se dressa sur la pointe des pieds.

— Ça vient, Nelson. Tiens-toi simplement comme je t'ai montré.

Ruby réclamait la balle d'un geste impatient en faisant claquer son gant vide comme une pince de homard. Ray la lui lança puis regarda de nouveau la terrasse déserte — pas plus d'une seconde, lui sembla-t-il —, mais quand son attention revint sur sa fille il était déjà trop tard.

Le long bras de Ruby était suspendu immobile au-dessus de sa tête, la main qui tenait la balle recourbée au poignet. Avant que Ray puisse crier pour l'arrêter, elle ramena ce bras en arrière et fouetta l'air comme avec une fronde en faisant un pas en avant, magnifique, pour la libération explosive. À cet instant, Nelson semblait rêvasser en regardant les nuages et la balle le frappa en plein sur la bouche. Du sang jaillit de ses lèvres en une corolle de gouttelettes parfaite.

Ils restèrent un moment pétrifiés tous les trois, Ray, du coin de l'œil, apercevant Danielle de retour sur la terrasse. Puis Nelson tomba à genoux, conscient mais sonné, son sweat-shirt jaune pâle, son menton et ses dents déjà inondés de sang.

Ray ne comprit pas comment Danielle, venant de la terrasse du deuxième étage, pouvait être arrivée plus vite que lui auprès de son fils, qui ne se trouvait qu'à une trentaine de mètres de lui, mais elle y était parvenue, glissant jusqu'à Nelson sur les genoux, s'asseyant derrière lui en soutien-gorge, son pull blanc pressé contre la bouche éclatée de l'enfant pour endiguer le flot de sang.

— Reste là ! lui cria-t-il.

Il courut à l'appartement, vida le compartiment à glaçons du réfrigérateur dans une serviette de toilette et retourna à toute vitesse sur la pelouse.

— Remets ton pull, dit-il à Danielle en l'écartant d'un coup d'épaule.

Il y avait assez de glace dans la serviette pour tenir un cadavre au frais et il dut en laisser tomber les trois quarts dans l'herbe.

— Allons-y.

Ray et Danielle aidèrent Nelson à se mettre debout et, moitié marchant, moitié courant, l'emmenèrent à la voiture de Danielle. Ils étaient déjà presque sortis du parking quand il se rappela que Ruby était restée sur la pelouse.

Par miracle, c'était plutôt calme aux urgences du centre médical de Dempsy et Danielle et Nelson furent envoyés en salle des traumatismes après une demi-heure d'attente seulement. Ray et Ruby furent autorisés à rester debout dans le couloir, en face de la porte ouverte.

Aucun des deux enfants n'avait prononcé un mot depuis l'accident. Nelson, les yeux ronds comme des jetons de poker, semblait hébété, et le mutisme de Ruby avait un air de défi mélancolique que Ray ne se sentait pas de taille à entamer.

Sous la morsure de la Bétadine, Nelson poussa un cri et tomba en arrière de son tabouret. La jeune interne asiatique qui le soignait sursauta comme si quelqu'un s'était approché d'elle par-derrière et lui avait beuglé dans l'oreille. Quand elle tendit la main vers le boyau de chat synthétique et l'aiguille, Ray lui fit signe d'attendre et à Danielle de venir avec lui dans le couloir.

— Écoute, murmura-t-il, je crois que tu ne devrais pas le faire recoudre ici. Laisse-moi appeler un chirurgien plastique que je connais…

— Plastique… waouh, fit Danielle, levant une main.

— Écoute-moi, écoute. Quand Ruby avait trois ans, elle est tombée d'une balançoire et ses dents du bas ont transpercé sa lèvre. Nous nous sommes précipités aux urgences, comme aujourd'hui, on l'a fait recoudre par un interne débordé d'une vingtaine d'années, il a fait ça comme le bâti d'une robe, et à l'arrivée on aurait dit que Ruby avait des billes dans la lèvre. Elle a dû subir deux opérations rien que pour réparer le boulot salopé du connard des urgences. Tu t'en souviens, Ruby ?

Ray détestait l'enjouement feint de sa voix mais il était encore incapable d'affronter l'inopportunité de la froideur maussade de sa fille.

— Bref, le type qui a fini par régler le problème nous a dit que quand il s'agit du visage d'un enfant il ne faut jamais, jamais laisser recoudre dans une usine à côtelettes comme ici. J'ai encore sa carte, il exerce à Gannon…

— L'argent, objecta Danielle avec une grimace.

— Pas ton problème.

— Chirurgie plastique…

— Écoute, cette jeune interne, elle a arrêté l'hémorragie, elle a désinfecté la plaie. Tu récupères Nelson et on s'en va.

Danielle retourna dans la salle et Ray se mit à fouiller dans les cartes de son portefeuille.

— Papa ? fit Ruby d'une petite voix troublée.

— Oui, chérie, dit-il, entièrement à son écoute.

— On a laissé la balle dans l'herbe.

Quand ils rentrèrent à Little Venice après avoir quitté le cabinet du chirurgien plastique, les lèvres de Nelson étaient devenues énormes, transformées en pneus si gonflés que le garçon était incapable d'ouvrir la bouche. Il lui sera impossible d'aller au collège pendant quelques jours, pensa Ray, à moins qu'il ne soit insensible aux moqueries.

— Je ne puis te dire à quel point je suis désolé, déclara-t-il, s'adressant à Danielle par l'entremise du rétroviseur.

Elle haussa les épaules.

— Bah, tu es un homme, Nelson est un garçon. Il faut bien que quelqu'un lui apprenne à lancer et à rattraper une balle.

Jusqu'à ce moment, Ray n'avait pas pensé une seule seconde que Danielle présumait que c'était lui qui avait causé les dégâts.

Assise à côté de lui à l'avant, Ruby examinait le paysage.

Le temps qu'ils arrivent à l'immeuble, il faisait noir mais Ruby courut sans hésiter à l'endroit où la balle était restée, comme si elle n'avait pensé à rien d'autre depuis le moment où ils étaient partis pour l'hôpital.

En haut, elle disparut dans la chambre de Ray tandis que Danielle récupérait ses livres sur la terrasse et replaçait le téléphone sans fil sur sa base.

— J'ai pris trois appels en PCV pendant que je bossais, annonça-t-elle.

— Trois ? fit Ray.

Il supposa qu'ils provenaient de la prison du comté, où les détenus étaient autorisés à téléphoner uniquement en PCV.

— Tu me diras combien je te dois quand tu recevras la facture.

— Ne t'en fais pas pour ça.

Principalement préoccupé par Ruby pour l'instant, il nota dans un coin de sa tête que le mari de Danielle connaissait son numéro de téléphone.

— Merci, lui dit Danielle en l'embrassant devant Nelson. T'es vraiment quelqu'un d'extraordinaire.

— Mais non, protesta-t-il.

Les coups de fil firent alors irruption dans son esprit et il se dit, dans un moment passager de lucidité : Tire-toi de cette histoire tout de suite. Mais Ruby revint dans le salon, l'angoisse de Ray changea d'objet et le moment de lucidité disparut.

Il arrêta Nelson dans l'entrée et, sur une impulsion, glissa son gant de base-ball entre le bras et les côtes de l'enfant.

— Mets une balle dedans et garde-le sous ton matelas quand tu ne t'en sers pas, d'accord ? On va faire de toi un champion.

Les lèvres du garçon avaient continué à gonfler comme du pain dans un four, elles étaient tellement enflées que ses yeux étaient devenus des fentes et Ray aurait été incapable de dire comment Nelson réagissait à ce lot de consolation de dernière minute.

Restés seuls dans l'appartement, Ruby et Ray regardaient une émission de MTV sans la voir, le son toujours coupé. Ray se sentait en plomb, un peu essoufflé, presque effrayé à l'idée de traverser la pièce pour éteindre le poste.

— Papa ? dit Ruby, les yeux sur l'écran, s'efforçant de donner à sa voix un ton normal, moi, ça m'est égal, mais pourquoi tu lui as donné ton gant ? Pas de problème, ça ne me fait rien du tout, mais tu la connais à peine…

— Je le connais à peine. Écoute, j'étais vraiment désolé pour ce gosse, en plus son père est en prison, c'est comme s'il n'avait pas de père. Il ne sait même pas…

— Pas de problème, assura Ruby, dont la voix commençait à trembler. Je ne suis pas fâchée, c'est simplement de la curiosité.

— J'étais vraiment désolé pour lui, répéta Ray, qui s'interrompit, pas encore prêt à aller là où il devait aller.

— Edward Bosco, lâcha-t-elle tout à coup entre ses dents serrées.

— Quoi ?

— Je le hais, putain…

Les larmes finirent par couler, bien qu'elle eût encore les yeux rivés à l'écran.

— J'ai envie de… Chaque fois que je dis quelque chose, il s'approche de moi par-derrière à la cafétéria, il le répète, mais sur un ton « gna-gna-gna ». J'ai envie de le tuer. Saloperie d'école.

Ray se laissa glisser du bras du canapé, voulut prendre la main de sa fille.

— Ruby, tu veux que je cesse de la voir ?

— Quoi ? s'étrangla-t-elle, horrifiée. Je m'en fiche ! N'arrête surtout pas de la voir à cause de moi !

— Non, non, non, chérie, je ne voulais pas dire ça, se défendit-il. Jamais je ne ferais une chose pareille. Viens là…

Il tenta de l'attirer vers lui mais elle le surprit en tendant le bras et il le sentit en elle, ce désir mal réfréné de lui faire mal.

— Je vais bien ! Je vais bien ! répliqua-t-elle, se mettant vivement hors de sa portée.

— OK, murmura-t-il en reculant, les bras écartés. Ça va ?

— Je viens de te le dire, rétorqua-t-elle.

Puis, exténuée par ce long après-midi atroce, elle frotta de la main la peau gonflée par les larmes sous ses yeux.

— Chérie, je peux te demander quelque chose… commença-t-il, aussi délicatement que possible. Tu t'es excusée auprès de Nelson ?

Elle ratissa de ses doigts des mèches de cheveux blond-brun, les écarta de son visage.

— Non.

— Pourquoi ?

Elle ouvrit les yeux, lui lança ce qu'il savait être pour elle un regard dur.

— Ce n'est pas de ma faute s'il n'est pas foutu d'attraper une balle.

27

SORTIE ÉDUCATIVE — 26 FÉVRIER

Nerese et son fils se tenaient en silence dans un brouillard glacé devant la prison du comté de Dempsy avec à peu près deux cents autres visiteurs, des femmes pour la plupart, et des gosses, des tas de gosses. Les quelques jeunes hommes qui attendaient d'entrer donnaient l'impression qu'ils auraient pu tout aussi bien être visités que visiteurs.

N'ayant pas l'autorisation écrite du directeur de la police pour aller voir son neveu Eric, Nerese avait laissé arme, insigne et carte d'identité chez elle en se disant que tant qu'elle ne serait pas reconnue par un des gardiens il n'y aurait pas de problème. Et si on la reconnaissait, elle pourrait toujours plaider l'ignorance du règlement, même si Antoine et Butchie avaient parcouru tellement de kilomètres dans leurs allers-retours entre chez eux et la taule que ce serait un miracle si quelqu'un y croyait.

Elle avait décidé de courir ce risque moins pour son neveu que pour Darren. Rentrant chez elle la veille, plus tôt que prévu, elle avait pénétré dans une salle de séjour envahie de vapeurs de malt, son fils et trois de ses copains de lycée affalés sur le canapé en train d'écluser de la gnôle tout en matant une cassette porno, une main sur le frein.

Rien de tout ça n'aurait mérité plus que l'engueulade et l'interdiction de sortie habituelles, bien qu'elle eût aussi l'intention de téléphoner aux parents de chacun des gosses, mais quand l'un d'eux se leva en chancelant, un 22 nickelé tomba de sa poche, et là, rien n'alla plus.

Nerese n'avait pas l'intention de le boucler — d'après ce qu'elle savait, ce n'était pas un mauvais gosse, et c'était valable pour eux tous —, mais elle le ramena personnellement chez lui pour montrer à ses parents ce qu'il portait sur lui et elle entendit le claquement satisfaisant de la chair contre la chair avant même de remonter dans sa voiture.

Mais même le 22 ne l'aurait pas incitée à cette manœuvre risquée ; ce fut en fait ce que Darren lui dit quand elle rentra et qu'elle le bassina avec son idiot de copain : « Mais, M'man, il était même pas chargé. Les balles étaient dans l'autre poche. » Cette visite était donc pour son bien, une sortie éducative pour son édification.

Ils franchirent le premier point de contrôle sans trop de tracasseries — le pire étant de devoir enlever chaussures et chaussettes — puis montèrent dans le bus approprié qui leur ferait franchir les trois cents mètres les séparant de l'un des huit blocs entourant le moyeu du centre d'admission.

À l'entrée de l'unité d'Eric, il y eut à nouveau fouille et contrôle, plus poussés cette fois, des doigts passant sous la taille des pantalons et des sous-vêtements, hersant cheveux et cuir chevelu. On leur braqua le faisceau d'une lampe électrique à l'intérieur de la bouche, on leur fit mettre à la consigne tous les vêtements superflus, manteaux, pulls, etc., ne laissant qu'un mince sous-pull à col roulé pour Nerese et un T-shirt à manches courtes pour Darren ; on examina de nouveau chaussures et chaussettes et on les conduisit enfin, enfin au parloir, trois quarts d'heure après leur entrée. La salle, vaste comme une cafétéria, était meublée de tables étroites assez longues pour accueillir cinquante chaises de chaque côté. Les murs disparaissaient sous une exposition d'art carcéral : paysages fantastiques peuplés de licornes, quelques Conan et Xena, entre lesquels s'intercalaient des portraits exaltés de Malcolm, Martin, Frederick Douglass et quelques autres pointures de type latino que Nerese ne parvint pas à identifier.

Au niveau du plateau de la table, il n'y avait pas de barrière entre visiteurs et détenus mais des planches de bois perpendiculaires à la surface empêchaient les échanges furtifs du dessous des tables jusqu'au sol.

Par groupes de six, des prisonniers vêtus de combinaisons grises à fermeture Velcro, chaussés de baskets ou de tongs, étaient introduits périodiquement dans le parloir et autorisés, un par un, à scruter la mer de parents et d'amis, à désigner les leurs au gardien puis à les rejoindre à travers la salle.

Nerese et Darren furent dirigés vers deux chaises placées l'une à côté de l'autre au milieu d'une longue table à moitié vide, et ils s'assirent pour attendre Eric.

Courtaud, sombre et trapu comme sa mère, l'œil rond, les lèvres pleines, le front haut et lisse sous une brosse moyenne comme son père, Darren se tenait le dos droit, les mains jointes devant lui comme dans une salle de classe gouvernée par un professeur féroce.

Nerese, elle, se penchait en avant, se couvrait le nez et la bouche pour chasser l'odeur sure de sueur de stress et de mauvaise digestion qui flottait dans l'air, ici comme dans toutes les prisons qu'elle avait visitées durant sa carrière d'inspectrice et avant, pendant son adolescence, quand elle venait voir à reculons l'un de ses frères.

Un grand nombre des détenus et de leurs visiteurs, en particulier des femmes, se penchaient en avant, approchant l'une de l'autre les parties supérieures de leur corps en parlant, avant-bras contre avant-bras, visages séparés par quelques centimètres seulement.

Des têtes se baissaient pour des caresses consolatrices, des pouces s'enfonçaient dans des cous et des épaules noués par la tension.

Les enfants passaient de l'autre côté des tables pour grimper sur leurs pères tandis que les parents conversaient à voix basse. Le trait dominant, dans cette salle où s'entassaient par centaines les hommes les plus violents et instables des quatre villes réunies du comté de Dempsy, semblait être la retenue intime, comme s'ils avaient tous été condamnés pour tendresse affichée.

Nerese observait son fils en train d'observer le monde autour de lui avec une expression qui passait de posée et raide à molle et chien battu, ses yeux sautant d'une scène à une autre comme si sa tête était montée sur une tourelle rouillée.

Près d'eux, un énorme détenu au visage ponctué d'acné — Nerese se souvenait de lui à la cité Hopewell, le sourcil gauche, une narine et la lèvre inférieure ornés de piercings — câlinait son fils de trois ans avec un plaisir non dissimulé tout en ignorant complètement la sœur un peu plus âgée du gamin qui, assise près de sa mère, jouait en silence avec une Barbie nue.

À la table suivante, une petite femme grisonnante aux allures de Gitane, le visage en forme de cœur incliné dans la coupe de ses mains brunes, fixait d'un œil triste son fils sans dents et tatoué qui discourait sans fin dans un semi-murmure délirant. Nerese pouvait presque sentir le crack bouillonner dans ses veines.

Portant son regard vers le nouveau groupe de six poussé dans le parloir, Darren suivit des yeux un détenu râblé qui marcha d'un pas décidé jusqu'à son siège et, sans adresser un mot de salutation à la femme qui l'attendait, lui tourna le dos et leva le menton vers le plafond pour qu'elle puisse se mettre à lui refaire ses tresses.

Darren remarqua ensuite quelque chose qui lui fit quasiment jaillir les yeux de la tête : une femme assise en face de son homme tout au bout de leur table avait passé la main de l'autre côté de la séparation et branlait furtivement la queue anthracite qui sortait de la braguette ouverte du détenu comme la tête d'une tortue, l'homme et la femme pressant leur visage contre leur avant-bras, comme s'ils ne risquaient pas de se faire prendre tant qu'ils auraient l'air de dormir.

— Bon, commença Nerese, son fils sursautant bien qu'elle parlât à voix basse, toi qui as des copains avec des flingues « même pas chargés », si tu te retrouves un jour dans un endroit de ce genre, Darren, non seulement je t'aiderai pas à en sortir, mais il n'est même pas question que je vienne te voir. Tu comprends ce que je dis ?

C'étaient les premiers mots prononcés par l'un ou par l'autre depuis qu'ils avaient pris la queue devant l'entrée des visiteurs. Nerese secouait son chiot comme d'habitude par la peau du cou mais elle n'était même pas sûre qu'il l'ait entendue. Respirant par la bouche, haletant presque, il continuait à faire aller son regard d'un détenu à l'autre en un circuit saccadé, dévorant des yeux visages, mains, tatouages. Si ça peut le faire réfléchir, pensa Nerese, laissant les images raconter leurs histoires.

Trente minutes plus tard, quand Eric pénétra finalement dans la salle, dernier d'un énième groupe de six, Nerese étudia l'expression de son fils découvrant son cousin récemment initié à la vie de truand, et elle prit conscience qu'elle avait commis une grave erreur. Ce qu'elle avait interprété comme de la peur dans les yeux de Darren était en fait de l'admiration craintive. Ce qu'elle avait pris pour du dégoût était du dégoût de soi. Darren — elle aurait dû s'en douter —, même s'il était loin d'être le genre d'ado qui finirait dans un endroit pareil, venait de passer les quatre-vingt-dix dernières minutes entouré de ce que, dans son jeune esprit façonné par les vidéoclips, il imaginait être de vrais hommes, de vrais durs, pas des fils à maman comme lui qui se faisaient constamment gronder, et il avait le sentiment de ne rien valoir : un nul, voilà ce qu'il était.

Rencontrer maintenant Eric, qui, sous une pression énorme, chercherait à la jouer super cool devant sa tante et son cousin en présence de tous ces autres taulards, ne ferait qu'aggraver les choses pour Darren. Décidée à réduire les pertes, Nerese se leva de la table et, son fils en remorque, sortit du parloir avant qu'Eric ait pu les repérer, ne s'arrêtant que pour déposer un chèque de soixante-quinze dollars sur le compte de son neveu au magasin de la prison en guise d'excuses.

À mi-chemin de l'appartement, avec un Darren muet et démoralisé assis à côté d'elle dans la voiture, Nerese s'efforçait désespérément de trouver un moyen d'au moins récupérer sa mise après cette désastreuse sortie éducative quand son téléphone portable sonna, et elle se mit à zigzaguer sur trois voies en se démenant pour mettre la main sur le foutu truc.

— Frederick Martinez, annonça Frederick-pas-Freddy d'un ton calme et officiel. Mon contrôleur judiciaire me dit que vous voulez me parler ?

— Ouais, merci de rappeler, dit Nerese en faisant obliquer la voiture vers le bas-côté. On pourrait se voir ? Je préférerais vous expliquer ce qui se passe en tête à tête…

— Je sais ce qui se passe, répondit Frederick-pas-Freddy tandis qu'un semi-remorque les frôlait à toute vitesse, le vent de son sillage secouant la voiture.

— Vous pouvez me retrouver aujourd'hui au poste du district sud ? À l'heure qui vous conviendra.

— Je préfère pas.

— D'accord. Au bureau de votre CJ, alors. Même chose, à l'heure qui vous conviendra.

— Non, je ne me sens pas très à l'aise, là-bas.

Nerese hésita : elle pouvait demander à son CJ de lui imposer un rendez-vous mais…

— Bon, où vous voulez qu'on se retrouve ?

Un bref silence puis :

— À New York.

— À New York ? fit Nerese, regrettant d'en avoir rajouté dans son numéro de sollicitude. Écoutez, l'affaire dont je veux vous parler n'est pas si importante. Pourquoi faire tout le trajet jusqu'à New York ?

— Parce que je commence à me sentir à l'étroit, ici.

Darren gonfla ses joues et les vida, continuant sans doute à se reprocher de ne pas être un putain de vrai méchant, un de ces gars qui n'ont jamais honte d'eux-mêmes.

— Vous savez, Mr Martinez, premièrement, en allant à New York, vous violez votre conditionnelle. Deuxièmement, j'ai pas vraiment envie d'en venir là, mais je peux demander à votre CJ de vous obliger à me rencontrer dans son bureau…

— Bon, soupira-t-il, je n'ai pas vraiment envie d'en venir là moi non plus mais je peux faire intervenir mon avocat dès que j'aurai raccroché…

Ce fut au tour de Nerese de soupirer.

— Où ça, à New York ?

Trois heures plus tard, dans l'ombre de la bibliothèque de la 42ᵉ Rue, au bas du large escalier de marbre menant à l'entrée, Nerese découvrit le mobilier indéracinable d'une terrasse de café fermée pour la saison, six tables métalliques rondes et une ligne ondoyante de chaises pliantes traversées par une lourde chaîne attachée à des anneaux de fer dépassant d'un muret qui bordait les jardins en terrasse.

Il y avait aussi quelques chaises éparpillées non attachées et c'est sur l'une d'elles que Nerese le trouva, Freddy, non, Frederick Martinez, installé seul sur la terrasse déserte, les jambes croisées, lisant le *New York Times*.

C'était un homme séduisant et en forme, un poids welter avec des cheveux courts bouclés d'un noir bleuâtre, un bouc et un visage mince plein de sang-froid couleur vieil ivoire. Sa garde-robe était à son image : pantalon de toile beige fraîchement repassé, pull à col roulé marron sous un trois-quarts croisé de cuir noir, et bottes de chantier sang-de-bœuf exemptes de la moindre éraflure.

La chaise qu'il avait dépliée pour s'y asseoir était cependant placée à distance de toutes les tables et Nerese se dit, à la réflexion, que ce choix de se créer un îlot d'espace devant l'un des croisements les plus animés de New York révélait que cette image d'une parfaite maîtrise de soi avait peut-être quelque chose d'un peu trop travaillé.

Frederick-pas-Freddy… Nerese résolut de la jouer dans le sens du gars, en flattant ce sens de la dignité exacerbé, du moins dans un premier temps.

— Mr Martinez ? fit-elle, se tenant debout près de lui sur la placette vide.

Il replia soigneusement son journal avant de lever les yeux vers elle, silencieux, attendant qu'elle développe.

— Je suis l'inspectrice Ammons… On s'est parlé au téléphone.

— OK.

Il hocha la tête et continua à la jauger calmement.

Elle commençait à se sentir idiote, debout devant lui comme s'il était le patron, assis derrière un bureau, et elle une employée sur la sellette.

Une mince estafilade de dix centimètres qui n'était pas visible sur sa photo anthropométrique courait horizontalement en travers de son front, à mi-chemin entre sourcils et naissance des cheveux : très probablement le premier coup du combat à mort dans la cage de la salle de gym, supposa-t-elle.

— On pourrait peut-être aller quelque part, suggéra Nerese, arrondissant les épaules contre le froid.

— C'est ce qu'on a fait, non ? repartit-il.

Elle prit une des chaises pliantes échappées de la chaîne, l'ouvrit devant la table la plus proche et fit signe à Freddy de venir s'asseoir en face d'elle.

— S'il vous plaît.

— Je présume que vous connaissez Ray Mitchell, attaqua-t-elle.

— Je ne l'ai jamais rencontré mais j'ai entendu parler de lui, répondit Freddy, bras et jambes croisés.

— Vous savez ce qui lui est arrivé ?

— Il a été hospitalisé après une agression, paraît-il.

Il tira de la poche intérieure de son manteau un billet de vingt dollars non chiffonné, le plia et entreprit de se curer les dents avec.

— Comment vous le savez ?

Il remit le billet dans sa poche.

— Comment ? Les gens parlent.

— Les gens… ?

Il laissa son regard dériver vers la circulation de la Cinquième Avenue puis revint à Nerese.

— Je n'y suis pour rien. Je sais que vous vous attendez à ce que je dise ça, mais il se trouve que c'est la vérité.

Appuyée sur un coude, Nerese attendit. Il toussa dans son poing.

— J'ajoute cependant que, franchement, ça ne me brise pas le cœur.

— Tiens donc, et pourquoi ça ?

Ce fut au tour de Freddy de la regarder en silence.

— J'en déduis que vous êtes au courant des rumeurs.

— Des rumeurs ? fit-il d'un ton acerbe.

Nerese redevint silencieuse.

— Ouais, reconnut-il, détournant de nouveau les yeux, je suis au courant des rumeurs.

— Alors, vous comprenez pourquoi nous devons avoir cette conversation.

— J'ai mes démons, c'est certain, mais vous vous trompez de personne.

Un clodo au teint rubicond s'approcha de leur table en titubant, une tache hirsute à la place du visage. Ayant apparemment renoncé au langage humain depuis quelque temps, il tendit simplement la main. Nerese le chassa d'un geste mais Freddy lui glissa un dollar et l'homme descendit la Cinquième Avenue d'un pas hésitant, le billet dépassant de son poing comme une fleur.

— Vous savez, Freddy… Je peux vous appeler Freddy ?

Il haussa les épaules.

— Freddy, vous dites que c'est pas vous, et pour être franche, à ce stade, j'aurais plutôt tendance à vous croire, déclara-t-elle, le visage aussi ouvert que possible. J'ai étudié votre casier et à part…

Elle désigna d'un mouvement de tête la cicatrice sur son front qui, elle venait de s'en rendre compte, ressemblait au logo de Nike.

— À part cet incident, poursuivit-elle, qui, à ce qu'on m'a dit, était une affaire de légitime défense, je n'ai pas vu de violence, pas d'antécédents…

Nerese se pencha en avant, ajouta sur un ton plus intime :

— Mais il y en a qui pensent autrement. Et malheureusement, il se trouve qu'il s'agit de mes supérieurs…

Elle n'était même pas sûre, dans cette période inédite pour elle, d'avoir encore des supérieurs.

— Et pour que je puisse avancer, il faudrait que je ne les aie plus sur le dos. Le seul moyen…

— Allez-y, aidez-moi à vous aider, la coupa-t-il sèchement, refusant d'avaler un seul mot du boniment.

— Plus ou moins, dit-elle, prise par sa stratégie. Laissez-moi vous poser une question… Vous dites que vous n'avez rien à voir avec l'agression. Vous avez une idée de qui ça pourrait être ?

— Désolé.

— N'importe qui. Des amis, des associés, des types à la prison du comté qui auraient peut-être, compte tenu des rumeurs, pris sur eux par amitié ou loyauté envers vous…

Freddy leva un doigt.

— Un, vous pouvez arrêter d'appeler ça des rumeurs. Et deux… vous pensez sincèrement que je discuterais avec un autre homme de l'infidélité de ma femme ? Je vous en parle à vous uniquement parce que vous me coincez avec ma conditionnelle.

— Même si vous n'en avez parlé à personne, quelqu'un aurait pu… Écoutez, je cherche à vous aider, là. Donnez-moi quelques noms. Des amis, des relations d'affaires…

Freddy eut un sourire d'incrédulité.

— Vous voulez que je vous donne les noms des types avec qui je travaille ?

— Bon… Pour commencer, avec qui vous partagiez votre cellule, ce coup-ci ? Allez, vous m'avez traînée jusqu'à New York, me faites pas faire tout le boulot…

— Mon colocataire à la prison du comté ? Un demeuré qui savait à peine ouvrir et fermer sa combinaison à Velcro. Le type même du criminel-né. Vous savez, maintenant que j'y pense ? C'est lui, aucun doute.

— OK, essayons autrement. Donnez-moi le nom de quelqu'un qui peut se porter garant pour vous.

Freddy haussa les épaules, inversa l'ordre de ses genoux.

Un autre clochard s'approcha, le visage d'une finesse déconcertante sous les croûtes et la crasse, les cheveux nattés ou inextricablement emmêlés.

Une fois de plus, Nerese lui fit signe de déguerpir ; Freddy, prisonnier de son public, se fendit à contrecœur d'un autre dollar.

Elle soupira, tira son carnet de son sac comme s'il pesait une tonne.

— Bon, faisons ça simplement. Où vous étiez le 7 février ?

— C'était quel jour de la semaine ?

— Mardi en quinze. Deux jours après votre libération.

Freddy réfléchit, lorgnant sans trop se cacher les jupons qui passaient.

— Allez, Freddy, vous dispersez pas.

Un écureuil sauta sur leur table et fila aussitôt. Ils sursautèrent tous deux puis tâchèrent de minimiser leur réaction.

— J'étais chez moi.

— Toute la journée ? Toute la soirée ?

— Le mardi matin, je passe voir mon CJ. Cassandra Wiggins. Vous pouvez vérifier avec elle. Après quoi, je suis rentré, je me suis sûrement fait à manger — qui peut se souvenir de ce qui s'est passé il y a près de trois semaines ? — mais ensuite, c'est sûr, je suis allé courir.

— Courir ? Faire du jogging ?

— Il faut que vous compreniez une chose. À la prison du comté, on peut soulever de la fonte, jouer au basket, s'entraîner sur des sacs. La seule chose qu'on ne peut pas faire, c'est courir. La seule chose qui me dit que je suis dehors, c'est que je peux courir. Alors, je cours.

— Vous courez. Tout seul ?

— Oui.

— De où à où ?

— Si j'avais su qu'on aurait un jour cette conversation, je me serais attaché un Caméscope sur la tête...

— De où à où ? répéta Nerese, le stylo suspendu au-dessus du carnet.

— De chez moi à la prison et retour. Dix kilomètres.

— Vous avez couru jusqu'à la prison... ?

— Exactement. Je cours jusque là-bas, je la regarde un long, long moment, je lui tourne le dos et je repars.

Le soleil de la fin d'hiver commençait à sombrer derrière les gratte-ciel, la place déserte glissant dans l'obscurité.

— Vous êtes allé droit de chez vous à la prison et retour. Pas de petit écart, pas de détour ? dit Nerese, frissonnant soudain de froid.

— Vous voulez dire à Little Venice, par exemple ?

Freddy se raidit aussitôt après avoir prononcé le nom : un peu trop malin.

— Qu'est-ce que Little Venice vient faire là-dedans ? dit Nerese, jouant les candides et notant l'expression dégoûtée (de lui-même) de Freddy.

Il prit dans sa poche une paire de gants de conduite en cuir, les enfila lentement, plia les doigts pour les assouplir.

— Hou hou, fit Nerese en fixant son profil.

— Écoutez, si les pensées étaient des actes, la terre serait une planète déserte.

Elle contempla un moment sans rien dire la balafre horizontale courant au-dessus de ses sourcils, attendit la suite.

— Je n'ai jamais posé les yeux sur cet homme de ma vie, ajouta-t-il.

— Vous lui avez jamais parlé ?

Il hésita puis :

— Non.

— Ça a dû vous coûter, hein ?

— Pas vraiment, répondit-il avec une trace de repentir dans le ton.

Elle pêcha dans son sac les relevés téléphoniques de Ray.

— Pas vraiment ? J'ai quatre appels en PCV chez Mitchell en provenance de la prison du comté, la semaine précédant votre sortie. Trois le 1er février et un le 3.

Les piétons se faisaient plus nombreux sur la Cinquième Avenue à mesure qu'on approchait de dix-sept heures. Freddy regardait, sans appétit maintenant, les petits culs rentrant à la maison.

— Ils étaient adressés à ma femme, finit-il par lâcher, chaque mot mordu au sang.

Nerese se pencha en avant, les épaules ondulant de froid.

— Sans blague ? Comment vous saviez qu'elle serait là ?

Il serra les mâchoires, son visage partit de travers.

— Freddy ?

— Parce qu'elle n'était ni chez sa mère ni à son travail.

— Mais comment vous saviez que c'était la troisième possibilité ?

— Je vous l'ai dit, les gens parlent, grommela-t-il.

Elle regarda en plissant les yeux les feuilles qu'elle tenait à la main.

— Mais ces coups de téléphone que vous avez donnés… insista-t-elle pour voir si elle pouvait le pousser à bout, pour obtenir un échantillon de ce qu'elle cherchait. Elle était là-bas deux jours différents pendant votre dernière semaine de détention. Pour ces deux jours-là au moins, vous étiez au courant…

Elle laissa alors le silence retomber afin que Freddy utilise ce répit pour attiser les flammes.

— Simple curiosité, reprit-elle en refermant son carnet. Quand vous avez téléphoné chez Ray, qui a accepté le PCV, lui ou votre femme ?

Freddy prit une longue inspiration, cessa de regarder la rue pour se tourner vers Nerese, la fixa de ses yeux férocement clairs.

— Je deale, vous le savez. En gros. Vous le savez aussi. Avec ça, vous savez tout ce que vous avez besoin de savoir sur moi d'un point de vue policier. Je n'ai rien à voir avec cette agression. Vous me chopez pour la dope ? Je vous suis comme un bébé. Vous me chopez pour la dope, je suis tout à vous. Mais si vous voulez me boucler, il faudra que ce soit pour la dope, parce que je n'ai pas commis cette agression et que je n'irai pas au trou pour ça.

Il prit une autre longue inspiration rageuse pour garder son calme, sans quitter Nerese des yeux un instant.

— Maintenant… vous venez fouiller ma merde et je n'y peux rien. Je suis obligé d'accepter à cause de la vie que j'ai choisie. C'est la règle du jeu. Mais dites-moi ce que je dois faire pour que vous me lâchiez et je le ferai.

Il inclina la tête.

— Aidez-moi à vous aider à m'aider.

Nerese haussa les épaules comme s'ils étaient simplement en train de bavarder.

— Venez vous soumettre au détecteur de mensonge.

— Non. Pas question. Il y a une marge d'erreur de douze et demi pour cent avec ces machins. Laissez tomber.

— Et si je vous laissais choisir les questions ? proposa Nerese, qui cherchait uniquement à l'amener au poste.

— Non. Et ne me demandez pas quelles questions je choisirais si j'acceptais, par pure hypothèse. Ce truc est vieux comme le monde. Non. Non. Non. Quoi d'autre ? Vous voulez la liste de tous ceux avec qui j'ai été en contact à la prison ? Vous deviendriez folle. Vous voulez une liste de mes amis dehors ? J'en ai pas. Vous voulez la liste de ceux avec qui je travaille ? Ça reviendrait à me couper moi-même la gorge. Vous voulez parler à des membres de ma famille ? Je suppose que vous l'avez déjà fait. Mais si vous voulez faire les choses à fond, je vous donnerai l'adresse et le numéro de téléphone de mon frère à Boston, de ma sœur à Fairlawn, de ma mère à Atlantic City et de mon père au cimetière St. Raymond. Quoi d'autre…

Nerese envisagea de le menacer de le faire passer pour une balance, mais ce serait le dernier des derniers recours. Pour le moment, elle avait simplement besoin de lui, sans avocat et disposé à parler.

— Donc, vous êtes revenu de votre jogging…

Exaspéré, Freddy leva les bras et les laissa retomber : tout ce discours ardemment succinct pour rien.

— Je suis rentré, j'ai pris une douche, je me suis branché sur le Net, j'ai fait quelques opérations sur le marché journalier. J'aimerais pouvoir dire que je suis assez calé là-dessus pour laisser tomber mon autre bizness, mais c'est loin d'être le cas. Si c'était une journée typique, ce qui était probablement le cas — je le répète, vous m'interrogez sur ce qui s'est passé il y a trois semaines —, mon fils est rentré à quatre heures, ma femme est revenue de ses cours à sept heures, on a dîné à huit heures, on est restés à la maison toute la soirée et on s'est couchés. Qu'est-ce que je peux faire pour que vous me lâchiez ? Tout ce que je vous demande, c'est d'être raisonnable dans vos requêtes…

— Freddy, vous parlez d'être raisonnable mais vous refusez de passer au détecteur de mensonge, vous refusez de me parler des méchants…

— De ce côté-là, il n'y a rien que du temps perdu pour vous et des risques inutiles pour moi. Écoutez, je sais que vous avez interrogé ma belle-mère, je sais que vous avez interrogé ma femme. Vous avez probablement interrogé des gens de la cité Hopewell. Vous avez probablement parlé à vos collègues des stups. Il reste qui pour témoigner sur mon emploi du temps ? Mon fils ?

Vous voulez parler à mon fils ? Faites-le devant ma femme ou moi, je vous invite à la maison.

Freddy commençait à se calmer, à savourer l'impression que donnait, croyait-il, sa vertueuse volonté d'aller au fond des choses.

— Simple curiosité, dit Nerese avec douceur, quand vous avez téléphoné à votre femme chez Ray, de quoi vous avez parlé ?

— Demandez-le-lui, rétorqua-t-il, fulminant de nouveau.

— Vous savez, quand Danielle allait là-bas, elle l'emmenait généralement avec elle.

— Elle emmenait qui ?

— Votre fils.

Une grosse veine bleue saillit sur son visage, un ver courant comme un éclair du coin de l'œil gauche à la tempe. Sa bouche se crispa en un rictus de rage et Nerese pensa : On y est...

— Vous le saviez ?

Sans la quitter des yeux, il fit glisser sa chaise sur le côté jusqu'à se retrouver tout à fait à droite du manche du parasol, pour avoir sur elle une vue totalement dégagée. Elle réagit en se renversant un peu plus sur son siège, son pouce effleurant furtivement le fermoir de l'étui de son arme.

— Vous le saviez, Freddy ?

— Oui, je le savais, répondit-il, petits mots étranglés lâchés dans un effort pour recouvrer son sang-froid.

— Bon. Demain, alors ?

— Hein ?

— J'accepte votre offre. De me laisser parler à votre fils. Pour voir si ses souvenirs collent avec les vôtres. Demain, ça irait ? Vers sept heures, sept heures et demie, disons.

Sans prononcer un mot de plus, Freddy se leva et d'un pas furieux alla se mêler au flot de piétons de la Cinquième Avenue, laissant Nerese seule dans l'ombre presque glacée, sous le porche de la bibliothèque.

— Bon, d'accord, dit-elle à la chaise vide. À demain, alors.

28

NELSON — 3 FÉVRIER

Dès qu'il ouvrit la porte, Ray lut le discours dans les yeux de Danielle, le mit en relation avec la présence de Nelson et de Dante traînant derrière elle et la devança :

— Pas de problème, tu peux me les laisser.

— Écoute, il est arrivé quelque chose. Je suis désolée mais…

— Laisse-les-moi, je te dis.

— Je peux ?

— Absolument.

— Tu sais, je te fais entièrement confiance…

— Parfait.

Les lèvres de Nelson étaient moins gonflées mais hérissées des extrémités raides de fils noircis de sang séché. Et, cela sidéra Ray, le gamin portait le gant qui n'avait pas su empêcher l'accident.

— Je suis tellement stressée, t'imagines pas…

— Danielle, fais ce que tu as à faire.

À ce stade, Ray se réjouissait presque de ses flatteries asexuées, de son manque d'attention chronique.

Il ne pouvait encore se résoudre à tirer un trait, mais des conneries de ce genre l'aidaient à progresser dans cette direction. Et il savait très bien que s'il ne rompait pas avec elle dans les prochains jours de futurs événements régleraient la situation d'une manière qui risquait fort de ne pas lui plaire.

— Et ta mère ? Ça ne me dérange pas, mais elle ne peut pas les garder, elle ?

Danielle leva les bras.

— Oh, elle et moi, on se parle plus du tout en ce moment.

Il eut un haussement d'épaules compréhensif en pensant : Les mères sont comme ça quand leur gosse épouse un repris de justice. Danielle se rendait à la prison du comté, cet après-midi-là, il en aurait mis sa tête à couper.

— J'en aurai pour deux heures environ, dit-elle.

— Prends ton temps.

— T'es le meilleur.

Elle l'embrassa sur la bouche avec une dureté étonnante, presque douloureuse, une fois de plus devant Nelson, qui enfouit son visage dans le gant et fit une pirouette.

Dante fila dans l'appartement, poursuivi par la voix de Danielle :

— Tu casses quelque chose, je reviens pas te chercher !

— Ouais, bon, voilà… fit Ray absurdement.

Une fois de plus, la violence imprévisible qu'il y avait en elle réduisait en miettes sa détermination à dire ce qui devait être dit.

Dans la salle de séjour, Dante avait mis MTV et remuait sans effort, brillamment, au rythme de la musique, les épaules frissonnant, les coudes voletant, avec le jeu de jambes aérien d'un jeune Mohammed Ali. Nelson, masque de Halloween, l'observait avec une impuissance envieuse. Le soleil provenant de la terrasse blanchissait complètement l'écran.

— Venez, les gars, il fait vraiment bon dehors. On va au centre commercial, dit Ray.

En pénétrant dans Gannon Commons, vaste comme une volière, Ray éprouva un sentiment familier d'exaltationabattement sous l'immensité libératrice de l'atrium à trois niveaux quasi désert, le bruit d'éclaboussement de la fontaine invisible et les possibilités infinies, toutes ces choses à acheter, cédant rapidement la place à un épuisement psychosomatique quand il remarqua d'abord la saleté des dalles du sol puis la musique d'ascenseur, les stands proposant chacun leur camelote ultraspécialisée : Métabovie, La Hutte aux Parfums, Le Palais du Piercing, La Pagode du Bipeur, Pierres Astrales… les vendeurs solitaires, perchés sur de hauts tabourets, fixant le vide.

Un vent coulis graisseux soufflait de la zone restauration du troisième niveau — côtelettes dans l'échine, petits pains à la cannelle — et du quatrième étage provenaient les clameurs de jeunes écoliers en sortie de classe vers l'un des multiplexes, l'écho de leurs gloussements et de leurs cris ponctué de temps à autre par les menaces tonitruantes des institutrices.

Fidèle à lui-même, Dante détala de son côté et Ray, dépourvu de l'anxiété requise, le laissa filer et découvrir de lui-même ses limites.

Resté seul avec Nelson, il se mit à déambuler au hasard devant les boutiques du rez-de-chaussée. La prévisibilité insoutenable de ce qui s'étirait devant eux le fit tituber jusqu'à ce qu'ils parviennent devant Onyx Hommes, un magasin de vêtements dont tous les mannequins en vitrine arboraient les couleurs du jour, le noir, l'argent et l'orange brûlé.

Nelson émit un grognement en regardant devant lui sans ciller.

— Toi, tu porterais pas ce genre de fringues, hein ? fit Ray.

Non, répondit le gamin de la tête. Il traînait encore le gant de base-ball et Ray se demanda s'il ne l'avait pas emporté de peur de ne pas le retrouver s'il le laissait à l'appartement.

— Tu les achètes où, tes fringues, en général ?

— Je sais pas.

Ray ne put s'empêcher de demander :

— Qui t'emmène, ta mère ou ton père ?

— Ma grand-mère.

— Ta grand-mère. Tu l'aimes bien, ta grand-mère ? Nelson acquiesça vigoureusement de la tête.

— Ouais, moi aussi j'étais fou de ma grand-mère. Je t'ai raconté la fois où elle m'a acheté le gant de base-ball, dit-il avec un coup d'œil à celui de Nelson, coincé par une prise possessive entre bras et côtes. Dis-moi, tu arrives à imaginer ta grand-mère enfant ?

— Non.

— Ouais, ben, tu vois, c'est drôle pour moi parce que j'ai encore du mal à voir Carla autrement.

À côté d'Onyx Hommes, il y avait un Victoria's Secret et, au bout de l'allée, une librairie Bookworms. Ray se sentit renaître.

— Amiral, par ici.

Mais, aussitôt après avoir poussé Nelson à l'intérieur, Ray s'aperçut que ce magasin était bidon : l'équivalent littéraire de toutes les autres merdes du centre commercial, une mer de tables discount chargées d'interminables piles de bouquins débiles, produits dérivés de Disney, de *La Guerre des étoiles*, volumes démesurés sur le vide absolu, mini-bios de mini-célébrités, manuels de massage, manuels d'astrologie, guides pour les nuls sur n'importe quel sujet, de la bière au cancer. Ray, cramoisi, se tourna vers Nelson.

— Comment on peut bousiller une librairie comme ça, putain…

Consterné de nouveau par le langage de Ray, le garçon recula, Ray se dit : Calme-toi, et puis Dante fit son apparition entre les allées comme si on l'avait appelé.

Il avait le pantalon trempé, un badge grand comme un CD épinglé à son T-shirt revendiquait LE POUVOIR AUX CHATTES en grosses lettres rouges, et il portait à bout de bras deux livres, une biographie en édition cartonnée d'un catcheur professionnel du nom de Krisis et un truc intitulé *Le Grand Livre des explosions*.

— Tu m'achètes ça.

— Non. Pourquoi ton pantalon est mouillé ?

— À cause de la fontaine.

— Et où tu as trouvé ce badge ridicule ?

— Dans la fontaine. Et regarde…

Dante plongea les mains dans ses poches de devant gonflées, en tira deux poignées de pièces de monnaie humides.

— Moi, je reviens ici tous les jours.

— Hou là, murmura Nelson en se détournant de son cousin.

— Va remettre ces livres en place, ordonna Ray. Tu retournes là-bas et… T'as compris ?

Dante disparut.

Nelson regardait les piles sur les tables mais sans tendre la main vers un livre quelconque, sans chercher à voir ce qu'il y avait à l'intérieur.

— Tu aimes lire ? demanda Ray.

Oui, fit l'enfant de la tête.

— Quel genre de livres ?

Il haussa les épaules.

— Lance-toi, je suis tout ouïe.

— Épouvante.

— Tu as lu des livres de Stephen King ?

Il acquiesça.

— Lequel ?

— Tous.

— Tous ? fit Ray, qui n'y croyait pas. Tu as lu *Les Tommyknockers* ?

Non, fit-il.

— Tu as lu *Le Fléau* ?

Autre non.

— Tu as lu…

Ray s'interrompit : qu'est-ce qui lui prenait de harceler ce gosse ?

— Qui d'autre tu aimes lire ?

— Michael Crichton.

— Vraiment ? Lequel ? Tous ?

— Deux, répondit Nelson, qui n'avait toujours pas regardé Ray dans les yeux.

— *Jurassic Park* ?

Hochement de tête affirmatif.

— Quoi d'autre ?

— *La Guerre des étoiles.*

— Non, je voulais dire, quoi d'autre de Michael Crichton ?

— *Le Mystère Andromède.*

— Vraiment ? fit Ray, légèrement impressionné. C'est bien. Est-ce qu'il t'est arrivé de lire des classiques ?

Nelson haussa les épaules, ne sachant pas — Ray en prit conscience — qui étaient les classiques.

— Tu sais, Poe, Wells, Lovecraft…

Autre dénégation muette, regard détourné.

— Alors, il faut faire quelque chose…

Pris d'une petite poussée de largesse, il conduisit Nelson au mur faisant face à la caisse, aux seuls rayonnages du magasin qui semblaient contenir des livres qui étaient vraiment des livres.

Ils se divisaient en deux sections : fiction et littérature. Il y avait là comme un jugement de valeur et Ray se demanda qui était l'employé qui devait décider dans quelle catégorie ranger tel livre.

Il chercha *Dracula* puis hésita, craignant que le garçon n'ait pas la capacité ou la patience d'endurer le rythme et cette prose préinformatique. Même chose pour *Frankenstein*. Tenant à ne marquer que des coups gagnants, Ray écarta tous les livres préférés de son adolescence et rassembla *Les Dents de la mer, Le Silence des agneaux* et une version abrégée des *Histoires mystérieuses*, ce dernier bouquin le faisant basculer dans la crainte opposée : dans son désir de lui éviter une expérience de lecture ennuyeuse, il ne faisait peut-être pas assez confiance aux capacités de Nelson.

— J'étais comme toi quand j'avais ton âge, dit Ray. Les monstres, les goules, les vampires… Et puis j'ai découvert les filles.

Il cueillit un Stephen King, *Simetierre*, sur l'un des rayons, l'ajouta à la pile.

— Quelquefois, j'essaie de convertir Ruby au genre… commença Ray.

Il s'arrêta, se demanda ce que Nelson pensait de Ruby, de Ruby et de son lancer de balle.

— De lui faire lire ce genre de bouquins, bien sûr, ou même simplement regarder de vieux films d'horreur avec moi. Mais elle n'accroche pas. Elle trouve ça rasoir. Probablement parce qu'ils ne sont pas en couleur et que tout le monde s'exprime avec cette diction théâtrale parfaite, tu sais, « Bonjour, très chère », ou « Oh ! ma chérie, tu n'as rien ? »… Et c'est drôle parce qu'elle est fascinée par *Buffy* et *Angel*, mais elle ne les relie pas à un genre…

— C'est quoi, un genre ? dit Nelson, regardant enfin Ray en face.

— Une catégorie. Comme « comédie » ou « porno ». À propos, Ruby m'a demandé de l'excuser une fois de plus pour, tu sais…

Nelson haussa les épaules, détourna de nouveau les yeux.

— Elle est vraiment désolée.

En se rendant à la caisse, ils passèrent devant le rayon *Buffy* — novélisations, calendriers, figurines animées, fanzines — et, éprouvant pour sa fille cette nostalgie un peu sentimentale, un peu affolée — qu'est-ce qu'il foutait avec les gosses de quelqu'un d'autre ? —, il saisit un calendrier d'*Angel*, un verre à whisky *Buffy*, mais les reposa presque aussitôt, soudain submergé de désespoir, soûlé de désespoir. De la merde, tout est de la merde, livres, cassettes, vêtements, argent, la vie n'est qu'ennui, attente et erreurs répétées encore et encore jusqu'au jour où l'on meurt…

— Hé, Nelson, dit-il, prononçant le nom avec une énergie rageuse. Répète après moi. Merci…

— Merci, répéta docilement Nelson sur le même ton chantonnant.

Sentant que le garçon n'avait pas conscience de son infraction aux règles de la politesse et qu'il n'était de toute façon pour rien dans son accès de désespoir, Ray laissa filer.

Ils étaient assis tous les trois à une table en Formica jonchée de miettes dans la zone restauration éclairée par une verrière. Dante et Nelson s'activaient sur des hamburgers, Ray ignorant pour sa part une laitue blanche et une salade de tomates gris acier.

Il avait acheté à Dante un livre d'affiches de la Fédération mondiale de catch et en feuilletait les photos, examinant les physiques tout à la fois incroyablement gonflés et cependant parfaitement ciselés.

Nelson était plongé dans *Simetierre,* le livre sur les genoux, sous la table, comme s'il dissimulait une quinte flush.

— Vous savez qui était fan de catch ? dit Ray, s'adressant aux deux garçons, Nelson ne levant pas les yeux de son livre. Ma grand-mère. Enfin, moi aussi, mais elle, elle en était cinglée. Quand j'étais petit, à la première occasion, j'allais chez elle, ils vivaient encore à Tonawanda à l'époque, et on regardait les matchs à la télé. Elle se prenait tellement au jeu qu'elle était presque sur le tapis avec eux. Elle marchait à fond. Elle adorait les bons, elle haïssait les méchants…

Ray, qui commençait à dériver, s'ébroua.

— Ce n'était pas ce qu'on appelle une personne heureuse. Elle était très grosse, elle pesait plus de cent kilos pour un mètre cinquante, un mètre cinquante-deux maximum, elle se déplaçait toute voûtée, avec une lueur affolée dans le regard, comme si on la poursuivait. Mon grand-père, il ne rentrait pas la moitié du temps, et quand il rentrait, il l'ignorait, quasiment.

— Va me chercher encore des frites, réclama Dante.

Son cousin lui lança un bref regard puis replongea dans Stephen King.

— Pour en revenir au catch, reprit Ray, à l'époque, il y avait de temps en temps une réunion au vieil arsenal de Dempsy, six, huit matchs en soirée. Catch à quatre, combats de femmes, de nains… Un jour, elle m'y a emmené, je devais avoir neuf, dix ans…

Il tendit le bras par-dessus la table, prit doucement *Simetierre* des genoux de Nelson. Le gamin ne protesta pas mais, pour une raison ou une autre, ne croisa pas le regard de Ray.

— Ma grand-mère, toute la soirée, elle était comme folle, elle engueulait les méchants, l'arbitre, elle faisait son numéro, vous voyez. Et puis on arrive au match qui avait pour vedette Fritz von Hundt, un méchant avec des bottes noires ornées de croix de fer sur les côtés, un monocle, je suppose qu'il était censé incarner une sorte de nazi débile. Dans la réalité, c'était probablement un taré du Midwest… Une fausse marche allemande retentit dans les haut-parleurs et le gars se dirige vers le ring au pas de l'oie, et ma grand-mère, qui avait braillé toute la soirée, devient soudain silencieuse et je me dis : Elle devrait sauter sur le ring de rage à la vue de ce type. Au moment où il passe devant nous, on est assis au bord de l'allée, ma grand-mère prend une épingle, une épingle de nourrice ou quelque chose comme ça, et elle lui en file un coup dans les fesses…

— Yo ! s'exclama Dante, bondissant sur sa chaise.

Nelson évitait encore les yeux de Ray, mais les siens étaient écarquillés et il retenait un sourire.

— Le gars von Hundt se prend le postérieur à deux mains, il fait un bond de deux mètres, se retourne…

Ray laissa de côté l'« Enculé ! » explosif du catcheur, le premier gros mot qu'il eût entendu dans la bouche d'un adulte.

— Il cherche, il cherche, mais ma grand-mère, elle regarde droit devant elle, maintenant, plus d'épingle, et le gars monte sur le ring... À l'époque, vous voyez, il y avait un genre de fan de catch qu'on appelait Mary la Piqueuse, des dames qui faisaient cette sorte de chose, et je peux vous dire que ça m'avait flanqué une trouille terrible de la voir faire ça... Bref, le match se déroule, le suivant est annoncé et voilà que s'amène par notre allée un autre hyperméchant dont je sais personnellement que ma grand-mère le hait comme la peste. Bobby Bragg, dit l'Homme sauvage. Cet Homme sauvage, il a de longs cheveux blond platine plaqués en arrière, une sorte de maillot à la Tarzan avec une seule bretelle, en peau de léopard, et il est baraquééé...

— Baraquééé... répéta Dante, singeant Ray.

— Il descend l'allée en direction du ring et toute la salle crie, l'injurie. Lui, il est là, tranquille, comme s'il prenait un bain de huées, « Ouais, c'est ça, c'est ça »...

Dante se leva et mima ce que Ray décrivait, gonfla la poitrine en hochant la tête, un sourire méprisant aux lèvres, un défi dans la flexion des doigts. Le petit salopard, Ray devait l'admettre, avait le génie du langage corporel.

Nelson se tourna vers son cousin avec un claquement de langue irrité qui avait quelque chose de protecteur envers Ray.

— L'Homme sauvage est encore loin de nous mais je vois que ma grand-mère a ressorti son épingle et qu'elle est prête. Moi, si elle pique ce gars, je me sauve. Mais les spectateurs ont vu ma grand-mère enfoncer son épingle dans les fesses de Fritz von Hundt et ils veulent qu'elle recommence. Alors, quand l'Homme sauvage se rapproche de nous, ils se mettent à scander : « Pique-le, pique-le... »

« Et il fait une chaleur, les gars, on se croirait au mois d'août. Pas de ventilation, une salle bondée, les gens qui suent comme des porcs, "Pique-le, pique-le...", et l'Homme sauvage entend ça, il se retourne, il voit ma grand-mère avec son épingle à la main, et qu'est-ce qu'il fait ? Il se dirige droit vers son fauteuil, il se tient au-dessus d'elle, les mains sur les hanches, une pose de mec, il reste planté devant elle, il la défie de le faire.

« Elle est paralysée, elle ne peut pas bouger. La foule qui hurle, une chaleur à crever, ce dieu blond qui la regarde dans les yeux et elle, pauvre grosse solitaire, elle est incapable de faire un geste. Vous savez ce qu'il fait ?

— Quoi ? demanda Dante.

— Il se penche, il prend la main de ma grand-mère, celle qui tient l'épingle, il dit : « Chère madame... », il l'embrasse. Il lui baise le dos de la main et il se remet à descendre vers le ring. Et ma grand-mère, elle est restée toute calme dans son fauteuil jusqu'à la fin de la soirée.

« Après ça, pendant des années, chaque fois qu'on regardait le catch à la télé, elle ne braillait plus, elle ne se roulait plus sur le tapis. De temps en temps, elle disait d'une voix rêveuse : "Je me demande comment va l'Homme sauvage. Quel type charmant !"

— Chère madame, fit Dante. Je retourne à la fontaine.

— Reste encore une minute, dit Ray.

Nelson fixait la table.

— Quand j'avais dix-huit ans, j'ai eu une grosse dispute avec elle. J'étais rentré de la fac pour les vacances de Thanksgiving et on s'est disputés, je ne sais même plus à propos de quoi... La politique, les droits civiques. Je suis parti de chez elle en claquant la porte et je ne lui ai plus jamais adressé la parole. Enfin, je lui aurais reparlé, bien sûr, mais deux mois plus tard, j'étais reparti à la fac, elle a eu une embolie ou un caillot de sang dans la tête et elle est morte dans son fauteuil. Je n'ai pas eu l'occasion de lui reparler...

— Oh merde ! explosa Dante, bondissant de son siège, les yeux exorbités de plaisir, pointant son doigt vers Ray. Nelson, regarde, Nelson ! Regarde-le ! Il pleure !

— Ferme-la ! rétorqua Nelson d'une voix sifflante en tendant un bras pour agripper son cousin. Ferme-la, putain !

Nullement impressionné, Dante se mit hors de portée d'un bond.

— Ray ! Ray ! Tu sais ce qu'il a dit, Nelson, hier soir ? fit-il, la voix railleuse et insinuante. Il a dit qu'il t'aimait.

— Quoi ? murmura Nelson.

— Oh si. Oh si, chantonna Dante, triomphant, dansant d'un pied sur l'autre.

— Qu'est-ce que tu as ? intervint Ray le plus doucement qu'il put. Pourquoi tu taquines les gens comme ça ?

Mais Dante filait déjà vers la fontaine à monnaie, le pas aussi léger et cascadant que le bruit qui l'attirait.

Désarçonné par les révélations de Dante, la pâleur soudaine de Nelson, Ray prit *Simetierre* sur la table et fit mine de lire la quatrième de couverture.

— Ton cousin est un petit con, tu le sais, hein ? glissa-t-il à Nelson sur un ton de conspirateur sans lever les yeux du livre.

Il aurait aussi bien pu s'adresser à la salade restée dans son assiette ; le garçon, mortifié, s'était transformé en pierre.

Plus tard, quelques heures après que Danielle, tendue et distraite, fut repassée chez lui reprendre les enfants, la sonnerie du téléphone le tira de la douche.

Au ton alerte et cependant sans vie de la voix, il crut d'abord que c'était du télémarketing, puis l'opératrice lui demanda s'il acceptait un appel en PCV de Freddy Martinez, à la prison du comté de Dempsy.

Immobile, le combiné coincé sous la mâchoire, Ray hésitait.

— Monsieur ? fit l'opératrice.

Ray entendait Freddy respirer en coulisse.

— Quoi ? Euh, oui.

Les deux hommes s'écoutèrent respirer un moment, Ray lancé dans une sorte de chute libre cérébrale, la petite cuisine qui l'entourait commençant à osciller et à briller.

— Vous savez qui je suis ? demanda enfin Freddy, le ton calme, mesuré, mais avec un léger tremblement dans la voix.

— Si je... Oui. Oui, bien sûr.

— Vous savez pourquoi je vous téléphone ?

Ray eut envie de répondre « Oui » puis « Non », se rabattit sur un « Pas vraiment » qui ne l'engageait pas trop.

Freddy se réfugia dans son halètement, sous-tendu à l'arrière-plan par une cacophonie de beuglements et de cris, le bruit d'hommes perpétuellement surexcités dans un environnement non insonorisé.

— Je sors demain, finit-il par annoncer. Et j'aimerais beaucoup reprendre ma vie sans complications extérieures.

— OK.

— Je n'ai pas l'intention de revenir dans un endroit pareil.

— Super, répondit machinalement Ray.

— D'un autre côté...

Freddy s'interrompit comme s'il était à bout de souffle et Ray pensa : Il a peur. Il a peur, putain. De moi ?

— D'un autre côté, si la situation l'exige, il arrivera ce qui doit arriver, indépendamment des conséquences pour moi ou qui que ce soit d'autre.

Le silence retomba, exception faite de la volière agressive derrière Freddy. Ray était hypnotisé par la base métallique du mixeur de sa mère morte, l'appareil comme en légère lévitation au-dessus du comptoir.

— Vous comprenez ce que je vous dis ?

Il tenta de gagner du temps pendant qu'une bouffée de fierté essayait de se frayer un chemin à travers la peur, ne sut que répondre.

— Vous comprenez ? insista Freddy avec douceur.

— Je crois.

— Je crois, moi aussi. Merci d'avoir accepté mon appel.

Avant que Freddy ait pu raccrocher, Ray lâcha sur une impulsion :

— Je veux juste vous dire, vous avez un fils formidable.

— Pardon ? fit la voix de Freddy, soudain plate, dépourvue de toute inflexion.

— Non, je dis simplement…

Ray se tut. Et Freddy raccrocha.

Ray demeura appuyé au mur de la cuisine, passant et repassant dans sa tête grésillante de parasites tout ce que Freddy avait dit, mot pour mot, marche avant, marche arrière, puis rejouant ses propres réponses, évaluant leur poids.

Ce qui l'avait le plus effrayé dans ce coup de téléphone, c'était la nervosité de Freddy, le fait qu'il supposait chez Ray une puissance redoutable, physique ou autre, qu'il faudrait peut-être affronter de face, le compliment sur Nelson ne pouvant apparaître, au final, que comme une moquerie, un défi, un coup de poignet pour remuer le couteau dans la plaie.

Le poids mort de sa propre peur et de son humiliation força Ray à résister jusqu'au soir à l'envie de joindre Danielle, comme s'il pouvait se convaincre qu'il n'était pas vraiment pris de panique, qu'il lui annoncerait la nouvelle lorsqu'il serait décidé, mais, après avoir finalement téléphoné chez Carla pour entendre le bruit de fond préliminaire d'un répondeur se mettant en marche, il rappela toutes les dix minutes pendant des heures jusqu'à ce que Danielle décroche.

— Il t'a appelé ? fit-elle avec une incrédulité agressive, Ray ne sachant pas si elle était joyeuse ou indignée. Qu'est-ce qu'il a dit ?

— Ça n'a pas d'importance, ce qu'il a dit. La nouvelle, c'est que c'est fini, toi et moi.

Danielle ne l'entendait pas.

— Il t'a appelé, bordel ?

— Écoute…

— J'y crois pas, murmura-t-elle, plus à elle-même qu'à Ray. Bouge pas.

Une demi-heure plus tard, précédée d'un nuage de musc vanillé, Danielle entra au pas de charge dans l'appartement de Ray.

— Bon, alors, voilà ce qu'on va faire…

Ce fut tout ce qu'il eut le temps d'articuler avant qu'elle réduise sa tenue à deux bandes de dentelle montant haut sur ses hanches et se rejoignant, minuscules, entre ses jambes.

— Waouh.

Il recula, son cœur fit une embardée dans sa poitrine, mais Danielle le saisit par la boucle de sa ceinture, se tourna face au mur, tira hors du jean le membre pleinement érigé et se le fourra dans le cul, Ray se laissant simplement faire, sentant le lubrifiant froid déjà en place.

Il pensa : Je suis mort de toute façon, et il se donna à fond, pénétra dans cette exiguïté non familière. Et dès qu'il remua de lui-même, elle le lâcha, plaqua ses deux mains sur le mur pour y prendre appui et se propulser en arrière au rythme de Ray.

Dans une transe de panique extatique, Ray s'enfonçait, lentement, le plat de son ventre soulevant les fesses de Danielle jusqu'à ce qu'elle soit sur la pointe des pieds, et alors, arquant son corps en une poussée, elle largua les amarres, les jambes flageolantes, balbutiant pour elle-même à voix basse en jouissant, Ray jouissant juste après elle.

Ils restèrent un moment immobiles, ventre aux poils emmêlés contre fessier, le visage de Danielle pressé contre le mur, son œil visible déjà distant.

Sortant d'elle encore en érection, le ventre et les jambes couverts de gouttes de sueur et de lubrifiant, Ray chercha ses mots :

— Danielle…

— Non, je comprends, dit-elle.

Elle chiffonna sa culotte dans son poing, effaça le sperme de Ray en s'essuyant. Puis elle remit son jean, glissa sa culotte dans sa poche de devant et sortit de la vie de Ray, qui resta planté devant les empreintes de mains huileuses brillant sur le mur de sa salle de séjour.

— Tu vas lui raconter, hein ? dit-il à la pièce vide, cependant que son érection descendait par paliers comme un cric de voiture.

29

BONIMENTS — 27 FÉVRIER

Ray arriva à Hopewell une demi-heure avant son rendez-vous avec Tom Potenza, se gara de nouveau près de son ancien immeuble, la vue des fenêtres vides de Carla Powell provoquant en lui, malgré tout ce qui s'était passé dernièrement, une légère angoisse douceâtre. Sans pouvoir rien y faire, il avait conscience de regarder cette suite d'objets inanimés, appartements, fenêtres, portes, murets, rochers, coins de rue, à la manière d'un adolescent assis sur un banc devant la maison de son grand amour non partagé.

Un métro passa à vive allure, attirant le regard de Ray sur la voie aérienne. Il fut surpris de découvrir qu'à ce moment particulier de la journée elle était devenue la ligne de partage précise entre le soleil et l'ombre. Soleil dessous, ombre dessus, cette exactitude nettoyant la vue morne de Rocker Drive et l'imprégnant d'une grâce si pure qu'il avait l'impression d'être à l'intérieur d'un tableau.

Comme il commençait à gravir la colline de Hopewell, Ray, dans un acte réflexe de protection contre les fantômes cruels de ses amis d'adolescence, cacha furtivement sa main amoindrie dans la poche de devant de son jean.

Au sommet de la colline, il prit le même chemin que l'autre fois avec Ruby, pénétra dans le cœur de Hopewell, passa devant le terrain de jeux des petits, où il avait raconté à sa fille ses vieilles histoires — ce lieu maintenant lui aussi à jamais transformé pour Ray —, et se dirigea vers le grand terrain de jeux, tout au bout de la cité.

Quand les terrains de basket furent en vue, il passa devant une bande orange de lieu de crime déchirée prise dans un buisson devant l'entrée du bâtiment 8 puis découvrit les restes bruns desséchés d'une croix florale suspendue à la plaque de rue cabossée au-dessus de la porte en retrait.

Dans un coin du porche abrité du vent, sous l'interphone, une petite table en bois supportait trois cierges éteints, quelques notes manuscrites brouillées par la pluie et, nichée dans un sachet à sandwich trouble fixé au mur au-dessus de la nature morte, une photo Instamatic d'une jeune femme noire tenant dans ses bras un enfant solennel.

Concernant les dix-huit ans qu'il avait vécu là, Ray ne se rappelait qu'un seul meurtre, avec pour seul mobile la folie, le tueur étant un garçon de quatorze ans qui avait poignardé son père dans son lit et était ensuite allé s'allonger, complètement nu, sous les gerbes des bouches d'incendie ouvertes par les gosses, au soleil brûlant du mois d'août…

Contrairement au reste de la cité, le grand terrain de jeux était bondé. Au grillage qui en déterminait le périmètre étaient accrochées des dizaines de doudounes North Face presque identiques, comme une brassée de peaux en nylon.

Les terrains de handball avaient été peints comme des fresques, chacune représentant un jeune aux grands yeux avec le crâne rasé ou une brosse militaire, les deux côtés du visage éclaboussés d'images d'oiseaux, de cœurs ailés, de flammes éternelles et de noms d'amis survivants à qui il manquerait à jamais.

Ils étaient cependant toujours utilisés, avec quatre matchs en cours, les ballons bleus ou roses alternativement avalés puis recrachés par les visages bombés en couleurs vives.

Ayant quelques minutes à tuer avant sa rencontre, Ray s'intéressa à ce qui se passait sur les terrains de basket, huit matchs disputés chacun sur une moitié de terrain sans filet, et quand vint le moment de partir, il se surprit à s'étonner qu'il y ait si peu de joueurs potables parmi les jeunes qui décochaient des tirs à trois points, filaient vers le panier ou se bousculaient sous le panneau.

Tom le Blanc l'attendait au coin de Hurley et de Rocker, de l'autre côté de la rue, juste en face de la clôture pour girafes qui entourait le grand terrain de jeux.

Au soleil, la déchéance physique de Tom était encore plus frappante. Il se tenait légèrement penché en avant sur sa canne, les lèvres écartées comme s'il était défoncé, le corps à la fois gonflé et frêle. Son visage disparaissait derrière des lunettes noires, une casquette des Mets et sa large moustache, le tout, centré autour de son gros nez fort, suggérant un masque de fantaisie bon marché.

Derrière lui, la *bodega* — un marchand de confiseries et de sodas, du temps de Ray — était ornée d'un de ces auvents métalliques rouge et jaune omniprésents qui ponctuaient en général les coins de rue pauvres de Dempsy.

— Tom, dit Ray d'un ton hésitant, le nom sonnant faux dans sa bouche.

Tom le Blanc carra les épaules et brandit sa canne tel un pirate à jambe de bois.

— Il tient sa parole ! s'exclama-t-il en ouvrant les bras.

Ray se glissa dans l'étreinte pulpeuse puis recula prestement.

— Avant que j'ajoute un mot, je dois m'excuser pour l'autre soir.

— T'excuser de quoi ? demanda Ray.

— D'avoir parlé comme ça. Comment tu dois être avec ta fille, comment affronter les ténèbres, tout ça. C'est pas mes affaires. Pas du tout.

— Te tracasse pas.

— C'étaient les vibrations. Quand j'entre au centre médical, c'est comme Daniel qui descend dans la fosse aux lions. Cet hosto me fout la trouille grave, et quand j'ai la trouille, j'arrête pas de bavasser.

— Ne t'en fais pas, je te dis. Il y a des choses dont tu veux me parler ? fit Ray en pensant : Dis-moi seulement, seulement qui tu es.

— Tu es un brave garçon, Charlie Brown.

Tom rouvrit les bras et Ray dut s'avancer pour une autre embrassade.

— Viens par ici, je veux te montrer quelque chose…

Ouvrant la marche, Tom le Blanc entra dans la *bodega*. L'odeur d'acide borique de la poudre anticafards frappa Ray entre les yeux à trois pas de la porte.

L'endroit était malpropre et mal aéré, les allées sombres et étroites, la caisse disparaissait presque derrière des cartons de Slim-Jim et de couenne. Une rangée de bacs en Plexiglas contenant des yuccas, des plantains et d'autres plantes que Ray n'avait jamais vues courait sur le sol jusqu'au mur du fond.

Au comptoir, deux femmes de Hopewell en bigoudis et foulard achetaient des cigarettes et des billets de loterie au patron, un Latino maigrichon assis sur un haut tabouret derrière la caisse enregistreuse, une petite fille de trois ans sur un genou.

Il effectuait ses transactions d'une main et tenait en l'air de l'autre un esquimau fruité à moitié mangé.

Tom le Blanc descendit en claudiquant l'allée la plus éloignée de la caisse jusqu'au fond de la salle. Avant de le suivre, Ray feignit de tousser dans sa main pour avaler un comprimé de Vicodine et s'aperçut que le patron l'observait. Apparemment déçu, l'homme reporta son attention sur l'Esquimau et le grignota à tour de rôle avec sa fillette aux mains potelées.

Tom attendit Ray près d'une baie vitrée donnant sur les terrains de handball et de basket de l'autre côté de la rue, les jambes écartées, les deux mains appuyées sur le pommeau de sa canne comme s'il s'apprêtait à faire une déclaration.

— T'en es à même plus avoir besoin d'eau, avec ces trucs-là ? dit Tom le Blanc en désignant du menton la fiole ambrée dont le contour se dessinait dans la poche de poitrine de Ray.

— Change de sujet, répondit Ray d'une voix morne.

Avec un haussement d'épaules, Tom recula et fit signe à Ray de le suivre.

— Tu te souviens de cet endroit, dans le temps ? demanda-t-il à voix basse. L'Abruti ?

— L'Abruti, murmura Ray.

Il se rappela le patron au visage lourd des années 60, du début des années 70, un homme amer, lent, silencieux, les manches de sa chemise d'un blanc toujours immaculé soigneusement repliées jusqu'aux coudes comme pour montrer les chiffres tatoués à l'intérieur de l'avant-bras.

— Ça fait des siècles que je n'ai pas pensé à lui...

— Ce qu'on a pu être durs avec ce mec, tu te rappelles ? On entrait ici tous les jours en gueulant : « Heil Hitler ! Heil Hitler ! » Fin, comme blague. Même les gamins juifs le faisaient. Toi, tu l'as fait, hein ? On l'a tous fait.

— Sûrement pas, se défendit Ray en pensant : Peut-être une fois ou deux.

En pensant surtout : Mais qui est ce type... ?

— L'Abruti explosait jamais. Impossible de le mettre en rogne. Tu revenais une heure plus tard pour acheter un Coca, des cartes de base-ball, il bronchait pas. Tu te souviens ?

— Ouais, répondit Ray, revoyant l'homme, sa peau grise, ses cheveux gris, les chiffres bleus estompés, le 7 barré d'un trait, à l'européenne.

— Y avait ces photos de plats au-dessus du comptoir : hamburgers, sandwich bacon-laitue-tomate, sodas à la crème glacée… Ils étaient jamais pareils quand tu les avais devant toi, hein ?

— Ouais, non, confirma Ray, qui se rappelait ces photos aux couleurs aussi trafiquées que les vieilles cartes postales mexicaines.

Malgré la Vicodine, un mal de crâne taraudant s'annonçait de nouveau et il dut s'appuyer aux étagères.

— Bon, de quoi il s'agit ? demanda-t-il rapidement.

— Le métèque, derrière la caisse, Lazaro… murmura Tom le Blanc. C'est un vrai bazar à drogue, ici, héro, coke, crack, beu, sachets, paquets, le supermarché de la dope, mais dans quelques jours, il plonge. Les flics vont faire une descente, lui proposer le marché habituel : « Tu nous aides à pêcher un plus gros poisson ou on te colle au trou. » Mais il est pas con, Lazaro… Vaut mieux être vivant en zonzon que mort dans la rue, alors, il leur répondra : « Je vous pisse à la raie », et ils fermeront la boîte.

Une femme, jeune et enceinte, entra dans la *bodega*, passa derrière le comptoir et prit la petite fille du giron de Lazaro.

— Tu te demandes comment je le sais, hein ?

Ray, qui n'avait aucune raison de douter de Tom le Blanc, se contentait d'observer la famille derrière le comptoir.

— Je vais te le dire quand même… Tu m'écoutes ?

— Ouais, acquiesça Ray, incapable de détourner les yeux du trio.

— Je touche plus à la came depuis novembre 93 et je tiens des réunions au sous-sol de l'Immaculée Conception depuis 95. J'ai dû m'occuper de plus d'une douzaine de flics, je les ai tous soutenus l'un après l'autre, soir après soir. Ça a commencé par un mec qui est venu me trouver de lui-même. Six mois plus tard, un gars de sa brigade avait besoin d'aide. Le premier mec lui dit : « Je vais te mettre en contact avec Tommy Potenza », l'autre lui répond : « Potenza ? Tom le Blanc ? Cette épave ? »

Et le premier lui fait : « Cette épave m'a sauvé la vie. » Et la goutte d'eau est devenue un ruisseau, une cascade, un Niagara. Maintenant, ils le savent tous : si t'es au fond du trou, va voir Tom le Blanc. Putain, je reçois plus d'appels de keufs de minuit à l'aube que le standard du central. Je me suis même occupé du dernier flic qui m'a emballé. Son coéquipier est venu me trouver en disant : « Tom, Gene a un problème avec des analgésiques qu'il prend depuis qu'il s'est presque cassé les reins en coursant le Moujik dans l'escalier du bâtiment 4. » Des analgésiques, tu parles. Je savais pas qu'on pouvait les sniffer, les analgésiques, si tu vois ce que je veux dire. Ray, ces mecs se coltinent la rue vingt-quatre heures sur vingt-quatre mais ils sont tellement naïfs quand il s'agit d'un des leurs ! Y a trois ans, j'ai même eu un gars des stups qui m'a dit, en parlant d'un de ses potes à la brigade : « Tom, où est-ce qu'il la trouve, cette merde ? » Bon, tu sais comment ça marche dans cette ville, un service en appelle un autre, alors, je suis au courant de tout ce qui se passe ici. Je sais aussi qu'une fois que cet endroit sera fermé, on pourra l'avoir rien qu'en payant les arriérés d'impôts…

— Vraiment ? fit Ray d'un ton tiède en pensant : Nous y voilà…

— Ils ont tout arrangé pour moi, c'est réglé.

Ray chercha à gagner du temps :

— Le dernier flic qui t'a emballé… Emballé pour quoi ?

— Pour quoi ? s'esclaffa Tom. J'étais accro, Ray. Accro à tout. Tu rigoles ? C'est pas un casier que j'avais, c'est un loft. Mais j'ai arrêté. J'ai arrêté. J'ai reçu une volée qui m'a mis du plomb dans la tête, au propre et au figuré. Le 15 octobre 1993, Danny Ryan et moi, les deux derniers visages pâles de Hopewell, on essaie de monter le perron du bâtiment 9 pour aller voir le match des Jets dans la piaule de Danny mais y a des Zoulous assis sur les marches. Ils bougent pas, ils nous laissent pas passer. Et Danny, il avait… Non. Non. C'est moi qui avais une grande gueule, et la rage, aussi, parce que, à ce moment-là, je sentais pas la douleur, je me sentais au-dessus de la douleur. Alors, j'ai refusé de faire le choix intelligent, c'est-à-dire reculer, faire le tour du bâtiment et passer par l'entrée du gardien. Bref, j'avance et j'ouvre ma gueule. L'un des bronzés sort un flingue et Danny part visiter les terres obscures pour de bon. Moi ? Multiples fractures du crâne. Éclats d'os dans le cerveau. Œdème cérébral chronique. Sans vouloir te vexer, ce qui t'est arrivé…

Tom indiqua négligemment la main à demi cachée de Ray, puis le trou dans son crâne.

— C'est rien, ça, poursuivit-il. Moi, je te parle de vingt et une opérations. Vingt et une. Ils ont ouvert, ils ont remplacé une partie de mon crâne par un bouchon de porcelaine parce que c'est poreux et facile à enlever.

Il ôta sa casquette des Mets et se pencha.

— Tu veux toucher ?

Ray fit un pas en arrière, le cœur soulevé.

— Bon Dieu non.

— Y a des jours, je me réveille avec des maux de tête si violents que je me mets à chialer comme un bébé. Je passe au scanner plus souvent que tu fais vidanger ta voiture. Mais tu sais quoi ? Ça en valait la peine parce que cette volée m'a sauvé la vie. Dès que je suis sorti de l'hosto, après la première opération, j'ai entamé le programme de désintox. Et j'ai trouvé ma vocation. Ouais, je suis un camé. Mais je suis aussi un guérisseur. Moi qui ai causé tant de mal et de tristesse dans ma vie, à moi-même, à ma famille, à tous ceux qui croisaient mon chemin. Je suis un guérisseur. J'ai un don pour ça, j'ai faim de ça. Et je me suis remarié. Avec une fille de la cité Howard, Arletta Barnes… Noire, belle, forte et sensible. On s'est rencontrés au Programme et on a deux garçons, des jumeaux, Eric et Maceo, un double don de Dieu. J'ai un autre fils, Tom Junior, mais il est adulte, maintenant. Il vit en Californie. Il a peut-être… Je suis peut-être grand-père, on se parle pas vraiment. En tout cas, une chose est sûre. Il a jamais touché à la drogue. Grandir avec un père comme moi l'a au moins rendu allergique à la dope, mais tu sais bien comme ça aurait pu facilement tourner dans l'autre sens.

Tom marqua une pause, regarda par la fenêtre tandis que Ray respirait à fond et éprouvait cette envie trop familière de donner quelque chose, pas de l'argent pour acheter cette boutique pourrie, mais quelque chose, un cadeau, et ce sentiment écartait, pour le moment, du moins, le foret de son crâne.

— Mon grand fils, reprit Tom, j'espère renouer avec lui mais je comprends sa position, je comprends, j'espère juste qu'il aura envie un jour de rencontrer ses, ses petits frères, mais je comprends…

La fillette de trois ans trottina dans l'allée et tendit à Tom le bâton de l'Esquimau de son père.

— C'est pour moi, mon petit cœur ? dit Tom, qui prit le bâton et tapota le visage de l'enfant. Retourne voir ton papa.

Il la suivit des yeux quand elle courut vers le devant de la *bodega*. Ray regarda l'enfant puis Tom le Blanc.

— Si je pouvais faire quelque chose pour cette gosse, je le ferais mais je peux pas. C'est les parents. Ils ont choisi la vie qu'ils mènent. J'ai les mains liées. En plus, Lazaro a une grande famille. La moitié, c'est de la racaille, espérons que la petite tombera chez les bons.

— Et si elle tombe chez les autres ?

— Eh ben, elle tombe chez les autres. C'est le boulevard des Rêves-Brisés, ici. Tu rigoles ou quoi ? T'arrives à peine à décider de ton destin, alors celui des autres… T'es pas d'accord ?

— Si, bien sûr, répondit Ray pour continuer à le faire parler.

— En fin de compte, je crois que je dois dire que ça va mieux pour moi maintenant que c'est jamais allé. Ma santé est merdique, j'ai de la tension, du diabète, le foie abîmé, j'ai besoin qu'on me remplace la hanche, mais Dieu merci, j'ai jamais chopé le sida : séronégatif tout le temps. Du moins, c'est ce qu'ils me disent. Mec, tu peux pas savoir. J'ai quarante et un ans, j'ai reçu l'extrême onction trois fois en vingt ans. Mais je suis toujours là. Et y a une raison. Dieu a eu une raison de pas… Quand on parle du Programme à des gens de l'extérieur ou à des nouvelles recrues, on minimise toujours le facteur puissance supérieure, le facteur dieu, pour pas faire peur aux gens, et c'est compréhensible. Il faut laisser chaque individu accepter ce à quoi il se livre de lui-même, d'accord ? Mais tu sais quoi ? Il y a un dieu. Il y a un dieu, putain. Les gens disent, le World Trade Center, l'Holocauste, le, le Rwanda, les Bosniaques, mais qu'est-ce que c'est que ce dieu ? Je vais te le dire. C'est un dieu qui observe. C'est un dieu qui nous laisse libres de choisir, qui nous fait savoir à l'avance que nous sommes mortels, qui rend les coups et qui observe. À nous de décider.

— On dirait un psychopathe, ton dieu, dit Ray, dont le regard se porta de nouveau sur le devant de la boutique, sur la petite fille.

— Ray, y a une chose que tu dois comprendre. La douleur est le burin avec lequel on sculpte soi-même ce qu'on devient. Comme… je te donne le premier exemple qui me passe par la tête : Peter Garro. Tu te souviens de Peter Garro ? Bâti comme un dieu grec. Une créature olympienne, putain. Il s'en battait les couilles, de l'école. Il avait pas besoin de bosser. Il serait joueur de base-ball, point barre. Il décroche un essai avec les Cardinals. Il trébuche en descendant de l'avion qui l'amène au centre d'entraînement de printemps, il se pète la cheville, on lui a jamais donné une deuxième chance. Tu vas me dire : « À quoi il pensait, Dieu ? » Mais considère un peu ce qui attendait Peter… Si on est réaliste, trois, quatre années au top, puis la pente qui s'inverse, puis au revoir.

« Qu'est-ce qu'il fait, Peter ? Il reprend les études, il finit avec une maîtrise en aide sociale. Aujourd'hui, il dirige les services de santé du comté de Dempsy. Ou moi, par exemple. Qui ai ouvert ma gueule ce jour-là. Vingt et une opérations mais je suis là. Et qu'est-ce que j'ai fait de ma vie, après ? La douleur, c'est le burin. On peut tout bousiller ou faire quelque chose de beau. À nous de choisir.

— Et Danny Ryan ? objecta Ray, qui se sentait comme parmi des idiots ou des hommes des cavernes quand on parlait de Dieu. Qu'est-ce qu'on peut sculpter quand on est mort ?

— D'accord, d'accord, convint Tom le Blanc, préparé à cet argument. Pense à Dieu comme au donneur dans une partie de black-jack. Le gars te sert dix-neuf, c'est à lui que tu feras des reproches si tu réclames une carte et que tu passes les vingt et un ? On est libre de choisir, Ray. Danny avait eu beaucoup de routes ouvertes devant lui avant ce jour-là, te goure pas. Il avait reçu des tas de tuyaux d'en haut. Si tu veux vraiment me chercher là-dessus, tu pourrais me balancer : « Et le gosse de trois ans battu à la maison et qui arrive mort à l'hôpital ? Ou la jeune secrétaire enceinte écrasée dans la chute des Twin Towers ? », et ma réponse serait : « J'ai pas toutes les réponses, je crois ce que je crois, je sens ce que je sens… »

« Ray, les horreurs que je pourrais te raconter… Ma femme, Arletta, y a dix ans : SDF, toxico et pute. Dérouillée, défoncée, la taule, l'hosto, l'asile, elle bouffait des amphètes vingt-quatre heures sur vingt-quatre, sept jours sur sept, elle a suivi le Programme, quoi, huit ans ? Maintenant elle bosse au Club des devoirs de la cité Armstrong, tu sais, l'aide scolaire. Elle a mis sur pied un programme, là-bas, pour, pour "guérir", c'est peut-être un mot un peu fort, sauver ces gosses de la rue, d'eux-mêmes, à travers, écoute ça, les bonnes manières. T'imagines ? Elle les prend jeunes, six, sept, huit ans, et elle fait son truc. L'année dernière, elle leur a fait jouer une pièce intitulée "Monsieur Bonnes-Manières, je vous présente madame Courtoisie et ses trois enfants, S'il-Vous-Plaît, Puis-Je et Merci". Ça a fait le tour des écoles de Dempsy, de Jersey City, d'East Orange, et les élèves, les profs, ils ont adoré ça partout où elle est passée. Elle a reçu tellement de lettres de remerciements qu'elle en a fait un montage qu'elle a encadré et accroché au-dessus de notre lit.

« Arletta, je suis drôlement fier d'elle. Comme remontée en flèche, ça se pose là. Et tu crois que j'ai de la chance d'avoir coupé au sida ? C'est Dieu, Ray. Il savait qu'elle devait monter cette pièce. Il savait qu'elle devait mettre au monde nos jumeaux pour, pour m'aider, moi, à aller où je devais aller… Hé, ça va ?

— Hein ?

— Tu pleures ?

— Non.

Ray toussa dans son poing. La chair, sous ses yeux, semblait dense, comme bourrée de sable humide et il avait de nouveau envie de faire quelque chose, quelque chose de franc, de bien, de juste, quelque chose de désintéressé et venant cependant du plus profond de lui-même, il avait envie de trouver cette chose, cet endroit et de tenir bon. S'engager, pas discourir. S'engager, pas faire un petit geste. Tenir bon, tenir bon, tenir bon… La férocité de son désir réveilla la douleur vrillante, mais la souffrance s'accompagna cette fois du souvenir non sollicité de l'agression, de la honte qu'il en avait éprouvée et le dégoût de soi commença à monter en lui comme un acide dilué.

— C'est ton cœur, Ray. Ton putain de grand cœur.

— Tu parles, marmonna-t-il.

Tom, qui commençait à larmoyer lui aussi, ne l'entendit pas.

— Il faut que tu fasses la connaissance d'Arletta, mec. Et des jumeaux aussi.

— D'accord, dit Ray d'une voix enrouée.

— Mes garçons, tu sais quels seconds prénoms ils ont ? Sosa et McGwire. Tu te rappelles, moi et le base-ball…

Ray hocha la tête : il était beaucoup trop tard pour avouer : Mon pote, je ne me souviens absolument pas de toi, je ne sais même pas qui tu es.

— Bon, retour aux affaires, dit Tom en s'essuyant les yeux. Cette boutique, tu sais ce que je veux en faire ? Tout foutre en l'air : les étagères, le comptoir, les *cuchifritos*, tout. Ensuite, je refais tout comme c'était avant, du temps de l'Abruti, de notre temps. Comptoir déjeuner avec tabourets, tables en Formica le long des fenêtres, banquettes en vinyle rouge, pompes à soda. Je vendrai même des BD, comme avant… Mais tu sais ce que j'offrirai vraiment avec tout ça ? Un endroit sûr pour tous ces gosses, là, dehors…

Tom eut un mouvement de menton vers les terrains de jeux et Ray se souvint enfin de lui, il se souvint de Tommy Potenza, la dernière image d'abord, lors d'un pèlerinage à l'ancien quartier il y avait de ça une vingtaine d'années, après que ses parents et tous les autres avaient déménagé, il était tombé sur Tommy, un gars qui vivait à l'autre bout de la cité, un gars qu'il ne connaissait que de vue et qui, à ce moment de la journée, était assis seul sur le muret en ciment entourant les terrains de handball, le dos contre le grillage. Tommy ne lui avait pas paru défoncé ce jour-là, mais il fallait qu'il ait basculé du mauvais côté des dix-huit ans pour traîner encore là, sur ce terrain de jeux envahi par une nouvelle génération de jeunes de Hopewell, noirs, dominicains, portoricains, Tommy assis là tout seul, encore habillé comme un ado avec un jean pas à sa taille, des baskets rouges et un T-shirt blanc froissé, assis là le visage flasque, regardant la partie comme s'il était dans le brouillard, comme s'il était échoué, abandonné, tellement perdu et abandonné qu'on avait dû le rebaptiser Tom le Blanc, imaginait maintenant Ray.

— Et tu sais quoi, Ray, dit Tom, l'arrachant à ses pensées, ces jeunes, là-dehors, si j'arrange cet endroit à mon idée, ils viendront. Ils viendront tous les jours après le collège, ils prendront un Coca, une barre chocolatée, deux paquets de cartes de base-ball. Ils s'assiéront à ces tables et ils feront leurs devoirs. Et s'ils sont un peu fauchés ? Ça dépendra du jeune, de sa situation de famille, mais s'il est, tu vois, récupérable, il aura une ardoise chez moi.

Ray sourit, détourna les yeux. Tom le Blanc commençait à ressembler à George décrivant à Lenny leur élevage de lapins[1].

— Ils viendront, Ray. Ils viendront en foule parce que tout est pourri, là, dehors, complètement pourri… Et pour chaque Coca, pour chaque barre Hershey, ils auront droit à un cours antidrogue gratuit. Tu veux l'entendre ?

Avant que Ray puisse se défiler poliment, Tom recula d'un pas, ôta ses lunettes de soleil, ôta ses dents, souleva le bas de son T-shirt et le coinça sous son menton, écarta les bras pour inviter Ray à le contempler : le ventre bleuâtre gonflé, la poitrine creuse, la bouche creuse, le regard à peu près ferme mais les yeux fendillés et étoilés comme des billes en verre, au total un support visuel antidrogue très convaincant mais également un désastre assuré en termes d'argument pour attirer les investisseurs.

Tom remit ses dents, ses lunettes.

— Tu te rappelles cette chanson ? « Chaque image raconte une histoire… »

— Ouais, approuva Ray à mi-voix.

Le projet de Tom ne se réaliserait jamais. Que le type installé derrière la caisse se fasse arrêter ou non, que la *bodega* soit fermée ou non, Tom Potenza le Blanc ne prendrait jamais la succession de qui que ce soit, Ray en était sûr.

— Bon, je crois savoir que les arriérés d'impôts se monteraient à dix, onze mille, plus quatre, cinq mille pour

1. Allusion à *Des souris et des hommes*, de John Steinbeck. (*N.d.T.*)

graisser quelques rouages. Je suis pas Rothschild. C'est évident. Pourtant, ça pose pas de problème parce que, pour tout te dire, j'ai quelques associés discrets dans le coup, deux ou trois flics des cités, crois-le ou pas, et ils sont prêts à monter à bord, à mettre leur argent là où il faut, parce qu'ils partagent mes idées, mon engagement…

« Par ailleurs, y a un mec à mes réunions qui peut me brancher pour les appareils et les meubles, tabourets de comptoir, chaises, tables, plats, verres, pompes, robinets, frigo, lave-vaisselle. Un autre peut me tuyauter pour la viande, le pain, les produits frais, toute la bouffe. Je dis pas que ça coûtera rien, mais j'aurai les prix les plus bas possible à chaque étape.

Ça ne se réalisera jamais, pensa Ray, à la fois attristé et soulagé.

— En plus de ce que ça coûtera pour devenir le proprio, faut que je compte environ entre trente et quarante mille pour ouvrir les portes, d'après ce qu'on m'a dit. Mais tu sais quoi, Ray ? Je sais que tu te prépares à un gros chiffre mais je te demande pas un sou. Je vais m'adresser à la First Dempsy et c'est eux qui paieront. Tout ce que je te demande à toi, c'est de m'accompagner à la banque et de cosigner l'emprunt. Je sais ce que tu penses : Pourquoi ce type s'adresse à moi, bordel ?

— Pas du tout, assura Ray, gagnant du temps en vue d'une élégante échappatoire. Qu'est-ce qu'il est devenu, l'Abruti ? Il est mort ?

— J'aurais cru que oui, mais non. Comme il se faisait braquer une fois par semaine, il en a eu marre, il a vendu. Je te parle de ça y a vingt ans.

— Braquer… Comment tu sais que ça ne t'arrivera pas ?

— Comment je le sais ? Parce que l'Abruti avait pas des flics comme associés et qu'il portait pas ça…

Tom le Blanc tourna le dos à Ray, souleva de nouveau son T-shirt, révélant cette fois un 25 automatique niché au bas de sa colonne vertébrale.

— Écoute, dit Ray, tu paies les arriérés d'impôts, tu deviens le proprio, tu reviens me voir et je vois ce que je peux faire.

Tom inclina la tête sur le côté et scruta Ray avec un demi-sourire.

— Quoi ? fit Ray, gêné.

— Viens là…

Tommy leva les bras, Ray s'approcha pour une autre embrassade.

— Tu te goures, murmura Tom à l'oreille de Ray. Ça marchera.

Lazaro, le patron, se dirigeait vers eux, sa fille sur les épaules comme une reine de cirque.

— Putain, qu'est-ce que vous foutez là, dans le fond ?

— Lazaro, je te présente mon copain Ray, qui vivait ici dans le temps.

Ray tendit la main, Lazaro la lui serra en le dévisageant.

— On était en train de se raconter ce qu'on est devenus, expliqua Tom avec aisance.

— Oui, ben, t'achètes quelque chose ou pas ? Parce que dans cinq minutes, je mets le compteur en route.

— Salut, mignonne.

Tom le Blanc agita les doigts en direction de la petite fille juchée sur son père, avec un reste d'amoralité de junkie dans son enjouement factice.

Un moment plus tard, en suivant Tom vers la porte, Ray jeta un dernier regard à Lazaro, à sa femme enceinte et à sa fille, captivés par une série télévisée espagnole à l'eau de rose passant sur un poste miniature derrière le comptoir, tous trois aussi sereins que s'ils roulaient lentement sur une grand-route, sans soupçonner la collision frontale qui les attendait quelques kilomètres plus loin.

— Attachez vos ceintures, hein ? fit Tom Potenza le Blanc en sortant.

Devant la *bodega*, au moment où Ray allait partir de son côté, Tom le surprit et l'embarrassa en prenant sa main droite flasque entre les deux siennes. Il la tourna doucement dans un sens puis dans l'autre avant de la laisser reprendre sa crispation anormale.

— Faut que tu fasses de la rééducation, mec. Je plaisante pas.

— Je sais, je sais, répondit Ray en détournant la tête.

— Et méfie-toi de cette merde, ajouta Tom en tapotant d'un ongle la fiole de Vicodine dans la poche de Ray.

— Tiens...

Sur une impulsion, Ray ouvrit la fiole et jeta les cachets vers une bouche d'égout, la honte faisant une fois de plus son effet.

— OK ?

— Je peux te demander quelque chose ? dit Tom, ignorant l'invitation de Ray à applaudir. C'est pas que ça me regarde, mais pourquoi tu veux pas donner à Neesy le nom de celui qui t'a amoché ?

— Pourquoi ? fit Ray, sentant de nouveau monter l'acide. Je ne sais pas. Peut-être parce que je l'avais cherché ?

Étonnamment, Tom le Blanc se contenta de hocher la tête.

Ray se tenait seul devant le grillage des terrains de basket et examinait les joueurs comme s'il cherchait quelqu'un. Quand il se mit finalement en route, coupant de nouveau par le grand terrain de jeux pour retourner à sa voiture, il prit cette fois conscience du jeu entre garçons et filles, de la lente déambulation des adolescentes de Hopewell, passant devant les terrains d'un pas léger, à la fois langoureuses et sur leurs gardes, de la réaction à leur présence, les mouvements saccadés des garçons se frayant un chemin vers les paniers, cette arène clôturée étant, comme du temps de Ray, imprégnée d'un désir sexuel quasi insoutenable.

Parvenu au terrain de jeux des petits, il vit Carla Powell sortir d'une des buanderies de la cité avec un

Caddie chargé de l'équivalent de quatre taies d'oreiller bourrées de linge.

L'air fatigué, elle tirait le chariot derrière elle comme l'avait fait la mère de Ray dans les années 60, comme sa grand-mère l'avait fait aussi.

La surprendre en train d'accomplir cette éternelle corvée lui fit ressentir ce qu'on devait éprouver à n'avoir jamais quitté cet endroit, ou à l'avoir quitté et à avoir été contraint d'y revenir, après avoir échoué à vivre autrement, à avoir été un de ces gosses infatigables, toujours pleins d'ardeur, pour se métamorphoser au bout du compte en une femme usée par eux, excédée par eux.

D'un autre côté, pensa-t-il, Carla, malgré la brutalité de sa vie, malgré les cicatrices et les traumatismes de sa jeunesse, malgré son catalogue présent de maux physiques et mentaux, comme Tom le Blanc et très probablement comme sa femme Arletta, ex-toxico, Carla avait réussi à parvenir à l'âge mûr avec une certaine présence, à émerger tel un rocher, un rempart contre la désintégration de sa famille — ramassant ceux qui tombaient du camion, avait dit Danielle —, bien plus qu'une simple survivante.

Pourtant, Ray devinait souvent, malgré les victoires durement remportées, une fragilité chez de tels êtres ; il avait le sentiment qu'ils pourraient tout aussi facilement se briser, et se rappelant le conseil de Tom le Blanc — ne jamais quitter les ténèbres des yeux — il imagina que leur seule défense contre cette éventualité, c'était de garder une conscience aiguë de leur condition. Carla, Arletta, Tom le Blanc et tous les autres comme eux avaient éternellement besoin de se représenter ce qui serait perdu s'ils venaient à capituler.

En regardant Carla traverser la cité, Ray n'avait pas eu au départ l'intention de lui parler — elle aurait probablement la trouille à cause du prêt, de sa fille, de l'agression —, mais, finalement, il ne put se retenir de l'appeler.

Ou elle ne l'entendit pas, ou elle reconnut sa voix et continua à marcher. Ray la regarda descendre la colline et attendit qu'elle ait disparu dans son ancien immeuble pour prendre le même chemin et récupérer sa voiture.

Il se remettait en marche quand il vit une vieille femme, grande, les cheveux blancs, avancer dans sa direction, un sac à provisions à la main. Tous deux ralentirent le pas en comblant la distance qui les séparait, s'examinèrent avec précaution.

C'était Dolores Rosen, la peau parcheminée maintenant, la mère d'un de ses amis d'enfance, autre femme échouée, tout le monde sortait du bois, aujourd'hui. Il n'avait pas envie de s'arrêter et de parler, de redevenir un gosse, et il poursuivit son chemin sans lui faire signe mais, du coin de l'œil, il la vit tendre la main vers lui d'un air hésitant.

30

INTERROGATOIRE — 27 FÉVRIER

Après s'être garée dans l'étroite allée de la maison en brique pour deux familles de Taylor Street, Nerese leva les yeux et vit Freddy et Danielle qui l'attendaient dans la petite véranda de leur appartement au premier étage. La lumière passant par la fenêtre de la salle de séjour projetait leurs silhouettes unies, monstrueusement grandes, sur la façade d'une autre maison en brique identique, de l'autre côté de la rue.

Tels des chats, ils l'observèrent en silence tandis qu'elle montait péniblement la brève volée de marches de ciment.

— Oooouf ! fit-elle, haletante, une main sur la poitrine, exagérant un peu. Alors…

— Voilà le marché, dit Freddy. Vous voulez lui parler, très bien. Mais nous serons tous les deux présents.

— Non, répondit Nerese avec un haussement d'épaules. Voilà ce que mon boss acceptera : moi et le gamin en tête à tête. Sa mère pourra écouter de la pièce voisine mais on ne doit pas la voir. Et franchement, je préférerais que vous-même ne soyez même pas dans la maison, d'accord ?

— À qui vous croyez parler avec vos « franchement » ? rétorqua Freddy. Pas question. Je serai là.

— Si vous insistez pour rester dans le coin, vous devrez vous mettre dans la pièce voisine avec votre femme. Si je dis quelque chose qui vous défrise, vous serez libre d'intervenir. Mais franchement — voyez, je vous refais le coup —, à moins que vous n'ayez quelque chose à cacher, vous n'avez pas à vous tracasser.

Danielle exprima son accord en hochant la tête, mais Freddy secoua énergiquement la sienne en signe de rejet.

— Je veux être dans la même pièce.

Nerese marqua une pause, inspecta la rue de maisons ouvrières d'où montait une odeur épicée non identifiable mais parfaitement reconnaissable de tiers-monde, puis se tourna lentement vers lui.

— Écoutez, j'ai besoin de vous blanchir. Vous avez besoin d'être blanchi. Vous pensez sincèrement que ce qui sortira de la bouche de votre fils vaudra un clou pour moi si vous êtes assis à côté de lui ?

L'appartement de Freddy et Danielle était impeccablement propre, trop meublé et trop éclairé. Deux lustres se faisaient face, chassant à eux deux quasiment toute ombre de la pièce en forme de L.

Nelson était assis, tout petit, au milieu d'un canapé bleu roi à haut dossier, sous un tableau, une cène, éclairé par deux petites ampoules ; un fil électrique descendait du bas du cadre en se tortillant et disparaissait derrière la tête du garçon.

Il avait l'air avachi de peur, la bouche grande ouverte, fixant Nerese avec des yeux sans fond, les mains posées devant lui, inertes, les paumes tournées vers le haut.

Même s'ils entendaient tous deux les parents remuer nerveusement dans la cuisine, derrière le coin salle à manger, Nelson semblait se concentrer totalement sur Nerese, qui était assise en face de lui, sur le bord d'une table basse, leurs genoux se touchant presque.

Elle se tapota la lèvre inférieure.

— Ça guérit bien.

Il la fixait comme si elle n'avait pas parlé.

— Je pense que t'auras même pas de cicatrice.

Toujours pas de réaction : se préparant probablement aux sales trucs, le garçon était sourd à toute conversation anodine. Nerese poursuivit cependant, il lui fallait quelque chose, un sourire, un battement de cils, un indice sur la façon dont Nelson était disposé :

— T'es un fan des Steelers ? demanda-t-elle avec un mouvement de tête vers son maillot noir et jaune trop grand.

— Quoi ?

— Pittsburgh.

Il baissa les yeux vers sa poitrine comme si quelqu'un d'autre l'avait habillé le matin. Laisse tomber, pensa-t-elle.

— Nelson, je m'appelle Nerese. Tu te souviens de moi ? Je suis passée y a deux jours, on a parlé un peu sur le pas de la porte.

— Oui.

— Bon, sourit-elle. Tu sais pourquoi je suis ici ?

— Oui, répéta-t-il du même ton méfiant et crispé.

On l'a préparé, se dit-elle, on l'a mis en garde et il est terrorisé à l'idée de faire une bourde.

Elle se retourna pour regarder derrière elle, voir si l'un des parents était apparu dans le champ de vision de l'enfant, puis se plaça sur la table basse de façon à garder un œil sur le mur séparant la cuisine du coin salle à manger.

— J'essaie de découvrir ce qui est arrivé à Mr Mitchell il y a quelques semaines. À Ray, si tu préfères. Comment tu l'appelais ?

Il haussa les épaules, dit quelque chose qui ne franchit pas vraiment ses lèvres.

— J'ai pas entendu, chéri, fit Nerese en se penchant.

— Je l'appelais pas.

— Mais t'as appris ce qui lui est arrivé, hein ? Quelqu'un a pénétré chez lui et l'a blessé au point qu'il a fallu l'emmener à l'hôpital. Tu le sais, ça, hein ?

— Oui.

Les yeux de Nelson se portèrent brièvement sur le mur protégeant ses parents. Elle lui toucha le genou pour récupérer son attention.

— J'ai l'intuition, Nelson, que tu peux m'aider à trouver qui a fait ça rien qu'en répondant à quelques questions simples. T'es partant ?

— D'accord, dit-il, sa bouche restant ouverte après sa réponse.

— À propos, reprit-elle, le touchant de nouveau. Il va bien, Mr Mitchell. Il est quasiment rétabli, mais je suis quand même curieuse de savoir ce qui s'est passé, OK ?

— OK.

— Bon… Avant de commencer, je dois préciser quelques règles fondamentales. Enfin, juste une, plutôt. Quelle que soit ma question, il est très important que tu me dises la vérité. Mais me dire la vérité, ça signifie aussi que si je te demande quelque chose et que tu connais pas la réponse, tu me dis « Je sais pas » ou « Je me souviens pas »… Le pire que tu puisses faire, c'est inventer, parce que c'est ce que tu penses que je veux entendre, d'accord ? Même si tu le fais parce que t'es un gosse super et que t'essaies de m'aider, ce seul petit mensonge fera que tout le reste de ce que tu m'as dit paraîtra faux, et du coup, j'arriverai plus à retrouver mes fesses avec mes deux mains et une carte routière.

On entendait Freddy, maintenant, une protestation indistincte montant et retombant dans la cuisine. Nerese garda la tête baissée jusqu'à ce qu'elle ait recouvré sa maîtrise de soi.

— Une autre chose que tu dois te rappeler, Nelson. Tout ce que tu me diras, tant que c'est la vérité, ça peut faire de mal à personne, déclara-t-elle, mentant carrément. Parce qu'on peut toujours combattre la vérité avec la vérité… mais on peut pas combattre la vérité avec un mensonge.

Nelson attendait, les yeux écarquillés.

— Bon. Ta mère m'a dit que t'es rentré malade de l'école y a deux semaines et demie environ. Tu t'en souviens ?

— Oui.

— C'était quand ? Quel jour de la semaine, tu t'en souviens ? Il s'est peut-être passé quelque chose de particulier à l'école, ce jour-là, ou tu te rappelles peut-être une émission que t'as regardée à la télé ce soir-là… Bien sûr, c'était ni un samedi ni un dimanche mais…

— Je ne m'en souviens pas. Désolé.

— Pas de problème, pas de problème, assura-t-elle avec un geste de la main. Moi non plus, je m'en serais sûrement pas souvenue. Mais tu te souviens bien d'être rentré malade à la maison à cette période-là ?

— Oui.

— Qu'est-ce que t'avais ?

— J'étais malade.

Les marmonnements de Freddy montèrent et retombèrent de nouveau.

— Malade comment ?

— Pardon ?

— Mal à la gorge, mal de tête, nausée…

Nelson resta un moment bouche bée puis lâcha « Mal de tête » comme s'il tirait les mots d'un chapeau.

Mauvais.

— Tu l'as dit à ton prof ?

— Non.

— T'as quitté l'école plus tôt ?

Il secoua la tête, non.

— Quand t'as quitté l'école, ce jour-là, t'es allé où ?

Il la regarda fixement.

— T'es rentré chez toi ?

— Oui.

— Comme n'importe quel autre jour ?

— Oui.

— Quelle heure il pouvait être ?

— Quatre heures ?

— Quatre heures. D'accord. Y avait quelqu'un à la maison quand t'es rentré ?

Il haussa les épaules.

— Je sais pas. Je suis allé me coucher.

— Tu es allé te coucher. Tu n'as pas cherché ta mère ou ton père pour leur dire comment tu te sentais ?

— Ma mère était à ses cours. Elle reste à la fac jusqu'au soir.

— D'accord, ça colle. Et ton père ? Il était à la maison, ton papa ?

— Je sais pas. Peut-être. Je ne me souviens pas.

« Je sais pas. Peut-être. Je ne me souviens pas » : du solide, plus costaud que « Oui, il y était », qui aurait au moins donné à Nerese quelque chose à se mettre sous la dent, à essayer de mettre en pièces, que « Non », non étant le mot magique, qui aurait pris Freddy en flagrant délit de mensonge.

— Donc, tu sais pas si ton père était à la maison.

— Je crois bien.

— Tu crois bien. Tu crois bien que oui ou tu crois bien que non ?

— Je suis juste allé dans ma chambre.

Le ton de Nerese devait être plus furieux qu'elle ne le croyait, car le garçon ajouta, d'un ton presque suppliant :

— Vous avez dit que si je me souviens pas, je dois dire que je me souviens pas.

— Il fait ce que vous avez demandé ! lança sèchement Freddy, incapable de résister, s'adressant à elle de sa cachette absurde, derrière le mur de la cuisine.

Au son de la voix désincarnée de son père, Nelson sursauta comme sous l'effet d'une piqûre.

— Je pense que je suis rentré à cinq heures, dit-il, accordant à son père une heure de plus d'allées et venues sans comptes à rendre.

— À cinq heures, répéta Nerese d'un ton appuyé. Pas à quatre.

— Ouais. Oui.

— Je croyais que tu étais malade.

— Je l'étais.

— Et t'es pas rentré chez toi tout de suite ?

— J'ai essayé mais j'ai raté le bus.

Le ton de Nelson était implorant, maintenant, et il se ratatinait façon petit vieillard sous les yeux de Nerese.

— Nelson, écoute-moi, dit-elle, luttant pour maintenir la rage au fond de sa gorge. Ce que j'ai envie de faire… Ce que… Nelson, ce que j'ai le plus envie de faire maintenant, c'est me lever, te serrer la main et franchir cette porte, salut, à un de ces quatre.

Elle laissa les mots flotter un instant dans la pièce. Nelson, abattu et désespéré, avait les sourcils arqués de souffrance.

— Mais pour faire ça, j'ai besoin de ton aide. J'ai besoin que tu me dises qui était ou n'était pas là quand tu es rentré de l'école le 7 février, un mardi, il y a près de trois semaines, le jour où tu étais malade. J'ai besoin de savoir à quelle heure tu es rentré, qui était à la maison quand tu es arrivé, qui n'y était pas, à quelle heure la personne qui n'y était pas a fini par rentrer, j'ai besoin de savoir si quelqu'un a quitté la maison après ton retour ou si personne n'a bougé. Réfléchis, fais tout ce que tu peux pour te souvenir. C'est tout ce que je te demande, Nelson. Rien de plus. Ensuite, notre travail sera terminé, OK ?

— OK, répondit-il.

Ne le sentant pas encore prêt à dénoncer son père, même indirectement, et dans un nouvel effort pour l'y amener, elle se fit l'avocat de la défense :

— Bon, attends, avant de… Je veux juste te dire, au sujet de Mr Mitchell qui s'est fait agresser comme ça…

Elle baissa la voix, se pencha en avant.

— Ça fait vingt ans que je suis dans ce boulot et je peux te garantir que je trouverai celui qui lui a fait ça. Et tu sais pourquoi ? Parce que cette personne a agi sous le coup de la colère, et les gens qui agissent sous le coup de la colère commettent des erreurs. Ça n'était pas l'acte de quelqu'un qui aime commettre des crimes. La personne qui a fait ça n'a rien pris, rien volé. C'était l'acte de quelqu'un qui, un bref instant, a laissé ses émotions prendre le pas sur lui.

Nerese se tut durant quelques secondes ; le garçon fixait ses propres mains mais écoutait.

— En fait, de la façon dont je vois les choses, Mr Mitchell a fait quelque chose qui a tellement blessé cette personne qu'elle a frappé tout d'un coup, probablement sans même se rendre compte qu'elle tenait quelque chose dans la main. Elle ne voulait même pas lui faire de mal.

Nelson leva lentement vers elle des yeux troubles et elle le sentit sur le point de basculer. Pourvu que Freddy ne capte pas le changement, se dit-elle, poursuivant :

— Les gens émotifs, ils pensent pas avec leur tête, ils pensent avec leur cœur, et quand il leur arrive une chose pareille, ils commettent des erreurs. On trouvera des preuves, on trouvera des témoins, on trouvera quelque chose ou quelqu'un qui révélera la culpabilité de cette personne... Mais je vais te dire autre chose, Nelson... Je suis prête à te parier, là, maintenant...

Nerese vida ses poches sur la table, défroissa les billets, compta les pièces d'un doigt.

— Voilà... Douze dollars et soixante-deux cents que quand on pincera cette personne et que je pourrai enfin écouter sa version de l'histoire, elle déclarera : « J'ai pas voulu ça, je ne voulais pas lui faire de mal, mais ce type, il m'a mis dans une telle colère, il m'a fichu dans une telle rogne, il m'a... »

— Il l'a fait, dit Nelson, la voix au fond de la gorge.

Ses sourcils se soulevèrent mais ses yeux demeurèrent sur ses mains jointes.

— Quoi ?

— Il l'a fait.

— Qui a fait quoi ?

Sans en avoir conscience, Nerese se leva, fit un pas vers la cuisine, vers Freddy.

— Je suis désolé ! cria l'enfant à son père, qui venait d'apparaître devant le mur, comme pour affronter Nerese en face.

— Arrête ! beugla Freddy en braquant un doigt sur son fils. Ne dis pas un mot de plus !

Nerese et Freddy étaient maintenant face à face dans le coin salle à manger, Nerese barrant le passage à Freddy, Freddy s'adressant à son fils par-dessus Nerese, comme si elle était un objet inanimé :

— Viens ici, ordonna-t-il à son enfant, le regard fulminant.

— Je suis désolé, répéta Nelson, qui pleurait ouvertement maintenant.

— Si tu t'approches de ce gosse, Dieu m'est témoin… menaça Nerese en se hissant sur la pointe des pieds, la tête inclinée pour regarder Freddy dans les yeux sous un angle impossible, à la manière des taulards.

Ignorant Nerese et son regard meurtrier, Freddy répéta :

— Viens ici ! Tout de suite !

Puis il fit machine arrière, recula d'un pas et décrocha un téléphone mural, sans doute pour appeler un avocat. Nerese chercha précipitamment quelque chose à dire pour le convaincre de reposer l'appareil.

— Il m'a appris à attraper une balle, gémit Nelson sur le canapé. Il m'a acheté des livres, il m'a montré des trucs, il m'a raconté plein de choses, et d'un seul coup, il a plus voulu me voir. Qu'est-ce que j'ai fait ?

Il se mit à se balancer, les yeux bouffis de chagrin.

— Quoi ? fit Nerese à mi-voix.

Elle se tourna vers l'enfant, oubliant Freddy qui avait raccroché avant d'avoir fini de composer le numéro et passait maintenant devant elle avant qu'elle puisse l'en empêcher.

— Tu la fermes ! ordonna-t-il à son fils.

Il lui saisit le poignet mais Nelson se dégagea avec une rapidité et une violence surprenantes.

— Me touche pas ! lança-t-il à son père d'une voix aiguë, en se mettant péniblement debout. Qu'est-ce que j'ai fait ? Qu'est-ce que j'ai fait ? cria-t-il à Nerese, à sa mère.

Danielle se tenait maintenant dans le coin salle à manger, hébétée, agrippant à deux mains le dossier d'une chaise.

Nelson.

Nerese se balançait d'un pied sur l'autre en une petite danse désordonnée, la révélation flottant encore au-dessus d'elle.

Nelson.

Est-ce que ses parents le savaient depuis le début ?

Non, estima-t-elle. Ils avaient l'air aussi sidérés qu'elle. Freddy avait simplement été le premier à comprendre, le premier à réagir.

— Je vous demande de sortir de chez moi, dit-il en la poussant quasiment vers la porte à coups de poitrine.

— Attendez, une minute…

— Tout de suite ! lui souffla-t-il à la figure.

Nerese cessa soudain de battre en retraite et il dut s'arrêter.

— Ouais, vas-y, pose encore la main sur moi, ça va me plaire, je le sens.

Nelson avait disparu.

— Où il est…

Danielle, toujours abasourdie, encore en train d'essayer de comprendre, inclina le menton vers le fond de l'appartement sans dire un mot et Nerese se mit en mouvement.

Bien qu'elle n'ait jamais mis les pieds chez eux, ce fut elle qui, curieusement, conduisit Danielle et Freddy à la chambre de Nelson. C'était une pièce exiguë et austère : deux affiches d'Eminem, une petite bibliothèque de planches et de parpaings à moitié pleine de livres de poche fatigués et de figurines articulées d'extraterrestres.

Le garçon était assis au bord de son lit, les épaules voûtées, les mains entre les genoux, face au mur.

Ils restèrent tous les trois sur le seuil, comme si son chagrin avait créé un champ de force infranchissable.

— Je comprends pas, dit Nelson, le visage toujours vers le mur, avant de se tourner vers eux et de s'adresser à Nerese avec un regard suppliant : Qu'est-ce que j'ai fait ? bredouilla-t-il, aussi ouvert maintenant qu'il avait été fermé auparavant.

Danielle s'approcha enfin de son fils, mais, comme s'il réagissait à la menace d'un contact, il recula et battit violemment l'air entre elle et lui.

— Fais-le sortir de là, dit Freddy à sa femme.

Il tendit de nouveau le bras vers un téléphone, cette fois l'appareil posé sur le petit bureau de Nelson, le saisit, se pencha pour taper un numéro.

— Une seconde, intervint Nerese. Vous m'avez entendu lui donner connaissance de ses droits ? Je crois pas l'avoir fait mais si vous appelez un avocat maintenant, c'est la première chose qui sortira de ma bouche, et là, tout le monde aura un problème.

Freddy hésita, s'efforçant de voir clair dans le jeu de Nerese.

— Raccrochez, lui dit-elle comme si le combiné était une arme. Raccrochez. Si ce que je vais vous dire vous plaît pas, vous pourrez toujours appeler.

Freddy restait immobile, le téléphone entamant, telle une plume, une descente hésitante vers le bureau.

— Raccrochez, répéta-t-elle, aussi précautionneusement que si elle s'adressait à un type sur le point de sauter dans le vide. S'il vous plaît.

L'indécision de Freddy plongea la pièce dans un silence momentané qui fut soudain brisé par son fils :

— C'est de ta faute ! assena Nelson à sa mère.

Danielle tressaillit puis jeta un regard furieux à son mari, transmettant le blâme. Pendant que tu y es, n'oublie pas Ray, pensa Nerese.

— Nelson…

Nerese s'agenouilla devant l'enfant, leva les yeux vers lui, tendit le bras et essuya ses larmes du gras du pouce.

— Nelson, écoute-moi. Dis-moi ce qui s'est passé ce jour-là. Dis-moi comment tout est arrivé. Dis-moi la vérité, que je puisse te croire…

Épuisé nerveusement, il eut un bâillement spectaculaire, se frotta les yeux, et Nerese sentit que s'ils décidaient tous les trois de quitter la pièce en silence il s'endormirait dans la minute.

— La vérité, que je puisse te croire, répéta-t-elle.

Elle lui pressa le genou pour garder son attention, se tourna vers le couple.

— Et on s'en tiendra là.

31

NELSON — 7 FÉVRIER

La sonnerie discordante de l'interphone tira Ray de la terrasse où, bloc-notes à la main, il réfléchissait à un thème d'écriture pour ses élèves. Le cours qui suivrait celui du lendemain tomberait le jour de la Saint-Valentin et parmi les sujets se bousculant dans sa tête figuraient « Le jeu des rendez-vous », « Rendez-vous arrangé » et « Prisonnier de l'amour », mais aucun mot n'avait encore trouvé son chemin jusqu'au papier. Le bloc-notes sous le bras, il se pencha vers l'appareil.

— Ouais ?

Pas de réponse hormis les bruits de la rue, éparpillés et diffus.

— Oui ?

Un cri de mouette donnant de la bande, un faible halètement.

— Oui ? réitéra Ray en pensant : Freddy. Qui est-ce ? demanda-t-il en pensant : Appelle la police.

Il se tourna pour tendre la main vers le téléphone.

— C'est Nelson.

La voix du garçon, faible et plaintive. Ray l'imagina en bas, la main de Freddy sur la nuque. Il décrocha son téléphone sans fil, revint à l'interphone.

— Laisse-moi parler à ton père, Nelson.

De nouveau le silence bruissant.

— Laisse-moi parler à ton père, répéta-t-il.

Puis il attendit une confirmation pour éviter de déclencher une fausse alarme et d'avoir l'air d'un con total, un murmure de basse, un marmonnement, un bruit de pas lourds, n'importe quoi.

— Dis-lui…

— C'est Nelson ! le coupa l'enfant, la voix aiguë de frustration.

— Nelson, donne-moi le numéro de chez toi.

Freddy répondit à la deuxième sonnerie et Ray raccrocha sans un mot.

Un moment plus tard, émergeant de l'obscurité de la cage d'escalier pour entrer dans le flot de lumière coulant de la porte ouverte de l'appartement de Ray, le visage de Nelson apparut, vaguement gonflé, les yeux à la fois bouffis et réduits à des fentes par une détermination renfrognée.

Cette fois encore, il portait le gant de base-ball.

— Qu'est-ce qu'il y a, Nelson ? demanda Ray d'un ton léger en bloquant négligemment l'accès à l'appartement.

— Je veux habiter ici, déclara le garçon d'une voix frêle mais résolue.

Ray battit des cils.

— Quoi ?

— Je veux vivre avec toi.

— Nelson, non, tu ne peux pas…

Prenant alors conscience de la souffrance de l'enfant, il baissa le ton d'un cran :

— Tu ne peux pas, Nelson, je suis désolé.

— Je veux pas de lui à la maison, déclara Nelson, qui s'accrocha au bouton de la porte puis s'accroupit.

Avec une grimace inconsciente, Ray effleura le bras du garçon, l'aida à se relever.

— Qu'est-ce qui s'est passé ? Il s'est passé quelque chose ?

— « Reste hors de ma vue », dit Nelson.

— Quoi ?

Ray recula dans l'appartement et Nelson en profita pour le suivre à l'intérieur.

— « Tu vas à l'école, tu rentres, tu vas dans ta chambre, tu fais tes devoirs, tu sors de ta chambre, tu avales ton dîner, tu retournes dans ta chambre. Tu restes hors de ma vue. »

Après avoir singé son père comme un possédé, Nelson se laissa tomber sur l'un des canapés.

— Pourquoi ? demanda Ray.

L'unique raison qu'il pouvait imaginer, c'était que Nelson avait été témoin du cocuage de Freddy.

— J'ai rien fait ! se lamenta Nelson en se frappant la jambe avec le gant de base-ball.

Ray ne l'avait jamais vu ni entendu se mettre ainsi à nu et cela suscita en lui quelque chose de comparable au choc vaguement dégoûté qu'on éprouve devant le piteux spectacle d'une tortue extraite de sa carapace.

— Nelson, il faut que tu rentres chez toi, dit Ray aussi doucement qu'il put en s'asseyant sur le canapé à côté de lui.

L'enfant s'enfonça plus encore dans les coussins, les traits crispés de détermination.

Ray battit nerveusement l'air avec le bloc-notes puis le laissa tomber par terre, posa une main sur l'épaule du gamin, prudemment, comme si elle pouvait être brûlante.

— Il faut que tu rentres.

Nelson se mit à pleurer, un gémissement haut perché, les larmes dans la gorge plus que dans les yeux.

— Écoute… commença Ray. Comment tu es venu ici ? Tu as pris le bus en sortant de l'école ?

Mais Nelson s'était muré dans son désespoir et Ray aurait aussi bien pu se parler à lui-même.

— Nelson…

Refaisant brusquement surface, le garçon geignit de ses lèvres abîmées :

— Tout le monde me déteste.

Et Ray s'étonna de nouveau que ce garçon de presque treize ans soit encore un tel enfant.

— Personne ne te déteste, assura-t-il en lui touchant le bras, et il faut que tu rentres chez toi…

— J'ai envie de jouer au base-ball ! s'exclama Nelson.

Avec cependant une note d'impuissance dans la voix : apparemment, le môme n'était pas immature au point de ne pas sentir l'incongruité de sa demande.

— C'est impossible, mon grand.

Refusant toujours de croiser le regard de Ray, Nelson demanda au mur du fond :

— Pourquoi ?

— Je suis navré, tes parents sont tes parents, argua Ray. Au fait, quelqu'un sait que tu es ici ?

L'enfant ne voulut pas répondre et son visage se crispa de nouveau, tout rouge, dans une protestation muette contre l'injustice désolante de cette histoire.

— Remontre-moi tes cartes de base-ball, réclama-t-il.

— Mes quoi ? Écoute, je vais faire mieux que ça…

Ray commença à se lever, prêt à donner au gamin l'un de ses albums, puis se laissa retomber sur le canapé en imaginant Nelson rapportant chez lui ce lot de consolation et Freddy lui demandant d'où ça venait. D'ailleurs, ce n'était pas ce que voulait Nelson.

Assis côte à côte, ils fixaient tous deux le mur comme s'ils regardaient un film et Ray se surprit brûlant du désir de faire à ce gosse un cadeau à la fois durable et consolateur, d'une certaine façon, mais il n'y avait rien avec quoi Nelson puisse quitter l'appartement, absolument rien qui ne présente le risque de revenir frapper Ray dans le dos à la manière d'un boomerang.

— Je peux même pas voir tes cartes de base-ball ? fit Nelson d'une voix faible.

Ray glissa jusqu'au bord du canapé et laissa sa tête choir entre ses épaules affaissées.

— Nelson… commença-t-il, avec l'intention de le raccompagner en voiture (mais non, il ne pouvait même pas courir ce risque). Nelson, j'appelle un taxi pour que tu rentres chez toi. Désolé, j'aimerais pouvoir…

Il se leva, alla récupérer le sans-fil à l'autre bout de la pièce puis passa dans la cuisine pour prendre le numéro de Garden State Taxi que ses parents avaient collé sur le côté du réfrigérateur. Il retourna s'asseoir près de Nelson sur le canapé, tapa les premiers chiffres du numéro mais fut de nouveau envahi par ce besoin quasi irrésistible de donner quelque chose à ce satané gosse, n'importe quoi. Il pressa le bouton d'arrêt avant même que l'appareil sonne, plongea une main dans sa poche et en tira deux billets de vingt qu'il plaqua sur la paume de Nelson.

— Pour le taxi. Garde la monnaie. Achète-toi un truc idiot, ce dont tu auras envie.

Sans refermer les doigts, Nelson fixa les billets dans sa main comme s'il n'avait jamais vu d'argent. Son visage s'assombrit.

D'abord, Ray crut qu'il réclamait plus en silence, et pendant un instant il considéra la possibilité que toute cette visite ne soit qu'une tentative de chantage soigneusement préparée. Puis il comprit que cet assombrissement soudain était dû à la confusion de Nelson : le garçon avait du mal à intégrer l'importance de la somme.

Palpitant de honte, Ray se leva et, tournant le dos à Nelson, appela Garden State.

— Oui, il vous faut combien de temps pour envoyer un taxi à Little Venice ?

— Pour aller où ? s'enquit le standardiste en mâchonnant quelque chose.

— Un instant…

Ray se tourna vers Nelson pour lui demander son adresse.

Le coup s'annonça comme une odeur et comme un son — odeur de roussi, plainte haut perchée, sifflement pour appeler un chien —, suivi par une dégringolade aveugle, une cascade de Ray, images, mots, membres, et puis le noir.

32

NERESE — 28 FÉVRIER

Appuyés à la balustrade de la terrasse, Ray et Nerese contemplaient l'Hudson ridé par le vent, comme s'ils attendaient que Neptune sorte des profondeurs et leur fasse un discours.

— Je peux pas dire que j'aie vu venir quoi que ce soit, sur ce coup, fit-elle.

— Bon, et qu'est-ce que tu as fait, ensuite ?

Le froid était mordant mais Ray ne montrait aucune envie de retourner dans l'appartement.

— J'ai fait mon boulot.

— Ce qui signifie ?

— Éducation surveillée.

— Non, fit-il d'une voix sifflante, le visage blême. Oh, je t'en prie, t'as pas fait ça ?

Elle lui jeta un long regard acerbe.

— Bon Dieu, marmonna-t-il, une main sur le cœur. Pourquoi tu cherches à me baiser comme ça ?

— Oh ! Je suis désolée… Tu viens de te faire baiser ?

Il détourna les yeux.

— J'ai appelé Danielle ce matin pour lui donner les noms de quelques thérapeutes que je connais par les services familiaux. Ce gosse a vraiment besoin de voir quelqu'un, de se faire un allié hors de la maison…

— Bien, approuva Ray, évitant toujours son regard. C'est une bonne idée.

— Je lui ai aussi suggéré un nom ou deux pour elle, mais je crois pas que ça débouchera sur quelque chose.

— Tu lui as dit autre chose ?

Une péniche de la taille d'un terrain de football glissait vers la baie et Ray la regarda comme s'il avait été prêt à tout donner en ce moment précis pour se retrouver mousse sur cette embarcation.

— Tu veux savoir si je lui ai remonté les bretelles ? C'est pas mon boulot.

— OK.

— C'est pas à moi de le faire.

— OK.

— C'est pas l'envie qui me manquait, pourtant.

— Je te comprends, dit-il, risquant enfin un rapide coup d'œil dans sa direction.

Nerese inhala la puanteur moite de marée basse de la baie et fut brièvement attristée à l'idée que c'était sa dernière visite chez Ray.

— Si je m'étais laissée aller, j'aurais sûrement dit des trucs vaches et injustifiés.

— Vraiment ?

— Parce que j'ai mon propre passé à régler avec ce genre d'histoire, et…

Elle s'interrompit, contempla le fleuve en faisant glisser ses mains l'une sur l'autre en silence comme si elle les lavait dans le vent.

— Quoi ? demanda Ray, avec autant de crainte que de curiosité.

Comme elle continuait à se taire, il répéta « Quoi ? » avec plus d'insistance et la regarda soudain en face, s'ouvrant totalement à elle.

— En principe, je parle jamais de mon fils dans le boulot. Jamais, mais là…

Ray continuait à la regarder comme s'il avait peur maintenant de détourner les yeux.

— Bon, voilà, le père de Darren s'est tiré quelques mois après sa naissance. C'était surtout à cause de la drogue mais même s'il n'y avait pas touché, il était pas… Il se serait barré, tôt ou tard. Et franchement, il valait mieux que ce soit tôt. Si tu veux partir, pars.

— Absolument…

— Ray, ferme-la et écoute, dit-elle sans rancœur. C'était dur pour moi d'élever un enfant toute seule, et en plus d'être une jeune fliquesse, tu vois. Mais je l'ai fait. Au début, quand Darren était tout petit, j'ai eu une série de mecs. Ils passaient la nuit chez moi, ils se baladaient dans l'appartement matin, midi et soir. Pas de mauvais gars, pas méchants avec Darren ni quoi que ce soit, mais une série de types qui vivaient à moitié avec moi. Quelques-uns mariés, d'autres pas, quatre ou cinq au total depuis que le père de Darren s'était débiné.

« Tout ça alors que mon fils rampait, puis marchait à quatre pattes, puis sur ses deux jambes, un gosse équilibré, autant que je pouvais en juger, plutôt heureux. Mais quand il est entré au CP, il a commencé à mal se conduire à l'école, à se battre, à pleurer, à jeter des choses. Il a fini par frapper un autre enfant avec une pierre, il a pas fallu de points de suture, Dieu merci, mais le gosse a salement saigné. J'ai donc été convoquée par son institutrice, Miss Hanley, une femme vraiment gentille qui m'a demandé s'il y avait des problèmes à la maison dont il fallait qu'elle soit informée, des choses perturbantes pour Darren, et j'ai dit : "Non, pas vraiment."

« Mais Miss Hanley, elle avait parlé à Darren la veille et elle le fait venir : "Chéri, tu veux bien répéter à ta maman ce que tu m'as dit hier ?" Mais Darren : "Non, je veux pas", et elle le renvoie jouer dans la cour. Et là elle me dit que la veille, Darren s'était plaint de ne pas aimer le nouveau papa qu'il avait maintenant. Pas "son" papa. Le "nouveau" papa.

« Elle me pose des questions sur le bonhomme, à l'époque, c'était Ernie Howard, un flic, un type bien, un peu grognon, un peu porté sur la bouteille, mais bien. Elle me demande comment il est avec Darren, etc., etc. Mais j'ai pensé qu'elle n'avait pas compris le problème. Il s'agissait pas de ce mec, c'était le fait que Darren avait prononcé le mot "papa"… Je m'étais pas rendu compte que pour mon fils ces hommes défilaient dans ma vie comme une succession de pères, chacun d'eux disparaissant de son existence dès que notre histoire d'amour tournait au rance… Que, que Darren, que son père biologique avait abandonné sans se retourner, avait besoin d'un père, sous une forme ou une autre.

« Je pensais que j'assurais, comme parent. Et ma vie sexuelle se passait derrière la porte de la chambre. En plus, je me serais jamais mise avec un homme qui aurait été méchant avec les gosses en général, sans parler du mien. Je savais pas si Ernie avait été sec un jour avec Darren, s'il avait montré de l'irritation, s'il lui avait lancé un regard mauvais ou si Darren n'aimait simplement pas sa tête, mais c'était sans importance puisque le problème, c'était pas Ernie. Tu comprends ce que je veux dire ?

« Je suis rentrée chez moi ce jour-là et je me suis juré de plus jamais ramener un homme à la maison, sauf celui qui serait effectivement le nouveau papa de Darren.

Nerese lâcha la balustrade de la terrasse et se redressa, un poing au creux des reins.

— C'était quand, y a douze ans ? grogna-t-elle. Mon fils va vers ses dix-huit ans maintenant et j'ai tenu ma promesse. Ces douze dernières années, pas une fois il n'a découvert en se levant le matin un type en slip en train de piller le frigo. Pas une fois il ne s'est fait sermonner chez lui par un homme tirant son autorité du seul fait qu'il couchait avec sa mère.

« J'ai tenu ma promesse et j'en ai souffert, mais mon fils est indemne. J'ai pas renoncé au sexe, j'ai pas renoncé aux hommes, mais ces douze dernières années, ma vie amoureuse s'est surtout déroulée dans les motels, ce qui n'est pas vraiment propice aux idylles ni même à la conversation. Tous les 36 du mois, je m'offre une escapade d'un week-end, mais pas depuis quelques années.

« Je dis pas que je vivrais à coup sûr avec un homme aujourd'hui si les choses s'étaient passées autrement, mais qui sait ? Et le plus terrible, maintenant que Darren est sur le point de partir et que je vais devenir libre de mes gestes, c'est que je me regarde dans le miroir et je vois… Je vois une femme de quarante et un ans dont le poids varie entre quatre-vingts et quatre-vingt-dix kilos… Je vois une femme dont les cheveux commencent à se veiner de gris, je vois…

Elle prit une inspiration rageuse, regarda ses ongles d'un air sombre.

— Qui voudrait de moi, maintenant…

— Arrête, Tweetie, fit Ray d'une voix faible.

— Tu voudrais, toi ?

— Je voudrais quoi ?

— Tu voudrais commencer quelque chose avec moi ? Voir où ça nous mène ?

Jamais Nerese n'avait vu quelqu'un rester aussi littéralement sans voix, et cela l'attrista d'avoir fait prévaloir son point de vue aussi facilement.

— Et donc, la Floride, pour moi. Mon tour. Une vie pour moi. J'espère simplement qu'il est pas trop tard.

— Tweetie, plaida Ray, toujours accroché aux ronces même si Nerese n'en était plus là.

— Si je repense à ces douze dernières années, à tout le, à tout l'amour, à toutes les possibilités d'amour qui ne se sont jamais réalisées, est-ce que j'en veux à mon fils ? Probablement. Est-ce que faire ce sacrifice signifie que j'ai été une bonne mère ? Je le crois même pas. Quelquefois, j'ai l'impression que je fais une connerie avec ce môme dès que j'ouvre la bouche. Que je dis ce qu'il faut pas, que je fais ce qu'il faut pas. C'est un garçon à sa maman, aucun doute là-dessus, mais compte tenu des autres mâles de mon arbre généalogique, il aurait pu tourner bien pire… Si je devais recommencer, est-ce que je ferais le même sacrifice ? Oui. J'en serais malheureuse mais je le referais. Mon gosse était privé de père. Une fois que je l'ai compris, il était plus question que je le tourmente avec un défilé de mecs, et voilà tout.

— Tweetie, je ne me doutais pas…

— Bien sûr que tu te doutais pas. Pourquoi tu te serais douté ?

— Je veux simplement dire… commença Ray, sans pouvoir aller plus loin.

— Là où j'essaie d'en venir, avec tout ce que je viens de te raconter… Hier, avec la mère de Nelson, j'ai dû faire attention à ce que je disais, sinon ce serait devenu trop personnel, tu vois, j'aurais porté un jugement. Parce que, enfin, qu'est-ce qu'elle foutait à emmener ce gosse chez toi comme ça ? Elle peut baiser avec qui elle veut mais lui, c'est un enfant, merde !

Ray hocha la tête, le visage cramoisi de honte.

— Ce qui m'amène à toi, poursuivit-elle avec douceur.

Elle craignait un peu d'avoir l'air de donner des leçons de morale mais, après avoir sauté à travers tous ces cerceaux comme elle venait de le faire, pas question qu'elle ne puisse terminer ce qu'elle avait à dire.

— Tu te rappelles le jour où je me suis fait choper à bomber cette connerie sur le mur du bâtiment 11 ? Les deux flics qui m'encadraient comme des serre-livres et me faisaient traverser toute la cité pour me conduire à la gérance, et tous ces petits salauds qui nous suivaient, qui se foutaient de moi, j'avais l'impression d'être Dumbo ouvrant la parade du cirque… Le pire moment de ma vie, y a pas photo. T'étais là, d'ailleurs, pour ce grand moment…

« Mais voilà ce que t'as pas vu : une fois dans le bureau, un des flics téléphone à ma mère pour qu'elle vienne me chercher puis il disparaît, il part faire son rapport. L'autre flic, le Blanc, il est assis à côté de moi sur le banc, dans l'entrée, on attend ma mère, les gens entrent et sortent pour payer leur loyer ou je ne sais quoi, tout le monde me regarde, tout le monde sait ce que j'ai fait.

« On attend, on attend… Le flic blanc lit le *Dispatch*, il parle pas beaucoup mais quand il arrive à la page des BD, il me passe le journal, même si j'étais pas vraiment en état d'apprécier Li'l Abner à ce moment-là…

« Tu sais combien de temps j'ai dû attendre que ma mère veuille bien venir me chercher ? Trois quarts d'heure. Trois putains de quarts d'heure pour faire trois cents mètres. Quarante-cinq minutes assise sur ce banc avec tous ces gens qui me regardaient comme si j'étais la dernière des merdes sur terre. Et quand ma mère est enfin arrivée — il était trois heures de l'après-midi, hein ? —, elle est entrée dans le bureau en traînant les pieds, en blouse. Une blouse à laquelle il manquait deux boutons, des savates aux pieds, des bigoudis sur la tête, un paquet de Larks dans un étui en plastique dans une main, une cigarette dans l'autre. Elle entre dans le bureau dans cette tenue en plein après-midi, devant le gérant de la cité…

Nerese se mit à compter sur ses doigts en commençant par l'auriculaire.

— Devant les, les employés, les flics, les voisins… J'avais envie de me ratatiner et de mourir sur ce banc. Mais alors, il s'est passé quelque chose, Ray, quelque chose d'étonnant. Quelque chose… Le flic blanc assis à côté de moi, il a regardé ma mère un long moment quand elle est entrée, et puis, sans même se tourner vers moi, il a posé une main sur mon dos, entre le cou et l'épaule… Et il a pressé. Une petite pression de sympathie, puis il a tapoté le même endroit pendant deux, trois secondes et c'est tout.

« Mais je te le jure, personne, de toute ma vie, ne m'avait jamais touchée avec cette tendresse. J'avais jamais senti sur moi une main aussi compatissante, et ça m'a fait l'impression d'un éclair. Le type, il a fait ça sans y penser, j'en suis sûre. Et quand l'heure du dîner est arrivée, il avait sans doute déjà oublié son geste. Et il m'avait oubliée aussi, d'ailleurs. Mais moi, je n'ai pas oublié.

« J'ai pas passé des années non plus à y penser mais c'était comme s'il avait semé une graine en moi. Tout ce que je peux te dire, c'est que sept ans plus tard, quand j'étais en deuxième année de fac, un officier recruteur de la police est venu au campus pour la Journée de l'emploi, et comme j'aimais pas trop la fac, j'ai passé l'examen pour l'école de la police, j'ai eu de bonnes notes, j'ai laissé tomber la fac sans un regard en arrière.

« Généralement, quand j'explique aux gens pourquoi je suis devenue flic, je dis que j'ai signé pour tenir Butchie et Antoine à l'écart de ma vie. Et il y a du vrai là-dedans.

« Mais pour être franche, je crois que la vraie raison, c'est parce que cet officier recruteur m'a rappelé, consciemment ou pas, le flic des cités qui était resté assis près de moi sur un banc quand j'avais treize ans. En fait, je le crois pas, je le sais. Aussi sûr que je suis là en train de te parler, je sais que je suis devenue flic à cause de lui. Pour lui. Pour être comme lui. Dieu m'est témoin, Ray… Cet homme a laissé sa main sur mon dos pendant trois secondes et ça a complètement réorienté ma vie pour les vingt-neuf années qui ont suivi.

« C'est l'énormité des petites choses… Nous, les adultes, on a un tel pouvoir… Et quand nous nous trouvons au contact de certains types de gosses, des gosses dans le besoin, nous devons faire très attention.

— Ouais, murmura Ray.

— Quand je t'ai vu à l'hôpital et que t'as pas voulu coopérer, j'ai passé en revue ma liste de contrôle : il aime les garçons, il aime les filles, il aime les hommes, il se pique, il sniffe, il est dans le prêt usuraire, dans le jeu, quelque chose de déshonorant parce que je sentais la honte suinter de toi comme une odeur corporelle.

Ray inspira lentement entre ses dents serrées comme s'il attendait qu'elle lui rentre dedans comme ça depuis leur première rencontre.

— Nelson, reprit-elle, qu'est-ce que tu croyais, qu'il arrêterait de penser à toi en rentrant chez lui comme toi t'arrêtais de penser à lui ? Quand on tend la main à un gosse comme lui, on doit avoir conscience de ce qu'on risque de déclencher. T'es quelqu'un de bien, Ray. T'as de bonnes intentions. Mais t'as trop besoin qu'on t'aime et c'est une faiblesse. Ça te rend imprudent. Et ça te rend dangereux.

Elle se tourna vers lui et sourit.

— Voilà. J'ai fini.

Elle crut d'abord qu'il contenait une série d'éternuements explosifs puis les larmes vinrent et il détourna la tête.

Nerese contempla le profil de New York de l'autre côté du fleuve, forteresse dans une forteresse dans une forteresse, épais buisson de tours luisant à la lumière de la fin d'hiver.

— Devine qui ne fait plus partie de la police ?

Ray se tourna vers elle, attendit la suite.

— J'ai utilisé mes congés accumulés pour partir plus tôt. J'ai rempli les papiers hier après-midi.

Il s'écarta de la balustrade.

— Quoi ?

— Je pars pour la Floride dans quelques jours surveiller les gars qui retapent ma maison.

— Alors, ça commence pour toi, hein ? réussit-il à articuler, la voix encore étranglée.

— Ben, oui et non, répondit-elle en montrant les dents. J'emmène le vieux bonhomme de quatre-vingt-dix-sept ans avec moi. Y a personne ici à qui je me sentirais de le confier. En plus, il lui reste pas tellement de temps à vivre, alors je le vois pas s'accrocher longtemps à mes baskets là-bas. La bonne nouvelle, c'est que j'ai casé ma mère et mon oncle dans la maison de retraite d'où je le sors, alors, d'une façon ou d'une autre, tout le monde est couvert.

— Et ton fils ? s'enquit Ray, respirant par la bouche.

— Darren ? Darren s'occupe de la maison jusqu'à ce qu'il ait son diplôme, ensuite on verra. Je lui ai fait envoyer une demande d'inscription dans une petite fac à une trentaine de kilomètres de la nouvelle maison. C'est pas Harvard, mais ils voudraient pas de lui là-bas, de toute façon. Il logera en résidence s'il est accepté. Sinon… y a un sous-sol aménagé dans la nouvelle maison mais… Je sais pas, on verra, on verra.

— La nouvelle Nerese ressemble beaucoup à l'ancienne.

Elle haussa les épaules. Peu désireuse de s'attarder sur cette remarque, elle se dit : Je suis bénie…

— Bon, trêve de bavardages, le moment est venu pour moi de partir, conclut-elle.

— Moi aussi, j'ai plus ou moins l'intention de partir d'ici, lâcha Ray.

Elle remonta la bandoulière de son sac sur son épaule.

— Ce qui signifie ?

Les lèvres et les yeux de Ray se mirent à bouger de telle manière qu'elle sut que ce qu'il s'apprêtait à dire serait autant une révélation pour lui que pour elle.

— Je retourne à Los Angeles.

— Vraiment ?

— Ouais, fit-il lentement, comme s'il cherchait son chemin à tâtons. J'irai, j'irai jusqu'au bout de cet atelier d'écriture mais fondamentalement, je sais pas ce que je fous ici. Écrire pour la télé, c'est con mais c'est du travail, c'est la vie. Ce n'est pas pire qu'être avocat spécialisé dans l'immobilier, ou cadre dans la pub ou je ne sais quoi. Ce n'est peut-être pas mener le bon combat mais… Je peux pas continuer comme ça. Je peux pas. Je ferai de mon mieux pour ne laisser personne d'autre en rade mais…

Bien que son propos fût de plus en plus lucide et réfléchi, le ton de Ray était presque devenu suppliant.

— C'est ce que tu disais, Tweetie. Je n'ai pas de rigueur. Je n'ai pas… Les types comme moi…

Il tint sa main droite aux nerfs recroquevillés contre sa poitrine en un geste qui renforça son ton suppliant.

— J'ai besoin d'être redevable à quelque chose ou à quelqu'un de plus haut placé, aussi stupide que le résultat final puisse être. Je ne suis pas assez fort pour quoi que ce soit d'autre.

— Et Ruby ? dit Nerese. Qu'est-ce qu'elle en pense ?

— Tweetie, je ne lui fais pas un cadeau, de toute façon, en traînant ici comme ça. Il faut que je vive, dit-il, la suppliant carrément. Il faut que j'aie une vie !...

Elle écarta les bras.

— Hé, fais ce que tu dois faire. Pas la peine de me baratiner... Comment elle a pris la nouvelle ?

Ray appliqua ses dix doigts sur ses tempes et écarquilla les yeux, comme pour laisser plus d'air circuler dans les orbites.

— Je n'ai pas vraiment réfléchi à la façon de la lui annoncer...

— Tu finiras bien par trouver, répondit Nerese, simplement pour dire quelque chose.

Les bras en arc de cercle, elle s'approcha de lui et l'étreignit.

— Faut que j'y aille.

À la porte, elle se tourna vers lui une dernière fois.

— Tu sais, Ray, pour ce qui t'a envoyé à l'hôpital, je vais te dire un truc que tu pourrais prendre comme le bon côté des choses... T'as eu beaucoup de chance que ce soit le petit Nelson qui t'ait frappé. Parce que ton copain Salim, c'est un adulte, et il t'aurait arraché la tête des épaules. Je respecte ton intention de laisser personne d'autre du coin le bec dans l'eau, mais si j'étais toi, je couperais toute relation aujourd'hui même avec cette espèce de petit cinglé...

33

EMMENEZ VOTRE FILLE AU TRAVAIL — 5 MARS

Le retour de Ray au lycée après l'agression coïncida avec la journée « Emmenez votre fille au travail ». Bien que l'événement fût avant tout destiné aux mères exerçant un emploi, Ruby avait accepté d'assister au cours, et malgré les mises en garde du neurologue lui conseillant d'éviter de conduire, Ray se retrouva derrière le volant de sa voiture, direction New York, au plus fort de l'heure de pointe du matin, afin de prendre Ruby à l'institution St. Simon et de la ramener à Dempsy.

À vrai dire, ce n'était pas nécessaire : comme ses extrémités droites demeuraient recroquevillées sur elles-mêmes, que sa tête bourdonnait encore et que sa vigueur restait au mieux hésitante, il s'était arrangé pour que ce premier cours soit une sorte d'excursion éducative assez minable, Mrs Bondo amenant les élèves en bus à Little Venice où ils déjeuneraient et liraient leur travail sur la terrasse. En plus, Ruby avait l'habitude de venir seule chez Ray depuis Manhattan, mais, pressé maintenant de lui annoncer la nouvelle de son départ proche — dans un mois, estimait-il — pour Los Angeles, il éprouvait le besoin de la voir le plus vite possible.

En quittant sa voiture pour se diriger vers St. Simon, il aperçut sa fille traînant avec un groupe de jeunes de son âge, treize, quatorze ans, devant le *delicatessen* du coin de la rue du collège.

Ils étaient une demi-douzaine à faire les idiots avant la cloche de huit heures, les garçons échangeant des claques, mimant des combats de karaté, les filles contrôlant un peu mieux leur vitalité physique mais se montrant aussi bruyantes que les garçons.

Une cigarette passait de l'un à l'autre et Ray, fasciné, vit Ruby aspirer une longue bouffée — sans accès de toux, sans regards inquiets — puis jeter le mégot dans le caniveau.

S'installant hors de vue sur un capot de voiture, il continua à les observer. Ruby piqua sur la tête d'un adolescent blond un bonnet de laine rasta et se lança dans une fuite zigzagante, le garçon l'agrippa joyeusement par-derrière, Ruby piailla : « Qu'est-ce que tu fous, putain ? », mais sans vraiment tenter de se libérer. En fait, après avoir gigoté un moment pour la forme, elle s'abandonna plus ou moins à l'étreinte du jeune blond qui, la tenant toujours par-derrière, posa placidement son menton sur l'épaule de Ruby.

Elle tira une autre taffe d'une nouvelle cigarette faisant le tour du groupe puis, avec une aisance féline et langoureuse qui sidéra Ray, elle la porta aux lèvres du garçon qui la tenait et le laissa prendre une bouffée avant de remettre la clope dans le circuit.

Fumer, jurer, se conduire lascivement en public… Ray se sentit troublé par cette enfant qui était sa fille, émoustillé par cette autre Ruby qu'il n'avait jamais vue, par ses vices secrets, ses pouvoirs secrets, son malaise venant uniquement de l'idée que c'était comme si elle avait intuitivement décidé de le quitter, de quitter l'idée qu'il se faisait d'elle, avant qu'il puisse, lui, véritablement la quitter.

— Alors, ce type, Tom le Blanc, dit Ray au moment où ils pénétraient dans le Holland Tunnel, quand les flics fermeront cette épicerie — s'ils la ferment —, il veut la racheter et en faire une sorte de boutique de bonbons-fast-food pour les jeunes de Hopewell. Franchement, je crois qu'il se raconte des histoires, il est un peu fêlé, mais s'il réussit son coup, il est censé m'appeler parce que j'aimerais beaucoup participer un peu au projet. Qu'est-ce que tu en penses ?

Ruby eut un haussement d'épaules évasif.

— Quoi ? insista-t-il.

— Où est-ce que les gens feront leurs courses ?

— Il y a un supermarché une rue plus loin. De meilleurs produits, moitié moins chers.

Elle haussa de nouveau les épaules d'un air embarrassé : il y avait autre chose qui la tracassait.

— Quoi ?

— C'est moche pour le patron de l'épicerie.

— C'est un dealer.

— Je sais, répondit-elle sans conviction.

Il y avait autre chose.

— De toute façon, c'est probablement du pipeau, tout ça, marmonna Ray lorsque la voiture resurgit dans la lumière, côté Jersey.

Un silence lourd s'installa entre eux cependant qu'il décrivait lentement un long arc de cercle autour de Jersey City puis montait la bretelle d'accès au péage.

Ruby, l'heure est venue pour moi de retourner à…

Ruby, qu'est-ce que tu penserais si…

Ruby, il faut que je reprenne un vrai boulot, j'ai besoin de…

Ruby…

Chérie…

Ma douce…

Il avait déjà reçu deux offres provisoires, l'une pour une série tournant autour des services secrets, l'autre sur une agence de détectives dont tous les privés étaient des médiums certifiés, quoi que cela puisse vouloir dire.

— Tu as apporté un texte ?

— J'ai oublié, répondit-elle, regardant par la fenêtre un troupeau de mâts de charge sur les quais.

— Tu as oublié ? fit-il, sincèrement contrarié. Je pensais que tu lirais quelque chose aujourd'hui…

— J'ai oublié. Désolée, dit-elle, une pointe de sécheresse dans la voix.

— Je n'arrive pas à croire que t'aies oublié. Les élèves auraient été ravis. Moi aussi.

— Papa ! répliqua-t-elle, la pointe s'aiguisant. Je te dis que j'ai oublié, d'accord ? Je suis désolée.

— OK. OK. Pas de problème.

Mais une fois que je serai installé là-bas…

Ray sortit du péage au moment où la statue de la Liberté leur apparaissait.

— Non, je ne pense pas que ce soit une bonne idée, dit Ruby d'une voix faible, comme si elle était épuisée.

— De quoi tu parles ?

— D'aider Tom le Blanc.

— Ah ? fit-il en la regardant. Bon.

Le visage fermé, elle appuya sa tête contre la vitre.

Il y avait vraiment autre chose.

Le minibus du lycée, trapu comme un éléphanteau, ne pouvait pas pénétrer dans l'enceinte de Little Venice — une question de restrictions imposées par l'assurance dans le cas d'une propriété privée — et Ray et Ruby durent donc accueillir la classe à la grille et retourner à pied à l'appartement, huit cents mètres le long de monticules recouverts de broussailles, sous les ombres cruciformes des mouettes. La marche fut cependant joyeuse, les garçons sautant périodiquement en l'air pour une raison qui échappait totalement à Ray, à moins que ce ne fût le simple fait de se trouver loin du bahut un mercredi en fin de matinée et/ou la présence des filles.

— T'es en quelle classe ? demanda Altagracia à Ruby, qui laissait entre elle et son père un écart juste assez grand pour se dissocier de lui.

— Il n'y a pas de classes dans mon collège.

— Quoi ?

Ray regarda brièvement derrière lui, trop brièvement pour remarquer quoi que ce soit.

— Comment ils vous font avancer, alors ?

— Ils nous font avancer, c'est tout. Et toi, tu es en quelle classe ?

— En troisième.

— J'aime bien ta coiffure. Comment tu fais ça ?

— Ça prendrait trop de temps de t'expliquer.

— Hé, Ruby, dit Ray en se retournant.

Il marcha à reculons mais le soleil s'enfonça dans son œil gauche comme une dague et il en oublia le petit morceau de conversation badine qu'il avait préparé pour justifier qu'il se joigne à elles.

Bien que Ray leur fît signe du centre de la salle de séjour, les élèves s'attardaient sur le pas de la porte comme si les dalles étaient semées de mines antipersonnel, et ce fut seulement quand Rashaad repéra la télé — « Mortel, un écran plat ! » s'exclama-t-il, fonçant vers le poste — que les autres le suivirent en file indienne d'un pas hésitant, Mrs Bondo et Ruby faisant assaut d'« après vous » pour être la dernière.

— Elle marche ? fit Rashaad.

— Non, répondit Ray. Pas aujourd'hui.

Oubliant son échec, Rashaad découvrit le miroir déformant et, quelques secondes plus tard, les trois garçons se disputaient la scène centrale en jouant des coudes et en braillant.

Les filles, empêchées de se regarder, se rabattirent sur les CD et les cassettes vidéo des étagères, Ruby et Mrs Bondo se tenant côte à côte tels des gardiens de musée nerveux qui s'attendent au pire.

— Ruby, ça va ?

— Ouais, répondit-elle.

Plus un jappement qu'un mot, et Ray sentit qu'elle avait le sentiment d'une intrusion.

— Les garçons ! lança sèchement Mrs Bondo à la bande du miroir.

Ray haussa les épaules.

— Ça ne fait rien, c'est pour ça qu'il est là.

Mais Jamaal avisa alors le panier de basket miniature que Ray avait fixé au-dessus de la porte du couloir pour Ruby juste après s'être installé dans les lieux. L'adolescent tira son portefeuille de sa poche pour en faire une balle et un match à un contre un s'engagea, le parquet tremblant dans un grondement de tonnerre.

— Les gars, les gars, intervint Ray, mes voisins ont plus de mille ans.

Il s'inséra dans le trio, attrapa le portefeuille, le rendit à Jamaal.

Trois des filles étaient maintenant plantées devant le miroir, à leur tour de se marrer, Altagracia suppliant Mrs Bondo de venir projeter son reflet monstrueux — rien à faire —, tandis que Ruby et Myra s'éloignaient dans des sphères séparées, Myra inspectant les livres de Ray, Ruby soutenant un mur, la pauvre gosse s'efforçant d'avoir l'air l'impassible mais réussissant surtout à donner l'impression d'être accablée.

Ray traversa la pièce, prit sa fille par la main et l'entraîna vers les rayonnages de livres.

Myra étudiait maintenant sa nomination aux Emmy Awards, la bouche ouverte, le soleil se reflétant sur ses lunettes.

— C'est un oscar ? demanda-t-elle.

— Un truc de télé.

— Vous avez tellement de livres... J'aimerais avoir des livres comme ça : partout où on regarde, des livres.

Sans lâcher la main de Ruby, il prit sur une étagère du haut un recueil de poèmes de William Carlos Williams et le lui tendit.

— Tiens, en voilà un pour t'aider à grandir.

— Quoi ? fit-elle.

Ça devait vouloir dire « Merci », et elle se mit aussitôt à lire.

Ruby libéra sa main d'un coup sec.

— Myra, tu as fait la connaissance de Ruby, ma fille ?

— Salut, dit Myra d'une petite voix.

— Salut, répondit Ruby, la voix plus faible encore.

— Myra écrit des textes mortels, déclara Ray, qui ajouta ensuite : Ruby aussi. Elle devait nous lire quelque chose aujourd'hui mais…

— Papa !

Le mot dégoulinait de souffrance.

— Mr Mitchell, est-ce que je pourrais ne pas lire non plus aujourd'hui ? sollicita Myra. J'ai eu l'impression de devoir accorder une pause à mon cerveau, cette semaine.

— Bien sûr, pas de problème, assura Ray, qui était même un peu charmé par cette formulation de ses excuses.

Mrs Bondo attira son attention, tapota sa montre.

— Bon, on s'y met, annonça Ray en faisant coulisser la baie vitrée de la terrasse. Prenez vos déjeuners et venez admirer la plus belle vue du New Jersey. Essentiellement une vue de New York.

Les élèves sortirent l'un après l'autre, se précipitèrent vers la balustrade avec une célérité qui lui retourna l'estomac.

— Attendez, attendez…

Il les fit reculer, leur montra la statue de la Liberté.

— Regardez ça !

— C'est la Déclaration d'indépendance ? demanda Rashaad.

Les autres pouffèrent.

— Non, non, se reprit-il, je voulais dire…

Il eut au moins assez d'humour pour rire lui aussi.

Tandis que les élèves et Mrs Bondo sortaient sandwiches et sodas, Ray jeta un coup d'œil dans l'appartement et vit Ruby seule sur le canapé, plongée dans un de ses albums de cartes de base-ball. Il retourna dans la salle de séjour, s'assit à côté d'elle.

— Qu'est-ce qu'il y a ?

— Rien, répondit-elle, murmurant presque, les yeux toujours sur les cartes.

— Pourquoi tu ne viens pas sur la terrasse ?

— Il fait trop froid.

— Ruby, qu'est-ce qui ne va pas ?

La tête bourdonnante, Ray sentit une vague de fatigue s'insinuer comme du sable dans ses articulations.

— Rien, je te dis.

— Ruby, j'étais tellement content que tu viennes ici aujourd'hui, dit-il, faisant un usage vindicatif de l'imparfait. Dis-moi ce qui ne va pas. Ce n'est pas juste.

— Je sais pas, bougonna-t-elle sans presque remuer les lèvres. Je me sens mal à l'aise.

— À cause de quoi ? Tu ne liras pas de texte. Tout ce qu'on te demande, c'est écouter. Il n'y a pas de quoi en faire un plat.

Elle haussa les épaules et détourna la tête, « mal à l'aise » étant un euphémisme pour Dieu sait quoi.

Ray se demanda brièvement si elle se sentait gênée d'être la seule Blanche du groupe de jeunes mais il n'y croyait pas vraiment.

— Tu viens ? S'il te plaît ?

— « Quand mon oncle était au lycée, il a tapé sur un élève qui le tapait, et l'élève a eu une commotion cérébrale, et même si ce n'était pas sa faute, le juge a dit qu'il devait aller dans l'armée, là où il y avait une guerre. »

Ray et sa fille étaient adossés à la balustrade, derrière les élèves. Ruby semblait attentive à l'histoire, cependant, et il la laissa tranquille.

— « Il a passé une année à la guerre et il a été dans des tas de fusillades… »

Rashaad leva la tête.

— Il appelait ça comme ça. Des fusillades. « Des tas de gens et de soldats se sont fait tuer ou blesser autour de lui, mais il n'avait même pas une égratignure quand il est finalement rentré chez lui et qu'on l'a décoré pour bravoure… »

Il leva de nouveau la tête.

— Bon, c'est là que ça devient… Vous verrez. « Deux jours après son retour à Dempsy, il est allé à la piscine municipale qu'il y avait sur Libatore Street, il a plongé dans l'eau et il s'est cassé le cou. Depuis, il est dans un fauteuil roulant. »

Grimaces et « Mince ! » à la ronde.

— Des commentaires ?

Efram leva la main.

— Je peux lire mon texte ?

— Pas de commentaires ?

— C'était triste, hasarda Jamaal.

Ray ne put s'empêcher d'être étonné par cet adjectif sortant de la bouche d'un adolescent.

— Bon, ça va vous plaire, prévint Efram avec un grand sourire. « Le roi Efram Ier… »

Il n'alla pas plus loin, la classe explosant de rire comme d'habitude. Ruby semblait intriguée mais en dehors du coup.

— « Le roi Efram Ier passa son réfracteur à rayon laser par le hublot de son vaisseau de guerre et le braqua sur la planète Vénus, qui était peuplée de superbes femmes hautes de trois mètres… »

Nouveau chahut. Efram attendit qu'il retombe.

— « "Déposez vos armes, ordonna-t-il par télépathie, sinon Vénus sera réduite à un morceau de charbon." La reine des Vénusiennes riposta : "Si vous ne venez pas sur notre planète pour avoir nos bébés, nous aimons autant être carbonisées parce qu'il n'y a pas d'hommes ici et nous devenons folles." »

Les élèves hurlaient et Ruby, craquant finalement elle aussi, adressa à son père un haussement d'épaules impuissant : « Quel taré ! »

— OK, arrêtez, arrêtez, dit Ray, sans savoir exactement à qui il s'adressait.

— Elle allait le mettre en cloque ? fit Rashaad.

— Non, non, repartit Efram, surpris.

— Si ! T'as dit « pour avoir nos bébés » !

— Quoi ?

Efram parcourut son texte et :

— Oh merde !

— Hé ! s'écrièrent ensemble Ray et Mrs Bondo.

— C'est une pétasse ! croassa Rashaad.

Nouvel aboiement en duo :

— Hé !

La terrasse menaçait de s'effondrer dans le fleuve sous le trépignement rugissant des jeunes.

— Aaah, fit Rashaad, gargouillant de joie.

Après les lectures de Felicia et de Mercedes, deux récitations d'une raideur pénible, intéressantes malgré elles, comme d'habitude, Ray inspecta la terrasse et vit qu'ils avaient terminé.

— OK, normalement, Myra nous donne quelque chose pour terminer mais apparemment elle a eu une panne de cerveau cette semaine, alors…

Ruby leva la main.

— Oui, Ruby ? dit Ray, sur la pointe des pieds.

— Est-ce que je peux…

— Lire un texte ?

Elle acquiesça.

— Mais je pensais… Oui, bien sûr. Absolument.

Les autres adolescents se retournèrent et la jaugèrent en silence tandis qu'elle tirait du sac accroché à sa hanche deux feuilles de papier complètement froissées qui semblaient avoir été chiffonnées puis lissées, chiffonnées puis lissées…

— Je ne sais pas s'il y avait un thème pour aujourd'hui, dit-elle, s'adressant au gazon artificiel, mais j'ai écrit quelque chose sur un thème que vous avez eu, une personne morte qui parle de sa vie…

Elle toussa, lissa les feuilles.

— Ça s'appelle « De ma tombe »… « Si j'avais décidé de ne pas rendre visite à ma femme et à ma fille la dernière fois, je serais encore de ce monde. Je serais encore libre. Je serais encore en vie. Mais même avant ça, si j'avais décidé, des années plus tôt, que la drogue n'était pas le grand amour de ma vie, je n'aurais pas eu à leur rendre visite parce que j'aurais encore partagé un foyer avec elles, mais ce n'était pas le cas. Oh, bien sûr, je tenais à elles d'une certaine façon mais même ma propre chair et mon propre sang ne pouvaient rivaliser avec la poudre blanche. Elle me rendait fou et je ne pouvais ignorer ses exigences, quoi qu'il arrive. Ma femme m'a chassé de la maison quand ma fille était petite et qu'elle a compris que je n'arrêterais pas, et si une partie de moi était triste de leur dire adieu comme ça, une autre partie se sentait libre, enfin libre. J'ai parcouru la terre pendant des années en cherchant toujours plus de poudre blanche, et parfois, la nuit, étendu dans un mauvais lit d'un hôtel minable, je pensais à ma femme et à ma fille, je pensais à me séparer de la drogue plutôt que de ma famille, mais quand venait le matin je changeais toujours d'avis. Même si je pensais que ma femme était une garce, elle avait eu raison de me mettre dehors mais je pensais à mon enfant qui grandissait sans moi et cela me rendait fou. Qu'est-ce qu'elle pensait de moi ? Comment était-elle, maintenant ? Aimait-elle l'école ? Était-elle appréciée de ses camarades de classe ? Je n'avais aucune réponse. Finalement, un jour, je suis revenu à New York, j'ai sniffé une énorme dose de poudre blanche pour avoir le courage de retourner là-bas, de frapper à la porte et de les revoir enfin, pour le meilleur ou pour le pire. Il était près de minuit et j'ai frappé à la porte comme un fou mais personne n'a répondu. Je me suis alors rendu compte que j'avais gardé la clef le jour où cette garce m'avait fichu à la porte, des années plus tôt, et je suis entré. L'appartement était sombre et comme je n'arrivais pas à allumer la lumière, je me cognais partout en criant le prénom de ma fille, qui s'appelait Denise. Finalement, j'ai aperçu quelqu'un sur le seuil de mon ancienne chambre. En même temps, j'ai trouvé l'interrupteur, que j'ai abaissé, et j'ai vu devant moi une grande jeune femme que je ne connaissais pas. Et puis tout d'un coup, j'ai compris : c'était ma fille Denise, que je n'avais pas vue depuis qu'elle était petite. "Denise !" ai-je crié joyeusement en m'approchant d'elle, les bras ouverts. Je n'ai vu le pistolet qu'elle tenait dans ses mains que lorsqu'elle a tiré, me blessant à la poitrine. En agonisant sur le sol, j'ai compris qu'elle ne savait pas qui j'étais et qu'elle avait tiré sur moi parce qu'elle m'avait pris pour un cambrioleur ou un violeur. Quand ma femme est rentrée, elle m'a reconnu mais elle n'a pas dit à Denise que j'étais son père, elle l'a laissée croire que j'étais un criminel qui était entré par effraction. Ma femme a téléphoné à son nouveau mec qui est venu, m'a roulé dans un tapis et m'a jeté au fond d'un fleuve, où je suis maintenant et d'où je vous parle. Fin. »

Ruby avait raconté son histoire d'une voix monocorde, faible mais résolue, sans jamais quitter son texte des yeux.

Ray, fracassé, paralysé, suivit la progression du tremblement qui, parti des mains de sa fille, gagna ses bras, son dos et ses épaules comme une décharge électrique et culmina en un tressautement de la partie supérieure du corps, tel un battement de queue de poisson. Ruby resta ensuite immobile, les yeux toujours fixés sur les feuilles qu'elle tenait devant elle.

— J'aime bien cette fin-surprise, commenta Altagracia.

— C'était vraiment bon, offrit Myra de sa voix frêle.

Désignant de la tête le cinquième de nomination aux Emmy accroché au mur, elle ajouta :

— Ça devrait passer à la télé.

34

NERESE — 5 MARS

Comme elle avait laissé sa voiture au garage pour sa révision annuelle avant de l'emmener en Floride, Nerese descendit l'escalier menant au quai de la principale station de métro de Dempsy, tomba aussitôt sur un clochard accroupi, accroché à la base d'un téléphone à pièces et roucoulant une chanson à ses chaussures.

Elle alla jusqu'au bout du quai pour attendre à l'écart la rame qui l'amènerait chez elle, à Jersey City.

C'était l'heure du dîner, la station était déserte, hormis l'alcoolo et elle, et ses pensées dérivèrent vers ses soucis : Darren s'occuperait de la maison jusqu'à son diplôme mais est-ce qu'il saurait s'acquitter de cette responsabilité, est-ce qu'il la garderait présentable pour un acheteur éventuel, quoique le genre de personne qui chercherait une maison dans un quartier comme le sien…

Elle ne pensait pas qu'il y ferait des teufs en permanence, mais elle était sûre que Patricia, sa copine, s'y installerait dès que la voiture aurait tourné au coin de la rue.

Et comment Darren se débrouillerait avec Butchie et Antoine, quand ils débarqueraient en pleine nuit sans avoir réservé ?

Darren s'entendait plutôt bien avec Toni la drag queen, mais les silences renfrognés et les yeux sans vie de Butchie l'avaient toujours terrifié. Et enjoindre ses oncles de rester à distance serait aussi efficace que pisser sur un incendie de forêt. Bon, si les choses tournaient mal, elle ne serait qu'à un appel longue distance de la maison.

— Yo, ici, là, ouais.

Tout ça émis d'une voix sifflante qui la ramena dans le présent : deux jeunes étaient apparus à cinq mètres d'elle tandis qu'elle déambulait dans Darrenville ; l'un d'eux lorgnait son sac à main sous des paupières tombantes, l'autre, dressé sur la pointe des pieds, regardait l'ivrogne au bout du quai.

— Ici, ici, insista le premier, qui montrait quasiment le sac de Nerese.

— Non, lui, là-bas.

— Il est trop près de l'escalier. Celle-là, je te dis.

— Attends, attends.

— Hé ! explosa-t-elle, les faisant sursauter. J'ai l'air sourde ou quoi ?

Ils échangèrent un regard, haussèrent les épaules et s'éloignèrent, la laissant tremblante.

Manifestement, ils avaient maintenant porté leur choix sur le pochard, et Nerese, grognant de contrariété, s'obligea à les suivre.

Ils descendirent le quai d'un pas nonchalant sur ses deux premiers tiers mais quand ils furent à moins de trente mètres du pochtron, un jeune Noir débraillé, ils s'élancèrent soudain, piquant comme des faucons, laissant Nerese sur place.

Avant qu'elle puisse réagir, des flics du métro surgirent de nulle part, l'ivrogne passa un bras autour du cou d'un des jeunes, tordit la main qui tenait maintenant un cutter et le jeune s'effondra bientôt sous une avalanche de policiers.

L'autre, plus vif, fit volte-face et courut en direction de Nerese qui, n'ayant pas le temps de saisir son arme, se campa sur ses jambes pour le cueillir au passage.

Les choses n'en arrivèrent pas là : avant que le jeune soit à portée de Nerese, il fut plaqué par-derrière par un des flics.

Elle recula d'un pas tandis qu'ils pressaient le visage du voyou contre le quai jonché de détritus et le délestaient de son arsenal : un couteau à cran d'arrêt et un coup-de-poing américain fabrication maison.

— Ça va, miss ? s'enquit le policier, le teint rougi par la victoire, agenouillé près de l'agresseur terrassé.

— Ça va, marmonna-t-elle.

Sans s'identifier comme une collègue — pas ses oignons —, elle repartit vers la rue dans l'intention de prendre un taxi, mais, au milieu de l'escalier, elle s'arrêta et redescendit de quelques marches pour regarder ces types fouiller soigneusement leurs prises et leur passer les menottes.

Ils étaient quatre, y compris le faux clodo qui avait servi d'appât, deux Blancs, deux Noirs, tous jeunes, en pleine forme et gonflés à bloc, pleinement conscients des réalités du boulot.

En assistant au nettoyage suivant une opération, rituel auquel elle avait pris part des centaines de fois, généralement en équipe mais parfois seule, elle se surprit à songer que pas une fois, pendant ses nombreux voyages en Floride, elle ne s'était renseignée sur les divers services de police, au niveau de l'État, du comté ou de la ville, qui opéraient là où elle allait s'établir.

Ce n'était pas sans raison : elle avait toujours l'intention de finir ses études et d'explorer le marché de l'emploi des services sociaux, mais, maintenant qu'elle y pensait, n'importe quelle police de la Floride serait dingue de ne pas vouloir dans ses rangs d'un vétéran du triangle de fer New York-New Jersey…

— Miss, vous êtes sûre que ça va ? lui demanda de nouveau le flic au visage rubicond après avoir remarqué qu'elle n'était finalement pas partie.

— Je vais très bien, merci.

Elle se retourna pour de bon cette fois et remonta vers la rue.

35

HISTOIRE DE FANTÔME — 5 MARS

Incapable de passer le reste de la journée seul dans une pièce avec sa fille, Ray se retrouva au volant de sa voiture quelques heures après le départ de la classe, roulant dans les rues de Dempsy au crépuscule, Ruby et lui assis l'un à côté de l'autre comme une paire de bombes qui n'auraient pas encore explosé.

Ce n'était pas le soir où elle restait dormir chez lui et il devait la ramener à New York mais, sur une impulsion, il décida de faire un petit détour par Hopewell, de passer devant la prétendue future boutique de confiseries de Tom le Blanc.

Une heure plus tôt, à Little Venice, dans une tentative désespérée pour ne plus penser au texte que Ruby avait lu à la classe, il avait eu la brillante idée d'appeler le gars plutôt que d'attendre que son propre téléphone sonne, et il n'avait pas été surpris de découvrir que le numéro que les renseignements lui avaient donné pour Tom Potenza n'était plus en service.

— Je parie que la *bodega* est toujours ouverte et marche à plein tube, dit-il tandis qu'ils filaient à vive allure sur Rocker Drive et passaient sous la voie aérienne du métro.

— Si on vend de la drogue là-dedans, ne descends pas de voiture, lui recommanda Ruby.

— Je n'en avais pas l'intention, répondit-il, touché par la nervosité protectrice de sa fille. Mais rends-moi service, si tu y vas, tu peux me prendre un sachet d'héro ?

Elle le regarda comme s'il l'avait giflée et il se demanda ce qui n'allait pas chez lui, putain.

— C'était une blague. Je plaisantais.

Ralentissant aux abords de Hopewell, Ray réussit à passer devant son ancien immeuble sans tourner la tête ni ouvrir la bouche, ralentit encore en arrivant au bout de la cité et s'arrêta finalement en double file devant la *bodega*, juste en face des terrains de basket.

Il n'était que six heures du soir et, à son grand étonnement, le magasin était plongé dans l'obscurité.

Sans réfléchir, il quitta la voiture, quitta Ruby et s'avança sous l'auvent de métal rouge et jaune.

Il n'y avait pas de cadenas mais la porte était scellée le long de son encadrement par plusieurs affichettes orange claironnant que l'épicerie Del-Roy avait été fermée sur ordre des services du procureur du comté de Dempsy. Inexplicablement transporté de joie, il cria en direction de la voiture :

— Ruby ! Elle est fermée !

Ray et sa fille étaient assis sur le dossier du banc du petit terrain de jeux, pelotonnés l'un contre l'autre. Les phoques et les tonneaux en ciment n'étaient plus recouverts de neige, cette fois, et semblaient presque phosphorescents à la clarté de la lune montante.

Il ne savait pas au juste ce qu'ils faisaient là ; c'était à la demande de Ruby qu'ils avaient fait le chemin à pied depuis la *bodega*. Il ne savait pas non plus pourquoi la fermeture du magasin, annoncée par Tom le Blanc, le réconfortait autant. Cela ne signifiait pas que le gars réussirait à l'acheter, encore moins à la transformer en un royaume du bonbon façon ghetto. Peut-être témoignait-elle simplement du fait que quelque part quelqu'un tenait sa parole, fût-ce partiellement.

— Qui d'autre vivait ici ? demanda Ruby en suivant tranquillement des yeux un rat ou une souris qui avait surgi d'un des tonneaux pour passer à travers le grillage et disparaître dans les broussailles.

— Qui d'autre ? Tu veux dire les gosses avec qui j'ai grandi ?

— Ouais.

Ray ouvrit la bouche pour entamer une nouvelle historiette à deux sous, se ravisa :

— Encore mieux, tu veux entendre une histoire de fantôme ?

— D'accord, dit-elle, se pliant brièvement en deux pour lutter contre le froid.

— Elle parle de ton arrière-grand-mère.

— Celle qui t'emmenait au catch ?

Deux jeunes trimballant un ghetto blaster passèrent dans le sentier courant derrière le petit terrain de jeux. Ray dut attendre que le baragouin du DJ s'estompe pour répondre :

— Oui, ma grand-mère Ceil.

— OK.

Il se pencha en avant, les coudes sur les genoux.

— Quand j'avais onze, douze ans, elle est tombée malade, ma grand-mère, gravement malade, et à l'époque elle vivait avec mon grand-père, que tu n'as pas connu, et il ne le supportait pas, alors, au lieu d'aller à l'hôpital comme elle aurait dû le faire, elle est venue chez nous à Hopewell pour une semaine. On m'a recasé sur le canapé du séjour et elle est restée allongée dans mon lit sept jours et sept nuits avec un diabète non diagnostiqué…

— Pourquoi elle n'allait pas voir un médecin ?

— Pourquoi ? Parce qu'elle pensait que c'est les médecins qui te rendent malade. Que c'est comme ça qu'ils s'enrichissent. Bref, tu sais que je l'adorais, hein ?

— Elle t'emmenait aussi voir des films d'horreur ?

— Quoi ?

Ray s'interrompit pour regarder deux jeunes garçons qui se balançaient de grandes taloches à la fenêtre d'une chambre d'un étage peu élevé de l'immeuble situé juste en face, de l'autre côté du terrain de jeux.

— Ouais, exactement, dit-il. Alors, chaque après-midi de cette semaine-là, je rentrais en courant de l'école et je m'asseyais près d'elle, je lui parlais, je faisais mes devoirs au bout du lit. On écoutait la radio et ma grand-mère allait vraiment mal. Ça empirait de jour en jour mais elle ne laissait pas ma mère approcher du téléphone pour appeler quelqu'un.

— Pourquoi ta mère n'appelait pas quand même ? fit Ruby avec humeur. Moi, je l'aurais fait.

— Ma grand-mère pouvait être très intimidante. J'avais l'impression très nette qu'il valait mieux être son petit-fils que sa fille.

— Continue.

— On avait vraiment peur, mes parents et moi, et un jour, le dernier jour, en fait, j'étais dans la chambre avec elle, on écoutait la radio, elle s'endormait, se réveillait, perdait et reprenait conscience, et puis on passe ce truc, un air jazzy intitulé « Midnight in Moscow », un morceau de clarinette. Ma grand-mère ouvre les yeux et dit : « Ça me plaît, ça, qu'est-ce que c'est ? », puis elle retombe dans les vapes.

Ray se rendit compte que trois gamins les observaient d'une fenêtre du rez-de-chaussée dans la même rangée verticale de chambres, leurs têtes formant une pyramide impassible.

— Je me lève d'un bond, je décide de courir lui acheter ce disque. Je descends, je fonce chez un disquaire, je découvre que « Midnight in Moscow » est un vieux morceau, ils ne l'ont pas. Je fais les trois autres magasins de disques de Dempsy sans le trouver. Je me retrouve à Newark, il y a un Sam Goody's, là-bas ; le temps que je rentre à la maison avec le foutu disque, il s'est écoulé trois heures et ma grand-mère n'est plus là.

— Elle est morte ?

— Non. Emmenée à l'hôpital en ambulance. De justesse. Les médecins ont dit qu'un jour après il aurait été trop tard. Ruby, regarde.

Ray montra la pyramide solennelle des trois petits ; Ruby leur adressa un geste de la main et un « Salut » quasi inaudible.

Les têtes disparurent.

— Où est le fantôme, là-dedans ?

— Ce disque que j'ai acheté, « Midnight in Moscow », je ne l'ai jamais fait écouter à ma grand-mère. C'était impossible à l'hôpital, évidemment, et quand elle est rentrée chez elle, elle n'avait pas d'électrophone, alors, j'ai oublié, plus ou moins. Huit ans plus tard, je suis à la fac, ma grand-mère meurt et la vie continue.

— C'est triste, estima Ruby.

— Attends. Douze ans après sa mort, vingt ans après la semaine où elle avait été malade chez nous, j'ai trente ans, je conduis un taxi et tu viens au monde.

Ruby retint un sourire.

— Moi ?

— Le matin de ta naissance, tu étais tellement…

Ray bredouilla en se rappelant sa défonce à la coke, fit une nouvelle tentative, pigeon pris dans sa propre histoire :

— Tu étais tellement… Mais il fallait que j'aille bosser, conduire, conduire un taxi, alors je t'ai laissée… Je t'ai laissée à la clinique, avec ta mère et…

Il détourna la tête.

— Qu'est-ce qu'il y a ?

Il toussa, répondit :

— Rien. Je t'ai laissée. Toute la journée, toute la nuit, j'ai roulé, la radio en sourdine, j'ai roulé, et à un moment, je me suis retrouvé en train de parler à ma grand-mère, en imagination…

Il toussa de nouveau, poursuivit :

— En train de parler de toi. « Grand-mère, tu devrais la voir, elle est si belle, elle est si… »

Ray se frotta le visage, cacha ses yeux, réussit à poursuivre :

— «… si délicate, si… Je voudrais tellement que tu sois là, que tu puisses la prendre dans tes bras… » Et là, à ce moment précis, je le jure devant Dieu, Ruby, à ce moment-là, ils ont passé « Midnight in Moscow » à la radio. Je n'avais pas entendu ce putain de disque depuis que je l'avais acheté, vingt ans plus tôt, mais c'était comme si ma grand-mère me tendait les bras, comme si elle me disait qu'elle était toujours là, qu'elle veillerait toujours sur toi, qu'elle te…

Il se tut.

— Papa…

— Ruby, je suis si…

Il s'interrompit de nouveau. Cette connerie d'histoire…

— Tu es si quoi ?

— Rien.

— Dis-moi, fit-elle, à la fois irritée et suppliante. Il faut toujours que je t'arrache les mots.

— Rien, je te dis.

— Tu vas partir ? demanda-t-elle, soudain haletante.

— Quoi ? fit-il, sous le choc.

— Tu vas partir ? redemanda-t-elle, un tremblement dans la voix. Tu retournes en Californie ?

— Quoi ? répéta-t-il. Non.

— Non ? fit-elle en sondant ses yeux.

— Non, répéta-t-il, plus calmement, puis une troisième fois : Non, rien que pour s'entendre le dire.

Elle scruta son visage avec inquiétude un moment encore puis lâcha « Bon » avec un soulagement quasi physique qui régla le problème pour lui.

— Je reste, déclara-t-il, plus à lui-même qu'à sa fille. Je reste ici.

Il s'occuperait des détails plus tard.

— Hé, regarde…

Pour changer de sujet, il tendit le bras vers les trois petites têtes qui étaient réapparues à la fenêtre du rez-de-chaussée.

Ils demeurèrent un moment silencieux et Ray sentit que sa fille se calmait progressivement tandis qu'un sac en plastique déchiré murmurait dans les branches au-dessus d'eux.

— Tu penses qu'elle m'aurait aimée ? finit-elle par demander.

— Qui ?

— Ta grand-mère.

— Tu plaisantes ? dit-il en lui donnant un coup d'épaule. Elle t'aurait adorée, oui.

— Bon, répéta Ruby, plus doucement cette fois, hochant la tête avec satisfaction.

Ray se pencha en arrière, fit courir son regard sur toutes les fenêtres de l'immeuble, ce spectacle d'ombres chinoises, ces sagas en miniature. Cet endroit était éternel.

— Continue, dit Ruby.

Il se tourna vers elle.

— Continue quoi ?

— Raconte-m'en une autre.

ÉPILOGUE

SALIM — 12 MARS

Une poignée de mégots à ses pieds, le jeune homme attendait Ray devant la porte de l'appartement quand il revint ce soir-là d'un entretien avec les responsables de *Law & Order*.

— Salut, quoi de neuf ? lui lança Ray du milieu du couloir où il s'était arrêté net en le découvrant.

— Je vous attendais, dit Salim, le visage sans expression.

— Ouais, fit Ray sans bouger.

— On peut entrer ?

Ray fut sur le point de répondre « J'allais repartir », puis passa les secondes qui suivirent à chercher une dérobade plus mielleuse. Finalement, autant par embarras que par autre chose, il avança à contrecœur et tira ses clefs de sa poche. Quand la porte de l'appartement fut ouverte, Salim entra le premier, passant avec assurance devant Ray comme s'il partageait le loyer, et se mit aussitôt à aller et venir en fumant, son regard rebondissant sur les murs et les meubles telle une salve de balles traçantes.

Resté dans l'encadrement de la porte, un pied encore dans le couloir, Ray examinait Salim : en plus de son agitation, il y avait quelque chose de différent dans son aspect physique.

— Alors, qu'est-ce qui se passe ? demanda-t-il d'une voix trop enjouée.

— Ce qui se passe ? répéta Salim distraitement.

Il s'assit un instant au bord de la table basse puis se releva brusquement et recommença à faire les cent pas.

Ray agrippait la poignée de la porte à deux mains derrière son dos.

— Comment va Omar ?

Salim alla à la fenêtre et regarda l'eau noire.

— Omar ? Il va bien.

— Michelle est à Atlanta ?

— Michelle ? fit-il en se retournant. Non.

— Vous vous êtes remis ensemble ? demanda Ray, qui commençait à accorder aussi peu d'attention à ses questions que Salim.

— Non.

— OK, dit Ray, s'interrogeant nerveusement sur ce nouveau Salim, à la fois distrait et affairé.

Laissant délibérément la porte entrouverte, il s'avança dans l'appartement et s'installa au bout du canapé pendant que Salim regardait de nouveau par la fenêtre. Lorsqu'il se retourna de nouveau vers lui, Ray identifia enfin ce qui avait changé dans son physique : un embonpoint uniforme autour de la cage thoracique, comme un gosse en route pour la piscine qui aurait déjà passé sa bouée sous ses vêtements.

— Qu'est-ce que tu t'es fait ?

— Hein ?

— Tu pratiques la gonflette aux stéroïdes ?

— Non, non…

Salim s'interrompit et souleva brièvement son sweatshirt pour révéler un gilet pare-balles.

— Allons bon, qu'est-ce qu'il y a ? Qu'est-ce que je peux faire pour toi ? débita Ray d'un ton pressé pour amener Salim à en venir rapidement à la chute de son histoire — le fric — et à prendre la porte.

— Ouais, enfin, non, j'ai pas réussi…

Salim prit une longue inspiration, se força à se rasseoir sur la table basse, les genoux jouant aux marteaux-piqueurs.

— Bon… J'ai besoin d'une licence de marchand ambulant, d'accord ?

— Je sais. Cinq cents dollars, dit Ray, qui ne put s'empêcher d'ajouter : Ça a déjà été facturé.

— Ouais, mais… OK, je suis allé dans le centre pour en avoir une, d'accord ? reprit Salim, les yeux fixés sur un point situé au-dessus de l'épaule gauche de Ray. Il faut… il faut être ancien combattant, parce qu'ils ont une liste d'attente de cinq ans, genre, et les anciens combattants ont priorité.

— Les anciens combattants. Pas seulement ceux qui ont fait l'armée ? Il faut vraiment avoir été au feu ?

Un livre de poche dépassait de la poche du sweat-shirt de Salim, roulé comme un journal, et Ray ne pouvait en déchiffrer le titre.

— Au feu, je sais pas, répondit Salim, s'adressant maintenant aux tours se découpant de l'autre côté du fleuve. Mais ils ont une liste d'attente de cinq ans et les anciens combattants ont priorité.

— Ça craint, dit Ray avec sécheresse, une colère chagrine bouillonnant un instant en lui.

Salim se redressa en réaction au ton crispé de Ray mais poursuivit :

— Bon, voilà, j'ai un cousin, d'accord ? Il peut me brancher avec le mec de, du bureau des licences. Il dit que si je file au type cinq cents de plus, en dessous-de-table, quoi, il peut faire grimper mon nom dans la liste, m'avoir une licence dans six mois.

— Sans blague ? fit Ray en songeant : Là, il est en train de me demander cinq cents ou mille ?

Le délai de six mois après le pot-de-vin constituait cependant une touche réaliste bien trouvée.

— Parce que je me fais arrêter partout où je vais, alors…

Comme épuisé par son propre boniment, Salim laissa la phrase en suspens et attendit, la bouche ouverte.

Ils étaient maintenant assis l'un en face de l'autre, séparés par une trentaine de centimètres seulement, et d'aussi près la peau de Salim avait un vilain aspect, un gris de cendre. Ses cheveux courts, habituellement coiffés avec soin, étaient un peu en désordre et des tire-bouchons pointaient çà et là, comme les premières vrilles du printemps. Ray remarqua aussi, pour la première fois, que Salim commençait à grisonner : un gosse de vingt-neuf, trente ans maximum, cherchant encore à se faire une place par tous les moyens possibles.

— Alors, Ray…

Ayant apparemment terminé son discours, il devint quasiment immobile.

Envahi par un embarras revêche en se rappelant les bouffées d'altruisme semi-euphoriques qu'il avait éprouvées de manière décroissante à chacune des visites précédentes de Salim pour lui soutirer de l'argent, Ray refusa de mordre à l'hameçon.

— Ouais… fit Salim, continuant à attendre.

Ray parvint alors enfin à lire le titre du livre de poche dépassant du sweat-shirt — *Le Sens du samouraï, initiation au bushido pour l'homme d'affaires du XXIe siècle* — et dans un accès de compassion et de colère les mots sortirent de sa bouche avant qu'il puisse la fermer :

— Hé, Salim, je suis pas un distributeur de billets.

D'abord ils se regardèrent, tous deux stupéfaits, puis Salim glissa de la table basse pour prendre une position semi-accroupie.

— Vous êtes pas quoi ? fit-il, la bouche arrondie, la figure assombrie par l'afflux du sang. Pourquoi vous dites une chose pareille ?

Les mots jaillissaient de lui en un gargouillis fielleux. Ray sentit le temps s'arrêter comme dans un rêve.

— Ce n'est pas ce que je voulais dire, plaida-t-il d'une voix blanche. Je suis un peu mal fichu, aujourd'hui.

Il n'était pas sûr de pouvoir se lever sans provoquer un affrontement physique.

— Ah ouais ? Pourquoi ?

Ray garda le silence.

— Vous êtes pas un distributeur de billets, hein ?

— Écoute, n'y vois pas un manque de respect. Je n'ai pas dit ça dans le sens qu'on pourrait croire, argua-t-il, détestant la nonchalance affectée de sa voix.

— J'ai demandé de l'argent ? rétorqua Salim, dont la voix commençait à trembler dangereusement.

— Je crois que j'ai mal compris, dit Ray prudemment en essayant de maintenir le contact visuel. Bon, comment je pourrais t'aider ?

Pris au piège de ses dénégations, Salim garda une posture outragée.

— Quoi, vous avez peur de moi, maintenant ?

— Non.

— Pourquoi vous me parlez comme ça, hein ? fit-il, criant presque. Pourquoi ?

— Je te l'ai dit, répondit Ray, qui se figea en repérant la tige d'acier d'un long tournevis dépassant de la poche de derrière du jean de Salim, telle une lance miniature. Ah, Coley, s'entendit-il murmurer d'une voix rauque. Qu'est-ce que tu fous ? Tu as tellement de raisons de vivre…

Le visage de Salim se tordit de manière chaotique.

— Je quoi ?

Ray se sentit d'abord ému par la ferveur de son propre ton, puis écœuré, écœuré parce que, même en cet instant, il s'écoutait automatiquement parler, il passait en revue ses propres propos. Il se retrouvait de nouveau face à face avec ce narcissisme qui motivait en grande partie ses largesses, conscient que c'était ça qui l'avait amené dans cette pièce, dans ce merdier. Il émergea de sa stupeur dans un état de dégoût de soi, passa une main tremblante sur sa bouche en s'obligeant à ne pas baisser de nouveau les yeux vers la poche du jean de Salim et, pour la première fois depuis qu'il avait franchi la porte, sa voix devint véritablement la sienne :

— En fait, que tu sois venu pour de l'argent ou pas, je suis complètement crevé.

Aiguillonné par un désir irrésistible d'amener rapidement les choses à leur conclusion naturelle, d'une manière ou d'une autre, il finit par se lever.

— Et je dois te demander de partir.

MERCI — 12-13 MARS

Cinq minutes avant minuit, le taxi orange crado stationnait sur le boulevard JFK, la roue avant droite sur le trottoir, de la fumée montant en volutes du tuyau d'échappement dans la nuit froide de mars. À la lumière intermittente des voitures venant dans l'autre sens, Pete Heinz, arrêté au carrefour de l'autre côté de la chaussée, voyait le drame se dérouler dans le taxi : le passager se penchant en avant sur la banquette arrière, passant un bras autour de la gorge du chauffeur enturbanné, l'autre main pressant un couteau contre le gosier du pauvre gars.

Malgré la noirceur du tableau, Heinz, qui se trouvait sur le versant rose de la biture, était absolument certain que tout finirait bien. Garant la voiture avec laquelle il rentrait chez lui et se frayant précautionneusement un chemin pour traverser la large artère à quatre voies, il se surprit à chercher une réplique mémorable avec laquelle il ferait voler la pièce en éclats.

Il s'approcha du taxi par-derrière, posa ses avant-bras sur la fenêtre avant droite ouverte comme si c'était une clôture de jardin et vit que le passager était un jeune Noir et que l'arme à moitié enfouie dans la barbe du chauffeur sikh était en fait un tournevis.

— Non, non, non, dit-il au jeune assis sur la banquette arrière. T'as vu le turban ? Faut utiliser un cruciforme.

Pendant un interminable instant de stupeur, le chauffeur et le jeune promis à la taule le fixèrent avec une expression de profond embarras, comme s'il y avait là-dessous un truc sexuel. Le chauffeur fut le premier à se ressaisir : d'une taloche, il releva et écarta le tournevis, s'entaillant la joue dans le geste, puis roula hors de son taxi, sur le boulevard, se remit aussitôt debout et s'éloigna en sautillant, une main sur son visage fraîchement ensanglanté, l'autre pointant un doigt accusateur vers la banquette arrière.

Le jeune, tenant toujours son arme, restait immobile, avachi et lointain.

Heinz se pencha un peu plus par la fenêtre pour examiner ce connard : la peau café au lait, l'ossature et les traits délicats, de minuscules oreilles et une petite bouche plissée. Il était en Timberland, impeccable, de la capuche aux bottes de chantier.

Sans même regarder Heinz, le jeune lança le tournevis sur le siège avant avec une mine dégoûtée.

— Ça pue, ici, marmonna-t-il en baissant sa vitre.

— C'est un gilet pare-balles que tu portes ? s'étonna Heinz. Je t'en prie, dis-moi que tu portes pas un gilet en Kevlar…

Le jeune haussa les épaules, détourna la tête.

— Qu'est-ce qu'il y a qui va pas, chez toi ? demanda Heinz d'une voix neutre.

— Je suis en état d'arrestation, exact ?

— Exact.

— J'ai droit à un coup de téléphone, exact ?

Heinz, qui s'amusait de plus en plus, jeta son portable, propriété du comté, sur les genoux du jeune.

— C'est ma tournée.

— Où on va ? District sud ?

— Au dépôt, sur Allerton. Oublie pas de faire le 1 avant l'indicatif de zone.

Le jeune remua les lèvres en enfonçant les touches ; Heinz grogna : il avait la même habitude idiote.

— Ouais, Ray… dit le jeune, fermant les yeux en parlant. C'est moi, Salim.

Avant qu'il puisse poursuivre, le chauffeur de taxi réapparut, expédia son poing par la fenêtre ouverte et cogna maladroitement Salim sur la tempe.

À trois heures du matin, Heinz s'éveilla après avoir cuvé une heure et demie dans une cellule désaffectée, en sortit, se lava le visage, rentra le pan de sa chemise dans son pantalon et entama la montée, plutôt pénible, du niveau le plus bas du dépôt à celui de la rue.

Après une volée de marches, il passa devant la ratière presque déserte, vit Salim El-Amin, assis derrière les barreaux, remuant les lèvres en silence comme s'il essayait encore de composer son numéro. Sur le banc, en face de lui, le seul autre détenu, un jeune Blanc débraillé mais pas pauvrement vêtu, battait furieusement des cils pour sortir de sa torpeur alcoolique.

Lorsqu'il parvint enfin au hall d'entrée, Heinz se tourna vers le guichet des cautions ouvert vingt-quatre heures sur vingt-quatre dans l'intention d'adresser un salut de la main à l'employé mais arrêta son geste en découvrant l'unique client qui caquetait comme une volaille aux oreilles du flic en retraite de service derrière le grillage.

— Il a dit cinq cents ! crachouillait-il, pas vraiment hostile, plutôt désemparé.

— Alors, il vous a joué du pipeau, répondit l'employé, parce que la caution n'a pas encore été fixée. Il s'agit d'un délit grave. Ça passera devant un juge demain matin et ensuite vous vous adresserez au service des cautions, dans le bâtiment du tribunal. Mais franchement, entre vous et moi et le mur d'en face, m'est avis que vous allez devoir plutôt sortir cinq mille que cinq cents et trouver une garantie pour le reste…

— Cinq mille, répéta le type doucement.

Il était coiffé d'un bonnet de laine sous lequel apparaissait une bande de cuir chevelu récemment rasée. Ce qui, conjugué à une raideur prononcée du côté droit, suggérait à Heinz soit une crise cardiaque, soit une sérieuse raclée.

— Gene, lança-t-il à l'employé. Cinq mille dollars pour qui ? Le gamin bourré ? Il a même pas l'air capable de soulever une barre de Mars…

— Non, Pete. Pour l'autre, le tien.

— Abdoul ben Fazoul ?

— Salim El-Amin, corrigea le pékin d'une voix gênée.

Heinz le considéra d'un œil nouveau : blanc, la quarantaine, peut-être victime récemment d'une agression, payant la caution d'un jeune Noir à quatre heures du matin…

Mais si ce type donnait une forte impression de gêne, elle ne semblait pas due à un objet extérieur : il semblait plus contrarié par un audit interne que par le jugement des autres.

— Je m'appelle Pete Heinz, dit-il en lui tendant la main. Je peux peut-être vous aider ?

À quatre heures du matin, le *diner* ressemblait à tous les *diners* : Formica gris, capitonnage rouge framboise éteint, papier mural gaufré ou miroirs veinés comme du marbre sur toutes les surfaces verticales. Les serveuses, semi-comateuses et en uniforme bon marché, étaient plantées, l'œil morne, près de la caisse enregistreuse, une ou deux tenant des menus format table des dix commandements et oscillant légèrement sur leurs talons à cette heure creuse.

— Vous ne comprenez pas, dit Ray, s'adressant au sucrier posé entre lui et l'inspecteur aux yeux rouges. C'est un bon gosse.

— Bon, répondit le flic d'un ton léger avant de fermer la bouche, ses yeux saillant comme s'il s'efforçait de contenir un énorme rire.

Ray était certain que le type imaginait quelque chose de sexuel entre Salim et lui, mais il ne savait pas comment le détromper sans être le premier à aborder le sujet.

— Écoutez, sa femme vient de le quitter, elle a emmené le gosse, elle a saccagé l'appartement. Sa mère est à l'hôpital, son père est Dieu sait où et Salim, Salim, il ne tient que par un fil…

— C'est un vol à main armée, fit valoir le flic. Le fil s'est cassé.

— Ce n'était pas de sa faute.

— Vous étiez là ?

Ray détourna les yeux, tenta de se ressaisir.

— Qu'est-ce qui vous est arrivé ? demanda l'inspecteur, désignant du menton le bonnet de laine.

— Rien à voir avec lui. Écoutez-moi, dit Ray, levant les deux mains, les doigts écartés. Je ne prétends pas qu'il n'a jamais fait de prison mais il se tue à essayer de bien se conduire et c'est un type incroyablement doué. Un artiste.

Il regretta le mot dès qu'il eut franchi ses lèvres.

— Un artiste, s'émerveilla le flic, qui passait un vrai bon moment et remuait le bas du visage comme s'il avait une souris dans la bouche.

— Domaine graphique ou commercial, illustration, poursuivit Ray, s'efforçant de paraître plus professionnel que sentimental au cœur saignant, mais détestant quand même le ton crétin et naïf de ses phrases. Il a un album à vous faire sauter les yeux de la tête. Vous devriez voir…

Ray s'interrompit, épuisé par son enthousiasme.

— Écoutez, ce jeune, quelle que soit… Quelle que soit l'impression que je vous fais, et j'imagine ce que ça peut être, de votre point de vue… Je veux simplement dire la chose suivante : Salim, s'il se perdait dans le système, s'il tombait dans les crevasses… Vous n'avez pas idée de ce que vous enterreriez.

— Sûrement, répondit le flic, qui buvait à petites gorgées son café grisâtre.

— OK, rien que… Il a un fils de trois ans, Omar. Je n'ai jamais vu de tels liens entre père et fils. Il est plus une mère pour ce gosse que sa vraie mère. Et venant d'où il vient... Combien de jeunes...

— Sûrement, répéta le flic.

— Je sais que je peux donner l'impression que... je vous l'ai dit.

— Il est quoi pour vous ? Vous l'aidez ?

— Je... quand je peux.

— Vous êtes son mentor ?

— Allez vous faire foutre, dit Ray d'une voix lasse.

— Pardon ? dit le flic, avalant enfin sa souris.

— Il n'y a rien de sexuel là-dedans. Je suis aussi hétéro que vous... quoique je ne vous connaisse pas vraiment.

Le flic le regarda fixement.

— J'étais son prof.

— Sans déconner ? Qu'est-ce que vous lui appreniez ?

— Rien, probablement, mais c'était officiellement un cours d'anglais.

— L'anglais, hein ? J'ai toujours voulu être écrivain.

— Au guichet des cautions, vous avez dit que vous pouviez peut-être m'aider.

— Euh, ouais, en principe, vous pourriez faire sortir le gosse cette nuit si vous appelez un juge chez lui et si vous le persuadez de fixer la caution par téléphone. Ça a déjà été fait, mais je pense pas que ce jeune le mérite.

— Puisque je vous dis qu'il...

— Comment il vous tient ? D'après vous, c'est pas le sexe, mais...

Les yeux du flic se portèrent de nouveau sur le crâne endommagé de Ray qui, par réflexe, rajusta son bonnet.

— Il vous a aussi agressé un soir, hein ?

— En fait, non.

— Vous dites ça comme s'il aurait pu.

Ray ferma les yeux comme pour un petit somme revigorant.

— Hein ? insista le flic.

Par la fenêtre du *diner*, Ray jeta un coup d'œil à la rue immobile.

Le flic se pencha lentement en avant, les coudes sur la table.

— Vous dites qu'il a plein de talent, de potentiel, et j'ai aucune raison de pas vous croire. Mais… Si Léonard de Vinci m'avait sauté dessus avec un tournevis, je viendrais sûrement pas payer sa caution.

— Il ne l'a pas fait, répliqua Ray avec un regard déterminé. Alors, vous pouvez m'aider ou pas ?

Deux heures plus tard, lorsque Salim El-Amin fut libéré du dépôt, Pete Heinz traînait dans le coin pour voir ce qui se passerait entre cet imbécile et son sauveur.

Le jeune avait l'air calme. Il établit le contact visuel avec Mitchell, le remercia d'un bref hochement de tête, mais il y avait aussi quelque chose de bloqué dans son expression, quelque chose qui fit instantanément regretter à Heinz de l'avoir aidé.

Mitchell fit traverser le hall à son protégé pour le présenter à l'officier qui l'avait arrêté, le gars avait au moins assez de bon sens pour ça.

— Salim ? C'est l'inspecteur Heinz. C'est lui qui a appelé le juge pour toi.

Salim hocha la tête sans tendre la main. Heinz tendit la sienne, cependant, et le jeune n'eut d'autre choix que de la prendre. Heinz pressa fortement.

— S'il arrive quelque chose à ton bon papa, là, tu sais qui je chercherai en premier, hein ?

— Ouais, ouais, répondit Salim d'un ton neutre en évitant de le regarder.

Bon, il ne pouvait pas presser éternellement la main du gosse, et de toute façon, si ce Salim avait l'intention d'estropier Mitchell, il n'y avait quasiment rien que Heinz ou quiconque d'autre puisse faire pour l'en empêcher.

— Et t'as intérêt à te présenter au tribunal à la date prévue. Parce que si le juge est obligé de délivrer un mandat d'arrêt, je m'en occuperai moi-même.

Encore du baratin, dut penser le jeune, qui alluma une cigarette.

— Quand est-ce que je récupère mon gilet pare-balles ?

— Jamais. C'est illégal.

Salim soupira comme un pneu crevé. Mitchell serra la main de Heinz.

— Merci. Merci de votre aide.

Du pas de la porte, Heinz vit les deux hommes traverser le trottoir, le jeune montant dans la voiture de l'autre sans dire un mot comme s'il allait de soi que le gars le reconduise.

Mitchell fit le tour jusqu'à la portière du conducteur, hésita puis, prenant le capot comme bureau, écrivit quelque chose sur un morceau de papier et retourna dans l'immeuble.

— Écoutez, je ne vous connais pas, vous ne me connaissez pas. Mais si je peux faire quelque chose pour vous, n'importe quoi… Voici mon nom et mon numéro de téléphone. Je vous en prie.

— D'accord, dit Heinz en lui serrant la main. Merci.

Il savait que le gars était sincère. En fait, il était certain que s'il le prenait au mot et l'appelait pour, disons, un prêt, un piano, une année de Pampers pour son gosse, Mitchell serait ravi de l'aider. Non que Heinz en eût l'intention, la nuit avait été suffisamment foireuse comme ça.

S'il arrivait quoi que ce soit à ce Mitchell…

Il avait vraiment pris un risque ce soir, tout ça à cause de son envie, arrosée au Seagram, d'« aider », de voir ce qui arriverait.

À tout le moins, il avait gaspillé un précieux billet de faveur avec le juge.

Il vit Mitchell démarrer enfin. À côté de lui, le jeune alluma une autre cigarette et regarda droit devant lui.

Putain. Il allait oublier.

Il fallait qu'il rappelle. Heinz tira son portefeuille de sa poche et chercha, entre les cartes de crédit, les cartes de visite, les cartes Privilège, le numéro de téléphone de Tom Potenza.

Ray et son ancien élève étaient assis dans la voiture garée devant l'immeuble de la mère de Salim, sur Tonawanda Avenue, alors que le soleil commençait à monter au-dessus du quartier vaincu d'immeubles de six étages sans ascenseur et de terrains non clôturés. Deux supérettes étaient postées à chaque extrémité de la rue comme des vigies.

Les grands-parents de Ray avaient vécu près d'un quart de siècle dans ce même immeuble, de la fin des années 40 au début des années 70, mais il ne partagea pas l'information avec Salim parce qu'il pensait qu'il s'en foutrait complètement.

Ils étaient assis en silence depuis un bon paquet de minutes, Ray prenant le peu d'empressement de Salim à descendre de voiture pour une forme d'excuses.

La veille, malgré ce qui bouillonnait en lui, Salim n'avait fait que brailler et crachoter ; il avait même quitté l'appartement quand on le lui avait demandé et Ray, une fois sa peur puis son dégoût de soi dissipés, en avait été touché et il se sentait maintenant relativement à l'aise d'être là.

— Tu en avais besoin pour quoi, de cet argent, en réalité ? demanda-t-il d'une voix morne.

— Je vous l'ai dit.

— Arrête.

Salim soupira.

— Destroy, le cousin de Michelle : je vous ai dit qu'elle me l'a foutu sur le dos après notre dispute. Hier, il est venu me voir, le négro, il a dit qu'il voulait mille dollars sinon il me faisait la peau.

Ray se demanda si ce scénario contenait une once de vérité de plus que l'histoire de la licence de marchand ambulant.

— Tu l'as cru ?

— Sur le coup, ouais, mais je sais pas vraiment. Les gens disent qu'ils vont te faire des emmerdes, mais…

Salim haussa les épaules et Ray saisit l'occasion de faire remarquer :

— Tu aurais peut-être dû en parler à ce flic.

Salim se contenta de le fixer en silence.

— Bon, qu'est-ce que tu vas faire, maintenant ?

— Il faut que je trouve cet argent, dit-il d'une voix blanche.

Ray regarda droit devant lui. Ne fais pas ça…

— Tu as les T-shirts, non ?

Salim hésita avant de répondre :

— Ouais.

— Eh bien, vas-y.

Assis dans la voiture, ils regardèrent la rue aux yeux chassieux s'animer lentement autour d'eux.

— Je peux vous poser une question personnelle ? Elle était de combien, ma caution ?

— Deux mille cinq.

Salim eut un claquement de langue.

— Ben, vous voyez… Je suis désolé pour hier soir, j'avais peur pour ma vie et j'avais pas d'autre solution que de m'adresser à vous, mais si vous m'aviez prêté ces mille dollars, vous en auriez économisé mille cinq cents, vous voyez ce que je veux dire…

— Tu prends soin de mes intérêts, hein ? s'esclaffa Ray.

— Non, je veux juste dire…

Salim haussa de nouveau les épaules et le silence retomba dans la voiture.

La nuit avait été dure, effrayante, et tandis que le soleil commençait à monter, éclairant d'abord les toits puis descendant lentement, brique par brique, jusqu'à la rue, un mal de tête dû à la fatigue, ou à une autre cause peut-être, gagna Ray sur le même rythme progressif, comme un orchestre prenant place dans la fosse.

— Il faut que je rentre, finit-il par lâcher.

Salim poussa un long soupir, exprima son accord d'un signe de tête.

— OK, fit-il d'une voix étouffée.

Plissant les yeux dans l'éclat grandissant du jour, Ray regardait droit devant lui.

Salim ouvrit la portière et sortit. Puis, comme mû à retardement par une demande tacite, une supplique non exprimée, il se pencha brusquement de nouveau à l'intérieur de la voiture et tendit la main.

— Yo, Mr Mitchell, merci.

Et Ray fut heureux.